Lily Braun
Björn Bedey (Hrsg.)
Memoiren einer Sozialistin
Lehrjahre. Eine Autobiographie

SEVERUS Verlag

Braun, Lilly; Bedey, Björn (Hrsg.): Memoiren einer Sozialistin. Lehrjahre. Eine Autobiographie. 2018
Neuauflage der Ausgabe von 1923
ISBN: 978-3-96345-006-8

Umschlaggestaltung: Annelie Lamers, SEVERUS Verlag
Umschlagmotiv: https://de.fotolia.com/id/177571496

Bibliografische Information der Deutschen Nationalbibliothek: Die Deutsche Nationalbibliothek verzeichnet diese Publikation in der Deutschen Nationalbibliografie; detaillierte bibliografische Daten sind im Internet über https://dnb.de abrufbar.

Der SEVERUS Verlag ist ein Imprint der Bedey & Thoms Media GmbH,
Hermannstal 119k, 22119 Hamburg

SEVERUS Verlag, 2018
http://www.severus-verlag.de
Gedruckt in Deutschland
Der SEVERUS Verlag übernimmt keine juristische Verantwortung oder irgendeine Haftung für evtl. fehlerhafte Angaben und deren Folgen.

Lily Braun
Björn Bedey (Hrsg.)

Memoiren einer Sozialistin
Band 1
Lehrjahre. Eine Autobiographie

MIX
Papier aus verantwortungsvollen Quellen
Paper from responsible sources
FSC® C105338

Inhalt

An meinen Sohn 3

Erstes Kapitel 5

Zweites Kapitel 32

Drittes Kapitel 55

Viertes Kapitel 70

Fünftes Kapitel 95

Sechstes Kapitel 105

Siebentes Kapitel 125

Achtes Kapitel 137

Neuntes Kapitel 151

Zehntes Kapitel 173

Elftes Kapitel 198

Zwölftes Kapitel 223

Dreizehntes Kapitel 245

Vierzehntes Kapitel 265

Fünfzehntes Kapitel 279

Sechzehntes Kapitel 295

Siebzehntes Kapitel 321

Achtzehntes Kapitel 349

Neunzehntes Kapitel 381

Zwanzigstes Kapitel 404

Einundzwanzigstes Kapitel 421

An meinen Sohn

Die Rosen blühen und die Linden duften. Über dunkle Wälder und saftgrüne Matten ragen die Berge meiner Heimat zum Himmel empor, an dem die Sterne funkeln und strahlen, ungetrübt von den Dünsten der Städte und den Nebeln der Niederung. Die grauen Felsriesen schimmern silbern im Mondlicht, und in ihren tausend Furchen und Spalten glänzt noch der Schnee.

Das ist die schönste Nacht des Jahres, die Nacht, in der's in Wald und Feld von alten Märchen raunt und flüstert, die Nacht, mein Sohn, die dich mir geschenkt: ein Sonnwendskind, ein Sonntagskind. Elf Jahre sind es heute. Ist es mir doch, als wäre es erst gestern gewesen, dass du an meiner Brust gelegen, dass du die ersten Worte lalltest, zum erstenmal die Füßchen setztest. Und nun bist du ein großer Junge! Die Kindheit bereitet sich aufs Abschiednehmen vor.

Fast am gleichen Tage war es, und mehr als drei Jahrzehnte sind es her, dass auch ich zu Füßen dieser Berge meinen elften Geburtstag feierte. Die Tafel bog sich damals unter der Fülle der Geschenke – auf deinem Tisch, mein Sohn, lagen heute neben dem duftenden Kuchen unsrer alten Marie nur ein paar Bücher! –, und Eltern, Verwandte und Freunde umgaben mich, mit schäumendem Sekt und schmeichelnden Reden das Geburtstagskind feiernd, – wir dagegen waren heute allein und hatten nur tiroler Landwein in den Gläsern. Das Geburtstagskind von damals war ein blasses, langaufgeschossenes Mädchen mit einem alten, hochmütig-sarkastischen Zug um den Mund, dessen Lächeln der Dankbarkeit nur die Frucht guter Erziehung war; du aber bist ein blühender Knabe, der im Überschwang seiner Freude seine Mutter und die alte Marie abwechselnd in tollem Tanz auf der Wiese umherwirbelte. Nur zweierlei ist sich gleich geblieben – damals und heute –: auf deinem Tisch wie auf dem meinen lag das erste, langersehnte Tagebuch, dessen weiße Blätter so verlockend sind für ein elfjähriges Herz, wie der Eingang ins Zauberreich des Lebens selbst, und vor dir wie vor mir ragten dieselben Bergesriesen, und derselbe Wald umrauschte unsre Kinderträume.

Mich hat mein Tagebuch durch's ganze Leben begleitet, und der Gewohnheit, mir allabendlich vor ihm Rechenschaft abzulegen über des Tages Soll und Haben, bin ich immer treu geblieben. Am Schlusse jeden Jahres habe ich an seiner Hand den verflossenen Lebensabschnitt überlegt und sein Fazit gezogen. Seine lakonischen Bemerkungen – ein bloßes trockenes Tatsachenmaterial – bildeten den festen Rahmen, den die Erinnerung mit den bunten Bildern des Lebens füllte, und unverzerrt durch jene schlechtesten Porträtisten der Welt – Hass oder Bewunderung –, blickte mein Ich mir daraus entgegen.

Als ich diesmal aus der Tretmühle und der Fabrikatmosphäre meines Berliner Arbeitslebens in unsre stille Bergeinsamkeit floh, nahm ich die zweiunddreißig Jahreshefte meines Tagebuches mit mir. Generalabrechnung muss ich halten.

Auf steilem Felsenpfad bin ich bis hierher gestiegen, meinem wegkundigen Blick, meiner Kraft vertrauend, weit entfernt von den Lebenssphären, die Tradition und Sitte mit Wegweisern versah, damit auch der Gedankenlose nicht irre gehe. Jetzt aber muss ich stille stehen, muss Atem schöpfen, denn die große Einsamkeit um mich her lässt mich schaudern. Wohin nun? Hinab zu Tal, zu den Wegweisern? Oder weiter auf selbstgewähltem Steige?

Die Menschen zürnen mir, und alle nennen mich fahnenflüchtig, die irgendwann auf der Lebensreise ein Stück Weges mit mir gingen; mir aber erscheinen sie als die Ungetreuen. Wer hat recht von uns: sie oder ich? Um die Antwort zu finden, will ich den letzten Wurzeln meines Daseins nachspüren, wie seinen äußersten Verästelungen; und an dich, mein Sohn, will ich denken dabei, auf dass du, zum Manne gereift, deine Mutter verstehen mögest.

In der Sonnwendnacht, die dich mir geschenkt, in der Sonnwendnacht, in der ringsum auf den Höhen die Feuer glühen, in der Sonnwendnacht, wo aufersteht, was ewigen Lebens würdig war, seien die Geister der Vergangenheit zuerst heraufbeschworen.

Obergrainau, den 24. Juni 1908

Erstes Kapitel

Wo die kurische Nehrung beginnt, ihre Dünen in die Ostsee hinauszustrecken, und das Meer auf der einen, das Haff auf der andern Seite das Land bespült, steht das Haus meiner Großeltern, in dem ich geboren bin. Vor Jahrhunderten haben deutsche Ordensritter es als festes Bollwerk gegen das heidnische Volk des Samlands erbaut; der breite, viereckige Turm, die dicken Mauern und der Graben ringsum erinnern noch an seinen Ursprung. Ein Ordensbruder soll es gewesen sein, der als einer der ersten im Samland zur Lehre Luthers übertrat, – nicht aus Gewissenszwang, denn das hätte dem blonden derben Junker aus dem thüringischen Geschlecht der Golzows wenig ähnlich gesehen, sondern aus Liebe zu einem schönen Fräulein, die ihn das Keuschheitsgelübde brechen hieß. Er wurde auf dem Schloss von Pirgallen der Stammvater des preußischen Zweigs der Familie und der Vorfahr meines Großvaters. Mit dem Besitz schien sich aber auch die lebenbestimmende Liebesleidenschaft des Ahnherrn von Generation zu Generation zu vererben. Nur selten fügte sich ein Golzow dem Rate der Familiensippe, wenn es galt, sich die Eheliebste zu wählen, und so wurden viele fremde Blumen in den nordischen Garten verpflanzt. Manch eine mag dabei im Frost erstarrt, vom Meersturm zerzaust worden sein, andere aber blühten, trugen Frucht und streuten den Samen ihrer Heimaterde in das Land, wo er üppig aufging, so dass es zwischen den gelben Dünen, den weißen Birkenstämmen und knorrigen Eichen gar seltsam anzuschauen war.

Auch meine Großmutter war solch eine fremde Blume gewesen: ein Kind der Liebe, dem heimlichen Bund eines Königs mit einem kleinen elsässischen Komtesschen entsprossen. Und sie war wohl nie recht heimisch geworden da oben. Sie fror immer, saß auch im Sommer gern am Kaminfeuer der Halle, und schwere schleppende Samtkleider, mit Pelz verbrämt, trug sie am liebsten. Sie blieb auch einsam trotz der großen Kinderschar, die sie umgab. Das Blut der Golzows war lebenskräftiger als das ihre, denn all die Buben und Mädeln, die sie gebar, waren nicht eigentlich ihre Kinder: mit hellen blauen Augen aus rosigweißen Gesichtern blickten sie in die Welt, und Jagd und Tanz, Spiel und Liebe blieb ihnen Lebensinhalt.

An meine Mutter, ihr jüngstes Kind, die goldblonde Ilse, hatte sie sich mit aller Kraft ihrer Sehnsucht geklammert. Lange hoffte sie, sich selbst in ihr wiederzufinden, und verdeckte mit den bunten Gewändern ihrer Phantasie in zärtlicher Selbsttäuschung alles, was ihr fremd war an ihrer Tochter. Sie half ihr auch den Starrsinn des Vaters brechen, der sich ihrer Verbindung mit einem armen Infanterieleutnant widersetzte. Die Ehe mit dem ernsten, strebsamen Mann würde, so meinte sie, ihr eigentliches Wesen erst zur Entfaltung bringen, – das Wesen, das sich schon deutlich genug dadurch auszudrücken schien, dass ihre Wahl unter allen ihren glänzenden Bewerbern grade auf diesen gefallen war. Sie wusste nicht, dass nur der Rausch Golzowscher Liebesleidenschaft – heiß und kurz, wie die Sommer Pirgallens – Ilse beherrschte. Ihr Gatte kannte die Tochter besser als sie, darum gab er die Hoffnung nicht auf, statt des »heimatlosen Landsknechts«, wie er ihren Erwählten, den Leutnant Hans von Kleve, spöttisch nannte, einen der Standesherrn des Landes als Schwiegersohn zu begrüßen.

Kleve besaß nichts als seinen guten Namen und seinen Ehrgeiz. Nachdem sein Vater, ein leichtsinniger Gardeleutnant, mit dem spärlichen Rest seines rasch verjubelten Vermögens und einer lustigen kleinen Frau, deren bürgerliche Herkunft ihn den schönen bunten Rock auszuziehen zwang, ein Gütchen in der Nähe Berlins erworben hatte, um dort nichts zu tun, als zu sterben, war seiner Mutter kaum das notwendigste übrig geblieben, um ihn und seine vier Geschwister zu erziehen. Wie gut, dass sie an Arbeit gewöhnt gewesen war ihr Leben lang! Zu stolz, die reichen Verwandten ihres Mannes, die sie ihrer Herkunft wegen nie hatten anerkennen wollen, in Anspruch zu nehmen, zog sie sich in eine kleine märkische Stadt zurück, wo sie ihre Kinder mit eiserner Strenge und in spartanischer Einfachheit erzog. Hans war zwölf Jahre alt, als er in diese harte Schule genommen wurde. Er empfand die Beschränktheit des Lebens am tiefsten und litt ständig unter den Anforderungen, die seine Mutter an seine geistige und moralische Leistungskraft stellte. Sein Liebesbedürfnis fand wenig Verständnis bei ihr, die unter dem dauernden Druck quälender Sorgen die Zärtlichkeit glücklicher Mütter eingebüßt hatte. Eine Schwester, die ihm im Alter am nächsten stand, und der er sein ganzes Herz zuwandte, wurde ihm früh durch väterliche Verwandte, die sich plötzlich der armen Witwe und ihrer Kinder erinnert hatten, entrissen; so blieb er ganz auf sich allein angewiesen und konzentrierte all seine Energie auf das eine Ziel: sich selbst das Leben zu erobern.

Mit sechzehn Jahren machte er das Abiturientenexamen und trat in ein Königsberger Infanterieregiment ein. Kavallerist zu werden, was er sich gewünscht hatte – denn die Reiterleidenschaft saß ihm tief im Blute –, erlaubten seine Mittel ihm nicht, und die Schwester, die von ihrem reichen Onkel wie ein eigenes Kind gehalten wurde, hatte dem Bruder, – um ihre persönliche Stellung besorgt, – rundweg abgeschlagen, eine Zulage für ihn zu erbitten. Von selbst reichte des Onkels Generosität über das Geburtstags- und Weihnachtsgoldstück und gelegentliche Urlaubsreisen nach dem Familiengut in Oberfranken nicht hinaus, und so bestand des jungen Mannes Dasein in unaufhörlichen Verzichtleistungen. Er lebte nur seinem Beruf; sein Empfindungsleben schien durch die Arbeit völlig erstickt zu sein.

Um diese Zeit lernte er Ilse Golzow kennen, und alles, was an Liebessehnsucht in seiner Seele gelebt hatte von klein auf, brach ungestüm hervor. Das Weib war ihm unbekannt geblieben bis dahin; die Arbeit hatte ihn taub und blind gemacht, und eine angeborene Reinheit der Gesinnung hatte ihn das Gemeine stets als gemein empfinden lassen. So vereinte sich in der ersten Liebe des Achtundzwanzigjährigen die volle phantastische Schwärmerei des Jünglings mit der tiefen Neigung des reifen Mannes. Die Erfüllung alles dessen, was er in seinen stillsten Stunden für sich an Glück erträumt hatte, erwartete er von dem Besitz dieses holden blonden Mädchens. dass ihm dies Glück nicht kampflos in den Schoß fiel, erhöhte nur seinen Wert für ihn.

Um ihretwillen vertauschte er seine Studierstube mit dem Ballsaal; er entwickelte gesellige Talente, die bisher niemand in ihm vermutet hatte, er wurde das belebende Element aller großen und kleinen Feste. Auf dem Wege zwischen Königsberg und Pirgallen ritt er sein Pferd fast zu Schanden, das er sich endlich als Regimentsadjutant halten konnte, und auf den Schnitzeljagden stellte er durch seine Reiterkunst sämtliche Kürassierleutnants in den Schatten. Ein instinktives Verständnis für die weibliche Natur lehrte ihn, dass Mädchen, wie die schöne Ilse, durch die Bewunderung, die man ihnen abnötigt, am sichersten zu gewinnen sind. Von dem Vater der Geliebten aber musste er sich eine zweimalige Ablehnung gefallen lassen; erst als er zum drittenmal wieder kam und die Tränen Ilsens sich mit seinen Bitten vereinigten, während ihre Mutter alle Gründe der Liebe und der Vernunft zu seinen Gunsten zur Geltung brachte, hieß er ihn – mit aller Reserviertheit des Bezwungenen, nicht des Überzeugten – als Schwiegersohn willkommen.

An einem Maiensonntag des Jahres 1863 fand die Trauung des jungen Paares in der alten Pirgallener Dorfkirche statt. Als »Burg des Christengottes«, so erzählt die Sage, galt sie einst dem heidnischen Volk, und an eine Burg mehr als an eine Kirche erinnern noch heut die aus ungefügen Steinblöcken zusammengesetzten Mauern und der viereckige Turm mit den kleinen Fenstern, den dichter Efeu fast ganz überwucherte. Die dämmerige Halle verstärkte diesen Eindruck: vor dem Zeichen des Speeres, dem Wappenbilde der Golzows, verschwand fast das des Kreuzes, und statt der Bilder des Heilands und der Apostel reihte sich ein Grabstein neben dem andern an den Wänden, mit Ritterhelmen und Schwertern geschmückt, oder mit steinernen Bildnissen, die alle denselben Typus ostdeutschen Adels aufwiesen, ob ihr Antlitz mit den regelmäßigen, etwas leblosen Zügen und den hochmütig geschürzten Lippen nun unter dem Stechhelm oder der Allongeperücke hervorsah. Auf den Grabsteinen der Frauen erzählten die Doppelwappen, wie selten nur die ritterbürtige Ahnenreihe unterbrochen worden war. Und dass sie alle zu einem Geschlechte gehörten: diese stummen Zeugen der Hochzeit Ilsens und die vielen derer von Golzow, die sich in der alten Kirche zusammenfanden, – das bewiesen diese schlanken Menschen mit den schmalen Handgelenken und den langen spitzen Fingern, die an harte Arbeit nie gewöhnt gewesen waren. Nur dass die Kraft der Ahnen sich in lässige Grazie verwandelt und ihre rassige Vornehmheit einen leisen Schein müder Dekadenz angenommen hatte.

Auch des Bräutigams Verwandte waren vollzählig erschienen. Sie hatten sich die Teilnahme an dem Familienfest um so weniger entgehen lassen, als Hans Kleves Heirat die Mesallianz seines Vaters verschmerzen ließ. Von anderem Schlag waren sie als die Golzows: Das Blut fahrender Landsknechte und alt-nürnberger Patrizier mischte sich in ihren Adern, und breit, groß und stämmig waren ihre Gestalten. Die Kniehosen und Wadenstrümpfe ihres bayerischen Berglands ließen ihnen besser, als Frack und Zylinder, und seltsam stach vor allem des Bräutigams üppige rotblonde Schwester Klotilde ab gegen die zarte Elfengestalt seiner Braut.

Als Menschen eigner Art jedoch, nicht als bloße Glieder einer Familie, traten zwei Erscheinungen aus dem großen Kreise hervor: die Mütter des jungen Paares waren es. Das Leben hatte sie beide auf seine Höhen geführt und in seine Abgründe hineingerissen, sie waren von ihm gezeichnet; die eine – das Königskind, das Kind der Liebe –, um deren hohe Gestalt das Samtgewand wie ein Krönungsmantel niederfloss, deren schwermütig-dunkle Augen Geist und Güte strahlten, – die andere –, ein Kind des Volkes und der Arbeit, die sich nicht zu Hause fühlte in dem schwarzen Seidenkleid, deren harte Hände von zähem Fleiße, deren durchfurchte Züge von eiserner Willenskraft sprachen, und in deren braunen Augen doch der kecke Humor noch lachte, der über alles Ungemach hinweghilft.

Königsberg, die Garnison meines Vaters, als er heiratete, war mit dem raschen Golzowschen Gespann von Pirgallen aus in drei Stunden zu erreichen. Es war daher für die Tochter kein Abschied von zu Hause, der den Schmerz langer Trennung in sich birgt. Ja, sie blieb im Grunde daheim, denn im alten Stadthaus ihrer Eltern wurde dem jungen Paare die Wohnung eingerichtet.

Während es auf der Hochzeitsreise war, schmückte die Großmutter das künftige Nest ihrer Kinder. All ihren Geschmack, all ihre Träume und Gedanken über die Schönheit, Harmonie und Behaglichkeit einer Familienwohnung verwirklichte sie hier. Da war der grüne Salon mit den tiefen englischen Lehnstühlen, dem geräumigen Sofa am breiten Fensterpfeiler, mit dem runden, von einer Tuchdecke bedeckten großen Tisch davor, dem mächtigen roten Marmorkamin an der Längswand ihm gegenüber; daneben, nur durch Portieren getrennt, das helle Boudoir mit seinen kretonneüberzogenen Wänden und Möbeln, dem Schreibtisch voller Familienbilder, überragt von Thorwaldsens segnendem Christus; und auf der andern Seite des Vaters Zimmer mit seinen schweren geschnitzten Eichenmöbeln, in deren Arabesken das Wappentier der Kleves, die gekrönte Eule, sich vielfach wiederholte. Für das Speisezimmer hatte die Großmutter die alten Empiremöbel ihrer Mutter hergegeben: Mahagoni mit Bronzebeschlägen und gelbseidnen Sesselbezügen. Hier prangte auch eine Reihe alter Familienbilder an den Wänden: Frauen im Reifrock mit märchenhaft dünner Taille und gepuderten Haaren, Männer in goldstrotzender Uniform und mächtiger Lockenperücke, und mitten unter ihnen ein rosiges, lächelndes, goldlockiges Frauenköpfchen, das die Mutter in spätern Jahren immer in den dunkelsten Winkel zu hängen pflegte: Alix, die Urgroßmutter, das Königsliebchen.

Ein großes, helles Schlafzimmer, eine Fremdenstube und ein sorgfältig abgeschlossner, von der Großmutter streng behüteter Raum – als hätte Blaubart seine Frauen darin – vollendeten die Wohnung. In Ost und West, in Süd und Nord – wohin immer das Soldatenschicksal uns getrieben hat, – dieser Rahmen des Lebens ist sich stets gleich geblieben. Ein Gesellschaftszimmer, ein Tanzsaal kamen später wohl hinzu, sie haben mich aber immer wie etwas Fremdes angemutet. »Ihr habt keine Heimat«, pflegte die Großmutter zu sagen, »da müsst ihr sie als Ersatz, wie die Schnecke ihr Haus, mit euch tragen.«

Als die Eltern nach der Hochzeitsreise diese Räume, die geschaffen schienen, Liebe und Freude in sich zu schließen, betraten, war auf ihr Eheglück schon ein Reif gefallen. Ahnungslos, wie alle wohlgehüteten Mädchen ihrer Zeit und ihrer Lebenskreise, war Ilse in die Ehe getreten. Keusch wie sie war der Mann, dem sie sich vermählt hatte, aber um so gewaltiger war die Glut seiner Liebe und seines Begehrens, während ihre Sinne noch schliefen und das große, tiefe Geheimnis des Geschlechts sich ihr wie eine grässliche Untat offenbarte. Sie hat mir oft erzählt, dass sie in den ersten acht Tagen ihres Zusammenlebens mit ihrem Mann am liebsten davongelaufen wäre, wenn sie sich nicht vor ihren Eltern geschämt hätte. Erst ganz allmählich kam ihr die Erkenntnis, dass ihr Gatte kein Verbrecher, ihr Schicksal kein abnormes war. Zu den seelischen Leiden, mit denen sie ihn, der so liebevoll, so zartfühlend und weichherzig war, wohl noch mehr quälte als sich selbst, kamen körperliche Beschwerden hinzu, deren Ursachen sie ebenso verständnislos gegenüberstand. Sie suchte sie mit der ihr eignen Energie zu beherrschen, um so mehr, als sie sich unter den ihr fremden Kleveschen Verwandten befand; sie teilte auch ihrer Mutter nichts davon mit, um die Überängstliche nicht unnötig, wie sie meinte, aufzuregen. Tapfer beteiligte sie sich an allen Ausflügen, allen ländlichen Festen; tanzte und ritt, obwohl es ihr oft vor den Augen dunkelte und der Schwindel sie zu übermannen drohte. So kehrte die junge Frau bleich und müde zurück, die, ein Bild blühender Gesundheit, das Elternhaus verlassen hatte. Der Schatten dieser ersten Schmerzen und Enttäuschungen fiel über ihr ganzes Leben.

Der Großmutter blutete das Herz, als sie ihr Kind wiedersah. Bald aber war sie beruhigt und zärtlicher Freude voll in dem Gedanken an das junge Leben, das sich im Schoße der Tochter entwickelte. Nur allzu früh sollte die Hoffnung, die von Ilse selbst nur qualvoll empfunden wurde, zerstört werden; und statt einer Wöchnerin pflegte die Großmutter eine schwer kranke junge Frau. Erst die würzige Herbstluft von Pirgallen heilte sie, und der Königsberger Karneval sah sie als eine der schönsten der Schönen im fröhlichen Kreise der Jugend wieder. Sie tanzte gern, sie sah sich gern von Bewunderern umgeben, und ihr Mann war überglücklich, wenn er sie heiter wusste.

Im zweiten Jahre ihrer Ehe stellten sich wieder Hoffnungen ein; mit hellem Jubel begrüßte sie Hans Kleve, mit tiefer Rührung die Großmutter; nur die, unter deren Herzen das neue Leben erwachte, spürte nichts von alledem. Die Fassung, mit der sie sich in ihr Schicksal ergab, das Vorgefühl ernster kommender Pflichten war das einzige, was sie ihm gegenüber aufbringen konnte.

Indessen richtete die Großmutter des Enkelkindes erstes Stübchen ein: Alles darin war weiß und rot, einfach und freundlich, nur das Sofa war mit braunem Rips bezogen und der Tisch davor mit braunem Wachstuch. Du gutes altes Sofa! Auf dir hab ich die Glieder im ersten Lebensgefühl gestreckt, auf dir bin ich umhergeklettert, als ich die Beinchen regen konnte; in deinen Winkeln hab ich mein Lieblingsspielzeug geheimnisvoll verwahrt, habe, tief in deine Polster geschmiegt, meine Märchenbücher verschlungen und meine ersten Träume auf dir geträumt!

Mitten in den Vorbereitungen zum Empfange des kleinen Erdenbürgers warf eine Lungenentzündung den alten Golzow aufs Krankenlager. Bei einer der häufig wiederkehrenden Überschwemmungen, die durch die wilden, alle Dämme durchreißenden Wogen des kurischen Haffs entstanden und die Wiesen stets auf Jahre hinaus wertlos machten, hatte er stundenlang, bis an die Knie im Wasser, mit den Knechten um die Wette die Löcher der Dämme zu verstopfen gesucht und sich dabei eine Erkältung zugezogen. Auf die Nachricht seiner Erkrankung siedelte Ilse, die ihrem Vater besonders nahe stand, nach Pirgallen über. Noch wochenlang sah sie dem wilden Kampf des starken Mannes gegen den Allüberwinder zu, der ihn schließlich sanft in seine Arme nahm.

Ein Maiensonntag war es abermals, als der Gutsherr mit all dem Pomp, der die Sprossen eines der ältesten Geschlechter des Landes von jeher zu Grabe leitete, in die Gruft seiner Vorfahren gesenkt wurde. Vollzählig war wieder die Familie versammelt, vollzählig war auch das Offizierkorps des Königsberger Kürassierregiments zugegen, dem Walter, der älteste Sohn des Verstorbenen, angehörte, und seine Trompeter bliesen die Trauerchorāle. In langem Zuge folgten die Knechte und die Instleute dem Sarge, den der greise Förster, des Toten Lebensgefährte, mit seinen Jägern trug. Ehrliche Trauer blickte aus den Zügen aller der wettergebräunten Männer der Arbeit. Werner Golzow war ihnen ein guter Herr gewesen. Sie hatten nie seine Faust und nie seine Peitsche gespürt, wie ihre Kollegen ringsum auf den Nachbargütern, und sie fürchteten sich vor dem Junker, seinem Erben. Sein junges hübsches Gesicht war hart und hochmütig, auf die unbeholfenen, teilnehmenden Worte der Diener seines Vaters antwortete er nur mit einem leichten Neigen des Kopfes, die Hand, die sie, der alten preußischen Sitte gemäß, küssen wollten, zog er ungeduldig zurück. Als die Gutsleute nach der Beisetzung in der großen Halle des Herrenhauses von der Großmutter empfangen wurden, spürten sie doppelt ihre Güte, die nichts Herablassendes hatte, die den Untergebenen niemals den Abstand zwischen Herrn und Diener fühlen ließ. Und einer nach dem andern richtete die angstvolle Frage an sie: Unsre Frau Baronin wird uns doch nicht verlassen? Sie schüttelte nur wehmütig lächelnd den Kopf dazu, und halb und halb beruhigt ging alles auseinander.

Sechs Wochen später wurde ich geboren. Es war ein glühheißer Junisonntag; in voller Pracht blühten die Rosen, und in der alten dunkeln Gespensterallee, wo die »böse Frau von Pirgallen« nächtlicherweile mit dem Kopf unter dem Arme umging, dufteten berauschend die Linden. Das Geläut der Glocken begleitete gerade die heimkehrenden Kirchgänger, als ich zur Welt kam. Ich konnte das Leben nicht erwarten, denn den Weg hinein fand ich ohne Hilfe, – die weise Frau kam erst, als die Großmutter mich schon in den Armen hielt und dem Vater beim Anblick seines Kindes große Tränen der Rührung über die Wangen liefen.

In der alten Kirche, über der Gruft der Golzows und unter ihren Speeren, wurde ich getauft. Die Gutskinder hatten den düstern Raum in eine Laube von Jasmin verwandelt, – darum hab ich wohl mein Lebtag keinen Blumenduft so geliebt wie den dieser weißen Sterne. Selbst im geweihten Wasser des Taufsteins schwammen ihre Blätter, und als der greise Pfarrer es mir auf die Stirn träufelte, blieb eins davon auf meinem dunkeln Köpfchen haften. »Und wenn ich mit Menschen- und Engelzungen redete und hätte der Liebe nicht, ich wäre ein tönend Erz und eine klingende Schelle« – lautete der Text der Taufpredigt und Alix der Name, der mir gegeben wurde. Beides hatte die Großmutter gewählt; den Namen hatte sie gegen den Widerstand der Tochter für ihr erstes Enkelkind durchgesetzt, – den Namen ihrer Mutter, die sie um so inniger geliebt, je mehr die Welt sie verdammt hatte.

Ich blieb in Pirgallen. Vergebens hatte man versucht, mich an die Brust meiner Mutter zu legen. War es ihre innere Abneigung, die sie nur im Gefühl, eine Pflicht erfüllen zu müssen, überwinden wollte, war es mein früh erwachter Eigensinn, – kurz, Mutter und Kind schienen nichts von einander wissen zu wollen, und eine derbe Fischerfrau, die mich mit ihrem Söhnchen zusammen nährte, wurde meine Amme. Behütet von ihr und der Großmutter, der das schwarzhaarige, dunkeläugige Baby so ähnlich sah, verbrachte ich auch den Winter bei ihr; seufzend hatte es mein Vater zugegeben, da er sah, dass ich hier besser aufgehoben war als in Königsberg, wo die Freuden der Geselligkeit meiner Mutter ganze Zeit in Anspruch nahmen. Oft aber packte ihn die Sehnsucht so sehr, dass er Sturm und Wetter nicht scheute und, wie einst zu der Geliebten, zu der Braut, nun zu dem Töchterlein hinausritt, um es zu küssen, und in den Armen zu schaukeln. Die Großmutter hat immer dabei weinen müssen, erzählte mir die Amme später. Lange wusste ich nicht, warum.

Dann kam der Krieg, der böse deutsche Bruderkrieg. Mein Vater wurde Kompagnieführer in einem jener Regimenter, die durch die mörderischen Kämpfe in Böhmen fast völlig aufgerieben wurden. In den Wäldern um Königgrätz warf ihn eine Kugel zu Boden. Wären nicht ein paar seiner treuen Grenadiere, die ihn wie einen Vater liebten, der eignen Erschöpfung nicht achtend, noch spät des Nachts ausgezogen, um, wie sie meinten, die Leiche ihres Hauptmanns zu suchen, er wäre elend verblutet. Puckchens, unseres Affenpinschers, klägliches Winseln führte sie auf die Spur des Verwundeten. Sobald er transportfähig war, brachte man ihn nach Königsberg. Die Mutter, sonst eine so starke Frau, brach zusammen beim Anblick des entkräfteten, vollkommen entstellten Mannes. Er war es, der sie lächelnd trösten musste.

Viele, viele Wochen lag er auf dem Krankenlager, das ihm in seinem Wohnzimmer errichtet worden war. Je mehr seine Genesung vorschritt, desto eifriger beschäftigte er sich mit mir. Ich habe nie einen Mann gesehen, der wie er mit kleinen Kindern spielen konnte.

Meine erste traumhafte Erinnerung, – ich bin immer ausgelacht worden, wenn ich von ihr erzählte, da ich doch damals noch nicht zwei Jahre alt war –, führt mich in einen dunkel verhängten Raum vor ein großes braunes Bett, aus dem mir ein blasser Mann die Arme entgegenstreckte.

Ich weiß, dass ich laut aufschrie, dass der Mann den Kopf müde zurücklegte und ich mich aufatmend in meinem hellen Stübchen wiederfand. Und später sah ich ihn im Rollstuhl wieder und mich auf seinem Schoß mit seiner großen, dicken Uhr spielend, die, weil sie mit so zärtlichem, feinen Stimmchen alle Viertelstunden schlug, für mich immer etwas Lebendiges gewesen ist. Wende ich ein andres Blatt der Erinnerung um, so seh ich große rote Blumenkerzen in mein Fenster hereinleuchten. Das war in Potsdam, wohin mein Vater nach dem Feldzug versetzt wurde, und wo wir in einem gartenumsäumten Haus, vor dem ein alter Kastanienbaum Wache hielt, das erste Stockwerk bezogen. Neben uns, nur durch den Gartenzaun getrennt, wohnte meiner Mutter zweiter Bruder Max, der bei den Gardehusaren Leutnant war und eine elsässische Cousine geheiratet hatte. Werner, ihr Sohn, war nur um wenige Monate jünger als ich. Unter uns aber, in die Parterrewohnung mit der großen Terrasse, auf deren Balustrade kleine Steinengelchen saßen, die in meinen Träumen immer lebendig wurden, zog, kaum ein Jahr nach unsrer Übersiedlung, die Großmutter ein.

Walter Golzow hatte nach dem Kriege den bunten Rock mit dem schönen himmelblauen Kragen ausgezogen und das Gut übernommen, dessen Geschäfte die Großmutter bis dahin mit Hilfe des erprobten Verwalters gewissenhaft und in der alten Weise geleitet hatte. Sie versuchte dann noch eine Zeitlang, neben dem Sohn zu wirken und zu arbeiten, wie sie es früher gewohnt gewesen war. Aber zu hart stießen die Gegensätze aneinander: in ihrer Milde sah Walter Schwäche, in ihrer Wohltätigkeit Verschwendung. Es kam auch tatsächlich zuweilen vor, dass ihre Güte missbraucht wurde, dass man die allzeit Hilfsbereite, die an jedem Menschen etwas Gutes sah oder herauszulocken verstand, hinterging und betrog. Das nahm ihr Sohn zum Vorwand, ihrem barmherzigen Wirken mehr und mehr Hindernisse in den Weg zu legen. Doch dies alles hätte sie nicht so schwer getroffen, da sie als Herrin ihres Vermögens damit machen konnte, was ihr gut schien; unerträglich wurde ihr die Existenz vielmehr erst durch die fast fieberhafte Neuerungssucht Walters: nichts in der Wirtschaft und im Hause schien ihm mehr gut genug, und Umwandlungen und Neuanschaffungen, die ein vorsichtiger, auf alle Möglichkeiten schlechter Jahre vorbereiteter Gutsherr auf einen langen Zeitraum verteilt, sollten jetzt in wenigen Monden vor sich gehen. Die Großmutter sorgte, warnte, bat, – sie predigte tauben Ohren. Die Ställe füllten sich mit Luxuspferden, die Wirtschaftsräume mit neuen Maschinen aller Art, deren Handhabung selten einer verstand, das Herrenhaus mit modernen Möbeln, vor deren geschmacklosem Prunk der alte, solide Hausrat aus Urväter Tagen weichen musste. Es kam zu scharfen Auseinandersetzungen zwischen Mutter und Sohn, die ihren Höhepunkt erreichten, als sie sah, wie er auf die Wange eines ungeschickten Reitknechts die Peitsche niedersausen ließ, so dass der junge Mensch blutend zu Boden sank. Wenige Tage darauf entführte der alte breite Kutschwagen mit den wohlgenährten Braunen davor die Großmutter von der Stätte ihrer jahrzehntelangen Wirksamkeit, von dem erinnerungsreichen Boden ihrer zweiten Heimat. Sie sah sich nicht um, und sie weinte nicht; zu tief empfand sie das schwerste Geschick, das ein Weib treffen kann: fremde Kinder zu haben.

Ich war vier Jahre, als die Großmutter nach Potsdam kam. Ein Ölbild von Tochter und Enkelin, das damals für sie gemalt worden war, zeigt, dass auch ich meiner Mutter solch ein fremdes Kind gewesen bin: von ihrer lichten Erscheinung mit dem hellblonden Haar, der durchsichtigen Haut, den meerblauen Augen sticht das kleine Mädchen seltsam ab, um dessen schmales gelbliches Antlitz dunkle schwere Locken sich ringeln, dessen schwarze Augen fragend und verträumt ins Weite sehen. Von klein an bewunderte ich neidvoll meiner Mutter nordische Schönheit, und wenn meine Freunde mir Tränen des Zorns entlocken wollten, brauchten sie mich nur »schwarze Alix« zu rufen; sie waren selbst alle blond, und schon bei den Unmündigen wirkt die Majorität überzeugend. Die Anführer bei solchen Späßen, die mir den Umgang mit meinesgleichen früh verleideten, waren meist mein Vetter Werner und Adda, das Töchterchen eines der Regimentskameraden meines Vaters. Mit jener Grausamkeit, die nur den kleinen Menschentieren eigen ist, richten sie sich durch ihre Neckereien an meiner Besonderheit. Einig waren wir drei eigentlich nur, wenn es galt, unseren französischen Bonnen einen Schabernack zu spielen. Wir konnten sie alle nicht leiden und empfanden sie nur als notwendiges Übel, unter dem wir gemeinsam zu leiden hatten.

An jedem schönen Morgen führten sie uns in den Park von Sanssouci; kein Wort Deutsch durften wir sprechen, und artig mussten wir nebeneinander gehen. Wenn die drei Fräuleins aber erst häkelnd auf einer der Bänke saßen und die Lebhaftigkeit ihres Gesprächs einen gewissen Höhepunkt erreicht hatte, benutzten wir schleunigst die Gelegenheit, aus ihrem Gesichtskreis zu verschwinden, und dann war ich die Anführerin.

Wo die Büsche am dichtesten waren, versteckten wir uns und spielten im grünen Dämmerlicht phantastische Märchen. Meine blühende Phantasie steckte die beiden andern an: unter halbverwitterten steinernen Göttern gruben sie eifrig nach den Schätzen, von denen ich ganz genau zu erzählen wusste, oder sie umschlichen geduldig immer wieder des alten Fritzen Schloss oben auf den Blumenterrassen, die Ritter und die Feen mit Herzklopfen erwartend, die ich schon »soo« oft gesehen hatte. Wenn freilich durchaus nichts von dem Erwarteten sich zeigen wollte, musste ichs bitter büßen, und wenn wir unsrer schmutzigen Hände und zerdrückten Kleider wegen von unsern drei Gestrengen gescholten wurden, war allemal ich die Hauptschuldige. Allmählich gewöhnte sich mein sehr robuster und prosaischer kleiner Vetter daran, den lebhaften Ausbrüchen meiner Einbildungskraft mit einem verächtlichen »zu dumm« zu begegnen, was mich bis zu Tränen kränkte und mehr und mehr verstummen ließ. Spielte ich dann artig mit Ball und Reifen, ohne in die Büsche zu kriechen, dann lobte mich Mademoiselle: »comme elle devient raisonnable!« sagte sie.

Noch stand ich nicht fest auf dieser Staffel der guten Erziehung, als mir ein schwerer Kummer widerfuhr. In unserm Garten, in dem wir nachmittags zu spielen pflegten, lagen auf den Wegen viele bunte Kieselsteine. In einem Winkel, unter einem Jasminstrauch – zu den weißen Blüten trug ich immer meine tiefsten Geheimnisse – sammelte ich die schönsten, die ich finden konnte. Ich war fest überzeugt, dass sie in ihrem Innern goldne Wagen mit weißen Pferdchen davor, blitzende Königskronen und schimmernde Schlösser bargen, und versuchte, sie mit einem Hammer aufzuschlagen. Schließlich kamen Werner und Adda hinter mein Geheimnis; mein Vetter, den meine glühende Begeisterung für die zu erwartenden Herrlichkeiten anstecken mochte, bemühte sich auch seinerseits, die Kiesel zu öffnen, und es gelang. »Bist du dumm«, rief er ärgerlich, als er die grauen Splitter in der Hand hielt, »es sind ja nur ganz gewöhnliche Steine!«

Noch oft hab ich später hinter dem Leblosen wundervolle Offenbarungen vermutet und im Schweiße meines Angesichts versucht, zu ihnen vorzudringen, aber die Enttäuschung hat mich kaum je so heftig geschmerzt und bis zu so wilder Verzweiflung getrieben, wie damals, wo ich, ein fünfjähriges Kind, weinend vor den zerschlagenen Kieseln saß.

Wenn die andern mich verhöhnten, wenn der Schmerz mich übermannte und sie nicht verstanden, warum, dann blieb mir ein Zufluchtsort und ein Mensch, der immer die rechten Worte des Trostes fand: Großmama. Wie oft flüchtete ich in ihr stilles Reich, wo sie zwischen blühenden Blumen und dunkeln Palmen lesend, schreibend oder still vor sich hinträumend in ihrem tiefen, grünen Lehnstuhl saß. Sie hatte immer Zeit für mich, sie lachte mich niemals aus und antwortete nie auf meine tausend Fragen mit jenem ein weiches Kindergemüt so verletzenden: »Das verstehst du nicht.« Und wenn sich mir Park und Garten, Wasser und Wald mit tausend Gestalten bevölkerten, wenn die allabendlich in buntem Reigen um mein Bettchen tanzten, so wusste ich: Großmama sah sie, wie ich; nur die andern hatten keine Augen dafür. War ich allein bei ihr, so erschienen mir ihre Zimmer wie ein einzig Märchenreich: Zwischen den Palmen lächelte der schöne weiße Jünglingskopf ihres Vaters mir entgegen – halb ein Cäsar, halb ein Antinous –; von den Wänden sahen Männer und Frauen mich an, mir vertraut seit meinem ersten Augenaufschlag, wenn auch fremd nach Art und Gewandung, und unter einem von ihnen, auf kleinem Postament, stand Winter und Sommer ein frischer Blumenstrauß. Das war der Dichter, zu dessen Füßen die Großmutter gesessen hatte, als sie ein Kind, ein junges Mädchen gewesen war, der die Geschichte vom Heideröslein gedichtet hatte, die erste, die ich wiedererzählen konnte, und bei deren Schluss mir immer die Stimme brach: ... »Doch es half kein Weh und Ach, musst es eben leiden!«

Auf dem Fußbänkchen neben Großmama, den Kopf vergraben in den weichen Falten ihres Sammetkleids, die Augen auf die tanzenden und zuckenden Flammen des Kaminfeuers gerichtet, während ihre leise Stimme über mir klang, von Schneewittchen und Dornröschen erzählend oder von der kleinen Seejungfrau, die dem Prinzen zuliebe unter tausend Schmerzen zum Menschen wurde und dann doch wieder hinabsteigen musste in die Fluten, – das waren die schönsten Stunden meiner frühen Kinderjahre. Und das alles waren Erlebnisse für mich, viel bedeutungsvollere, als die Ereignisse des öffentlichen Lebens, deren Kunde an mein Ohr schlug. So weiß ich vom deutsch-französischen Kriege, obwohl ich ihn als fast Sechsjährige erlebte, nicht allzuviel. Ich sehe mich zwar Charpie zupfend am Fenster sitzen oder mein Frühstücksbrötchen mitleidig für die armen Soldaten in die Kiste legen, die die Mutter allwöchentlich zu packen pflegte; ich erinnere mich, dass ich mit Hurra schrie bei jeder Siegesnachricht und die Illuminationskerzen nach dem Fall von Sedan mit in die sandgefüllten Gläser steckte. Ich weiß auch, dass mir das bunte

Schauspiel des Einzugs der Sieger in Berlin, dem ich in einem neuen blauseidnen Kleidchen mit meiner Mutter von irgend einem Lindenhotel aus beiwohnte, sehr gefiel, und dass mein Lorbeerkranz statt auf die Lanze eines Kriegers auf den aufgespannten Schirm irgend einer biedern Berliner Bürgerfrau niederfiel; aber von hochgeschwellter patriotischer Begeisterung weiß ich nichts. Vielleicht, dass die gedrückte Stimmung zu Haus mich beeinflusst hatte, denn hier kam eine reine Siegesfreude nicht auf. Nicht nur, weil Söhne und Gatten allen Wechselfällen des Krieges ausgesetzt waren, sondern auch, weil nahe, liebe Verwandte der Großmutter im französischen Heere dienten. Neffen von ihr kamen als Gefangene nach Potsdam; der alte Bruder ihrer Mutter, der sich als Jüngling unter Napoleon I. die Sporen verdient hatte, kämpfte jetzt mit derselben glühenden Vaterlandsliebe unter seinem Nachfolger. Von dem Franzosenhass, der den deutschen Kindern späterer Zeit eingeprägt wurde, wussten wir infolgedessen nichts. Ich glaube, jener Hurrapatriotismus, der sich heute breit macht, gedieh nur in Friedenszeiten. Wer dem Kriege Aug in Auge sieht, dessen Vaterlandsliebe wird vielleicht nicht weniger tief, wohl aber ernster und stiller sein. Erst wenn die großen Kämpfe der Völker lange vorüber sind, werden sie zu Mitteln, die Begeisterung auch der Kinder anzufachen. So kam es wohl, dass meine Phantasie von dem, was vor sich ging, ebenso unberührt blieb wie mein Gemüt. Nur der Heimkehr meines Vaters sah ich voll jubelnder Freude entgegen.

Er brachte uns allen Geschenke aus Frankreich mit, die er mit Sorgfalt und in der freudigen Aussicht auf die glücklichen Gesichter der Empfänger ausgewählt und wofür er wohl auch viel Geld ausgegeben hatte. Über all das schöne Spielzeug, das ich erhielt, war mein Jubel ohne Grenzen, und ein zierliches goldnes Kettlein, das mich noch mehr entzückte, schlang ich mir grade vor dem Spiegel um den Kopf, so dass die Perle, die wie ein Tautropfen daran hing, just unter dem Scheitel auf die Stirne fiel – meine schwarzen Locken erschienen mir plötzlich gar nicht mehr so hässlich –, als das Antlitz meiner Mutter hinter mir auftauchte. Angstvoll erstaunt wandte ich mich um; Seiden- und Samtstoffe lagen vor ihr ausgebreitet, mit zärtlichfragenden Augen sah der Vater sie an, und sie – sie freute sich nicht! Worte des Vorwurfs über die »unnützen Ausgaben« war das erste, was ich sie sagen hörte, und mit ungewohnt heftiger Geberde nahm sie mir die Kette aus den Haaren, die nun – ich wusste das nur zu gut – in der unergründlichen Tiefe des Silberschranks verschwinden würde, wie so manche der schönsten Dinge, bis »Alix groß sein wird«. Dann dankte sie dem Vater mit einer kühlen Phrase, aus der ich das Erzwungene mit dem seinen Gefühl des Kinderherzens herausempfand. Über unsre Festtagsfreude hatte sich ein dunkler Schatten gelegt. Papa ging verstimmt hinaus, ich spielte verschüchtert in einem möglichst versteckten Winkel. Freude ist eine der sensitivsten Pflanzen, die es gibt, das Hab ich damals unbewusst zum erstenmal empfunden: wenn sie in vollster Blüte steht, genügt ein kalter Lufthauch, sie zu töten. Sie will gehütet sein und gepflegt, und nur ihr natürliches Welken ist schmerzlos. Verschleiert blieb von da an die Stimmung; um Liebe werbend, dankbar für jeden wärmeren Blick, bemühte sich mein Vater um seine schöne kühle Frau. Wie oft nahm er mich auf den Schoß, legte mein Bäckchen an seine Wange und herzte und streichelte mich, während seine Augen ihr folgten, die im Zimmer umherging, jedem Staubfäserchen nach, das etwa von einem Möbelstück nicht entfernt worden war. Bald hieß es, die Mutter sei krank und brauche längere Zeit der Erholung. Große Koffer wurden gepackt, und wir reisten – Großmama, Mama und ich, meine Mademoiselle und die Jungfer – nach der Schweiz. Wie schnell war da der arme, einsame Papa vergessen! Wundervolle Bilder von weißleuchtenden Gletschern, blauen Seen, brausenden Wasserstürzen und schauerlichen Abgründen zogen an mir vorüber. Nirgends war mir meine Bonne mit ihrem ewigen: Tiens-toi droite – ne court pas si vite – sois raisonable so widerwärtig vorgekommen wie hier. Ins Moos sich werfen mit ausgebreiteten Armen, laufen und springen, wie von Flügeln getragen, und über Stock und Stein aufwärts klettern, höher, immer höher, bis zu den silbernen Häuptern der Berge mitten in den Himmel hinein – ach, wer das könnte! Eines Tages hielt es mich nicht länger. Irgendwo am Vierwaldstädter See wars, wo ich davon lief, gedankenlos, ziellos, nur erfüllt von dem Wonnegefühl der ungebundenen Kraft. Erst als es anfing zu dunkeln, kam ich zum Bewusstsein meiner Verwegenheit. Da plötzlich geschah etwas so Wundersames, dass ich alles vergaß: die weißen Berge bekamen rotglühendes Leben. – Männergeschrei und ängstliches Rufen schreckten mich auf aus der Verzauberung; vom Hotel aus suchte man die Ausreißerin. Stumm kehrte ich heim, unempfindlich blieb ich für alle Vorwürfe, die mich sonst so bitter trafen; das Erlebte hatte jede andre Empfindung in mir ausgelöscht. Nur der Großmutter vertraute ich flüsternd das große Geheimnis an: wie die Bergriesen vor mir lebendig geworden waren. Im Herbst desselben Jahres kehrte Großmama nach

Potsdam zurück, Mama und ich aber reisten nach Augsburg zu meines Vaters Schwester Klotilde. Sie hatte sich mit Baron Artern, dem jüngeren Bruder ihrer Tante Kleve, bei der sie erzogen worden war, vermählt gehabt und war nach kurzem strahlendem Glück Witwe geworden. Monatelang schien es, als ob ihr sehnsüchtiger Wunsch, dem Toten zu folgen, erfüllt werden würde, und es war mein Vater, der ihr in dieser Zeit mit der ganzen hingebungsvollen Liebe und zarten Rücksicht, deren er fähig war, zur Seite gestanden und sie dem Leben zurückgewonnen hatte. Er war es wohl auch gewesen, der ihr den Gedanken nahe legte, uns zu sich einzuladen. Es gibt kaum eine heilendere Kraft für alle Lebenswunden als die weichen Hände, die klaren Augen und das helle Lachen eines Kindes, – ihr war sie versagt geblieben; in mir, so hoffte mein Vater, sollte sie sie finden.

An einem trüben Oktoberabend kamen wir in Augsburg an. In Trauerlivree empfing uns der Diener am Bahnhof, dunkel war die Equipage, dunkel waren die engen winkligen Straßen, und grau, wie leblos, starrten die alten Häuser mir entgegen. In einen hallenden Torweg, den nur eine unruhig flackernde Lampe spärlich erhellte, bog der Wagen, und vor einer breiten, teppichbelegten Treppe mit kunstvollem schmiedeeisernem Geländer stiegen wir aus. Eine alte Dienerin mit großem Schlüsselbund über der schwarzseidenen Schürze begrüßte uns zuerst; oben, wie eine Fürstin, wartete des Hauses Herrin auf uns. Der Kreppschleier verhüllte sie fast ganz, nur das weiße Gesicht und die roten Haare leuchteten daraus hervor. Weinend umarmte sie ihre Gäste, und erschüttert von dem Eindruck der neuen Umgebung weinte ich mit ihr. »Du gutes Kind«, sagte sie und küsste mich zärtlich; ich hatte ihr Herz gewonnen.

Ein seltsames Leben begann für mich in dem grauen Hause mit seinen langen, düstern Gängen, an deren Wänden ein dunkles Bild neben dem andern hing, mit seinen mächtigen schwarzbraunen Schränken und den tiefen, tiefen Teppichen, über die der Fuß unhörbar hinglitt. Die Türen waren mit Fries eingefasst, um jedes Geräusch zu vermeiden, und die Klingeln hatten einen dunkeln Ton. Meine Tante vertrug nicht den geringsten Lärm. Man hatte mir das streng eingeschärft, aber ich wäre hier auch ohnedies ganz still gewesen. Nur im Stübchen bei der alten Kathrin, der Wirtschafterin, die mich schnell in ihr Herz schloss, durfte ich lachen und toben, und draußen bei allen den vielen Verwandten und Freunden fühlte ich mich aus dem Traumreich in die Welt zurückversetzt. Die erste Mädcheneitelkeit ist damals von ihnen in mir großgezogen worden. Sie umgaben mich förmlich mit der wohligen weichen Treibhausluft der Bewunderung; und wenn meine Mutter auch, sobald wir allein waren, Worte wie Hagelschauer und Gewitterregen abkühlend hernieder brausen ließ, so sah ich darin doch nichts weiter, als dass sie mir die Freude eben wieder einmal nicht gönnen wolle. Hatte ich mich früher, weil ich anders war, zurückgesetzt gefühlt, war ich mir im Vergleich zu meinen␣helläugigen Gespielen hässlich vorgekommen, so wurde ich allmählich meiner Besonderheit als eines Vorzugs bewusst. In meinem Zimmer, das ich allein bewohnte – Mademoiselle war auf Urlaub bei ihren Eltern in der Schweiz geblieben –, stand ein verschlossener Schrank. Ich studierte durch die Glastüren die Titel auf den Rücken der Bücher, soweit das meine ziemlich unzureichende Kenntnis der deutschen Buchstaben zuließ; französisch war mir bisher allein geläufig geworden. Auf einer Reihe großer Quartbände wiederholten sich immer dieselben Worte: »Die Geschichten aus tausend und einer Nacht.« »Tausend und eine Nacht«, – hieß nicht so das Buch mit den bunten Bildern, aus dem mir Großmama Aladins seltsame Abenteuer vorgelesen hatte? Niemand erzählte mir Märchen in Augsburg, die alte Kathrin wusste nur immer dieselben Gespenstergeschichten, – ach, wenn ich doch selber lesen könnte! Heimlich versuchte ich, mit allen Schlüsseln, die mir erreichbar waren, den Schrank zu öffnen, um zu den Schätzen zu gelangen, die er barg. Endlich, endlich sprang er auf. Wie gut, dass ich Halsweh hatte und Tante und Mama allein spazieren gefahren waren! Mit klopfendem Herzen nahm ich einen Band nach dem andern heraus – ich sehe noch ihr gebräuntes Leder vor mir und ihr gelbes, stockfleckiges Papier! – und betrachtete die vielen Bilder darin: Geister und Ungeheuer, Männer auf sich bäumenden Rossen mit krummen Säbeln und hohem Turban und wunder-, wunderschöne Frauen. Von nun an hatte ich häufig »Halsschmerzen« und ließ mir mit rührender Geduld Einreibungen und Umschläge gefallen, trug auch klaglos das rote Flanelläppchen, das ich sonst nicht rasch genug hatte abreißen können. Sobald ich allein war, vertiefte ich mich in die Bücher. Es waren unverkürzte Übersetzungen des herrlichen Märchenschatzes; ich lernte lesen darin; der ganze Farbenreichtum, die ganze Glut des Orients umgaben mich wie mit einem Zaubermantel. Wie oft, wenn ich mit glühenden Wangen und heißen Augen den Heimkehrenden entgegentrat, wurde mir der Fieberthermometer besorgt unter den Arm gesteckt. Aber ich hatte kein Fieber, – ich hatte ja auch nur mit den Ausschneidepuppen gespielt, die in buntem Durcheinander auf meinem Tische lagen!

Warum ich mein Geheimnis verschwieg? Nicht nur, weil die Mutter ganz gewiss die Bücher verschlossen hätte, sondern weit mehr noch, weil alles, was mich am tiefsten ergriff, auch am tiefsten verhüllt bleiben musste. Es erschien mir entweiht, seines Wertes beraubt, wenn andre es sahen, besprachen, betasteten. Großmama allein hätte ich davon erzählen können. Niemand merkte das Geheimnis, in dem ich lebte, niemand ahnte, dass ich in den dunkeln Gängen und tiefen Nischen alle Spukgestalten meiner Bücher leibhaftig vor mir sah, dass sie mir aus den Bildern an den Wänden entgegentraten, dass ich eine seltsam schwüle, schwere Luft durstig einatmete.

Seit meiner ersten Kinderzeit hatte ich die Gewohnheit, mir abends im Bett Geschichten zu erzählen; das waren meine köstlichsten Stunden! Da störte mich nie die rauhe Hand der Wirklichkeit, da lachte mich keiner aus. Von nun an wurden meine Phantasien wilder, so dass ich mich oft vor ihnen fürchtete und zitternd unter die Bettdecke kroch. Häufig genug wartete ich mit fieberhafter Erregung auf den Schritt der Mutter im Nebenzimmer, aber zu rufen wagte ich nicht, nachdem sie mich einmal meiner »dummen Aufregung« wegen arg gescholten hatte.

Inzwischen war mein Vater nach Karlsruhe versetzt worden. Er und die Großmutter besorgten den Umzug, suchten die Wohnung und richteten sie ein. Beide erwarteten uns, als wir nach einer beinahe halbjährigen Abwesenheit endlich heimwärts reisten. Mir war der Abschied von Augsburg sehr schwer geworden, denn mochte ich mir noch so sehr den Kopf zerbrechen, – meine lieben Bücher heimlich mitzunehmen, gelang mir nicht. Papa und Großmama erschraken, als sie mich wiedersahen. »So blass ist mein Alixchen«, sagte sie. »So dunkle Ränder hat sie um die Augen«, fügte er hinzu. Als ich zuerst sein Zimmer betrat, einen langen Raum mit einem einzigen breiten Fenster, sah ich eine durchsichtige, weiße Gestalt mit gesenktem Haupt an mir vorüberschweben. Ich schrie auf und erzählte nach vielem Zureden, was mir begegnet war; schon wollte die Mutter auffahren, und der Vater murmelte etwas von »dem Unsinn, den man dem armen Kinde beigebracht hat«, als die Großmutter mich still beiseite nahm und lange und liebreich auf mich einsprach. Was sie sagte, weiß ich nicht mehr, aber es löste mir Herz und Zunge. »Ach, bleib doch bei mir, Großmama!« rief ich, während die Angst sich in Tränen löste. Andre jedoch bedurften ihrer noch mehr als ich; ihr jüngster Sohn, Max, zog sie an sein Krankenlager, und ich war wieder allein.

Es war tiefer Winter damals. Trübselig und neidvoll sah ich oft durch die geschlossenen Fenster auf den Platz, wo die Kinder tobten, Schneeball warfen und Schneemänner bauten. Ich durfte nur selten hinaus. Von klein an war ich Halsentzündungen ausgesetzt gewesen, und meine Mutter ließ mich, ebenso pflichttreu wie gedankenlos, bei kaltem Wetter nur ins Freie, wenn es völlig windstill war. Aber auch dann wurde ich dick verpackt und durfte nicht laufen wie die andern. Das ließ mich noch mehr vereinsamen. Mir ist, als hätte ich die Winter stets verschlafen, so wenig weiß ich von ihnen. Vom Frühling aber und vom Sommer weiß ich um so mehr. Wir hatten einen großen Garten hinter dem Hause mit alten Bäumen, blühenden Büschen und bunten Blumen. Hier war mein Reich. Hier durfte ich ungestört umherspringen, mir Höhlen bauen, die zu unterirdischen Schätzen führten, auf der Schaukel bis zu den Wolken fliegen, die im Grunde gar keine Wolken, sondern Drachen und Zaubervögel waren. Hier konnte ich mit meinen Bällen, die alle Märchennamen trugen, geheimnisvolle Zwiesprach halten, so dass die Nachbarn oft meinten, ich hätte Scharen von Gespielen im Garten. Puck, unser alter Pinscher, dem zwei Feldzüge schon die Haare gebleicht hatten, musste sich hier zu jugendlichen Sprüngen bequemen, war er doch das Flügelpferd, das mich ins Zauberland tragen sollte.

Ich war den größten Teil des Tages mir selbst überlassen. Mademoiselle war froh, wenn sie den Mund nicht aufzutun brauchte und mit ihrer unendlichen Häkelei friedfertig auf dem Sofa sitzen konnte. Papa war den ganzen Vormittag auf dem Bureau des Generalkommandos tätig, nachmittags ritt er mit Mama spazieren und arbeitete dann allein bis zum Abend. Mama hatte immer schrecklich viele Besuche zu machen und zu empfangen; und was beiden an freier Zeit etwa noch übrig blieb, das verschlang die große, zu jeder Jahreszeit äußerst lebendige Geselligkeit. Nur vormittags zwischen ein und zwei Uhr pflegte meine Mutter mich bei schönem Wetter zum Spaziergang mitzunehmen. Mit dem Reifen, meinem unzertrennlichen Gefährten, lief ich voraus durch eine jener menschenleeren, langen, graden Straßen, die in Fächerform sämtlich am Schlossplatz münden, und trieb mein Spiel durch die stillen Laubengänge des Parks, bis es Zeit war, Papa vom Bureau abzuholen. Pünktlich, wenn wir vor dem Hause standen, schloss der Kommandierende, General von Werder, der

Sieger von Wörth, die Vormittagsarbeit und kam mit Papa hinaus, um uns heim zu begleiten, denn er mochte alle schönen Frauen gern, meine Mutter insbesondere. Ich sehe ihn noch, den kleinen Mann, mit den Händen auf dem Rücken und den blitzenden Augen in dem scharf geschnittenen Gesicht, wie er neben uns herging, immer zu einem derben Scherz bereit und stets einen Leckerbissen für mich in der Tasche.

Mein Reifen ruhte auf dem Heimweg, denn dann hatte der Vater mich an der Hand, und des Fragens und Erzählens war kein Ende. Wenn er für meine Phantasien auch nur wenig Verständnis hatte und ich mich hütete, sie ihm anzuvertrauen, so wusste er doch wie kein anderer meine Wissbegierde zu stillen. Er hatte eine Art, mir die Dinge klarzumachen und selbst schwierige Probleme meinem kindlichen Verständnis nahezubringen, mir Naturerscheinungen, chemische oder physikalische Vorgänge zu erklären und mich das Leben der Pflanzen und Tiere beobachten zu lehren, die die kurzen Stunden des Zusammenseins mit ihm wertvoller für mich machten, als wenn ich den ganzen Vormittag in der Schule gesessen hätte. Kamen wir nach Haus, so gingen wir zusammen in den Stall, und ich brachte den Pferden meinen Frühstückszucker, den ich mir täglich vom Munde absparte, seitdem Mama mich wegen meiner Zuckerverschwendung gescholten hatte. August, unser Kutscher und Faktotum, der mir trotz seiner verdächtig roten Nase viel lieber war als alle Mademoiselles zusammen genommen, musste den kleinen Braunen herausführen, und ich durfte auf Mamas Sattel im Hof umherreiten, während Puckchen steifbeinig nebenher trabte, die Augen ernsthaft auf mich gerichtet, als müsste er Sitz und Haltung ebenso beobachten und kritisieren wie Papa. Der war kein bequemer Lehrmeister, und ich fürchtete diese halbe Stunde vor Tisch mehr, als dass ich mich daran freute. Ja, reiten, – das musste herrlich sein! Frei, mit verhängtem Zügel über Felder und Wiesen, – vor Wonne klopfte mein Herz, wenn ich daran dachte! Aber im engen Hof, immer im Schritt, bestenfalls im kurzen Trab in der Runde, jeden Moment gewärtig, vom Vater heftig angefahren zu werden, wenn ich krumm saß, die Zügel verkehrt hielt, die Ecken nicht ausritt oder die Peitsche verlor, – grässlich wars! Laute, harte Worte zu hören, verwundete mich aufs tiefste, und die Liebesbeweise, mit denen mein Vater mich nach jedem Ausbruch seiner Heftigkeit in doppeltem Maße überschüttete, vermochten den Eindruck nicht auszulöschen. Ich bemühte mich, sie nicht hervorzurufen – man nannte das lobend »artig sein« –, aber mein Herz krampfte sich dabei zusammen, und ich zog mich mehr und mehr in das Gehäuse meines verborgenen Lebens zurück, was meine Mutter als ein erfreuliches Resultat ihrer Erziehungsmethode betrachten mochte, die nur ein Prinzip kannte: Selbstbeherrschung. »Ein gut erzogenes Mädchen zeigt seine Gefühle nicht«, pflegte sie zu sagen, und so vergrub ich mich in die Kissen meines Betts, wenn ich weinen musste, und lief in den Garten hinaus, um mich hoch in die Lüfte zu schaukeln, wenn ich mich freute.

Eigentliche Freunde und Spielkameraden hatte ich nicht, wohl aber geselligen Verkehr, der mich Sonntags fast immer, schön geputzt, aus dem Hause führte. Im Schloss bei Großherzogs war ich ein häufiger Gast: Prinzessin Viktoria und Prinz Ludwig zwei blühende Kinder damals, waren lustige Gefährten, und beim Baumplündern zu Weihnachten, beim Eiersuchen zu Ostern hallte das Schloss wieder von unserm Lachen und Lärmen, an dem das freundliche Elternpaar stets die meiste Freude hatte. Nur das Kochen in Vickis großer Küche, die das Ideal aller andern kleinen Mädchen war, langweilte mich entsetzlich, – die Fee, die dem Wickelkind die Hausfrauentugenden in die Wiege legt, war offenbar zu meinem Tauffest nicht geladen worden! Da wars bei Max und Marie doch schöner, den Kindern des Prinzen Wilhelm, deren kaiserlicher Großvater ihnen aus Russland das kostbarste Spielzeug zu schicken pflegte: Eisenbahnen mit richtigen Schienen, Puppen, die laufen und reden konnten, – lauter Dinge, die zu jener Zeit für gewöhnliche Sterbliche unerreichbar waren. Am allerbesten aber gefiel es mir in einem Hause, dessen Herrin, eine Tochter Bettinens auch dem Geiste nach, es verstand, Märchen zu Wirklichkeiten zu machen. Mit ihren beiden reizenden Töchtern, die um ein paar Jahre älter waren als ich, fertigte sie aus buntem Seidenpapier die köstlichsten Gewänder an, mit denen geschmückt wir lebende Bilder stellten, Scharaden aufführten und uns als Helden Grimmscher Märchen in unsre Rollen so einlebten, dass die Rückkehr in die prosaische Erdenwelt uns hart ankam. Unsre Feste wurden bald die große Attraktion der Gesellschaft; oft genug sah auch der Großherzog uns zu, und ich erinnere mich noch recht gut, wie ich einmal als kleiner Amor im rosa Hemdchen, mit goldenen Sandalen und blitzenden Flügeln aus einem Strauß lebendiger Blumen meinen Pfeil auf ihn zu richten hatte und auf seinen lachenden Zuruf: »Nun, schieß los!« das strenge Schweigegebot vergessend, antwortete: »Aber das tut weh!« Bald lernte ich besser, bei solchen Gelegenheiten die Fassung zu bewahren, denn lebende Bilder und Kostümfeste waren auch bei den »Großen« an der Tagesordnung, und fast überall wirkte ich mit. In Scheffels Dichtung vom Rockertweibchen, die unter seiner persönlichen Leitung dargestellt wurde, war ich ein kleines Schwarzwaldmädchen, das sich der besonderen Gunst des Dichters erfreute. Er hatte immer eine Tüte für mich in der Tasche, und das erste Glas Sekt, das mir warm und wohlig bis in die Fußspitzen niederrieselte, verdanke ich ihm. Auch ein Rokokodämchen war ich, mit hoch aufgetürmtem, gepudertem Haar, und ein Elfenkind, und das Veilchen auf der Wiese, – was Wunder, dass ich immer unlustiger morgens vor meinem alten, pedantischen Lehrer saß, der mich Buchstaben malen, Gesangbuchverse und Bibelsprüche hersagen ließ. Im Strudel rauschender Freude untertauchen oder lesen und träumen für mich ganz allein, – was dazwischen lag: das Alltagsleben mit seinen Pflichten und Leiden, war wie eine staubige Straße, die ich am liebsten zu gehen vermied. »Pflichten« besonders waren mir verhasst; ich definierte sie schon als sechsjähriges Kind auf eine Frage hin als das, »was immer unangenehm ist«. Alles, was Mama z. B. tat, wenn sie ein recht unzufriedenes Gesicht dazu machte, erklärte sie für Pflichterfüllung: die schmutzige Wäsche selber zählen, obwohl drei Dienstboten daneben standen, die Zutaten zum Kochen herausgeben, obwohl wir eine vortreffliche französische Köchin hatten, nachmittags mit mir spazieren fahren, obwohl wir uns beide schrecklich dabei langweilten, – ja selbst die Dämmerstunden bei Papa, wo er zu Frau und Kind gern zärtlich war, schienen mir, nach ihrem Ausdruck zu schließen, in dieses Gebiet zu gehören. Ganz gewiss, ich würde nie meine Pflicht erfüllen, schwor ich mir heimlich und suchte meine Theorie nur zu oft in die Praxis umzusetzen, indem ich tat, was mir zu tun gefiel, und Befehlen, deren Ursache und Zweck ich nicht einsah, hartnäckigen Widerstand entgegensetzte. Der meiner freien Bewegung gezogene Umkreis konnte daher für meine Bedürfnisse nicht weit genug sein; darum war der Sommer so schön, wo ich den Garten fast für mich allein hatte, wo ich auf dem Lande bei Verwandten und Freunden der weitgehendsten Ungebundenheit mich erfreute.

Eingebettet zwischen weiß- und rotblühenden Obstbäumen, überragt von grünen Hügeln, zu denen schmale, nussbaumbeschattete Wege emporführten, noch nicht erobert von dem Feinde aller verträumten Poesie, der fauchenden, qualmenden Maschine, lag Weinheim damals zu Füßen der Bergstraße. Dem Grafen Währing, dem Bruder meiner Urgroßmutter, hatte das Schloss gehört, das mit seinen Gärten und Weinbergen das Städtchen beherrschte. Jetzt hauste seine Witwe, eine achtzigjährige Greisin dort oben, der niemand ihr Alter ansah, und bei der wir oft wochenlang zu Gaste waren. Wie eine Marquise aus dem achtzehnten Jahrhundert war sie anzuschauen: klein, zierlich, sprudelnd von Geist und Leben, mit winzigen weißen, von Juwelen bedeckten Händen, allerhand seltenes Tierzeug – weiße Angorakatzen, schlanke Windspiele, lockige Zwergpinscher – um sich herum. Sie pflegte sich stets nur mit Jugend zu umgeben, – es sei genug, dass der Spiegel sie an ihr Alter erinnerte, meinte sie. Je toller es um sie her zuging, je mehr Liebesgeschichten sie sich entspinnen sah, desto fröhlicher war sie. Immer hatte sie Schränke voll Pariser Toiletten bereit, um ihre weiblichen Gäste – die schönsten am häufigsten – damit zu beschenken, und Juwelen, Ringe und Armbänder aller Art, mit denen sie sie schmückte. Wer harmlos irgend etwas, was nicht niet- und nagelfest war, bei ihr bewunderte, dem wurde es als Geschenk aufgenötigt. Und was für merkwürdige Dinge gab es in ihren Salons mit den Louis XV. Möbeln, den hohen Spiegeln und vielen, vielen Bildern und Bilderchen: da waren Sessel, Fußbänke, Bücher, aus denen in tollem Durcheinander Mozartsche und Offenbachsche Melodien ertönten, sobald sie benutzt wurden; Gemälde, die plötzlich in der Wand verschwanden, um einem Schränkchen voll süßem Naschwerk Platz zu machen; Tischchen, die in den Boden sanken, wenn man sie anstieß, um mit Wein und Kuchen besetzt wieder zu erscheinen, kurz – ein Paradies für ein wundergieriges Kinderherz! Und dann der Garten mit seiner Fülle von Beeren und Blumen, mit seinen dichten Laubengängen und lustigen Wasserspielen – und die Freiheit vor allem, die ungebundene!

Wenn ich bei Tisch erschien, musterte die alte Tante mich zuvor sorgfältig, rückte da eine Falte zurecht, steckte mir dort eine Schleife an, wickelte meine Locken über ihre feinen Fingerchen, zog das Kleid noch tiefer von meinen magern Schultern und holte die Puderquaste aus ihrer kleinen goldnen Taschenbüchse, um den Rest Vormittagsübermut von meinen Wangen zu entfernen. »Est-elle gentille, la petite?!« sagte sie dann, mich vor dem Spiegel drehend. Mit Seide und Spitzen, mit Kettchen und Armbändern, mit Worten und Ratschlägen, die für die Seele einer Siebenjährigen nichts andres waren als süßes Gift, warb sie um mich und modelte an mir. Was sie sagte, weiß ich heute nicht mehr, aber ich weiß, dass ich von ihr erfuhr, des Weibes Aufgabe sei, zu gefallen und zu herrschen, und all die Spiegel und Büchschen und Fläschchen des Toilettentischs, all die Geheimnisse des Boudoirs seien nichts als Etappen auf dem Wege zu ihrer Erfüllung. Das Bewusstsein, hübsch zu sein, machte mich stolz, und mit der Koketterie des kleinen Mädchens suchte ich zum erstenmal ein männliches Wesen mir gefügig zu machen. Die alte Tante hatte einen Heidenspaß daran, nur war leider der arme Rudi, ihr Enkel und mein Spielgefährte, ein gar zu ungeeignetes Objekt für meine Künste! Er stotterte und war infolgedessen scheu und ängstlich; und ich, die ich mit jener unbewussten Grausamkeit der Kinder, mein Licht vor ihm leuchten ließ, verschüchterte ihn nur noch mehr. Armer Rudi! Das Stottern hat man ihm später abgewöhnt, aber in seinem Gemüt ist doch irgend etwas Angstvoll-Zitterndes zurückgeblieben: auf der Höhe des Lebens hat er sich eine Kugel in die Schläfe gejagt, und keiner wusste, warum.

Meine Erziehung durch die alte Tante war gewissermaßen nur eine theoretische; am Anschauungsunterricht sollte es auch nicht fehlen. Wir verbrachten die Herbstwochen häufig bei französischen Verwandten auf ihrem Schlosse im Elsass, einer sagenumwobenen alten Ritterburg. Gefallene Größen des napoleonischen Hofes – männliche und weibliche – gaben sich dort zur Jagd und Weinlese ein Rendezvous. Ein Stück Pariser Leben spielte sich vor meinen erstaunten Augen ab: da war der Herr des Hauses, ein schwer reicher Emporkömmling, dessen kurze, dicke Hände, mit denen er meine Wangen streichelte, mir in fatalster Erinnerung sind, – neben ihm seine vornehme zarte Frau, immer in Spitzen gehüllt, an denen ihre durchsichtigen Hände nervös hin und her zerrten. Eine ihrer Töchter war Onkel Maxens Frau, die Mutter meines alten Spielgefährten Werner, den ich zu meiner hellen Freude hier wiedersah. Sie war die schönere von den beiden Schwestern, dabei still und phlegmatisch, eine Haremsfrauennatur, während die andere von Geist und Leben sprudelte und der Mittelpunkt eines Kreises ausgelassener junger Leute war. Mich beachteten sie wenig, sie taten sich keinerlei Zwang an vor mir; »la petite« hatte ihrer Meinung nach ebensowenig Augen und Ohren wie die Zofen und Lakaien, ja sie galt zuweilen als der harmloseste Liebesbote. Aber ich war nur allzubald gar nicht mehr harmlos: mit zitternder Neugier beobachtete ich ihre Tändeleien, ihre Stelldicheins, ihr Flüstern, ihre Küsse, und Wellen heißen Lebens, die mir über den Rücken fluteten, ließen mich dabei erbeben.

Als wir das letztemal vom Elsass nach Karlsruhe zurückkehrten – acht Jahre war ich damals –, kamen mir mein Garten und mein Spielzeug merkwürdig fremd vor. Ein Stück harmloser Kindheit war mir inzwischen verloren gegangen. Gierig stürzte ich mich über alle Bücher, deren ich habhaft werden konnte, und wenn jemand mich zu ertappen drohte, steckte ich sie rasch unter Puckchens Kissen, der fast immer auf dem alten braunen Sofa neben mir lag. Wenn ich mir jetzt des Abends im Bett Geschichten erzählte, so klopfte mein Herz nicht aus Angst vor den Geistern, die ich rief und nicht zu bannen vermochte, sondern in heißer Erregung über das abenteuerliche Schicksal, als dessen Heldin ich mich selber träumte. Liebe, wie ich sie um mich gesehen hatte, Liebe, deren Wonnen und Schmerzen im Mittelpunkt all der Lieder, all der Erzählungen standen, die ich las, wurde zum Inhalt meiner Phantasien, und je kühler ich die Luft empfand, die mich daheim umwehte, um so durstiger wurde mein kleines Herz. Hatte ich doch schon lange den Feuerbrand im Innern heimlich genährt und gehütet, weil ich niemanden besaß, vor dem ich ihn als Opferflamme hätte aufsteigen lassen können, – nun musste ich mir selber den Gegenstand meiner Leidenschaft schaffen. Eines der erschütternsten Erlebnisse meiner Kindheit half mir dazu: das Theater. Wagners Lohengrin war das erste, was ich sah. Konnte es für mich etwas Herrlicheres geben als den Schwanenritter? Er erschien mir als die Verkörperung idealen Heldentums. Meinen Eindruck vermochte ich nicht in Worte zu fassen – undankbar und empfindungslos wurde ich deshalb gescholten –, aber meinem Herzen hatte er sich unauslöschlich eingeprägt. In demselben Winter sah ich die Jungfrau von Orleans, und nun stand es fest für mich: nicht eine Elsa, die dem Geliebten die Treue brach, wollte ich sein, sondern eine Johanna, die seiner würdige Heldin welterlösender Taten.

Bald aber genügte mir der Lohengrin als Gegenstand meiner Liebe nicht mehr, – er lebte nicht, und der seine Silberrüstung trug, hatte die Rolle nur gespielt, mich aber verlangte nach einem lebendigen Menschen. Wenn das Herz auf die Suche geht und die Phantasie die Führung übernimmt, dann wird gar rasch gefunden! – Bei meinen Eltern gingen viele Gäste aus und ein. Ein junger, schlanker Dragonerleutnant mit einem schmalen, blassen Gesicht war unter ihnen, der sich oft mit mir unterhielt, – nicht wie die andern nur mit mir scherzte und spielte. Und durch nichts konnte man mich leichter gewinnen, als indem man mich ernst nahm; – dass man es immer nur drollig und kindisch findet, erbittert jedes geistig reifere Kind. So flog denn mein sehnsüchtiges Herz ihm zu, und meine Phantasie umkleidete ihn mit aller Romantik des Lohenrinhelden meiner Träume. Er war nicht von Adel, also namenlos wie Elsas Ritter: gewiss würde er sich einmal als eines Königs verschollener Sohn entpuppen, und mir fiele die Aufgabe zu, ihm Reich und Krone zu erobern! Die schönsten Blumen aus meinem Garten legte ich heimlich auf seine Mütze im Flur, ehe er ging, und der ganze Tag war mir verklärt, wenn er morgens vorüberritt und mich grüßte.

Rohe Menschen mögen lachen über solche Kinderliebe und moralische sich darüber entrüsten. Mir ist, als wäre sie die reinste meines Lebens gewesen.

Im Frühling 1874 wurde mein Vater nach Berlin versetzt. Zum letztenmal versammelten sich des Hauses Freunde um unsern Teetisch. Noch weiß ich, wie mirs vor den Augen dunkelte, als ich meinem Helden die Hand zum Abschied reichte. Heiß lag sie in der seinen. Dann strich er mir noch einmal über den Kopf. »Wenn wir uns wiedersehn, bist du ein großes Mädchen«, sagte er, »wer weiß, wir tanzen vielleicht noch einmal miteinander!« Wortlos lief ich hinaus in mein Zimmer und biss verzweifelt in mein Kopfkissen, um mein Schluchzen zu ersticken.

Kinderschmerz ist so gut echter Schmerz wie der der Erwachsenen, – nur dass wir ihn so leicht vergessen.

Am nächsten Morgen schrieb ich meine ersten Verse in ein altes Schreibheft:

Maiglöckchen zart und rein,
Läut'st schon den Frühling ein?
Nein, nein, er kommt noch nicht,
Du gehst zu früh ans Licht.

Werd ich dich welken sehn,
Dann werd auch ich vergehn.
Und in das kühle Grab
Senkt man uns beid hinab.

Bis ich erwachsen war, hat es niemand zu sehen bekommen, wie man eine getrocknete Blume – eine Zeugin holder Stunden – vor der Berührung bewahrt, die sie zerstören würde.

Mein Garten stand in vollem Frühlingsflor, als wir Abschied nahmen. Ich lief durch das Haus, wo die Packer hantierten, in den Stall, wo August die Wagen in Decken hüllte. »Puckchen, mein Puckchen«, rief ich. Noch nie war ich fortgefahren, und wäre es auch nur auf ein paar Tage gewesen, ohne ihm ein Stückchen Zucker zu geben. Aber diesmal kam Puckchen nicht. Ich frug den August nach ihm, er sah verlegen zur Seite und murmelte etwas Unverständliches. Da fiel mir ein, dass Mama vor kurzem von seinem Alter, der Möglichkeit seines Todes gesprochen hatte. Das Herz stand mir still. Noch einmal suchte und rief ich, die Stimmen von Mademoiselle und Mama absichtlich überhörend, die mich zur Eile mahnten. »Geh nur, geh, Alixchen«, sagte August, der mir nachgekommen war, beruhigend, »Puckchen findest du nicht – –.«

»Er ist tot!« schrie ich außer mir und warf mich weinend in Augusts Arme. Alles lief zusammen, mich zu trösten, aber fassungslos blieb mein Schmerz. »Sieh, mein Kind«, sagte schließlich Mama, die mich auf den Schoß genommen hatte, »Puckchen war alt und krank, er hätte sich mit seinen blinden Augen in der fremden Stadt nicht mehr zurechtgefunden. Eine Wohltat wars für ihn, dass ich ihn vergiften ließ ...« – Ich zuckte zusammen, wie unter einem Peitschenschlag. Meine Tränen waren versiegt. Von der Mutter Schoß glitt ich herunter und sah sie groß an: »Du – du – hast mein Puckchen vergiftet?!«

Dann ließ ich mich still zum Wagen führen. Irgend etwas war entzwei gegangen in mir. Ganz ruhig und empfindungslos sah ich vom Coupéfenster aus, wie die Stadt allmählich vor mir verschwand.

Zweites Kapitel

Wer sich von Partenkirchen westwärts wendet, wo lockend in geheimnisvoll düsterer Pracht die Zugspitze in die Wolken steigt, und, die staubige Chaussee verschmähend, auf schmalem Pfad durch bunte Wiesen wandert, dem zeigt sich plötzlich ein Bild voll stillen Friedens: in leisen Wellenlinien erhebt sich das Tal, Hügel an Hügel von alten Baumriesen gekrönt und blühenden Büschen; gradaus aber, wohin der Weg sich glänzend wie ein Silberstreifen durch die Gründe schlängelt, schmiegt sich vertrauensvoll, wie ein kleines Kind in den Schoß der Ahne, ein weißes Kirchlein an die grauen Wände des Waxensteins. So oft ich es sah, – mir war immer, als lächele es. Und ein lichter Schimmer von Lebensfreude lag auch auf den kleinen Häusern ringsum: ein heller Goldton überzog die Wände des einen, in einem satten Himmelblau strahlte das andere, und selbst die Heiligen und die Märtyrer, die irgendwo unter einem Baldachin oder in einer Nische standen, hatten so lustige bunte Kleider an, dass wohl keiner, der vorüberging, sich bei dem Anblick ihres gottseligen Leidenslebens erinnerte. Von der Zeit gebräunt waren First und Dach und Altanen, aber so leuchtend war der Nelkenflor, der von Fensterkasten und Geländern niederschaukelte, dass das Dunkel auch hier nur da zu sein schien, um den Glanz noch stärker hervorzuheben. Dazu plätscherte der kleine Bergbach lustig durchs Dorf, der ganz, ganz oben in den Furchen und Spalten dem Felsen entspringt und vom Schnee sich nährt und vom Eis, um erst unten im Tal, berauscht von den Blumen, die über ihm nicken, die helle Stimme zu verlieren.

Vor den letzten Häusern beginnt der Wald. Als müsste er ein Kleinod schützen, so schlingt er sich dicht um den leuchtenden Smaragd des Badersees, der seine grüne Farbe auch unter der schönsten Himmelsbläue nicht verliert und trotz des bösesten Unwetters durchsichtig bleibt bis zum Grunde. Aber während eine breite Straße ihm den Strom der Menschen zuführt und den Wald gezwungen hat, Platz zu machen, liegt sein kleinerer Zwillingsbruder, der Rosensee, noch immer still und versteckt zwischen den Bäumen. Selten nur verirrt sich einer auf die engen

Steige, die in seine Nähe führen, und das Riesenpaar über ihm – der Waxenstein und die Zugspitze – scheint sich darum besonders wohlgefällig in seinen stillen Wassern zu spiegeln. An seinem Ufer, das an dieser Seite von Rosen in allen Farben und Formen umkränzt ist, steht nur ein einziges kleines Haus; von wildem Wein und Efeu ist es so dicht umsponnen, dass es an dunkeln Tagen mit dem Wald, der es umgibt, in eins verschwimmt.

Vor vier Jahrzehnten kaufte Ulysses Artern den Rosensee und baute seinem jungen Eheglück das grüne Nest daran. Jedes Jahr, wenn die Maiglöckchen blühten und ihr Duft süß und schwer über Wasser und Wald sich legte, zog seine Witwe auch nach seinem Tode hierher und blieb, bis der Schnee über die Bergspitzen hinunter ins Tal sich streckte.

Seitdem wir in Augsburg bei ihr gewesen waren, hatte sie uns jedes Jahr zu sich eingeladen. Aber nur mein Vater hatte sie besucht; meiner Mutter war die Schwägerin nie sympathisch gewesen, und so hatte sie lange gezögert, zu ihr zu gehen. Mich freilich zog die Sehnsucht in die Berge, seitdem sie mir in der Schweiz Augen und Seele entzückt hatten; und wenn der Vater von Grainau erzählte und vom Rosensee, so wünschte ich nichts mehr, als dort zu sein. Und nun hatte sich mein Wunsch erfüllt!

Schon in Weilheim, der Endstation der Eisenbahn damals, wo das Tor des Loisachtals sich vor mir öffnete und tief im Hintergrunde die Umrisse der weißen Bergspitzen in den Wolken verschwanden, waren mir die Augen übergegangen – wie stets, wenn ein Eindruck mich überwältigte. Still und stumm ließ ich ihn auf der ganzen langen Wagenfahrt auf mich wirken, und als ich dann abends oben im Giebelstübchen des Rosenhauses stand, den Blick auf die vom dunkelblauen Nachthimmel grausilbern sich abhebenden Berge gerichtet, während die reine, kühle Luft mir um die Stirne wehte, da fiel all mein Kinderleid von mir ab, wie ein schwerer, drückender Mantel. Frei atmen konnte ich wieder.

Mit jedem Morgen, an dem ich erwachte, nach festem traumlosem Schlaf, mit jedem Abend, an dem ich mich niederlegte, müde von dem Reichtum des Tages, steigerte sich diese Empfindung. Ein Vollgefühl des Lebens durchströmte mich, und wenn niemand mich sah, dann warf ich mich wohl vor lauter Seligkeit mit ausgebreiteten Armen in die blühende Wiese und lag so still und atmete so leise, dass die Schmetterlinge sich ruhig auf den blauen Glockenblumen, die über mir blühten, niederließen, oder ich legte den Kopf ins Waldmoos, wo die Maiglöckchen am dichtesten standen, und sah den tanzenden Sonnenstrahlen zu. Keine Mademoiselle legte meiner Freiheit Zügel an; meine Tante fand mich zwar »schlecht erzogen«, weil ich nicht ruhig mit meiner Handarbeit neben ihr saß, und ließ es meiner Mutter gegenüber an Anspielungen darauf nicht fehlen, aber da sie mit Kindern gar nichts anzufangen verstand, ließ sie mich laufen und beschränkte ihre Erziehungskünste auf strenge Toilettenvorschriften, wenn ich zu Tisch erschien oder mit ihr spazieren fuhr. Dann saß ich nach guter karlsruher Gewohnheit steif und grade auf dem Rücksitz der Equipage, wie Johann auf dem Bock, der Kutscher, der mit dem »gnädigen Fräulein« nur vertraut war, wenn es morgens in den Stall kam und – ohne väterliche Aufsicht! – auf dem großen Fuchs, von allen Bauernkindern bewundert, durch das Dorf ritt. Ich hatte bald viele Freunde unter den Buben und Mädeln. Alle Waldwege und Bergsteige lernte ich durch sie kennen; die schönsten Erdbeerplätze zeigten sie mir und lehrten mich klettern, wenn es galt, zu den Alpenrosen zu gelangen, die rotleuchtend die grauen Felsen belebten.

Die Kinder des Landvolks im Norden Deutschlands tragen das Zeichen der Dienstbarkeit noch immer auf der Stirn: wie selbstverständlich ordnen sie sich im Spiel mit dem »Herrschaftskind« diesem unter und sehen es fast als Auszeichnung an, die Rolle der Untergebenen zu übernehmen. Wo die frische Luft der Berge weht, hat selbst die Sklavenmoral der katholischen Kirche Freiheitsgefühl und Selbstbewusstsein nicht zu unterdrücken vermocht. Der Sepp vom Bärenbauern, der am verwegensten kletterte und am schönsten jodeln konnte, – mein Hauptspielgefährte, – behandelte mich ganz auf gleich und gleich, ja er sah zuweilen mit unverhohlenem Stolz auf mich herab, und seiner urwüchsigen Kraft gegenüber kam selbst meine sonst so ausgeprägte Empfindlichkeit nicht auf: ich biss nur in stillem Ingrimm die Zähne zusammen, wenn er mich verspottete, weil ich ohne seine Hilfe den Fels nicht hinaufkam. Es gab viel zerrissene Kleider dabei; und wäre die alte Kathrin nicht gewesen, die sie heimlich flickte und immer dafür sorgte, dass ich in möglichst tadelloser Toilette bei den Mahlzeiten erschien, – ich hätte mich nicht lange meiner Freiheit erfreuen dürfen.

An einem heißen Julinachmittag kam ich einmal, einen großen Buschen Alpenrosen im Arm, eilig vom Ochsenhügel heruntergelaufen, in heller Angst, zur Teestunde zu spät zu kommen. Ich suchte darum möglichst schnell an dem Wagen vorbeizuschlüpfen, der vor unserem

Gartentor hielt, als eine Hand mir in die wehenden Locken griff und eine lachende Stimme rief: »Das ist doch die Alix, das Nichtchen!« Eine große blonde Frau, von einem kleinen Mädchen und einem halberwachsenen Knaben begleitet, stand vor mir, und nun musste ich Rede und Antwort stehen, während meine Augen ängstlich an meinem fleckigen Lodenrock und den schmutzigen Stiefeln hingen. Kurz vor dem Haus riss ich mich unter dem Vorwand, die Blumen ins Wasser stellen zu wollen, los, und erschien, noch glühend vor Erregung, nach zehn Minuten im weißen Musselinkleid wieder, das mir die alte Kathrin mit einem »Kind, Kind, was wird die Tante sagen – das war ja die Prinzessin Friedrich!« hastig übergeworfen hatte. Aber es kam nicht einmal zu einem strafenden Blick, denn die Prinzessin nahm mich in die Arme und erzählte lachend, wie sie eben schon meine Bekanntschaft gemacht habe. Ihre Worte überstürzten sich wie ein Wasserfall und wurden von ebenso hastigen und burschikosen Gebärden begleitet. Eine komische »Prinzessin«, dachte ich mir im stillen und sah mit gesteigertem Erstaunen zu ihren Kindern herüber, die sich grade nach allen Regeln der Kunst zu prügeln begannen und des wohlgepflegten Rasens nicht achteten, auf den sich sonst nicht einmal mein Ball verirren durfte.

»Der Hellmut sagt, die Alix wär eine Zigeunerin«, schrie das kleine Mädchen plötzlich.

»Zigeunerinnen sind viel hübscher als semmelblonde Frauenzimmer, wie du eins bist«, entgegnete der Knabe, und es bedurfte des Dazwischentretens der Mutter, um mit einer Ohrfeige nach rechts und links dem Streit ein Ende zu machen.

Mein Schicksal hatte sich dabei entschieden: selbst der Kuchen, in den das Prinzesschen mit Behagen hineinbiss, hinderte sie nicht, mir feindselige Blicke zuzuwerfen, während ihr Bruder mir die Aufmerksamkeiten eines vollendeten Kavaliers erwies. Er mochte sieben Jahre älter sein als ich, war schlank und hochaufgeschossen, mit lustigen grauen Augen und aufgeworfenen roten Lippen. Die kleine Friederike glich ihm wenig; sie war ein dürftiges Personchen mit jenen neidisch heruntergezogenen Mundwinkeln, die die Gesichter solcher Kinder zu entstellen pflegen, die sich früh ihrer Reizlosigkeit bewusst werden. Als Hellmut nach dem Tee zum Badersee hinüber wollte, um dort Kahn zu fahren, weigerte sie sich, mitzukommen, wohl in der Hoffnung, dass er dann allein gehen müsse und der Spaß ihm verdorben wäre. Ihre Mutter aber meinte: »Um so besser werden sich Hellmut und Alix amüsieren«, und so brachen wir auf, vom Diener begleitet, der uns rudern sollte.

Geheimnisvoll und spiegelklar, wie immer, lag der See vor uns. Vor dem kleinen Wirtshaus, das damals noch bescheiden an seinem Ufer lag, saßen nur wenige Touristen.

»Jetzt wollen wir uns erst gütlich tun und den schlabbrigen Tee herunterspülen«, sagte Hellmut und bestellte Tiroler Wein, mit dem wir lustig unsre neue Freundschaft leben ließen. Als der Diener im Hintergrund, vertieft in die »Fliegenden«, ruhig vor seinem Seidel saß, schlichen wir davon. Die Abneigung gegen irgendwelche Beaufsichtigung, die Hellmut dadurch bekundete, steigerte meine Sympathie für ihn. Er löste den Kahn selbst von der Kette, und wir ruderten, glückselig über unsre gelungene Kriegslist, in den See hinaus. Bald kamen wir in lebhafte Unterhaltung; Hellmut erzählte mir von Berlin, wo er wohnte, und wo ich nun bald hinkommen sollte, soviel des Schönen und Interessanten, dass meine Abneigung dagegen sich rasch in erwartungsvolle Neugierde verwandelte. Die uns zugestandene Stunde war längst verstrichen, als heftige Rufe vom Ufer her uns zur Rückkehr mahnten. Die ganze Familie war dort versammelt: unsere Mütter, die Tante, das schadenfroh lächelnde Prinzesschen, – und wir wurden mit Vorwürfen überschüttet, kaum dass wir das Boot verlassen hatten.

»Mach dir nichts draus«, flüsterte Hellmut und wandte sich mit eleganter Verbeugung meiner Tante zu. »Alix ist unschuldig, Frau Baronin«, sagte er lächelnd, »sie wollte nicht ohne den Diener fahren und mahnte dann unausgesetzt zur Rückkehr.« Mit einem raschen dankbaren Blick lohnte ich Hellmuts Ritterlichkeit, und mit einem herzlichen »Aufwiedersehn« schieden wir.

Auf dem Wege heimwärts konnte die Tante es nicht unterlassen, ihrer Befriedigung über den »passenden Verkehr«, den ich nun endlich gefunden hätte, und ihrer Hoffnung Ausdruck zu geben, dass er mich hindern würde, weiter »mit den Dorfbuben herumzuschlampen«. Das empörte mich, und ich nahm mir vor, ihre Hoffnung auf das gründlichste zu täuschen. Schon am nächsten Tag lief ich in aller Frühe mit dem Sepp in die Wälder und ließ mich nur grade zu den Mahlzeiten sehen. Aber ganz so wie ehemals wurde es trotzdem nicht mehr. Wir fuhren oft nach Partenkirchen hinauf, wo die Prinzessin eine Villa besaß, und sie kam häufig ins Rosenhaus. Vergebens hatte ich versucht, meine alten Freundschaften mit meiner neuen in Einklang zu bringen; Hellmut kehrte dem Sepp und seinen Kameraden gegenüber zu sehr den Herren heraus, so dass sie sich fern hielten, wenn er da war. Auch sonst war irgend etwas nicht mehr so recht in Ordnung; wie mir die Adern stets hoch auf zu schwellen pflegen, wenn ein Gewitter im Anzuge ist, so empfand ich auch seelischen Atmosphärendruck mit peinvoller Sicherheit.

Meine Tante und meine Mutter hatten sich nie gemocht. Sie waren beide gewöhnt, in der Gesellschaft eine Rolle zu spielen: die eine um ihrer Schönheit und Vornehmheit willen, die andere ihres Reichtums und der unangefochtenen Selbständigkeit ihrer Stellung wegen. Schmeichelei und Unterwürfigkeit begegneten der Baronin Artern auf Schritt und Tritt; jeder, der von ihr etwas erreichen wollte – und wer hätte das nicht gewollt! –, beugte sich ihrem Willen und ihren Ansichten. So kam es, dass sie allmählich Widerspruch überhaupt nicht mehr ertrug … Um mit ihr auszukommen, musste man Ja und Amen zu allem sagen, was sie behauptete, – oder schweigen. Meine Mutter schwieg, aber sie schwieg mit allen Zeichen inneren Widerspruchs: einem sarkastischen Lächeln, einem hochmütigen Achselzucken. Das reizte die Tante; was sie jedoch weit mehr reizte, war der Schwägerin unzweifelhafte Vornehmheit, die kein Reichtum und keine Toilettenpracht ersetzen konnte. dass ihre Mutter einer einfachen Bürgerfamilie entstammte, das war für sie ein dunkler Punkt ihres Lebens, und in ihr lebte etwas von jenem Pöbelhass, der stets das eine Ziel verfolgt: Rache zu nehmen an den Vornehmen. Sie tat es in grober und feiner Weise: sie ließ in Gegenwart meiner Mutter das Licht ihres überlegenen Geistes am hellsten strahlen; sie zeigte ihre vollendete Meisterschaft am Klavier und ließ in ihrer dunkeln Altstimme alle Skalen der Leidenschaft vor dem entzückten Zuhörer tönen. Genügte ihr das nicht, um meine Mutter, die nichts Gleichwertiges zu bieten hatte, in den Schatten zu stellen, so griff sie sie an ihrer schwächsten Stelle an: ihrem preußischen Patriotismus. Wie oft ging meine Mutter mit hochrotem Kopf und zusammengepressten Lippen hinaus, wenn die Schwägerin wieder einmal preußische Sitten, preußische Ansichten, preußische Politik geringschätzig kritisiert hatte. dass sie es trotzdem bei ihr aushielt, war nur ein Ergebnis ihres Pflichtgefühls: von der reichen, kinderlosen Frau hing die Gestaltung meiner Zukunft ab, ihr galt es Opfer zu bringen.

Eines Tages kam es zur Explosion. Meine Mutter machte irgend eine wegwerfende Bemerkung über die zweifelhafte Herkunft einer Dame, die eben, eine Wolke von Parfüm hinterlassend, die Terrasse verlassen hatte; die Tante widersprach und redete sich so in den Zorn hinein, dass sie schließlich Mama vorwarf, ihren eignen Mann beleidigt zu haben, denn nach der von ihr ausgesprochenen Ansicht, wäre auch seine Mutter »von zweifelhafter Herkunft«. Mama verteidigte sich; ein Wort gab das andere, Tante Klotilde spielte ihren letzten Trumpf aus, indem sie mit hassfunkelnden Augen hervorstieß: »Du am wenigsten hast ein Recht von zweifelhafter Herkunft zu sprechen. Weiß man doch, wer deine Großmutter war!«

Zwei Tage später verließen wir das Rosenhaus, nicht ohne dass vorher eine konventionelle Versöhnung stattgefunden hätte. Unsre Zeit war sowieso beinahe abgelaufen, und das kalte, trübe Wetter, das meinem empfindlichen Halse schaden konnte, war Erklärung genug für unsre beschleunigte Abreise. Die Rosen am See waren längst entblättert; bis tief ins Tal hingen die Wolken, als das weiße Kirchlein mehr und mehr meinen Blicken entschwand. An einer Biegung des Wegs kam der Sepp gelaufen, einen Strauß von blauem Enzian in der Hand, aus dessen Mitte zwei große weiße Sterne leuchteten. »Von der Zugspitz«, stotterte er, auf die Edelweiß zeigend, dann brach ich in Tränen aus und weinte – weinte noch, als schon Garmisch weit hinter uns lag. Das Wetter hellte sich indessen allmählich auf, und wie ich von Weilheim aus rückwärts sah, lagen die Wolken, wie bezwungene Sklaven, tief im Tal, während die Berge, mit der glänzenden Silberkrone des Neuschnees auf ihren Häuptern, stolz und siegesbewusst gen Himmel ragten. Dies Bild nahm ich mit, und ich wusste: nie wird es mir entschwinden.

Papas Freude, als er uns in Berlin empfing, war grenzenlos. In unserm neuen Heim in der Hohenzollernstraße hatte er mir einen Aufbau von Geschenken vorbereitet, grade wie zu Weihnachten. Ich wagte zunächst gar nicht, mich zu freuen in Erwartung von Mamas bekannten, vorwurfsvollen: »Aber Hans!« Doch diesmal blieb es aus; stand doch mein guter Engel daneben: die Großmutter. Wie einst in Potsdam, so war sie jetzt mit uns in ein Haus gezogen; wir glaubten eines langen Aufenthalts in Berlin sicher zu sein.

»Ist mein Herzenskind aber groß geworden!« rief sie, mich gerührt in die Arme schließend. – Großmama, wie alt wurdest du, – hätte ich beinahe erwidert, wenn die Regeln der guten Erziehung mich nicht rasch genug daran gehindert hätten. Ihr glänzendes dunkles Haar war ganz grau, und tiefe Falten zogen sich von Nase und Mund herab. Sie schien mich auch ohne Worte zu verstehen, denn mit einem wehmütigen Lächeln sagte sie: »Ich bin jetzt eine alte Frau, mein Alixchen, – das Leben ist nur selten ein Jungbrunnen!«

War meine Stimmung jetzt schon gedämpft, so wurde sie noch mehr herabgedrückt, als ich mich umsah bei uns: alles kam mir beschränkter vor als sonst, fremde Leute wohnten mit uns im gleichen Haus, und statt des großen Karlsruher Gartens fand sich nur ein Vorgärtchen an der Straße, dessen Rasen man nicht zertrampeln, dessen Blumen man nicht abpflücken durfte. Ich frug nach August und nach den Pferden. Der Stall lag jenseits der Straße, Papa führte mich hinüber; meine Enttäuschung über diese Entfernung war groß, sie steigerte sich, als ich eintrat: unsre Goldfüchse waren fort, nur drei Pferde standen darin, ein fremder Reitknecht trat mir entgegen. »Weißt du, in Berlin gibt es so schöne Droschken, da braucht man Kutscher und Wagen nicht«, sagte Papa lächelnd, aber ich sah recht gut, dass seine Schnurrbartenden verräterisch zuckten und seine Harmlosigkeit Lügen straften. Ich biss mir auf die Lippen und ging nachdenklich nach Hause, und mehr als einmal zuckte ich angstvoll zusammen, wenn Papa – ein Zeichen seiner tiefen inneren Erregung – ohne besondere Ursache heftig wurde.

Bald darauf kam ich in die Schule, ein Privatinstitut in der Königin Augustastraße, das erst seit kurzem bestand und nur wenig Zöglinge hatte. Meine Großmutter stellte mich der Vorsteherin vor, einer kleinen, dicken Dame mit fettglänzendem Gesicht und feuchten Händen, mit denen sie mir zu meinem Entsetzen die Backen tätschelte. Der erste Eindruck, den ich von den Stunden empfing, war der einer grenzenlosen Langenweile. Erst als man mich in eine höhere Klasse nahm, wo die Mädchen alle älter waren als ich, gewann die Sache mit dem Erwachen meines Ehrgeizes an Interesse. Der trockne Memorierstoff, auf den der ganze Unterricht hinauslief, vermochte mich freilich auch hier nicht zu fesseln, aber es den andern zuvorzutun, die Beste in der Klasse sein, – das spornte mich an. Und ich brauchte mich nicht einmal anzustrengen, um mein Ziel zu erreichen, denn ich lernte leicht und bekam immer die besten Noten. Meine Kameradinnen konnten mich deshalb alle nicht leiden, und ich hatte vor ihnen ein unbestimmtes Schuldbewusstsein, da ich überdies ihre Interessen nicht teilte, – spielte ich doch trotz meines großen Kochherds und meiner vielen Puppen nur selten mit dergleichen, und den Austausch bunter Oblaten, ein Hauptsport damals, fand ich albern, – so blieb ich ganz isoliert. Neben mir in der Klasse saß ein Mädchen, das mir zuerst auch nichts andres war, als eine Konkurrentin, durch die ich mich nicht überflügeln lassen durfte, und eine gefährliche dazu. Bald merkte ich, dass sie noch mehr gemieden wurde als ich, dass man sie mit Neckereien und Bosheiten verfolgte. »Judenmädel« stand einmal mit roter Tinte auf ihrem Pult, ein andermal mit weißer Kreide auf ihrem Mantel. Sie weinte stets, wenn sie es sah, wagte aber nicht, sich zu verteidigen.

Einmal, nach der Religionsstunde – wir hatten grade die Leidensgeschichte Christi durchgenommen – sah ich sie plötzlich inmitten der andern, die sie dicht umdrängten und auf ein gegebenes Zeichen gemeinsam losbrüllten: »Judenbalg hat Christus gekreuzigt – Judenbalg hat Christus gekreuzigt!« Dann tanzten sie im Kreise um sie herum, und auf ein »Eins, Zwei, Drei« der Anführerin spieen sie alle vor ihr aus. Ich kochte vor Wut und stürzte mich besinnungslos zwischen sie. »Gemeine Bande«, schrie ich, während sie überrascht auseinanderprallten, »schämt ihr euch nicht: zehn gegen eine?« – »Sie ist aber doch eine Jüdin«, knurrte die mir Zunächststehende. »Und wenn sie es ist – wisst ihr denn nicht, dass Christus auch ein Jude war?« gab ich zur Antwort. Dann wandte ich mich der noch immer Weinenden zu: »So heule doch nicht, Edith«, flüsterte ich, »sonst lassen sie dich gar nicht in Ruh.«

Von da ab befreundeten wir uns mehr und mehr. Wir waren beides einzige Kinder, die durch ihr stetes Zusammensein mit Erwachsenen reifer zu sein pflegen als andre; Bücher waren unsre Leidenschaft, und ein eifriger Austausch zwischen uns begann, gab auch stets neuen Stoff zur Unterhaltung. Wir wohnten überdies Haus an Haus, so dass wir unsern Schulweg zusammen machen konnten. Aber das sollte nicht die einzige Wirkung meines Eintretens für die Angegriffene sein. Eines Tages ließ mich die Schulvorsteherin zu sich rufen. »Du hast gesagt, Christus sei ein Jude«, fuhr sie mich mit zornigem Stirnrunzeln an, »wie kommst du dazu?« »Maria und Joseph«, stotterte ich in höchster Verlegenheit, »waren doch auch Juden, und – und David doch auch, von dessen Stamm er ist.« – »Christus ist Gottes Sohn, merke dir das«, schrie sie, wobei ihre Stimme sich überschlug, »und streue nicht Unfrieden in die gläubigen Seelen deiner Kolleginnen.« Ich schluckte krampfhaft an den aufsteigenden Tränen. »Ich sehe, du bereust deine Sünde, sagte sie würdevoll, »so sei dir für diesmal vergeben«, und ihre feuchten Hände fuhren mir übers

Gesicht. Am liebsten wär ich davongelaufen, aber meine Empörung über die gemeine Art, wie die Mädchen sich an mir gerächt hatten, hielt mich fest, und ich erzählte den ganzen Zusammenhang der Geschichte. Die Wirkung war für mich verblüffend. »Das ist ja natürlich sehr, sehr unartig von ihnen gewesen«, erklärte sie mit hochgezognen Augenbrauen, »entschuldigt aber in keiner Weise deine weit größere Sünde.«

Verwirrt und erregt trat ich den Weg nach Hause an. Religiöse Zweifel hatten mich noch nie gequält. Ich glaubte an den lieben Herrn Jesus, von dem Großmama mir immer erzählte, der die Unglücklichen tröstet, den Armen Hilfe, den Kranken Heilung bringt und die Kinder lieb hat. dass Christi Gotteskindschaft von so ungeheurer Bedeutung sein sollte, – das war mir noch nie in den Sinn gekommen. Geradenwegs zu Großmama ging ich und erzählte ihr alles.

»Das hat Fräulein Patze gewiss nicht so schlimm gemeint, wie du das auffasst«, sagte sie, »wir sind alle Gottes Kinder; wer aber, wie Christus, den Willen des Vaters in höchster Vollkommenheit erfüllt, der ist sein liebster Sohn.« Ich war zunächst beruhigt, merkte aber in den Religionsstunden mehr auf den Sinn der Worte als vorher und fühlte bald den Widerspruch zwischen dem, was dort gelehrt wurde, und dem, was Großmama sagte, heraus. Mein Herz und mein Verstand entschieden für sie, und für die Lehrerinnen blieb nichts als Geringschätzung übrig. Ich lernte zwar nach wie vor vortrefflich, aber für mein inneres Leben, für meine geistige Entwicklung blieb die Schule ebenso bedeutungslos, wie jede Art von Unterricht bisher.

Mein Schulerlebnis sollte auch nach andrer Richtung nicht ohne Folgen bleiben. Edith und ich waren natürlich noch mehr als früher aufeinander angewiesen, und oft genug hatte sie mich schon zu sich eingeladen, ohne dass es mir erlaubt worden wäre, der Einladung zu folgen. Erst nachdem sich Großmama ins Mittel gelegt und ich Papas Herz erweicht hatte, durfte ich zu ihr gehen. Es war alles sehr schön bei ihr, und ihre Eltern, die die Tochter nicht ohne Absicht in die vornehme Schule schicken mochten, wussten sich vor Freundlichkeit gar nicht zu lassen. Mein Besuch galt ihnen vielleicht als die erste Stufe zu dem Ziel, das ihnen für ihr einziges Kind vorschwebte, eine adlige Heirat, – denn er sollte den Verkehr mit aristokratischen Kreisen einleiten. Mir war es unbehaglich in der Nähe des Ehepaars: der Frau mit dem bei jeder Bewegung krachenden Korsett und den vielen Ringen auf den fleischigen Händen, des Mannes mit der dicken Uhrkette über dem Spitzbauch. Nach einem reichlichen Imbiss spielten wir ein Gesellschaftsspiel. Ich verlor, wie immer, – meine Ungeschicklichkeit in solchen Spielen war nicht leicht zu übertreffen, da meine Gedanken dabei stets spazieren gingen –, bekam aber trotzdem eine Menge der reizendsten Gewinne, unter denen ein kleiner Muschelwagen mit einem silbernen Ziegenbock davor das schönste war.

Daheim schüttete ich meine Schätze vor den Eltern aus, aber sie teilten meine Freude nicht; Papa räusperte sich heftig, und Mama kniff die Lippen zusammen. Und dann kams, das viel gefürchtete Ungewitter: sie warfen einander gegenseitig vor, dass sie mich zu der »protzigen Judensippschaft« gelassen hatten, die sich »erlaubte, dem Kinde solche Geschenke zu machen«. Schluchzend kroch ich in mein Bett. Ich durfte nie wieder hinüber. In der Schule ging ich Edith, die vergebens auf eine Gegeneinladung wartete und von den gekränkten Eltern nun wohl auch ihre bestimmten Instruktionen bekommen hatte, scheu aus dem Wege. Im sonntäglichen Familienkreis bei Großmama kam noch einmal die Rede auf die Geschichte. Tante Jettchen, ihre Schwägerin, der gefürchtete Kleinkinderschreck und Sittenwächter, geriet heftig aneinander mit ihr und erklärte schließlich kategorisch: »Juden sind kein Umgang für Mädchen, die eine Position in der Gesellschaft haben.« Manch einer lächelte verstohlen zu diesem Ausspruch, wusste man doch, dass sie um so empfindlicher war, was diesen Punkt betraf, als sie es nie verwinden konnte, dass Baron Wolkenstein ihr Schwiegersohn geworden war. Sein Ahnherr war Hofjude bei Friedrich dem Großen gewesen, und dieser hatte ihn mit der Bemerkung geadelt: »Machen wir den Kerl zum Baron, ein Edelmann wird doch nie draus.« Selbst in der vierten Generation hatte das Taufwasser die Erinnerung an den Familienstammbaum nicht zu verwischen vermocht.

Es war eine Ironie des Schicksals, dass mir als Ersatz für Edith Onkel Wolkensteins ältester Sohn Hermann als Spielkamerad zudiktiert wurde. Er war etwas älter als ich, in der Schule sehr zurückgeblieben, und ich sollte ihm zum Vorbild dienen. Wir kamen einander demnach nicht gerade mit liebevollen Gefühlen entgegen, vertrugen uns aber schließlich doch ganz leidlich. Auf der Erde in meinem Zimmer bauten wir Dörfer und Gutshöfe auf, die wir aus bunten Bilderbogen selbst ausschnitten. Hermanns Vater besaß ein Gut in Sachsen, so dass landwirtschaftliche Interessen ihm am nächsten lagen; die Erinnerung an Grainau zauberte mir alle Wonnen des Landlebens vor Augen und belebte mein Spiel. Wenn aber Hermann anfing, sich aufs Kaufen und Verkaufen von Vieh, Korn und Heu beschränken zu wollen, wobei er stets in den höchsten Eifer geriet, und ich Ediths Muschelwagen als Feenfahrzeug durch die Lüfte fliegen ließ, um den Menschen in meinen Dörfern alle möglichen Herrlichkeiten zu bringen, dann wars mit dem Frieden vorbei. Hermann liebte nur die »wirklichen« Geschichten, und ich erklärte seinen Handel für »ekelhaft«. Schließlich verschloss ich gekränkt den silbernen Ziegenbock in meinem Schrank, gerade, wie ich lernte, meine Träume für mich zu behalten. Es war nun einmal nicht anders mit den Menschen, philosophierte ich, jeder war immer nur für eine Seite meines Wesens zu brauchen; es galt daher, die andre zu verstecken, bis auch für sie die rechten Gefährten sich finden würden.

Mit einer Schar kleiner Mädchen und Knaben bekam ich in demselben Winter die ersten Tanzstunden, die abwechselnd in ihren Familien stattzufinden pflegten. Da saßen dann all die Mamas und Großmamas und Tanten ernsthaft im Kreise herum und musterten die junge Generation und spannen Zukunftspläne und wetteiferten mit unserm Tanzmeister, der uns besonders interessant war, weil er in »Flick und Flock« den großen Krebs zu tanzen pflegte, in der Ausübung ihrer Erziehungskünste. Sie konnten stolz sein auf ihr Werk: So gut wir französisch parlierten, so zierlich tanzten wir Quadrille und Polka, – der Walzer war als »unschicklich« zu jener Zeit in der Hofgesellschaft verboten –, und so tadellos war unser Hofknix. »Eine Position in der Gesellschaft« war uns gesichert, ja wir besaßen sie, dank unsrer Familienbeziehungen, schon jetzt. Mir war sie etwas so Selbstverständliches, dass jener Hochmut, der nur entstehen kann, wenn man sie als etwas Besonderes ansieht, der daher am sichersten den Emporkömmling kennzeichnet, bei mir gar nicht aufkam. So war mir die Ehrfurcht und die Bewunderung, mit der Edith mich über die Kindergesellschaften bei »Kronprinzens« auszufragen pflegte, immer komisch erschienen. Ich hätte wirklich nicht gewusst, was mich im kronprinzlichen Palais zum Bewundern und Verehren hätte bewegen können: die kleine unansehnliche Kronprinzessin, die mit der Miene einer Gouvernante unsre Spiele beaufsichtigte, der lustige Kronprinz, dessen derbe Späße die Märchenprinzenillusionen unsrer Kinderträume gar nicht aufkommen ließen, die einfachen, mit Spielzeug wenig verwöhnten Kinder, der Teetisch, auf dem ich bald aufgegeben hatte, etwas zu suchen, was Kindergaumen reizt, – es gab doch immer nur dieselben Albert-Kakes – das alles gab ein Gesamtbild, das der Glanz der Kaiserkrone nicht zu treffen schien. Ich ging nicht allzu gerne hin: Prinzessin Charlotte, die mir am besten gefiel, war viel älter als ich; Prinzessin Viktoria, mit der ich spielen sollte, hatte nur Spaß am Kommandieren, was ich mir nicht gefallen ließ, die jüngern Geschwister waren Babys in den Augen der bald Zehnjährigen. Kam Prinz Wilhelm dazu mit dem kurzen lahmen Arm und dem finstern Gesicht, so wurde mirs vollends unheimlich. Es war jedesmal ein Seufzer der Erleichterung, mit dem ich mich in die Kissen des Wagens lehnte, der mich heimwärts fuhr. Schön waren nur die großen Feste: das Baumplündern, die Kinderbälle, die Aufführungen. Wenn ich mit offnen Locken, im Spitzenkleid und Atlasschuhen die lichterstrahlenden Säle betrat und gnädig die ersten Huldigungen kleiner Kavaliere entgegennahm, – dann ging mir eine Ahnung vom üppigen Freudenmahl des Lebens auf, die mir alle Fibern mit Sehnsucht füllte. Bei einem solchen Fest war es, als Hellmut mir entgegentrat und mir auf dem Wege zum Ballsaal den Arm reichte. »Wie eine Prinzessin aus Tausendundeiner Nacht siehst du aus«, flüsterte er dicht an meinem Ohr. Tausend und eine Nacht! Heiß überflutete es mich! Und als wir uns dann im schimmernden Glanz der Kerzen, bei rauschender Musik im Tanze wiegten, war mirs, als hörte ich verlockend die Worte zu seiner Melodie: schön sein – herrschen – genießen!

Eine Kugel, die ich mir einst im Schloss vom Weihnachtsbaum herunterholte, und in der sich noch heute alljährlich die Lichter unsres Tannenbaums spiegeln, ist das einzige, was mir zur Erinnerung an jene Feste übrig blieb. Ich hielt sie damals für eitel Silber. Aber sie ist auch nur aus Glas und hat schon lange einen Sprung! ...

Im Frühjahr wurde ich krank. Wiederholte Schwindelanfälle waren der Anlass gewesen, mich schon Wochen vorher aus der Schule zu nehmen. Dann bekam ich die Masern und lag lange Zeit zu Bett. Als ich wieder aufstehen durfte, konnte ich mich durchaus nicht erholen. Eine Herzschwäche war zurückgeblieben. Ich sollte viel an der Luft sein und war daher vor- und nachmittags im Zoologischen Garten, wo ich mit Großmama auf einer sonnigen Bank zu sitzen pflegte, die recht schmal gewordenen Hände müßig im Schoß, den Kopf, der mir immer so schwer war, hinten übergelehnt. Sie las mir vor und hatte sich zu dem Zweck eine besondre Art von Lektüre ausgewählt: Schilderungen der Jugendzeit bedeutender Männer, die sie ihren Lebensbeschreibungen und Selbstbiographien entnahm.

Zwei davon machten mir einen unauslöschlichen Eindruck: die Napoleons und die Goethes. Wie der große Kaiser ein armer Junge gewesen war und sich dem niederdrückenden Einfluss von Not und Verlassenheit nicht nur nicht unterwarf, sondern beide ihm zu Mitteln seiner Stärke wurden, und wie der Genius des großen Dichters sich schon an des Knaben Puppentheater, vor den staunend aufhorchenden Freunden offenbarte, denen er seine Märchen erzählte, – wundervoll war es! »Das muss das Schönste sein im Leben, Großmama: zu sein wie ein Stern, der allen leuchtet« – sagte ich einmal nachdenklich. Und ihre Antwort tönt mir noch in den Ohren: »Den alle lieben, meinst du wohl, weil er alle wärmt!«

Legte sie das Buch weg, so erzählte sie von ihrer eignen Jugendzeit, die sie in der Stadt des Dichters, fast ständig in seiner Nähe, verleben durfte. Wie arm kam mir, mit der ihren verglichen, meine Kindheit vor! Ich konnte überhaupt gar nicht mehr recht froh werden. Es lag irgend etwas Dumpfes, Schweres in der Luft, das die Mienen immer verstörter, das Lachen immer seltner werden ließ. Selbst meines Vaters Humor versiegte mehr und mehr, und häufiger als je flüchtete ich vor seiner tobenden Heftigkeit zu Großmama hinunter. Aber auch sie war zerstreut und sorgenvoll, so sehr sie sich auch vor mir zusammen nahm. Jeden Morgen vertiefte sie sich in den Kurszettel, und die mir rätselhafte Bemerkung: »Die Lombarden fallen« störte unsre sonst so gemütliche Frühstücksstunde. Eines Abends hatte Papa meine Mutter aus irgendeinem geringfügigen Anlass heftig angefahren, was mich immer ganz besonders entsetzte, und ich lief, so rasch ich konnte, davon, um mich verängstigt im tiefen Sessel von Großmamas Boudoir zu vergraben. Da hörte ich nebenan das Geräusch von Stimmen: Onkel Walter war tags vorher aus Ostpreußen angekommen und betrat mit Großmama in starker Erregung, wie es schien, den Salon.

Sie setzten sich zusammen auf das weiche, grüne Sofa, das mir so oft zum Schmollwinkel diente, und nun hörte ich jedes Wort ihrer Unterhaltung: Großmamas weiche, von aufsteigenden Tränen verschleierte Stimme, Onkel Walters hartes, durch die Aufregung immer rauher klingendes Organ.

»Du kennst unsre finanzielle Lage«, sagte sie. »Hans hat sein kleines Vermögen völlig verloren, und was Ilsens Mitgift betrifft, so fürchte ich das Schlimmste. Dazu haben sich meine Einkünfte bedeutend verringert, und ich muss mich jetzt schon sehr einschränken, um Ilse und Max, die beide Familie haben, nicht im Stich zu lassen. Du hast nicht Frau, nicht Kind, hast ein schönes Gut, – du solltest ohne weiteres auskommen.«

»Klotilde kann bei Hansens für dich eintreten«, entgegnete er.

»Klotilde!« Großmama seufzte. »Jede Inanspruchnahme ihrer Hilfe heißt Alixchens ganze Zukunft gefährden.«

Onkel Walter stöhnte schwer.

»Hast du noch etwas, was du mir verschweigst? – Sprich dich doch aus, mein Junge!« schmeichelte Großmamas Stimme.

Und nun kams, wie ein Sturzbach wilder, leidenschaftlicher Worte, die schließlich Großmamas leises Weinen so wehevoll begleitete, dass sich mir das Herz schmerzhaft zusammenzog.

Ich verstand nicht alles, aber die Hauptsache prägte sich mir ein: irgendwo in der Schweiz oder in Italien bei einer der vielen Spielbanken, die damals wie Pilze aus der Erde schossen, hatte Onkel Walter sehr, sehr viel Geld verloren, und in Pirgallen standen die Dinge schlecht, da die Heuernte wieder einmal durch Überschwemmungen zerstört worden war – »ich schieße mir eine Kugel durch den Kopf, wenn du nicht hilfst«, schloss er außer sich. Ich schrie entsetzt auf. Großmama erhob sich, ich hörte ihre Kleider rauschen, duckte mich schnell tief in die Kissen und hielt den Atem an.

»Also ein Verschwender und ein Feigling dazu!« sagte sie; ihr hatte seine Drohung zu meinem Erstaunen keinen Eindruck gemacht. »Schämst du dich nicht? Wie viele fristen ihr und ihrer Familie Leben mit wenigen Groschen am Tag, und du wirfst Tausende zum Fenster hinaus, noch dazu Tausende, die dir gar nicht gehören! Oder ist es etwas andres als Diebstahl, wenn du deine Lieferanten, deine Handwerker und ihr Geld dem schlimmsten aller Teufel, dem Spielteufel, in den Rachen wirfst?! Wenn du noch eine Spur von Ehrgefühl hast, so wirst du dir selber helfen und nicht verlangen, dass deine Schwester und dein Bruder sich dir opfern. Setz dich auf dein Gut und arbeite!«

Niemals hatte ich Großmama so reden hören, auch Onkel Walter mochte erstaunt sein, denn er schwieg lange Zeit. Dann brachs von neuem los, nicht heftig, wie vorher, sondern jammernd, verzweifelnd. Und nun tröstete ihn Großmama, wie ein krankes Kind, ohne in der Sache nachzugeben. Sie wollte zu ihm ziehen, ihm ein neues Leben aufbauen helfen, in der Wirtschaft nach dem Rechten sehen, bis er eine gute Frau gefunden haben würde …

»Ich habe eine Geliebte«, stieß er hervor.

»Auch das noch!« murmelte sie. »Kannst du sie heiraten?« fügte sie rasch hinzu.

»Damit wir beide am Hungertuch nagen?« höhnte er.

Auf Großmamas Bitten berichtete er von seinem Verhältnis zu dem Mädchen. Ich glaube, sie war anständiger armer Leute Kind; Onkel Walter hatte sie fürs Theater ausbilden lassen und an irgendeiner Bühne untergebracht: »Talent hat sie keins, aber sie ist hübsch, damit wird sie sich schon weiter helfen! Für das Kind aber, dessen Vaterschaft mir einigermaßen sicher ist, muss gesorgt werden!«

»Und du – du bist mein Sohn!« hörte ich Großmama mit halberstickter Stimme sagen. Hätte ich ihr nur zu Füßen fallen und ihre Hände küssen können!

Nach langer, peinvoller Stille fing sie wieder zu sprechen an: mit ruhiger Geschäftsmäßigkeit, wie zu einem völlig Fremden, setzte sie Onkel Walter auseinander, welche Schritte zur Regelung seiner Angelegenheiten zu tun seien, und zu welchem Zeitpunkt sie ihre Übersiedlung nach Pirgallen vornehmen würde. »Für das unschuldige Würmchen und die arme Mutter sorge ich«, schloss sie, »und nun gute Nacht!«

Ohne ein Wort zu erwidern, verließ Onkel Walter das Zimmer.

Wieviel Schleier, unter denen bisher das Leben sich mir verborgen hatte, waren in dieser kurzen Stunde zerrissen! Wild klopfte mir das Herz. Da trat Großmama über die Schwelle. »Alixchen!« rief sie entsetzt. Ich sprang auf, und den heißen Kopf in die kühlen Sammetfalten ihres Kleides pressend, erzählte ich ihr, dass ich alles, alles gehört hätte.

»Ich, ich will dir helfen, Großmama«, rief ich, ohne eine Antwort von ihr abzuwarten, während die abenteuerlichsten Pläne sich in meinem Hirne kreuzten. »Ich komme mit nach Pirgallen, und dann pflege ich das kleine Kind, und du brauchst keine Kinderfrau.« Bittend sah ich auf zu ihr; mit wehmütigem Lächeln streichelte sie mir die glühenden Wangen, und durch ihre Liebkosung ermuntert, fuhr ich noch eifriger fort: »Weißt du, wenn ich das tue, sind doch auch die Eltern mich los und brauchen kein Geld für mich auszugeben« – – Großmama war noch immer still – – »vielleicht kann ich sogar selbst Geld verdienen. Du hast einmal gesagt, dass viele arme Kinder für Geld arbeiten müssen. Ich tanze doch so gut – Herr Ebel hat mich doch selbst unterrichtet, – der nimmt mich gewiss zum Theater.«

»Du kleiner Hitzkopf du – was für törichte Gedanken du dir machst«, unterbrach mich Großmama. »Komm, lass uns ruhig miteinander reden«, damit ließ sie sich in dem tiefen Stuhl nieder, dessen Bezug noch Spuren meiner Tränen zeigte, und ich kauerte mich ihr zu Füßen, wie in jenen glücklichen Stunden, wo ich ihren Märchen lauschte. Lange und liebreich sprach sie auf mich ein: dass ich mir die Dinge nicht so schwarz ausmalen solle, dass wir zwar nicht mehr reich, aber auch nicht arm seien, dass ich viel helfen könne, wenn ich meiner Mutter das Leben erleichterte, wenn ich überflüssige Wünsche unterdrücke und tüchtig lerne, damit ich einmal, falls es nötig sein sollte, auf eignen Füßen zu stehen vermöchte. Meine heroische Opferwilligkeit wurde nicht wenig herabgestimmt. Gar kläglich kam mir vor, was Großmama mir als eine Aufgabe ans Herz legte. »Und – das kleine Kind?« wagte ich noch einmal schüchtern zu bemerken. Die feinen Adern auf Großmamas Schläfen schwollen. »Versprich mir, dass du niemandem sagst, was du von ihm gehört hast«, sagte sie, mir ernst und fest ins Auge blickend. »Ich verspreche es.« hauchte ich.

Großmama küsste mir beide Wangen. »So, nun komm! Ich bring dich in dein Bettchen, und morgen ist das alles nichts als ein Traum für dich.« Still und in mich gekehrt folgte ich ihr.

Als sie aber die Decke an den Bettpfosten befestigt hatte, – ich pflegte sie sonst im Traume von mir zu werfen –, und, die Hände gefaltet, neben mir stand, mein Abendgebet erwartend, richtete ich mich noch einmal auf: »Großmama, liebe Großmama«, kam es mit Anstrengung über meine Lippen, »sag mir doch, ist eine Geliebte dasselbe wie eine Frau?« Und sie gab mir eine Antwort, wie ich sie noch auf keine Frage von ihr erhalten hatte: »Kind, das verstehst du nicht.«

Mein Abendgebet vergaßen wir danach alle beide.

Trotz des gemeinsamen Geheimnisses, um das meine Gedanken sich in der Stille unaufhörlich drehten, trat seitdem eine leise und noch lange nachwirkende Entfremdung zwischen uns ein. Ich aber achtete von nun an genau auf meine Umgebung, auf alles, was geschah und was gesprochen wurde. Ich merkte, dass Papa mir seltner etwas mitbrachte als früher, wo er fast immer eine Schachtel Bonbons oder ein Spielzeug für mich in der Tasche gehabt hatte. Und wenn er es jetzt noch tat, so war Mamas Empörung über die »Verschwendung« so groß, dass mir von vornherein jede Freude verging. Ich sah, wie im stillen überall gespart und geknausert wurde, ohne dass sich nach außen viel veränderte: unsre alte französische

Köchin machte einer deutschen Platz, die keine Kuchen und Pasteten backen konnte, an Stelle der Jungfer trat ein Hausmädchen, unter deren Händen Mamas blonder Kopf nicht mehr zu einem Kunstwerk wurde wie früher. Nur der Wilhelm, der Diener, blieb, und seine stets gleichmäßig unbeweglichen Züge verrieten niemandem, wie anders es im Hause der Herrschaft geworden war; er schenkte den billigen Mosel bei Tisch mit derselben Würde ein, wie den teuren Rheinwein früher. Aber noch mehr, als ich sah, hörte ich, und lernte rasch ein halbes Wort, ein vielsagendes Lächeln verstehen: da musste der eine den Abschied nehmen, weil er sein »Verhältnis« geheiratet hatte, und der andre ruinierte sich eines »Frauenzimmers« wegen; da wurde einer im Duell erschossen, weil seine Frau auf dem Zimmer eines Schauspielers gefunden worden war, und eine andre wurde in der Gesellschaft »unmöglich«, weil sie ihren Mann heimlich verlassen hatte. Bei alledem schwebte mir immer Onkel Walters Geliebte vor, die Mutter seines Kindes, der meine Phantasie die Gestalt der duldenden Madonna gegeben hatte, und ich nahm im Innern unentwegt Partei für ihre Leidensgefährtinnen.

Im Sommer gingen wir wieder nach Oberbayern. Mein schwaches Herz, das sich in Ohnmachtsanfällen allzu häufig bemerkbar machte, bedurfte der Stärkung durch die Bergluft. Aber meine Freude über das Reiseziel sollte eine erhebliche Einbuße erfahren: statt im Rosenhaus zu wohnen, bei Tante Klotilde, blieben wir in Garmisch im Hotel. Als wir das erstemal zu ihr kamen, war ich steif und still. Selbst als der Sepp mit einem Strauß von Orchideen, die ich ihrer märchenhaften Formen wegen immer besonders liebte, vor mir stand, ließ ich mich nicht bewegen, mit ihm zu spielen. »Das Fräulein ist wohl ganz preußisch geworden«, sagte Tante Klotilde spöttisch. Ich sah sie böse an. Sie hatte keine Spur von Verständnis für mich; sie wusste nicht, dass ich die Kosthäppchen des Lebens nie leiden konnte. Wer nicht das ganze köstliche Gericht haben kann, für den ist eine Probe davon nur eine grausame Mahnung an das, was er entbehrt.

Es blieb bei kurzen Besuchen am Rosensee; nur selten holte die Tante uns zum Spazierenfahren ab und unterließ es dabei nie, ihrem Ärger über die Nichte, die eine »gelbe Hopfenstange« geworden wäre, Luft zu machen. Ich war bisher so gewöhnt gewesen, bewundert zu werden, dass mich ihre Bemerkung einigermaßen in Erstaunen setzte. Der Spiegel sprach für ihre Richtigkeit. Diese Entdeckung steigerte nur meine morose Stimmung. Ich hatte niemanden, der mich ihr hätte entreißen können; Mama hielt mich abwechselnd für unartig oder für launisch; sie befand sich überdies bald in einer ihr sehr angenehmen Gesellschaft und war daher ganz zufrieden, dass ich gar keine Ansprüche an sie stellte, sondern am liebsten allein mit meinem Buch im Hotelgarten saß. Die Bäume darin standen in Reih und Glied, wie Soldaten, und verbargen, trotz ihrer Dürftigkeit, den Kranz der fernen Berge; um aber jedes Gefühl für die Großartigkeit der Natur vollends zu verwischen, plätscherte ein dünner, kleiner Springbrunnen in der Mitte. Hier konnte ich zeitweise vergessen, dass ich dem alten grauen Freund, dem Waxenstein, so nahe und er mir doch so unerreichbar fern war.

Ich blieb nicht lange allein. Ein junger Mensch mit fuchsig rotem Haar und einem Gesicht voll gelber Sommersprossen, der mit seiner Mutter, einer Schriftstellerin, an der Table d'hote neben uns saß, gesellte sich immer häufiger zu mir und rümpfte immer deutlicher die Nase über meine Lektüre. Freilich: das ganze Elend der damaligen Jugendliteratur konnte nicht deutlicher zum Ausdruck kommen als hier. Gegen den grässlichen Nieritz mit seiner Zuckerwassermoral hatte ich schon selbst protestiert, dafür herrschten jetzt Ottilie Wildermut und Elise Polko, die der gesitteten höhern Tochter in hundert Variationen stets dasselbe predigten: der Mann ist deines Lebens Ziel und Zweck. Hans Guntersberg, froh, eine so dankbare Zuhörerin für seine Primanerweisheit gefunden zu haben, erzählte mir von seinen Lieblingsbüchern, und von niemandem schwärmte er mehr als von Paul Heyse. Ein Buch nach dem andern brachte er mir, um mir daraus die seiner Meinung nach schönsten Stellen mit dem Pathos eines Vorstadttragöden vorzulesen. Sein ganzer Koffer steckte voller Bücher und sein Kopf voller Liebesgeschichten, wobei es kein Wunder war, dass es in dem einen an Platz für frische Kragen, in dem andern an Interesse für klassische Sprachen fehlte. Er war nämlich schon zwanzig Jahre alt. Seine körperliche Nähe war mir widerwärtig, und meine Sehnsucht nach seinen Büchern stand immer in hartem Kampf mit meiner Antipathie gegen seine Persönlichkeit. Er mochte fühlen, was ihn allein für mich anziehend machte und gab daher seine Schätze nicht aus der Hand. Plötzlich kam er nicht mehr und antwortete mir ausweichend, als ich ihn abends nach der Ursache frug. Am nächsten Tag schlich ich ihm nach und fand ihn in der Laube des Nebenhauses mit einem Mädchen, das nicht nur erheblich älter, sondern auch viel hübscher war als ich. In seiner bekannten Schauspielerpose stand er vor ihr und deklamierte, während der Schweiß ihm in Perlen auf der sommersprossigen Stirn stand. Halb belustigt, halb verärgert wandte ich mich ab. Ich gönnte der Rivalin den Kurmacher, aber seine Bücher gönnte ich ihr nicht. Vielleicht gab er sie mir jetzt, da seine Person anderweitig untergebracht war. Er lachte mich aus, als ich ihn darum bat: »Für dumme Göhren wie dich ist das noch nichts.« Mir fiel ein Laden in Partenkirchen ein, der alle leiblichen und geistigen Bedürfnisse der Sommergäste zu befriedigen pflegte. Heyses Novellen hatte er gewiss. Das Schlimme war nur, dass ich kein Geld besaß. An meinem Geburtstag hatte ich in Erinnerung an Großmamas Ratschläge das Goldstück von Tante Klotilde unberührt gelassen. Mama sollte mir zum Winter ein Kleid davon kaufen, dieser Wunsch – ein erstes Zeichen praktischen Verständnisses – war durch einen der seltnen mütterlichen Küsse belohnt worden. Sie für diesen Zweck nun doch um das Geld zu bitten, wäre töricht gewesen; bestenfalls hätte sie meinen Lesehunger durch einen neuen Band Wildermut gestillt. Und doch hatte ich ein Recht darauf – es war mein Eigentum –, ich konnte tun damit, was ich wollte; Mama hatte es sogar selbst in mein Portemonnaie gesteckt, das in der Kommode unter den Taschentüchern lag. Tagelang kämpfte ich mit mir, – aber das Verlangen wurde um so stärker, als ich Stunden und Stunden nichts mit mir anzufangen wusste; endlich konnt ich nicht länger widerstehen: unter dem Vorwand, ein Taschentuch haben zu müssen, verschaffte ich mir den Schlüssel und nahm mein Portemonnaie an mich. In fliegender Hast, als brenne der Boden unter mir, lief ich die Treppen hinunter durch die Straße nach Partenkirchen. Für meine Mutter, sagte ich verwirrt und stotternd im Laden, sollte ich Heyses Novellen kaufen. Verwundert sah man mich an, als ich ein ganzes Goldstück vorwies. Mit mehreren Bänden beladen lief ich zurück; die Eile, die Angst vor Entdeckung, das klopfende Gewissen ließen mein Herz immer stürmischer schlagen. Glühende Funken tanzten vor meinen Augen; zuweilen wars dann wieder, als hüllten schwarze Schleier sie ein. Ungesehen kam ich ins Hotel zurück und hatte noch gerade so viel Kraft, mein Paket in die leere Reisetasche zu stecken, als der Schwindel mich packte und ich zusammenbrach. Auf meinem Bett, umringt von der Mutter, dem Arzt, dem Stubenmädchen, das mich zuerst gefunden hatte, fand ich mich wieder. Die Hotelküche sei nichts für mich – es fehle mir an Bewegung – Garmisch sei zu heiß – die Baronin Artern müsse mich ins

Rosenhaus nehmen, da würde das dumme Herzchen schon zur Räson kommen – hörte ich des alten Doktors freundliche Stimme sagen. Er fuhr selbst nach Grainau, um mit der Tante zu reden. Schon am nächsten Tag sollte ich hinüber. Der Gedanke an die versteckten Bücher ließ zunächst meine Freude nicht aufkommen. Ich benutzte den Augenblick, wo Mama zum Essen hinunter ging, um mich hastig anzuziehen, nahm das verhängnisvolle Paket und trug es mit wankenden Knien in den Garten. Dort, unter einem Fliederbusch, vergrub ich ein Buch nach dem andern in der Erde; nur eins – das letzte, ein dünnes Bändchen, versenkte ich in meine Kleidertasche. Dann erst kam mir die bedenkliche Moralität des Ereignisses zum Bewusstsein: statt der Strafe für meine Sünden erwartete mich das Rosenhaus, meiner ständigen stillen Sehnsucht Ziel!

Ich verlebte stille, wundervolle Wochen dort. Da ich weder Kraft noch Lust hatte, soviel umherzuklettern wie im vorigen Jahr und die alte Kathrin mich überdies mehr denn je in ihren Schutz nahm, fand die Tante nicht allzuviel Ursache zum Schelten. Und der Sepp erwies sich als der treuste, rücksichtsvollste Kamerad. Er strahlte über das ganze braune Gesicht vor Freude über meine Ankunft; er ließ sich willig mit Plaid und Mantel bepacken, wenn ich dafür nur wieder mit ihm gehen durfte; er hob mich, das lange Mädel, das ihn an Größe beträchtlich überragte, über jeden Bach, jede sumpfige Stelle. Und gleich am ersten Tage führte er mich mit geheimnisvoll verlegenem Lächeln durch den Wald bis zu dem Hügel, unter dem der Badersee grün aufleuchtete und Waxenstein und Zugspitze herübergrüßten, als wäre es nur ein Vogelflug bis zu ihnen. Dort unter der alten Buche hatte er mir eine Bank gezimmert und in ungefügen Buchstaben ein »Alix« in die Lehne geschnitten. Dort nahm ich zum erstenmal mein gerettetes Buch aus der Tasche: »L'Arrabiata« war es. Ich weiß heute nichts mehr von seinem Inhalt; ich weiß nur, dass das kleine Werk mich in einen Traum von Schönheit verstrickte, dass ein Gluthauch von Leidenschaft mir daraus entgegenströmte, die mich mir selbst entrissen. Wenn ich morgens erwachte, solange noch alles still im Hause war, zog ich immer häufiger mein Notizbuch unter dem Kopfkissen hervor und schrieb in Versen nieder, was mich bewegte, und was ich niemandem hätte sagen können.

Im Spätherbst kehrten wir heim. Es war mir eine Erleichterung, Großmama nicht mehr vorzufinden, – ich hätte ihr nicht in die Augen zu sehen vermocht. Wie wenig hatte ich mich ihres Vertrauens würdig gezeigt, wie schwach, wie schlecht war ich gewesen! Das sollte nun anders, ganz anders werden. Durch tägliche Opfer wollte ich gut machen, was ich verbrochen hatte. Mit wahrer Leidenschaft stürzte ich mich in die selbstgewählte Aufgabe und nahm gleich das schwerste auf mich, was es für mich geben konnte: Handarbeiten. Der Eifer, mit dem eine büßende Nonne sich geißelt, konnte nicht hingebungsvoller sein als der, mit dem ich Strümpfe stopfte! Rascher, als er erlahmte, machte meines Vaters Versetzung nach Posen ihm ein Ende. Ich sah dieses Verschlagenwerden nach einer Stadt, von der niemand etwas Gutes zu sagen wusste, als eine gerechte Strafe für meine Sünden an. Keine Lockungen der Eitelkeit und des Vergnügens würden mich dort dem Ernst des Lebens entreißen.

An einem der letzten Abende vor der Abreise saßen wir zwischen hochaufgetürmten Kisten um den Esszimmertisch. Schwarz starrten die vorhanglosen Fenster zu mir herüber, vor denen ich stets ein Grauen empfand, wie vor offenen Gräbern. Mama trug ihren unscheinbarsten Morgenrock, ich – im Vollgefühl größter Selbstentsagung – eine Schürze. Nur der Wilhelm wahrte auch inmitten der Unordnung des Umzugs die Form: tadellos, wie stets, war sein Frack, blank geputzt, wie immer, der silberne Teller, auf dem er Mama einen Brief präsentierte. »Aus dem Kabinett Ihrer Majestät der Kaiserin«, sagte er mit der Miene ehrfurchtsvoller Devotion. Mamas Gesicht erhellte sich, während sie las. »Das ist wirklich ein Glücksfall«, – damit reichte sie den Brief meinem Vater. Ihm stieg das Blut zu Kopf bei der Lektüre; die Adern schwollen ihm auf der Stirn; er räusperte sich immer heftiger. »Das hast du ja mal wieder fein eingefädelt«, rief er schließlich mit dröhnender Stimme, warf den Brief auf den Tisch und sprang vom Stuhl auf. Ich erhob mich gleichfalls, um möglichst rasch zu verschwinden. »Du bleibst!« schrie Papa wütend, mein Handgelenk umklammernd. »Alix ist schließlich die Hauptperson, – mag sie entscheiden«, fügte er hinzu und reichte mir trotz Mamas entrüstetem »Aber Hans, wie unpädagogisch!« den gewichtigen, großen Bogen. Er enthielt die kurze Mitteilung, dass »Ihre Majestät gnädigst geruht habe, Fräulein Alix von Kleve eine Freistelle im Augustastift zu bewilligen«, und die Bemerkung von der Kaiserin eigener Hand »sie freue sich, die Enkelin ihrer lieben Jugendfreundin Jenny in die ihrem Herzen so nahe stehende Anstalt aufnehmen zu können.« Im Fluge erschienen all die Bilder des Stifts vor mir, die ich bei meinen Besuchen mit Großmama oft genug gesehen und meinem Vater oft genug geschildert hatte: Alles war Uniform dort, von der Kleidung bis zur Gesinnung, und von den weiten Schlafsälen bis zum Garten atmete alles denselben Geist: den der Hygiene, der Pünktlichkeit, der Ordnung. Da gab es kein stilles Plätzchen und keine Zeit zum Träumen. Das, was mir von klein auf das tiefste Bedürfnis gewesen war: allein sein zu können mit meinen Gedanken, wäre hier Tag und Nacht unbefriedigt geblieben. Aber war es nicht vielleicht die Hand Gottes, die mir grade diesen Weg der Buße wies? Würde ich nicht mit einem Schlage meine Eltern von drückenden Sorgen befreien, wenn ich ihn, ohne Rücksicht auf meine Wünsche, tapfer betrat? Erwartungsvoll fragend sah Papa mich an. Und leise, mit gesenkten Augen sagte ich: »Es wird wohl das beste für mich sein!«

»Ihr habt ja das Mädel gut klein gekriegt«, höhnte Papa, »aber ich geb das nie und nimmer zu! So stehts noch nicht mit mir, dass ich meine Tochter das Gnadenbrot essen ließe! – Sie bleibt zu Hause, wo sie hingehört, sie wird nicht zum Hofschranzen erzogen – und damit basta!«

Mama blieb still. Ich wurde ins Bett geschickt, hörte aber noch lange des Vaters heftige Stimme: mein Schicksal, das fühlte ich, wurde dort drüben entschieden.

Am Tage darauf musste ich mich auf des Vaters Kniee setzen, und mit einer weichen Zärtlichkeit, die er selten zu zeigen pflegte, sprach er auf mich ein: »Du bist mein einziges Kind, Alixchen, und meine ganze Lebensfreude. Wenn ich dich von mir gebe, so heißt das, dich verlieren, denn fremde Einflüsse werden auf dich wirken, die meinem Denken und Fühlen entgegengesetzt sind. Glaube mir: niemand meint es so gut mit dir wie ich, wenn ich auch oft grob und heftig bin, – und niemand kann dich lieber haben.« Mit feuchten Augen sah er mich an: »Willst du deinen armen alten Vater wirklich verlassen, mein Kind?«

Schluchzend schlang ich die Arme um seinen Hals: »Ich bleibe bei dir, Papa.«

Drittes Kapitel

Wir saßen um den runden Mahagonitisch beim Nachmittagskaffee; von der Hängelampe mit dem grünen Schirm fiel ein warmes Licht auf den zierlich gedeckten Tisch mit seinen Kristalltellern und Sahnennäpfchen und seinen alten, weißen, wappengeschmückten Porzellantassen; die dickbauchige silberne Kaffeekanne blitzte, und der große Napfkuchen duftete sonntäglich. Mit lustigem Prasseln übertönten die brennenden Holzscheite im Kamin die grämliche Herbststimme des Novemberregens draußen.

»Doktor Hugo Meyer«, meldete der Diener und öffnete die Tür vor dem Erwarteten. Mein Vater stand auf. »Dein Erziehungsapparat«, flüsterte er mir lächelnd zu. Ich war wenig neugierig. Sie waren bisher einander alle ähnlich gewesen: grauhaarige Männer mit krummen Rücken und schmutzigen Fingernägeln, ältliche, bebrillte Fräuleins mit blutleeren Lippen – wirklich: nur gleichmäßig funktionierende »Erziehungsapparate«, aber keine Erzieher.

Pflichtschuldigst erhob ich mich, als Papa mich dem neuen Lehrer vorstellte, den er nach vielem Suchen für mich gefunden hatte. »Hier ist unsere Alix, Herr Doktor! Ein großes Mädel, nicht wahr? Sie werden sich tüchtig anstrengen müssen, damit der Geist sich streckt, wie der Körper.« Ich reichte ihm die Hand; sein warmer, kräftiger Händedruck ließ mich erstaunt zu ihm aufsehen, – meine früheren Lehrer hatten mir immer nur die Fingerspitzen berührt, was mich von vornherein hatte frösteln lassen.

Ein großer, breitschultriger Mann stand vor mir; ein paar gute Augen von einem so reinen Blau, wie es mir noch bei keinem Menschen begegnet war, sahen mich forschend an. Und doch konnte ich nur schwer ein Lächeln verbergen: wie schlecht passte der Mann, dachte ich, in den langen korrekten schwarzen Rock. Eines Arminius Lederwams und Panzer hätte ihm besser gestanden, und unter einem Büffelhelm würde der breite Germanenkopf mit dem gelockten rötlichen Haar und dem dichten Bart nie den Gedanken an einen preußischen Gymnasiallehrer haben aufkommen lassen. Er errötete unter meinem Blick und setzte sich mit einer ungeschickt verlegenen Bewegung, den Zylinder immer noch in der Hand, auf den Rand des ihm angebotenen Stuhles. Es bedurfte der ganzen gesellschaftlichen Geschicklichkeit meiner Mutter und der jovialen Liebenswürdigkeit meines Vaters, um eine Unterhaltung in Fluss zu bringen. Erst als das Gespräch sich ausschließlich auf des Besuchers eigentlichstes Gebiet konzentrierte, wurde er lebendig, und je mehr er den schwarzen Rock und das Zeremoniell der Salonkonversation vergaß, desto stärker trat seine Natur hervor: die eines Menschen voll Jugendkraft und Enthusiasmus. Ich empfand sie, wie ich den schäumenden Gießbach und die dunkeln, schattenden Bäume in dem kühlen, grünen Grund der Maxklamm empfand, wenn ich von den sommerschwülen Wiesen Grainaus dorthin flüchtete. Ein tiefes Aufatmen ging durch meine Seele. Ich öffnete den Mund nicht während des ganzen Besuchs, und er richtete nie das Wort an mich. dass ich seinen Händedruck beim Abschied herzhaft erwiderte, war das einzige Zeichen meines Willkommens.

Am Abend desselben Sonntags war es; die Stunde, in der mein Vater für Wünsche am zugänglichsten, für Widerspruch am wenigsten empfindlich war. Dann pflegte Mama mit gekreuzten Armen tief in der Sofaecke seines Zimmers zu sitzen, der Patience zuschauend, die er, als bestes Nervenberuhigungsmittel, wie er meinte, allabendlich zu legen pflegte. Ich las währenddessen oder träumte vor mich hin.

»Wir hätten Alix doch in die Schule schicken sollen«, begann Mama.

»Damit sie mit fünfzig Cohns und Goldsteins in einer Klasse sitzt! Na, Gottlob, ist das Thema seit heute erledigt«, antwortete er.

»Und dass er ihr keine Religionsstunde geben will, ist doch auch bedenklich«, fuhr sie fort.

»Das ists grade, was mir passt«, sagte er mit etwas erhobener Stimme, »den Katechismus kann sie am Schnürchen, die Kirchenlieder auch, alles übrige lässt sich nicht lehren und nicht lernen, wenn mans nicht erfährt. Und zu dieser Religionserziehung sind die Herren Eltern da.«

»Ich freue mich auf die Stunden«, unterbrach ich das Gespräch, in der Angst, es könne sich zu einer Szene steigern.

»Jedenfalls muss ich immer dabei sein«, seufzte darauf Mama.

Ich erschrak. Vor niemandem vermochte ich so wenig aus mir herauszugehen wie vor ihr. Lähmend wirkte ihre Kühle auf mich. Wie eine stumme Geige war ich in ihrer Nähe: gehorsam geben die Saiten dem Spiel der Finger nach, aber mit keinem Ton antworten sie ihnen.

»Warum denn, Mama?« frug ich mit zuckenden Lippen, die Augen bittend auf sie gerichtet, »ich werde sicher gut aufpassen und immer fleißig sein.«

»Glaubst du vielleicht, ich tus aus Vergnügen?!« Ihre Stimme wurde schärfer: »Es schickt sich einfach nicht, euch allein zu lassen!«

Eine unklare Empfindung, als habe mich etwas Unreinliches berührt, trieb mir die Schamröte in die Wangen.

Wir verstummten alle. Tiefer senkte ich den Kopf auf mein Buch, aber ich sah die Worte nicht; ich hörte auf den Regen, der eintönig gegen die Fensterscheiben schlug. Das Kaminfeuer nebenan war erloschen.

Am nächsten Nachmittag begann der Unterricht. Mama saß richtig mit einer Handarbeit dabei. Ihre Gegenwart schien auch der Lehrer peinlich zu empfinden, er kam nicht in die Stimmung, die mich an ihm mit so viel Hoffnung erfüllt hatte, und wir waren schließlich sichtlich enttäuscht voneinander. Wochenlang blieb alles beim alten, und ich sagte mir mit altkluger Bitterkeit, dass ich mich eben wieder einmal umsonst gefreut hätte. Aber mit dem nahenden Winter nahm die Geselligkeit zu, und schließlich war sie dermaßen ausgedehnt, dass ich meine Eltern fast nur zu Tisch noch sah. Besuche, Diners, Bälle, Wohltätigkeitsvorstellungen folgten einander auf dem Fuß. Meine Mutter hatte nur noch Zeit, die pflichtgemäße Mittagspromenade mit mir zu machen und meinen Lehrer zu begrüßen, wenn er kam. Täglich wiederholte sich dabei dieselbe Szene: mit linkischer Verbeugung und verlegenem Hüsteln, das sein gewaltiger Brustkasten Lügen strafte, trat er ein. »Sind Sie zufrieden mit Alix?« frug Mama. »O sehr«, antwortete er. Ihm freundlich zunickend, mir rasch die Stirne küssend, verabschiedete sie sich, und mit einem Gefühl der Erleichterung nahmen wir einander gegenüber Platz. Der Diener brachte den Kaffee, der, wie Papa gemeint hatte, eine Unterhaltung und damit ein näheres Bekanntwerden von Lehrer und Schülerin herbeiführen sollte. Aber es kam nie dazu. Dr. Meyer schluckte hastig den gebotnen braunen Trank herunter und zerbröckelte schweigsam den Kuchen zwischen den Fingern, während er meine Hefte durchsah. Erst durch den Lehrstoff, den er vortrug, taute er auf, und je mehr die Zeit vorrückte, desto heller leuchteten seine Augen, desto reicher strömten ihm alle Mittel eindrucksvoller Rede zu. War mein ganzer bisheriger Unterricht nichts als eine Anhäufung von Regeln, Versen Namen, Zahlen und Daten gewesen, so leblos und reizlos für mich, wie das Spielzeug, mit dem Onkels und Tanten meine Schubläden füllten, so strömte jetzt mit ihm das Leben selbst mir zu, dessen Fülle ich in atemloser Aufmerksamkeit, in herzklopfender Erregung zu fassen und zu halten versuchte. Die toten Helden der Geschichte wurden lebendig vor mir; alle, die um der Freiheit und der Gerechtigkeit willen geblutet hatten, – von Leonidas und Tiberius Gracchus bis zu den Amerikanern, den Griechen, den Polen der Neuzeit –, zeigten mir ihre Narben und Wunden, und meine Begeisterung entflammte sich an ihren Taten und Leiden. Die Dichter sprachen zu mir, und die Lehrer und die Propheten der Menschheit brachten dem kleinen Mädchen die unvergänglichsten ihrer Schätze. Wenn sie auch ihren Wert noch nicht zu würdigen verstand, so erkannte sie doch mit inbrünstigem Schauern ihren Reichtum, und die Welt, bisher für sie nur erfüllt mit den Nebelgestalten ihrer eignen Schöpfung, sah sie nun aus tausend lebendigen Augen an.

Mündlich und schriftlich hatte ich Gelesenes und Gehörtes nicht nur automatisch wiederzugeben, sondern meine eignen Eindrücke und Gedanken daran zu knüpfen. Stets verteidigte ich leidenschaftlich meine Helden, und um ihre Widersacher zu malen, war mir das tiefste Schwarz nicht schwarz genug. Suchte der Lehrer meine Engel in Menschen zu verwandeln, so bäumte sich meine Empfindung feindselig gegen ihn auf; und geschah es, dass mein Verstand ihm recht geben musste, so trauerte ich verzweifelt vor dem gestürzten Heros, als wäre mir ein Freund gestorben.

Ein hoher hölzerner Fußschemel war meine Rednertribüne. Ich konnte nicht zusammenhängend sprechen, wenn ich am Tische saß oder stand; ich bedurfte eines merkbaren räumlichen Abstands zwischen mir und dem Zuhörer und war daher instinktiv auf diesen Ausweg verfallen. Nur in Mamas Gegenwart half auch der Fußschemel nichts, seitdem sie einmal zugehört und über mein Pathos Tränen gelacht hatte. Mein Lehrer verstand mich; kam sie zufällig herein, während ich sprach, so wechselte er stillschweigend den Gegenstand des Unterrichts. Aber nicht nur der Stoff und die Form, auch der Tenor des Inhalts wurde ein andrer, wenn wir nicht allein blieben.

Meine Mutter hatte einmal ausnahmsweise der Geschichtsstunde beigewohnt, als Dr. Meyer Friedrichs des Großen Polenpolitik einer abfälligen Kritik unterzog. Er war Hannoveraner und hatte sich als solcher trotz aller Begeisterung für das Deutsche Reich den Hohenzollern gegenüber einen scharfen kritischen Blick bewahrt. Seine Auseinandersetzung unterbrach meine Mutter plötzlich mit einer Leidenschaftlichkeit, die bei der sonst so vornehm kühlen Frau wie etwas völlig neues erschien: »Herr Doktor«, rief sie, »vergessen Sie nicht, wen Sie vor sich haben. Wir sind Preußen!« – »Verzeihen Sie, gnädige Frau«, entgegnete er, während das Blut ihm in Wangen und Schläfen schoss, »die objektive Geschichtsforschung ...« – »Was geht mich die objektive Geschichtsforschung an«, warf sie heftig dazwischen, »wir haben unser angestammtes Fürstenhaus zu lieben und unsre Kinder im Respekt vor ihm zu erziehen. Lehren Sie Alix einfache Tatsachen, keine zersetzende Kritik. Sie ist sowieso schon superklug genug.« Ich erwartete eine energische Antwort. Doch der große, starke Mann schien in sich zusammen zu fallen, er senkte die Augen, und sein Gesicht färbte sich noch dunkler. Als wollte er einen bösen Gedanken vertreiben, fuhr er sich mit der Hand, deren Weiße zu ihrer breiten Derbheit einen seltsamen Kontrast bildete, ein paarmal über die Stirn, sah mechanisch nach der Uhr, atmete tief auf, da die abgelaufene Zeit seinen Aufbruch gestattete, und verabschiedete sich noch unbeholfener als gewöhnlich. Mir gab es einen Stich ins Herz: es war zwar nicht ein Heros, dessen Sturz mich verletzte, es war nur ein erster schüchterner Trieb beginnenden Vertrauens, der mir aus dem Herzen gerissen wurde. Ein Mann, der sich so herunterputzen ließ! Der seine Überzeugung nicht zu vertreten vermochte! dass Mutter und Schwester daheim mit jedem Groschen rechnen mussten, den er verdiente, – das freilich wusste ich damals nicht.

Für mich, für die ein Erlebnis, das andre kaum empfanden, so oft zum erschütternden Ereignis wurde, blieb diese Stunde bedeutungsvoll. Noch immer sah ich Tag für Tag meinem Lehrer voll Erwartung entgegen, aber er war doch nur der Türhüter am Museum der Menschheitsgeschichte, nicht der Führer, dessen Leitung sich der Laie anvertraut: er öffnete mir einen Saal nach dem andern, aber ich ging schließlich doch allein. Wenn es auch sein höchstes Verdienst war, dass ich allein gehen lernte, – nicht auf den Stelzen fremder Anschauungen, die unbrauchbar werden, sobald es gilt, über Felsen zu klettern –, so ist doch die Seele des Kindes zu weich, zu schutz- und anlehnungsbedürftig, als dass sie auf einsamer Wanderung durch das fremde Leben nicht Wunden über Wunden davontragen müsste und ihr beim Sammeln von Blumen und Beeren nicht allzuviel giftige in die Hände fielen.

Ich war ein frommes Kind gewesen – mit jener Frömmigkeit, die an den lieben Gott und an die Engel und an den Herrn Jesus ebenso innig glaubt, wie an die sieben Zwerge, an die Knusperhexe und an die kleine Seejungfrau; mit jenem Glauben, der gar kein Glauben ist, weil noch kein Schatten eines Zweifels ihn erprobte.

Bei mir wie bei jedem Kinde wiederholte sich, was die Kindheit der Völker kennzeichnet: ihre Phantasie ist das Mittel, durch das sie sich mit dem ungeheuern Geheimnis des Lebens und des Schicksals auseinandersetzen. Sie überwinden die Furcht vor dem Unbegreiflichen durch den Glauben an die waltenden Wesen über ihnen. Schon als kleines Kind flüchtete ich, wenn irgend ein Ereignis mich aus dem Gleichgewicht brachte, in die Stille, um inbrünstig den Vater im Himmel um Hilfe zu bitten. Auf meine religiösen Empfindungen blieben die Gebete, Sprüche und Gesangbuchverse, die ich in der Schule gelernt hatte, und der Luthersche Katechismus vor allem, der, wäre er chinesisch geschrieben, den Kindern nicht weniger verständlich sein würde, so einflusslos wie die nüchterne Öde der protestantischen Kirche. Die Heiligenbilder, das geweihte Wasser, die durch rotes Glas mystisch schimmernde ewige Lampe unter dem geheimnisvollen Bilde der schwarzen Madonna von Czenstochau, die die Wände in der Kammer unsrer polnischen Köchin schmückten, zogen mich weit mehr an.

Das Licht des grellen Tages fiel nun in diese unberührte traumdunkle Märchenwelt meiner Religion.

In der Geschichtsstunde, zu der in spätem Jahren ein besondrer religionsgeschichtlicher Unterricht hinzukam, lernte ich, wie nicht nur innerhalb des Christentums eine Kirche, eine Sekte die andre auf das heftigste bekämpfte, wie jede im Besitz des alleinseligmachenden Glaubens zu sein behauptete, und für jede Märtyrer geblutet hatten, ich sah auch, dass Juden, Muhamedaner und Buddhisten nicht weniger fromm waren als die Nachfolger Christi und mit derselben Hingabe wie sie für ihren Glauben lebten und starben. Die Fabel von den drei Ringen kannte ich noch nicht, aber ich empfand schon die Schwere ihrer Fragestellung. Mein Lehrer, der dem Misstrauen meiner Mutter, als er sich weigerte, mir Religionsstunden zu geben, dadurch begegnet war, dass er versprochen hatte, keinerlei Glaubenszweifel in mir zu erwecken, beschränkte sich im wesentlichen auf die Darstellung historischer Ereignisse und wich meinen bohrenden Fragen so lange aus, bis ich es aufgab, sie zu stellen. In meinem Innern aber wurden sie zu Quadersteinen eines babylonischen Turms, von dem auch ich über die Wolken zu sehen hoffte. Da ich noch zu schwach und ungeschickt war, sie ohne Hilfe fest und sicher aufeinander zu schichten, brach mein Bau frühzeitig zusammen. Nicht zu neuen Wundern hatte er mich emporgeführt, doch meinen Kinderglauben begrub er unter seinen Trümmern.

Im mystischen Dunkel der Tempel und Kirchen waltet die Phantasie ungestört, die große Bannerträgerin allen Glaubens, und stößt den Marmorsteinen der Götter und den Bildern der Heiligen rotes, warmes Leben ein. Dringt aber Licht und Lärm durch zerrissene Vorhänge und zerbrochene Scheiben, so wandeln sie sich wieder zu toten Gebilden von Menschenhand. Die Phantasie aber baut in stillen Winkeln neue Tempel für die glaubensdurstigen Kinderseelen, die Denker und Dichter noch nicht sind, oder niemals werden können.

Einmal, nach der Rückkehr von einer längeren Sommerreise, führte mich mein Vater mit besondrer Feierlichkeit in unsre Wohnung. Hatte ich bisher ein Zimmer neben der Schlafstube der Eltern bewohnt, in dem sich tags über meist auch die Jungfer aufzuhalten pflegte, so öffnete er mir jetzt die Tür zu einem bis dahin unbenutzten Raum. »Das ist dein Reich, mein Kind«, sagte er. Ich konnte das Glück kaum fassen: ein eignes Zimmer! Dieser Traum jedes zu selbständigem Leben reifenden Menschenkindes sollte mir so wundersam in Erfüllung gehen! Keine rasselnde Nähmaschine durfte mich hier mehr stören, niemand konnte mir den Platz am eignen Schreibtisch streitig machen! Nur das alte braune Sofa erinnerte trotz seines neuen blau-weißen Kleides noch an die Kinderstube. Die erste Nacht unter dem schneeigen Betthimmel und der roten Ampel fand ich keinen Schlaf: mein Zimmer, und doch – das allereigenste fehlte ihm noch, das geheimnisvolle, das niemand sehen durfte als ich allein. Ich richtete mich auf, zündete die Ampel an und schlüpfte aus dem Bett. Bunte Seidenreste und einen großen gelben Schal holte ich aus meinem Wäscheschränkchen und kauerte damit am Fenster nieder, wo zwischen dem Sofa und der Wand eine Ecke leer war. Mit Nadeln und Reißnägeln spannte ich den gelben Schal wie ein Zeltdach zwischen der hohen Seitenlehne des Sofas und der Fensterwand, fütterte die Wände innen mit rotem Atlas und breitete himmelblauen Sammet als Teppich auf dem Boden aus. Einen weißen, mit Blumen bemalten Kasten stellte ich wie einen Altar in die Mitte, bunte Kerzen von meinem Geburtstagskuchen befestigte ich ringsum, und eine kleine Schale von Malachit, mit Rosenblättern gefüllt, legte ich als Opferstein davor. Nur der Gott fehlte noch, dem der Weihrauch duften sollte. Leise, mit angehaltnem Atem, schlich ich zum Esszimmer hinüber, holte vom Ofensims die kleine Statuette des Apoll vom Belvedere und erhob ihn zum Heiligen meines farbenglühenden Tempels. Tief musst ich mich neigen, um hineinzusehen; aber dass ich fast die Erde mit den Lippen berührte, entsprach nur meiner feierlichen Andacht. »Baldur« nannte ich den Apollo, denn die Götterwelt der Germanen war mir vor allem vertraut geworden, und mit einer ersten instinktiven Auflehnung gegen die Schmerzensgestalt des Gekreuzigten betete ich den blühenden Gott des steigenden Lichtes an.

Kindisch mags denen erscheinen, die nichts wissen von den Tiefen der Kindesseele, ich aber weiß, dass keines gläubigen Christen Frömmigkeit inniger sein konnte als die, die mich erfüllte, wenn ich vor dem selbstgeschaffnen Heiligtum in die Knie sank.

Meiner Mutter erzählte ich herzklopfend, dass ich den Apollo »zerbrochen« hätte, und bat sie, wie alle Hausbewohner, die mit einem dunkeln Tuch sorgfältig verhüllte Ecke meines Zimmers nicht zu untersuchen, der »Weihnachtsüberraschungen« wegen, die ich dort verwahrt hätte. Als aber Weihnachten vorüber war, machte ich keinerlei Anstalten, meinen geheimnisvollen Bau dem Besen und dem Scheuertuch zu opfern. Heimlich kaufte ich mir Blumen, um ihn stets frisch zu schmücken, und eine kleine ewige Lampe, an deren Brennen und Erlöschen sich allmählich allerlei abergläubische Vorstellungen knüpften, und Räucherkerzchen, die allabendlich den Gott auf dem Altar in bläuliche Wolken hüllten. Schon oft hatte Mama mich gemahnt, das »unnütze Zeug« fort zu räumen; schließlich, als ich eines Morgens von der Klavierstunde kam, trat sie mir mit hochrotem Gesicht entgegen. »Wirst du dir denn nie das Lügen abgewöhnen?!« rief sie und zog mich in mein Zimmer. Mein Tempel war verschwunden, in wirrem Durcheinander lagen Stoffe und Blumen, Lichter und Räucherwerk auf dem Tisch, erloschen stand das Lämpchen neben Baldur-Apoll. »Weißt du, wie man das nennt, wenn man sich fremdes Eigentum aneignet?!« Vor diesen Worten wich die Erstarrung des ersten Entsetzens von mir. Aufschreiend warf ich mich vor meinem Bett in die Knie; meine Glieder flogen, und mein Herz klopfte, als wollte es mir die Brust zersprengen. Meine Mutter hielt diesen Ausbruch der Verzweiflung offenbar für Reue. »Na, beruhige dich, Alixchen«, sagte sie, mir die Hand auf den Kopf legend, eine Berührung, die mich zwang, ihn nur noch tiefer in die Kissen zu vergraben, »ich will die ganze Geschichte noch einmal als bloße Kinderei betrachten. Belügst du mich aber noch ein einziges Mal, so muss ich andre Saiten aufziehen.«

Ich baute von nun an keine Tempel mehr. Mein äußeres Leben war das einer korrekten Schülerin und wohlerzogenen Tochter. In der schwülen Treibhausluft meines Innern aber wucherten die Wunderblumen meiner Träume, und berauschend umwehte mich ihr Duft, wenn ich allein war und zu mir selber kam. Oft hielt ich mich krampfhaft wach, bis alle schliefen, um dann bei der trübe flackernden Kerze noch lange am Schreibtisch zu sitzen, wo ich mit glühendem Kopf und frostbebendem Körper Verse zu Papier brachte, die nach Freiheit schrieen und nach Liebe.

Nur der Unterricht meines Lehrers wirkte noch beruhigend auf die Stürme meines Innern und lenkte mein Interesse in andere Bahnen. Die Literaturgeschichte besonders fesselte mich mehr und mehr. Sie bestand nicht nur aus den Namen der Dichter, den Titeln ihrer Werke und fix und fertigen Urteilen über sie, mit denen ausgerüstet unsere Jugend Bildung zu heucheln pflegt, sie vermittelte mir vielmehr, soweit es meiner geistigen Entwicklung entsprach, die Kenntnis der Werke selbst. In kleinen gelben Heftchen brachte sie mir mein Lehrer, der nicht die Mittel hatte, kostbarere Ausgaben anzuschaffen. Die nordische und die ältere deutsche Literatur, die griechischen und römischen Klassiker lernte ich auf diese Weise kennen; mit der Lektüre wuchs mein Verlangen nach immer neuen Büchern, und statt des Weihrauchs und der Blumen für meinen Tempel kaufte ich mir ein Reklamheft nach dem andern. Nachdem ich erst den Katalog in Händen hatte, ließ es mir keine Ruhe mehr: ich musste lesen, lesen – alles lesen. Was mir der Lehrer empfahl, genügte meinen von Neugierde und Wissensdurst aufgepeitschten Wünschen längst nicht mehr, noch weniger, was mir die Eltern gaben und erlaubten. In acht Tagen pflegte ich meine Weihnachts- und Geburtstagsbücher auszulesen, und wenn ich mich auch immer aufs neue in Grubes »Charakterbilder« – meine Fundgrube, wie Papa sagte – und in Gustav Freytags »Bilder aus der deutschen Vergangenheit« vertiefte, so füllte das alles die freie Zeit doch nicht aus.

Andere Kinder meines Alters spielten; meine Puppen und mein Kochherd wurden nur dann der Vergessenheit entrissen, wenn ich Besuch hatte, was ich darum zumeist nur als unangenehme Störung empfand. Was hatte ich gemeinsames mit den »dummen Schulgöhren«? Ihren Schulklatsch verstand ich nicht, und ließ ich mich hinreißen, ihnen meine Interessen zu verraten, so lachten sie mich aus. Mama hielt es für ihre Pflicht, mir Verkehr mit Altersgenossen zu verschaffen, auch ich empfand ihn nur als eine Pflicht, die nach meiner Erfahrung stets das Gegenteil des Vergnügens war. Mit in die Höhe gezogenen Beinen in der Sofaecke kauern, vertieft in ein Buch, vor dessen Zauber die ganze Welt um mich versank, – diesem Genuss glich kein andrer! Nur die ständige Angst, entdeckt zu werden, beeinträchtigte ihn. Denn, was ich las, – dessen war ich sicher –, gehörte nicht zu der erlaubten »Mädchenlektüre«, und doch fühlte ich instinktiv, dass es tausendmal wertvoller war als die zuckersüßen Backfischgeschichten von Clementine Helm, für die sich meine Freundinnen damals begeisterten.

In dem neuen Bezug meines alten Sofas hatte ich eine Naht aufgetrennt; hörte ich Schritte draußen, so verschwand mein gelbes Heft in dies sichere Versteck, und ich beugte mich rasch andachtsvoll über Webers Weltgeschichte, die auf dem Tische bereit lag. Nach und nach wurde das gute verschwiegene Möbel meine Schatzkammer. Da lagen sie alle friedlich beisammen, deren Gestalten in meinem Hirn und Herzen in tollen Tänzen durcheinanderwirbelten: Die Arnim und Brentano, die Hauff und Zschokke, die Scott und Bulwer, die Gogol und Turgenjeff. Sie ließen mich nachts oft nicht zur Ruhe kommen, und wenn ich schlief, verfolgten sie mich bis in meine Träume.

Eines Winterabends war mir der Lesestoff ausgegangen. Meine Eltern waren nicht zu Haus; ich konnte unbemerkt zum nächsten Buchhändler laufen, um zu holen, wonach ich Verlangen trug. Von E.T.A. Hoffmann hatte ich in der Literaturgeschichte gelesen – »das ist noch nichts für dich« war mir geantwortet worden, als ich, in der Meinung, es handle sich um Kindermärchen, den Lehrer darum gebeten hatte. Und dies »das ist nichts für dich« war mir längst zum Empfehlungsbrief der Bücher geworden. Mit »Klein-Zaches« und dem »Goldnen Topf« in der Tasche kam ich zurück. Dann fing ich an zu lesen. Mein Abendbrot, das man mir brachte, blieb unberührt, die Mahnung der Jungfer, schlafen zu gehen, unbeachtet. – Saß ich nicht selbst unter dem Holunderbusch und sah die grüne Schlange, und hörte die klingenden Glöcklein? Grinste mir nicht von der Tür her das Bronzegesicht der zauberhaften Apfelfrau entgegen? – Da öffnete sich die Tür. »Wie, du bist noch nicht im Bett?!« tönte mir die Stimme meines Vaters entgegen. »Ich muss wohl eingeschlafen sein«, stotterte ich und versteckte hastig mein Buch. »So zieh dich rasch aus – ich werde Mama nichts sagen – gute Nacht.« Damit schloss er die

Türe wieder. Ich löschte die Lampe und kroch mit den Kleidern ins Bett; als Mama leise eintrat, glaubte sie mich schlafend. Und dann las ich weiter: von Klein-Zaches mit den drei goldnen Haaren, von der Nachtigall und der Purpurrose, von der Lotosblume und dem Goldkäfer. Es ließ mich nicht los, bis ich zu Ende war, und ich lebte von da an in der Welt Hoffmanns, so dass mir jede Berührung der Wirklichkeit weh tat, wie ein Nadelstich. Schwerer als je wurde mir jetzt der Unterricht, der mir schon immer qualvoll gewesen war: die Musikstunde. Ich liebte die Musik; durch Hoffmann erschien sie mir wie ein Himmelszauber; – schon als kleines Kind konnte ich stundenlang still zuhören, wenn jemand sang oder spielte, – meine eigne Klimperei, bei der ich nie über den Kampf mit der Technik hinauskam und vor Noten und Vorsatzzeichen von der Musik nichts hörte, wurde mir immer unerträglicher. Vergebens bat ich Mama, mich meiner offenbaren Talentlosigkeit wegen davon zu befreien – Klavierspielen gehörte zur guten Erziehung, also bliebs dabei. Ich suchte mir selbst einen Ausweg: statt zur Lehrerin, ging ich spazieren, oder ich entschuldigte mich mit »Kopfweh«. Um niemanden von den Meinen zu begegnen, musst ich dann freilich abgelegene Wege suchen.

In einem regenreichen Frühjahr des Jahres 1877 war der polnische Stadtteil Posens, wo die Ärmsten wohnten – die Walischei – durch die aus den Ufern tretende Warthe vollkommen unter Wasser gesetzt worden. Krankheit und Not nahmen überhand, so dass auch in den Gesellschaftskreisen meiner Eltern auf dem üblichen Wege der Wohltätigkeitsvorstellungen Hilfe geschaffen werden sollte. Ich wirkte nicht mit, wie früher in Karlsruhe, – mit dem langen, dünnen, blassen Mädchen war wohl kein Staat zu machen –, aber den Proben und Aufführungen wohnte ich bei, weil meine Mutter zu den Hauptdarstellern gehörte. Da erfuhr ich denn mancherlei von den Unglücklichen, denen der Ertrag dieser Eitelkeitsparaden zugute kommen sollte. Armut – was wusste ich von ihr? Sie hatte mich bis zu Tränen erschüttert, als sie mir in den hungernden Sklaven Roms zur Zeit Neros, in den um Brot schreienden Weibern von Paris zu Beginn der großen Revolution, in den Jammergestalten der schlesischen Weber in den Elendsjahren Preußens entgegengetreten war. Aber jetzt, in der Herrlichkeit des Deutschen Reichs, unter dem Zepter des guten alten Kaisers – jetzt gab es doch keine Armut mehr! dass uns gegenüber in der polnischen Kneipe Tag für Tag Betrunkene vor der Türe saßen, dass selbst Weiber im Rausch in den Rinnstein fielen, erregte nur meinen Ekel, nicht mein Mitleid. Ihr Laster wars ja und nicht ihr Elend, dem sie verfallen waren. Ich beschloss, die Armut, die ich nicht kannte, zu suchen; und die Angst, die mich angesichts des Abenteuers zittern ließ, erhöhte noch die Romantik meines Unternehmens. All die phantastischen Irrwege der Helden Hoffmannscher Erzählungen standen mir lockend vor Augen.

Es war ein nasskalter Märzmorgen, als ich, mit der Musikmappe am Arm, über den Wilhelmsplatz zum Markt hinunterging. Ein bekanntes Gesicht trieb mich in den dunkeln Dom, wo mir eine schwere Wolke von verbrauchter Winterluft, von Menschendunst und Weihrauch entgegenschlug. Die Tapfen vieler schmutziger Füße hatten den Boden mit einer schwarzen klebrigen Schicht überzogen. Von ein paar dicken Altarkerzen flackerte das Licht bläulich in den Raum, und die Züge des Priesters, der mit heiserem Krächzen in der Stimme die Messe zelebrierte, erschienen fahl, wie die eines Toten. Von unbestimmten Grauen getrieben, lief ich der nächsten Türe zu; kurz vorher aber glitt ich aus und fiel auf die Fliesen. Der zähe Schmutz blieb an Händen und Knien kleben, mühsam nur, unter aufsteigender Übelkeit, rieb ich ihn ab. Ein böser Anfang! dachte ich, als ich durch immer engere und dunklere Straßen meinem Ziele zustrebte. Schon sah ich hie und da, wie das Wasser aus den Kellern gepumpt und mit Eimern heraufgetragen wurde; dann wurden die Häuser immer kleiner, so dass die Dächer fast mit den Händen zu fassen waren, und über immer breitere Wasserrinnen vermittelten primitive Brücken den Übergang. In den tiefer gelegenen Gassen stand das Wasser so hoch, dass Flöße aus Brettern die Passanten hin und her führten. Auf den schwarzgelben Fluten schwammen Küchenabfälle, zerbrochene Töpfe, übelriechende Kehrichthaufen, in denen dürftig gekleidete Kinder, oft bis zu den Knieen im Wasser watend, mit schmutzigen Fingern nach Spielzeug suchten. Mir wars, als stiege eine Kälte an mir empor, mich umwindend wie eine graue, feuchte Schlange. Der gellende Ton eines Glöckchens ließ mich zur Seite sehen: ein Chorknabe schwang es, dem der Geistliche folgte. Vor der Tür des grellgelben Häuschens, hinter der sie verschwanden, drängten sich Weiber und Kinder, barfüßig, schmutzig, zerlumpt; nur ein paar faltige rote Röcke und bunte Kopftücher zeugten von einstigen, besseren Zeiten. Ihr Schwatzen wurde allmählich zum Gekreisch, ihre Gebärden machten, je lebhafter sie wurden, den Eindruck konvulsivischer Zuckungen; aus allen Häusern der Straße strömten sie zusammen, – wie war es nur möglich, dass ihrer so viele darinnen wohnen konnten?! Angstvoll hatte ich mich in einen Torweg verkrochen, als sich neben mir eine Tür knarrend öffnete: rückwärts torkelnd, fluchend und schimpfend kam ein Mann heraus, eine Flasche als Waffe gegen seine Verfolger schwingend. Da klang der gellende Ton des Glöckchens wieder, und jeder andere verstummte vor ihm; die schwatzenden Weiber, die betrunkenen Männer und die johlenden Kinder sanken in die Kniee, wo irgend ein Stein oder eine Stufe aus dem Wasser hervorsah. An ihnen vorüber schritt der Gebete murmelnde Priester; schwarz und schwer breitete sich sein Talar hinter ihm auf den Fluten aus.

Ein Mann und ein Weib folgten ihm, hager und gebückt alle beide; in wirren Strähnen hingen strohgelbe Haare ihr in das von Weinen aufgedunsene Gesicht; ihre grauen knochigen Finger umklammerten den Griff des schmalen schwarzen Schreines, den sie gemeinsam trugen; ein Myrtenkränzlein aus Papier, mit dem Bilde der schwarzen Madonna war sein einziger Schmuck. Stumm, wie die beiden, folgte ihnen die Menge, – ein langer Zug des Elends, den der Betrunkene, die leere Flasche zwischen den gefalteten Händen, schwankend beschloss. Kein Laut war mehr hörbar, als das Plätschern des Wassers zwischen den vielen, vielen Füßen der langsam Schreitenden.

Wie aus bösem Traum erwachend, fuhr ich zusammen. An der weit offnen Tür des Hauses, aus dem der Sarg getragen worden war, musst ich vorüber. Es war ganz dunkel darin, und doch sah ich, dass etwas am Boden hockte und mich anstarrte mit großen, leeren Augen, – die Armut. – So rasch meine zitternden Beine mich tragen konnten, entfloh ich. Frostgeschüttelt warf ich mich zu Hause auf mein Bett. Am nächsten Morgen erkannte ich niemanden mehr.

Viele Wochen schwebte ich zwischen Tod und Leben. Noch Jahre danach konnte ich mich nicht ohne Entsetzen der wilden Fieberträume erinnern, die mich damals gepeinigt hatten. Den Dom sah ich, und der Priester am Altar war ein Gerippe, und in den unergründlich tiefen schwarzen Schlamm des Bodens zogen mich lauter schmutzige Knochenhände; – durch gelbe Fluten lief ich atemlos, hinter mir endlose Scharen von Männern und Weibern, denen Hunger, Betrunkenheit, Mordlust aus den rot unterlaufenen Augen glühte. Dazwischen tanzte Klein-Zaches auf der Bettdecke und bohrte mir seinen winzigen Degen ins Gehirn, und Serpentine mit den großen blauen Augen ringelte sich erstickend um meinen Hals.

»Wie kommt sie nur zu solchen Phantasien?« hörte ich dazwischen meine Mutter sagen, die in aufopfernder Pflichterfüllung nicht von meinem Lager wich.

»Wie ists nur möglich, dass die Malaria sie packen konnte?« sagte wohl auch der Arzt, der dem mörderischen Sumpffieber nur unten bei den Überschwemmten begegnet war.

Ich schwieg, viel zu müde, viel zu apathisch zum Sprechen; denn einer großen Schwäche machte das Fieber Platz. Ich glaubte fest an meinen baldigen Tod, wunschlos, widerstandslos. Auch durch meiner Mutter gleichmäßig-freundliches Lächeln, das so beruhigend auf einen Kranken wirken konnte, wollte ich mich nicht täuschen lassen. Die Angst, die sich in meines Vaters Zügen malte, wenn er an mein Bett trat, schien mir mehr der Wahrheit zu entsprechen.

Und doch erholte ich mich, und langsam, ganz langsam kam mit der wachsenden Kraft die Freude am Leben wieder. Als ob er mir Dank schuldig wäre, weil ich lebte, so überschüttete mich mein Vater nun mit Geschenken: erwartungsvoll sah ich schon nach der Tür, wenn ich mittags den Schritt des Heimkehrenden hörte; Bücher, Blumen, Obst, Bonbons, – irgend etwas brachte er mir täglich. Wie gut waren überhaupt die Menschen, sie kümmerten sich alle um mich: jeden Tag hatte mein Lehrer den Arzt vor dem Hause erwartet, um direkte Nachricht zu haben, und jetzt schickte er mir seine schönsten Bücher; kein Regiment in der Stadt gab es, dessen Musikkorps der Genesenden nicht ein Ständchen gebracht hätte, und der gute alte General Kirchbach kam selbst in mein Krankenzimmer, um mir eine – Puppe auf die Kissen zu legen.

»Mit der Puppe, Mama, soll mal mein Töchterchen spielen!« sagte ich lächelnd, als er weg war, – denn mit dem Spielen war es für mich endgültig vorbei.

Nach drei Monaten sollte ich aufstehen; als ich mich grade erheben wollte und, von heftigem Schwindel gepackt, nach dem Bettpfosten griff, sah ich Blut auf dem Laken. Ich erschrak, denn ich wollte gesund sein. Aber schon hatte der Arzt mich umfasst und sanft in die Kissen zurückgedrückt. Er lachte: »Also so stehts mit dem kleinen Fräulein! Die Kinderschuhe hat es richtig ausgetreten.« Verständnislos sah ich die Mutter an, der das Blut in die Schläfen gestiegen war. »Alles Nötige werden Sie Ihrer Tochter erklären«, damit wandte er sich zum Gehen. »Sie ist erst zwölf Jahre, Herr Doktor –« entgegnete sie zögernd. »Tut nichts – tut nichts –

so schwere Krankheiten bedeuten immer eine große Umwälzung«; er drückte mir nochmals die Hand: »Nun stehen wir hübsch ein paar Tage später auf.«

»Du brauchst dich nicht zu ängstigen, Alixchen«, damit wandte Mama sich mir wieder zu, als er fort war, und erklärte mir mit wenig Worten meinen Zustand. Ein Gefühl des Stolzes erfüllte mich: nun war ich also wirklich kein Kind mehr, – und meine Träume suchten die Zukunft: so kam denn endlich das Leben, das lockende, zauberreiche!

Während meiner Krankheit hatte ich mich so sehr gestreckt, dass kein Kleid mir mehr passte. In den Wochen, die ich noch zwischen Bett und Sofa verlebte, trug ich meiner Mutter schleppende Schlafröcke, was mir sehr gefiel. Mein Bild im Spiegel, das mir so lange gleichgültig gewesen war, suchte ich wieder; und so blass und so schlank ich auch war, es gefiel mir nicht übel: die großen dunkeln Augen, die schwarzen Locken über der weißen Stirn, die schmalen Hände mit den rosigen Fingerspitzen, – wer weiß, ob nicht doch noch etwas aus mir werden konnte!

Als wir mit unsern Koffern zum Bahnhof fuhren, von wo der Zug uns wieder gen Süden tragen sollte, hatte ich kein einziges verbotenes Buch mit durchzuschmuggeln versucht; mich verlangte es nicht, zu lesen, denn leben – leben und genießen – wollte ich!

Viertes Kapitel

Nach monatelangem Aufenthalt in den Bergen kehrten wir heim. Der Wind, der um den weißen Schaum der Gießbäche und über das blauschimmernde Firneis fegt, bringt soviel frische Kühle zu Tal, dass krankhafte Fieberhitze ihm nimmer stand hält; und der friedliche Klang der Herdenglocken und das nächtliche Zirpen der Grillen im Gras zaubert den ruhigen Schlaf zurück, auch wenn er noch so lange untreu war. Ein überraschtes »Aber, Alixchen!« von einem strahlenden Lächeln begleitet, war alles, was mein Vater zu sagen vermochte, als er uns in Posen wieder in Empfang nahm. Am nächsten Tage besuchten uns Verwandte, die dorthin versetzt worden waren; meine Kusine, die so alt war wie ich, ein kleines unansehnliches Geschöpfchen im kurzen Kinderkleid, sah staunend zu mir empor und sagte: »Du bist ja ein Fräulein!« Bald darauf kam mein Lehrer. Wortlos blieb er einen Augenblick an der Türe stehen. »Wie – wie geht es – Ihnen?« kam es dann zögernd über seine Lippen. Noch nie hatte er mich bis dahin »Sie« genannt! Der Sepp von Grainau fiel mir ein, den ich in diesem Sommer nur mit Mühe dazu gebracht hatte, bei dem gewohnten »Du« zu bleiben, und der Hans Guntersberg, der wieder in Garmisch gewesen war, und dessen huldigende Gedichte mir nur darum keinen Eindruck machten, weil ich die unreine Haut und die Schweißhände ihres Verfassers nicht vergessen konnte.

Ich war wirklich kein Kind mehr! Stillschweigend packte ich all mein Spielzeug in einen großen Korb und ließ ihn auf den Boden schaffen.

Die neugewonnene Lebenskraft war wie ein Motor, der das ganze Räderwerk der Maschine auf einmal in Bewegung setzt: mit Feuereifer stürzte ich mich über meine Studien; dabei galt mir jeder Tag für verloren, an dem ich nicht ein Gedicht gemacht oder an irgend einem meiner Dramenentwürfe gearbeitet hätte, zugleich aber schmückte ich mich mit Vergnügen für die Tanzstunde, und genoss die Erlaubnis, an der Geselligkeit im Hause der Eltern teilzunehmen, mit vollen Zügen ...

Da liegen sie vor mir mit vergilbtem Umschlag und verblasster Schrift, die alten Aufsatzhefte jener Tage, in denen ich vom Lehrer gestellte oder selbstgewählte Themen behandelte: kindischer Unsinn und frühreife Weisheit in buntem Gemisch. dass meine Ansichten denen des Lehrers oft widersprachen, beweisen seine kritischen Randbemerkungen; trotzdem findet sich meist ein »Gut« oder »Recht gut« darunter, – als ein Zeugnis für seine Objektivität mehr als für die Richtigkeit meiner Auffassungen. Meine Frondeurnatur, die mich dazu trieb, allem, was ich hörte, zunächst einmal meinen Widerspruch entgegenzusetzen, zeigt sich fast in jeder dieser Arbeiten. Während mein Lehrer z. B. Schiller über alles liebte, pries ich Goethe; so heißt es in einem Aufsatz über die Balladen der beiden Dichter: »Goethe ist ein Naturdichter, das heißt ein Dichter von Gottes Gnaden. dass das Werk, welches er schafft, ein Kunstwerk sein wird, ist ihm die Hauptsache. Schiller dagegen ist von andrer Art, denn ihm ist das Werk nur ein Mittel zum Moralpredigen,« – hier steh ein »Oh!!« des Lehrers daneben – »das sieht man an allen seinen Balladen, denen alle möglichen Lehren zugrunde liegen: Der Gang nach dem Eisenhammer lehrt, dass Gott die Unschuld beschützt; der Kampf mit dem Drachen, dass der Sieg über sich selbst größer ist als der über das Ungeheuer; die Bürgschaft und Ritter Toggenburg zeigen den Wert der Treue, und die Glocke ist fast ganz ein Lehrgedicht. Vergleichen wir damit Goethes Erlkönig, der nicht einen reflektierenden Gedanken enthält, aber den Hergang so plastisch malt, dass wir ihn mit erleben, oder seine prachtvollste Ballade, Die Braut von Korinth, woraus uns der vernichtende Gegensatz des Heidentums gegenüber dem Christentum deutlich entgegentritt«, hier steht ein Fragezeichen, »so sehen wir ein, dass Goethe mehr ein Dichter und Schiller mehr ein Prediger ist.« – An einer andren Stelle sage ich über den Meistersang, den mein Lehrer sehr schätzte: »Er war trocken und langweilig und zeigte deutlich den Gegensatz des braven, aber engherzigen Handwerkertums gegenüber der ritterlichen Bildung der Minnesänger«; und über Luther, für den mein Lehrer mich trotz aller Mühe nicht erwärmen konnte, heißt es: »Er hat das große Verdienst, die Macht des Papsttums gebrochen zu haben, aber seine Roheit, sein Unverständnis für die Kunst hat seiner Kirche den Charakter des Gewöhnlichen und Nüchtern-Hässlichen aufgeprägt«, – daneben steht: »Der Kölner Dom?« »Dürer?« »Bach?« – In den zahlreichen historischen Aufsätzen schwelgte ich förmlich im »Tyrannenhass«. In einer Arbeit von nicht weniger als vierundsechzig Seiten, die die politischen Umwälzungen in Europa vom Dreißigjährigen Krieg bis zur französischen Revolution zum Gegenstand hatte, suchte ich nachzuweisen, »wohin ungerechte Regierung, Volksbedrückung, Verachtung alles Göttlichen führt... Schlechte, nur auf ihr Vergnügen bedachte Fürsten, eine verdorbene Aristokratie, ein armes, durch übertriebene Aufklärungsschriften irregeleitetes Volk standen sich gegenüber. Alles bereitete eine Zeit vor, die schrecklich, aber notwendig war.« Unter den Fürsten der Neuzeit beehrte ich Friedrich Wilhelm III. mit meinem ganz besondern Zorn, den »die Taten seiner Untertanen berühmt gemacht haben, und der sich dadurch bei ihnen bedankte, dass er sein Versprechen brach...« Stein feierte ich als den »Retter des Vaterlandes, der in Frieden erreichen wollte, was der Zweck der französischen Revolution gewesen war.«

Häufig pflegte mein Vater meine Aufsätze einer Kritik zu unterwerfen, die fast immer dem Stil, sehr selten nur der Gesinnung galt. Nach rückwärts radikal zu sein, wie sein Töchterchen, sich für vergangene Völkerfreiheitskämpfe zu begeistern, sich über die Schandtaten der Fürsten, die lange schon moderten, zu entrüsten, widersprach im allgemeinen nicht den Ansichten der Offizierskreise, in denen wir lebten. Sie befanden sich damals, besonders in der Provinz, in einem scharfen Gegensatz zu den Ideen und Gewohnheiten, die an unsern Fürstenhöfen herrschten. Der Luxus galt als verächtlich, die Ehrbarkeit eines einfachen Familienlebens als größtes Gut. Das persönliche Verhältnis, in dem der unbemittelte Linienoffizier noch oft zum Soldaten stand, war die Brücke des Verständnisses für viele Wünsche und Bedürfnisse des Volks. Mit wieviel Heftigkeit hörte ich oft darüber reden, dass es »oben« an der nötigen Sorge für vorhandene Not fehle, dass das »Hofgeschmeiß« vor lauter Lustbarkeit die preußische Tradition der Pflichterfüllung immer mehr vergesse. Als mein Vater einmal von irgendeiner Meldung aus Berlin zurückkam, vermochte kein warnendes »Aber Hans!« meiner Mutter, keiner ihrer bedeutungsvollen Seitenblicke auf mich seine Empörung zu besänftigen, die sich in drastischen Erzählungen über das, was er gehört und gesehen hatte, Luft machte. Der zunehmende Einfluss der Finanzkreise, die Demoralisierung der Garde durch ihre Intimität mit »Theaterprinzessinnen« und ihre Verschwägerung mit »Börsenjobbern«, der unpreußische Prunk der Hoffeste, die Vetternwirtschaft, wo es sich um Avancements handelte, – das alles wurde immer wieder besprochen, und ein »Da wird noch was Gutes dabei herauskommen« blieb der Refrain. Aber Hand in Hand mit dieser abfälligen Kritik derer »oben«, ging eine schroffe Verurteilung jeder Auflehnungsversuche derer, die »unten« sind. Das patriarchalische Verhältnis war das Ideal, was dagegen verstieß, ein Verbrechen. So war mein Vater ein grimmiger Feind des großindustriellen Unternehmertums, – Worte wie »Ausbeuter« und »Blutsauger« hörte ich oft von ihm –, mit derselben Heftigkeit aber verurteilte er die Ausgebeuteten und Ausgesogenen, die sich selbst Recht verschaffen wollten. Beide standen nach seiner Auffassung auf demselben Standpunkt materiellen Lebensgenusses; nur dass die einen ihn besaßen, ihn bis zum letzten Tropfen auskosten wollten, die andern mit allen Mitteln um seinen Besitz kämpften. Inhalt und Ziel des Lebens war für beide gleich; – so schien es auch mir nach allem, was ich hörte und las, darum habe ich bei all meiner Begeisterung für die Freiheitshelden der Geschichte, die Sozialdemokraten nicht mit ihnen zu identifizieren vermocht, und meine Abneigung stieg zu fanatischem Abscheu, als Kaiser Wilhelm, der für uns alle das geweihte Symbol der Einheit und Größe Deutschlands war, von Hödel bedroht und von Nobiling verwundet wurde.

Oben auf dem Fort Winiary, wo ein großer schattiger Kasinogarten die Posener Offizierskreise im Sommer zu vereinigen pflegte und ich, die verwöhnte Tochter des allmächtigen Korpschefs, mit den Erwachsenen Krocket und Boccia spielt, saßen wir gerade fröhlich um den Kaffeetisch, als ein blutjunger Leutnant atemlos auf uns zugestürzt kam. »Herr Oberst, Herr Oberst –« mehr brachte er nicht heraus, die dicken Tränen liefen ihm über die Wangen. »Zum Donnerwetter, was gibts denn?« herrschte mein Vater ihn an. »Seine Majestät unser allergnädigster Kaiser –« er versuchte stramm zu stehen wie zur Meldung, aber die Knien zitterten ihm – »ist – ist erschossen.« Mit einem wilden Aufschluchzen brach er ab. Mein Vater wurde aschfahl. »Das ist nicht wahr«, schrie er. Stumm reichte ihm der Unglücksbote ein halb zerknülltes Papier, – das Extrablatt. Aus dem ganzen Garten waren inzwischen die Menschen zusammengelaufen, Soldaten und Offiziere, Männer und Frauen, jung und alt. Alle weinten. Mein Vater allein stand wie erstarrt zwischen ihnen, nur das stahlblaue Funkeln seiner Augen verriet, wie es in ihm aussah. Wortlos, von jener gemeinsamen Empfindung getrieben, die uns angesichts erschütternder Ereignisse stets beherrscht: dass etwas geschehen müsse – irgend etwas, das die grässliche Spannung löst –, eilten wir alle dem Ausgang zu. Als wir uns der Stadt näherten, – aus den Fenstern der ersten Häuser wehten vereinzelt schon schwarze Tücher, vom Turm der Garnisonkirche läuteten die Glocken –, und wir die weite Sandfläche des in der Sonne glühenden Kanonenplatzes betraten, kam uns ein Mann mit einem Stelzbein entgegen, auf dem abgetragnen Arbeitsrock ein sichtlich in aller Eile befestigtes eisernes Kreuz. »Der Kaiser lebt, der Kaiser lebt«, rief er, eine neue Depesche hochhaltend. Wir hatten das Neue, Überraschende noch kaum gefasst, als er seinen schäbigen Hut zwischen die harten Fäuste presste: »Lieber Vater im Himmel«, – alle Mützen flogen von den Köpfen, alle Hände falteten sich –, »schütze unsern guten Kaiser!«

Mein Vater war in jenen Tagen in unbeschreiblicher Aufregung; mitten im Gespräch oder bei der Lektüre konnte er auffahren und zähneknirschend murmeln: »Aufhängen soll man die Kerle – einen neben den andern!« Ich aber verkroch mich in mein Zimmer und versuchte die große Erschütterung dadurch zu bemeistern, dass ich sie in Worte fasste. In Versen und in Prosa brachte ich meine Empfindungen zu Papier, und eines Morgens legte ich meinem Vater das Niedergeschriebene auf den Schreibtisch. Seine Freude war so groß, dass er es kopieren ließ und Bekannten und Freunden zeigte; auch mein Lehrer, der entzückt schien, verbreitete es. Wenn auf einen Punkt konzentrierte, fieberhaft gesteigerte Empfindungen die Massen beherrschen, so wird von ihnen stets begrüßt, was diesen Gefühlen Ausdruck verleiht. So kommts, dass oft künstlerisch Wertloses in aufgeregten Zeiten Bedeutung erlangt; so kam es wohl auch, dass meine Verse mich über den engern Kreis der Freunde hinaus bekannt machten. Begegnete man mir schon anders als sonst dreizehnjährigen Mädchen, weil ich erwachsen aussah und hübsch und meines Vaters Tochter war, so umgab man mich jetzt mit einer Treibhausluft, in der Eitelkeit und Hochmut wie Tropenpflanzen wuchern konnten. In der Tanzstunde, die ich besuchte, nahm ich die Huldigungen der Gymnasiasten entgegen, die nicht nur meiner frischen Jugend galten, sondern auch den literarischen Leistungen, die, wie ich erfuhr, in Gestalt meiner Aufsätze durch meinen Lehrer in der Klasse bekannt wurden. In den häuslichen Gesellschaften und auf dem Fort Winiary suchten die jungen Offiziere die Unterhaltung des »interessanten« Backfischs, und meine einzige Freundin Mathilde, jenes blasse Kusinchen, das mich bei der Heimkehr begrüßt hatte, war eine Bewunderung für mich. Meine Mutter war die einzige, die ernüchternd wirken wollte. Da sie aber meine Interessen in Bausch und Bogen als »dummes Zeug« bezeichnete und die Methode hatte, jede, auch die reinste Flamme meiner Begeisterung mit dem kalten Wasser ihrer sarkastischen Kritik zu begießen, so erreichte sie das Gegenteil von dem, was sie bezweckte, und entfremdete mich ihr dadurch vollkommen. So allein wurde es möglich, dass sie ahnungslos neben mir hergehen konnte, als die schwersten körperlichen und geistigen Kämpfe mich zu vernichten drohten.

Seit meiner Krankheit hatte ich allerlei Beschwerden, die sich von Jahr zu Jahr steigerten. Blutwallungen, die mir den Kopf zu sprengen drohten und den Herzschlag bis in die Kehle hinauf trieben, hatten mich schon in Grainau gequält. Instinktiv war ich dann auf die Berge gelaufen, oder war beim ersten Morgengrauen heimlich im eisigen Wasser des Rosensees untergetaucht. In Posen aber war ich fast immer zu Haus; die kleinen Spaziergänge, das in Rücksicht auf meinen stets empfindlichen Hals nur bei Sonnenschein und Windstille gestattete Schlittschuhlaufen halfen mir natürlich nichts; turnen durfte ich nicht, weil das – wie Mama sagte – die Hände breit macht; und die Tanzstunde mit der guten Bowle, an der es nie fehlte, steigerte nur das Quälende meines Zustands. Etwas Heißes, Dunkles beherrschte mich mehr und mehr; abends, wenn ich schlafen wollte, flogen Glutwellen über meinen Körper. Meine tobenden Freiheitsgesänge machten Liebesliedern Platz, die ich aus Scham und Furcht zu tiefst in meinem Schreibtisch versteckte. Ihr Gegenstand war zuerst ein Phantasiegebilde, ein erlösender Lohengrin, wie in meiner frühen Kindheit, bald aber wurden es Menschen von Fleisch und Blut. Nicht aus der Schar meiner Tanzstundenfreunde wählte ich sie, sondern aus dem Bekanntenkreise meiner Eltern. Die Schönheit gab dabei allein den Ausschlag, mit allem übrigen – dem Glanz der Geburt, dem überragenden Geist und der Güte des Herzens – schmückte sie meine Phantasie verschwenderisch. Ganze Romane erlebte ich in wachen Träumen; alle Stadien der Leidenschaft empfand ich: Abschied und Wiedersehen, Eifersucht und Untreue, Besitz und Verlust; und mit fieberheißen Händen füllte ich Bücher um Bücher mit meinem erträumten Glück und Leid.

Wie sie mich seltsam anmuten, die alten Poesiealbums mit ihren bunten geschmacklosen Einbänden: Asche, die von verpufftem Feuerwerk stammt. Der Schmerz bildet überall den Grundakkord, die Qual der Verlassenheit kommt immer wieder zum Ausdruck, und der Wunsch, zu sterben, steigert sich oft zu brennendem Verlangen nach dem Tod:

Einstmals blühtest du wunderbar,
Rose, du prächtige, süße,

Sandtest zum Himmel blau und klar
Duftend-berauschende Grüße.

Einstmals füllte der Liebe Macht
Mich mit Wonnen und Schmerzen,
Und es strahlte des Lenzes Pracht
Wider in meinem Herzen,

Jetzt ist die Rose verwelkt, verweht.
Herbstlich umbraust mich das Wetter;
Eines nur blieb, das den Sturm besteht:
Dornen und dürre Blätter.

Im dunklen Buchengang
Zur schönen Frühlingszeit
Hast du mich heiß geküsst
Voll Liebesseligkeit.

Im dunklen Buchengang
Fielen die Blätter ab,
Als ich zum Abschied dir
Weinend die Hände gab.

Im dunklen Buchengang
Liegt unter Eis und Schnee,
Begraben all mein Glück –
Wach blieb mein Weh.

Ich möchte zu Ross durch die Wälder jagen,
Ich möchte, der Meersturm umbrauste mich,
Ich möchte jauchzen und schluchzend klagen,
Zu deinen Füßen, ach, stürbe ich!

Ich möchte entfliehen und dich vergessen.
Den Lippen fluchen, die ich dir bot.
Ich möchte noch einmal ans Herz dich pressen.
Und dann umarmen den Bräut'gam Tod.

In artigen Reimen mit wohlerzogenen Gefühlen stellte ich zu gleicher Zeit meine arme Muse zu allen Festtagen in den Dienst der Familie und nahm für mein »hübsches Talent« die allgemeine Anerkennung entgegen. Nur eine erfuhr zuweilen von den Geheimnissen meines Schreibtisches: Mathilde, das blasse Kusinchen, die allsonntäglich zu mir kam, und zu der ich lief, wenn das Herz mir gar zu voll war. Sie war, als ich sie kennen lernte, noch ein Kind ihrem Alter, ihrer geistigen und körperlichen Entwicklung nach, und ich hätte sie nicht beachtet, wenn sie mir nicht in einem Moment begegnet wäre, wo ich einen Menschen brauchte, wie der schmelzende Schnee auf den Bergen ein Bett, in das er sich ergießen kann. Ich hatte kein andres Interesse für sie als das, dass sie mich aufnahm. Abends in der Dämmerstunde, oder in den Zeiten, wo ich zu Bett lag, halb verhüllt von den weißen Vorhängen, während das rote Licht der Ampel über mir strahlte, musste sie bei mir sitzen. Dann erzählte ich von meiner Liebe, meiner Sehnsucht. Was ich im Traum erlebte, gestaltete sich vor ihr wie Wirklichkeit. Sie glaubte mir alles, sie weinte und seufzte mit mir; und je mehr sie es tat, desto mehr verwischte sich vor mir selbst Phantasie und Leben, desto mehr verirrte ich mich in den Irrgängen meiner Einbildungen.

Um jene Zeit war es, dass meine Mutter eine neue Kammerjungfer engagierte, die, im Gegensatz zu der entlassenen, auch mich anzuziehen und zu frisieren hatte. Sie war ein hübsches, blondes Ding mit einem unschuldigen Madonnengesichtchen, Tochter einer ehrbaren Beamtenwitwe, die durch Zimmervermieten ihre große Familie erhielt und ihre Kinder in strenger Zucht und Frömmigkeit erzog, weshalb sie meiner Mutter ganz besonders empfohlen worden war. Anna – so hieß unsre neue Hausgenossin – fand besonderes Gefallen an mir und wiederholte mir täglich, wie hübsch ich sei, wobei sie es nicht unterließ, jeden einzelnen meiner Vorzüge zu preisen und mir alle Mittel anzugeben, um sie ins rechte Licht zu setzen. Ich war eitel, aber es war mir von selbst nie eingefallen, auf gut sitzende Korsetts, enge Schuhe und feine Strümpfe irgend ein Gewicht zu legen. Jetzt wurde ich Annas gelehrige Schülerin, und freudeheiß stieg mir das Blut ins Gesicht, wenn sie nicht müde wurde, mir zu versichern, dass der und jener mich bewundernd ansähe, dass ich die Herzen einmal im Sturm erobern werde. Allmählich nahm sie die Gewohnheit an, bei mir zu bleiben, wenn ich nicht schlafen konnte und die Eltern nicht zu Hause waren. Flink, wie ihre geschickten Hände die Nadel führten, um aus einem scheinbaren Nichts immer noch ein hübsches, kokettes Etwas zu machen, war ihre Zunge im Erzählen. Aber sie kannte nur ein Thema: Liebesgeschichten, die sie gelesen oder erfahren hatte. Von der unnahbaren Höhe ihrer Tugend herab war ihre Entrüstung über das, was sie berichtete, eine ganz ehrliche, und doch schwelgte sie mit kaum versteckter Lüsternheit in ihren Schilderungen. Und so riss sie nach und nach einen Schleier nach dem andern von all den Dingen, die mir trotz meiner heimlichen Lektüre doch unbekannt geblieben waren. Schon als Kind hatte sie durchs Schlüsselloch die Zimmerherrn ihrer Mutter beobachtet, hatte Damen aller Art bei ihnen aus und ein gehen sehen. Sie selbst – das erzählte sie voll Stolz –, war niemals den Verführungskünsten der Herren erlegen, wie die dummen, jungen Dinger, die sie mit aufs Zimmer nahmen. Aber all die guten Sachen, den Sekt und die Austern, hatte sie servieren helfen und neugierig beobachtet, wie die Mädels sich an Liebe und Alkohol berauschten. Freilich – nachher mussten sie ihre Dummheit büßen; denn sobald das Kind da war, ließen die Herren sie laufen. – Das Kind! – Noch fühle ich, wie etwas Schreckhaft-Geheimnisvolles mir die Glieder lähmte, als mir, der Dreizehnjährigen, dies Wort aus Annas Mund feuerrot entgegensprang. – Das Kind! – An den Storch glaubte ich längst nicht mehr, aber wie die Liebe in meinen Augen immer von überirdischem Strahlenglanz umgeben erschien, so schwebte um das Geheimnis des der Liebe entspringenden Lebens ein mystischer Heiligenschein. Wie Anna mich auslachte, mit einem hellen quiekenden Lachen, als ich zögernd meine Unkenntnis gestand! Und wie das junge Ding mit den naiven blauen Frageaugen mich aufklärte! – – Sie war so vertieft in alle Details der Beschreibung, dass sie gar nicht bemerkte, wie das Entsetzen mich schüttelte und meine Brust vor verhaltenem Schluchzen flog; das fröhliche Kichern, mit dem sie ihre Rede begleitete, verriet ihre Freude an ihrem Gegenstand, so dass sie schließlich ratlos und kopfschüttelnd vor der Verzweiflung stand, die mich gepackt hatte. »Am Ende« – so mochte sie denken – »fürchtet sie jetzt schon den Moment des Gebärens, dessen Qualen ich beschrieb?!« Und mit noch größerer Zungenfertigkeit erzählte sie von den Vorsichtigen und Klugen, die sich vor solchen Konsequenzen zu hüten verstehen, und von den Dirnen, die in die Gefahr gar nicht kommen und von den Männern darum am meisten begehrt werden.

Ich hörte zu weinen auf und horchte hoch auf. O, die Kleine war gut orientiert! War sie doch oft genug zu Botengängen benutzt worden und zur intimsten Kenntnis des Lebens und Treibens der Halbwelt gelangt! Feine Damen gab es darunter, die in Samt und Seide gingen und sich teuer bezahlen ließen. »Bezahlen?!« – ich kämpfte schon wieder mit den Tränen. »Liebe bezahlen?!« Anna kicherte: »Liebe! –« und sie verfiel wieder in Detailschilderungen. »Pfui! – Pfui!« schrie ich auf und presste die Hände um den Kopf; mir war, als brächen dröhnend die Mauern über mir zusammen. Halb von Sinnen richtete ich mich auf im Bett und stieß mit der Faust gegen das Mädchen, so dass es aufheulend vom Stuhle fiel.

Mama erkundigte sich am nächsten Morgen teilnehmend um ihr geschwollenes Gesicht; sie sprach von »Zahnschmerzen«, ich schwieg. Nicht ein Wort von dem, was geschehen war, hätte ich zu sagen vermocht. Ich ging umher, und meine Scham war wie ein glühender Mantel, der meinen ganzen Körper dicht umschloss. Ich wurde die Bilder nicht los, während der Ekel mir die Kehle zukrampfte. Das – das war Liebe – Liebe, von der ich geträumt hatte, an der alle meine Gedanken sich entzündeten, die alle Dichter als das Schönste und Höchste priesen! – Ich wollte nicht mehr daran denken, – ich wollte nicht. Aber dann stiegen neue Fragen auf, und Zweifel, und an leise Hoffnungen klammerten sich die alten Ideale. An wen hätte ich mich wenden sollen, als an Anna, vor der die Scham am leichtesten überwunden war? »Nur die ganz schlechten, ganz gemeinen Männer, nur die Verbrecher sind – so?« Welch eine Erlösung wäre ein Ja gewesen! Aber Anna unterstrich und erläuterte das »Nein« doppelt und dreifach. Und nur in ganz hellen, frohen Stunden, – sie waren selten genug –, triumphierte mein Idealismus, und die alte Schöpferkraft meiner Phantasie schuf sich reine Lichtgestalten.

Wenn aber nachts mein Herz und mein Blut mir keine Ruhe ließen, so verfolgten mich unablässig die grässlichsten Träume. Verzweifelt kämpfte ich dagegen an, – wie um meiner zu spotten, kamen sie mit doppelter Gewalt wieder. Am Tage war ich totmüde, dunkle Ringe umschatteten meine Augen, und die Überzeugung meiner abgrundtiefen Schlechtigkeit machte mich scheuer und verschlossener noch als vorher. Wenn meine Mutter abends an mein Bett trat und, dunkelrot im Gesicht, mit drohender Stimme sagte: »Hüte dich vor der geheimen Sünde!« so verstand ich sie zwar gar nicht, senkte aber doch schuldbewusst die Augen.

Mehr als je war ich damals mir selbst überlassen, aber nur ein Zufall ließ mich erfahren, warum. Das Flüstern um mich her, das vielsagende

Lächeln, all die weißen Linnenhaufen, die genäht und sorgfältig vor mir versteckt wurden, hatten mich schon neugierig gemacht. dass Mama vielfach leidend war, jeder Frage danach aber auswich und tief errötete, wenn sie dennoch antworten musste, erschien mir auch seltsam genug. Ein Satz in einem Brief der Großmutter, den man mir achtlos zu lesen gegeben hatte, klärte mich auf: Mama war guter Hoffnung. »Guter Hoffnung«, – beinahe komisch kam mir der Ausdruck vor, wenn ich sie beobachtete: ihre zusammengezogenen Brauen, ihre aufeinandergepressten Lippen, die sich kaum mehr zu einem Lächeln öffneten, ihr Klagen und Seufzen. Nein, die Hoffnung war für sie keine gute. Es schien fast, als schäme sie sich ihrer, da sie sie sorgfältig verbarg. Und in Gedanken an Annas Erzählungen errötete auch ich, wenn ich in Gegenwart der Eltern daran dachte. Sie sprachen niemals von dem, was sich vorbereitete; und erst als mein Schwesterchen geboren worden war, wurde mir das Ereignis vom Vater angekündigt. Seine rührende Freude wirkte ansteckend auf mich, und es gab Stunden, wo der Gedanke an das hülflose kleine Wesen in der Wiege wie eine Erlösung über mich kam: hier war eine Aufgabe für mich, die mich mir selbst entreißen konnte. Und hielt ich es in den Armen, das süße weiße Körperchen, so gingen mir die Augen über vor zärtlicher Liebe, und heimlich schwor ich mir zu: dich will ich behüten vor all der Qual, die ich erlitt. Aber die polnische Amme, ein leidenschaftliches Geschöpf, das mit der angstvollen eifersüchtigen Liebe wilder Tiere an dem Säugling hing, als wäre er ihr eignes Kind, tat, was sie konnte, um mich fernzuhalten; auch meine Mutter schien mich in der Kinderstube ungern zu sehen, und so ging ich bald wieder meine einsamen äußeren und inneren Wege.

Eines Tages, als ich verspätet wie immer an den Frühstückstisch trat, – ich pflegte erst gegen Morgen tief und ruhig zu schlafen –, belehrte mich ein Blick auf die Eltern, dass sie eine heftige Auseinandersetzung gehabt hatten. Das war mir zwar nichts Neues, denn Mama sah neuerdings häufig verweint aus, und Papa wurde beim kleinsten Anlass heftiger denn je, – an der kurzen Begrüßung merkte ich aber, dass ich die Ursache ihres Streits gewesen sein musste.

»Da lies!« sagte mein Vater und reichte mir ein längeres Schreiben mit der Unterschrift unseres Garnisonpfarrers. Es lautete:

Posen, den 6. Januar 1879

Hochverehrter Herr Oberst!

Sie werden es mir nicht verübeln können, wenn ich als Seelsorger unsrer Gemeinde, dem das ewige Heil aller ihrer Glieder am Herzen liegt, im Interesse Ihrer Tochter diese Zeilen an Sie richte.

Schon seit längerer Zeit habe ich beobachtet, und aus vielen mir zugegangenen Berichten wohlwollender Männer und Frauen schließen können, welch ernster Gefahr Alix entgegen geht. Das vielleicht durch eine größere geistige Begabung irre geleitete Kind hat viel von jener echten jungfräulichen Demut und Bescheidenheit, die der Schmuck jeder christlichen Familie ist, verloren, und ihre junge Seele dem Teufel des Hochmuts zu überliefern schon begonnen. Ich hätte mich aber trotzdem in Ihre Entschlüsse und die Ihrer hochverehrten Frau Gemahlin noch nicht einzumischen gewagt, wenn mir nicht kürzlich eine Mitteilung gemacht worden wäre, deren Richtigkeit ich nicht anzweifeln kann. Darnach hat Ihre Tochter einem jungen, noch ganz unverdorbenem Mann gegenüber erklärt, dass der Opfertod unsers Herrn und Heilandes ihr nicht anbetungswürdig erscheine; jeder Mensch würde freudig zu sterben bereit sein, wenn er wüsste, dass er dadurch die Menschheit erlösen könne. Für einen Gottessohn, der seiner ewigen Seligkeit gewiss sei, wäre dies also keine bewundernswürdige Tat. Sie fügte noch hinzu, dass Unzählige aus weit geringeren Ursachen ruhig in den Tod gegangen wären.

Es ist mir, Gott sei Lob und Dank, mit des Herrn gnädiger Hilfe gelungen, den jungen in seiner christlichen Überzeugung durch Ihre Tochter erschütterten Mann auf den Weg des Glaubens zurückzuführen; nunmehr aber habe ich die Pflicht, Sie, hochverehrter Herr Oberst, inständig zu bitten, Ihr irregeleitetes Kind dem Einfluss eines Seelsorgers anzuvertrauen, der diese Menschenblume in das Licht des Gotteswortes rückt, und sie von all dem bösen Ungeziefer befreit, das an ihr nagt.

Ich würde mich glücklich schätzen, wenn ich in persönlicher Unterredung meinen Rat zu einer Tat werden lassen könnte.

Genehmigen Sie, hochverehrter Herr Oberst, den Ausdruck meiner ausgezeichneten Hochachtung,
  mit der ich verbleibe

Ihr ganz ergebener
Eberhard
Pfarrer

»Nun, was sagst du dazu?« fragte mein Vater, der immer ungeduldiger mit den Fingern auf dem Tisch trommelte, so dass Gläser und Tassen klirrten.

»Gemein!« war das einzige, was ich zunächst hervorbringen konnte.

»Genau dasselbe habe ich gesagt!« polterte Papa. »Ein netter unverdorbener Jüngling, der mit frommen Augenverdrehen hingeht und meine Tochter beim Herrn Oberbonzen verpetzt. Ich hätte Lust, dem Kerl die Hosen stramm zu ziehen und dem Eberhard die blauen Flecke als einzige Antwort zu zeigen!«

»Du solltest aber doch erst hören, lieber Hans, wie weit Alix schuldig ist«, warf Mama erregt ein.

»Ich habe gesagt, was er schreibt, und bin bereit, es ihm ins Gesicht zu sagen!« rief ich und warf trotzig den Kopf zurück.

Mama presste die Lippen zusammen, was ihrem schönen Gesicht etwas Grausames gab. »Da hörst du es«, sagte sie; »das sind die Früchte der religionslosen Erziehung. Du hast es nicht anders gewollt, und ich habe um des lieben Friedens willen nachgegeben. Jetzt aber hab ich genug, übergenug davon! Pfarrer Eberhard werde ich antworten.«

Damit ging sie hinaus. Mein Vater sprang wütend auf. Mich packte die Angst: nur keine neue Szene! Und all die Sünden fielen mir ein, deren ich mich tatsächlich schuldig fühlte. Ich trat Papa in den Weg. »Sei nicht böse, bitte, bitte nicht«, bat ich schmeichelnd, »es ist vielleicht wirklich das Beste, wenn ich Religionsstunden bekomme. Ich bin ja doch bald vierzehn Jahre alt. Und schaden werden sie mir gewiss nichts!« Mein Vater, der mit ein wenig Zärtlichkeit gelenkt werden konnte wie ein Kind, zog mich gerührt in die Arme, als ich, um meiner Bitte Nachdruck zu geben, meine Wange auf seine Hand presste. »Und der Bengel, das schwatzhafte alte Weib?« brummte er noch. »Den strafe ich mit Verachtung«, lachte ich.

Meine Mutter trat wieder ein. »Hier ist meine Antwort«, sagte sie: »Sehr geehrter Herr Pfarrer! Sie sind unsern Wünschen zuvorgekommen. Die rasche Entwicklung unsrer Tochter macht eine frühere Einsegnung nötig, als es sonst üblich ist. Wir haben sie daher auf das nächste Jahr festgesetzt und bitten Sie, uns mitzuteilen, wann der Vorbereitungsunterricht beginnt, zu dem wir Ihnen unsre Alix anvertrauen wollen. Auf die Klatscherei des jungen Mannes einzugehen, widerspricht unsern elterlichen Empfindungen …

»Ich habe damit nicht etwa dich, sondern unseren guten Ruf in Schutz genommen«, fügte sie rasch, zu mir gewendet hinzu.

Bald darauf begann der Unterricht. Sehr befriedigt, von einer neuen frohen Hoffnung erfüllt, kam ich aus der ersten Stunde nach Hause. »Meine Türe und mein Herz stehen Euch jederzeit offen«, hatte der Pfarrer gesagt, »Ihr könnt mit allem, was Euch bedrückt, mit Euren Leiden und Zweifeln zu mir kommen. Ich werde mich immer bemühen, Euch zu verstehen und Euch zu helfen.« Die harmlosen Kindergesichter meiner Mitschülerinnen – Offizierstöchter wie ich, die natürlich von den übrigen Gemeindekindern gesondert unterrichtet wurden – legten mir unwillkürlich während unseres Zusammenseins bei ihm Schweigen auf. Um so häufiger wollte ich allein zu ihm gehen. Herzklopfend trat ich das erste Mal bei ihm ein. In vagen Andeutungen, die gewiss nur ein guter und gütiger Physiologe hätte verstehen können, sprach ich ihm von den bösen Gedanken und hässlichen Phantasien, die ich vergebens zu vertreiben versuchte. Ein »hm, hm«, und »so, so« und ein erstauntes Kopfschütteln war zunächst die einzige Antwort. In sichtlicher Verlegenheit, die Handflächen nervös aneinanderreibend ging er im Zimmer auf und ab, blieb abwechselnd vor dem Gummibaum am Fenster, dem Stahlstich des Gekreuzigten über seinem Schreibpult und der Sammlung von Familienphotographien auf dem Bücherbrett stehen, die er eingehend zu betrachten schien, um sich endlich, wie unter dem Einfluss eines raschen erleuchtenden Gedankens, mir wieder zuzuwenden. Über den Tisch hinweg streckte er mir beide Hände entgegen, fleischige, weiche Hände, die sich anfühlten, als hätten sie weder Knochen noch Muskeln. Eine physische Abneigung ließ mich zögern, die meinen hineinzulegen. »Nun, mein Kind«, sagte er und hob sie auffordernd, »habe Vertrauen zu Deinem Seelsorger! Wie ich jetzt Deine Hände fasse,« – seine runden Finger legten sich um die meinen, als wären es lauter nackte, klebrige Schnecken, – »so wird Gott die flehend zu ihm erhobenen Hände deiner Seele ergreifen und dich aufrichten vom Staube! Das sind Versuchungen des Bösen, denen du ausgesetzt bist. Je mehr dein Glaube lebendig werden wird, je inniger du zu beten lernst, desto sicherer wirst du ihn überwinden.« – Ich zog leise meine Hände aus den seinen und rieb sie unter dem Tisch heimlich an meinem Kleide ab. Er fing an, mich zu examinieren, ob, wie oft und wann ich bete, ob ich zu unserm Herrn und Heiland in kindlich-vertrauendem Verhältnis stünde, ob ich fleißig die

Bibel läse. Nach kurzem Kampfe gegen ein starkes inneres Widerstreben antwortete ich ihm, wie es der Wahrheit entsprach, war ich doch zu ihm gekommen, beseelt von dem aufrichtigen Wunsch, erlöst zu werden von meinen Qualen, getrieben von der Sehnsucht, mir einen neuen, dauernden Tempel bauen zu können, wo ich zu einem lebendigen Gott zu beten vermöchte! Er runzelte die Stirn, »das ist ja sehr, sehr traurig und unerhört für eine christliche Familie!« rief er aus. Ich beeilte mich, die Eltern zu verteidigen: »O wir beten immer bei Tisch, Mama liest jeden Morgen eine Andacht, und in die Kirche gehen wir auch jeden Sonntag!« – »Um so unbegreiflicher, dass ein so junges Kind, wie du, der Verführung des Bösen erliegen konnte.« Ein neuer Gedanke schien ihm durch den Kopf zu gehen, scharf sah er zu mir hinüber; »Was liest du denn?« frug er. Ich erschrak; sollte ich ihm das Geheimnis meiner schönsten Stunden verraten?! Ein tiefes, schmerzliches Aufatmen – es musste sein – musste sein, um meines Heiles willen! Zu jener Zeit hatte ich angefangen, mir aus Papas Bücherschrank Goethes Werke zu holen, – einen Band nach dem anderen. Wenn ich mich darin vertiefte, so war ich am sichersten vor mir selbst: wie hatte ich mich für Iphigenie begeistert, um Gretchen geweint, und Werthers Leiden hatte ich mir gekauft, um sie immer in der Tasche tragen zu können. Ich pflegte sie heraus zu ziehen, wie der katholische Priester sein Brevier, wenn er sich vor Anfechtungen schützen will.

»Das ist ja unerhört, unerhört!« unterbrach der Pfarrer meine Beichte, und seine Stimme überschlug sich, wie in der Kirche, sobald er von der Fleischeslust sprach. »Da es dein ernster Wille zu sein scheint, dich zu bessern«, sagte er dann so laut, als hätte er die Rekruten der ganzen Garnison vor sich, »so wirst du tun, was ich von dir verlangen muss: du rührst diese verwerflichen Bücher während der Zeit des Konfirmandenunterrichts nicht mehr an. Du liest nur, was ich dir gebe. Du kommst jedesmal eine Viertelstunde früher zur Stunde zu mir als die andern Kinder, damit sie in ihrer Unschuld nicht gefährdet werden. Versprichst du mir das?« Ich senkte stumm den Kopf; noch einmal legten sich seine Finger um die meinen, dann war ich entlassen. Wie zerschlagen schlich ich nach Hause. Aber ich war fest entschlossen, zu tun, was er verlangt hatte.

Am nächsten Morgen gab es zu Haus eine böse Szene: Pfarrer Eberhard hatte meinen Eltern über meinen Besuch Bericht erstattet und sie aufgefordert, sein »schweres Rettungswerk« zu unterstützen. Ich sah wohl, dass meines Vaters Zorn sich mehr gegen den Pfarrer, als gegen mich richtete, aber wie immer, wenn Mama mit ihrer ganzen Energie auftrat, überließ er ihr das Feld, mir nur unter heftigem Händedruck ein »verdammte Pfaffen« zuflüsternd. Alle meine Schubfächer wurden untersucht, alle Bücher konfisziert, die in die Rubrik: Lehrbücher und Backfischliteratur nicht hineinpassten; der Schlüssel vom Bücherschrank wurde abgezogen, – nur die verborgenen Schätze im Sofa blieben unentdeckt. Ich befand mich in einer unbeschreiblichen Aufregung: Der erste Mensch, an den ich mich hilfesuchend gewandt, vor dem ich mein Inneres enthüllt hatte, wie vor keinem bisher, vertraute mir so wenig, dass er mich überwachen ließ wie einen Verbrecher! Auch mit meinem Lehrer hatte Mama an demselben Tage eine längere Unterredung, von der er sehr rot und verschüchtert zu mir kam. Er umging von da an noch vorsichtiger als sonst jede Berührung religiöser Fragen. Er wurde überhaupt immer scheuer vor mir und war seltsam zerstreut.

Eine unüberwindbare Bitterkeit ließ diese erste Erfahrung mit dem Pfarrer in mir zurück; das persönliche Vertrauen war ein für allemal vernichtet, aber ich hoffte trotzdem, dass das, was er lehrte, mir Befreiung bringen würde. Und ich klammerte mich an diese Hoffnung. Ich las in den Büchern, die er mir gab, und in der Bibel, ich klagte mich vor mir selber an, wenn ich eine rechte Andachtsstimmung nicht festhalten konnte und immer wieder an den Widersprüchen und Unwahrscheinlichkeiten, die mir aufstießen, Anstoß nahm.

War die Bibel von Gott inspiriert, so musste die Schöpfungsgeschichte wahr sein; und war sie es, warum lehrte man uns dann die naturwissenschaftlichen Forschungsergebnisse der Gelehrten kennen? Bei allen Wundern, an die ich glauben sollte, stießen mir dieselben Bedenken auf; und ebensowenig kam ich über die Lehre hinweg, dass der Gott der Liebe, der Vater im Himmel mit dem grausamen, rachsüchtigen Jehova des Alten Testaments identisch sein sollte. Furchtbarer aber als alles bedrückte mich der Zweifel an der Erlösung der Menschheit durch Christi Leiden und Sterben. Weder die Sünden noch die Sorgen der Menschheit waren seit seinem Tode aus der Welt verschwunden, und jeder büßte, – wie schmerzvoll empfand ich es selbst –, nach wie vor seine eigene Schuld. Ich sprach meine Zweifel und Bedenken offen aus – wir waren ja ausdrücklich dazu aufgefordert worden! – und erwartete sehnsüchtig, widerlegt, in unanfechtbarer Weise eines Besseren belehrt zu werden. Pfarrer Eberhard wurde immer nervöser, sobald ich den Mund auftat, und die andern starrten mich an, und stießen sich kichernd mit den Ellbogen, wenn ich eine Frage stellte. Schließlich wurde mir ein für allemal verboten, in ihrer Gegenwart meine Gedanken laut werden zu lassen; ich benutzte zunächst die Viertelstunde des Alleinseins dazu, für die der Pfarrer immer seltener Zeit zu haben vorgab, und besuchte ihn schließlich außerhalb der Stunde, wenn meine Zweifel mir gar keine Ruhe mehr ließen. Er wurde von einem Mal zum anderen ungeduldiger, und warf mir meinen »geistigen Hochmut«, der mich verführe, mit den unzulänglichen Mitteln menschlichen Verstandes an göttliche Geheimnisse zu rühren, in immer heftigerer Weise vor. Auf all mein Warum? war seine Antwort: darüber darf man nicht nachdenken, denn der Glaube allein versetzt Berge, der Glaube allein macht selig, und so wir nicht werden wie die Kinder, werden wir das Reich Gottes nicht schauen. – Danach muss geistiges Streben, Forschungstrieb, Wissenschaft ein Werk des Teufels sein, – folgerte ich. Unsere Unterhaltungen – das sah ich endlich ein – waren zwecklos. Ich gab sie auf. In dem Bedürfnis, mich auszusprechen, machte ich meine Kusine, die ich schon mit meinen Herzensgeschichten aus allem Gleichgewicht gebracht haben mochte, zur Vertrauten meiner religiösen Kämpfe. Es waren Monologe, die ich vor ihr führte, und ich war so sehr mit mir selbst beschäftigt, dass ich gar nicht bemerkte, wie das arme Ding unter mir litt: wie eine Blume war sie, die in der Knospe welkt, wenn sie zu früh dem Schutz des Schattens und der Kühle entrissen wird.

Zuweilen frug mein Vater mich nach meinen Stunden; er, der menschlicher, feiner dachte, und der mich so lieb hatte wie niemand sonst, hätte mir vielleicht helfen können, wenn nicht eine tiefe, innere Entfremdung zwischen uns eingetreten wäre. Hatte seine aufbrausende Heftigkeit, die zwar weniger im Verkehr mit mir, als der Dienerschaft und den Untergebenen gegenüber hervortrat, ein inniges Verhältnis zwischen uns schon nicht aufkommen lassen – jedes laute Wort ließ mich erzittern –, so machte meine allmähliche Erkenntnis unserer pekuniären Lage, als deren Ursache ich ihn allein ansah, mich hart und unnahbar. Ich sah, wie oft meine Mutter weinte, wenn unerwartete Rechnungen kamen; ich las in den Briefen meiner Großmutter an Mama, die mir zuweilen gegeben wurden, zwischen den Zeilen, wie die Geldsorgen auf der ganzen Familie lasteten. Ich fing an zu begreifen, warum Mama sich über Geschenke ihres Mannes nicht freute, was mir früher so herzlos erschienen war. Es kam vor, dass ich ihr darin schon nachahmte, und erst ein Blick auf

Papas trauriges Gesicht, auf seine vor Enttäuschung zuckenden Lippen, löste meine natürliche Freude über hübsche Dinge aus. Mitleid aber ist kein Mittel des Vertrauens, besonders nicht bei einem Kinde und einem Weibe; Mitleid erhebt über den Bemitleideten; das Kind, wie das Weib, muss emporsehen können zu dem Menschen, dem sein ganzes Vertrauen gehören soll. So blieb ich allein, auch in diesem, dem schwersten Kampf meiner Kindheit. Niemand half mir, selbst Gott nicht, so oft und so verzweifelt ich ihn auch anrief.

Um diese Zeit war es, dass meine englische Lehrerin mir von Shelley erzählte, der mit sechzehn Jahren schon seiner antichristlichen Ansichten wegen von der Schule entfernt worden war, später aus denselben Gründen England verlassen musste und, kaum dreißig Jahre alt, in den Wellen des Adriatischen Meeres seinen Tod fand. Sein Schicksal ergriff mich tief. Der Überzeugung Stellung, Wohlleben, Familie und Heimat opfern, – das erschien mir stets als ruhmwürdigste Tat.

Mit der Versicherung, dass ich sie doch nicht verstehen würde, gab mir die lange, blonde Miss, die für mich bis dahin nur die Verkörperung der Grammatik gewesen war, auf mein dringendes Bitten Shelleys Werke. »Queen Mab« war das erste, was ich aufschlug. In einer Nacht las ich es zweimal. Mir war, als wäre ich selbst Janthe, der Geist, dem die Feenkönigin des Weltalls wundervolle Pracht, die Schauer der Vergangenheit, das Elend der Gegenwart und das verklärte Bild der Erdenzukunft zeigte: Ich sah die Reichen schwelgen, die Armen hungern; die Toten sah ich auf den Schlachtfeldern, hingemordet um der Ländergier der Könige willen, und sah, wie die Menschen einander zerfleischten wie wilde Tiere, im Namen ihrer Götter! Und dann verklangen in weiter Ferne all die Laute der Qual, das Weinen der Verlassenen, das Stöhnen der Hungernden, Verzweiflungsschreie und Todesröcheln. »Die Wirklichkeit des Himmels, die selige Erde« zeigte sich, die Welt der Zukunft, wo niemand vergebens mehr nach Brot verlangen, niemand nach Erkenntnis verdursten, wo die Menschheit sich selbst erlöst haben wird aus der Hölle irdischer Verdammnis. »Spirit, behold thy glorious destiny!«, – rief Mab, die Königin, es mir nicht zu? Galt nicht mir ihre Mahnung: Fürchte dich nicht! Führe den Krieg gegen Herrschsucht und Falschheit und Not, schlag durch die Wildnis den Pfad hinüber in die Welt, die da kommen soll!

Ich empfand Shelleys Atheismus nicht, ich fühlte nur, dass er den Gott verleugnete, an den auch ich nicht zu glauben vermochte, und wie eine

Offenbarung wirkte auf mich sein lebensstarker, hoffnungsreicher Idealismus, sein Vertrauen in der Menschen eigene Kraft, sein feuriger Appell an die Macht des Willens.

In langen Nächten voll innerer Kämpfe suchte ich mir klar zu werden über den Weg, den ich zu gehen hatte, und baute mir langsam, Stein um Stein mühselig zusammentragend, die Kirche meiner Religion auf. Ein heißes Glücksgefühl erfüllte mich, als ich mein Werk vollendet sah und der Entschluss in mir fest stand, mich zu keinem andern Glaubensbekenntnis als zu meinem eigenen zwingen zu lassen, – koste es, was es wolle.

Um die Weihnachtszeit 1879 besuchte ich Pfarrer Eberhard und erklärte ihm, dass ich außerstande sei, das Apostolikum vor dem Altar zu beschwören, dass er mich daher von der Einsegnung dispensieren möge. Zugleich legte ich ihm eine schriftliche Zusammenfassung meiner religiösen Ansichten vor, – ein persönliches Glaubensbekenntnis, das jeder der Konfirmanden niederzuschreiben verpflichtet war. Es lautet:

»›Ich glaube an Gott den Vater, allmächtigen Schöpfer Himmels und der Erden.‹ Ich glaube nicht an diesen Gott. Ich glaube nicht, dass er in sechs Tagen die Welt geschaffen hat, dass er ihm zum Bilde den Menschen schuf. Ich glaube der Wissenschaft mehr als den unbekannten Fabelerzählern des Alten Testaments.

›Ich glaube an Jesum Christum, Gottes eingeborenen Sohn, unsern Herrn, der empfangen ist von dem Heiligen Geiste, geboren von der Jungfrau Maria, gelitten unter Pontio Pilato, gekreuziget, gestorben und begraben, niedergefahren zur Hölle, am dritten Tage auferstanden ist von den Toten, aufgefahren gen Himmel, sitzend zur Rechten Gottes, des allmächtigen Vaters, von dannen er kommen wird, zu richten die Lebendigen und die Toten.‹

Ich glaube nicht an diesen Christus, denn ich halte es für heidnisch, an eine Menschwerdung Gottes zu glauben. Ich glaube weder an seine wunderbare Geburt, noch an seine Höllen-, noch an seine Himmelfahrt, noch an seine Wunder.

›Ich glaube an den Heiligen Geist, eine heilige christliche Kirche, die Gemeinschaft der Heiligen, Vergebung der Sünden, Auferstehung des Fleisches und ein ewiges Leben.‹

Ich glaube nicht an diesen Heiligen Geist, ich glaube nicht an eine heilige, christliche Kirche, die mordet, brennt, verfolgt, steinigt, die Seelen martert, die Wahrheit leugnet. Ich glaube nicht an Vergebung der Sünden, weil Sünde sich nur durch bessere Taten vergibt. Ich glaube nicht an Auferstehung des Fleisches, denn das ist wissenschaftlich unmöglich.

Ich glaube an eine höhere Gewalt, die wir Gott nennen, die der Ursprung des ersten Lebens ist, die die Kraft des Werdens in das erste Atom gelegt hat. Mein Geist ist ein Teil dieses Gottesgeistes.

Ich glaube an Jesus, als an einen edlen Menschen, der zuerst das Gebot der Menschenliebe predigte und danach lebte. Ich glaube, dass er in Niedrigkeit geboren wurde, damit wir daran erkennen sollen, dass die Geburt nicht den Menschen macht, sondern eigene Arbeit und eigenes Streben. Christi Gebot der Menschenliebe wird die nach ihm benannte Kirche richten.

Ich glaube an den Geist Gottes, der sich in allem Schönen und Großen offenbart, der nach dem Tode des Körpers in andern fortlebt, sei es auf oder über der Erde. Die Kirche und ihre Dogmen halte ich für menschliche Einrichtungen, denen ein freier Geist sich nicht zu beugen braucht.

Sollte dennoch die mir gelehrte christliche Religion die wahre sein, so hoffe ich das mit der Zeit zu erkennen. Wenn es ein Verbrechen ist, dass ich mich jetzt von ihr lossage, so scheint es mir ein noch größeres Verbrechen zu sein, mich zu ihr zu bekennen, wo mein Herz nichts davon weiß.«

Pfarrer Eberhard war zuerst keines Wortes mächtig. Dann aber entlud sich sein Zorn schrankenlos über mir. Jede Selbstbeherrschung vergessend, schlug er mit Anklagen, Vorwürfen, Drohungen auf mich ein, – es war wie eine Bastonnade! Aber ich ergab mich nicht. Durch Wochen und Monate setzte der Kampf zwischen uns sich fort, von dem niemand wusste als wir beide. War es Rücksicht, oder war es die Sorge, seine Niederlage einzugestehen, – er weihte diesmal auch meine Eltern nicht ein. Zwischen jeder Zusammenkunft sammelte ich mein Rüstzeug aus meinem verborgenen Bücherschatz, der um vieles gewachsen war, und grübelte zu gleicher Zeit über die Ausführung abenteuerlicher Pläne. Gab der Pfarrer nicht nach, so war ich entschlossen, zu fliehen. Um mir das nötige Geld zu verschaffen, schickte ich Gedichte und Aufsätze an die verschiedensten Zeitschriften – natürlich vergebens! – und verkaufte in obskuren Läden ein Schmuckstück nach dem anderen. Als ich gerade im Begriffe stand, das Kostbarste, – eine alte Brillantbrosche, die meine Großmutter mir einmal geschenkt hatte, – fortzutragen, hörte ich im Vorübergehen einen heftigen Wortwechsel zwischen meinen Eltern. Aufhorchend blieb ich stehen: es handelte sich wieder einmal um eine unbezahlte Rechnung.

Mama schluchzte; Papa rief aufgeregt: »Ich brauche mir deine Vorwürfe nicht gefallen zu lassen. Ich saufe nicht, ich rauche nicht, ich rühre keine Karte an, ich habe keine Weibergeschichten – was willst du eigentlich von mir?!« – »Du hast immer zwei Pferde zu viel im Stall –« antwortete Mama heftig, »und Alix' Privaterziehung, die Tausende verschlingt, war auch überflüssig –.« »Lass mir das Kind in Frieden!« brauste Papa auf – »die einzige Freude, die ich habe, lass ich mir nicht vergällen – –.«

Jedes Wort traf mich ins Herz; mir hatten sie so große Opfer gebracht – mir, die ich das Schwerste über sie heraufbeschwor; – ich war meines Vaters einzige Freude – ich, die ihm das Herz brechen wollte! – Ich lief davon, verkaufte mein Schmuckstück und kam hochrot und atemlos nach Hause zurück, nur von dem Gedanken getrieben, den armen Eltern eine Last abzunehmen. Sie saßen versöhnt nebeneinander und sahen mich verwundert an, als ich Mama hastig ein paar Goldstücke in die Hand drückte. »Was soll denn das?« frug sie, und »Woher hast du das Geld?« mein Vater. Ich erschrak; ich hatte in meinem Eifer an die Möglichkeit dieser Frage nicht gedacht. Sollte ich die Wahrheit sagen? Das hieße auch meine übrigen Verkäufe verraten und meine Flucht von vornherein unmöglich machen. Mein Blick fiel auf das »Daheim« mit dem Anfang einer neuen Erzählung an der Spitze. »Es ist – es ist – das Honorar für – diese Geschichte«, kam es mühsam und stockend von meinen Lippen. Nun war ich im Netz meiner eigenen Lüge gefangen, und die Furcht vor den Folgen hinderte mich, es zu zerreißen. Die Eltern glaubten mir; mein Vater umarmte mich voll Rührung, und wenn er auch meine flehentliche Bitte, das Geheimnis meiner Autorschaft zu wahren, zu erfüllen versprach, so war er doch viel zu stolz auf den Erfolg seiner Tochter, als dass er nicht wenigstens den nächsten Freunden und Verwandten davon Mitteilung gemacht hätte. Die Aufklärung ließ nicht lange auf sich warten. Eine Kusine meines Vaters war mit der Verfasserin des Romans, den ich vorgab, geschrieben zu haben, befreundet und frug ihn brieflich nicht wenig erstaunt nach dem Zusammenhang dieser seltsamen Historie. Es kam zu einem furchtbaren Auftritt. Mein Vater kannte sich selbst nicht mehr. »Mein guter Name! Mein guter Name!« stöhnte er immer wieder und lief wie wahnsinnig im Zimmer hin und her. »Ich muss mich erschießen! Ich überlebe die Schande nicht!« schrie er dazwischen, während Mama still vor sich hin weinte. Stumm und regungslos stand ich mitten im Zimmer und rührte mich auch dann nicht, als Papa, mit funkelnden, rot unterlaufenen Augen vor mir stehen blieb und die hoch erhobene Faust klatschend auf meine Wange niedersausen ließ.

Stumpfsinnig vor mich hinbrütend, lag ich ein paar Tage im Bett. Niemand kümmerte sich um mich als die Anna, die mir auch mitleidig in die Kleider half, als Pfarrer Eberhards Besuch mir gemeldet wurde. Mit gefalteten Händen und tief bekümmerter Miene trat er ein. dass sie keinem echten Gefühle Ausdruck gab, sah ich an den Lichtern leisen Triumphs, die in seinen Augen glänzten: Endlich war der Sieg sein – endlich! Er hielt mir eine wohlvorbereitete Rede, die ich mit keiner Silbe unterbrach. Das furchtbare Ereignis habe hoffentlich, so sagte er, meinen Hochmut gebrochen und mich belehrt, dass Gott seiner nicht spotten ließe. Noch sei es Zeit für mich, umzukehren vom Wege der Sünde, und demütig dem zu folgen, der allein Wahrheit, Licht und Leben wäre. »Nach all dem Kummer, den du deinen Eltern bereitet hast, wirst du ihnen die Schande nicht antun, vom Altar des Herrn fern bleiben zu wollen.« Ich schwieg auch jetzt, trotz der beziehungsreichen Pause, die er eintreten ließ. »Du wirst die Zeit bis dahin zur Einkehr, zur Buße, zum Gebet verwenden.« Wieder eine Pause. »Und wie Gott im Himmel seine Hand nicht von dir abziehen, und Jesu Christi Blut auch dich rein waschen wird von deinen Sünden, so werden deine lieben Eltern dir verzeihn. Ich werde mit Gottes Hilfe die Schwergeprüften aufrichten und dich ihnen wieder zuführen.« Ich schwieg noch immer. »Wirst du tun, was ich, der Diener deines Herrn und Heilandes, von dir fordere?« Ein mechanisches »Ja« war meine Antwort.

Während der Wochen bis zu meiner Einsegnung lebte ich wie ein Automat; ich fühlte weder Reue noch Kummer, und die Gedanken waren wie ausgelöscht. Nur als ich zum erstenmal das lange weiße Konfirmandenkleid anprobierte, zuckte mir ein krampfhafter Schmerz durch den Körper. Den Mund kaum zu einem Lächeln verziehend, begrüßte ich die vielen Verwandten, die zu dem feierlichen Tage nach Posen kamen: Onkel Walter aus Pirgallen mit seiner jungen Frau, die eben auf der Hochzeitsreise waren, Onkel Kleve aus Bayern, Tante Klotilde aus Augsburg, die befriedigt die »würdige Stimmung« ihrer Nichte anerkannte. Als aber am Sonnabend vor Pfingsten, einem herrlichen lachenden Maientag, vor dem ich mich verschüchtert in mein dämmriges Zimmer verkrochen hatte, die Türe aufging und wie getragen von einem breiten Strom von Licht, meine Großmutter in ihrem Rahmen erschien, war mir plötzlich, als fiele ein schwerer, eiserner Panzer von mir ab, der mich eingezwängt und aufrecht erhalten hatte. »Großmama, liebe Großmama«, rief ich und brach aufschluchzend vor ihr zusammen. Ach, warum war ich nicht zu ihr geflüchtet, warum kam sie erst jetzt, – jetzt, da es zu spät war?! Tief erschüttert schloss sie mich in ihre Arme, und ich weinte mich aus. Aber dann kam Mama, und der Abend im Kreise der Familie, und die Nacht ...

Widerstandslos ließ ich mich am nächsten Morgen schmücken, nahm den Strauß weißer Rosen in die Hand und stieg mit den Eltern in den Wagen. Die ganze Straße stand voll Menschen, – wie bei einem Begräbnis, dachte ich. Auch vor der Kirche sammelten sich die Neugierigen in ihren bunten fröhlichen Festtagskleidern. Durch die Fenster flutete die Sonne, so dass ich geblendet die vom Weinen heißen Augen schloss, als ich zwischen Vater und Mutter auf rotem Teppich durch die weite, weiße Säulenhalle schritt. Die Glocken läuteten, brausend setzte die Orgel ein, laut dröhnten über mir die kräftigen Stimmen des Soldatenchors. Jeder Ton schnitt mir messerscharf in die Seele. Es blitzte und funkelte ringsum von Uniformen und Orden und raschelte von seidenen Kleidern. Ich sah nicht auf. Da schlug ein ganz leiser, weher Laut, wie »Alix« an mein Ohr. Ich hob den Kopf. Es war mein Lehrer, der mich mit einem Blick ansah, – einem Blick, der mir rätselhaft schien. Und dann standen wir vor dem Altar. Er war ringsum mit einem Wald von Palmen umgeben, ohne eine einzige Blume dazwischen. »Wie beim Begräbnis«, dachte ich noch einmal. Ich hörte nicht, was der Pfarrer sprach; mir war plötzlich, als stünde ich dicht vor dem Felsentor des Höllentals, und der brausende Bach drohte, mich zu verschlingen. Mein Strauß entfiel mir; der ihn aufhob, war mein Lehrer; ich begegnete seinen Augen dabei, – seltsam, wie er mich ansah! Verwirrt blickte ich um mich; meine Mitschülerinnen sprachen schon das Apostolikum, und ein strenger Blick des Pfarrers mahnte mich an meine Pflicht. Einem aufgezogenen Uhrwerk gleich, sagte ich, ohne zu stocken, die drei Artikel auf. Und währenddessen fühlte ich die vielen hundert Augen auf mich gerichtet, – gespannt, höhnend, triumphierend. Darnach war es einen Atemzug lang totstill, ehe der Pfarrer von jeder einzelnen das persönliche Bekenntnis zu den gesprochenen Worten abnahm und den Segen erteilte. Ich war die letzte. Er erhob die Stimme bedeutungsvoll, als er sich mir zuwandte. Sage nein – sage nein – klang es in mir. Angstvoll, hilfesuchend sah ich um mich: auf das gütige, verzeihende Lächeln meines Vaters fiel mein Blick, auf den leisen liebevollen Gruß meiner Mutter – – –

»Bekennst du dich von ganzem Herzen zu unserm allerheiligsten Glauben, so antworte: Ja.« – – –

Irgendwo fiel ein Schirm – ein Säbel rasselte – jemand schluchzte auf, – und die vielen, vielen Augen durchstachen mich.

»Ja!« klang es laut und rauh durch die Kirche. War das wirklich meine Stimme gewesen?! Mechanisch kniete ich nieder, wie die andern. Ob wohl die Schleppe richtig lag, dachte ich stumpfsinnig, und etwas wie Neugierde nach dem Spruch, den der Pfarrer mir geben würde, regte sich in mir.

»Darinnen freuet euch nicht, dass euch die Geister untertan sind, sondern dass eure Namen geschrieben sind im Himmel.«

Das fuhr wie ein Peitschenhieb auf mich nieder. Mein Name – und im Himmel geschrieben!! Hatte ich nicht eben vor Gottes Altar einen Meineid geschworen?! – –

Unter Tränen und Glückwünschen und Schmeichelworten umdrängte mich alles. Zu Hause empfing mich ein Aufbau von kostbaren Geschenken, von duftenden Blumen; Militärmusik spielte unter den Fenstern, und um die geschmückte Tafel versammelte sich eine glänzende Gesellschaft. Mir galten die Reden und Toaste, und immer aufs neue perlte der Sekt in meinem Glase. In halber Betäubung kam ich abends in mein Zimmer; die rote Ampel brannte über dem Bett; seltsam bedrückend war nach all den wirren Geräuschen des Tages die Stille. Mein Blick fiel auf ein kleines Paket, durch dessen Schnüre ein paar gelbe Rosen gezogen waren. Verwundert öffnete ich das Geschenk, das nicht auf dem Tisch der allgemeinen Gaben gelegen hatte. Es enthielt ein schmales Buch in blauem Einband – »Deutsche Liebe« von Max Müller, und einen Brief:

»Gnädiges Fräulein!

Da ich gezwungen bin, schon morgen Posen zu verlassen, und vor Ihrer Abreise nicht zurück sein kann, gestatten Sie mir, Ihnen schriftlich Lebewohl zu sagen und beifolgendes Buch als Andenken zu überreichen. Seien Sie recht, recht glücklich!

In aufrichtiger Freundschaft
Ihr
Hugo Meyer.«

Ich strich mir über die Stirn, – träumte ich denn? Aber nein, das Buch, das ich las, bestätigte mir, was mich plötzlich seinen Blick in der Kirche hatte verstehen lassen. Und ich – ich war blind neben ihm hergegangen, hatte nicht nach seiner Hand gegriffen, die mir aus dem Abgrund herausgeholfen hätte, in den ich versank! Schwarz, unergründlich, unüberbrückbar sah ich ihn vor mir: Ich hatte heute einen Meineid geschworen, – und mein Freund, mein einziger Freund hatte mich verlassen!

Fünftes Kapitel

Wenn der Sommer im Samland Einzug hält, dann kommt er nicht als ein züchtig Werbender, der sich die Erde in zäher Treue allmählich erobert; er kommt vielmehr, ein stürmischer junger Held, der dem Freiwerber Frühling gar nicht Zeit lässt, ihm den Weg zu bereiten. Die Sonne, die eben noch umsonst mit den Winternebelwolken kämpfte, schießt, wenn er naht, plötzlich mit glühenden Pfeilen vom blauen Himmel herab, und auf einmal erwacht Wald und Feld und Wiese und gibt sich schrankenlos dem ungestümen Liebhaber hin. Die Blumen, die das Jahr, als ein karger Weiser, sonst über viele Monde verteilt, blühen hier zu gleicher Zeit in verschwenderischer Fülle; das Schneeglöckchen begrüßt noch das Veilchen und die gelbe Butterblume; üppig und grade im prangenden Schmuck ihrer leuchtenden Farben stehen Malven und Georginen im Garten, während weiße und gelbe und rote Rosen ihnen den Preis der Schönheit streitig machen. Mit dem herben Duft des Hollunders eint sich der süße, zarte der Linden, der schmeichelnde der blauen Fliederdolden und der berauschende, liebeskranke des Jasmins.

Weit, weit hinab, bis zu den graublauen Fluten des Kurischen Haffs dehnen sich saftgrüne Wiesen und gelbe Kornfelder; wenn der Wind darüber streicht, ist es wie ein einziges wogendes Meer, aus dem nur hie und da die Strohdächer dürftiger Häuser hervorlugen. Aber auch ihr Elend hat der Sommer, als könnte er nichts Trauriges sehen, mit rasch wucherndem Schlingkraut verschleiert, so dass ihre trüben Scheiben wie verschlafene Augen verwundert darunter hervorsehen. Es ist so ruhig hier wie im Dornröschenzauber; nur hie und da unterbricht das klägliche Weinen eines verlassenen Säuglings die tiefe Stille. Was Füße und Arme regen kann, ist hinaus mit Harke oder Sense, Spaten oder Beil, Ruder oder Fischnetz. Der heiße Sommer weckte jung und alt aus dem langen, dumpfen Winterschlaf, und von früh bis spät gilt es schaffen, um seiner Gaben Reichtum rasch, wie er sie brachte, zu bergen. Wie sie alle lebendig geworden sind, diese schwerblütigen Menschen: sie gehen nicht – sie springen –, sie lachen nicht – sie kreischen, und der Haffwind, des Samlandsommers treuer Knecht, peitscht ihre strohgelben Haare, dass sie rings von den breiten Schädeln abstehen, wie Blätter der Sonnenblume um den Kelch, und bläht die roten Röcke der Weiber, dass die nackten Beine bei jeder Bewegung darunter hervorleuchten. Sie sind mit der Natur noch eins, diese Männer und Frauen: sie schlafen auch den Winterschlaf mit ihr; denn nach der langen Tagesarbeit klingts und singts noch durch die helle warme Sommernacht; es kichert und raschelt zwischen den Garben, es atmet heiß und schwer in den Geißblattlauben. Vom Dorfkrug aber lärmt und tobt es herüber: da sitzen sie hinter schwälender Lampe, vertrinken und verspielen ihre Habe, und wenn sie glühend vom Branntwein heimkehren, mischt sich wohl auch wilder Wehlaut aus Weiberkehlen in all die vielen wirren Töne der Nacht.

In solch eines Sommers heißes Leben kam das blasse Stadtkind mit den trüben Augen und dem matten Lächeln. Das Turmzimmer von Pirgallen nahm es wieder auf, wo es zuerst das von der alten Linde vor dem Fenster grün verschleierte Licht des Tages erblickt hatte. »Hier soll mein Alixchen wieder rund und rosig werden«, sagte die Großmama bei der Begrüßung, das Enkelkind bekümmert musternd. »Und all die Gelehrsamkeit soll sie vergessen«, fügte Onkel Walter lachend hinzu. »Und trinken und tanzen soll sie, bis sie schwindlig wird«, rief Tante Emmy, seine Frau, während in ihren lustigen braunen Augen alle Kobolde des Frohsinns ein Feuerwerk entzündeten. Seit sie vor kaum einem halben Jahr hier Einzug gehalten hatte, mochte das alte Schloss sich selbst kaum wieder erkennen: Die Gäste kamen und gingen, helle Kleider raschelten durch die sonst so einsamen Gänge, die Mauern hallten wider von Lachen und Scherzen.

Wenn morgens der Rasenteppich, der hinter dem Schloss bis zum Wasser herunterführt, unter Tauperlen und Sonnenstrahlen glänzte und glitzerte wie ein Riesensmaragd, dann gingen die Gäste von der breiten Terrasse die hohe Steintreppe hinab und verteilten sich in Park und Wald; die einen träumten still in der Hängematte, die andern lockte das Haff, dessen weiße Schaumköpfchen vom Horizont herüberglänzten, zum Bad und zur Segelfahrt; die Ruhigen liebten es, am Strande Muscheln zu suchen; die Waghalsigen wollten, mit Kutschern und Reitknechten um die Wette, junge Pferde hinter Zaum und Zügel zwingen. Freiheit der Bewegung war Gesetz für alle. Nur wenn laut der Gong durch Schloss und Hof und Garten gellte, fanden sie sich allmählich wieder zusammen.

Allabendlich füllte sich der dunkle Speisesaal, in dem so lange nur Mutter und Sohn einander schweigsam gegenübergesessen hatten, mit lebenslustiger Jugend, und die kulinarischen Genüsse, die der französische Koch zu bereiten verstand, steigerten mit dem perlenden Sekt, den der alte Haushofmeister unermüdlich in die Gläser schenkte, die lebendige Stimmung. Wenn dann hinter den Flügeltüren die zärtlich-lockende Weise des Donauwalzers klang, gab es ein heftiges Stühlerücken, und gleich darauf flogen die Paare durch den hohen weißen Saal. Viele schmale Spiegel, von Goldleisten eingefasst und von musizierenden Amoretten bekrönt, warfen das Bild immer wilder tobender Tänzer zurück, während so manche durch das Alter blind gewordene Scheiben heimlich die Erinnerung an graziös und feierlich im Menuett sich schlängelnde und wiegende Rokokopaare zu bewahren schienen. Mit leisem Klirren schlugen die Kristallprismen des Kronleuchters aneinander, und die Lichter flackerten im Takt, als hätte die Tanzweise auch ihnen Leben verliehen; sie bewegten sich noch lange hin und her, wenn die duftende Schwüle der Sommernacht die Tanzenden durch weit offene Türen in den dämmernden Park gelockt hatte. Da gab es verschnittene Laubengänge und weiße Bänke im Jasmingesträuch, und auf stillen Weihern kleine Kähne. Spät erst, wenn feuchte Nebel vom Haff herüber die nackten Schultern der Frauen unter den Spitzengeweben zittern ließen, gingen Pirgallens Bewohner zur Ruhe.

Unaufhaltsam riss mich das Leben in seinen Strudel. Geistig müde und stumpf, getrieben von dem Wunsch, nur nicht zu mir selbst kommen zu können, war es mir zuerst der Rausch, der Vergessen bringt. Aber dann siegte Jugend und Lebenslust, und der Genuss wurde zum Selbstzweck. Niemand dachte angesichts des großen reifen Mädchens an ihre vierzehn Jahre; ich galt allen als erwachsene junge Dame, als Tochter des Hauses überdies, und was an männlicher Jugend ins Schloss kam, das teilte seine Huldigungen zwischen der lustigen Hausfrau und ihrer Nichte. Zuweilen, das merkte ich wohl, war ich der Tante, die gewohnt war, der Mittelpunkt der Gesellschaft zu sein, ein Dorn im Auge. Dann begann jener stille Frauenkampf um den ersten Platz, der, mit allen Waffen der Koketterie geführt, nicht minder aufregend ist als der der Männer im Fechtsaal oder beim Hasard. Triumphierte meine Jugend über ihre Grazie und ihren Witz, so behandelte sie mich plötzlich als das Kind, das zur Strafe nicht mitgenommen wird, wenn die Großen sich amüsieren;

doch »das Kind« durchkreuzte nur zu rasch ihre pädagogischen Einfälle. So wurde ich einmal von einer Segelpartie ausgeschlossen – aus Mangel an Platz, sagte sie –; im Augenblick aber, als die Jacht den Hafen verließ, erschien ich hoch zu Ross in Begleitung des feschesten Kürassierleutnants, den meine Tante – ich wusste es genau! – von allen Gästen am meisten entbehrte. Und ein andermal, als ihre neuste Pariser Toilette mich ausstechen sollte, zog ich durch einen rasch zusammengestellten phantastischen Schmuck von Vogelbeeren auf meinem weißen Kleid und in meinen schwarzen Haaren alle Blicke zuerst auf mich. Es war gerade von der großen Dampferfahrt die Rede, die der konservative Verein des Kreises mit seinen Damen durch den Friedrichskanal zum Moorbruch unternehmen wollte. Wir freuten uns alle darauf, ein Stück altlitauer Landes und Lebens kennen zu lernen.

»Schade, dass Alix zu Hause bleiben muss«, hörte ich plötzlich die hohe scharfe Stimme der Tante sagen; »nur persönlich Geladene haben Zutritt.« Mir stiegen Tränen der Enttäuschung und des Zorns in die Augen. Onkel Walter, der den Zusammenhang nicht begriff, sah mich an und rief über den Tisch hinüber: »Beruhige dich, Alix, das ist eine bloße Formalität, die ich rasch erledigen werde.«

Tante Emmys gereizte Stimmung verriet mir am nächsten Morgen, dass es zwischen dem Ehepaar noch eine Szene gegeben hatte und der Sieg nicht auf ihrer Seite gewesen war. Die offizielle Einladung wurde mir mit einer gewissen Absichtlichkeit überreicht, und ich konnte das leise Lächeln nicht unterdrücken, mit dem ich die Tante dabei ansah.

Am frühen Morgen des großen Tages fuhren wir in zwei Vierspännern gen Labiau, die Kreisstadt. Als die Wagen über das holprige Pflaster rollten, flogen links und rechts die Fenster auf, und neugierige Gesichter starrten den berühmten Gespannen Pirgallens nach. Auf der Straße blieben die Leute stehen, zogen die Mützen oder knixten respektvoll; und am Anlegeplatz, wo der Dampfer schon fauchte und prustete, wartete die Menge der Geladenen auf den vornehmsten Mann, den größten Besitzer und den eben zum Reichstagskandidaten des Kreises aufgestellten Freiherrn. Er und seine Frau wurden umringt, ich stand abseits und musterte mit heimlichem Naserümpfen die Gesellschaft: Die Frauen, fast alle groß und hager, in seidene Staatskleider gezwängt, über den kantigen Gesichtern und den glatten Scheiteln kleine Kapotthütchen, mit allen Zeichen jener nicht zu überwindenden Verlegenheit, die ungewohnte, mit Wetter und

Tagesstunde unvereinbare Kleidung hervorruft; die Mädchen, hochrot vor Erregung, in steifgestärkten Kattunfähnchen, Zwirnhandschuhe über den Händen, klirrende Armbänder über den breiten Gelenken, in einem dichten Haufen ängstlich zusammengeschart, als gelte es, sich gegenseitig vor den Angriffen der Männer zu schützen. Die hatten sich schwarz und dicht gegenüber postiert, nur hier und da von einer Reserveleutnantsuniform irgend eines hundertsten Infanterieregiments unterbrochen. Sonst lauter Bratenröcke und Zylinder. Mich grauste es; ganz anders hatte ich mir die Sache gedacht, und beinahe wäre ich rasch wieder in unseren Wagen gesprungen, als Onkel Walter sich nach mir umdrehte: »Erlaube, dass ich dir einige der Herren vorstelle: Herr v. Trebbin, v. Wanselow, v. Warren-Laukischken.« So alte Namen und solche Bauern! dachte ich, während mein Blick auf ihren roten Händen sekundenlang haften blieb.

»Ah, da sind Sie ja auch, mein lieber Rapp«, hörte ich meinen Onkel lachend sagen, »trauen Sie sich wirklich einmal in Damengesellschaft?!« Ich wandte mich rasch nach dem Angeredeten um: das also war der Frauenfeind, von dem Tante Emmy im Wagen gesagt hatte, er sei der einzige, der sie interessiere. Sie hatte zweifellos vor, den wunderlichen Einsiedler zu bekehren und freund-nachbarliche Beziehungen anzuknüpfen. Ich dachte nicht mehr daran, davon zu fahren, sondern folgte dem Menschenstrom, der über den Schiffssteg zum Dampfer flutete. Die Labiauer Stadtkapelle konzertierte, als hätten alle verstimmten Flöten und Trompeten sich hier ein Stelldichein gegeben, und zwischen den Eichenlaubgewinden knisterten die grellbunten Papierblumen. Das kleine Schiff schien die Geladenen kaum fassen zu können. Nur die Honoratioren, darunter auch meine Verwandten, wurden an einen gedeckten Tisch genötigt, auf dem ein kreisrunder Strauß in weißer Papiermanschette prangte. Alle anderen suchten sich eilig einen Platz; wie aufgescheuchte Vögel liefen die Mädchen umher, bis sie glücklich wieder eng gedrängt in einer Ecke beieinander saßen. Ich blieb ruhig stehen; Laufen und Hasten war mir immer antipathisch, und aufs Geradewohl mich irgendwo einklemmen, vollends. Das Schiff setzte sich schon in Bewegung, als ich Herrn von Rapp in meiner Nähe sah, sichtlich unschlüssig, in welchen Winkel er sich mit seiner Menschenfeindschaft flüchten sollte. »Wir sind Leidensgefährten«, sprach ich ihn an, »ich glaube, in der Kajüte sind Sessel, wollen Sie so gut sein, mir einen bringen?« Mit zweien kam er zurück, – ich wusste, als höflicher Mann konnte er mich nicht allein lassen. Wir unterhielten uns, zuerst gequält und konventionell, dann immer lebhafter. Der kleine Mann mit dem frühzeitig kahlen Schädel hatte seine Landeinsamkeit ausgenutzt: er war belesen, und – was in dieser Umgebung noch erstaunlicher schien – er hatte selbständig über Welt und Menschen nachgedacht. Was ich geplant hatte, um die Tante zu ärgern und mir die Zeit zu vertreiben, war rasch vergessen, – so sehr fesselte mich unser Gespräch. Inzwischen fuhren wir im leuchtenden Sonnenschein den Friedrichskanal entlang, durch das dunkelgrüne Moosbruch, an niedrigen Häuschen vorbei, um die verkrüppelte Obstbäumchen blühten, vorüber an Agilla und Juwendt, uralten litauer Ansiedlungen, wo die Strohdächer fast zur Erde reichten und die kleinen struppigen Pferdchen, denen des Litauers zärtlichste Sorgfalt gilt, lustig zwischen den Scharen schmutziger Blondköpfchen umhersprangen. Mein Nachbar kannte Land und Leute gut; er wusste von den hartnäckigen Kämpfen gegen die Ordensritter zu erzählen, die mit einer – was die Religion betrifft, freilich nur scheinbaren – Unterwerfung der Litauer erst dann endeten, als die Zahl ihrer Männer auf das äußerste dezimiert war, und kannte all ihre seltsamen Gebräuche, die sich noch aus der Zeit des Heidentums erhalten hatten.

Ein heftiger Stoß, der unseren Dampfer erzittern ließ, unterbrach seine Schilderungen: wir saßen fest, vergebens arbeitete die Maschine, der Kapitän, der gestand, hier noch nie gefahren zu sein, war ratlos, und alles Geschrei vermochte niemanden ans Ufer zu locken als die Kinder.

»Setzen Sie ein Boot aus und fahren Sie hinüber«, damit wandte sich mein Onkel an den Kapitän. Unter dem Vorwand, sich mit den Litauern nicht verständigen zu können, lehnte er es ab. »Begleiten wir ihn!« sagte ich, entzückt von der Aussicht auf ein Abenteuer, leise zu Rapp, der mir eben klangvolle Strophen litauischer Dainos zitiert hatte. Rasch entschlossen verständigte er sich mit dem Kapitän, und ebenso rasch folgte ich den Männern in den Kahn, begleitet von dem erstaunt-unwilligen Gemurmel der Zurückbleibenden. Am Ufer angelangt, traten wir in eines der ersten Häuser und stießen die Türe auf, als uns auf unser Klopfen niemand antwortete.

Der Raum war fast dunkel, und beißender Rauch hinderte uns überdies, die Augen zu öffnen; ein paar Hühner flogen vor uns auf, Schweinegrunzen tönte uns aus dem äußersten Winkel entgegen, auf dem Herd, dessen Glutaugen uns ansahen, wurde hastig ein Topf beiseite gerückt, dann näherten sich uns schlurfende Schritte. Ein Weib, dem weiße lange

Haare wirr und tief über die Schaltern fielen, trat uns entgegen, kreuzte die Arme über das grobe Hemd, das mit einem dicken gelben Wollrock ihre einzige Bekleidung bildete, und küsste mit einer Gebärde demütiger Unterwürfigkeit den Saum meines Kleides. Rapp erklärte ihr rasch die Situation. War sie es, oder war es der Klang der eigenen Sprache, der ihr ein Lächeln in das Antlitz trieb? Ablehnend zuckte sie die Schultern und wies auf die Bank in der Ecke, auf der ein Mann, in eine Pferdedecke gehüllt, schnarchend lag.

»Wenn der Litauer nicht trinkt, dann stiehlt er, und wenn er nicht stiehlt, dann schläft er«, sagt das Sprichwort. Rapp wurde ungeduldig und sprach lauter. Inzwischen hatten sich die Kinder aus der Türe hereingeschlichen und umringten die Mutter; in all den vielen Augen – graublau wie das Haff – spielten feindselige Lichter; und je heftiger Rapp wurde, desto straffer richtete sich das Weib aus ihrer gebeugten Stellung auf, bis ihre Stirn den niedrigen Balken der Hütte fast streifte. »Wie eine verwunschene Schicksalsgöttin«, dachte ich und wich scheu vor ihr zurück. Rapp aber war an ihr vorbei an den Herd getreten und hatte den Kessel ans Licht gerückt. »Rehbraten!« rief er. »Dacht' ichs mir doch! Also ein Wilddieb.« Schon lag die Frau ihm jammernd zu Füßen, und, sich die Augen reibend, war der Mann bei dem Lärm vom Lager gesprungen. Es bedurfte nur noch einer kurzen Unterhandlung, um sie gefügig zu machen. Kaum zum Dampfer zurückgekehrt, entwickelte sich ein merkwürdiges Schauspiel vor unsern Augen: lange schmale Kähne umringten ihn von allen Seiten, in jedem stand aufrecht, mit dem Ruder kräftig stoßend, ein Weib. Eine sah aus wie die andere: groß, schlank, helläugig, mit buntem Rock, einem Hemd, das oft reiche Stickerei aufwies, ein grelles Tuch um die weißblonden Haare geschlungen. Sie wussten so genau Bescheid in ihren heimatlichen Gewässern wie der beste Lotse, und bald waren wir wieder flott und fuhren in gutem Fahrwasser den voranrudernden Frauen nach. Allmählich wurde ihre Zahl immer kleiner, und nur die grauhaarige Schicksalsgöttin blieb übrig, um uns den Weg zu der Mittagsstation, wo das ersehnte Diner unsrer wartete, zu zeigen. Schließlich verschwand auch sie, nachdem der Weg, wie sie sagte, nicht mehr zu fehlen sei; irgendwo aus der Ferne hörten wir noch das Rufen und Lachen, mit dem die Heimkehrende von den Gefährtinnen empfangen wurde. Aber zu unserm Mittagessen gelangten wir nicht – für die entdeckte Wilddieberei hatte die Alte sich gerächt! Unser Schiff enthielt Proviant; aber man hatte mehr an den Durst als an den Hunger der Passagiere gedacht; und da bei stundenlanger Fahrt auch so ergiebige Gesprächsstoffe wie Getreidepreise, Leutemangel, Erntesorgen und Viehzucht schließlich erschöpft waren, so blieb den biederen Vereinsgenossen nichts übrig, als zu trinken und Skat zu spielen. Um dem Sehbereich ihrer teuren Ehehälften zu entgehen, zogen sie sich, soweit es der Raum erlaubte, in die Kajüten zurück. Zigarrendampf, knallende Pfropfen, ein immer brüllenderes Gelächter, hier und da aus der Tiefe auftauchende blaurote Köpfe kündigten an, wie es dort unten aussah. Die Frauen, bei denen die drei berühmten Gesprächsthemen – Klatsch, Küche und Kleider – zwar etwas länger vorhielten, waren bald übel daran. Vorsorgliche Hausfrauen zogen resigniert eine Häkelarbeit aus der Tasche, die jungen Mädchen, zu denen ein paar unternehmende Jünglinge sich gesellt hatten, spielten kindliche Spiele, wobei ihr Kichern den Grad ihres Amüsements bezeichnen sollte; viele schliefen mit Mäntelpolstern unter den Köpfen.

Indessen glitt unser Dampfer mit leisem Plätschern durch die traumhafte Stille endloser gleichmäßig grüner Einsamkeit.

Seltsam, wie wenig Menschen schweigend genießen können, wie der Begriff der Unterhaltung sich bei den meisten mit Schwatzen deckt und ein Unbeschäftigtsein der Zunge oder der Hände ihnen gleichbedeutend ist mit Langeweile. Ich saß stundenlang still und sah in die Ferne, wo das Grün der Wiesen mit dem Blau des Himmels zusammenstieß und sich in schimmerndem Silberglanz aufzulösen schien. Ich träumte von andern Menschen als diesen hier: von Menschen, die die Kultur ihrer Zeit verkörpern, Menschen, denen Natur, Kunst und Wissenschaft unendlicher Gegenstand ihres Genießens, ihres Nachdenkens, ihrer Unterhaltung ist. Herrn von Rapps Stimme rief mich in die Wirklichkeit zurück. Ich lächelte: der kleine Mann mit dem glatten Schädel war gewiss unter diesen der beste, aber er sah aus wie ein Bauer, und zu meinem Begriff der Menschenkultur gehörte das Aussehen eines Märchenprinzen.

Es fing an zu dämmern als der Nemonien uns aufnahm, ein breiter Strom, dessen Wellen so weich und melodisch fließen wie sein Name. Wir erreichten das Haff, von einem Lotsen geführt. Groß und rot versank der Sonnenball langsam hinten dem schmalen gelben Streifen der Nehrung, eine lange goldene Straße auf dem Wasser malend. »Der Weg zum Himmel!« sagte Herr von Rapp, von dem wundervollen Anblick ergriffen wie ich. »Zwei Fischerkinder von Nemonien sind einmal des Abends auf dieser Straße davongerudert. Sie bekamen daheim nur Schläge und böse Worte und wollten zum lieben Gott. Sie kamen niemals wieder – ob sie ihn wohl gefunden haben?!« Wie er mich ins Herz traf mit dieser Zweifelfrage, wie er die alten Wunden aufriss! – »Ich glaube es nicht«, antwortete ich mit zuckenden Lippen. Dann schwiegen wir wieder. Die Nacht brach an, die Sterne glänzten vom hellen Himmel und die Mondsichel warf lauter Perlen auf das Haff. Mich fror. Auf eine so lange Fahrt waren wir nicht vorbereitet gewesen. Herr von Rapp hüllte mich sorglich in seinen Mantel und brachte mir Tee und Wein. Eigentlich ist es doch seltsam, dachte ich, dass die Menschen uns so rücksichtsvoll allein lassen. Ich hatte mich ja freilich auch nicht um sie gekümmert.

Um Mitternacht waren wir wieder im Hafen von Labiau. Ich war sehr müde und fühlte nur noch den Druck einer Hand, den ich herzhaft erwiderte. Schweigsam fuhren wir nach Hause.

Am nächsten Morgen neckte mich Onkel Walter mit meiner »Eroberung«, während Tante Emmy behauptete, ich hätte mich kompromittiert. Nachmittags fuhr ein Wagen durchs Tor, dem Herr von Rapp, mit einem Rosenstrauß bewaffnet, entstieg. Er war noch verlegener als ich, und sah in diesem Kreise, wie ich fand, recht plebejisch aus. Während der ganzen folgenden Woche kam er täglich. Ich lief oft davon, aber auch auf einsamen Wegen, zu Pferd und zu Fuß, wusste er mich einzuholen und schließlich ließ ich mir seine Nähe mit einer gewissen Herablassung gefallen. Als ich eines Morgens auf die Terrasse zum Frühstück kam, fand ich Onkel und Tante in ausgelassenster Heiterkeit: Herr von Rapp hatte um mich angehalten. Soll ich leugnen, dass meine erste Empfindung die geschmeichelter Eitelkeit gewesen ist?! Der erste Antrag – und kaum fünfzehn Jahre alt! Dann aber dachte ich an den schwerblütigen Mann, der sich aus seiner menschenscheuen Einsamkeit herausgerissen hatte, um eine so bittere Erfahrung zu machen. Die Vorwürfe meiner Mutter verschärften meinen Kummer: meine Koketterie, sagte sie, sei Schuld an der ganzen Sache. Ich war sehr unglücklich und malte mir des armen Abgewiesenen Zustand in so düsteren Farben aus, dass ich mich verpflichtet fühlte, ihn zu »retten«, – ich wollte ihn um Verzeihung bitten, mich ihm heimlich verloben, ihm ewige Treue schwören.

In aller Herrgottsfrühe ließ ich mir die »weiße Dame« satteln und ritt durch einen feuchtkalten Septembermorgen zu ihm hinüber. Vor der Stalltür sprang ich vom Pferde und warf dem ersten erstaunt herbeieilenden Knecht die Zügel zu. Mit wild klopfendem Herzen zog ich die Glocke an dem einstöckigen, einfachen Herrenhaus. Wie heldenhaft kam ich mir vor, wie ungeheuer das Opfer, das ich brachte! Eine dicke Wirtschafterin trat mir entgegen. Stotternd frug ich nach dem Herrn. Mit offnem Munde starrte sie mich an, um dann spornstreichs im Hintergrunde zu verschwinden. Gleich darauf stand Rapp vor mir. In äußerster Verlegenheit vermochte ich nur das eine Wort »Verzeihung« zu murmeln »O gnädiges Fräulein hatten einen Ohnmachtsanfall!« rief er so laut, dass die Mamsell, die den Kopf neugierig durch die nächste Türe steckte, es hören konnte, »ich werde sofort für eine Erfrischung sorgen.« Er holte ein Glas Wein und flüsterte mir, während ich trank, mit scharfer Stimme zu: »Ich kann Ihnen nur raten, schleunigst in die Kinderstube zurückzukehren. Spielen Sie vorläufig mit Puppen, statt mit Menschen!« Langsam und müde ritt ich nach Pirgallen zurück.

Mein heimlicher Spazierritt und sein Ziel blieben nicht unbekannt, sogar Papa erfuhr davon, als er auf Urlaub nach Pirgallen kam. »Hast du denn gar keine Scham im Leibe?« schrie er mich wütend an. Großmama suchte mich zu schützen, aber ihre dauernde stille Sorge um mich empfand ich so sehr als einen Vorwurf, fürchtete so sehr, dass sie, die fromme Christin, mich nach meinem Seelenzustand fragen und Schmerzen und Erinnerungen heraufbeschwören könnte, die ich so tief als möglich vergrub, dass ich jetzt auch jedem Alleinsein mit ihr aus dem Wege ging. Der traurige Blick, mit dem sie mir folgte, tat mir schon weh genug.

Ich atmete auf, als wir Pirgallen verließen und der alte Turm, um den die gelben Blätter im Herbstwind tanzten, meinen Blicken entschwand. Und ohne ein anderes Gefühl als das der Erleichterung schied ich kurze Zeit darauf auch von meinen Eltern. Papas Schwester in Augsburg erwartete mich; sie hatte schon längst mit den Eltern abgemacht, dass ich ihr zum letzten »Erziehungsschliff« anvertraut werden sollte. Mir war es ganz gleichgültig, wohin ich ging.

Sechstes Kapitel

Ein Oktoberabend war es wieder, wie vor neun Jahren, als ich in Augsburg ankam. Aber diesmal empfing mich die Tante selbst am Bahnhof. Silbergraue Seide schmiegte sich eng um ihre hohe, volle Gestalt; unter dem großen gleichfarbigen Federhut quollen die roten Locken üppig hervor, stahlblau glänzten ihre Augen in dem weißen Gesicht. Noch nie war ich mir der Schönheit dieser reifen Frau so bewusst geworden. Als unser Wagen den Königsplatz erreichte, den ich einst als öde Sandwüste gesehen hatte, spielten die letzten Goldstrahlen der Herbstsonne mit dem bunten Laub seiner Bäume und den fallenden Tropfen seiner Springbrunnen. Und nicht in die enge Gasse, zu dem alten düsteren Hause ging es, – vor einem Park, dessen Blumenpracht dem Herbst zu spotten schien, öffneten sich vielmehr die breiten Flügel des Torwegs, und zwischen den alten Linden lugten die hellen Mauern eines Gebäudes hervor, das in seiner lichten Vornehmheit an altitalienische Villen erinnerte. Ich hatte es noch nicht gesehen, aber genug davon gehört, denn mein Vater war gar nicht damit einverstanden gewesen, dass seine Schwester das alte Stadthaus verkauft und diesen Landsitz, der wie viele seiner Art vor den Stadttoren ein Sommeraufenthalt augsburger Patrizier gewesen war, mit großen Kosten ausgebaut hatte. Mich umfing die Atmosphäre von Schönheit und Reichtum gleich beim ersten Eintritt wie ein weicher, wohliger Mantel. Das strahlend erleuchtete Treppenhaus glich mit seiner Fülle von exotischen Pflanzen einem Palmengarten, und der süße Duft, der die vielen Räume durchzog, legte sich mir wie ein berauschender Traum auf die Stirne. Ich wurde in den zweiten Stock in meine Zimmer geführt: auch hier Blumen und viel Licht und fröhliche Farben. Viel weiter noch als von der Warthe bis zum Lech fühlte ich mich fern von all den Sorgen des Elternhauses und all den Herzens- und Gewissensschmerzen, die mich niedergedrückt hatten. Zufrieden und dankbar, in der Erwartung lauter schöner Dinge, schmiegte ich mich abends in die weichen Kissen meines Betts.

Es dämmerte, als ich geweckt wurde. »Frau Baronin wünschen, dass das gnädige Fräulein früh aufsteht«, sagte die Jungfer. Nicht wenig erstaunt, erhob ich mich und fing an auszupacken. Der knurrende Magen trieb mich schließlich herunter; ich holte mir ein Brötchen aus der Küche, da ich noch eine Stunde bis zum Frühstück zu warten hatte. Endlich kam der Diener mit dem Teewasser, und das Klappern hoher Absätze und Rauschen seidener Röcke kündigte die Tante an. Statt eines Morgengrußes lachte sie mir hell ins Gesicht: »Ja wie schaust du denn aus?! So ein Fratz, und fagotiert sich wie eine junge Frau auf der Hochzeitsreise.« Tief gekränkt biss ich mir auf die Lippen; ich war so stolz auf den weichen schleppenden Morgenrock, den mir mein Vater geschenkt hatte! »Dass du mir diese Theatertoilette nicht mehr anziehst!« sagte die Tante stirnrunzelnd, während sie sich setzte und die Spitzenflut ihres Kleides sich um ihren Stuhl ausbreitete.

»Hast du deine Zimmer gemacht?« mit dieser verblüffenden Frage begann sie aufs neue ein Gespräch, in das ich noch mit keinem Wort eingegriffen hatte. »Meine Zimmer?!« Ich glaubte mich verhört zu haben. In diesem eleganten Haushalt, angesichts einer zahlreichen Dienerschaft männlichen und weiblichen Geschlechts sollte ich die Zimmer machen?! »Es ist doch selbstverständlich, dass ich für dich keine Kammerjungfer halten werde. Außer der groben Arbeit hast du selbst Ordnung zu halten. Und zwar muss vor dem Frühstück alles fix und fertig sein.« Die Bissen blieben mir im Halse stecken, – so etwas hätte ich mir niemals träumen lassen! Aber es kam noch besser: aus Schränken und Schubladen wurden meine Sachen herausgezogen; kaum ein Hut oder ein Kleid fand Gnade vor den Augen der Tante; und meine Art, die Dinge einzuräumen, erklärte sie für skandalös. Dann forderte sie den Schlüssel zum Schreibtisch – »ein Kind hat nichts zu verschließen« – und geriet in helle Empörung über meine poetischen Manuskripte, die sie durchstöberte, und meine Lieblingsbücher, von denen ich mich nicht hatte trennen wollen.

»Eine nette Erziehung!« rief sie, »und ich kann meine Zeit und meine Kräfte opfern, um so ein von Grund aus verdorbenes Geschöpf wie dich zu einem anständigen Menschen zu machen!« Ich zitterte vor Aufregung, aber kein Wort kam über meine Lippen, – das einzige, was ich durch die Erziehung meiner Mutter bis zur Vollendung gelernt hatte, war die Selbstbeherrschung. Erst abends im Bett, nach einem Tag, an dem ich nicht einen Augenblick mir selbst gehört hatte, kam die Verzweiflung über mich und fassungslos schluchzte ich in die Kissen. Aber auch die Möglichkeit, mich auszuweinen, sollte mir genommen werden. Sah ich morgens verweint aus, oder zeigten sich dunkle Ränder um meine Augen, so erregte das den heftigsten Zorn der Tante, – »ein junges Ding hat frisch und rosig auszusehen«, erklärte sie; und da der bloße Befehl nichts helfen wollte, kam sie abends, wenn ich zu Bett war, wiederholt in mein Zimmer, um zu kontrollieren, ob ich schlief. So gewöhnte ich mich rasch an die große Kunst, nach innen zu weinen. Grund genug hatte ich dazu. Es verging kein Tag, ohne dass ich gescholten worden wäre: wenn an ihrem behandschuhten Finger, mit dem sie über jede Leiste in meinem Zimmer fuhr, Staub haften blieb; wenn meine Krawatte nicht richtig gebunden war, meine Handschuhe nicht sorgfältig ausgereckt in der Schublade lagen, wenn ihre scharfen Augen einen Fleck auf dem Kleide entdeckten, oder wenn ich gar zu einer Zeit las oder schrieb, wo ich Strümpfe stopfen sollte! Briefe, die nicht die Handschrift der Eltern aufwiesen, wurden von ihr zuerst geöffnet und gelesen. Dadurch erfuhr sie, dass ich meiner Kusine Mathilde mein Leid geklagt hatte. »Es ist sehr traurig, dass Deine geistigen Bedürfnisse so wenig berücksichtigt werden und Deine Begabung keine Anerkennung findet«, hatte sie mir daraufhin geschrieben; höhnend las die Tante mir die Stelle vor und erklärte dann: »Ich verbiete dir jede Korrespondenz, außer der mit deinen Angehörigen. Das fehlte mir noch, dass dein dummer Hochmut heimlich unterstützt wird, statt dass du endlich einsiehst, wie viel dir noch fehlt, um nur den guten Durchschnitt zu erreichen.« Sie unterließ nichts, um mir zu dieser Erkenntnis zu verhelfen, und beleuchtete möglichst grell alle schwachen Seiten meiner Ausbildung: die musikalische, die fremdsprachliche, die praktische. Stundenlang quälte ich mich täglich am Klavier; englische und französische Konversationsstunden wechselten daneben mit Koch- und Nähunterricht ab. Ein paar Musterexemplare vollendeter junger Damen wurden mir des guten Beispiels wegen zum Verkehr zugewiesen. Sie konnten alles in der Perfektion, was ich nicht konnte, sie sangen und spielten, stickten und schneiderten, und immer war ihre Toilette tadellos. Natürlich fand ich sie grässlich und träumte mich immer mehr in die tragische Rolle einer verwunschenen Prinzessin.

Ich war klug genug, um bald einzusehen, welches die Triebkraft der Handlungsweise meiner Tante mir gegenüber war: eine grenzenlose, von allen Menschen, die sich ihr näherten, sorgfältig genährte Eitelkeit. Wie ihr Haus und ihr Park die schönsten, ihre Equipage und ihre Toiletten die elegantesten Augsburgs waren, so sollte ihre Nichte – am Maßstab

Augsburgs gemessen – die vollendetste junge Dame sein. Es gehörte eine intensive geistige und körperliche Umwandlung hierzu, um dieses Ziel zu erreichen.

Wurde die gute Gesellschaft in Norddeutschland durch den alten ritterbürtigen Adel repräsentiert mit seiner Auffassung von Ebenbürtigkeit, mit seinen kirchlich-orthodoxen und politisch-konservativen Gesinnungen, seiner damals noch ausgesprochenen Geringschätzung jeden Berufs, der außerhalb der Laufbahn des Gutsbesitzers, des Offiziers oder des höheren Staats- und Hofbeamten lag, so setzte sie sich hier, getreu den Traditionen, aus dem alten und dem neuen Patriziertum zusammen, das mit wenigen Ausnahmen nach wie vor bürgerlichen Berufssphären angehörte. Zur Zeit, da die Ahnherren der preußischen Junker wider Heiden und Türken kämpften, handelte der Stammvater der Fugger mit Leinwand, segelten die Kauffahrteischiffe der Welser nach Westindien, saßen die ersten Stettens in der Goldschmiedzunft. Ihre Nachkommen betrachteten die Fröhlich und Forster und Schätzler – Industriebarone des neunzehnten Jahrhunderts – als zu sich gehörig, während der Offizier als solcher ebensowenig eine gesellschaftliche Stellung besaß wie der Landsknecht des Mittelalters.

So groß wie der Gegensatz der Herkunft war der der wirtschaftlichen Interessen, die in meinem bisherigen Lebenskreise wesentlich agrarische gewesen waren und hier ausschließlich großindustrielle. Die verschiedenartige politische Stellung folgte daraus: die gute Gesellschaft Augsburgs war nationalliberal, und lehnte mit der politischen auch die kirchliche Orthodoxie ab. Ein lebhafteres Interesse für Kunst und Wissenschaft ging damit Hand in Hand, und wurde von der Allgemeinen Zeitung und den Männern, die durch sie nach Augsburg kamen, stets rege erhalten. Unterhielt man sich in den Schlössern Ostpreußens von Literatur und Theater, so geschah es nur unter dem Gesichtswinkel des größeren oder geringeren Amüsements; in Augsburg gehörte es zum guten Ton, Neues zu kennen und vom künstlerischen Standpunkt aus darüber zu urteilen.

Die breite Mittelstraße, auf der sich von rechts und links immer die Leute zusammenfinden, die den Mut nicht aufbringen, vom Wege ihrer alten Anschauung die entgegengesetzte Grenze zu überschreiten, und die zu ihrer eigenen Beruhigung jene Straße die »goldene« tauften, war das Symbol des ganzen geistigen Lebens. In Preußen vermied man es, über ernstere Fragen zu sprechen, weil dabei die Ansichten aufeinanderplatzen könnten und das nicht zum guten Ton gehört, hier war man soweit, alles zum Gegenstand bloßer Konversation zu machen. Wurde es mir sehr schwer, bürgerliche Hausfrauentugenden zu lernen, und noch schwerer, jenen tief gewurzelten Hochmut nieder zu drücken, der sich durchaus nicht dazu verstehen wollte, einen Fabrikanten oder einen Bankier als gleichgestellt anzusehen, so war die politische und religiöse Richtung der Umgebung im Einklang mit meiner Entwicklung. Und von dieser Seite aus eroberte mich Augsburg und machte mich schließlich zum gefügigen Zögling meiner Tante.

Kaum hatte sie mich äußerlich ausreichend umgemodelt – eine kunstvolle Frisur und ein Pariser Korsett waren ebenso das Attribut süddeutscher Vornehmheit, wie der glatte Scheitel und das deutsche Mieder das der norddeutschen waren –, als ich in den Kreis ihrer Verwandten und Freunde eingeführt wurde. Was mich zunächst in Erstaunen setzte, war, bei anerkanntem Reichtum, die große Einfachheit des äußeren Lebens. In dem alten hochgiebeligen Stettenhaus am Obstmarkt gab es noch gescheuerte Dielen und servierende Dienstmädchen. In der Zeit der Renaissancemöbel und verdunkelnden Gobelinvorhänge behauptete hier die weiße Mullgardine neben dem leichten Biedermeierstuhl ihren Platz. Im Hause der Schätzler, dessen herrlicher Rokokosaal jedem Königsschloss zur Ehre gereichen würde, buk die Hausfrau selbst den Weihnachtskuchen und machte das Obst ein. Ich verlernte allmählich, über dergleichen die Nase zu rümpfen; die Vereinigung von Fleiß, Einfachheit und Reichtum hatte etwas imponierendes, und die Erkenntnis, dass es außerhalb der Welt meiner bisherigen Umgebung noch Menschen gab, mit denen »man« verkehren konnte, war epochemachend für mich. Aber noch überraschender war der Eindruck, den das geistige Leben auf mich machte. Zu den Intimsten im Hause meiner Tante gehörte der Chefredakteur der Allgemeinen Zeitung, Dr. Otto Braun, der Oberbürgermeister von Augsburg, Ludwig Fischer, und der Pfarrer von St. Anna, Julius Haberland. Mit einem kleinen Kreis anderer Gäste – aus dem die männliche Jugend streng ausgeschlossen war – kamen sie regelmäßig einmal in der Woche bei uns zusammen. Der Musiksaal, der mit seinen Goldornamenten und rotseidenen Möbeln dem brutalen Prachtgeschmack des bayrischen Königs zu huldigen schien, war dem Wagner-Kultus geweiht. Im grünen Rokokoboudoir trafen sich die Plaudernden; in der ernsten dunkeln Bibliothek unter der zimmerhohen Fächerpalme pflegte Otto Braun vorzulesen.

Er war ein außerordentlich lebhafter untersetzter, kleiner Mann, dessen Interessen wesentlich literarische waren, und dessen jugendliche Begeisterung für seine Lieblingsdichter anstecken wirken musste. Trotz des Gegengewichts der Tante, die meine Lektüre auf das notwendigste und kindlichste beschränken wollte, verstand er es, meine zerfahrenen Neigungen in feste Bahnen zu lenken, und erschloss mir Gebiete der Literatur, die mir, und damals wohl auch der Mehrzahl des lesenden Publikums, noch vollkommen fremd geblieben waren. Hatte ich bisher die Bücher der Modedichter, eines Heyse, Dahn oder Ebers, andächtig verschlungen, so wurden mir jetzt die von Gottfried Keller, von Conrad Ferdinand Meyer und Marie von Ebner-Eschenbach zu künstlerischen Offenbarungen. dass Braun den Allerjüngsten verständnislos gegenüberstand, sich gegen radikale Ausländer, wie Zola, Ibsen und manche der großen Russen ablehnend verhielt, vermochte auf mich um so weniger nachteilig zu wirken, als der Eintritt in seine Interessensphäre schon einen großen Schritt vorwärts bedeutete.

Für das Gebiet der Politik und der Religion galt dasselbe wie für das der Literatur. Wenn Ludwig Fischer, der als einflussreiches Mitglied der nationalliberalen Partei auf der Höhe seines parlamentarischen Ruhmes stand, seine Ansichten entwickelte, so erschienen sie mir, der die konservative Politik stets als die eines anständigen Menschen allein würdige dargestellt worden war, beinahe als revolutionär. Die Erinnerung an den revolutionären Liberalismus von 1848, der mich in der Geschichtsstunde einmal begeistert hatte, verstärkte diesen Eindruck; von Freihandel und Schutzzoll verstand ich nichts, hatte also von dem Umfall der Mehrzahl der Liberalen in jener Schutzzollperiode Bismarcks keinen Begriff, sondern empfand, was ich hörte, wie eine innere Befreiung: es gab Menschen, es gab eine große Partei, die die Ideale der Freiheit und der Menschenrechte hochhielten, ich konnte mich zu ihnen bekennen, ohne, wie sonst immer, bei den Meinigen auf heftigen Widerstand zu stoßen. »Konservativ kann ich nicht sein«, schrieb ich im Frühjahr 1881 an meine Kusine, mit der ich, seitdem die Tante befriedigt die guten Resultate ihrer Erziehung konstatierte, wieder korrespondieren durfte, »das wäre dasselbe, als wenn ich für die Prügelstrafe und die Unterdrückung jedes wissenschaftlichen Fortschritts eintreten wollte. Der Nationalliberalismus, der nicht eine Kaste und ihre veralteten Privilegien, sondern die Interessen des ganzen Volkes vertritt, der die wissenschaftliche Erkenntnis stets zu fördern bereit ist, und daher auch der religiösen Orthodoxie energisch gegenüber steht, entspricht meinen Ansichten.«

Der kirchliche Liberalismus, den kennen zu lernen mir noch interessanter war, und der in Augsburg allgemein vorherrschte, wurde im Kreise meiner Tante durch den Pfarrer ihrer Gemeinde auf das eindrucksvollste vertreten. Der sonntägliche Kirchgang – hier ebenso eine selbstverständliche Pflicht wie zu Hause – hatte darum nichts abschreckendes mehr für mich. Wenn Julius Haberlands schöne Apostelgestalt auf der Kanzel erschien und seine sonore Stimme die Kirche mit Wohlklang erfüllte, war ich vom ersten Augenblick an gefesselt: hier fehlte jede dogmatische Schroffheit; Verständnis und Milde fand ich hier für menschliche Fehler und Irrtümer, wo mir in Posen nichts als Verurteilung und Härte begegnet war.

Alle Wunden öffneten sich wieder, die die religiösen Kämpfe mir geschlagen hatten; sie waren nur mühselig überklebt, aber nicht geheilt worden, und ich sehnte mich mehr denn je nach der Heilung. Auf meinen dringenden Wunsch bat meine Tante den Pfarrer, mir privaten Religionsunterricht zu erteilen; er war bereit dazu, und so ging ich denn allwöchentlich ein paarmal in das stille Haus an der Fuggerstraße. In seiner sonnigen Studierstube saß ich dem gleichmäßig gütigen Mann mit den feinen, von blondem Vollbart umrahmten Zügen und den weißen, schmalen, gepflegten Händen viele Stunden gegenüber, und ganz, ganz langsam gelang es ihm, aus meinem ängstlich verschlossenen Inneren all meine Zweifel und Verzweiflungen herauszulocken. Sein Christentum, das den religiösen Glauben weit mehr im Sinne des Vertrauens, statt in dem des Für-wahr-haltens, auffasste, wirkte zunächst auf mich, wie der Eintritt in die freie Natur auf einen Menschen wirkt, der zwischen den Mauern enger Gassen lange zu leben gewohnt war.

Mein Glaubensbekenntnis konnte zu Recht bestehen, und ich war doch ein Christ. Ich brauchte nicht an die göttliche Inspiration der Bibel, an die Wunder des Alten Testaments, an die Jungfräulichkeit der Mutter des Heilands zu glauben und war doch keine aus der Kirche Ausgestoßene. Als heiliges Symbol konnte aufgefasst werden, was ich wörtlich für wahr zu halten verpflichtet worden war, – demnach hatte ich vor dem Altar keinen Meineid geschworen! Mein Verstand beruhigte sich dabei. Ich hatte auch hier die »goldene« Mittelstraße erreicht, auf der so viele, selbst alte Leute gehen, die keine Heuchler zu sein brauchen, die aber, beherrscht von jener gefährlichsten Eigenschaft unserer Denkkraft – der Bequemlichkeit – da einen Punkt machen, wo die eigentliche Arbeit erst anfangen sollte.

Aber die Befriedigung des Verstandes konnte auf die Dauer über den Hunger des Gemüts nicht hinwegtäuschen. Es blieb leer in mir, viel leerer als zu der Zeit, wo der alte strenge Gott der orthodoxen Kirche sich noch nicht in einen so milden, hinter fernen Nebeln fast verschwindenden väterlichen Greis verwandelt hatte. In kalte Schauer des Entsetzens hüllte mich diese trostlose Öde, je länger ich in dem glänzenden Blumenhaus am Königsplatz wohnte, je mehr ich mich unter den rastlos formenden Händen der Tante der Idealgestalt, die ihr vorschwebte, näherte. Nie ließ sie mir Zeit für mich selbst; mein Tag war, was das Arbeitspensum und die Art der Erholung betrifft, so genau eingeteilt, dass für meine persönlichen Neigungen kein Platz übrig bliebe Wenn mich aber einmal in den langen Stunden, die ich bei irgend einer Handarbeit saß, die Gestalten meiner Träume überwältigten und ich mich ihrer nicht anders zu erwehren vermochte, als dass ich heimlich nachts darauf zu Feder und Tinte griff, um mit klopfenden Pulsen in Worte und Reime zu fassen, was mich erfüllte, so konnte ich sicher sein, dass die Tante oder die Jungfer mein streng verbotenes Tun entdeckten. »Unnütze Phantasien« hatte ich zu beherrschen; musste durchaus gedichtet werden, so boten Familienfeste Gelegenheit genug dazu.

Einmal, im Frühjahr wars, als die Tante zu einer ärztlichen Konsultation nach München hatte fahren müssen. Da benutzte ich die Erlaubnis eines Besuchs bei einer Freundin, um allein nach Herzenslust in der Stadt umherzustreifen. Einem tiefen inneren Bedürfnis folgend, das sich aus künstlerischen und religiösen Motiven merkwürdig zusammensetzte, war es mir schon zur Gewohnheit geworden, bei jedem Ausgang in irgend eine der alten Kirchen einzutreten, wo ich im weihrauchduftenden Dämmer wenigstens zu Augenblicken stiller Sammlung kam. Heute durfte ich mir ein paar Stunden gönnen, nachdem ich den Besuch möglichst abgekürzt hatte.

Das Portal des Doms stand offen, als ich näher trat, und Scharen kleiner Kinder trugen lange Girlanden bunter Frühlingsblumen hinein, um die vielhundertjährigen Säulen und Altäre zu den Maiandachten der heiligen Jungfrau zu schmücken. Königlich und liebreich zugleich schien sie vom Pfeiler des großen Tores auf all die jungen Gläubigen herabzulächeln.

Innen, in den weiten Hallen, die so wunderbar deutlich, und eindringlicher als irgend ein gelehrtes Buch, von der Entwicklung deutscher Kunst erzählen, verklangen die vielen trippelnden Füßchen, und es war ganz still. Die helle Nachmittagssonne glänzte durch die alten gemalten Fenster, so dass Daniel und Jonas, Moses und David von neuem Leben durchglüht erschienen. Im Gegensatz zu diesem Licht waren die schwarzen Schatten des dunkeln Querschiffs um so tiefer, und wie hinter grauen Florschleiern schimmerten die Grabsteine in den Seitenschiffen. Dumpfkalte Winterluft schwebte noch um die Mauern. Dem hellen Chorgang schritt ich daher zu, aus dem die Kinder mir gerade entgegenströmten; sie hatten ihm schon sein frisches Festkleid angetan, und es trieb mich, zu sehen, wie sie der Mutter Gottes als heidnischer Frühlingsgöttin die Erstlinge des Lenzes geopfert hatten. Da stockte mein Fuß vor einem steinernen Grabmal: ein Totenschädel mit breitem Mund und leeren Augen grinste mich an, lang gestreckt dehnte sich der ausgedörrte Leib auf dem Sarkophag, von Kröten und Schlangen ringsum grässlich benagt. Entsetzt floh ich hinaus; aber in der Erinnerung verstärkte sich nur noch der Eindruck: die steinerne Maria am Portal, die blumentragenden Kinder aus Fleisch und Blut, und der tote Peter von Schaumburg, der lebenslustige Kardinal, der sich selbst, da er noch im Golde wühlte und Augsburgs schönsten Töchtern die Beichte abnahm, dieses furchtbare Denkmal gesetzt hatte, gingen neben mir her, traten mir in den Weg, oder folgten mit leisen Sohlen meinen Schritten. Oben in meinem Zimmer angekommen, warf ich hastig Hut und Mantel von mir, setzte mich an den Schreibtisch und schrieb – schrieb – schrieb, ohne die wiederholte Mahnung zum Abendessen zu berücksichtigen, eine phantastische Geschichte, in der der Kirchenfürst zu der holdseligsten Jungfrau der Stadt in sündiger Liebe entbrannte und die sittsame Maid auf ihr Gebet zum Steinbild auf dem Pfeiler verwandelt wurde, während er in ihrer Nähe sich bußfertig dieses dauernde memento mori schuf. Ich achtete nicht der Stunde, ich hörte nicht die Schritte der Tante hinter mir, erst als sie sich über mich beugte und ihr warmer Atem meine Stirne streifte, fuhr ich erschrocken aus meinem wachen Traum.

»Also nur den Rücken zu kehren brauche ich, und die alte Geschichte fängt von neuem an«, rief sie empört und nahm die beschriebenen Blätter vom Schreibtisch. »Statt deinen englischen Aufsatz zu machen, treibst du Narrenspossen.« Damit zerriss sie meine Kardinalsnovelle in tausend Stücke. Ich fühlte, wie alles Blut mir aus den Wangen wich; mit der Selbstbeherrschung war es vorbei. »Du willst mich umbringen – langsam zu Tode martern« – stieß ich hervor; »tue ich nicht alles, was du willst, lasse mich sogar einsperren und kontrollieren, wie einen Verbrecher? Gönne mir doch mein bischen eigenes Leben – schenk mir ein paar Stunden am Tag –. Gefällt Dir nicht, was ich schreibe, so lass es mir wenigstens. Ich werde ja niemanden damit quälen. –« »Das wäre auch noch schöner, wenn du mich mit dem eiteln Herumzeigen solchen Geschreibsels blamieren wolltest!« entgegnete sie. »Ich kann tintenklexende Frauenzimmer bei mir nicht dulden. Und du willst, ich soll dir noch extra Freistunden dafür ansetzen! Eine Frau hat überhaupt nicht für sich zu leben, sondern für andere.« Gequält lachte ich auf – ich dachte daran, wie die Tante »für andere« lebte! »Ich halte es aber nicht aus, ich muss los werden, was mich gepackt hat. Andere denken auch nicht wie du. Großmama ist immer dafür gewesen, dass ich dem inneren Zwang gehorche.«

»Deine Großmama!« – höhnisch schürzte die Tante die vollen Lippen; »ich will ja gewiss der alten Dame nicht zu nahe treten, aber du solltest doch besseres tun, als sie zum Kronzeugen anzurufen!«

Empört fuhr ich auf: »Großmama ist die beste Frau, die ich kenne, der einzige Mensch, der mich lieb hat und mich versteht!«

»Mag sein, dass sie dich versteht!« rief die Tante. »Sie ist gerade so überspannt wie du. Kein Wunder – bei der problematischen Herkunft!« Ich ballte unwillkürlich die Fäuste, dass mir die Nägel ins Fleisch drangen und warf hochmütig den Kopf zurück: »Mit deinen Augsburgern Krämern kann sie sich freilich nicht messen!« Kochender Zorn verzerrte die Züge der Tante. »Wirst du sofort wegen dieser unerhörten Frechheit um Verzeihung bitten?!« schrie sie mich an. Mit einem kurzen »Nein« wandte ich mich ab und ging in mein Schlafzimmer.

Ich warf mich aufs Bett und biss die Zähne zusammen, um nicht laut auf zu schreien: krampfhafte Schmerzen in der Seite ließen mich die seelischen Leiden momentan vergessen. Andeutungen davon hatte ich schon in Pirgallen beim Reiten gespürt; jetzt, in Augsburg waren sie immer stärker geworden, und steigerten sich nach jeder großen Erregung zu einem heftigen Anfall. Schließlich hatte ich mich entschlossen gehabt, der Tante davon zu sprechen; sie hatte es zum Anlass genommen, mir zu erklären, dass ein gut erzogenes junges Mädchen nicht krank zu sein hätte, und ihr Hausarzt hatte mir dann, nach einem kurzen Blick auf mein blasses Gesicht »Beefsteak und Rotwein« empfohlen. Daraufhin sagte ich nichts mehr, auch wenn ich mich vor Schmerzen krümmte. So wie diese Nacht war es freilich noch nie gewesen. Ich tat kein Auge zu.

Am nächsten Morgen wurde mir mitgeteilt, dass ich oben zu bleiben hätte. Auch vor den Dienstboten sollte ich gedemütigt und so zur Abbitte gezwungen werden. Als auch der zweite Tag verstrich, ohne dass ich dazu Miene machte, kam Pfarrer Haberland zu mir. Er sprach mir viel von Tantens Liebe zu mir, ihrer Sorge um mich, den Opfern an persönlichem Behagen, die sie mir ständig brächte, ihrem Alter und meiner zur Unterordnung verpflichteten Jugend. »Zeigen Sie, dass Sie jetzt wirklich eine Christin sind!« sagte er. »Demütigen Sie sich, auch wenn Ihnen wirklich Unrecht geschehen wäre! Bringen Sie freudig das Opfer Ihrer selbst – Sie werden reichen Lohn davon haben!« »Vielleicht hat er wirklich recht«, dachte ich; und in dem stolzen Bewusstsein, einen Sieg über mein böses Ich errungen zu haben, ging ich mit ihm herunter, und es gab eine rührende Versöhnungsszene mit viel Tränen, Küssen und Segenswünschen. Ich hatte mich wieder einmal unterworfen. Als eine Art Selbstkasteiung sah ich es an, wenn ich nunmehr mit Feuereifer alle mir unangenehmen Arbeiten übernahm: ich stickte »altdeutsche« Deckchen, als ob ich es bezahlt bekäme, kämpfte stundenlang am Klavier mit meiner Talentlosigkeit, strickte unentwegt Strümpfe für die Negerkinder, während die Tante nach dem Abendbrot spielte und sang. Aber die Leere im Innern blieb, und wenn abends die Nachtigallen vor meinen Fenstern flöteten und der Duft der weißen Akaziendolden hereinströmte, dann erfasste mich eine Sehnsucht, eine tiefe, heiße – wonach, ach wonach?!

Im Sommer fuhren wir nach Grainau. Ich freute mich kindisch darauf, aber durch die strenge Abgeschlossenheit des Lebens wurde mir der Aufenthalt sehr verbittert. Ich durfte nicht einmal mit dem Sepp auf die Hochalm, und als Hellmut Besuch machte, der inzwischen ein flotter Gardeleutnant geworden war, und seinen Urlaub in Partenkirchen bei der Mutter verlebte, nahm ihn die Tante allein an; sie musste ihm wohl bedeutet haben, dass sie den Verkehr mit »dem Kinde« nicht wünsche, denn er kam nicht wieder.

Wir fuhren täglich spazieren, – wie ich von meinem Wagen aus die Touristen beneidete, die mit dem Rucksack auf dem Buckel frisch und fröhlich in die Welt hineinmarschierten!

Nach Augsburg zurückgekehrt – ich war inzwischen sechzehn Jahre alt geworden – eröffnete mir die Tante, dass ich mich nunmehr, nachdem sie einen Rückfall nicht wieder beobachtet habe, freier bewegen dürfe. Da ich aber weder einen Schreibtisch, noch einen Stubenschlüssel bekam, beschränkte sich die »Freiheit« nur auf ein geringeres Maß von Kontrolle, auf den Besuch von Gesellschaften, die nicht ausschließlich aus Damen und alten Herren bestanden, und auf den des Theaters, wo zwei Logenplätze uns jeden Abend zur Verfügung standen. Die Konsequenz und Energie meiner Tante, ihre unablässigen, in den verschiedensten Formen sich wiederholenden, und neuerdings durchaus freundschaftlich gehaltenen Auseinandersetzungen über die Pflichten eines jungen Mädchens von vornehmer Geburt, hatten überdies allmählich auf mich gewirkt wie ein Opiat, das die Seele stumpf macht. Wachte irgend etwas wieder auf in mir, so hielt ich es selbst schon für ein Unrecht, und beeilte mich, es wieder einzuschläfern. An meine Kusine schrieb ich damals: »Du fragst, ob ich irgend etwas schreibe? Es lebt vieles in meinem Kopf und Herzen, aber ich finde keine Zeit dazu, es zu gestalten. Das ist ein wunder Punkt in meinem Leben. In mir kocht und glüht es, und ich glaube wohl, dass ich Talent habe, und dass es hinausstürmen will. Da muss ich denn doppelt hohe Barrieren bauen. Ich muss soviel Prosaisches tun, – und wenn ich erst zu Hause bin, wo ich Mama viel abnehmen muss, wird meine Zeit vollends ganz ausgefüllt sein. Es mag Menschen geben, die für die Prosa des Lebens geboren sind; ihnen werden die gewöhnlichen Pflichten nicht schwer; mir werden sie schrecklich schwer ... Mein armer Pegasus hat zuerst daran glauben und am Altar der Pflicht verbluten müssen!... Es ist am Ende das Beste so. Was soll ein armes Mädel mit ihm anfangen? Die Phantasie war das Unglück meines Lebens; sie aus mir herauszuschneiden war eine grässlich schmerzhafte Operation. Nun, da sie gelungen ist, will ich das, was blieb, nur benutzen, um Haus und Leben damit zu schmücken, meinen Eltern und einmal meinem Mann zu dienen.«

Ich war wirklich eine »junge Dame« geworden; ich fühlte nicht einmal mehr, dass die hoffnungsvollsten Triebe meines Lebensbodens niedergetrampelt waren. »Man beurteilt ein junges Mädchen nach seinem Aussehen, weniger nach seinem Wissen«, schrieb ich, mir die Ansichten der Tante zu eigen machend, »sie wird mit Recht für arrogant gehalten, wenn sie schon eine eigne Meinung haben will«. Mein Tagebuch, das ich seit dem Augsburger Aufenthalt nicht berührt hatte, weil ich es nicht durfte, blieb auch jetzt unausgefüllt, obwohl mich niemand mehr daran hinderte. Großmama frug einmal brieflich danach, und ich antwortete mit schnippischem Selbstbewusstsein: »Ich schreibe keins, weil ich finde, dass man sich in meinem Alter darin Dinge vorlügt, die man nicht denkt, und aus Ereignissen wichtige macht, die man besser vergisst. Mein Leben brauche ich nicht aufzuschreiben, denn die Nachwelt wird es nicht kümmern. Auch Verse mache ich nicht mehr, denn mein Streben ist darauf gerichtet, mein eignes Ich und die Welt um mich so poetisch wie möglich zu gestalten« – durch bemalte Teller und Schachteln, bestickte Deckchen und ein misshandeltes Klavier! – »damit ich einmal meinem Mann eine hübsche Häuslichkeit schaffen kann.«

Mein Mann! – Die Tante sorgte dafür, dass meine Träume sich mehr und mehr um ihn drehten und meine Phantasie, die wir so tief eingesargt wähnten, nach dieser Richtung üppigste Blüten trieb. War nicht das Ziel all ihrer Erziehungskünste der Mann? War es nicht wie ein glattes Rechenexempel, wenn sie mir auseinandersetzte, warum und wann und wen ich heiraten sollte? »Da ich kinderlos bin, wird für dich reichlich gesorgt sein«, sagte sie, als wir einmal im Siebentischwald spazieren gingen und ihr Arm schwer und schmerzhaft wie stets auf dem meinen ruhte, »aber natürlich erst nach meinem Tode. Jetzt bist du arm und bei der schlechten Wirtschaft deiner Eltern kannst du kaum auf eine Zulage rechnen. Mach also keine Dummheiten. Sorgen treiben gewöhnlich die Liebe zum Hause hinaus. Und wenn ich versucht habe, dich aus deinem Wolkenkuckucksheim in die nüchterne Alltäglichkeit zurückzuführen, so doch nur, damit du dich nicht mit irgend einer konfusen Leidenschaft verplemperst. Du kannst jetzt die größten Ansprüche machen – verscherze dir das nicht!« Ich hörte ruhig zu, ich war so gut erzogen, dass mir das alles selbstverständlich klang.

Nur einmal wars, als zerrisse ein dunkler Vorhang vor meinen Augen, und ich sah plötzlich, wie eine Vision, die tiefe, dunkle, kalte Leere meines Herzens. Ich suchte spät Abends im Park nach einem Tuch, das ich irgend wo liegen gelassen hatte, als ich vor mir, eng aneinandergeschmiegt, zwei Menschen gehen sah: unsre Lina, das Stubenmädchen, und Johann, den Kutscher. Von Zeit zu Zeit blieben sie stehen und küssten sich – endlos, verzehrend. »Maria und Josef«, schrie die Lina auf, als sie mich sah, »das gnä Fräuln!« Mit Wangen, die glühten und Augen, die glänzten, mehr vor Glück als vor Scham, streckte sie die Hände nach mir aus: »Gnä Fräuln werdens nit der Frau Baronin sagen, gel ja?« bat sie schmeichelnd, »de Liab is ja koan Unrecht nöt. Wers freili so noblich haben kann wie das gnä Fräuln, der ka ruhig aufn Prinzen warten, der glei mitn Trauring kimmt und gradaus in die Kirch eini führt. Aber mir –« sie lächelte den verlegen danebenstehenden Johann zärtlich an, »mir haben nix als das bisset Liab – und dös – dös müssen wir haben ... So red doch auch was, Hannsl!« Sie stieß ihn aufmunternd in die Seite. »Recht hast!« stotterte er, »a Freud muss der Mensch haben, so a rechte herzklopfete Freud!« Es dunkelte mir vor den Augen, laut aufgeschluchzt hätte ich am liebsten. Wie arm, wie schrecklich arm war ich! Aber ich war ja so gut erzogen! So versicherte ich denn das Paar meiner Verschwiegenheit und kehrte in meine »nobliche« Gefangenschaft zurück.

Während der folgenden Monate in Augsburg wurde meiner Erziehung durch die Einführung in die Wohltätigkeitsbestrebungen der guten Gesellschaft der letzte Schliff gegeben. Meine Tante war Vorstandsmitglied der verschiedensten Vereine und galt allgemein für äußerst hilfsbereit. Mir waren darüber schon oft Zweifel aufgestoßen, wenn arme Leute, deren Unglück sichtlich rasche Hilfe verlangte, von der Schwelle des glänzenden Hauses abgefertigt und ihre Angelegenheit dem Bureaukratismus irgend eines Vereins überwiesen wurde. Aber meine Tante wusste so viel von der Großartigkeit der augsburger Armenfürsorge – sowohl der kommunalen, als der privaten – zu erzählen, dass ich meine Bedenken zurückhielt und mir von dem, was geleistet wurde, die glänzendsten Vorstellungen machte. Schon meine erste Teilnahme an der Sitzung eines Krippenvereins ließ mir die Dinge in anderem Licht erscheinen. Da saßen lauter reiche Frauen in seidenrauschenden Kleidern um den Tisch; keine einzige unter ihnen hatte keine Loge im Theater, keine Equipage vor der Türe, – und doch berieten sie stundenlang, auf welche Weise die zur Erweiterung der Anstalt notwendigen paar hundert Mark aufgebracht werden könnten. Ein Bazar wurde beschlossen. Schon auf der Heimfahrt jammerte meine Tante über all die damit verbundenen Mühen und Scherereien, über ein neues Kleid, das ich – als Verkäuferin – notwendig dafür haben müsste, über einen neuen Hut, den sie nur in München bekommen könnte, – kurz, ich konnte die Frage nicht unterdrücken, ob nicht die Kosten erheblich geringer sein würden, wenn jede der Damen durch Zahlung von fünfzig Mark die ganze Sache rasch und glatt erledigt hätte. Aber da kam ich schön an. »Du hast doch gar keinen Begriff von Geld und Geldeswert« sagte sie, »wenn du meinst, wir könnten alle Augenblicke solche Summen einfach hergeben. Was wir für uns tun und unsere Toilette, ist unsere Sache, für die Bedürftigen aber muss die ganze Bevölkerung herangezogen werden.«

Auch zu Recherchen wurde ich mitgenommen oder durfte sie hie und da selbst machen. So kam ich einmal zu einer armen Witwe in die Wertach-Vorstadt, die sich und ihre vier Kinder mit Wäschenähen zu ernähren bemühte und um Unterstützung nachgesucht hatte. Durch einen engen, dunkeln Hof musste ich gehen, in dessen dumpfer Kellerluft eine Schar blasser, kleiner Buben und Mädeln sich herumtrieb. Sie scharten sich alle mit offnen Mäulchen um mich, als ich nach Frau Hard frug. »Über drei Stiegen links wohnt Mutta«, sagte ein blasser Junge mit einem ernsthaften Altmännergesicht, und die Schwester, deren Züge auch vom Lachen so wenig zu wissen schienen wie dieser Hof vom Sonnenschein, führte mich hinauf.

Mit jenem angstvoll nervösen Ausdruck gehetzter Tiere, der sich den Gesichtern all der Menschen einprägt, die den Kampf ums tägliche Brot jeden Morgen in gleicher Schärfe aufs neue beginnen müssen, sah die arme Frau mir entgegen. Während sie Heftfäden aus all den vielen weißen Wäschestücken zog, die fast das ganze winzige Zimmer füllten, und dazwischen hie und da aufsprang, um nach dem brodelnden Topf in der dunkeln Küche nebenan zu sehen, von dem ein widerlicher Geruch nach schlechtem Fett sich allmählich überallhin ausbreitete, erzählte sie mir ihre Leidensgeschichte. Der Mann, ein Maler, war vor drei Jahren an der Schwindsucht gestorben, – »ka Wunder nöt bei dera Fabrik am Stadtbach draußen« –, die Direktion hatte ihr eine einmalige Unterstützung von hundert Mark zugewiesen. »Gott vergelts ihna vieltausendmal« fügte sie tief gerührt hinzu, als sie davon sprach; trotz allem Fleiß konnte sie aber doch nicht das Nötigste schaffen. Inzwischen kamen die Kinder herein und drängten sich halb neugierig halb eingeschüchtert in einer Zimmerecke zusammen. »Mit die Kinder is halt a Kreuz«, sagte die Mutter seufzend, »eins – das ginge noch an, aber vier, da weiß man nicht aus noch ein vor Sorg und Kummer.« Der Kleinste stolperte in diesem Augenblick über seine eignen dünnen rachitischen Beinchen und fiel auf einen der Leinwandhaufen. Die Mutter patschte ihm erregt auf die Händchen, zankte gleich alle Viere, dass sie »so arg im Wege« stünden und stieß sie unsanft in die Küche, mit der Mahnung, dort ganz still zu sitzen. Mir krampfte sich das Herz zusammen vor Mitleid mit diesen armen Geschöpfen, die der eignen Mutter nur eine Last waren und es mit brutaler Deutlichkeit von ihr selbst erfahren mussten. Fast war ich schon fertig mit meinem Urteil über die Hartherzigkeit der armen Näherin, als sie mir weinend erzählte, wie sie des besseren Verdienstes wegen ein Jahr lang in die Fabrik gegangen wäre, da sei aber ihr Jüngstes aus dem Fenster gestürzt, während sie abwesend war, und seitdem könne sie die Kinder nicht allein lassen. Aus lauter Angst um sie nähme sie alle Vier sogar mit, wenn sie liefern ginge. »Glei spräng i nach, wenn noch eins da nunter fiele!«

Ich verlor alle Selbstbeherrschung, – nie hatte ich auch nur im entferntesten von solch einem Elend gewusst –, die Tränen strömten mir aus den Augen. Ein schwaches Lächeln huschte über die verhärmten Züge der Frau; sie ließ die Arbeit sinken und streichelte mir tröstend die Hände: »So a guts Herzerl sans – das hat mir gwiss der liebe Herrgott geschickt!« – mich durchstach das Wort mit Messerschärfe: Ja, war es denn möglich, dass Gott solchen Jammer mit ansehen konnte?! Was hatte die Mutter, was hatten die kleinen Kinder getan, dass sie so leiden mussten? Warum lebten sie denn eigentlich, da doch ihr Leben gar keins war? Und wie kam ich dazu, nicht zu sein wie sie? Dunkel errötend sah ich an meinem eleganten Kleide hinab und blickte scheu zu den vielfach geflickten dürftigen Röckchen der Kinder hinüber, die sich wieder der Türe genähert hatten, um mich anzustaunen. Und ich fühlte plötzlich die Spitzen meines Hemdes auf meinem Körper brennen, – hatten nicht am Ende ebenso arme durchstochene Finger sie genäht, wie die der Witwe vor mir? O, wie ich mich schämte! Wären die Kinder auf mich zugestürzt und hätten mir das weiche Tuch meines Kleides vom Leibe gerissen, hätte die Mutter sich mit meinem Mantel bekleidet, – ich hätte es in diesem Augenblick ganz natürlich gefunden. Statt dessen ruhten die Augen der Kleinen mit keinem andern Ausdruck als dem der Bewunderung auf mir, und die Mutter pries überschwenglich mein »gutes Herz«.

Ich zog den gedruckten Bogen aus der Tasche, um das Notwendigste einzutragen. Mechanisch stellte ich meine Fragen. »Wie alt sind Sie?« – »Sechsundzwanzig.« – Erschrocken sah ich auf: dies gelbe, faltige Gesicht, der krumme Rücken, die dünnen Haare, der erloschene Blick, – und sechsundzwanzig Jahre! Ich sah plötzlich meine Tante vor mir, die vierzigjährige – und ein dumpfer Zorn bemächtigte sich meiner. »Wie lange arbeiten Sie am Tage?« – »I steh halt um fünfe auf und leg mich um zwölfen nieder!« – Und das alles nur um das elende Leben am nächsten Tag weiter zu fristen!

»Was verdienen Sie in der Woche?« – »Sechs Mark, und wanns arg gut geht, achte. In der stillen Zeit gibts oft keine drei und vier. Und fünf – sechs Wochen im Jahr is die Arbeit rar.« – Also hatte sie für sich und die ihren weniger, als mein Taschengeld betrug, – und ich gebrauchte für bloßen Toilettentand mehr als sie mit den Kindern zum Leben hatte!

Ich ertrug es nicht länger. Das Weltbild verschob sich mir, und seine Farben flossen zusammen, so dass nichts als ein schmutziges Grau übrig blieb. Ich griff in die Tasche, und in der Empfindung etwas zu tun, was für mich weit beschämender war, als für die arme Frau, schüttete ich ihr den Inhalt meiner Börse in den Schoß und lief, so rasch ich konnte, davon. Als ich, trotz aller Mühe, mich zu beherrschen, atemlos und erregt von dem Erlebten berichtete, erklärte die Tante mich für »überspannt«. »Wie kannst du die Dinge nur von unsern Empfindungen aus bewerten. Die Leute sind das nicht anders gewöhnt, und wenn für das Notwendigste gesorgt wird, sind sie zufrieden. Sie übermäßig zu bedauern heißt, sie zu Sozialdemokraten machen.«

Ein andermal kam ich zu einem alten Manne, dessen Tochter Fabrikarbeiterin war. Die Armenunterstützung, die er erhielt, reichte zu seiner Erhaltung nicht aus, und sie hatte erklärt, von ihrem Lohn nur wenig erübrigen zu können. Der Alte saß am Fenster eines reinlichen Zimmerchens, als ich eintrat; er hustete beinahe ununterbrochen, rauchte aber trotzdem die Pfeife, und fast undurchdringliche Wolken umgaben ihn. Meinem Wunsch, ein Fenster zu öffnen, widerstand er heftig. »I hobs auf der Brust und vertrag ka Zugluft nöt«, sagte er. Unter Räuspern und Husten begann ich mein Verhör. Er beklagte sich lebhaft über die Tochter, die »a schön's Stück Geld« verdiene, aber »alleweil mehr an Putz denkt als an den alten Vater«, und lieber auf »die Tanzböden umanand hupft« als bei ihm zu sein, der »dös ausgeschamte Ding doch nu amal in die Welt gesetzt hat.« Grade ging die Türe und »d' Resi« kam nach Haus, ein schmalbrüstiges junges Mädchen mit hektischem Rot auf den Wangen und fiebrig glänzenden Augen. Sie hustete. »Kannst nit a bissel s' Fenster auftun«, bat sie nach einer verlegnen Begrüßung, »wenn man eh' den ganzen Tag gar nix wie Staub schluckt.« Aber der Alte gab nicht nach, sondern eiferte bloß über die ungeratenen Kinder – »zu meiner Zeit gab's koanen eignen Willen nöt bei die Madl. Heut zu Tag is aus mit'n schuldigen Respekt.« Die Resi bat mich, ihr mit meinem Fragebogen in die Küche zu folgen. Dort riss sie das Fenster auf, und ein Hustenanfall erschütterte ihre Brust, so dass ihr vor Anstrengung die Schweißtropfen auf der Stirne standen. Seit vier Jahren arbeitete sie, die eben erst achtzehn geworden war, in der großen Spinnerei, zu deren Aktionären auch meine Tante gehörte, wie ich aus ihrem eifrigen Studium der betreffenden Kurszettel erfahren hatte. Sie verdiente sieben Mark in der Woche, wovon sie dem Vater die Hälfte abgab. »Für mehr langt's gewiss nit, Fräulein«, fügte sie mit tränenden Augen hinzu, »i brauch a bissel was für's Gewand, und dann, – schauen's, wie's mi grad gepackt hat – dös kommt alle Tag' a paar Mal – der Herr Doktor hat gesagt, i soll viel Milli trinken, da hol' i mi heimli an halben Liter am Tag« – aus dem Winkel des Schränkchens suchte sie ein Töpfchen hervor, dabei ängstlich nach der Türe schielend, ob auch der Vater nichts merken könne. »Recht a gute Luft, meint der Herr Doktor, wär' halt auch nötig« – ein bittres Lächeln huschte um ihre Lippen – »Sie merken's ja selber, wie's hier damit steht, und schlafen muss i a no bei ihm drinnen! Wie's aber in der Fabrik is, das wissen's gewiss nit, – da schluckt einer weiter nix wie Baumwolle.«

Zu Hause meinte ich, es wäre am besten, der Alte käme ins Spital. Die Tante war empört über meine Herzlosigkeit. »Ein Kind gehört zu seinen Eltern«, sagte sie, »und dann am sichersten, wenn sie alt und krank sind.« Nach einer neuen, »sachverständigeren« Untersuchung wurde festgestellt, dass die Resi am Sonnabend stets auf dem Tanzboden zu finden sei und für bunte Bänder immer Geld übrig zu haben scheine. Diese Entdeckung wurde mir mit allen Zeichen einer Entrüstung mitgeteilt, die ich beim besten Willen nicht zu teilen vermochte. »Wir gehen doch auch in Gesellschaften – noch dazu ohne die ganze Woche gearbeitet zu haben«, sagte ich naiv, »und die Resi ist jung wie wir, dazu arm und krank – lasst ihr doch das bisschen Lebensfreude.«

Von da an wurden mir die Armenbesuche verboten. Nur zu Weihnachten durfte ich an der allgemeinen Bescherung des Krippenvereins teilnehmen. In einem langen niedrigen Saal standen hölzerne Tafeln mit geschmacklosen bunten Wollsachen, Schuhen, derben Wäschestücken, ein paar Pfefferkuchen und verschrumpelten Äpfeln bedeckt; ein dürftig geschmückter Baum streckte seine großen Zweige wie lauter wehklagend erhobene Arme nach der Zimmerdecke. Lieblos und nüchtern – gar nicht nach Weihnachten – sah es aus, und ich musste der Großmutter denken, die selbst den Ärmsten immer irgend eine »Überraschung« bereitete, denn »les choses superflus sont des choses très nécessaires« pflegte sie mit ihrem gütigsten Lächeln zu sagen. Auf der einen Seite drängten sich die Frauen und Kinder eng zusammen, auf der anderen saßen die Damen des Vorstands, und unter dem Baum stand Pfarrer Haberland, der die Festpredigt hielt. Er war mir völlig fremd diesen Abend, als er so viel vom »Vater im Himmel« sprach, »der die Armen nicht verlässt«, von »den wahrhaft christlichen Seelen der gütigen Geberinnen«, von der gebotenen »Dankbarkeit und Zufriedenheit der Empfangenden.« Dann wurde gesungen und dann beschert, wobei die Mütter ihre Kinder immer wieder ermahnten »vergelts Gott« zu sagen, obwohl die kleine Gesellschaft offenbar nicht recht wusste, warum. – Über eine Gummipuppe und ein Holzpferdchen hätten sie sich tausendmal mehr gefreut, als über all die prosaischen Nützlichkeiten.

Trotzdem von der Riesentanne in unserm Musiksaal wenige Stunden später hunderte von Kerzen ein warmes strahlendes Licht verbreiteten und alle Geschenke meiner Eitelkeit zu schmeicheln schienen, verlebte ich noch nie ein so trauriges Weihnachtsfest. Ich sei »schlechter Laune«, meinte die Tante ärgerlich, der mein Dank nicht stürmisch genug war. Nachts darauf hatte ich wieder einen heftigen Anfall von Seitenschmerzen und wusste bald nicht mehr, ob meine Tränen um das körperliche Leib oder um die Zerrissenheit meines Innern flossen.

Ich mochte die Sitzungen der Vereine nicht mehr besuchen, trotzdem mir dringend empfohlen wurde, mir die gute Gelegenheit, so viel zu lernen, nicht entgehen zu lassen. Nur nichts hören und sehen von dieser Hölle, in die die Armen mir rettungslos verdammt erschienen!

Ich ging aufs Eis, und in Gesellschaften und ins Theater, und je mehr die natürliche Lebenslust befriedigt und die Eitelkeit genährt wurde, desto leichter wurde mir ums Herz. Fuhren wir spazieren, die Tante und ich, und unser blauer Wagen rollte in der Vorstadt mitten durch den Zug der heimkehrenden Arbeiter, so schloss ich am liebsten die Augen, nachdem meine Bitte, diese Gegend zu meiden, als »sentimental« unerfüllt geblieben war. Aber grade wenn ich nicht hinsah und nur die müden Schritte hörte und das freudlose Gemurmel vieler Stimmen, war es mir, als ginge ich mitten unter ihnen und sähe meinen Doppelgänger bequem in die seidenen Kissen gelehnt an mir vorüber rollen. Und dann packte mich eine Wut – eine Wut, dass ich am liebsten den nächsten Stein genommen und ihn den vornehmen Faulenzern ins Gesicht geschleudert hätte!

Sah ich dann, wie aus wüstem Traum erwachend, um mich, so fiel mein

Blick nur auf gleichgültige oder bewundernde Mienen – es gab sogar Männer, die die Mütze zogen vor uns. Ich wandte jedesmal den Kopf ab.

Im Mai kam mein Vater, um mich heimzuholen. Er war von überströmender Freude und Zärtlichkeit, die ich gerührt und dankbar empfand. Seine Schwester rühmte mich als das Produkt ihrer Erziehung, wobei sie ihrer Mühen und Opfer ausgiebig gedachte und es an Seitenhieben auf die Eltern nicht fehlen ließ, die mich in so »verwahrlostem« Zustand ihr übergeben hatten. Seltsam, wie mein sonst so heftiger Vater sich das alles gefallen ließ; zwar schwollen ihm oft die Adern auf der Stirn, aber er schwieg. Ich freute mich auf Zuhause, auf die Liebe, die mich umgeben, die Freiheit, die ich genießen sollte, auf die Pflichten, von deren Erfüllung ich mir Befriedigung versprach. Alles Böse wollte ich den Eltern vergessen machen, was sie durch mich erfahren hatten! Meine Gedanken und meine Empfindungen waren schon lange, lange vor mir daheim.

Als ich zum stillen Abschied am letzten Abend im dämmernden Park auf und nieder ging, kam es über mich, wie eine Vision. Ein großes, dunkles Tor sah ich und eine endlose schwarze Schlange langsam schleichender Menschen, die daraus hervorkroch: Mädchen, wie die Resi, und Frauen, wie die arme Witwe, und viele, viele Kinder mit sonnenlosen Gesichtern. – Ich warf mich ins Gras und weinte bitterlich. Als ich dann ins helle Licht der Lampen trat, schlang die Tante, beim Anblick meiner tränenfeuchten Augen, gerührt über so tiefen Abschiedsschmerz, die Arme um mich.

»Bleibe mein gutes Kind«, sagte sie beim Abschied mit Betonung.

Siebentes Kapitel

Es war eine mondhelle Mainacht, als wir in Brandenburg ankamen, mein Vater und ich. Über das holprige Pflaster rasselte die große alte Mietkutsche durch die schlafende Stadt. Der steinerne Roland am Rathaus warf einen langen schwarzen Schatten auf die einsame Straße, und in dem grünen Dachlaubkrönchen auf seinem Haupte spielte leise der Wind. Unter der weiten Wasserfläche am Mühlendamm, der zur Dominsel hinüber führt, breitete der Nebel leichte duftige Schleier aus, die ein zitternder Streifen silbernen Mondlichts mitten durch gerissen hatte, so dass sie flatterten, wie grüßend von unsichtbaren Händen bewegt. Durch einen schmalen Torweg polterte der Wagen auf den Domhof. Dunkel und wuchtig wie eine Burg ragte das uralte Gotteshaus zum Himmel empor, das den engen Platz und die einstöckigen Häuschen ringsum, aus deren tiefen roten Dächern erstaunte Fensteraugen verschlafen blickten, mit seinem Schatten zu erdrücken schien. Nur das größte der Gebäude, das breit und massig an der andren Seite den Hof abschloss, war wach: helles Licht strömte daraus hervor und verscheuchte den Schatten; um das weit offene Tor über der grauen Steintreppe schlang sich ein Kranz bunter Frühlingsblumen, und auf der obersten Stufe erschien, als habe die größte davon sich losgelöst, und sei vom Mondzauber getroffen zu nächtlichem Elfenleben erwacht, ein kleines, schneeweißes Geschöpfchen, Stirn und Wangen von goldenen Locken umwallt. Erst als ihre Ärmchen warm meinen Nacken umschlangen, fühlte ich, dass es ein Menschlein war, das mich willkommen hieß: mein Schwesterchen. Mit ungewohnter Zärtlichkeit begrüßte mich die Mutter, mit einem: »Nun bist du endlich daheim«, aus dem die ganze vergangene Sehnsucht klang, küsste mir der Vater die Stirn, und die Freude hielt mich noch wach, als die Kissen meines Bettes mich schon lange weich und wohlig umfingen.

Mit dem dämmernden jungen Tage trieb die Erregung mich zum Tore hinaus. Still und verträumt lag der Hof im Morgenglanze, und die stummen Steine der Mauern erzählten von der Vergangenheit. An unseres Hauses Platz mochte Pribislavs, des letzten Wendenherzogs, Fürstensitz sich erhoben haben, als er Albrecht, dem askanischen Bären, Krone und Land überließ und Triglaff, den dreiköpfigen Götzen, dem Christengott zu Ehren verbrannte. Sieben Jahrhunderte hatten zusammengewirkt, um des Gekreuzigten Haus zu errichten, und viele wilde Kämpfe um Glauben und Macht, die seiner Friedensbotschaft und Liebespredigt spotteten, hatten auf dem Raum zu seinen Füßen getobt. Jetzt nisteten die Schwalben an Giebel und Dachfirst, und auf dem Hof, der vor Zeiten von klirrenden Kettenpanzern und Sporen widerhallte, pickten weiße Tauben die Körnlein auf, die sich in dem wuchernden Unkraut zwischen den Pflastersteinen verloren hatten. In tausend und abertausend Lichtern tanzte die Morgensonne auf den blauen Wassern der Havel rings um die Dominsel und malte alle Farben des Regenbogens auf die Tautropfen der Wiesengräser. Der Garten hinter unserem Hause, wo die Obstbäume weiß und rosenrot blühten, reichte bis hinab an das Ufer. Ein Kahn lag im Schilf vor dem weißem Pförtchen, das die alte verwitterte Mauer hier unterbrach, und eine Bank lehnte sich außen an die epheuumsponnene Wand. Von den wuchernden Ranken fest umschlossen, lag ein kleiner, pausbäckiger Liebesgott aus grauem Sandstein daneben; wie lange schon mochte er vom Sockel gestürzt sein und die schelmischen Blicke grad auf das Himmelsgewölbe richten! Mitleidig stellte ich ihn auf die runden Beinchen und steckte ihm statt des verlorenen Pfeils einen Hollunderzweig in die winzige Faust. Mir wars, als lachte er – ein helles, zwitscherndes Lachen –, vielleicht warens auch nur die lustigen Vogelstimmen im Gezweig. Ein feuchter Wind, der den Duft frischer, lebenschwangerer Erde mit sich trug, strich mir lind um die Stirne. Es war der Mai, der mich grüßte, der Mai, dem mein Herz stürmisch entgegenschlug!

Zu sieben feierlichen Schlägen holte die Uhr im Domturm langsam aus. Und mit einemmal ward es lebendig: die späten Nachfolger der Mönche im Stiftshaus gegenüber, das sich im Lauf der Jahrhunderte in eine Ritterakademie verwandelt hatte, stürmten über den Hof, – lauter kecke brandenburgische Junker, deren harte Schädel der Weisheit der Magister trotzten, wie die ihrer Vorfahren von je den friedsamen Bürgern Trotz geboten hatten. Sie stutzten, als sie mich sahen, – die neue Nachbarin, – und musterten mich halb neugierig, halb bewundernd; einer, ein langer, blonder, streckte mir die Hand entgegen und warf mir mit der anderen lachend einen ganzen Strauß von Vergissmeinnicht zu, so dass die blauen Sternchen mir in Haar und Kleid hängen blieben. Noch ehe ich eine

Antwort fand, flog mir mein Schwesterchen in die Arme, und im Torweg tauchten blitzende Helme auf: das Musikkorps von meines Vaters Regiment. Mich zu empfangen, kamen sie, und all die Lieder von Glück und Liebe, die sie spielten, schmeichelten sich in mein Herz, und die Walzermelodien waren wie ein starker Duft von Jasmin, der mich in einen Rausch seliger Träume hüllte. Es war der Mai, der Mai, der mich grüßte!

Hat sich die Natur seitdem so verändert, ist das Sonnenlicht trüber, sind die Farben der Blumen matter geworden, oder waren es meine siebzehn Jahre, die ihren Glanz der Sonne und den Blumen liehen?

Morgens spielte ich mit dem Schwesterchen in Hof und Garten. Wie sie erstaunt und gläubig die blauen Augen aufriss, wenn ich ihr die schattigen Winkel zeigte, wo die Zwerglein hausen, und sie in jedem Blütenkelch nach den Elfen suchen ließ! Beladen mit allem, was strahlte und duftete im Garten und auf der Wiese, stiegen wir dann die weiße Treppe zur Diele hinauf, um dort alle Vasen und Gläser zu füllen, die die Zimmer schmücken sollten. Gegenüber, an den Fenstern der Ritterakademie, pflegten zu gleicher Zeit viele Knabenköpfe aufzutauchen, und es gab ein lustiges Lachen und Nicken hin und her. Bald kannte ich die, die zur Freistunde den Platz am Fenster dem Spiel im Schulgarten vorzogen. Unsere Sonntagsgäste waren die meisten von ihnen, und der lange blonde, der Fritz, der mir die Vergissmeinnicht zugeworfen hatte, war mein Vetter. Die Tertia ließ ihn noch immer nicht los, trotz seiner achtzehn Jahre; sein schmaler Schädel war offenbar nicht der Sitz seiner besten Kraft. Aber rudern und reiten, tanzen und Schlittschuh laufen konnt' er dafür, wie kein anderer; und zum Fenster hinaus und hinein konnt' er klettern, wenn es galt, zu verbotener Abendstunde unseren Garten zu erreichen, oder mir vor Tau und Tage Blumen von den Wiesen zu holen. Seit ich da war, lebte er mit den Wissenschaften auf noch feindseligerem Fuß als vorher. Die Junker von drüben waren alle meine Ritter, aber er allein war es mit der ganzen Hingabe seines treuen Herzens. All meinen Übermut ließ er über sich ergehen, um so dankbarer, je mehr ich von ihm forderte. Geduldig hütete er mein Schwesterchen, wenn ich zum Lesen Ruhe haben wollte; waghalsig kletterte er über die Mauer, um Rosen aus dem Nachbargarten zu holen, die mir duftiger schienen als die unseren; weit lief er in die Felder, um Kornblumen zu pflücken, die er, von seidenem Band umwunden, frühmorgens, ehe ich erwachte, in mein offenes Fenster warf; mit den Havelschwänen bestand er so manchen Kampf, weil ich mir die gelben Mummeln so gern in die Haare steckte. Den köstlichen Genuss heimlich gerauchter Zigaretten gab er auf, um mir statt dessen für sein Taschengeld allerlei Zuckerwerk zu kaufen, das ich liebte.

Am Sonntag morgen pflegte mein Vater ihm eins seiner Pferde zur Verfügung zu stellen. Ehe ich noch die Treppe hinab kam, die lange Schleppe meines Reitkleides stolz hinter mir schleifend, stand er schon rot vor Erregung wartend im Hof, und seine Hände, die er mir unter den Fuß schob, um mir hilfreich in den Sattel zu helfen, zitterten jedesmal. Unterwegs strahlte er vor Freude, wenn er sich zum Blitzableiter irgend einer Heftigkeit meines Vaters machen konnte. Vermied ich sonst angstvoll jede Ungeschicklichkeit, weil sie unweigerlich einen Sturm heraufbeschwor, so ließ ich, wenn der Fritz dabei war, die Peitsche oft absichtlich fallen, um zu sehen, wie seine schlanke Jünglingsgestalt sich geschmeidig aus dem Sattel schwang, um mir das verlorene wiederzubringen. Vergrößerte sich unsere Kavalkade, so kam es wohl vor, dass seine Mundwinkel zuckten, wie die eines kleinen Kindes, das weinen will, und er wortlos kehrt machte, um in gestrecktem Galopp nach Hause zu reiten.

Das alte Städtchen war erfüllt von Jugend. Es gab gar keine alten Leute, glaube ich; vielleicht dass sie sich wie die Maulwürfe vor dem lachenden Tag grämlich verkrochen. Auch nur wenig junge Mädchen gab es in unserem Kreise, dafür um so mehr junge Männer. In meines Vaters Regiment war ich die einzige meiner Art, und dass alle Leutnants dem Regimentstöchterlein huldigten, war eigentlich selbstverständlich. Sie waren zumeist berliner Kaufmannssöhne, die bei den 35ern eintraten, weil ihnen trotz reichlicher Zulage die Garde verschlossen blieb und sie sich doch nicht zu weit von der Vaterstadt entfernen wollten. Manch einer unter ihnen hielt sich eigene Pferde und suchte durch seinen Aufwand wie durch seinen Hochmut die feudalen Kameraden von der Kavallerie zu übertrumpfen. Das Offizierkorps der weiß-blauen Kürassiere dagegen setzte sich aus dem alten Adel Brandenburgs und Pommerns zusammen, und zwischen ihnen und den Füsilieren bestanden vor unserer Zeit so gut wie keine gesellschaftlichen Beziehungen. Die einen verkehrten auf den Rittergütern der Umgegend, mit deren Besitzern Familienbeziehungen sie verbanden, die andern zogen den gewohnten Gesellschaftskreis der Kaufleute und Fabrikanten vor. Das änderte sich bald, als meine Eltern nach Brandenburg kamen. War meines Vaters Adelsstolz durch das bürgerliche Regiment verletzt worden, so half ihm seine altpreußische Auffassung von der Vornehmheit des Offiziers als solchen darüber hinweg, und er setzte alles daran, diese Idee auch in den äußeren Fragen des Verkehrs zur Geltung zu bringen. Leicht war es nicht, denn Bürgerstolz ist oft so hartnäckig wie Adelsstolz, und manch einer der Besten musste es als Kränkung empfinden, wenn gesellige Beziehungen als eines Offiziers unwürdig bezeichnet wurden, die doch seiner eigenen Herkunft entsprachen. Aber der daraus entstehende Widerstand gegen meines Vaters Wünsche wurde reichlich aufgewogen durch jene unausrottbare neidvolle Bewunderung des Bürgerlichen für den Aristokraten, die oft die Maske des Hochmuts trägt, meist aber kein andres Ziel kennt, als selbst unter demütigender Selbstverleugnung im Kreise der Bewunderten Aufnahme zu finden. Unsere eigenen vielfachen freundschaftlichen und verwandtschaftlichen Verbindungen mit dem Landadel und seinen Söhnen im Kürassierregiment unterstützten überdies die Durchsetzung der Erziehungsprinzipien meines Vaters.

Das Unerhörte geschah: zu Pferd und zu Wagen, wenn es aufs Land hinaus ging zu den Rochows und Bredows und Itzenplitz, oder zu lustigem Picknick im Walde, tauchte der rote Kragen des Infanteristen immer häufiger neben dem hellen blauen des Kavalleristen auf, und nur der aufmerksame Beobachter bemerkte, dass sich hinter der tadellosen gesellschaftlichen Form eine tiefe innere Feindseligkeit verbarg. Grade die vollendete Höflichkeit, mit der der Kürassier den kleinen Leutnant von den Füsilieren behandelte, richtete die Schranke auf, die den Eintritt in das intime Leben unbedingt verwehrte, – dieselbe Höflichkeit, die so aufreizend wirken kann, weil ihre kühle Glätte keinerlei Angriffsfläche gewährt.

Mein Vater hatte mir zur Pflicht gemacht, seinen Offizieren ebenso freundlich entgegen zukommen, wie den andern: »Dass sie Müller und Schultze heißen, muss dich nicht stören; sie tragen alle denselben Rock, und heiraten brauchst du sie ja nicht!« Nein, gewiss nicht! Der bloße Gedanke kam mir komisch vor! Heiraten –! Der Vornehmste und Schönste war mir dafür in meinen Zukunftsträumen nur grade gut genug! Warum auch ans Heiraten denken, wo lachend und lockend ein ganzes freies Jugendleben vor mir lag! Glücklich und harmlos ließ ich mich von den schmeichelnden Wogen der Bewunderung tragen; bei manchem glühenden Blick und heißen Händedruck bebte mir wohlig das Herz. Ich sah den einen lieber als den andern, ich dachte nicht daran, meine Empfindungen zu verstecken, denn ich liebte dankbar strahlende Augen und zeichnete freudig den aus, der mir am meisten huldigte.

Entzückend war's, wenn die halbwüchsigen Knaben der Ritterakademie sich im Garten um den Platz neben mir rauften; hoch auf klopfte mein Herz, wenn der blonde Vetter mich beim Greifspiel stürmisch an sich riss; weiche süße Gefühle beschlichen mich, saßen wir, lauter lebensprühende Jugend, im Kahn eng beieinander, und streifte meine Hand im Wasser die des schwarzäugigen Leutnants, meines getreuesten Kavaliers. Triumphierende Siegesfreude trieb mir das Blut wild durch die Adern, wenn meine braune Stute mich früh im Morgennebel über den Exerzierplatz trug, wo rote Sonnenstrahlen auf den Stahlhelmen der Kürassiere blitzten und Blicke mir folgten und Degen sich vor mir senkten, deren Gruß mehr bedeutete als bloße Höflichkeit.

Und einmal kam ein Tag, heiß und gewitterschwül, der uns alle, eine große lustige Gesellschaft, in blumengeschmückten und buntbewimpelten Wagen hinausführte in den Wald, wohin unsere jungen Offiziere uns geladen hatten. Unter grünen Bäumen in hellen Zelten waren Tische gedeckt, Schieß- und Würfelbuden mit allerlei beziehungsvollen Gewinnen standen im Hintergrund, auf kurzgeschorenem Rasenplan war durch bunte Fahnenmasten der Tanzplatz abgesteckt. Mit einem Tusch empfing uns die Musik, und Fredy, mein treuster Kavalier und meines Vaters jüngster Leutnant, begrüßte mich mit einem Strauß dunkler, duftender Rosen. Er wich nicht mehr von meiner Seite. Ich suchte mich zu befreien, aber – war's Absicht oder Zufall – man ließ uns immer wieder allein; niemand, so schien's, wollte dem jungen Mann den Platz neben mir streitig machen. Es wurde dämmernder Abend. Müde von Scherz und Spiel lagerten wir unter den Bäumen und schöpften aus großen Kupferkesseln kühle, duftende Erdbeerbowle, die den Durst nicht löschte und das Blut nicht kühlte, es vielmehr unruhig pochend gegen die Schläfen trieb. Eine halbwelke gelbe Rose löste sich mir vom Gürtel, – der Mann zu meinen Füßen griff danach, und ich sah seine Hände zittern, als er sie an die Lippen drückte.

Es wurde Nacht. Bunte Lichterketten zogen sich von Baum zu Baum, Raketen und Leuchtkugeln flogen zum Himmel empor, wie lebendig gewordene, zuckend heiße Empfindungen unserer Herzen. Immer weicher und sehnsüchtiger klang die Musik. Wir tanzten, eng aneinander geschmiegt; selig erschauernd fühlte ich das pochende Herz an dem meinen schlagen, den heißen Atem meine Stirne streifen. Tiefer in den Wald ließ ich mich in halbem Traume führen. Erst als es still, ganz still um mich wurde, sah ich auf – in zwei Augen, die sich verzehrend auf mich richteten. Stumm lehnte ich mich in den Arm, der sich um mich schlang, und mir war, als versänke ich in ein Meer von rotem Feuer, als zwei Lippen sich glühend auf die meinen pressten. Die Betäubung schwand nur halb, als Geschwätz und Gelächter, Pferdestampfen und Peitschenknallen mir ans Ohr tönten und die Wagen durch die Nacht heimwärts fuhren. Es wetterleuchtete am Horizont.

Gewitterregen klatschte gegen die Fensterscheiben und weckte mich am anderen Morgen. Trübselige Alltagsstimmung lagerte über Haus und Garten, und mich fröstelte, wie immer, wenn mir ein Traum verloren ging. Mittags kam der Vater aus dem Bureau herauf; sein erregtes Räuspern, sein schwerer Tritt kündigten nichts Gutes an.

»Du bist ja eine nette Pflanze!« rief er, kaum dass er eingetreten war »hinter dem Rücken deiner Eltern bändelst du mit meinen Leutnants an und setzt ihnen Flausen in den Kopf. Hast du denn gar keine Ehre im Leibe?!« Verständnislos starrte ich ihn an. »Tu doch nicht so naiv«, schrie er wütend. »Du weißt ganz gut, was los ist, und meinst wohl, ich würde meine Tochter jedem hergelaufenen Ladenschwengel in die Arme werfen!« Ich erschrak – war das möglich: der Fredy hatte um mich angehalten! »Aber ich will ja gar nicht!« stotterte ich. Ein halbes Lächeln huschte über das rote Gesicht meines Vaters: »Ja, zum Donnerwetter, was bildet sich denn dann der Kerl ein –, er versichert hoch und teuer, deiner Zustimmung gewiss zu sein!«

Es half nichts – nun musst' ich beichten. Und als ich so im grauen Tageslicht den süßen, heißen Traum der Nacht mit kalten Worten wie mit Messern zerschneiden musste, fasste mich ein tiefer Groll gegen den Mann, dessen rasches Vorgehen mich dazu zwang. Ein Kuss in der Julinacht, – und früh tritt er an mit Helm und Schärpe und begehrt mich zum Weibe für ein ganzes langes Leben!

»Man küsst doch nicht, wenn man nicht heiraten will!« sagte meine Mutter kopfschüttelnd, als der Sturm des väterlichen Zorns sich etwas gelegt hatte. »Heiraten – so einen fremden Mann!« kam es darauf zögernd über meine Lippen. Die Wirkung meiner Worte war verblüffend: mein Vater lachte – lachte, bis ihm die dicken Tränen über die Backen liefen. Und abends schenkte er mir einen goldgelben Sonnenschirm, den ich mir schon lange gewünscht hatte.

Um jede Klatscherei im Keime zu ersticken, verlangte Papa von dem abgewiesenen Freier, dass er sich benehmen müsse, als sei nichts geschehen. Fredy folgte, aber er folgte in einer Weise, die das Gegenteil von dem erreichte, was beabsichtigt war: sein finster-verkniffenes Gesicht, das er zu Schau trug, sobald er sich neben uns zeigte, die offenbare Verachtung, mit der er mich strafte, fielen weit mehr auf, als seine Abwesenheit aufgefallen wäre. »Du hast dem Fredy einen Korb gegeben!« rief mir Vetter Fritz eines Tages strahlend vor Freude zu, und bald pfiffen es die Spatzen von den Dächern. Mit jenem Solidaritätsgefühl, das den preußischen Offizier charakterisiert und sich selbst stärker erweist als die Subordination gegenüber dem Vorgesetzten, wurden Fredys Kameraden nun zu seiner Partei: sie sprachen nur das Notwendigste mit der Tochter ihres Kommandeurs; und tanzten sie mit ihr, so waren es nur Pflichttänze. Selbst wenn ich gewollt hätte, – diese geschlossene Phalanx würde allen Eroberungsversuchen getrotzt haben. Aber ich wollte gar nicht; zähneknirschende Empörung erfüllte mich, nicht, weil die Kurmacher mir verloren gegangen waren, sondern weil ich zum erstenmal die Ungerechtigkeit empfand, mit der mein Geschlecht im Vergleich zum männlichen behandelt wurde.

Als ich einmal wieder »pflichtschuldigst« von einem der Offiziere des väterlichen Regiments bei einem Diner zu Tisch geführt worden war und mich tödlich gelangweilt hatte, trat ein alter Major, der mir sein besonderes Wohlwollen zugewendet hatte, lächelnd auf mich zu.

»Sie müssen sich darein finden, Kleine«, sagte er »das Kokettieren ist nun mal eine böse Sache und straft sich immer.«

»Kokettieren?! Ich habe gar nicht kokettiert!« rief ich in dem Bedürfnis, einmal auszusprechen, wie ich empfand, »ich hab' ihn gern gehabt, sehr gern sogar, aber doch lange, lange nicht so, um seine Frau zu werden.«

»Ein junges Mädchen darf es nicht so weit kommen lassen –«

»Wenn sie nicht heiraten will!« unterbrach ich den braven Mann lachend, dessen spitze Schnurrbartenden zu zittern begannen. »O ich kenne die Weise, und weiß daher, dass die ganze Musik falsch ist, grundfalsch! Warum soll denn ein Mädchen sich gleich mit Leib und Seele verschreiben, wenn sie Einen freundlicher anlächelt als den andern? Warum soll der ein Recht haben auf ihre Hand, dem sie an einem schönen Julitag einmal von Herzen gut war? Verlangen Sie etwa dasselbe von Ihren Leutnants, die manch armes Ding durch ganz andere Liebesbeweise an die Echtheit ihrer Gefühle glauben lassen?!«

»Aber – mein gnädigstes Fräulein –« unterbrach der Major mit einer verzweifelnden Gebärde meinen Redefluss und richtete sich steif und gerade auf, so dass sein Kahlkopf mir bis an die Nasenspitze reichte. Seine kleinen wasserhellen Augen drückten dabei ein so komisches Entsetzen aus, dass meine Empörung verflog und ich das Lachen nicht unterdrücken konnte. »Beruhigen Sie sich nur, Papa Schrott« – damit streckte ich ihm begütigend die Hand entgegen – »wenn ich mal so alt bin, wie Sie, werd' ich gewiss gerad' so moralisch sein!« Aber er nahm meine Hand nicht –

Was gings mich an?! Mochten sie alle die Gekränkten spielen! Mein Vater irrte sich offenbar: der gleiche Rock macht nicht zu Gleichen! Die Kürassiere tanzten und ritten nicht nur viel besser, sie waren auch fröhlichere Partner bei jenem Spiel mit dem Feuer, – dem einzigen, das ich mit steigender Leidenschaft spielte, je mehr Gefahr es in sich schloss, und je höher der Einsatz war. Wie ein Raubvogel mit weit gestreckten schwarzen Schwingen schwebte die Phantasie über den grünen lachenden Blumenmatten meines Lebens. Stark genug wäre sie gewesen, mich empor zu tragen in ihr Höhenreich, wo ich zu ihrem Herrn geworden wäre; aber zur Furcht vor dieser Fahrt mit ihr hatte man mich dressiert, nun lauerte sie hungrig und rachgierig auf tägliche Beute, und ich musste mich ihr unterwerfen.

Das gleichmäßige Tiktak des Alltags vertrug ich nicht, beschleunigt musste es werden bis zum Fiebertempo, oder übertönt von Fanfaren der Freude. Wenn ich den Pflichten des Hauses nachkam, so umwand ich ihre langweilige Dürre mit Blumen, wenn ich mit meinem Schwesterchen spielte, so spielte ich nicht mit ihr, mich ihrer Kindlichkeit unterwerfend, sondern führte vor ihr meine bunten Träume auf. Mir genügte nicht ein kurzes, harmlos improvisiertes Tänzchen, es musste ein wogender, leidenschaftlicher Tanz bis zur Erschöpfung daraus werden. Und eine Stunde zu Pferde in der Morgenkühle stachelte nur mein Verlangen nach wilden Ritten über Stock und Stein.

Ich glaube, mein Vater war auf nichts so stolz als auf meine Reitkunst, die das Ergebnis seiner eigensten Erziehung war, und nie so geneigt, mir nachzugeben, als wenn meine Wünsche dieses Gebiet berührten. Schon früh am Morgen begleitete ich ihn, aber am Nachmittag durfte ich mir die Stute wieder satteln lassen, oder den großen Braunen mit der sternzackigen weißen Blässe auf der Stirn, dessen spielende Ohren sich auf jeden leisen Zuruf verständnisvoll spitzten, der schon dem sanftesten Druck nachgab und wie ein vom Bogen geschnellter Pfeil über Hecken und Gräben flog. Fast immer hatte ich Schmerzen, wenn ich ritt, jene alten Schmerzen in der rechten Seite, die sich in Augsburg so gesteigert hatten, aber der Genuss ließ mich die Zähne zusammenbeißen. Im Sattel fühlte ich mich frei; und wie meine Füße nicht den Staub der Straße berührten, so war meine Seele fern von allem, was grau und schmutzig unten liegt. Ich habe mich nie in der Mark heimisch zu fühlen vermocht, aber wenn ihr weicher Sand den Hufen meines Pferdes nachgab, so dass das Reiten war wie ein sanftes Wiegen und ihre Wiesen und Wälder sich schier endlos vor mir dehnten, eine wundervolle Bahn für einen langen Galopp, – dann liebte ich sie, dann ergriff ich Besitz von ihr und träumte mich als Herrin des Bodens, den mein Brauner trat.

Freiheits- und Herrschaftsgefühl, – das ists, was nur der Reiter kennt, darum war Reiten von je her Herrenrecht. Im Schweiße seines Angesichts, wie ein Sklave, schwer mit den Muskeln arbeitend, wie er, treibt der Radler sein Stahlross vorwärts; nur auf gebahnten breiten Wegen vermag der Kraftwagen ratternd und pustend durch die Welt zu rasen, indes der Reiter sich leise durch tiefe Waldeinsamkeit tragen lässt und das edle Tier unter ihm den reinen ruhigen Genuss der Natur nicht stört. Lockt ihn die Ferne, begehrt er, seine Kräfte zu erproben, um seinem Mute vor sich selbst ein Zeugnis abzulegen, so genügt ein Druck der Sporen, und er spottet aller Hindernisse. Er ist der Künstler, der freie, starke, – arme Arbeiter aber sind jene anderen, abhängig von ihrer Maschine, ihr untergeben. Wir ritten oft weit: bis nach Rathenow hinüber, wo der tolle Rosenberg seine Husaren zu lauter Meistern der Reitkunst erzog und trotz Sekt und Morphium von keinem der Schüler je übertroffen wurde, oder westwärts zu den blauen Potsdamer Havelseen, wo die Berliner Touristen uns freilich oft genug die Laune verdarben. Ein Mensch, der sich auf Schusters Rappen vorwärts bewegt, ist der geborene Feind dessen, der vier Pferdebeine unter sich hat, und der strengste Vater sieht ohne ein Scheltwort mit heimlicher Befriedigung seinem Sprössling zu, wenn er mit Steinchen nach den Reitern wirft oder durch lautes Indianergeheul die Pferde zum Scheuen bringt. Die einstige Identität von Reiter und Ritter ist unvergessen, und unter der Schwelle des Bewusstseins schlummert vielleicht irgend eine altmärkische Erinnerung an die Krachts und Quitzows, die den Hass steigern hilft.

Im Spätherbst wars, an einem jener lichtfunkelnden Oktobertage, wo die Buchen im Schmuck ihres roten Goldlaubs glänzen und die dunkeln Silhouetten der Kiefern sich vom hellen Himmel phantastisch abheben. Ein paar Rathenower Husaren begleiteten uns, und die Eitelkeit reizte mich, vor ihnen zu zeigen, was ich konnte. Die Stoppelfelder boten freie Bahn, und kein Hindernis im Gelände war mir fremd. Bis zur alten Eiche im Plauer Wald, schlug ich vor, sollten wir reiten.

»Der Schleier an Ihrem Hut sei der Preis!« rief lachend einer der Herren. »Sie vergessen, dass ich siegen werde!« antwortete ich, den Kopf in den Nacken werfend, und klopfte meinem Braunen aufmunternd auf den schlanken Hals. »Für den Fall wünschen Sie sich ruhig die Krone vom Kaiser von China!« spottete ein anderer, und fort gings in gestrecktem Galopp. Dicht nebeneinander nahmen wir den ersten Graben, – aber schon flog ich voraus, eine halbe Pferdelänge hinter mir der Fuchs meines Vaters, der unter Vetter Fritzens leichtem Gewicht gewaltig ausgriff. Über die Mauer setzte ich und wieder über eine, die das Gehöft eines armen Käthners umschloss. Ich war allein. Jauchzen wollte ich im Vollgefühl nahen Sieges – aber der Ton blieb mir in der Kehle stecken –, ein scharfer Schmerz zuckte durch meinen Körper. Unwillkürlich fuhren die Sporen meinem Gaul in die Flanke. Überrascht von der unverdient schlechten Behandlung, stieg er mit den Vorderbeinen hoch in die Luft, um im nächsten Moment in wahnsinniger Pace vorwärts zu jagen. Jeder Sprung steigerte meine Schmerzen, es dunkelte mir vor den Augen, – ich hing nur noch im Sattel. Mit dämmerndem Bewusstsein sah ich eine große blaue Wasserfläche dicht vor mir: den Plauer See. Wie eine Bitte stieg es auf in mir: trag' mich hinein, mein treues Ross, trag' mich hinein – dass die brennenden Schmerzen sich kühlen! Und mir war, als schlügen die Wellen über mir zusammen.

Im grünen Rasen lang ausgestreckt, kam ich zu mir und sah in das guten Vetters verängstigtes Gesicht, das sich dicht über mich beugte. Tränen standen in seinen Augen, und unterdrücktes Schluchzen erschütterte seine Stimme, als er rief: »Du lebst! Gott Lob – du lebst!« Als mein Vater kam, stand ich schon auf den Füßen und machte krampfhafte Anstrengungen, ihm möglichst sorglos entgegenzulächeln.

Ein Wagen vom Plauer Schloss brachte mich nach Hause, und der rasch geholte Arzt machte mit der Morphiumspritze meinen Qualen ein Ende.

Zwischen Bett und Liegestuhl spielte sich von nun an mein Leben ab. Mein Lieblingsplatz war draußen vor der Mauer, wo der Hollunderbusch geblüht hatte, als ich im Mai gekommen war. Der kleine Liebesgott stand immer noch grade auf den dicken Beinchen, aber die Vöglein zwitscherten nicht mehr im Weinlaub. Dunkelrot hatte der Herbst es gefärbt. Darunter lag ich und sah in den Himmel und hörte die Blätter fallen. Vetter Fritz war fast immer neben mir, meiner Wünsche gewärtig, – er hatte das Lernen nun wohl ganz aufgegeben.

Mit dem berauschenden Gift, nach dem ich immer heftigeres Verlangen trug, kam der Arzt zweimal des Tages, und süße, traumhafte Stunden waren es, wenn der Körper schwer und schwerer und der Geist immer leichter wurde. Zu überirdischer Größe fühlte ich ihn wachsen, und Kräfte durchströmten mich, stark genug, mit einer ganzen Welt den Kampf zu bestehen. Panzerumgürtet sah ich mich wieder, wie einst, wenn ich zur Jungfrau von Orleans mich träumte, und ich schämte mich des tatenlosen, bunten Spiels, das ich getrieben hatte. Aber auch andere Träume kamen, die mich streichelten oder mir heiß das Blut in die Wangen trieben; dann ließ ichs geschehen, dass der Knabe neben mir meine Hände küsste und von der Glut seiner Liebe unsinnige Dinge sprach.

»Erlaube nur, dass ich dich liebe und dass ichs dir sagen kann –« flehte er – »bald werde ich dich nicht mehr sehen dürfen wie jetzt, ferner und ferner wirst du mir sein, – eine Balldame, und ich – ein Schuljunge!« Stöhnend vergrub er den Kopf in meine Kleiderfalten, um gleich darauf mit heißen Augen wieder zu mir aufzusehn: »Aber lieben – lieben werd' ich dich immer!«

»Immer?!« – Wird nicht ein einziger Herbststurm den kleinen Liebesgott wieder vom Sockel werfen? – Ich lächelte wehmütig. Kühl wehte der Abendwind vom Wasser, das die Nebel schon zu verhüllen begannen, und fröstelnd wickelte ich mich dichter in mein Tuch.

Achtes Kapitel

»Nun wird sie schlafen – –« hörte ich in halbem Traum den Arzt zu meiner Mutter sagen, während sich leise die Türe hinter ihnen schloss. Seit vier Tagen hatte ich mich in Schmerzen gewunden, die selbst der Morphiumspritze stand hielten. Heute war ich chloroformiert worden. Durstig hatte ich unter der Gazemaske den süßen Duft wachsender Betäubung eingesogen. Jetzt lag ich schwer, wie in Ketten gebunden, auf dem Bett, – schmerzlos, schlaflos. Ein mattes, rosig flackerndes Licht ging von dem Nachtlämpchen neben mir aus. Die gelben Blätter auf der Tapete zuckten hin und her – zuerst langsam, dann immer schneller, schneller –, mir wurde schwindlig dabei. Ich schloss die Augen. Gott, war ich müde! – Plötzlich sprang die Türe auf, und es schwebte herein, groß, weiß und kalt; Augen sahen mich an, ohne Farbe, wie Mondlichter, – und andere tauchten wie aus Nebelschleiern auf, blutunterlaufene, – in schmerzverzerrten Gesichtern, – hungrige, die gierig nach Beute suchten, – lüsterne, in denen kleine, rote Flammen tanzten. Dabei rauschte es wie von vielen Gewändern, und tappte und klapperte, wie von zahllosen Tritten ... Die Wände rückten auseinander vor der schiebenden drängenden Masse grässlicher Gespenster ... Nun stand sie vor mir, ganz, ganz dicht, die Weiße mit den Mondaugen, und eine Hand, wie von Eis und zentnerschwer, legte sich auf mein Herz. »Queen Mab« schrie ich auf – jetzt saß sie schon auf meinem Bett, und ihre Finger bohrten sich in meine Seite ... Ich aber lag in Ketten gebunden und konnte sie nicht von mir stoßen.

Wir kämpften miteinander – Tage – Wochen. Meine Jugend besiegte sie. Es kamen ganz stille Zeiten, wo die Schneeflocken leise vor meinen Fenstern niederfielen und nur hie und da von weitem ein lauter Ton an mein Ohr schlug: das Stampfen der Pferde im Stall, der Schlag der Domuhr, das lustige Lachen Klein-Ilschens.

Nun wussten die Ärzte endlich, woran ich litt: die Nierenentzündung, die mich so überwältigt hatte, ließ keinen Zweifel mehr daran. Ich musste bewegungslos, grade gestreckt im Bette liegen, auch dann noch, als die Weiße mit den Mondaugen mich längst verlassen hatte. Statt ihrer spitzen Eisfinger in meinem Körper bohrten sich viele kalte Gedanken in mein Hirn.

Wo war ich? Hatte nicht der Morphiumrausch des Leichtsinns alles Gute, Starke in mir eingeschläfert? War ich nicht meinen großen Kinderhoffnungen untreu geworden? Oder: sie mir?! Tanzen, reiten, lachen, mit Herzen spielen, wie mit Federbällen – das Schwesterchen ein bisschen hätscheln, das Haus ein bisschen schmücken –, sollte das des Lebens einziger Inhalt sein? War ich mit sechs Jahren nicht reicher gewesen, wo ich mich als Jungfrau von Orleans träumte, als heute, nach einem Jahrzehnt? Und viel reicher damals, da ich mir den Baldurtempel baute? Ich grub – grub rastlos im verschütteten Schacht meines Innern. Halb verhungert im dunkelsten Winkel, saß sie in sich versunken und grau, meine arme Seele. Wie arm, wie elend war ich! Wo war ein Ziel für mich, des Ringens wert? Wo eine große Flamme, um des Lebens dunkle Asche wieder anzufachen?!

Ein schmales, blasses Antlitze von schwarzen Spitzen umschlossen, beugte sich über mich. »Großmama«, flüsterte ich, und es war, als ob die Hoffnung eine Türe öffnete, die ins Helle führte. »Nur still, mein Liebling, ganz still –« sagte sie lächelnd, und eine Träne fiel mir auf die Stirn, eine Freudenträne.

Mit einer Pflichttreue, die keine Schwäche aufkommen ließ, hatte meine Mutter mich Tag und Nacht gepflegt. Großmama war gekommen, sie abzulösen. Sie war es auch, die, wie immer, wenn es zum Wohle ihrer Kinder und Enkel notwendig war, die Mittel hergab, durch die ich gesund werden sollte. Als der Arzt mir eine karlsbader Kur verordnete, wusste ich wohl, warum Mama die Lippen zusammenpresste und Papa sich unruhig räusperte: was sie hatten, verschlang des Lebens notwendiger Aufwand.

So fuhr ich denn mit Großmama, sobald ich transportfähig war, nach Karlsbad, wo sie selbst so oft schon Heilung gefunden hatte. Ihr alter Arzt, zu dem sie mich brachte, schüttelte den Kopf über mich, einen dicken, kahlen Mönchskopf, der auf einem dünnbeinigen Zwergenkörper saß. »Nur Seelenaufruhr, wo es nicht das Alter ist, führt zu solchen Körperkatastrophen« – ein fragender Blick aus kleinen blitzenden Äuglein richtete sich auf mich. »Wie alt ist denn das Fräulein?«

»Siebzehn Jahr!«

»Siebzehn Jahr!« Er sprang auf vom Stuhl und durchmaß das Zimmer mit kleinen hastigen Schritten, wobei der runde Kopf sich immer von einer Schulter zur andern neigte.

»Liebesschmerzen?!« – Dabei bohrte sich sein Blick in den meinen. Ich lachte verneinend und schwieg. Hätte er andere Schmerzen verstanden, auch wenn ich sie ihm erklärt haben würde?

Mit jener taktvollen Zurückhaltung, die jeden Zwang auf das Vertrauen eines Menschen, – auch des Nächsten, – sorgfältig vermeidet, forschte auch Großmama nicht weiter, und ich, so gar nicht gewöhnt, mich auszusprechen, fürchtete mich fast davor. Aber wenn wir im Morgensonnenschein unsre Spaziergänge machten, auf bequemen Wegen durch duftenden Tannenwald, der grade seine grünen Frühlingskerzchen aufgesteckt hatte, und die Gipfel der sanft geschwungenen Höhenzüge erreichten, die dem Kranken Kraftleistungen so freundlich vortäuschen, dann durchströmte mich linde, lösende Lenzluft, und schüchtern tastend wagten sich Fragen hervor und Geständnisse.

»Ich kann nicht glauben, Großmama«, sagte ich einmal, als sie von dem inneren Frieden durch den Glauben gesprochen hatte. Wir saßen grade vor der großen, alten Fichte, mit dem verwitterten Muttergottesbild daran, die auf dem Wege zum Freundschaftstempel den ganzen Wald zu beherrschen scheint.

»So lass alle Fragen des Glaubens dahingestellt, und handle nur im Geiste Christi, erfülle deine Pflichten, diene den Menschen, unterdrücke die bösen Triebe in dir und pflege die guten, dann wird der Glaube von selbst kommen, und es wird stille werden in dir.«

Ich schwieg, mechanisch zeichnete mein Schirm Kreise in den Sand. War der Baum vor mir nicht auf Kosten derer, die er besiegte, denen er die Sonne nahm, so gewaltig emporgewachsen? Ein lebendiger Protest erschien er gegen das Madonnenbild mit den Schwertern im Herzen, das sich in seine Rinde grub. Etwas in mir empörte sich gegen die gütige alte Frau neben mir. Meine Kraft täglich in kleinen Opfern verbluten lassen, hieß das nicht schließlich mich selber morden? Und ich begehrte ja gar nicht des Ziels, ich wollte nicht stille werden, ich wollte den Kampf und das laute, sprühende Leben. Aber der Mut fehlte mir, zu sagen, was ich dachte. Darum frug ich nur leise: »Und das Glück, Großmama?«

Sie lächelte, und eine ganz kleine, wehe Falte erschien zwischen ihren Brauen.

»Das Glück! – Wir sitzen, wenn wir jung sind, immer wie vor einem Vorhang und starren gebannt darauf hin und erwarten ein Zaubermärchen von dem Augenblick, wo er aufgeht. Indessen versäumen wir all die echten Gaben des Glücks, die es um uns ausstreut: die Liebe der Unseren, die Gaben des Geistes, die Frühlingsblumen und den Sommerhimmel. Mache nur die Augen auf und strecke die Hände aus, dann hast du sie.«

»Ist das alles?!«

»Nein, mein Kind«, entgegnete die Großmutter, und ein feierlicher Ernst legte sich über ihre Züge. »Du wirst Weib werden und Mutter, und Liebe empfangen und tausendfältige Sorgen. Und dann wirst du wissen, dass sie auf sich nehmen und Liebe geben, mehr als dir gegeben wurde, das Glück ist.«

Wir gingen weiter; ich kämpfte mit den Tränen. Meine Mutter fiel mir ein: sie erfüllte bis zur Erschöpfung ihre Pflicht, aber ihre Lippen pressten sich immer enger aufeinander, als müssten sie krampfhaft die Qual zurückdrängen, die nach Ausdruck verlangte. Und an Onkel Walter dachte ich und an jenen unvergessenen Auftritt mit seiner Mutter in Berlin; und an all die leisen Zurücksetzungen und Kränkungen, die sie, die immer Gute, von ihren Kindern zu ertragen hatte. Ich wusste: auch sie hatte gelebt und geliebt und nach schwindelnden Höhen gestrebt, und dies war das Ende, das von ihr gepriesene, von all dem Sehnen, all den heißen Hoffnungen, die einzige Frucht, die aus dem blühenden Leben so vieler Talente, so vieler Kräfte hervorging? Mich überliefs, wenn ich mein Leben an diesem maß. Ich fühlte schmerzhaft die große Kluft zwischen ihrem abgeklärten Alter und meiner gährenden Jugend. Liebe und Verehrung kann bestehen zwischen beiden, auch wohlwollendes Verständnis, und starke Wirkungen können ausgehen von einem zum anderen, aber jene magnetischen Ströme fehlen, durch die das Feinste und Tiefste lebendig vom Menschen zum Menschen flutet. Auf dem Wege zu schwindelnden Bergeshöhen kann der Greis nicht mehr Schritt halten mit dem Jüngling, und grausam ist es, wenn er ihn an sich fesselt, aber noch viel grausamer gegen sich selbst, wenn Jugend, ihre Triebe hemmend, sich freiwillig dem Alter unterwirft. Trennung – auch wenn sie Wunden reißt – ist eine Bedingung des Lebens.

Sich beherrschen, sich unterwerfen war die Quintessenz meiner – und aller – Erziehung gewesen. Darum schämte ich mich meines inneren Widerstandes, sprach nicht von ihm und versuchte, ihn unter der reifen Weisheit, die mir zufloss, zu ersticken. Großmama verlangte es freilich nicht von mir: sie gab nur, wie sie stets nichts als das eine Bedürfnis hatte, mit dem Besten, was sie besaß, andere zu überschütten. Aber ein junges

Pflänzlein ertrinkt nur zu leicht unter der warmen Fülle des Frühlingsregens, die dem starken Baum zur Quelle üppigen Lebens wird.

Mit meiner fortschreitenden Genesung flohen wir die Nähe der Menschen allmählich immer weniger, und ein großer Kreis von Bekannten und Verwandten fand sich allmählich zusammen, aber nur wenige wurden zu unserm ständigen Verkehr und zu Begleitern unsrer langen Spaziergänge. Einen von ihnen hatte ich in Augsburg kennen gelernt: es war Baron Franz Stauffenberg, der gerade damals wegen seiner scharfen oppositionellen Stellung gegen die Wirtschaftspolitik Bismarcks eine in unsern Kreisen berüchtigte und gemiedene Persönlichkeit war. dass er, der Großgrundbesitzer, Freihändler war und blieb, dass er, der Aristokrat, sich der Fortschrittspartei näherte, machte ihn »unmöglich«.

Großmama stand jenseits solcher Vorurteile. Geist und Bildung zog sie an, gleichgültig, wer ihr Träger auch sein mochte, und Stauffenberg gehörte zu jenen immer seltener werdenden Menschen, die sie an ihre Jugend in Weimar gemahnen konnten, wo der Beruf den Einzelnen noch nicht mit Haut und Haaren auffraß und die Vielseitigkeit lebendiger Interessen einen geselligen Verkehr höherer Art möglich machte. Stauffenberg vermied es sogar, über Politik zu sprechen, während er auf jedem anderen Gebiet, das berührt wurde, zu Hause zu sein schien. Noch nie war ich mir so klein und unwissend vorgekommen wie im Verkehr mit ihm. In seiner Vorliebe für englische Literatur traf er sich mit Großmama; dabei schlugen Namen an mein Ohr, und von geistigen Strömungen war die Rede, von denen ich noch nie gehört hatte: Robert Browning – Ruskin – William Morris.

Die bildende Kunst pflegte man in den achtziger Jahren außerhalb der Museen nicht zu suchen; die Beziehung zu ihr war für die meisten dieselbe, wie die zur Religion: sie hörte auf, sobald die Türen der Galerien und der Kirchen sich hinter ihnen schlossen. dass Leben und Kunst eins sein können, fiel in unseren Kreisen niemandem ein. Eine gewisse Leichtigkeit der Existenz, ein durch Generationen sich fortpflanzender Wohlstand ermöglichen erst ihr Ineinanderfließen; Preußen hatte keine künstlerische Kultur. Was ich von Ruskin, und besonders von Morris, erfuhr, zauberte phantastische Bilder in mir hervor: ein perikleisches Zeitalter, ein Florenz der Mediceer. Die Wirklichkeit voll Not, voll Ungerechtigkeit und hässlichkeit, die Großmama demgegenüber heraufbeschwor, weckte mich unsanft aus meinen Träumen. Es sei so viel, so schrecklich viel zu tun, um für die Masse der Menschen nur das nackte Leben möglich zu machen, sagte sie, dass es ihr vermessen erschiene, Bedürfnisse nach Schönheit zu wecken, wo die vorhandenen Bedürfnisse nach Nahrung und Obdach nicht im entferntesten gestillt wären. Und meine Phantasie zerflatterte vor den Empfindungen meines Herzens, die Großmama ohne weiteres recht gaben. Ich blieb auch dann auf ihrer Seite, wenn sie von diesem Standpunkt aus Bismarcks Sozialpolitik verteidigte, und ihre innere Erregung, Stauffenbergs Einwendungen gegenüber, sich in der leichten Röte kund gab, die das feine Elfenbeinweiß ihrer Wangen färbte. Warum, wie Stauffenberg sagte, die Schutzpolitik die möglichen Vorteile der Versicherungsgesetzgebung illusorisch machen würde, darüber grübelte ich um so vergeblicher nach, als national-ökonomische Terminologie für mich Hieroglyphen bedeutete. Zu fragen hatte ich nicht den Mut; es gehört echte Bildung dazu, Unwissenheit einzugestehen. Mein Bedürfnis nach Heldenverehrung war überdies zu groß, als dass ich Verlangen nach Mitteln getragen hätte, die Bismarck hätten entgöttern können. Von Politik wurde von jener Unterhaltung ab kaum mehr gesprochen.

Irgend eine naturwissenschaftliche Broschüre, wie sie damals, wenige Monate nach Darwins Tod zahlreich erschienen, brachte die Rede auf den großen Forscher. Nichts hätte mich mehr verblüffen können, als dass ein ernster Mann wie Stauffenberg, dessen Wissen ich bewunderte, ihn nicht nur verteidigte, sondern die Ergebnisse seiner Untersuchungen ernst nahm. Bei Erwähnung seines Namens hatte man doch sonst immer nur spöttisch gelacht, und dass wir, nach ihm, vom Affen abstammen sollten, hatte zu nichts als zu zahllosen Witzen und Karikaturen den Anlass gegeben. Für mich persönlich kam hinzu, dass meine naturwissenschaftliche Bildung gleich Null war, mir also zu selbständigem Nachdenken alles geistige Rüstzeug fehlte. Großmama ging es nicht viel besser: zu ihrer wie zu meiner Zeit war die Bildung der Frauen eine rein schöngeistige gewesen. Stauffenberg hielt uns daher förmliche kleine Vorträge zur Einführung in die Ideenwelt Darwins, – im Ton des geistvollen Plauderers, wie immer, und doch so klar und durchdacht in der Gedankenfolge, dass kein Buch aufklärender hätte wirken können. Großmama war auffallend still und nachdenklich nach solchen Gesprächen und warf nur immer wieder die Frage auf, mit welchen Gründen die Gegner Darwins seinen Anschauungen entgegenzutreten pflegten. Erst allmählich hellten sich ihre Züge wieder auf, und einmal sagte sie mit dem ihr eignen, das ganze Antlitz durchleuchtenden Lächeln: »Sie haben mich alte Frau auf dem gewohnten Wege förmlich taumeln lassen, lieber Baron. Aber nun gehe ich dafür um so sicherer. Ich empfand in allem, was Sie sagten, das heraus, was Sie nicht sagten, und wohl auch gar nicht sagen wollten, was aber, meiner Ansicht nach, der Grundzug der Lehre Darwins ist: ihre Gegnerschaft zum Christentum. dass Gott den Menschen schuf nach seinem Bilde, dass die Sünde die Ursache alles menschlichen Elends ist und es keine Erlösung daraus gibt, als durch die göttliche Gnade, – dass es unsre höchste Aufgabe ist, zu leben wie Jesus, den Schwachen zu helfen, den Niedrigen und Verachteten beizustehen, und dass der rohe Kampf ums Dasein überwunden werden wird durch die Liebe, – widerspricht das nicht bis ins Kleinste den Lehren Darwins? Der Glaube an das christliche Evangelium aber, die Befolgung dessen, was es verlangt, hat mich nach den Kämpfen meiner Jugend zu innerem Frieden geführt, und die Überzeugung lebt unerschüttert in mir, dass die tragischsten Probleme der Welt, Armut und Unglück, gelöst wären, wenn nur alle Menschen echte Christen wären. Soll ich mir am Ende meines Lebens diesen Glauben nehmen lassen? Eine Anerkennung Darwinscher Theorien bedeutet doch für uns, die wir Laien sind, auch nichts anderes als Glauben an ihn. Und Sie sagen selbst, dass Koryphäen der Wissenschaft ihn mit wissenschaftlichen Gründen bekämpfen. Wäre es nicht heller Wahnsinn, wenn ich, wie ein ungeübter Schwimmer, mich vom sicheren Port erprobten Glaubens in die brandenden Wogen fremder Ideen stürzen wollte, nur weil vielleicht – vielleicht! – irgendwo in weiter Ferne ein neues festes Land zu finden ist?! Ich bin zu alt dazu – –«

Statt aller Antwort küsste Stauffenberg Großmama stumm die Hand. Meine Erregung war aber so stark, dass sie nach Ausdruck verlangte.

»Und wenn ich das neue feste Land nie erreichen sollte, – ich würde lieber im Meere untergehen, als immer nur sehnsüchtig vom sicheren Port aus zusehen, wie es tobt und schäumt«, sagte ich, und meine Stimme zitterte dabei.

Ein Schatten flog über Großmamas Züge. Sie legte ihre schmale kühle Hand auf meine heißen Finger. »Das Leben wird schon dafür sorgen, dass es beim bloßen Wünschen nicht bleibt, mein Kind«, dann sich wieder zu Stauffenberg wendend, fügte sie hinzu: »Sie sehen, wie wenig unsere Lebenserfahrungen unseren Enkeln nützen. Jeder fängt von vorn an, und wir können schließlich nur Tränen trocknen und Wunden verbinden.«

Bald darauf reiste Stauffenberg ab, und ein andrer trat mehr und mehr an seine Stelle. Es war Karl von Gersdorff, ein Neffe meiner Großmutter, der auch zu jenen aus der Art geschlagenen Sonderlingen gehörte, die aristokratische Familien sich gern von den Rockschößen abschütteln. Wie oft hatte ich in Pirgallen über ihn spotten hören, der »wie ein Schulmeister« aussah, ein »Fräulein so und so« geheiratet hatte, und mit »Kreti und Pleti« befreundet war, wie geringschätzig zuckten sie die Achseln, wenn Großmama ihn verteidigte. Er war ein begeisterter Freund Friedrich Nietzsches, hatte ihm sogar einmal, zum Entsetzen der Verwandtschaft, sein Gut zum Asyl angeboten. Durch Nietzsches Abkehr von Richard Wagner war eine leise Entfremdung zwischen beiden eingetreten, denn Gersdorff wurde ein um so leidenschaftlicherer Wagnerianer, je mehr sich der Meister zu den Ideen seines Parsifal entwickelte. Als wir in Karlsbad zusammentrafen, war Wagner kaum ein Jahr tot, und sein Wesen, seine Werke, seine Weltanschauung bildeten den Inhalt fast aller Gespräche. Hatte seine Musik mich in jenen Zustand höchster Ekstase versetzt, der das ganze Ich in Andacht und Entzücken auflöst, so erschienen mir seine Gedanken überraschend und doch vertraut. Sein Groll gegen die bestehende Zivilisation mit ihrem Inhalt an materieller und geistiger Not, sein Glaube an die Möglichkeit einer künftigen Regeneration, seine Kritik des gegenwärtigen Christentums, mit dem wahren Geiste des Evangeliums verglichen, und seine Erhebung der Kunst zur Höhe lebendig dargestellter Religion, – hatte nicht irgendwo, tief verborgen, all das auch in mir geschlummert? Ich begrüßte es jetzt mit der freudigen Überraschung, wie wir längst vergessene alte Freunde, die plötzlich aus dem Gewühl der Gleichgültigen vor uns auftauchen, zu begrüßen pflegen. Im stillen verurteilte ich Nietzsche, – dessen Namen ich übrigens zum ersten Male hörte, – der dem großen Freunde hatte untreu werden können, und begriff nicht Gersdorffs Anhänglichkeit an ihn.

Eines schönen Maienmorgens saßen wir in großer Gesellschaft eben eingetroffner Verwandter auf der »alten Wiese« vor dem »Elefanten«; Großmama war mit ihnen in die Besprechung alter und neuer Familiengeschichten vertieft, die mich immer sehr langweilten; Gersdorff las in einem der vielen Bücher, ohne die er das Haus nicht zu verlassen pflegte. Ich machte mich im stillen über die bademäßig herausgeputzte, mit rosa Brottüten bewaffnete, rührig, wie zum ernstesten Geschäft, ihrem Ziel, dem lockenden Frühstück, zustrebende Menge lustig, die an uns vorüberflutete. Mir war sehr wohl, sehr behaglich zumute, wie nur einem jungen Gesundgewordnen sein kann, der die gekräftigten Glieder in der warmen Frühlingssonne dehnt. Da fiel mein Blick auf die »Fröhliche Wissenschaft«, Nietzsches jüngstes Werk, das neben Gersdorffs Tasse lag. Er hatte Großmama zuweilen einzelne Abschnitte daraus vorgelesen, von denen mir die Empfindung des unheimlich Fremden zurückgeblieben war. Mechanisch fing ich an, darin zu blättern, bis ein Satz mir ins Auge sprang: »Das Leben sagt: Folge mir nicht nach; – sondern dir! sondern dir! Leidenschaft ist besser als Stoizismus und Heuchelei, Ehrlichsein, selbst im Bösen, besser, als sich an die Sittlichkeit des Herkommens verlieren ...«

Wenn ein eisiger Luftstrom durch plötzlich weit aufgerissne Fenster den im warmen Zimmer Sitzenden trifft, so schauert er zuerst frierend und angstvoll zusammen, um im nächsten Augenblick mit tiefen durstigen Zügen den reinen Quell einzusaugen, der ihm die dunstig-schwere Schwüle ringsum erst zum Bewusstsein bringt. Wie solch einem war mir zumute. Kämpfte ich nicht ständig, um mich dem Leben und dem Herkommen unterzuordnen? Versuchte ich nicht, mir einzureden, jeder Sieg über meine innersten Triebe sei ein Zeichen wachsender Tugend? Und hatte doch stets ein schlechtes Gewissen dabei!

Lustige Stimmen schlugen an mein Ohr:

»Auf Wiedersehen beim Konzert nachmittag ...«

»Gehst du zur Reunion heut abend? ...«

»Wir gehen ins Theater ...«

Halb abwesend starrte ich von einem zum andern.

»Alix hat Tagesträume«, hörte ich Großmama sagen; verwirrt schlug ich das Buch zu. Abends vor dem Schlafengehen trug ich den Satz aus dem Gedächtnis in mein Notizbuch ein – zwischen lauter Adressen, Gedichten und Rezepten. Mit Großmama wechselte ich kein Wort darüber; ich fürchtete mich; wie ein Dieb kam ich mir vor, der ängstlich den gestohlenen Brillanten hütet, und instinktiv fühlte ich, dass es keinen größeren Gegensatz geben könne, als den zwischen diesen Worten und der Lehre von der Nachfolge Christi, zu der Großmama sich bekannte. Ein Schleier war zwischen uns niedergefallen, der nicht trennt, aber die Klarheit der Züge verwischt.

Ende Mai machten wir unserem Arzt die Abschiedsvisite.

»Na also!« sagte er zufrieden, »da wären die roten Backen wieder! Aber nun gilts brav sein und gehorchen und das Herzchen festhalten! ...«

Nachdem er eine Reihe von Verordnungen gegeben hatte, hielt er zögernd inne. »Und nun das Schlimmste für so ein junges, hübsches Fräulein: für die nächsten sechs – acht Monate ist jede Art starker Bewegung verboten. Also kein Reiten – kein Tanzen –«

Er erwartete offenbar meinen heftigsten Widerspruch und sah mich auf mein freimütiges »Gewiss, Herr Doktor« mit unverhohlenem Erstaunen an.

»Du bist ein tapfres Kind!« sagte Großmama, als wir die Treppe hinuntergingen.

»Gar nicht, Großmama!« erwiderte ich. »Denn nur eins wünsch ich mir: Ruhe zum Lernen, zum Lesen und Arbeiten.«

Ein Besuch in Weimar, den wir vorhatten, und der dem langen Aufenthalt in Pirgallen vorausgehen sollte, erschien mir zunächst nur wie eine Störung. Aber je mehr wir uns der Stadt Goethes näherten, desto mehr freute ich mich darauf. Während Großmama versuchte, das Enkelkind mit dem, was ihrer an Menschen und Dingen dort wartete, vertraut zu machen, verlor sie sich in den Erinnerungen ihrer Jugend. Und ich sah sie vor mir, die Männer mit den feinen glatten Gesichtern über den hohen Vatermördern, die Frauen mit den kunstvoll frisierten Köpfchen und den schlichten Mullfähnchen, wie sie auf den Wiesen von Tiefurt Blindekuh spielten und zierlich-gravitätisch im Schlosssaal die Gavotte tanzten; ich hörte, wie sie mit Lamartine und mit Byron weinten und schwärmten, ich fühlte, wie ihre Gemüter sich tiefer Freundschaft erschlossen, wie ihre Herzen schlugen in Liebesglück und Leid. Zu Goethes Füßen sah ich die Großmutter sitzen, stumm, ehrfurchtsvoll – ein Lauschen, ein Empfangen. Zur ärmsten Zeit Deutschlands, – wie reich war sie gewesen! Und eine Heimat hatte sie gehabt, aus der die Wurzeln ihrer Seele noch heute Lebenskräfte sogen.

Ich saß am Kupeefenster im Abenddämmerlicht; Großmama schlummerte mir gegenüber, noch ein Lächeln der Erinnerung auf den Zügen. Wälder und Felder, Häuser und Gärten flogen an mir vorbei. So ist mein Leben, dachte ich. Alles entschwindet mir, kaum dass ichs betrachten konnte; nirgends wurzle ich. Dabei fielen mir Verse ein, die ich hastig in mein Notizbuch kritzelte:

Ein Vagabund bin ich genannt,
Will niemand von mir wissen;

Die Sohlen hab ich durchgerannt,
Mein Wams ist längst zerschlissen.

Zur Arbeit ruft man mich umsunst,
Trag nicht danach Verlangen,
Steh bei der Lerche hoch in Gunst,
Die lässt sich auch nicht fangen;

Die singt ihr Lied auf freiem Feld
Mit freier, lustger Kehle,
Die schmettert hoch in alle Welt,
Und hörts auch keine Seele.

Doch eines ist, das wurmt mich schwer:
Sie hat ein Nest, ein kleines; –
Ich zog die Lande hin und her –
Wo aber, sagt, ist meines?!

In Weimar wohnten wir bei Großmamas Bruder an der Ackerwand, dicht neben dem Hause der Frau von Stein, wo die Lorbeerbäume in ihren großen Kübeln noch ebenso auf dem Vorplatz standen, wie zu der klassischen Zeit, da die »liebe Lotte« unter ihnen zum Nachmittagtee ihre Freunde empfing. Aus unsern Fenstern sah man weit hinein in den Park.

Am ersten Morgen, als die Sonnenstrahlen nur gerade die Wipfel der alten Bäume trafen, schlüpfte ich hinaus. Zauberhaft still und einsam war es; nur ein heimliches Vogelzwitschern, ein fernes Flüstern der Ilm verriet das Leben. Auf dem grünen Wiesenplan vor dem Hochmeisterhaus funkelten die Tautropfen an den Zittergräsern; die roten und weißen, die gelben und blauen Blüten an den Büschen strahlten im Glanze eben entfalteter Pracht. Weiter unten, wo im Felsen die steile Treppe abwärts führt zum Ilmtal, stieg feuchter würziger Erdgeruch zu mir empor. Die geschlossenen Fensteraugen der Einsiedelei sahen aus wie die eines Schlafenden, minutenlang stand ich davor, traumbefangen, und wartete auf den geheimnisvollen Bewohner, der sie öffnen sollte. Aber die Ilm plätscherte, als lachte sie mich aus.

Über der Brücke, hinter den dunkeln Büschen und Bäumen, lag die Erde noch eingehüllt in ein durchsichtig-weißes Nebeltuch, das kecke

Sonnenstrahlen zu zerreißen sich bemühten. Und ein helles Häuschen schimmerte lockend vom jenseitigen Hügel, das mir vertraut entgegensah, als wäre ich drüben daheim. War es nicht aus dem Rahmen getreten, der in Pirgallen in Großmamas Zimmer hing? Dort hatte ich es gesehen von klein auf, und wenn ich vom Zuckerhäuschen im Walde hatte erzählen hören, konnte ich mirs nie anders vorstellen. Ob ich mich wohl hinüber wagen könnte durch den Nebel? Erlkönigs Töchter tanzten hier, wie einst, da sie den hellsehenden Augen des Dichters erschienen.

Und nun war ich drüben. Aber die weiße Tür zwischen den grünen Hecken verschloss das stille Reich hinter ihr. Scheu sah ich mich um; niemand weit und breit! Der niedrige Holzzaun hinter der zweiten breiteren Pforte war kein unüberwindliches Hindernis – ein paar Risse im Rock, eine Schramme am Arm –, und in Goethes Garten stand ich. Der Ton knarrender Wagenräder trieb mich den langen, Unkraut bewachsenen Weg hinunter bis hinter das Haus. Grünes Dämmerlicht nahm mich auf, kein Blättchen rührte sich über mir; auf der Lehne der morschen Bank saß regungslos mit hochgestellten Flügeln ein großer blauschwarzer Schmetterling. Die Stille herrschte – eine Stille, als wäre die Erde versunken –, und nur dieser Raum mit dem toten Hause davor schwebte in der ungeheuren Weite des Weltraums. Ich presste meine Hände auf das wildklopfende Herz, und große Tränen tropften unaufhaltsam aus meinen Augen. Aber dann schämte ich mich: wie konnte ich – ich! mit meinem unnennbaren Weh diesen heiligen Ort entweihen! Leise auf den Zehenspitzen, das Kleid gerafft, damit sein Rascheln nicht störe, schlich ich davon.

Auf den mächtigen Würfel aus Granit mit der Kugel darauf lehnte ich mich und vergrub, bitterlich weinend, das Gesicht in den Händen. Da stimmte ein Vöglein über mir sein Morgenlied an, und aus dem nächsten Baum antwortete ihm ein anderes, bis es zwitschernd, tirilierend und flötend von allen Zweigen klang, – ein jubelnder Gruß an die siegende Sonne. Tief aufatmend streckte ich die Arme und dehnte die Brust, und plötzlich freute ich mich, dass ich gar nichts war als ein junges Menschenkind mit dem ganzen reichen großen Leben vor mir. In schwärmerischer Verzückung sank ich vor dem Altar des guten Glücks in die Knie und betete den Unsterblichen an, dessen Atem ich zu fühlen meinte.

Noch am selben Tage ging ich mit Großmama nach dem Frauenplan, um in Goethes Stadthaus den letzten seines Namens zu besuchen, der ihr Jugendfreund war. Still und zurückgezogen, sich ängstlich vor der Berührung mit der Welt hütend, lebte Walter Goethe oben in den Giebelzimmern seiner verstorbenen Mutter. Ein großes Bild des Dichters hing im Empfangsraum; es erdrückte die kleine Stube und noch mehr den kleinen, armen Nachkömmling darin. Ich konnt es nicht fassen, dass dies ein Goethe war! Erst als die beiden Freunde miteinander sprachen, fühlte ich die andere Welt, aus der sie stammten. Wie warm und echt waren die Empfindungen, denen sie Worte liehen, wie lebendig die Interessen, an denen sie Anteil nahmen, – so sprach man heute nicht mehr miteinander, wo Gefühl ein Spott und Blasiertheit Trumpf war.

Je länger wir in Weimar blieben, desto mehr empfand ich seinen Geist. Freilich, die Menschen, mit denen Großmama verkehrte, waren alle alt, alles ihre Zeitgenossen, und doch, weil sie treu ihrer Jugend waren, seelenjung. Da war der Onkel, bei dem wir wohnten, ein Mann von jener schlichten Vornehmheit, die allein das Zeichen echter Kultur ist; da war der Großherzog mit seiner leidenschaftlichen Liebe für Weimars Tradition, der er bescheiden sich selbst unterordnete, überall nach geistigen Werten Umschau haltend und sich der Funde freuend, wie ein Sammler an seinen Schätzen; da waren Frauen, die begeistert und begeisternd nicht Namen und Titel und bunte Uniformen zu Gaste luden, sondern führende Geister, werdende und gewordene. Ich taute allmählich auf in dieser Umgebung und lernte, ohne Scheu vor dem Ausgelachtwerden oder dem erstaunten Verstummen der andern, von dem reden, was mich interessierte, und fragen nach dem, was ich zu wissen begehrte. Der Vorsatz befestigte sich in mir: ich wollte nicht mehr zurück in die Welt der Konvention und der kühlen Phrase, wo feste Schlösser vor Herz und Mund Bedingung guter Erziehung sind.

Großmama sprach von einem künftigen Hofdamenposten für mich. So ganz nach meinem Geschmack war das allerdings nicht; von all den Tanten und Kusinen, die ihn inne hatten, wusste ich, wie viel drückende Dienstbarkeit er mit sich brachte. Aber viel besser erschien es mir immerhin, in Weimar abhängig zu sein, als von einer Garnison zur andern stets in derselben Leutnantsatmosphäre leben. Meine heimlich gehegten Dichterträume würden hier vielleicht reifen können, und ganz im Verborgenen tauchte dazu eine romantische Hoffnung auf: ihn hier zu finden, den märchenhaften Schwanenritter, dem mein Herz gehören sollte!

Gegen Ende unsres Aufenthalts ging ich noch einmal mit Großmama zu Walter Goethe. Er war ungewöhnlich freundlich zu mir und erfüllte ohne weiteres meinen Wunsch, allein in Goethes Zimmer gehen zu dürfen. Ich schloss sie mir auf und öffnete die kleinen Läden und stand dann still und stumm mit gefalteten Händen vor dem Stuhl, in dem er gestorben war, an seinem Bett. Wie einem, der auszieht zum Kampf und Abschied nimmt, unsicher, ob er jemals wiederkehrt, war mir zumute. Goethes Gebet kam mir unwillkürlich auf die Lippen: Gib mir große Gedanken und ein reines Herz.

Ich mochte blass und verweint genug aussehen, als wir abreisten; sorgenvoll sah mich Großmama an: »Bist du nicht wohl, mein Kind?«

Da kam mir zum Bewusstsein, was ich ihr alles verdankte: Zu dem heißen Wunderquell hatte sie mich geführt, der meinen Körper heilte, und erschlossen hatte sie die Quellen, die meine Seele nährten. Mit beiden Händen griff ich nach ihrer Hand und presste die Lippen darauf: »Ich bin ganz, ganz gesund, Großmama!«

Neuntes Kapitel

Auf dem Wege nach Pirgallen machten wir bei einer Reihe von Verwandten Station. Ich kam mir vor, als wäre ich von luftiger Bergeshöhe in schwüle Niederung geschleudert worden. »Wir haben eine Vetternreise hinter uns: in Sachsen, in der Mark, in Pommern – überall derselbe Schlag Krautjunker, je nach der Größe der Geldbeutel echt oder unecht überfirnisst, bei allen dieselbe souveräne Verachtung geistiger Werte –« schrieb ich an meine Kusine Mathilde. »Meine Vettern in Ingershausen – übrigens ein pompöses Schloss, das August dem Starken, seinem Erbauer, alle Ehre macht –, die früher an beängstigender Wasserscheu litten, sind Gigerl par excellence geworden, gardereif. Ihre Schwester, eine Venus von Milo, hat schon mit siebzehn Jahren geheiratet, kriegt ein Kind nach dem andern und den fatalen Zug um den Mund, den ich noch bei jeder jungen Frau entdeckt habe: ich glaube, es ist der der Enttäuschung. Ein paar Kindheitsfreundinnen, die ich wiedersah, und die mir vor Jahr und Tag mit allen Zeichen des Triumphes – sie hatten mich ja im Rennen um den Mann um ein paar Pferdelängen geschlagen! – ihre Verlobung mitgeteilt hatten, traten mir jetzt als hochschwangere Frauen entgegen: blass, missmutig. Ich hätte nun gern meinerseits triumphiert, aber das Mitleid mit den armen Würmern, die sie mit solcher Giftlaune unter dem Herzen tragen, überwog. Ein Weib, das ein Kind erwartet, sollte sein wie eine Siegerin!«

Ich atmete auf, als wir endlich in Pirgallen waren, wo ich hoffte, mich meinen Studien und Arbeiten ganz überlassen zu können. Dort hatte sich inzwischen mancherlei verändert. Mein Onkel hatte sich in den Reichstag wählen lassen, – auf vieles Zureden seiner Parteigenossen, denn in ihm selbst regte sich zu stark das alte Herrengefühl des ostdeutschen Junkers, als dass es ihm nicht widerstrebt hätte, die durch das allgemeine Wahlrecht nun einmal festgesetzte Gleichheit zwischen Herr und Knecht auch nur äußerlich anzuerkennen. dass er, dessen Verkehr mit den Untergebenen nur im Befehlen, Tadeln und Strafen bestand, von ihrer Gunst abhängig war, ja sogar um sie werben musste, erschien ihm als eine Entwürdigung. Er war dabei ein so ehrlich überzeugter Konservativer, so durchdrungen davon, dass jede Erweiterung der Freiheit und der Rechte der unteren Volksklassen zu ihrem eigenen Verderben ausschlagen würde, dass er sich vollkommen berechtigt glaubte, auch durch ungesetzliche Mittel den Einfluss liberaler oder gar sozialdemokratischer Strömungen zu bekämpfen. Seinen ehemaligen Viehhirten, einen notorischen Säufer, der sozialdemokratisch gestimmt hatte, weil »der Herr Baron dem Krugwirt verboten hatte, ihm mehr als zwei Glas Schnaps zu geben«, pflegte er seiner Mutter gegenüber immer wieder zu zitieren, wenn sie das »Recht auf die persönliche Überzeugung« verteidigte. »Gar nichts wusste der Kerl sonst von der Sozialdemokratie«, sagte er, »er konnte weder lesen noch schreiben. Jeder, der ihm Fusel gibt, dessen ›Überzeugung‹ hat er. Stellt Euch vor, alle Viehhirten und Konsorten stimmten wie er und kämen zur Macht, – eine nette Wirtschaft würde das.« Und als Großmama einwarf: »So gebt dem Volk eine bessere Bildung«, antwortete er: »Damit jeder Instmannsjunge Professor werden und keiner mehr arbeiten will! Dann sollen wir wohl unsere Frauen vor den Melkeimer setzen und uns hinter den Pflug stellen?«

»Vielleicht entspräche solch ein Wechsel der göttlichen Gerechtigkeit«, meinte Großmama lächelnd, »seit Jahrhunderten gingen sie hinter dem Pfluge – am Ende ist jetzt die Reihe an Euch!« Mit hochgeschwollener Stirnader sprang der Onkel vom Stuhl und warf die Türe hinter sich zu. Er war reizbarer als sonst. Zu deutlich pochte die neue Zeit an das schwere Burgtor von Pirgallen, und er selbst hatte die Zugbrücke, die unliebsamen Gästen den Eingang wehrte, in eine feste, steinerne verwandelt. Er selbst hatte bei der Regierung all seinen Einfluss daran gesetzt, damit die Eisenbahn bei ihm vorbei gelegt, der Hafen am Kurischen Haff an seine Gutsgrenze gebaut werde. Nun konnten seine Steine zu fernen Bauten über die Ostsee entführt werden, und die Erträgnisse seines Gutes fanden in Berlin zahlungskräftige Käufer, – aber neue Gedanken waren mit den fremden Ingenieuren und Arbeitern eingeführt worden. Er selbst strebte danach, sein Besitztum, das seine Väter schlecht und recht ernährt hatte, in eine kapitalistische Unternehmung zu verwandeln, von der er Millionen erwartete. Aber mit den Maschinen, mit den Kanälen, den Wiesenmeliorationen, den neuen Bebauungsweisen, der ganzen intensiven Art der Bewirtschaftung kamen Scharen neuer Arbeitskräfte ins Land, von denen die Alteingesessenen Ansichten und Bedürfnisse rasch, Handfertigkeit und

Verständnis aber um so langsamer lernten. Die Unzufriedenheit wucherte wie Unkraut, und am üppigsten in den kleinen strohgedeckten Katen, deren Bewohner seit Generationen im Dienste der Golzows standen.

In einer der ältesten hauste die alte Maruschka mit Kindern und Enkeln, ein verhutzeltes, zitteriges Weiblein. Wie braune Fichtenrinden waren ihre Wangen und ihre Stirn, die Augen eingesunken, weiß und gelb wie versteckte Harzlöcher. Nur wenn sie Großmama sah, verzog sie die dünnen Lippen zu einem Grinsen. Vor Jahren hatte ich sie, die seit ihrer frühsten Mädchenzeit in der Burg diente, noch in einem der dunkelsten Räume, dicht über dem Wassergraben, von morgens bis abends vor dem alten mächtigen Webstuhl sitzen sehen. Alle Mägde trugen die Stoffe, die sie wob: feste harte, aus groben blauen und roten Fäden. Die »junge Frau Baronin« hatte sie aufs Altenteil gesetzt, – sie brauchte das Zimmer, und die hübschen Dienstmädchen trugen das altmodische Zeug nicht mehr. Nun hasste die Alte die neue Zeit und alles, was sie mit sich führte. An ihrem schwelenden Herdfeuer in der engen Stube mit dem grauen schmierigen Lehmboden, wo Hühner, Gänse, Ferkel und Kinder durcheinander gackerten, quiekten und schrieen, war die Freistatt aller Murrenden. Sie hetzte die Schüchternen auf, die noch in blinder Unterwürfigkeit an der Herrschaft hingen, sie lobte die Unbotmäßigen und hatte trotz all ihrer Armseligkeit stets den Schnaps bereit für die, die im Krug mit den »Neuen«, den »Städtischen« nicht zusammen sitzen mochten.

Ihr Jüngster, der Franz, war Stallknecht, dem mein Onkel seiner Gewandtheit wegen häufig die wertvollsten Pferde überließ. Eines abends sah er, dass die »Delilah«, die der Franz hatte bewegen sollen, schweißtriefend und ohne Decke in ihrer Box stand, während er auf seinem Bett daneben seinen Rausch ausschlief. Ehe ich, die ich dabei stand, es verhindern konnte, sauste meines Onkels Reitpeitsche ihm quer übers Gesicht. Taumelnd erhob er sich, sah meinen Onkel mit blöden Augen an und fiel ihm heulend zu Füßen. Ich wollte mich schon empört abwenden, – empörter noch über den Feigling, der vor mir winselte, als über den Onkel –, als mich aus dem Augenwinkel des auf dem Boden Kauernden ein Blick traf, wie der eines wilden Tieres. Am nächsten Morgen lag eine der Zuchtstuten verendet im Paddock. Keiner von uns zweifelte, dass Franz der Täter war, ich, die ich hartnäckig schwieg, am wenigsten. All seine Arbeitskollegen jedoch standen auf seiner Seite und lenkten den Verdacht auf die Kanalarbeiter. Zu beweisen aber war nichts. Onkel Walter entließ den Knecht und verbot ihm mit allem Nachdruck, den Boden Pirgallens wieder zu betreten. Wir saßen gerade in der Halle beim Frühstück, als die alte Maruschken unangemeldet auf der Freitreppe erschien, die verschrumpelten braunen Hände über ihrem Krückstock gefaltet, im selbstgewebten Sonntagsstaat, den eisgrauen Kopf von einem schwarzen Tuch umwunden, die kleinen Bernsteinaugen funkelnd auf uns gerichtet, wie die Waldhexe aus dem Märchen.

»Verzeihen die gnädige Herrschaft«, hob sie mit stockender Stimme an –

»Was willst du, Maruschken?« frug Großmama, ihr gütig die Hand entgegenstreckend, während Onkel sich ungeduldig räusperte.

»O mai allerkutestes gnädiges Frauchen«, – schluchzend stürzte die Alte vor ihrer einstigen Herrin nieder und zog demütig ihren Rock an die Lippen, »mai Jung hat das Perdchen, das liebe kute Perdchen, nich erstochen! Schickens ihn nich in die Fremde! Mai Vater, mai Großvater, mai Ahne – alle, alle haben der gnädigen Herrschaft gedient mit Leib und Leben – schickens uns nich fort!« Ihre Stimme wurde krächzend wie Rabenstimmen, wenn sie im Herbst auf den Stoppelfeldern sitzen.

»Mein Sohn schickt euch ja nicht fort, Maruschken«, antwortete Großmama. »Nur den einen von deinen Kindern, und – wenn er sich draußen gut führt –« bittend sah Großmama zu Onkel Walter herüber – »darf er gewiss wieder nach Hause kommen.«

Die Alte richtete sich auf. Stumm sah sie von einem zum anderen.

»Nimmt der gnädige Herr Baron den Befehl zurück?« kam es leise und zischend über ihre halbgeöffneten Lippen.

»Nein!« Ein Faustschlag auf den Tisch bekräftigte Onkel Walters heftige Antwort. »Und nun geht, Maruschken. Mein letztes Wort habt Ihr!«

Fest auf den Stock gestützt, reckte die Alte den krummen Rücken und hob den Kopf, dass die Sehnen an ihrem Halse wie braunrote Stricke hervortraten.

»Die alte Maruschken geht, mai kutestes Herrchen, – geht weit – weit weg und nimmt mehr mit, viel mehr, als bloß ein Perdchen! – – Auf diesen alten Armchen trug ich den jungen Herrn – gab ihm die Brust, statt dem eignen Jungchen. Und gearbeitet hab ich an die vierzig Jahr auf Pirgallen – und Söhne und Töchter hab ich geboren und aufgezogen in Gehorsam vor der Herrschaft und Gottesfurcht, und sie arbeiten auch auf Pirgallen, für die gnädige Herrschaft« – –

Ungeduldig unterbrach der Onkel ihren Redefluss. »Ich bin der letzte, der deine treue Arbeit nicht anerkannt und redlich belohnt hat. Aber einen widerhaarigen Trunkenbold – und wenn er zehnmal dein Sohn ist – kann ich nicht brauchen. Meine Geduld ist erschöpft – hüte dich, Alte, mich noch zu reizen. Ich weiß recht gut, wo die Stänker und Hetzer zu Hause sind!«

»Gar nichts weiß der Herr Baron, gar nichts« eiferte sie. »Im Krug, wo die Kanalarbeiter sitzen, beim neuen Inspektor, wo die fainen Herren aus der Stadt morgens und abends Wein trinken, in der Gesindestube, wo die vornehmen Diener mit die Stadtmädchens schäkern, da sind die Stänker; – bei der alten Maruschken nich! Wir halten noch auf alte Art und Zucht, wir lieben das liebe Landchen, die Burg, und die Kirche und die Kate. Aber die anderen, das sind Ausländsche, die blos aufs Geld sind und keinen Glauben nich haben. Warum holt sie der Herr Baron und unsere Jungchens schickt er weg, dass sie auch so werden wie die Fremden? – – Zu Haus wollen wir bleiben –« ihre Stimme kreischte – »mit die Kindersch. Aber wo die rechte Liebe weg is, geht auch die Ehrfurcht und der Gehorsam ... Die Peitsche ins Gesicht, – das haben der alten Maruschken ihre Jungchen nich verdient um die Herrschaft –«

Wütend erhob sich der Onkel: »Nun hab ich die Komödie satt, scher dich zum Teufel.«

Mit aufgerissenen Augen starrte die Alte ihn an und beachtete Großmama gar nicht, die begütigend ihre Hand auf ihre Schulter legte.

»Ich scher mich, ich scher mich, aber zum Teufel nich!« schrie sie, »der Teufel is zu Haus jetzt auf Pirgallen, – alle bösen Geister gehen um, – im Turm krachts, wo die gnädige Herrschaft die faulen Insten in Ketten legte, und aus dem Haff steigen die toten Fischer auf – die alte Maruschken geht – das liebe Herrgottche suchen –«

Wie unter einem Zwang waren wir alle verstummt. Die Steintreppe humpelte sie hinab – sie wandte den Kopf nicht mehr – sie war jetzt ganz klein und zusammengesunken. Am folgenden Tage stand ihre Kate leer, – bei Nacht und Nebel war sie mit ihren Kindern und Enkeln davongegangen, ihren armseligen Hausrat auf zwei Karren mit sich schleppend. Die Leute flüsterten noch lange mit leisem Grauen davon, wie sie drohend den Krückstock erhoben habe, als sie an der Burg vorbeikam, und unaufhörlich vor sich hinmurmelnd dem Zuge der ihren voran geschritten sei, vor jeder Hütte am Wege inne haltend, um den aus dem Schlaf geschreckten Bewohnern zu erzählen, dass der Herr von Pirgallen sie von Haus und Hof vertrieb.

Auch für mich war der Eindruck ein unverwischbarer. Ich ging oft ins Dorf hinab und in die Ortschaften am Strande, und lernte die harten, einsilbigen Menschen kennen, die für unaufhörliche Arbeit ein spärliches freudloses Leben gewannen. Die meisten nahmen es noch hin wie etwas Selbstverständliches, aber schon zuckte in ihren Augen hie und da dieselbe Flamme auf, die in dem Blick der alten Maruschken gebrannt hatte. Die Zeit, da sie sich vor dem Herren fühlten wie stumme Sklaven oder wie willenlose Kinder, war vorüber. Es gingen wirklich böse Geister um, auch in der alten Ordensburg.

Mein Onkel war, so viel er sich auch zu bilden strebte, den Anforderungen moderner Landwirtschaft geistig nicht gewachsen. »Man müsste Chemiker, Ingenieur, Naturforscher sein, um nicht von jedem Hans Narren übersehen und betrogen zu werden; statt dessen hat unsereins nur Leutnant gelernt«, sagte er einmal bitter. Er entschloss sich sogar zum Verkehr mit einem alten Gegner aus der Nachbarschaft, einem Freisinnigen, der der beste Landwirt im Lande war. Ich begleitete die Herren zu Pferde bei ihren Inspektionsritten und hörte oft, wie der alte Mann das Neue, das der junge schuf und plante, rückhaltlos gut hieß. »Nur eins kann ich Ihnen nicht verhehlen, Herr Baron, mit der Angst würde ichs kriegen, wenn ich Sie nicht für einen bedachtsamen Mann hielte, der weiß, dass er Hunderttausende hier hineinstecken muss, ehe die Millionen herausspringen.« Ich sah, wie Onkel Walter um einen Schein blasser wurde, und erschrak mit ihm.

Er war sehr ernst geworden in den letzten Jahren. Sein fröhlicher Leichtsinn brach nur dann immer wieder hervor, wenn seine Frau ihn umschmeichelte – wegen neuer Toiletten, neuem Schmuck oder neuen Hunden – und sein Söhnchen, das sie ihm vor drei Jahren geschenkt hatte, auf seinen Knieen ritt. Dieser Stammhalter war der Mittelpunkt des Lebens. Er besaß schon seinen eigenen kleinen Hofstaat, und zwei Miniaturpferdchen – Shetland-Ponies, die der Vater direkt hatte kommen lassen – spürten bereits, wenn er in seinem winzigen Wagen durch den Park fuhr, die Peitsche des kleinen Junkers. Alle tyrannisierte er; für mein Schwesterchen, das selbst gewöhnt war, dass die anderen sich ihr unterordneten, war er der gefürchtetste Quälgeist, und vor ihm flüchtend, klammerte sie sich leidenschaftlich an mich an. Mein liebebedürftiges Herz empfand das sehr wohltätig, und mein, eingedenk der eigenen Kinderqualen, leicht erregtes Mitleid kam ihren Wünschen rasch entgegen. Schon früh morgens pflegte ich mit ihr in den verstecktesten Teil des Parks zu fliehen; ich erfand die phantastischsten Spiele und die buntesten Märchen, und der halbe Tag ging vorüber, ehe ich zu mir selbst kam. Dann geschah es wohl, dass mich heftiger Groll gegen die kleine Tyrannin erfasste, die mich so in Anspruch nahm; aber ein bittender Blick ihrer großen Blauaugen, ein zärtlicher Druck ihrer runden Ärmchen um meinen Hals machte mich wieder gefügig. Nein, sie sollte, sie durfte nicht erleben, was ich erlebt hatte! Allmählich lernte ich sogar, ihr dankbar sein: die anderen nannten mich einen »Blaustrumpf« – »überspannt« – »verdreht«, dem süßen sechsjährigen Blondkopf aber konnte ich gar nicht phantastisch genug sein. Sie wollte immer neue Märchen hören – »ganz neue, die noch kein Kind gehört hat« –, und unsere ganze Umgebung wurde zum Ausgangspunkt meiner Geschichten, in die ich Götter- und Heldensagen verflocht. Sie glaubte an mich – felsenfest: wenn wir auf dem Haff segelten, warf sie heimlich mitgebrachten Kuchen ins Wasser, – für Neringa, die Hafffrau, die drunten hungert, – zwischen die Steine der Parkmauer schob sie Töpfchen mit Milch, – für die Wichtelmännchen, die dort ihr Wesen treiben.

Ließ sie mich frei, so vergrub ich mich in die Bibliothek. Unter dem Vorwand, die Bücher ordnen zu wollen, hatte ich mir dieses Asyl, das nur selten jemand betrat, gesichert. Es war dunkel und roch nach moderndem Papier; aber was kümmerte das mich, die ich tief im Ledersessel kauerte und über dem Lesen alles vergaß! Eine kuriose Sammlung enthielten die Schränke: alte landwirtschaftliche Broschüren und Zeitschriften, Reichstagsprotokolle der jüngsten Zeit, Modeblätter, die sich seit Jahrzehnten angesammelt hatten, französische Romane verfänglichster Art, – Zolas »Nana« und »Assommoir« mitten darunter, – deutsche moderne Familienromane, und schließlich in billigen, schlecht gebundenen Ausgaben die deutschen Klassiker. Mit der Hast einer Heißhungrigen verschlang ich alles: von den Memoiren der Cora Pearl bis zu Wieland und Herder. Ich muss aber wohl in jener Zeit weder für die Schlüpfrigkeit noch für den Realismus sehr empfänglich gewesen sein; was ich von dieser Art las, interessierte mich kaum, es rief höchstens ein Gefühl des Ekels in mir wach. Noch weniger fesselten mich die deutschen Romane. »Unsere Unterhaltungsliteratur ist flach, kraft- und saftlos«, schrieb ich an meine Kusine,

»sentimental und nüchtern, weil die Schriftsteller sich nach ihrem fast nur aus Frauen bestehenden Publikum richten. Männer lesen keine Romane mehr, weil sie zu weibisch geschrieben sind, und Frauen werden immer weibischer, weil sie sich mit dem faden Zeug ihren geistigen Magen verderben. Am schlimmsten ists, wenn auch noch Frauen die Romane schreiben: mit der gestohlenen Gloriole der Poesie verklärte Klatschgeschichten. Ein neuer Grund für meine Antipathie gegen die Frauen. Ich frage mich nur: sind wir so klein, so leer, so unweiblich – oder hat man uns so gemacht?«

Mit um so heißeren Wangen und klopfenderem Herzen vertiefte ich mich in Goethe. Auch das, was ich schon längst kannte, war voll neuer Offenbarungen für mich. In ein kleines Heft, das ich ständig bei mir trug – sorgfältig in ein grünseidenes Tüchlein gewickelt –, schrieb ich ein, was mir am besten gefiel und schlug es in stillen Stunden auf, wie der Priester sein Brevier, um zu lesen und wieder zu lesen, bis ich Satz für Satz auswendig konnte. Zwei standen doppelt unterstrichen an der Spitze: »Er gehörte zu den vielen, denen das Leben keine Resultate gibt und die sich daher im Einzelnen vor wie nach abmühen;« – – und: »Unsere Wünsche sind Vorgefühle der Fähigkeiten, die in uns liegen, Vorboten desjenigen, was wir zu leisten imstande sein werden.« Der eine sollte sein, wie ein drohend aufgerichtetes Zeichen, eine stete Warnung, das Leben nicht zu verzetteln, sondern ihm nach großen Zielen die feste Richtung zu geben, – der andere ein Tröster in Zeiten der Mutlosigkeit, wenn ich zu mir selbst das Vertrauen verlor oder andere mich dessen zu berauben versuchten.

Mit bewusster Auflehnung gegen die asketischen Erziehungsmaximen meiner Mutter schrieb ich mir vor allem solche Stellen ab, die das Recht auf Persönlichkeit und den Wert der Freude betonten; »Ein Kind, ein junger Mensch, die auf ihren eigenen Wegen irre gehen, sind mir lieber, als manche, die auf fremden Wegen recht wandeln;« – »Fröhlichkeit ist die Mutter aller Tugenden;« – »ein glücklicher Mensch, ein Wesen, das sich seines Daseins freut, ist das Endziel der Schöpfung.«

Erfüllt von dem, was ich innerlich erfuhr, konnte es nicht ausbleiben, dass ich zuweilen auch davon sprach. Meine Begeisterung konnte nicht immer stumm bleiben; ich sehnte mich nach Menschen, um mich ihnen mitzuteilen, nach jungen vor allen Dingen, bei denen weder Spott noch die Weisheit des Alters mich hätte zurückstoßen können. »Ich suche Menschen, wie Diogenes«, schrieb ich an meine Kusine, mit der ich aus demselben inneren Bedürfnis heraus lebhaft korrespondierte, »und sehe dabei immer deutlicher, dass unsere miserable Erziehung uns um das Beste im Leben betrogen hat. Das bisschen Kunst und Wissenschaft hat man uns nur gelehrt, damit wir darüber schwatzen können. Es ist kein Teil unserer selbst geworden; es bleibt in Museen und Büchern wie die Religion in der Kirche. Hätten wir den rechten Ernst, das tiefe Verständnis für sie, – Geist und Herz würden so sehr davon erfüllt sein, dass sie am Gemeinen oder Oberflächlichen gar keine Freude empfänden.«

Kamen junge Leute nach Pirgallen, die, wie Onkel Walter spottend zu sagen pflegte, beim »Alix-Examen noch nicht durchgefallen waren«, so streckte ich vorsichtig die Fühlhörner meines Geistes aus. Meist begegnete ich einem verlegenen Lächeln, einem erstaunten Blick, und meine Mutter, die solch einem missglückten Versuch zuweilen zuhörte, sagte mir einmal: »Dass du das Nüsseknacken gar nicht aufgeben magst! Du siehst doch, dass sie alle taub sind.«

»Ich glaubs aber nicht – ich will es nicht glauben«, antwortete ich, »mein eigene Existenz bürgt mir dafür, dass es noch andere meiner Art geben muss!« Mama kräuselte spöttisch die Lippen: »Die Mehrzahl ist gemein – die Dummen sind noch die besten.« Aber je häufiger sie ihrer tiefen Menschenverachtung Ausdruck verlieh, desto empörter lehnte ich mich dagegen auf, desto übertriebener wurde mein Triumphgefühl, wenn irgend eine Wesenssaite des Anderen, die ich berührte, leise zu klingen begann.

Da war besonders einer, ein junger Nachbar, der oft herübergeritten kam. Tiefere Bildung besaß er nicht, aber das einsame, durch keine Abwechselung unterbrochene Leben an den grauen Wassern des Haffs hatte ihn nachdenklich gemacht, so dass es uns nie an Gesprächsstoff fehlte. Unser Verkehr dauerte nicht lange. Onkel Walter nahm mich eines Tages beiseite und erklärte mir, dass der Brandenstein keine »Partie« für mich wäre.

»Ich denke ja auch gar nicht daran, ihn zu heiraten«, rief ich.

»So benimm dich nicht so dumm! Die ganze Gegend spricht schon davon, und er selbst muss sich Hoffnungen machen, wenn du dich stundenlang mit ihm allein abgibst«, entgegnete er. Ich war außer mir: ein junges Mädchen benimmt sich also unpassend, wenn es länger als fünf Minuten mit einem und demselben Herrn redet. – »Die lieben Nächsten drücken nur dann ein Auge zu, wenn sie dabei eine Verlobung wittern«, heißt es in einem Brief an Mathilde. »Fühlst du, wie ekelhaft das ist? Welch eine faustdicke Beleidigung unseres ganzen Geschlechts darin liegt? Die Hündin wertet man nicht anders als uns. Pfui Teufel!«

Ich zog mich nach jenem Erlebnis immer mehr zurück und unterdrückte meinen Menschenhunger, bis Onkel Walter seinem Unwillen über meine »Haberei« energischen Ausdruck gab. Ich kam grade dazu, als er mit Mama über mich sprach.

»Sie wird sich die besten Aussichten verscherzen und eine verdrehte alte Schraube werden«, sagte er. »Oder willst du am Ende nicht heiraten?« Damit wandte er sich an mich.

»Gewiss will ich – sehr gern sogar, wenn der Mann danach ist!« lachte ich.

Mama sah von ihrer Handarbeit auf: »Du weißt, dass ich dich nicht zwingen werde. Ein Mädchen, das wie du, eine gesicherte Zukunft hat, ist viel glücklicher, wenn sie nicht heiratet.«

»Mit eurer Zuversicht auf Alixens Zukunft!« warf Onkel Walter ärgerlich dazwischen. »Die berühmte Tante Klotilde kann noch zehn Mal heiraten, oder hundert Jahre alt werden, oder ihr Geld den Hottentotten vermachen. Wir müssen sie unter die Haube bringen, solange sie hübsch ist, – das allein ist eine Gewähr für die Zukunft. Sie darf sich freilich nicht mit Flausen den Kopf verdrehen und verzauberte Prinzessin spielen, sonst nimmt ein vernünftiger Kerl von vorn herein Reißaus.«

Hochmütig warf ich den Kopf zurück und sagte spöttisch: »Beruhige dich, lieber Onkel, ich kriege noch zehn für einen. Ich werde dir den Kummer nicht antun, eine alte Jungfer zur Nichte zu haben.«

Und nun nahm ich wieder an der Geselligkeit teil, – nicht allein, weil ich ihm beweisen wollte, dass ich recht hatte, sondern auch, weil die Tante mich ärgerte, die – wie ich herausfühlte – aus reinem Egoismus das Einsamkeitsbedürfnis ihrer Rivalin zu fördern suchte. »Lass sie doch, wenn es ihr kein Vergnügen macht, – wir werden auch ohne sie fertig!« hatte sie erst kürzlich ihrem Mann zugerufen, als er noch vom Wagen aus mich zur Teilnahme an einem Ausflug nötigen wollte. Außerdem – wer weiß?! – konnte der Gralsritter, von dem ich doch immer wieder heimlich träumte, nicht auch hier, am grauen Gestade der Ostsee landen?!

Picknicks und ländliche Feste, wo schrecklich viel gegessen, noch mehr getrunken und wenig geredet wurde, Jagd- und Manöverdiners und häuslicher Trubel fingen an, mir sogar wieder Spaß zu machen. Wenn ein paar lustige Leutnants, um vom Manöver aus Pirgallen zu erreichen, meinetwegen ein paar Nächte um die Ohren schlugen; wenn abends am Strande von Kranz, dem nahen Seebad, wohin wir häufig fuhren, prasselndes Feuerwerk mir zu Ehren in die Luft stieg; wenn Blicke mir folgten, die mehr sagten als schmeichelnde Worte, – dann schlürfte ich mit wonnigem Wohlgefühl den berauschenden Trank der Bewunderung, und die kleinen Teufel der Eitelkeit triumphierten über die guten Geister im Bücherschrank von Pirgallen. Aber »er« blieb unsichtbar, und so war meine Gesellschaftspassion immer nur ein Wechselfieber. »Die Gesellschaft ists gar nicht, die mich amüsiert, sondern die Rolle, die ich in ihr spiele«, schrieb ich an Mathilde, »denn an sich ist sie tödlich langweilig und leer – leer – leer wie ein ausgeblasenes Ei. Damit es was taugt, muss ich es erst mit meinen Farben bemalen.«

Ein paar Wochen vor unserer Abreise kam ein Freund meines Onkels, Herr von Ollech, Rittmeister bei den Gardedragonern, nach Pirgallen. Schon auf den Königsberger Rennen hatte ich ihn kennen gelernt, und als wir abends zum Souper in großer Gesellschaft, die aus lauter Dohnas', Eulenburgs und Lehndorfs bestand, zusammen saßen, war er der Rettungsring gewesen, an den ich mich gehalten hatte, um nicht in dem unvermeidlichen Meer kindlicher Spiele unterzugehen. Er war eben in Bayreuth gewesen und hatte den Parsifal gehört. Das allein hätte genügt, um ihn mir interessant zu machen; sein ernstes musikalisches Verständnis war eine weitere starke Anziehungskraft. Ich freute mich, dass er mit uns heimwärts fuhr.

Abend für Abend saß er dann im Halbdunkel des großen leeren Saals und entlockte dem alten Klavier klagende und jauchzende, zärtliche und sehnsüchtige Töne. Die kleinen Amoretten über den Türen, auf deren runde Körperchen das Licht weniger Kerzen einen rosigen Schein warf, schienen zu atmen, und die Blätter der Linden draußen bebten im Takt. Ich saß vor der offnen Türe, den mondhellen Garten vor mir, und das Zaubernetz wogender Rhythmen umspann mir dichter – immer dichter Herz und Sinne. Dankbar hingerissen erwiderte ich den Druck der Hand des Spielers, wenn er schließlich zu mir heraustrat und mir Gute Nacht bot. Sah ich ihn morgens wieder, den überschlanken, großen Mann, mit den wässerigen Augen, der roten Nase und den ergrauenden Haaren, hörte ich seine rauhe Stimme, sein Lachen, das wie tonlos war, so war er mir ein Fremder, – eine Seele voll Wohlklang, die sich auf der Suche nach Menschwerdung in den Körper eines Dekadenten verirrt hatte.

Angstvoll empfand ich, dass er mich liebte, und sah zugleich an der Selbstverständlichkeit, mit der man mich mit ihm allein ließ, was alle erwarteten. Ich fürchtete die Aussprache – aber nicht weniger die Trennung. Ich kürzte den Augenblick des Gutenachtsagens mehr und mehr ab; ich wusste, dass ich in seiner Macht war, wenn der Zauber seiner Musik mich gefangen genommen hatte.

Sein Urlaub ging zu Ende; ich fesselte mein Schwesterchen so sehr als möglich an mich, um ein Alleinsein zu verhindern. Aber eines schönen Morgens lief sie mir davon, als wir grade im Begriffe waren, in den Kahn zu steigen. Stumm ruderte er mich auf dem schmalen Kanal, der sich, von Bäumen und Büschen dicht umstanden, durch den Park zog. Schon tanzten gelbe Blätter auf seinen dunkelgrünen Spiegel nieder, während die Glut des Spätsommertages wie eingeschlossen unter dem Laubdach lag. Ich starrte ins Wasser und spielte mit der Hand darin. Ein »Fräulein von Kleve«, mit rauherer Stimme als sonst hervorgestoßen, ließ mich zusammenfahren. »Wollen Sie meine Frau werden?« – – Ich antwortete nicht. »Ich bin nicht jung, nicht schön«, fuhr er nach einer Pause leise fort. »Ich habe Ihnen nichts zu bieten, als –« er zögerte, und eine flüchtige Röte stieg ihm heiß in die Stirn – »meinen Namen, mein Vermögen und – meine Liebe.« Wieder eine lange Pause – ich brachte keinen Ton über die Lippen. Mein Gegenüber seufzte tief auf. »Ich will keine rasche Antwort, wenn Ihr Herz Sie nicht dazu zwingt. Nur eins sagen Sie mir, bitte: lieben Sie einen andern?«

»Nein!« entgegnete ich, ihm grade in die Augen sehend. Seine Züge leuchteten so hell auf, dass ich erschrak. Er griff nach meiner Hand. »Dann will ich warten, und – hoffen. Es ist ja so wie so vermessen, dass ein alter Knabe wie ich so viel Jugend und Schönheit begehrt. Ich reise morgen früh – in vier Wochen kommen Sie durch Berlin. Ihre verehrte Frau Mutter soll mich Ihre Ankunft wissen lassen, wenn – wenn Sie für mich entschieden haben; – ists recht so?«

»Ja«, war alles, was ich hervorbringen konnte. Wir landeten. Als er mir beim Aussteigen die Hand reichte, traf mich ein Blick, – ein Blick so voll Liebe, so voll Leid, dass ich ihm aus lauter Mitgefühl fast in die Arme gesunken wäre. Abends saß er zum letztenmal am Klavier und ließ seinen Phantasien freien Lauf; ich konnte der aufsteigenden Tränen nicht Herr werden, lief fort und verschloss mich in mein Zimmer, um es erst zu verlassen, als ich am nächsten Tag den Wagen über den Burghof rollen hörte.

Es verletzte mich, dass jedermann um unsere Beziehungen zu wissen schien. Ich wurde rücksichtsvoll behandelt, wie eine Kranke, während widerstreitende Empfindungen mir alle Ruhe raubten. musste ich wirklich mit meinen achtzehn Jahren über solch eine Lebensfrage nachdenken wie über ein Rechenexempel? Wenn mein Verstand zehnmal ja gesagt hatte, so warf das Nein meiner Sinne all seine Weisheit über den Haufen. Meiner Sinne – nicht meines Herzens. Allzu häufig floss es von Mitleid über, das der Liebe so ähnlich sieht; wenn ich mir dann aber vorstellte: der Mann soll dich küssen, soll von dir Besitz ergreifen – körperlich! –, dann hasste ich ihn beinahe.

Wir waren noch in Pirgallen, als ein Telegramm meines Vaters eintraf. »Brigade in Schwerin« – nichts weiter stand darin. Die Freude war allgemein und bei mir am größten; meine Abneigung, nach Brandenburg zurückzukehren, beeinflusste im Stillen meine Entscheidung Ollech gegenüber. Die neue Garnison, der kleine Hof, die fremde, Neugier und Hoffnung in gleicher Weise wachrufende Umgebung gaukelten mir lauter lichte Zukunftsbilder vor. Als wir auf dem Wege nach Berlin im Zuge saßen und meine Mutter die Schicksalsfrage stellte: »Soll ich Ollech benachrichtigen?« bedurfte es keiner Überlegung mehr. Ordentlich komisch kam mirs vor, dass ich jemals zwischen »Ja« und »Nein« hatte schwanken können.

Während der Übersiedelung der Möbel blieben wir in Berlin. Meine Mutter kannte keine größere Freude, als ohne Haushaltungs- und Gesellschaftszwang in der Hauptstadt zu sein. Während sie unermüdlich von einem Museum, einem Theater zum anderen ging, jede Ausstellung durchwanderte, die Läden von innen und außen betrachtete, verschwanden die scharfen Linien um ihren Mund und machten dem Ausdruck kindlichen Genießens Platz. Sie vergaß dabei sogar ihre Erziehungsgrundsätze und nahm mich in Possen und Operetten mit, die sich im Grunde gar nicht »schickten«.

Im Oktober kamen wir nach Schwerin. Der erste Eindruck war ein deprimierender: ein Bahnhof wie in einem abgelegenen Provinznest, dicht daneben eine riesige Holzbaracke – das Interims-Theater –, enge, holprige Straßen, kleine Häuser mit niedrigen Fenstern, Menschen, deren Aussehen einen um Jahre zurückversetzte. Aber schon unser neues Heim veränderte das Bild: eine kleine Villa, dicht am Park, die in fröhlichem Weiß zwischen Bäumen und Büschen einladend hervorlugte. Und ich hatte zwei Zimmer darin: das Schlafstübchen, weiß und blau wie einst, der kleine Salon in mattem Grün, – eine Überraschung meines Vaters. Glückselig war ich: zur Arbeit und zum Träumen ein stiller, abgeschlossner Winkel für mich! Nicht rasch genug konnte ich meine Bücher in die zierlichen Etageren räumen, meinen Schreibtisch mit Bildern schmücken. Viele verborgene Schätze kamen ans Licht, die teils aus Mangel an Platz, teils aus Angst vor Mama in Koffern und Kisten verborgen gewesen waren. Da waren Makarts Fünf Sinne in großen Photographien, Böcklins Insel der Seligen. Ich hatte mich berauscht an der glänzenden Schönheit Makartscher Frauengestalten, ich hatte die Wirklichkeit vergessen gehabt vor dem dunkelblauen Wasser und der leuchtenden Ferne auf Böcklins vielgeschmähtem Bild. Mitten auf meinem Schreibtisch prangten sie nun. Eine bunte Gesellschaft, von denen jeder einzelne vom anderen weiter entfernt war als Böcklin von Makart, versammelte sich auf meinem Bücherregal: Goethe und Julius Wolff, dessen sentimentale Sinnlichkeit mich vorübergehend fesselte, Gottfried Keller und Felix Dahn, dessen germanische Götter- und Heldengeschichten meiner alten Neigung begegneten, Scherers Geschichte der Deutschen Literatur, die eben erschienen war, und die ich eifrig studierte, Webers Welt- und Lübkes Kunstgeschichte und daneben in wirrem Durcheinander griechische Klassiker, russische Novellisten, altdeutsche Heldenlieder in braunen Reclambänden, moderne Lyriker in goldüberladenem Prachtgewand.

Noch spät am Abend kramte ich in meinem Zimmer, überzeugt, dass niemand mich stören würde, da sich die Schlafstuben der Eltern ein Stockwerk höher befanden, als meine Mutter eintrat. »Noch nicht zu Bett?!« rief sie und musterte ärgerlich meine Umgebung. Dabei fiel ihr Blick auf Bilder und Bücher. »Du bildest dir doch nicht ein, dass ich dergleichen dulden werde: diese schamlosen nackten Frauenzimmer und dies Bild eines Verrückten?«

Mir stieg das Blut zu Kopf: »Das ist mein Zimmer, so viel ich weiß«, sprudelte ich hervor, meine Worte überstürzend, wie stets, wenn die Erregung mir den Mut zur Rede gegeben hatte, »und ich bin alt genug, meinem Geschmack zu folgen. Soll ich vielleicht Thumann aufbauen, der Germanen malt wie Salonhelden, und dessen Frauen aussehen wie lauter wohl erzogne und gut toilettierte Bazardamen? Solche Verlogenheit mag ich nicht, – sie ist schamloser, als nackte Schönheit. Es ist mir auch ganz gleichgültig, ob die Leute Böcklin für verrückt halten. Ich finde, es wäre zum davonlaufen in der Welt, wenn nicht die paar Verrückten sie noch erträglich machten.«

»Das magst du halten, wie du willst«, antwortete Mama, und nur ihre heißen Wangen verrieten ihren Zorn. »Solange du im Elternhause bist, hast du dich mir zu fügen, und zwar lediglich in deinem Interesse. Was meinst du wohl, was man von dir sagen würde, wenn man solche Dinge auf deinem Schreibtisch sähe?!« Damit ging sie hinaus, und ich nahm tief verletzt meine Bilder, um sie im Schlafzimmer aufzustellen, – hier sollte sie mir niemand verekeln dürfen.

Früh am Morgen weckte mich Papa: »Du, Alixchen – wie wärs mit einem Ritt? Die kleine Braune wartet!« Mit einem Sprung war ich aus dem Bett und in wenigen Minuten in den Kleidern. Vergessen hatte ich den Ärger, noch mehr die Vorschrift des Arztes. Ein herrlicher Herbsttag war es, mit jenem geheimnisvoll blauen Dunst zwischen den Bäumen und jenem leisen Rieseln und Tanzen goldener Blätter darin. Durch eine grade Allee ritten wir an beschnittenen Laubengängen und verwitterten Götterbildern vorbei, vorüber an einem kleinen Gartenhäuschen, das zwischen welkenden Rosen träumte, und hinein in den Dom gewaltiger grauer Buchenstämme, durch deren hohe gelbgrüne Wölbung nur hie und da ein Sonnenstrahl bis zur Erde drang. Wir ritten langsam und sprachen kein Wort, selbst der Hufschlag der Pferde klang gedämpft, als ob sie auf tiefen Teppichen gingen. Plötzlich, wo der Weg sich jäh zur Seite wandte, empfing uns ein blendender Strom flimmernden Lichts: Vergissmeinnichtblau dehnte sich der See bis zum nebelgrauen Horizont, und aus ihm empor stieg mit Türmen und Zinnen, Erkern und Ballonen, funkelnd und blitzend im hellsten Morgenglanz, ein Märchenschloss.

Uns heimwärts wendend, verfolgten wir die Uferstraße bis zur Stadt. Das Wasser, die feierlich breite Brücke darüber; ein öder, sandiger Platz trennte sie vom Palast des Herrschers. Demütig und zusammengeduckt, in nüchternem Werktagskleid, scheu und anbetend, aus kleinen Fenstern hinüberblinzelnd, lag sie zu seinen Füßen.

»Das ist Mecklenburg!« sagte mein Vater.

Die ersten Wochen in Schwerin waren ausgefüllt mit offiziellen Besuchen und Gegenbesuchen, die für mich lauter Enttäuschungen waren. Die Menschen entsprachen der Stadt, ob es nun Hofmarschälle, Minister oder Kammerherrn und Leutnants waren. Das Resultat »guter« Erziehung sprang in die Augen: vollkommene Gleichartigkeit des Wesens, der Ansichten, der Bildung; unerschütterlicher Gleichmut, selbstverständliche Kirchlichkeit – eine Vornehmheit, die, in ihrem Abscheu vor jeder Extravaganz, äußerlich und innerlich vollkommen farblos machte. Und die Frauen! Glatt gescheitelt, streng und kühl die Verheirateten; eine Schar alternder Mädchen – das Kennzeichen jeder kleinen Residenz – mit dem bitteren Zug enttäuschter Erwartungen um blutleere Lippen; wenige junge, und auch die sich zu vorschriftsmäßigem Gleichmaß zwingend. Der Hoftrauer wegen – im Frühjahr war der alte, sehr geliebte Großherzog gestorben, sein kränklicher Nachfolger war noch im Süden – gab es keine großen Gesellschaften, dagegen zahllose Nachmittagstees von gähnender Langeweile und steife Abendgesellschaften, die ihnen nichts nachgaben. Kleine Diners bei der alten Großherzogin-Mutter, der Schwester Kaiser Wilhelms, bildeten eine wohltätige Ausnahme. Die originelle alte Dame liebte die Jugend und war, bei allem strengen Urteil über Manieren, die ihr nicht vollkommen schienen, ihr gegenüber nachsichtig und freundlich, dabei voll sarkastischen Witzes. In ihrem kleinen »Palais«, einem baufälligen Häuschen, das sie zu verlassen sich standhaft weigerte, klang an einem Nachmittag oft mehr frohes Lachen, als an zehn geselligen Abenden bei den übrigen Würdenträgern der Stadt. Was den Verkehr noch besonders erschwerte, war die Abneigung der eingesessenen Mecklenburger Familien gegen die Preußen und die strenge Scheidung der Gesellschaft nach der Herkunft. Nur der Adel war hoffähig; mühsam hatte Preußen es durchgesetzt, dass wenigstens der Offizier, auch wenn er unadlig war, empfangen wurde. Seine Frau jedoch empfing man nicht, die nicht adlig geborene Frau eines Adligen ebensowenig.

Die Rolle der duldenden Teilnehmerin in der Öde dieser Gesellschaft hielt ich nicht lange aus. Mich ganz zurückziehen, was ich am liebsten getan hätte, war bei der Stellung meines Vaters, mit der die Verpflichtung, »ein Haus auszumachen«, unweigerlich verbunden war, nur soweit möglich, als die Rücksicht auf meine Gesundheit es verlangte. Getanzt aber wurde nicht, also blieb mir kein Vorwand; nur hie und da, wenn ich in ein Buch besonders vertieft war, oder eine Phantasie unbedingt zu Papier bringen musste, schützte ich Schmerzen vor, legte mich zu Bett, und stand, im köstlichen Besitz ungestörter Freiheit, wieder auf, sobald die Eltern das Haus verlassen hatten. Dann kamen sie, die holden Gestalten meiner Träume, und viele blaue Hefte füllten sich allmählich mit Gedichten und Betrachtungen, Märchen und Geschichten.

Ging ich aus, so setzte ich alle Hebel in Bewegung, um der Langenweile Herr zu werden. Zum Kampf gegen sie zettelte ich unter meinen wenigen Altersgenossinnen eine förmliche Verschwörung an: wir »schnitten« die Alten und Grämlichen, wir protestierten durch die Tat gegen die Gewohnheit der Trennung der Geschlechter, sobald das Essen vorüber war, wir spielten Theater und stellten lebende Bilder, wozu ich die verbindenden Texte zu dichten pflegte. Und unsere Jugend siegte allmählich; meine geselligen Künste fanden Anerkennung, und ich musste sie überall glänzen lassen. Aber solche Erfolge genügten mir nicht. Ich »suchte Menschen« – verlangender und sehnsüchtiger denn je –, und wenn ich mich scheinbar am besten amüsiert hatte, kam ich oft heim, um verzweifelt in mein Bett zu schluchzen. »Du hast das beste Leben von der Welt. Warum bist du nicht zufrieden?« schrieb mir meine Kusine, die kurze Zeit bei uns gewesen war und meine Zerfahrenheit nicht begriff.

Ich antwortete ihr: »Du sagst, und zwar mit dem Ton moralischen Vorwurfs, dass ich nur darum die hiesige Gesellschaft so abfällig beurteile, weil ich noch niemanden fand, der mich persönlich interessiert. Das ist doch selbstverständlich! Oder gehst du der vielen Gleichgültigen wegen in Gesellschaft, die sich nach deinem Befinden erkundigen, obwohl es ihnen ganz einerlei ist, wie du dich befindest, die die kostbare Zeit mit Geschwätz totschlagen, von dem du absolut gar keine Anregung empfängst, die ein verbindliches Auf Wiedersehen‹ flöten und schon am nächsten Tag an deiner Leiche gleichgültig vorübergehen würden?! Aber du treibst deinen Vorwurf noch weiter und sagst entrüstet, ich wäre wieder einmal reif, mein Herz wegzuwerfen. Ich gebe das ohne weiteres zu: findet mein Geist kein Interesse, so muss das Herz daran glauben. Hier im heiligen Mecklenburg ist kein Mensch, den ich nicht schon ausgepresst hätte wie eine Zitrone, und der nicht immer sauer geblieben wäre wie sie. Nun gilts, ihm das Zuckerwasser der Verliebtheit beizumengen, um ihn überhaupt genießbar zu machen. Deine Moralpauke schließt mit den Worten: nicht wieder ›sträflich‹ mit dem Feuer zu spielen. Sei beruhigt: ich bin grade auf das intensivste mit dem Schüren der Flamme beschäftigt. Und wie sie brennt!! ›Er‹ ist hübsch, elegant, leichtsinnig, oberflächlich, – kurz, ganz was ich brauche! ›Er‹ ist Löwe, Herzensbrecher, – kurz, ein Holz, aus dem ich mit Vergnügen meine Ritter schnitze! Du hast natürlich wieder Mitleid mit ihm, wie mit Vetter Fritz, mit Fredy usw. Warum hat denn niemand Mitleid mit mir?! Oder ist es nicht vielleicht mitleidswürdig, dass ich mein heißes Herzblut tropfenweise mit dem Allerweltsleitungswasser des Flirts verdünne?! Ich lechze nach Licht, flammendem Geisteslicht, selbst wenn ich bei seinem Anblick erblinden sollte, und nach einer Leidenschaft, an der ich mich verzehren kann.«

Es kamen Stunden, in denen mein pochendes Herzblut mich in wild aufwallende Gefühle verstrickte. Dann flatterte es mir vor den Augen in tausend Flämmchen, heiße Schauer liefen mir über den Rücken, und feuriger begegnete mein Blick dem des Mannes, der grade neben mir über die spiegelnde Eisfläche glitt oder beim Diner klingend sein Sektglas an das meine stieß. Ich galt für kokett; die jungen Mädchen zogen sich von mir zurück; ich hatte immer eine Korona von Kavalieren um mich.

In grausamer Selbstzerfleischung schrieb ich in eines meiner blauen Hefte: »Irgendein unheimliches, wildes Tier haust in meinem Innern. Es zerreißt die festesten Eisenketten. Es treibt mich seit meiner Kindheit von Leidenschaft zu Leidenschaft. Wie erbärmlich, sich erheben zu wollen über die Mädchen der Straße. Wären wir nicht so gut erzogen, und wohl gehütet, wie viele von uns gingen denselben Weg wie sie!« Und an anderer Stelle heißt es: »O über das trostreiche Verweisen auf häusliche Pflichten! Als ob ich sie nicht alle erfüllte, ohne die geringste Befriedigung zu spüren! Staub wischen, Hüte garnieren. Deckchen sticken, Strümpfe stopfen, – soll das das Herz beruhigen, den Geist ausfüllen?! Es ist nichts als eine tugendhafte Bemäntelung des Zeittotschlagens. Meine Lebenskräfte schreien nach Betätigung. Ich möchte etwas erleben, das keine Nervenfaser unberührt, kein Äderchen ohne Glut lässt, etwas leisten, das Wunden kostet ... «

Einmal – ich saß grade am Bett meines kranken Schwesterchens und baute ihr aus Goldpapier ein »Walhall« auf, dessen göttliche Bewohner aus Perlen und bunten Knöpfen bestanden – ließ mich Papa zu sich herunter rufen. Herr von Landsberg, der Hoftheater-Intendant, war bei ihm.

»Ich habe eine Bitte an Sie, mein gnädigstes Fräulein«, wandte er sich an mich. »Wir wollen nach beendeter Trauer den Geburtstag des Großherzogs durch eine Festvorstellung feiern. Uns fehlt ein einleitender Prolog. Dürfen wir dafür auf Ihre Mitarbeit rechnen?«

Mir klopfte das Herz vor Freude: Ich sollte für die Bühne dichten! Sollte von einem großen Publikum gehört werden! Trotzdem kamen mir Bedenken: »Ich kenne den Großherzog nicht. Und ihn anhimmeln, bloß weil er der Großherzog ist, – das widerstrebt mir.«

»Niemand verlangt das von Ihnen. Das rein Menschliche, dass er krank, fern seinem Lande im Süden ist, dass seine Abwesenheit schwer auf Handel und Wandel, Leben und Geselligkeit drückt, dass wir ihm und uns seine Genesung wünschen, gibt, scheint mir, Anregung genug zu dichterischer Gestaltung!« Mir leuchtete ein, was er sagte; die Gelegenheit, zum erstenmal öffentlich hervorzutreten, war auch viel zu verlockend, als dass mein Widerstand sich hätte aufrecht erhalten lassen.

Ich schrieb in schwungvollen Versen irgend etwas, das von den Seen und Wäldern Mecklenburgs, von den guten heimischen Göttern und dem trügerischen Zauber des Südens mehr enthielt als von dem Landesfürsten, den es feiern sollte. Da man ihn seiner, wie man glaubte, unnötig langen Abwesenheit wegen nicht allzu hoch schätzte, so entsprach meine Dichtung den Intentionen der Auftraggeber. Bei Landsbergs, in kleinem Kreise, las ich sie vor und erntete von den anwesenden Schauspielern einen geräuschvollen Beifall, der um so größeren Eindruck auf mich machte, als ich noch nicht wusste, dass es bei ihnen ebenso üblich ist, den Gefühlen übertrieben lauten Ausdruck zu geben, wie es bei uns guter Ton ist, sie bis auf ein Mindestmaß zu unterdrücken.

Hier, – das schien der eine Augenblick mir zu enthüllen –, fand ich die Menschen, die mich verstanden, denen die Kunst Lebensinhalt war. Ich nahm an den Proben teil und wurde allmählich ein immer häufigerer Gast im Hause des Intendanten. Seine geistvolle, liebenswürdige Frau verhätschelte mich; er selber – wie selten war mir das begegnet! – nahm mich ernst und gab mir allerlei gute Ratschläge, um mein Talent zu fördern. Die Hauptanziehungskraft aber war mir Lisbeth Karstens, die junge, reizende Schauspielerin, die meinen Prolog sprechen sollte. Aus Begeisterung für die Kunst hatte sie das warme Nest ihres Elternhauses verlassen und war allein und mittellos in die Fremde gegangen. Not, Gemeinheit und Verkennung hatten sich ihr in den Weg gestellt, – ihr Enthusiasmus war stärker gewesen als alles. Landsberg, der es wie wenige verstand, Begabungen zu entdecken und die hässliche Bretterbude am Bahnhof infolgedessen über viele kostbare Theater Deutschlands erhob, hatte sie erst kürzlich engagiert. Sie war ein ausgezeichnetes »Gretchen«, eine rührende »Ophelia«, ein hinreißendes »Käthchen von Heilbronn«, und selbst der blutleeren »Thekla« verhalf sie zu lieblichem Leben. Mein Prolog, von ihr gesprochen, erschien mir wirklich wie ein Kunstwerk. Aber, ach, wieviel Tränen vergoss ich seinetwegen!

Mit aufrichtigem Beifall hatte mein Vater ihn beurteilt; es schmeichelte seiner Eitelkeit, seine Tochter anerkannt zu sehen, aber seine hochmütige Missachtung des Publikums war zu groß, als dass er ihm ein Urteil über mich hätte gestatten können. Mein Name durfte nicht genannt werden. Ich suchte vergebens, ihn umzustimmen.

»Damit unser guter Name durch die schmutzigen Mäuler aller Menschen gezogen wird?!« herrschte er mich an, »und jeder Federfuchser sich erlauben kann, dich herunterzureißen?!« Als der große Abend hereinbrach, flüsterte man sich meinen Namen nur unter dem Siegel der Verschwiegenheit zu. Der Beifall aber, der das Theater durchbrauste, klang wie eine Fanfare bis ins Innerste meiner Seele, und alte Kinderträume wachten auf, und junger Ehrgeiz breitete seine Flügel aus, um mich weit in die Zukunft zu tragen, – dahin, wo der Ruhm auf ehernen Stühlen thront und immergrüner Lorbeer im Glänze der nie untergehenden Sonne eichenstark gen Himmel wächst.

Seitdem hatte ich keine Ruhe mehr. Oft trieb michs des Nachts aus dem Bett an den Schreibtisch. Mit Lisbeth Karstens verband mich eine immer innigere Freundschaft. Sie war meine Vertraute, eine geduldige, leicht begeisterte, fast immer kritiklose Zuhörerin meiner Dichtungen. Im Theater, das ich fast täglich besuchte, denn in der Loge des Intendanten war Platz für mich, sobald meine Eltern mich nicht begleiteten, fand ich immer neue Anregung, der Künstlerkreis im Landsbergschen Haus, der für nichts Sinn hatte als für das Theater, fachte die Glut meines Innern zur Fieberhitze an. Noch waren es Nebelgestalten, die ich sah und nicht zu fassen vermochte. Sie nahmen festere Formen an, wenn der alte Wagnersänger Hill am Flügel stand und seine machtvolle Stimme den Raum erfüllte; wenn Alois Schmitt – einer der künstlerischsten Menschen, die ich kannte – am Dirigentenpult saß und sein geschultes Orchester die Fidelio-Ouvertüre intonierte; und sie wurden mir sichtbar, wie Geistererscheinungen, wenn ich einsam durch den Wald ritt und droben auf dem Götterhügel fern der Stadt, wo vor Jahrhunderten Walvaters Opferstein rauchte, die rauschenden Buchen miteinander flüsterten.

Es war Sigrun, König Högnis Tochter, die ich sah, – Sigrun, die Schildjungfrau, die in heißem Freiheitsdrang und starker Liebe den Todfeind ihres Vaters, Helgi, den Hundingstöter, vor seinen Mördern schützte und sich ihm als Gattin verband, – Sigrun, die Treueste der Treuen, und die geliebteste, um deretwillen Helgi Walhalls Wonnen verschmähte. Zu einem Drama wollt' ich ihre Geschichte gestalten; der Konflikt zwischen kindlichem Gehorsam und Mannesliebe war sein Mittelpunkt, seine Lösung der freiwillige Tod der Heldin.

Meist schrieb ich des Nachts. Am Tage fürchtete ich zu sehr die Störung, die mich aus allen meinen Himmeln riss. Die Friseuse, die Schneiderin, die Wäsche, die Besuche, – nichts durft ich versäumen. »Wäre ich ein Mann, es würde dir nicht einfallen, mich von der Arbeit abzurufen!« rief ich bei solcher Gelegenheit einmal verzweifelt Mama entgegen.

»Gewiss nicht!« antwortete sie mit herbem Lächeln, »da du aber ein Weib bist, musst du frühzeitig lernen, dass wir nie uns selbst gehören.«

Tante Klotilde fiel mir ein, die mir vor Jahren etwas ähnliches gesagt hatte, und Groll gegen mein Schicksal erfüllte mich.

Mit dem Fortschritt der Arbeit wurde meine Stimmung immer trüber. Ich fühlte, dass ich meinem Werk den ganzen Gluthauch des Lebens, den ich dunkel empfand, nicht einzuflößen vermochte. Der guten Lisbeth Beifall machte mich stutzig, nachdem ich erfuhr, wie wahllos sie für alles schwärmte; der laute Ton des Künstlervölkchens bei Landsbergs, der mir früher ersehnte Offenbarung natürlichen Fühlens gewesen war, tat mir weh, je mehr ich die falsche Note hörte. Das Tiefste versteckten schließlich alle: wir durch schweigende Zurückhaltung, sie durch lärmende Heiterkeit. Ich zeigte Landsberg einige Szenen meines Werks, die mir am besten gelungen schienen. »Bringen Sies mir, wenn es vollendet ist, vielleicht lässt es sich aufführen«, sagte er nach der Lektüre, – nichts weiter. Wäre es das Außerordentliche gewesen, das ich hatte schaffen wollen, er hätte sicherlich anders gesprochen!

Ich hielt mich streng an klassische Vorbilder und übertrug das ursprünglich in Prosa oder in freien Rhythmen Geschriebene in fünffüßige Jamben. Alle Wärme, alle Kraft ging dabei verloren. Je mehr ich umarbeitete, feilte, mit der Form und der Technik kämpfte, desto nüchterner und fremder sah mich meine eigene Arbeit an. Und schließlich kam ein Tag, an dem ich verzweifelt vor den vollgeschriebenen Blättern saß, und wusste, dass ich meiner Aufgabe nicht gewachsen war. Wie ein steuerloses Schiff auf brandendem Meere war ich wieder; eine Fata Morgana waren meine Hoffnungen gewesen; das Leben sah mich an, eine leere, dunkle, feuchtkalte Höhle, die von den Fackeln meiner Träume noch eben in magischem Zauber geleuchtet hatte.

»Ganz oder gar nicht,« – das war mir allmählich zum Wahlspruch geworden. So verurteilte ich denn fast alles, was ich seit meiner Kindheit geschrieben hatte, zum Feuertode, verschnürte und versiegelte das Übriggebliebene – darunter auch mein verunglücktes jüngstes Werk – und warf den Schlüssel der kleinen Truhe, in der ich es verwahrte, zum Fenster hinaus.

Und nun überfiel mich ein Heimweh nach den Bergen, so stark, so unüberwindlich, als wäre ich dort zu Hause und überall sonst in der Fremde. Auf meine Bitte, zu ihr ins Rosenhaus kommen zu dürfen, antwortete Tante Klotilde umgehend, dass sie zwar noch nicht dort sei, die alte Kathrin aber alles zu ihrer Ankunft vorbereite und ich sie mit ihr dort erwarten möge. Ehe ich ging, zog ich meinem Schwesterchen noch zwei Puppen an, – Helgi und Sigrun. Sie liebte sie zärtlich, und noch Jahre nachher lachten mir ihre starren Porzellangesichter entgegen, als höhnten sie meiner, die ich lebendige Menschen hatte schaffen wollen.

Zehntes Kapitel

Allein in Grainau! – Noch lag der Schnee bis zum Tal hinunter, und die Sonne stand noch nicht hoch genug am Himmel, um mehr als ein paar Stunden am Tage das Dörflein wieder zu grüßen, vor dem sie sich im Winter monatelang hinter den steilen Wänden des Waxensteins versteckte. Nur im Rosensee spiegelte sie schon länger ihr strahlendes Antlitz, als wollte sie sich überzeugen, ob sie würdig des kommenden Frühlings wäre. Der riss hie und da keck an der grauen Wolkendecke und guckte mit seinem hellen blauen Himmelsauge neugierig auf die arme, kahle Erde herunter. Seltsam, wie wohl mir war, kaum dass die Loisach, voll und gelb von Schneewasser, mich lärmend, wie ein übermütiger Bub, willkommen hieß. Mich störten der Regen nicht und der Sturm, die mir kühlend um Stirn und Wangen strichen; in den Lodenmantel gewickelt, ging ich all die vertrauten Wege, und niemand zankte mich, wenn ich zerzaust und beschmutzt nach Hause kam, oder gar die Mahlzeit versäumte. Die gute Kathrin schüttelte nur nachsichtig lächelnd den Kopf, streichelte mir mit einem zärtlichen: »Ach die liebe Jugend« die heißen Wangen und ließ es sich nicht nehmen, mir die gewärmten Strümpfe und Schuhe selbst über die Füße zu ziehen.

War das eine Wonne, allein zu sein! Über mein Tun und Lassen selbständig zu entscheiden! Ein Schmetterling, der aus dem Puppenpanzer kriecht, konnte nicht froher sein als ich! Plötzlich – ich saß grade unter tropfenden Bäumen auf der nassen Bank, die der Sepp mir gezimmert hatte – fielen mir meine achtzehn Jahre ein; – Himmel, war ich jung! Ganz überwältigt von dieser Erkenntnis, lief ich in großen Sprüngen den Berg hinab und konnte mich vor Lachen nicht fassen, als ich der Länge nach im Moose lag.

Tante Klotilde verschob ihre Ankunft von einer Woche zur andern. Wenn sie den Schnupfen hatte und das Wetter schlecht war, zitterte sie um ihre Stimme, und vor der Rücksicht auf deren Gefährdung musste alles andere zurückstehen. Sie schickte mir ermahnende Briefe, in denen sie genau vorschrieb, wie weit ich allein gehen dürfe – eine Viertelstunde im Umkreis wars höchstens –, und schärfte der Kathrin ein, gut auf mich aufzupassen.

Indessen kam der Frühling, und die Bäume steckten ihm zu Ehren ihre ersten grünen Blätterfähnchen aus. Ich saß schon stundenlang auf der Veranda in Tantens Schaukelstuhl – ohne Handarbeit, ohne Buch – und sonnte mich. Außer mir und der Kathrin waren nur der alte Gärtner und sein uralter Pudel im Haus, der im Stoizismus seines Greisentums das Bellen sogar schon aufgegeben hatte. Es war daher mäuschenstill bei uns. Um so mehr erstaunte ich, als eine kräftige Männerstimme eines Morgens an mein Ohr schlug. »Machen Sie mir doch nichts weiß«, rief sie, »ich hab doch meine Augen im Kopf, – und wette zehn gegen eins: das Rosenhaus ist bewohnt.«

»Aber wahr und wahrhaftig, Durchlaucht, die Frau Baronin sind noch nicht hier!« greinte die Kathrin. Ein helles Gelächter war die Antwort.

»Da könnten Sie am Ende recht haben – aber in der ganzen Welt gibt es nur einen so schwarzen Lockenkopf, wie der Alix ihrer, und den sah ich vom Ufer drüben. Gespenster sind nicht so hübsch.«

Hellmut wars! Ich lief hinaus und streckte ihm beide Hände entgegen. Die paar Jahre seit unserem letzten Zusammensein waren wie ausgewischt, und erst als ich sah, dass ein hochgewachsener Mann mit gebräuntem Gesicht und keckem Schnurrbärtchen über den vollen Lippen vor mir stand, errötete ich unwillkürlich.

»Wollen – Sie nicht näher treten!« sagte ich zögernd.

»Aber Alix – ›Sie!‹ Wir sind doch alte Freunde«, damit fasste er meine Hand mit kräftigem Druck und ging mit mir an den eben verlassenen Frühstückstisch, während Kathrin uns ganz blass und geistesabwesend nachstarrte.

Das Ungewöhnliche der Situation machte uns verlegen. Schweigend holte ich eine Tasse aus dem Schrank und goss ihm Tee ein, während ich fühlte, wie sein Blick auf mir ruhte.

»Wie schön bist du geworden!« – flüsterte er wie zu sich selbst. In dem Augenblick trat die Kathrin herein und rumorte mit eifriger Geschäftigkeit im Zimmer. Das zwang uns zur Konversation, die, zuerst steif und gezwungen, allmählich immer natürlicher wurde. Nach dem Wie und Warum unseres Hierseins frugen wir einander, und ich erfuhr, dass ihn auf dem Wege nach Oberitalien in München plötzlich die Lust gepackt habe, die Berge von Garmisch wieder zu sehen. »Unserem Verwalter in Partenkirchen kam ich nicht gerade gelegen«, lachte er, »der hatte Gesellschaft in Mamas Salon, als ich eintrat. Ich habe ihm unter der Bedingung gnädig verziehen, dass er über meine Anwesenheit gegen jeden den Mund halten soll.«

»Dann sind wir beide inkognito«, rief ich fröhlich, »die Tante findet nämlich im Grunde mein Alleinsein so kompromittierend, dass ich versprechen musste, mich in Garmisch nicht sehen zu lassen.«

Bis gegen Mittag blieb er. Der guten Kathrin warnende Blicke, die ich zuweilen auffing, nahmen mir den Mut, ihn zu Tisch einzuladen. Am nächsten Morgen aber, vor seiner Weiterreise, versprach er, mir eine »feierliche Abschiedsvisite« zu machen.

»Wenn das die Frau Baronin wüsste!« sagte die Kathrin seufzend, als er weg war.

Es regnete in Strömen, als ich am folgenden Tage erwachte »Nun kommt er sicher nicht«, war mein erster Gedanke, und missmutig zog ich die Decke wieder über die Schultern. Aber eine leise Hoffnung tauchte gleich danach auf und zwang mich, statt des alltäglichen Lodenrocks ein hübsches, helles Hauskleid aus dem Schrank zu holen. Kaum saß ich am summenden Teekessel, als ich draußen sein fröhliches »Grüß Gott, Fräulein Kathrin« hörte. »Nass bin ich wie ,ne Katze, aber pudelwohl, – Sie sehen, die Viecher vertragen sich auch im Menschen«, fügte er hinzu, und selbst die wohlerzogene Dienerin erlaubte sich, zu lachen. Sie ließ uns sogar allein – es war ja das letztemal, mochte sie sich zur eigenen Beruhigung sagen.

Wie war es behaglich im Zimmer, während draußen der Regen an den Fenstern niedertroff! Wir frühstückten und plauderten miteinander, ganz wie alte Vertraute, und setzten uns schließlich vor den kleinen Kamin, der eine wohlige Wärme ausstrahlte. »Wie wärs mit einer Zigarette? frug er und hielt mir die gefüllte Dose hin.

»In diesen heiligen Hallen?« antwortete ich, halb erschrocken.

»Bis die Gestrenge kommt, ist der Duft verflogen. – – Ich muss dir was erzählen, Alix, und das geht nicht ohne den Glimmstengel. Der macht Mut, weißt du!« Wir rauchten eine Zeitlang schweigend.

»Du musst mich nicht so ansehen«, fing er schließlich wieder an, »sonst kommts mir gar zu komisch vor, dass ich dir Geständnisse mache, wie einem Kameraden.« Ich rückte lächelnd den Stuhl zur Seite und sah geradaus ins Feuer. »Ists recht so?«

»Fein! – Wenn du nur nicht ein so verdammt hübsches Profil hättest! –« Er schwieg aufs neue. Nach ein paar Minuten aber begann er: »Ich habe – Dummheiten gemacht in Berlin. Es hat der armen Mama, die so nicht auf Rosen gebettet ist, einen tüchtigen Happen Geld gekostet, die Sache in Ordnung zu bringen –.« Ein bisschen erschrocken wandte ich den Kopf nach ihm – »es war nichts Gemeines, Alix – Kind, gewiss nicht. Du kannst ja nicht wissen, wies unsereinem geht. Wir sind nicht von Stein – die jungen Mädels der Gesellschaft sind steif und langweilig wie Holzpuppen, – und wenn sies nicht sind, ists ihr Unglück.« Ich fuhr zusammen. – »Kannst am Ende selbst ein Lied davon singen, was?! – Kurz und gut, siehst du, ich verliebte mich eines Tages in eine Ballettratte – einen süßen, kleinen Käfer, sag ich dir –«, zu dumm, dass ich mich in diesem Augenblick bis zu Tränen ärgerte – »aber grässlich ungebildet. Ich habe sie eigentlich nur zwei Tage gern gehabt, nachher wars Gewohnheit, Mitleid, – was weiß ich« – er war aufgestanden und ging unruhig im Zimmer hin und her, die Zigarette zwischen den Fingern zerdrückend. »Ich konnte schließlich nicht länger – ich musste frei sein! Ihr Vater lief sporstreichs zu Mama und heulte ihr was von zerstörtem Leben, geraubter Ehre usw. vor. Mir gegenüber hatte er bis dahin den untertänig-dankbarsten Diener gemimt. Das übrige kannst du dir am Ende vorstellen!«

Ich zitterte vor Erregung. Mich hatte ein Gedanke gepackt, der mich nicht minder los ließ. »Hat sie – ein – Kind?« stieß ich mit aller Anstrengung hervor. Verblüfft blieb er vor mir stehen. »Du bist wirklich aus der Art geschlagen, Alix«, damit streckte er mir die Hand entgegen. »Meine Hand drauf: nein! Wäre das Unglück geschehen, ich hätte anders gesprochen! – Aber wir sind noch nicht zu Ende. Man hat mich auf Urlaub geschickt – nach Italien, wie du siehst! –, und wenn die Galgenfrist zu Ende ist, soll ich – heiraten!« Mit komischem Entsetzen rang er die Hände.

»Wen?« frug ich, während mir das Herz hörbar schlug.

»Wen?! Ein kleines Prinzesschen natürlich, semmelblond – du weißt, wie ich so was liebe! –, bleichsüchtig, eine Figur wie ein wohlgehobeltes Brett.« Ich spürte mit heimlicher Freude den raschen Blick, der zu mir herüberflog. »Die Ebenbürtigen mit dem nötigen Mammon laufen nicht zu Dutzenden in der Welt herum. Und eine Ebenbürtige muss es sein, Mama träumt doch ständig, dass ihrem Einzigen Vetter Georgs

Krone eines schönen Tages auf den Dickkopf fällt! Eine Reiche natürlich auch, – du weißt ja, in wie schmerzlichen Widerspruch unser Portemonnaie zu dem Glanz unseres Namens steht!«

»Und du?«

»Ich wünsche ihm ein langes Leben, eine tüchtige Frau und ein Dutzend Jungens! Zum Regieren hab ich kein Talent, und zum Heiraten am allerwenigsten. Das weiß ich eigentlich erst seit gestern. In der Stickluft Berlins, angesichts des versammelten Familienrats war ich ganz klein. Aber wie ich gestern von dir ging, bin ich noch bis in die Nacht hinein in den Bergen herumgeklettert und habe mir einen ordentlichen Gletscherwind um die Nase pfeifen lassen. Heute weiß ich: es geht nicht – mögen sie mich meinetwegen zu den Insterkosaken versetzen, ich kann die Ebenbürtige nicht heiraten.«

Er wandte mir den Rücken und sah in den Regen hinaus.

»Ich kann nicht« – wiederholte er leise, »ich muss Eine haben, die ich liebe – «

Es war ganz still zwischen uns. Nur die Uhr tickte laut und heftig.

»Ich möchte hier bleiben, Alix«, sagte er nach einer Weile mit ruhigem Ernst. »Ich brauche die Einsamkeit und – dich. Du musst mir helfen überlegen, was aus mir werden soll!«

»So bleibe, Hellmut«, antwortete ich rasch, aber im selben Augenblick fiel mir die Kathrin ein, und die Tante, und das Gerede der Leute; und schon kam sie selbst, meine getreue Wächterin, und sagte, nachdem sie das Geschirr möglichst langsam abgeräumt hatte: »Soll der Christoph für Durchlaucht einen Wagen bestellen? Er geht gerad ins Dorf hinunter.«

Hellmut stieg das Blut in den Kopf. Er verstand. »Nein«, sagte er, »ich gehe zu Fuß. Es ist nicht nötig, dass noch mehr Leute von meinem Hiersein wissen.« Die Kathrin sah ihn zweifelnd an. »Fürchten Sie nichts für Ihr gnädiges Fräulein, Kathrin«, fuhr er fort, »ich bin ihr bester Freund und werde nicht dulden, dass ihr auch nur ein Härchen gekrümmt wird.« Als sie sich daraufhin stumm entfernt hatte, wandte er sich zu mir: »O über die verdammten Rücksichten auf die Gemeinheit der anderen! Ists nicht das natürlichste von der Welt, dass wir hier zusammen sitzen? Und nun –! Ich kann nicht wiederkommen, – deinetwegen nicht!«

Ich hatte einen bitteren Geschmack auf der Zunge. Zugleich kam mirs feige und erbärmlich vor, ihn so gehen zu lassen.

»Ich bin viel draußen«, sagte ich zögernd und verlegen, »wenn du mich brauchst, wie du sagst, dann – dann könnten wir uns irgendwo treffen.«

»Hab Dank, herzlichen Dank, Alix. Aber das macht die Sache nicht besser. – Uns ein heimliches Rendezvous geben, wie – wie ... nein, das kann ich dir nicht antun. Machen wirs kurz: Lebwohl.« Er zog meine Hand an die Lippen und wandte sich, ohne eine Antwort abzuwarten, rasch zur Türe.

In mir kochte es. Ah, wer diesen Götzen der Konvention zerschmettern könnte, auf dessen Altar unsere besten Gefühle und schönsten Stunden verbluteten, dem zu Ehren wir unsere freien Glieder in Fesseln schlugen! Gegen Abend, als ich aus der Gartentür trat, sprang mir ein kleiner Bub in den Weg und hielt mir einen Strauß Schneeglöckchen entgegen. Schon zog ich die Börse, um sie zu kaufen, da drückte der Überbringer ihn mir schelmisch lachend in die Hand und rannte davon. Jetzt entdeckte ich erst den Brief, der um die Stiele gewickelt war.

»Im Begriff, abzureisen«, schrieb Hellmut »sende ich meiner lieben Freundin diese Blümchen, die einzigen, die ich auftreiben konnte. Ich fahre direkt nach Berlin. So leid es mir Mamas wegen tut, – mein Entschluss steht fest: ich will frei bleiben. Auch wenn ich den Adler auf dem Helm opfern muss. Ich werde mich zu den Ludwigsluster Dragonern versetzen lassen und scheide von Dir mit der Hoffnung auf ein frohes Wiedersehen in Schwerin und auf eine freundliche Fortsetzung unserer unterbrochenen Gespräche. Dein alter Freund Hellmut.«

Meine Freude war so groß, dass ich sie allein gar nicht tragen konnte. Die alte Kathrin musste, so sehr sie sich auch zierte, beim Abendessen neben mir sitzen und den Wein mit mir trinken, den ich mir selbst aus dem Keller geholt hatte. Schließlich rief ich den Pudel herein und trieb ihn im Zimmer so lange im Kreise umher, bis vergessene Jugenderinnerungen in ihm aufdämmerten, und er, fröhlich mit dem Schwanze wedelnd, in ein heiseres Bellen ausbrach.

Mitte Juni war ich wieder in Schwerin. In vier Wochen stand der Einzug des Großherzogs bevor, dem eine Reihe von Festlichkeiten aller Art folgen sollte. Unmöglich konnte ich meiner Mutter alle Toilettensorgen allein überlassen, und meine Tante, die kurz nach Hellmuts Abreise in Grainau eingetroffen war, schenkte mir aus lauter Rührung über meine Pflichttreue ein rosaseidenes Kleid, von weißem, goldgesticktem Tüll überrieselt. Nun saß ich zu Mamas hellem Erstaunen selbst in der Schneiderstube. »Das sind ja ganz neue Talente, die du entwickelst«, sagte sie, während ich unermüdlich anprobierte, steckte und heftete, nur die mechanische Vollendung der Arbeit der Näherin überlassend. Niemand sollt' es merken, dass unsere Kleider nicht bei Gerson gearbeitet worden waren. Es war mir beinahe störend, dass ein paar unentwegte Verehrer vom vorigen Winter zu meinem Geburtstag eine Landpartie arrangiert hatten, die mich einen ganzen Tag Arbeitsunterbrechung kosten würde. Schließlich aber amüsierte ich mich dabei köstlich und ließ mir vergnügter denn je den Hof machen. Wir lagerten gerade unter den Buchen und ließen die Sektpfropfen knallen, als mein Vater erschien, der am Vormittag nicht hatte abkommen können, und eine himmelblaue Uniform neben ihm auftauchte.

»Ich bringe Se. Durchlaucht den Prinzen Hellmut gleich mit, der uns heute seinen Besuch hat machen wollen«, sagte Papa. Alle waren aufgesprungen und verstummt. Jeder Prinz, selbst der kleinste, ruft in jedem, selbst dem vornehmsten Kreis, eine Verlegenheitspause hervor. Hellmut verbeugte sich und trat dann rasch zu mir, die ich mich allein von meinem Rasenplatz nicht gerührt hatte. »Diesen Tag habe ich mir zu meiner Antrittsvisite ausgesucht, um Ihnen als alter Freund meine ergebensten Glückwünsche zu Füßen zu legen.« Bei der förmlichen Anrede sah ich erstaunt zu ihm auf.

»Ich danke Ihnen, Durchlaucht, dass Sie sich meiner erinnern«, antwortete ich mit kaum verhülltem Spott.

Als wir nachher ziemlich isoliert beieinander saßen, – die anderen hielten sich trotz all ihrer Neugierde in respektvoller Entfernung –, erklärte er mir sein Verhalten. Mein Vater hatte ihn gebeten, von dem »Du« unserer Kindheit Abstand zu nehmen, »Sie kennen die Klatschmäuler kleiner Residenzen zu gut, um meinen Wunsch missszuverstehen«, hatte er hinzugefügt. Er war ein schlechter Psychologe, der gute Papa! Er hätte wissen müssen, dass dieses Verbot unseren Beziehungen die Harmlosigkeit nahm und ihnen den Stempel der Heimlichkeit aufdrückte. Wir kehrten ohne Verabredung zum Du zurück, sobald wir allein waren, und redeten uns vor anderen, belustigt über die Komödie, die wir den Dummen vorspielten, »Durchlaucht« und »gnädigstes Fräulein« an. Strahlende Sommertage kamen. Die Jahreszeit, in der wir geboren wurden, hat eine geheimnisvolle Bedeutung für unser Leben. Nie fühle ich das Dasein mit seinen Schrecken und Schmerzen, seinen Wonnen und Seligkeiten so stark und tief, als wenn dem Himmel und der Erde Glutwellen entströmen. Wie die Rosenknospe sich öffnet und sich bis zur Tiefe ihres goldenen Kelchs der leuchtenden Sonne preisgibt, so öffnet sich dann mein Herz.

An einem Julimorgen zogen unter klingendem Spiel und wehenden Fahnen Friedrich Franz II. und Anastasia, seine Gemahlin, durch die Straßen von Schwerin zum Schloss. Am Abend desselben Tages, während der Mond hoch am Himmel stand und das Märchenschloss in silberne Schleier hüllte, war der ganze See von großen und kleinen, mit tausenden bunter Lampen geschmückten Schiffen belebt. Bis hoch in die Masten schwangen sich die Lichterketten, und Blumengirlanden schleiften im schimmernden Wasser.

Nur wenige Würdenträger waren an diesem Abend ins Schloss geladen, um von den Terrassen des Burggartens aus dem Schauspiel unten zuzusehen. Wir gehörten dazu, und Hellmut auch, der der Suite des vornehmsten Gastes, des Königs von Griechenland, attachiert worden war.

Abseits stand ich unter den Taxushecken, als eine Stimme hinter mir flüsterte: »Komm mit.« Ich nahm den Arm, der sich mir bot, und fühlte bebend den Druck, mit der er den meinen an sich presste.

Versteckt zwischen den Rotdornbüschen lag drunten ein Boot. Es trug keine Lichter, nur Kissen und Decken und zu Füßen der Sitze in hellen Körben eine Fülle von Rosen. Wir fuhren dicht am umbuschten Ufer entlang und hinaus, wo der See immer dunkler und einsamer wurde. Wie ein Heer von Glühwürmchen erschienen von hier aus die Lichter der Schiffe, während der Mond groß und majestätisch zu uns hernieder sah.

»Frierst du, Alix?« – Er zog die Ruder ein und hüllte mich kniend fester in die Decken. Seine Hand, die meinen bloßen Arm berührte, war heiß und zitterte, und durch mein Herz zuckte ein schneidender Schmerz, der dabei doch so seltsam wohl tat ... Wir sahen einander an, – tief und fest.

Da tauchte ein anderes dunkles Boot neben uns auf.

»Durchlaucht verzeihen – die Herrschaften brechen auf –, darf ich meine Hilfe anbieten?« Graf Waldburg wars, ein Regimentskamerad des Prinzen, der rasch entschlossen in unser Boot sprang, mitten in die bunten Schiffe hineinruderte, wo wir – zu dritt! – von allen Seiten gesehen wurden und mit unseren Rosen in die Blumenschlacht eingriffen; zusammen erschienen wir im Burggarten in der Gesellschaft und erzählten so harmlos als möglich von unsrer lustigen gemeinsamen Fahrt.

»Ich danke Ihnen, Waldburg«, flüsterte Hellmut. Noch ein Zusammenschlagen der Sporen, ein höflich-kühles Kopfneigen als Antwort von mir, und ich schritt hinter den Eltern dem Wagen zu, der uns heim brachte.

Wie lauter Träume folgten einander die Sommertage. Krachende, kurze Gewitter schienen die sonst so schwere Luft Mecklenburgs immer wieder zu zerstreuen; die Jugend wagte es plötzlich, jung zu sein, und die Alten lächelten nachsichtig darüber. Der sonst so stille Park war voller Leben: wir tanzten auf glattem Rasen zwischen buntbewimpelten Masten; wir spielten alte traute Kinderspiele unter dem Schatten der Bäume; und, müde geworden, verloren wir uns in den geschnittenen Buchengängen, vorbei an springenden Wasserkünsten und verwitterten Götterbildern. Blind und taub für die Welt um uns her, und doch wie gefeit durch die Weihe der Hohenzeit des Jahres, bewegten wir uns unter den Menschen.

Oft ging es in bekränzten Wagen weiter hinaus in die Wälder, oder an einen der ferneren Seen, von denen jeder uns schöner dünkte als der andere: der eine, weil er sich schmal und lang zum Horizont erstreckte, von freundlichen Dörfern rings umgeben, der andere, weil er einsam und dunkel zwischen bewaldeten Hügeln lag. Oder wir ritten am taufrischen Morgen mit verhängten Zügeln querfeldein, wo oft meilenweit kein Mensch uns begegnete, kein Haus zu sehen war, bis ein stattlicher Gutshof auftauchte, die ärmlichen Taglöhnerhäuser überragend, – ein verkleinertes Abbild von Schwerin. Wenn ich sie sah, pflegte ich schon von weitem Kehrt zu machen.

»Sie fürchten sich wohl vor den Dorfkötern?« meinte bei solcher Gelegenheit eine schnippische Freundin. »Das traut mir wohl keiner zu«, antwortete ich, »aber ich schäme mich vor den armen Leuten.« Alles lachte; nur Hellmut wandte sich mir zu und sagte: »Das würden die armen Leute am wenigsten verstehen. Ich glaube, dass sie für uns nichts empfinden als Neugierde und Bewunderung.«

»Um so schlimmer! Ich verstehe sie nur, wenn sie mit Steinen nach uns werfen«, entgegnete ich laut und drückte meiner Stute die Peitsche in die Flanke, so dass sie gehorsam in langen Galopp verfiel. Hellmut aber blieb mir dicht zur Seite, griff mit der Rechten kräftig in meine Zügel und sagte, während seine hellen Augen mich übermütig anblitzten: »Wirst du mir nicht davongehen, du Süße, Wilde!« Mein Groll war verflogen, – dass ich mich ihm, dem Starken, unterwerfen durfte, – welch tiefe Seligkeit war das!

Einmal waren wir nach Rabensteinfeld hinüber gerudert, dem stillen Witwensitz der alten Großherzogin. Mit dem Dampfschiff war uns eine große Gesellschaft vorausgefahren, lauter ältere und gesetzte Angehörige, die zuweilen die Verpflichtung fühlten, uns Jugend zu beschützen. Ich hielt das nie lange aus und war stets die erste, die Mittel und Wege fand, aus ihrem Gesichtskreis zu verschwinden. Hellmut benahm sich korrekter und wollte die Form nicht verletzen. Auch jetzt stand ich mit einem lachenden: »Wer kein Philister ist, folgt mir«, vom Teetisch auf und ging hinunter an das Seeufer. Ein paar junge Herren kamen mir nach, und empört über Hellmuts Eigensinn, kokettierte ich mit ihnen in erzwungner Lustigkeit.

Als wir in der Abenddämmerung zu Fuß heimkehrten, gesellte er sich endlich wieder zu mir. Eine tiefe Falte grub sich zwischen seine Brauen, die seinem sonst so guten Gesicht einen bösen Ausdruck verlieh. »Das darfst du mir nicht wieder antun – hörst du«, zischte er mich an und eisern umklammerten seine Finger mein Handgelenk. »Verzeih mir –«, flüsterte ich, »aber warum hast du mich allein gelassen?« – »Weißt du nicht, dass ich alles nur um deinetwillen tue?« – Ganz weich war seine Stimme dabei, und schweigsam gingen wir nebeneinander, die Worte waren zu arm für die Fülle unseres Gefühls.

An einem anderen glühheißen Sommertag gab das Grenadier-Regiment ein Fest im Jagdschloss von Friedrichstal. Heiß und ermattet vom Tanz und vom Spiel, gingen wir alle zum Neumühler See herunter, wo die Buchen und Birken über dem Uferweg dichte Lauben bilden. Allmählich zerstreute sich die Menge hier- und dorthin; wir blieben nur zu fünfen beieinander, – zwei Mädchen und drei Herren. An einer kleinen dichtumbuschten Bucht lagerten wir, und die Lust packte mich, die Füße im Wasser zu kühlen. Meine Gefährtin errötete dunkel bei meiner Aufforderung, es mir nach zu tun. »Du, das ist unpassend«, flüsterte sie mir leise zu. »Unpassend?« wiederholte ich laut, »zeigst du vielleicht nicht deine Hände, deine Arme, deinen Hals, – warum nicht deine Füße?« – »Bravo, bravo«, applaudierte einer der Herren. Das stachelte mich auf, und keck von einem zum anderen blickend, fuhr ich fort: »Soll ich euch sagen, was wir alle wissen und ihr nur nicht zu sagen euch getraut? – Wir schämen uns nur unserer hässlichkeit –« Damit hatte ich rasch Schuhe und Strümpfe abgestreift. Eine beklemmende Stille trat ein; ich wagte nicht, mich umzusehen, mein Blick haftete auf meinen nackten Füßen, als sähe ich sie zum erstenmal, – sie waren so weiß, so schrecklich weiß! – mir stieg das Blut bis in die Stirne. Ich berührte scheu das Wasser mit den Zehen. »Es – es ist – zu kalt«, brachte ich mühsam hervor und zog die Füße rasch unter die Kleider. Ein Geräusch verriet mir, dass die Herren sich entfernten; die Kleine neben mir, noch röter und verlegener als ich, half mir rasch beim Anziehen und lief dann auch davon. Langsam erhob ich mich, – die Glieder waren mir schwer, – da stand Hellmut vor mir – ein paar Schweißtropfen auf der Stirn und doch ganz blass.

»Nun baue ich Tag um Tag eine Mauer um dich, damit nichts und niemand dir zu nahe treten kann, und du – du gibst dich diesen – diesen Schurken preis«, kam es stockend über seine Lippen. Mir stürzten die Tränen aus den Augen, – doch schon hatten seine Arme mich umschlungen, und sein Mund presste sich auf den meinen, und die heißen, lang zurückgedämmten Wogen der Leidenschaft schlugen über uns zusammen.

Wie wir uns trennten, wie ich nach Hause kam, – ich weiß nichts mehr davon. Ich weiß nur, dass ich am weit geöffneten Fenster saß und die linde Nachtluft tief und langsam einsog, als hätte ich nie vorher die Wonne des Atmens gekannt. Dann stockte mein Herzschlag, – ein fester Tritt, ein schleppender Säbel unterbrachen die Stille, ein lichtes Blau schimmerte durch die Büsche des Gartens. »Alix –« klang es sehnsüchtig. – Und ich nahm die Rose, die mir noch zerdrückt im Gürtel hing und warf sie in zwei geöffnete Hände.

Alles Denken war ausgelöscht in meinem Hirn, ich fühlte nur mit gesteigerter Intensität. Morgens am Kaffeetisch umarmte ich zärtlich den Vater, – es fiel mir plötzlich schwer aufs Herz, dass ich seiner rührenden Liebe stets so kühl begegnet war –. »Du hast ja schon in aller Frühe illuminiert«, sagte er und streichelte mir halb erstaunt, halb beglückt die Wangen. Schüchtern und schuldbewusst küsste ich der Mutter die Hände, – wie schlecht hatte ich bisher ihre Treue gelohnt! – ach, und wie ernst und verhärmt sah sie aus! Als aber das Schwesterchen hereinsprang, hob ich sie auf den Schoß und flüsterte in ihr rosiges, von lauter Goldlöckchen umspieltes Ohr: »Du – ich weiß was ganz Heimliches: heut nacht tanzten die Nixen mit dem grauen Schlosszwerg, bis er vor lauter Atemnot auf den Rasen plumpste. Ich glaub' immer, da liegt er noch und schnarcht, und die Nixen haben vor Lachen den Heimweg ins Wasser vergessen. Komm schnell hinaus, – am Ende sehn wir sie noch!« Sie jubelte hell auf vor Freude, und richtig, – zehn Minuten später waren wir unten am See.

Klein-Ilschen suchte – ich aber war still und ernst geworden und sah hinüber zum fernen jenseitigen Ufer: sollte das Glück, das mir dort begegnet war, auch nur ein nächtlicher Spuk gewesen sein? – Wir fanden die Nixen nicht – Klein-Ilschen war böse. Wie wir langsam heimwärts gingen, kam ein Reiter uns entgegen, – ich wagte kaum aufzusehen. Doch schon war er neben mir und hielt den Fuchs am Zügel. »Willst du reiten, Kleine?« sagte er und hob das Schwesterchen, dessen Leidenschaft Pferde waren, in den Sattel. Still gingen wir weiter, unsere Augen aber versenkten sich ineinander, tief, immer tiefer, – bis sie Gewissheit hatten und auch im fernsten Winkel der Seele nichts Lebendiges fanden als nur das eigene Bild.

»Die Nixen waren weg«, sagte das Schwesterchen zu Hause zu Mama, »aber Prinz Hellmut ließ mich reiten!«

»Prinz Hellmut?!« Ein rascher misstrauischer Blick streifte mich. Ich wandte mich zu den Fenstern und ordnete eifrig die vielen kleinen Lichter zur abendlichen Illumination.

Der Großherzogin Geburtstag war heute; mit dem prächtigsten und zugleich dem letzten Fest dieses Sommers sollte er gefeiert werden. Verwandte und Freunde des Hofes, Deputationen der Garde-Regimenter, der ganze Adel Mecklenburgs waren in Schwerin versammelt. Stundenlang rollten auch vor unserem Hause die Wagen, und die Besucher kamen und gingen; Staatsvisiten waren es zumeist, aber auch solche guter alter Bekannter. Im weißen Spitzenkleid, ein paar gelbe Rosen im Gürtel, stand ich im Salon, neigte mich vorschriftsmäßig über die Hände der Damen und senkte den Kopf vor den Herren. Was mich sonst ermüdete, machte mich heute froh, denn mit geschärften Augen sah ich die Menge der bewundernden Blicke. Wie ich mich dann am späten Nachmittag vor der Abfahrt zum Schloss im Spiegel sah, umrauscht von rosa Seide, deren starker Farbenton gedämpft durch goldgestickten Tüll schimmerte, – Rosen auf der langen Schleppe verstreut und Rosen in den dunkeln Locken –, da war ich zufrieden.

Dicht gedrängt standen die Menschen auf der Schlossbrücke, wo die Wagen nur Schritt vor Schritt vorwärts kamen. »Alix von Kleve« – »Alix von Kleve« ging es flüsternd von Mund zu Mund. Dankbar lächelnd neigte ich mich rechts und links aus dem offenen Wagenfenster. Auf den schwarzen Marmorstufen der großen Treppe, in deren tiefem Dunkel das Gold des Geländers und der Säulen sich spiegelte, standen die Lakaien im roten Rock und die Läufer mit dem seltsamen gewaltigen Blumenstrauß über den Stirnen. Und droben in den Vorzimmern gleißte und glänzte es von goldgestickten Uniformen, hellen Schleppen und funkelnden Edelsteinen. Wir wurden zu unseren Plätzen gewiesen. In der Ahnengalerie stand die Jugend. Ich sah durch die Bogenfenster über den See hinaus und rührte mich nicht. Was gingen mich die andern Menschen an? Wozu war ich hier, als allein seinetwegen? Worauf wartete ich, als auf ihn? Die Musik im Thronsaal neben uns intonierte den »Einzug der Gäste« auf der Wartburg, drei schwere Schläge mit dem Hofmarschallstab kündigten das Nahen der Herrschaften an. Ich erwachte aus meinen Träumen. Ein Rauschen ab und auf: wir versanken in unseren Kleidern und tauchten wieder auf – wie eine lange hellschimmernde Woge. Mein Blick haftete sekundenlang auf dem Herrscherpaar, das langsam durch unsere Reihen schritt: der schlanke Mann mit dem Kennzeichen seines Geschlechts, dem kahlen, glatten Schädel, darunter ein Antlitz von jener blass-grauen Farbe, die das Morphium allmählich auf die Haut seiner Opfer malt, zwei fiebrig glänzende Augen darin und zwei Lippen, zu jenem wehmütig-freundlichem Lächeln verzogen, mit dem die früh vom Tode Gezeichneten die Jugend grüßen. Neben ihm das Weib: um den üppig-schlanken Leib schmiegte sich ihr Gewand schillernd wie Schlangenhaut, auf dem hoch erhobenen dunkeln Kopf trug sie stolz die Krone von Brillanten, dunkelrot wölbten sich die Lippen über den kleinen weißen Raubtierzähnen, und ein gieriges Leuchten wie von heißem Lebenshunger tauchte in ihren wunderschönen Augen auf. Über uns sah sie hinweg, sie brauchte uns nicht zu sehen, – sie war mehr als die Jugend. In meinem Herzen aber wallte das Mitleid auf – mit dem Mann und mit der Frau.

Dann kam der König von Griechenland, – wie die meisten Könige: kein König. Und dann die Königin, – weich und licht und holdselig, wie die guten Feen aus den Märchen, und hinter ihnen der Schwarm der anderen. – Aber ich sah keinen mehr, denn aus dem Zuge heraus war Hellmut zu mir getreten.

In einem runden Turmzimmer mit bunten Fenstern saßen wir zu vier um den rosengeschmückten Tisch: Hellmut und ich, Graf Waldburg und seine Braut, die kleine Komtess Lantheim. Wir aßen nicht viel, aber unsere Gläser klangen immer wieder aneinander, und prickelnd floss der eisige Sekt durch unsere Kehlen. Leise und schmeichelnd tönte von fern die Musik.

Im goldenen Saal, durch dessen Fenster die Glut des Abendhimmels hineinströmte, während viele hunderte flammender Kerzen alle Wände und Pfeiler aufleuchten ließen wie gelbes Feuer, wurde getanzt. Es war noch fast leer, als wir eintraten. In wiegendem, lockendem Rhythmus klang die süße Walzerweise der »Schönen blauen Donau« von der Estrade.

Ich lag in seinem Arm, und die Töne schienen uns zu tragen. »Alix – ich liebe dich«, hauchte mir im weichen Takt der Bewegung seine Stimme ins Ohr – »verzehrend lieb ich dich – ich lass dich nicht los – nie – nimmermehr –« Sein heißer Atem berührte mich wie ein zärtlich kosender Kuss, und meine Haare wehten um seine Wangen.

»Durchlaucht – Galopp – wenn ich bitten darf!« hörten wir plötzlich neben uns sagen. Aufatmend standen wir still, – wir hatten wirklich das strenge höfische Walzerverbot vergessen! Im gleichen Augenblicke trat der Kammerherr der Großherzogin auf uns zu: »Ihre Königliche Hoheit befehlen –«

»Mich auch?« frug Hellmut. Er senkte bejahend den Kopf, während ein leises maliziöses Lächeln seine Lippen kräuselte. Sollte die schöne Fürstin so konventionell sein und unser Vergehen gar noch persönlich rügen wollen?

»Sie tanzen bezaubernd, – ich mache Ihnen mein Kompliment, Fräulein von Kleve!« sagte sie laut, als ich in tiefer Verbeugung ihre Hand an die Lippen zog. »Die mecklenburger Damen können sich ein Beispiel nehmen!« Die Umstehenden horchten hoch auf.

»Tanzen Sie noch einmal denselben Walzer, lieber Prinz, den man offenbar nur verbietet, weil man ihn zu tanzen nicht versteht.«

Wie auf Kommando bildete sich ein weiter Kreis um uns. Und wir tanzten. Aber ich fühlte die vielen musternden, neidischen, feindseligen Blicke, die mich betasteten, wie mit feuchtkalten Fingern, und durchbohrten, wie mit Nadelstichen. Ein Schwindel packte mich – fester, immer fester lehnte ich mich in Hellmuts Arm – er trug mich mehr, als dass ich tanzte.

»Führen Sie Ihre Tänzerin auf die Terrasse, – das wird ihr gut tun –« sagte die Großherzogin, als ich mich blass und zitternd wieder verbeugte. Ein Ton war in ihrer Stimme, der mich auffahren ließ, – hatte sie unser Geheimnis erraten?

Wir gingen hinaus. Viele bunte Lampions erhellten die Terrasse und den Burggarten, plaudernde Gruppen standen ringsumher. Wir aber suchten die Nacht und die Stille. Tief unten schmiegte sich ein von weißen Blüten übersäter Strauch an die dunkle Mauer, und ein schwerer süßer Duft breitete sich rings um ihn. Jasmin – meine Blume!

Weißt du noch, Hellmut, wie du übermütig in die Zweige griffst und ein Regen schneeiger Blätter mir auf Schultern und Haare fiel? und wie sie matt zu Boden taumelten vor dem heißen Hauch deines Mundes? Du presstest mich wild an dein Herz, dass der Atem mir stockte, – du hättest mich morden können in jener Nacht, – mit einem Liebesblick hätt ich es dir vergolten. »Warum sagst du mir nicht, dass du mich liebst – warum bist du so still?« frugst du, und ich seufzte, den Arm fest um deinen Hals: »Ich kann dirs nicht sagen – ich kann nicht – ich liebe dich viel – viel zu sehr!«

Droben tanzten sie wieder – wir sahen die Paare hinter den hellen Fenstern vorüberschweben –, und eine Melodie verirrte sich zuweilen bis zu uns. Wie mit kosenden Stimmen antworteten ihr die Wellen, die plätschernd ans Ufer schlugen, und fern von den hohen Baumwipfeln des Parks klang hie und da ein verträumtes Vogelzwitschern. Immer verzehrender glühten unsere Augen ineinander, verlangender, sehnsüchtiger wurden unsere Küsse.

Da verstummte die ferne Musik, ein heftiger Schreck machte dich zittern. »Wir müssen hinauf« – sagtest du heiser und fuhrst dann hastig fort, während wir die Treppe zur Terrasse emporstiegen: »Wir müssen uns trennen – mein Dienst ist morgen zu Ende –« »Und in der nächsten Woche reisen wir«, flüsterte ich mühsam, – es würgte mir am Halse.

»Im Herbst erst sehen wir uns wieder –«

»Das ertrag ich nicht – –«

»Ich sterbe vor Sehnsucht –« Und noch einmal zogst du mich an dich, und aufschluchzend barg ich meinen Kopf an deiner Brust.

»Weine nicht, Liebling, weine nicht, – für ein ganzes Leben voll Liebe, das uns bevorsteht, ist das Opfer dieser nächsten Wochen am Ende nicht zu groß«, versuchtest du uns Beide zu trösten, dabei fielen heiße Tropfen aus deinen Augen mir auf die Stirn. –

Wir fuhren nach Karlsbad, – Mama, Klein-Ilschen und ich. Wir trafen mit einem großen Kreise alter und neuer Freunde zusammen. »Wir« sage ich, – aber im Grunde war ich gar nicht da, nur mein wandelndes Schattenbild. Automatisch geschah alles, was ich tat: mein Reden und noch mehr mein Lachen. Ich selbst saß still im dunkeln Chorgestühl eines hochragenden Doms, die Hände im Schoß gefaltet, die Augen emporgerichtet zu den in mystischen Farben glühenden Fenstern, unbeweglich horchend auf den Gesang süßer Engelsstimmen, die Stirn umweht von Wolken duftenden Weihrauchs ...

Wenn ich neben dem Rollstuhl Stauffenbergs ging, sprach ich wohl mit ihm von alledem, was mein Interesse sonst erregt hatte; aber eine ganz andere, eine fremde Alix war es. Ich selbst, ich lachte über sie und ihren komischen Eifer. Was ging mich die hohe Politik, was gingen mich Darwin, Wagner und Nietzsche an? Neben dem Reichtum lebendigen Lebens, das mir begegnet war, verblaßte alles zu blutleeren Schemen.

Am Abend unserer Rückkehr im Herbst saß ich im Dunkel der Intendantenloge im Theater. »Hoffmanns Erzählungen«, – jenes geniale Werk Offenbachs, das er geschaffen haben muss, besessen vom Geiste des Zauberers, dem es galt, – gelangte zum erstenmal, und ungekürzt, zur Aufführung. Meine Augen durchforschten noch die Logen und Ränge – ich war ja nur gekommen, weil ich überzeugt war, ihn zu finden –, als die ersten Akkorde der Ouvertüre mich schon gefangen nahmen. Und dann die Oper selbst! Wie es ihr zukommt, war jede possenhafte Nuance vermieden worden; Spalanzani und Coppelius, der geheimnisvolle Brillenverkäufer im ersten Akt, wirkten gespensterhaft, und Olympia, die Puppe, war nicht nur ein Automat, der schließlich zur Erhöhung der Lachlust eines einfältigen Publikums zerbrochen auf die Bühne geschleift wird, – ein Stück Leben schien vielmehr in sie hineingezaubert, das mit einem wehen Laut erstarb. Selbst die Menuetttänzer und Tänzerinnen bewegten sich wie nichts vollkommen Irdisches.

Schon verdunkelte sich der Zuschauerraum am Ende der Pause, als der Bogenvorhang sich teilte, – ein breiter Lichtstreifen fiel herein. Der erste Ton der Barkarole klang gedämpft aus dem Orchester – ein Stuhl wurde zur Seite gerückt – »Alix!« hörte ich Hellmuts Stimme hinter mir, und sein Mund brannte auf meinem Nacken.

»Schöne Nacht – o Liebesnacht – o stille mein Verlangen!« tönte es von der Bühne dicht vor uns; ausgestreckt auf Decken und Fellen lag die schöne Guiletta vor ihren Anbetern; ihre nackten Arme und ihre bloßen Schultern leuchteten im Glanz der roten Ampeln. Das Blut strömte mir zum Herzen, meine Hand suchte die des Geliebten. Von einer Melodie durchwogt, wie sie aufreizender, sinnbetörender nicht zum zweitenmal vorkommt, wurde die Luft immer schwüler um uns. Kaum dass wir uns im hellen Licht des Zwischenaktes genug zu ermannen vermochten, um konventionelle Phrasen mit dem Intendanten zu wechseln. Hellmuts Uniform verriet seine Anwesenheit auch im Halbdunkel der Loge, Lorgnetten und Operngläser richteten sich auf uns, und tuschelnd neigten sich die Köpfe zueinander.

Aber schon setzte das Orchester zum letzten Akte ein. »Sie entfloh – die Taube so minnig« sang der blassen Antonia weiche Stimme. Seltsam – kein Zweifel – sie sah mir ähnlich: der gelbliche Ton der Haut, die dunkeln Locken. Mich fröstelte. O – und als dann der gespenstische Arzt erschien mit der hageren Gestalt, dem glatten Totenschädel und den klirrenden Flaschen in den Händen –– »Mir ist nicht ganz wohl!« flüsterte ich und stand leise auf. Hellmut begleitete mich. Er hielt meinen vorzeitigen Aufbruch nur für einen Vorwand. Während er mir den Mantel um die Schultern legte, flüsterte er mir zu: »Ich war bei Mama – ein bisschen Tränen hats ihr gekostet –, aber schließlich fand sie sich ins Unabänderliche. Wir dürfen hoffen, Liebling! – Hier alles Nähere«, er drückte mir ein Papier in die Hand und führte mich bis zum Wagen; schon zogen die Pferde an, als der Schlag sich von der anderen Seite noch einmal öffnete, – mit einem raschen Sprung war er neben mir und ich in seinen Armen, – einen Augenblick nur, einen kurzen, glückseligen. An der nächsten Straßenbiegung verschwand er ebenso, wie er gekommen war. Erst zu Hause, im verschlossenen Schlafzimmer, öffnete ich seinen Brief.

»Mein süßer Liebling«, schrieb er, »die Wochen ohne Dich waren eine grässliche Fastenzeit. Zum zweitenmal ertrage ich so etwas nicht. Das habe ich auch Mama gesagt, und da sie so wie so immer um mich zittert – begreifst Du solche Anhänglichkeit, Du Einzigste?! –, so hat sie meine Drohung toternst genommen. Sie wird in den nächsten Tagen Tante Brigitte Sonderburg, ihre verdrehte alte Schwester, besuchen und sehen, ob sie bei ihr das nötige Kleingeld zusammenscharren kann; bei Vetter Georg, dem Knauser, ist nichts zu holen, Mamas eigne Kasse ist völlig schwindsüchtig. Ich schäme mich, Dir so was schreiben zu müssen, meine holde, kleine Göttin Du, und doch musst Du wissen, warum ich immer noch nicht in Helm und Schärpe antrete. Meine Zulage reicht kaum für mich, der ich das Unglück habe, ein Prinz zu sein, und diese Würde täglich mit barer Münze bezahlen muss. Aber trotz alledem muss es werden, und ich träume schon jede Nacht von dem weichen Nest, das

ich für mein Prinzesschen – viel, viel mehr Prinzesschen, als alle Ebenbürtigen zusammengenommen! – erobern werde!
Verlobte schicken einander immer briefliche Küsse. Das finde ich fad. Aber holen tu ich sie mir bei allernächster Gelegenheit für die langen sechs Wochen, die Du sie mir schuldig bliebst. Hüte Dich beizeiten, dass Du nicht daran erstickst...«

Ich konnte nicht schlafen. Es lag wie ein eiserner Reifen um meine Stirn. »Der Weg zur Ehe geht durch die Kirche« pflegte Mama zu sagen, – aber stand nicht ein goldener Götze am Altar, statt des Priesters?

Wir sahen uns oft, aber niemals allein. Eine zehrende Sehnsucht durchwühlte mich wie eine Krankheit. Jeder Händedruck schien mir die Haut zu versengen. Wir konnten den Karneval nicht erwarten, der zu heimlichen Begegnungen tausend Gelegenheiten bot. Ein Ball bei der Großherzogin-Mutter eröffnete ihn endlich. Sie hatte es allen Warnungen zum Trotz durchgesetzt, dass er in ihrem Palais stattfand, dessen Tanzsaal erst vor jedem Fest von der Baupolizei untersucht werden musste. Diesmal, so erzählte man sich, habe sie schon recht bedenklich den Kopf geschüttelt. Als wir kamen, fiel mein erster Blick auf Hellmut, der mit zusammengezognen Brauen, blass und finster, allein in einer Fensternische stand. Ewig dauerte es, bis ich all die Verbeugungen und Begrüßungen und stereotypen Phrasen erledigt hatte und meine Hand in der seinen ruhte.

»Ich habe Nachricht von Mama«, presste er mühsam hervor, »Tante Brigitte hat rundweg abgelehnt. Für dumme Streiche hätte sie kein Geld!«

Mir wankten die Kniee. Da ging das alte frohe Leuchten über seine Züge, gepaart mit einem neuen Ausdruck starker Energie: »Sei nicht furchtsam, Liebling; du weißt: und wenn ich mich dafür dem Teufel verschreiben sollte, – du wirst mein!«

Junge Liebe ist voller Zuversicht, sie glaubt noch an Wunder; und sie ist sich selbst genug und vergisst darüber die Welt. Es war eine stürmische Saison damals, – kaum ein Tag verging ohne ein Diner, einen Ball, eine Schlittenpartie. Hellmut fehlte niemals. Wenn es nicht anders ging, ritt er noch in der Nacht nach Ludwigslust zurück. Er verlor allmählich die gesunde Farbe, aber wenn ich ihn angstvoll um sein Ergehen frug, lachte er. Wir wurden immer kühner und immer erfinderischer, um uns allein sehen zu können, und die fremdesten Menschen halfen uns dabei: sie zogen sich zurück, wenn wir ins Zimmer traten, sie vertieften sich in ein Gespräch, wenn wir am gleichen Tische saßen, sie mäßigten das Tempo ihres Laufs, wenn sie auf der weiten Eisfläche des Schweriner Sees in unsere Nähe kamen. dass die Mädchen mich mieden, war mir nur eine Wohltat. Hie und da freilich fing ich ein hämisches Lächeln auf, ein vieldeutiges Augenzwinkern, oder hörte mit halbem Ohr, wie es um mich her raunte und flüsterte. Aber ich dachte darüber nicht nach. Ich vegetierte überhaupt nur noch, und lebte allein, wenn er um mich war.

In diesem Winter wusste ich erst, was Tanzen ist: keine Bewegung, in der wir nach Vorschrift die Füße so oder so setzen, kein harmlos-kindliches Vergnügen aus reiner Freude am rhythmischen Regen der Glieder, – Liebe ist es, Liebe in all ihren tausend Phasen, Liebe, die zwei Menschen zu Eins verschmilzt, die sie auseinanderzieht, um die Sehnsucht zu steigern und sie um so glühender wieder zu vereinen. Liebe, die lockt und kokettiert – sich demütig neigt und siegesbewusst aufrichtet – die mit den anderen lächelt, sich ihnen vorübergehend hingibt, nur um des einen, des Geliebten Glut zu loderndem Feuer zu entfachen.

Die »Barkarole« beherrschte den Tanz in jenem Karneval. Ich hörte sie bis in meine Träume.

Zu einem Hofball wurde ein Menuett einstudiert, – der Tanz, in dem sich die ganze graziöse Sündhaftigkeit und künstlerisch verklärte Erotik seiner Zeit widerspiegelt. Wir trugen dazu keinen billigen Maskentand, sondern schwere Kleider von Damast, breit ausladend über den Hüften, zum Umspannen schmal in der Taille, mit langen höfischen Schleppen. Rosen und Lorbeer rankte sich auf dem meinen, die alten kostbaren Spitzen meiner Mutter garnierten den Rock, ihre Perlenschnüre schlangen sich mir um Hals und Nacken. Hoch gepudert die Haare, ein Schönpflästerchen am Mundwinkel und eins auf der Brust, – so traf ich im Vorzimmer am Abend des Festes Hellmut, meinen Herrn. Wir staunten einander an, – so hatte ich die ebenmäßige Schönheit seiner Gestalt noch nie empfunden wie jetzt, wo sie im Staatsgewand Ludwigs XV. vor mir stand. Aber sein Gesicht blieb ernst.

»Mir passt der Narrentrödel nicht!« sagte er, während wir uns nach Mozarts unvergänglichem Don Juan-Menuett neigten und drehten. »Ist nicht die gleißende Pracht ein Hohn auf unsere Armut?«

»Ich fühle nur, dass wir reich sind, die Reichsten der Welt!« antwortete ich und lehnte den Kopf zurück, um über die Schulter hinweg ihn selig anzulächeln, wie die Figur des Tanzes es grade befahl.

»Aber ich verkomme vor Qual, solang du nicht mein bist!« gab er zurück und beugte das Knie in bittender Gebärde zu dem lang gezognen Sehnsuchtston der Musik.

Ein Walzer folgte dem Menuett. Hellmut lehnte mit verschränkten Armen an einem Pfeiler, und jedesmal, wenn ich vorüberkam, fühlte ich seinen Blick. »Du darfst heute mit keinem anderen tanzen«, redete er mich an, als mein Tänzer mich verlassen hatte, – er vermochte seiner Erregung kaum Herr zu werden. Vergebens suchte ich ihm das Unmögliche seines Verlangens klar zu machen; »ich verlasse das Schloss, wenn du nicht tust, um was ich dich bitte, – ich halts einfach nicht aus, dass jeder Schmutzfink dich im Arm hält und seine frechen Blicke sich an deiner Schönheit weiden.« Ich fügte mich beglückt von der Stärke seiner Leidenschaft, und um keinen anderen Verdacht aufkommen zu lassen, bat ich meine Mutter, mir in der Garderobe eine aus Taschentüchern improvisierte Bandage um den »verstauchten« Fuß zu legen, der mich am Tanzen hindern sollte.

Hellmut und ich trennten uns an dem Abend nicht mehr. Im Ballsaal drängte sich die Jugend, in den Nebenzimmern saßen die Älteren an den Whisttischen. Wir gingen durch die langen Galerien mit ihrer bunten, phantastischen Dekoration, wo die Lampen immer spärlicher brannten. Wir standen eng aneinander geschmiegt vor Tristan und Isoldens Liebesmär, die hier im Schloss der sittenstrengen Obotriten in hellen Farben an den Wänden prangt, und wie Lebendige tauchten Hero und Leanders Marmorbilder im rosigen Schein gedämpften Lichtes vor uns auf; ihr Busen schien zu atmen, an den sein Haupt sich zärtlich lehnte.

Von ferne folgten uns die Tanzmelodien ... »Schöne Nacht – o Liebesnacht – o stille das Verlangen –« klang es leise – sehnsüchtig.

Und Hellmut schlang den Arm um mich, und dicht, immer dichter aneinander geschmiegt, flogen wir durch den halbdunklen Raum. Mir war, als hörte ich ein unterdrücktes Gelächter, – aber im nächsten Augenblick vergaß ich es wieder.

Wir tanzten, – waren wir nicht allein auf mondheller Wiese, von Palmen umrauscht und großen, weißen Blumen umgeben, aus deren Goldkelch betäubende Düfte strömten? Wir tanzten, – wars nicht ein Schaukeln auf kristallhellen Fluten, – sahen wir nicht bis zum Grund, wo die blendenden Leiber nackter Nixen zwischen Wasserrosen auf und nieder tauchten und Lieder, die noch kein Menschenohr gehört, ihren roten Lippen entströmten? – Mein Herzschlag stockte – auf den nächsten

Stuhl sank ich schwindelnd zurück, zu meinen Füßen brach der Geliebte zusammen, den blonden Kopf vergraben in meinem Schoß ...

»*Oh, la marquise Pompadour,*
Elle connait l'amour
Et toutes ses tendresses,
La plus belle des maitresses« –

sang plötzlich eine krähende Sopranstimme hinter uns. Hellmut sprang auf und griff instinktiv an den zierlichen Galanteriedegen, der ihm an der Seite hing. »Verdammt –« knirschte er, – es war eine leere Scheide, die er in der Hand hielt. Wir hörten noch ein Rascheln und Raunen und das ferne Schlagen einer Tür, dann wars still.

»Morgen noch fahr ich selbst zu Tante Brigitte und, wenns nicht anders ist, zu Georg. Ich muss ein Ende machen – so oder so!« flüsterte er mir zu, ehe wir den Ballsaal wieder betraten. Ich suchte meine Eltern; – wir verabschiedeten uns. Am Ausgang, wo sich die meisten Menschen zusammendrängten, trat Hellmut an meinen Vater heran: »Darf ich mich gleich heute für die nächsten Wochen verabschieden, Herr General,« – sagte er sehr laut und förmlich – »mein Vetter, Herzog Georg, wünscht meine Anwesenheit bei den Hofbällen.« – »Reisen Sie glücklich«, antwortete mein Vater, und mir schien, als ob er erleichtert dabei aufatmete. »Amüsieren Sie sich gut« – brachte ich mühsam hervor und legte meine kalten Finger flüchtig in die seinen.

Nur die fieberhafte Erregung gab mir Kraft, mich in den nächsten Wochen aufrecht zu halten. Ich fehlte in keiner Gesellschaft, auf keinem Ball; keine tanzte so unermüdlich wie ich, an keinem andern Tisch wurde so viel Sekt getrunken wie an dem meinen.

Eines Tages traf ich Graf Waldburg im Theater. Er machte in den Pausen mit großem Eifer Propaganda für eine Schlittenpartie, die mit einem Diner im Hotel enden sollte. »Seine Durchlaucht Prinz Hellmut bittet Sie um die Ehre, Sie fahren zu dürfen«, wandte er sich an mich. Als ich fragend zu ihm aufsah, zuckte er die Achseln und sagte, nur für mich hörbare »Durchlaucht haben mir nichts weiter mitgeteilt, als dass ich rasch für eine Gelegenheit zu längerer Aussprache sorgen möchte.«

Zweimal vierundzwanzig Stunden noch! Die Erregung steigerte sich bis zum Unerträglichen. Inzwischen fing es an zu tauen. Ein schmutziges Grau bedeckte die Straßen der Stadt, und dichte Nebel hingen über den Seen. Mit hellem Schellengeläut erschien trotzdem am festgesetzten Tage Hellmuts Schlitten vor unserer Tür, – eine winzige mit Pelzen dicht ausgefütterte Muschel, vor der ein russischer Traber unruhig den Boden stampfte. Mein Vater führte mich hinunter. Hellmuts erster Blick sagte mir alles – ich schwankte, als Papa mir in den Schlitten half. »Also um fünf Uhr pünktlich im Hotel!« rief er noch freundlich, dann flogen wir davon.

»Georg hat mich ausgelacht – Tante Brigitte war zynisch genug, mir zu versichern: für ein vernünftiges Verhältnis hätte sie Geld – für eine dumme Ehe nicht!« Mit rauher Stimme hatte er gesprochen. »Was meinst du, wenn wir statt zum Rendezvous auf dem Schlossplatz direkt auf den See führen, – der hält uns nicht lange!«

Ich packte ihn entsetzt am Arm. »Nein, Hellmut, nein«, flehte ich, »wir haben ja noch gar nicht gelebt!« Der Fanatismus des Daseins durchglühte mich – so sterben – so – nein! Und wie eine Erleuchtung kam es über mich: Tante Klotilde, – sie musste und konnte helfen. Mit schmetternden Fanfaren begrüßte die Musik die Ankommenden, als wir beide, die Herzen von neuer Hoffnung geschwellt, auf den Schlossplatz einbogen und uns fröhlich an die Spitze des langen Zuges setzten. War das eine Fahrt durch den Wald, wo der tauende Schnee eine glatte Bahn geschaffen hatte! Wie wir den Nebel nicht spürten, obwohl er unsere Pelze mit Millionen winziger Wasserperlen besetzte, so empfanden wir keinen Zweifel mehr an der wieder erwachten Sonne unseres Glücks.

Die anderen kamen durchfroren von der stundenlangen Fahrt ins Hotel, uns, die wir ihnen weit voran gewesen waren und doch als letzte zurückkehrten, war glühheiß. Noch lange saßen wir zusammen; die vielen Gänge des Mahls, bei dem die meisten Paare immer einsilbiger wurden, das langsame Servieren, das jeden Nichtmecklenburger immer ungeduldiger machte, – wir merkten es nicht. Für uns wars viel zu früh, als es galt, Abschied zu nehmen. Vor dem halbdunkeln Torweg, im rieselnden Regen, umschloss eine kräftige Hand noch einmal die meine, und spitze Nägel gruben sich mir ins Fleisch.

Noch in der Nacht schrieb ich an Tante Klotilde. Mein ganzes Herz schüttete ich ihr aus; mit all meiner Hoffnung klammerte ich mich an sie; jede Seite ihres Wesens suchte ich zu rühren.

Wenige Tage später wurde ich zu ungewohnter Stunde zu meinem Vater gerufen. Hochrot im Gesicht, mit meinem Brief in der Hand, trat er mir entgegen. Mama saß vor Schrecken totenblass im Lehnstuhl. Es gab eine unbeschreibliche Szene. Demselben Manne, der mir seine Zärtlichkeit nie genug zeigen konnte, war jetzt kein Wort zu verletzend, um mich zu beschimpfen. Ich stand vor ihm, wie versteinert. Erst als er Hellmut einen Ehrlosen nannte und die wahnsinnigsten Drohungen gegen ihn ausstieß, kam ich zu mir. »Das duld' ich nicht, dass du seine Ehre angreifst«, rief ich und trat ihm dicht unter die Augen, »schlag doch mit Fäusten auf mich, wenn du willst, aber ihn – ihn darfst du nicht anrühren.« Papa sah mich groß an, wandte sich ab und stöhnte qualvoll. Das ertrug ich nicht mehr. Weinend warf ich mich ihm zu Füßen. »Papachen – hab' doch Mitleid mit mir – mein Unglück ist doch schon groß genug«, schluchzte ich. Und dieselbe Hand, die mich fast geschlagen hätte, hob mich empor. »Mein armes, armes Kind«, sagte er, und mit dem Ausdruck eines zu Tode Verwundeten sah er mich an.

Mama war still gewesen bis dahin. Jetzt hörte ich ihre ruhige kühle Stimme wie von weit, weit her. Sie las den Brief der Tante vor, ich verstand ihn kaum, nur die Worte »Pflicht«, »Opfer«, »Ehrgefühl« wiederholten sich, wie es schien, häufig. »Alix wird«, so schloss er ungefähr, »durch diese Erfahrung klug werden und ihre zügellosen Leidenschaften bändigen lernen. Unser ganzes Leben ist Entsagung und Pflichterfüllung ...« Ich lachte gellend auf bei dieser schönen Tirade, um gleich nachher in einen wilden Weinkrampf auszubrechen. Papa trug mich in mein Bett. Meine Mutter verließ mich von da an keine Minute. Gegen Abend ließ sie mich aufstehen. Kaum auf den Füßen konnt ich mich halten, und vor Schmerzen hätte ich am liebsten geschrien, aber meine Willenskraft war stärker als alles. Ich vermochte es sogar, meinen Vater dankbar anzulächeln, als er mir mitteilte, er habe »die schwere Aufgabe auf sich genommen, den Prinzen über den Ausgang der traurigen Angelegenheit in Kenntnis zu setzen.«

Als ich dann, wie immer, im Nebenzimmer den Tee bereitete, hörte ich, mit meinen fieberhaft geschärften Sinnen, Mama zu ihm sagen: »Ich kenne Alix genug, um keine ernstliche Sorge zu haben. Wo wir bisher gewesen sind, – es gab immer irgend eine mehr oder weniger fatale Liebesgeschichte. In diesem Fall, wo ihre Eitelkeit mitspricht, sieht die Sache erheblicher aus.« »Aber du sahst sie doch! – Eine solche Verzweiflung lässt das Äußerste fürchten!« wandte mein Vater ein. »Vertraue mir, lieber Hans – du siehst sie immer wie in einem goldnen Spiegel! Ich habe, gottlob, meine sehr nüchternen und klaren Augen behalten«, antwortete Mama, »wir haben jetzt nichts zu tun, als zu verhüten, dass sie sich und uns durch tragische Posen kompromittiert – alles andre überlasse ruhig der Zeit und –«, fügte sie mit einem halben Lachen hinzu – »dem nächsten Mann!«

Was sie sagte, war mir nur willkommen, und ich benahm mich, ihren Worten entsprechend, während ich zu gleicher Zeit mit vollkommener Ruhe an die Ausführung eines Planes ging, der vom ersten Augenblick an, da ich von der Ablehnung der Tante erfahren hatte, für mich fest stand. Ich ließ mir zur Gutenacht die Stirn küssen und legte mich ruhig nieder; dass Mama noch einmal kommen und nach mir sehen würde, wusste ich, und wartete, bis sie zurück in ihr Schlafzimmer ging und jeder Ton im Hause erstorben war. Dann stand ich auf, zog mich sorgfältig an, packte das Nötigste in eine bereit stehende Handtasche und schlich mit angehaltenem Atem die Treppe hinunter. Die Haustür knarrte nicht einmal, als ich sie aufschloss. Es regnete in Strömen, kein Mensch war zu hören, noch zu sehen. Ich wartete in meinen Mantel gewickelt, bis ein fester Schritt mir entgegen klang, ein schleppender Säbel auf das Pflaster taktmäßig aufschlug. So kam er jetzt jeden Abend, vom Fenster aus ein verabredetes Zeichen erwartend, in den dicht an unserem Hause liegenden Park. Er fuhr zurück, als er mich vor sich sah. Es bedurfte nicht vieler Worte zwischen uns. Aber was ich gleichgültig, mit einer ganz fremden ruhigen Stimme erzählte, das erschütterte ihn so, dass er sich schwer auf meine Schulter lehnen musste. »Ich kann dich nicht lassen, Alix!« stöhnte er immer wieder. »Das sollst du auch nicht, Hellmut!« antwortete ich fest. »Da uns zum Ehebund der Goldsegen fehlt, schließen wir ihn unter dem Segen der Liebe.« Mit weit geöffneten Augen sah er mich an. »Du wolltest –?« klang es fragend, zögernd. »Deine Geliebte werden – ja. Selbstverständlich muss ich Schwerin sofort verlassen – – –«

»Alix, du fieberst – du weißt ja gar nicht, was du sagst, – das ist ja heller Wahnsinn!« rief er. Ich fühlte plötzlich, wie die feuchte Kälte der Nacht von den Fußsohlen an langsam an mir emporkroch. »Ich bin nicht wahnsinnig, Liebster –« sagte ich weich und drückte seine Hand zärtlich an meine Wange, »ganz im Gegenteil: ich will die wahnsinnige Weltordnung für mein Teil vernünftig machen! – Nun lass uns nicht länger hier stehen, Hellmut, wo jede Minute kostbar ist. Irgend eine kleine Station wird sich mit deinem Wagen doch noch erreichen lassen, wo ich den ersten Morgenzug erwarten kann –.« Er trat einen Schritt zurück, – »Mach mich doch nicht zum Schurken – Alix« – er packte mich am Arm und schüttelte mich, als wolle er mich aus einem Traum erwecken. Und wirklich – während der Regen mir ins Antlitz peitschte – und die letzten Laternen erloschen, kam es mit grausamer Klarheit über mich. »Hellmut!« rief ich noch einmal und breitete die Arme aus. Er stürzte auf mich zu, bedeckte mir Mund und Augen und Wangen und Hände mit wilden Küssen – und verschwand, wie von Furien gepeitscht, in der dunkeln Allee.

Minutenlang blieb ich wie angewurzelt stehen, dann strich ich mechanisch mit den Händen über den nassen Mantel. Ich musste mich vergewissern, wer das eigentlich war, der hier draußen im Regen stand. Auch an die Stelle griff ich, wo mir das Herz noch eben wild geschlagen hatte. Es war wohl nicht mehr da – es war wohl tot – oder am Ende in den Schmutz gefallen. Ganz ängstlich sah ich in die schwarzen Pfützen zu meinen Füßen. Jetzt müsst ich eigentlich schlafen gehn – fuhr es mir durch den Kopf. – Gott, war das Täschchen schwer und der nasse Mantel. – Ob ich mich lieber auf die Bank dort setzen sollte?! – Nach ein paar Schritten stockte mein Fuß: nein, das ging nicht, ringsumher standen schrecklich viele Menschen und starrten mich an. Und dann rissen sie alle den Mund weit auf, und von allen Ecken dröhnte und kreischte es –

Oh, la marquise Pompadour –
Elle connait l'amour –
Et toutes ses tendresses –
La plus belle des maîtresses – –

Ich floh die Stufen empor, – riss die Türe auf und setzte mich erschöpft auf die Treppe. Aber sie krochen mir nach – auf Händen und Füßen – wie Würmer. Mit den letzten Kräften schlich ich in mein Zimmer. Und plötzlich kam mir zum Bewusstsein, dass ich – Alix Kleve – hier in triefenden Kleidern auf dem Bette saß. Ein Grauen überfiel mich, als wäre ich mein eigenes Gespenst und schwebte im schwarzen grenzenlosen Weltraum. Die Sinne vergingen mir.

Acht Tage fast lag ich in völliger Apathie. Dann ging ich aus, und bald darauf ins Theater. Man gab »Hoffmanns Erzählungen« – selbst bei der Barkarole klopfte mein Herz nicht. Es war mir offenbar abhanden gekommen. Nach weiteren acht Tagen tanzte ich wieder. Mama triumphierte.

Elftes Kapitel

»Wissen Sie das Neuste!« rief mir eine meiner Konkurrentinnen auf dem Kampfplatz weiblicher Eitelkeit zu, als wir gerade in der Quadrille einander gegenüber standen; »Prinz Hellmut ist – krank und hat sich auf ein Jahr beurlauben lassen,« – dabei lächelte sie, halb triumphierend, halb schadenfroh, wie eben nur eine Frau lächeln kann.

»Ich weiß, er trug sich schon lange mit diesem Plan«, antwortete ich mit vollkommener Ruhe.

An dem Abend tanzte ich bis zur Erschöpfung und hatte für alle ein liebenswürdiges Wort, einen koketten Blick, so dass die Kotillonsträuße auf meinem Schoß sich häuften wie noch nie. Als ich aber zu Hause am offenen Fenster stand und die würzige Märzluft das schwüle Zimmer mit einer Ahnung neuen Frühlings füllte, warf ich mit einem Gefühl des Ekels das glitzernde Ballkleid, die künstlichen Rosen, die seidenen Schuhe von mir.

»Ich kann nicht mehr«, sagte ich zu mir selbst; alles erinnerte mich hier an die Vergangenheit, jeden Blick, jedes Lächeln empfand ich, als ob schmutzige Hände mich betasteten. Ich musste fort, weit fort!

Es kostete mich nur geringe Mühe, meine Eltern zu bewegen, mich verreisen zu lassen. Die gesellschaftlichen Pflichten waren für diesen Winter erledigt, meine Gesundheit bot stets willkommenen Vorwand zu frühen Landaufenthalten; es bedurfte nur einer Ansage, und ich konnte schon in den nächsten Tagen in Pirgallen eintreffen. Unter dem Schutz einer Bekannten, deren Anwesenheit mich zur Selbstbeherrschung zwang, fuhr ich nach Berlin, wo Onkel Walter, der zum Reichstag dort war, mich in Empfang nahm.

»Na, du machst ja nette Streiche«, war sein erstes Wort. Peinlich überrascht sah ich auf. »Wir hatten dich eigentlich ein paar Wochen hier behalten wollen«, fuhr er fort, »aber deine Affäre ist so sehr in aller Munde, dass es besser ist, wir lassen Gras darüber wachsen, ehe du dich zeigst.« Seine Frau benützte die Gelegenheit, um über meine »missglückten Pläne«, meinen »bestraften Ehrgeiz« kleine bissige Bemerkungen zu machen, so dass ich erleichtert aufatmete, als ich im Zuge nach Königsberg saß.

Mit einer Zärtlichkeit, die mir noch inniger schien als früher, und die das einzige war, wodurch Großmama mir ihr Wissen verriet, schloss sie mich in die Arme. Es war so still, so friedlich in ihren grünen Zimmern, hinter den dicken Mauern, als ob es in der ganzen Welt gar keine Stürme gäbe. Aber schon nach wenigen Tagen sollte ich an sie erinnert werden. Gleichzeitig kamen von meinen Eltern zwei Briefe an. Ich öffnete den von Mama zuerst – ich fürchtete mich instinktiv vor dem anderen.

»Dein Vater«, schrieb sie, »ist in einer solchen Aufregung, dass ich es für nötig halte, seinen Brief nicht ohne den meinen abgehen zu lassen. Die Versetzung nach Bromberg traf ihn wie der Blitz aus heiterem Himmel. Wenn sie auch gewiss keine direkte Zurücksetzung bedeutet, so hängt sie sicherlich mit Deiner traurigen Angelegenheit zusammen, die höhern Orts nicht unbemerkt und nicht ungerügt bleiben konnte. Möchtest Du daraus endlich die Lehre ziehen, dass Du Deine Launen und Leidenschaften im Zaum halten musst, wenn Du nicht Dich und Deine Eltern zugrunde richten willst ... «

Mit zitternden Händen riss ich Papas Brief auf. Er lautete: »Mein liebes Kind! In der Bibel steht, dass die Sünden der Väter an den Kindern heimgesucht werden, aber die andere bittere Wahrheit, die ich am eignen Leibe erfahren muss, steht nicht darin: dass die Väter für die Sünden der Kinder büßen müssen. Ich bin zum Chef der Landwehr-Inspektion in Bromberg ernannt worden, – das ist nichts anderes als eine ehrenrührige Strafversetzung, die ich mit meinem Abschiedsgesuch beantworten würde, wenn ich nicht genötigt wäre, weiter zu dienen, um meine Familie zu erhalten ... «

Ich konnte der Tränen nicht Herr werden, als ich Großmama die Briefe zu lesen gab. Mit ihrer schmalen kühlen Hand strich sie mir über die heiße Stirn und sagte begütigend: »Dein Vater übertreibt in der Erregung gern ein bisschen, mein Alixchen; es ist gewiss nicht so schlimm, wie es ihm erscheint, und du wirst es ihm nun auch tapfer und liebevoll tragen helfen.« Aber ich ließ mich nicht so leicht beruhigen. Ich schwelgte förmlich im selbstquälerischen Bewusstsein einer Schuld, die mir doch nicht als bewusste Verschuldung erscheinen konnte.

»Es ist mein Schicksal, allen, die mich lieben, Unglück zu bringen – « so formulierte ich eines Tages Großmama gegenüber das Resultat meiner

Grübeleien. »Das ist eine kindliche und – was schlimmer ist – alle Kräfte lähmende Auffassung«, antwortete sie: »tragische Heldinnen solcher Art gibt es nur in Schicksalstragödien, die auch als Kunstwerke nichts taugen.«

Mit einem unmerklichen Zwang, dessen Konsequenz mir erst viel später klar wurde, lenkte sie mich von der Beschäftigung mit mir selber ab.

Sie hatte einen Kinderhort ins Leben gerufen, wo die noch nicht schulpflichtigen Kleinen unter Aufsicht einer alten Frau aus dem Dorfe spielten und in die ersten Begriffe der Reinlichkeit eingeweiht wurden. Großmama brachte täglich ein paar Stunden unter ihnen zu und saß, wie eine Erscheinung aus anderer Welt in ihrem schwarzen Sammtkleid auf erhöhtem Sitz, mit den feinen Fingern Papierpuppen ausschneidend, während sie den Flachsköpfen, die sie dicht umdrängten, Märchen erzählte. Dazwischen flocht sie manchem Ruschelkopf die Zöpfe, oder putzte ein triefendes Näslein, oder wusch ein paar gar zu schmutzige Pfötchen. Was sie mit freundlichem Gleichmut tat, das kostete mir viel Selbstüberwindung. Diese Kinder straften die beruhigend-sentimentale Auffassung von der blühenden ländlichen Jugend Lügen. Nur wenige waren rund und pausbäckig und körperlich fehlerlos. Die meisten wackelten mühsam auf krummen Beinchen daher, an Ausschlägen an Kopf und Körper, an triefenden Augen litten viele, selbst Krüppel fehlten nicht, und mit Schmutz und Ungeziefer waren fast alle behaftet. Manche unter ihnen stierten mit verblödeten Blicken ins Leere, oder saßen stundenlang auf demselben Fleck, wie lebensmüde Greise. Andere, laute und lärmende, führten Worte im Munde, deren Sinn, den ich erst allmählich erriet, mir die Schamröte in die Wangen trieb. Ob es ihnen wirklich irgend etwas nutzen konnte, dass sie hier während ein paar Kinderjahren vom inneren und äußeren Schmutz ein wenig gereinigt wurden?! dachte ich bei mir und wurde in meiner Vermutung bestärkt, wenn sich ihre eigenen Mütter immer wieder über die gesundheitsschädliche Anwendung zu vielen Wassers beklagen kamen.

»Und wenn wir nichts weiter erreichten, als ihnen ein paar fröhliche Stunden schaffen und für ihr ganzes späteres Leben die wohlige Erinnerung an etwas Sonnenschein – so ist das genug«, sagte Großmama.

Wir gingen auch ins Dorf und besuchten die Insten. Mit unheimlicher Regelmäßigkeit wiederholte sich dabei stets dasselbe: Frauen empfingen uns, oft kaum dreißigjährig und schon mit grauen Haaren, schlaffen Brüsten und runden Rücken, Greisinnen unter ihnen, zahnlose, mit tausend Falten in der Pergamenthaut, aber nur hie und da blühende junge Mädchen. Die gingen alle in die Stadt, in den Dienst oder in die Fabrik, und brachten, wenn sie heimkamen, vaterlose Würmchen mit, die die alten Eltern schlecht und recht aufziehen mussten. Immer warens dieselben Klagen, die uns entgegenschollen: der Vater, der Gatte, der Sohn vertrank die paar Groschen Verdienst und lohnte Weiber und Töchter obendrein mit Schlägen, wenn Schmalhans zuhause Küchenmeister war.

Nicht weniger als drei Schankwirte machten sich in Pirgallen die Gäste streitig. Der scharfe Geruch von Fusel, schlechtem Tabak und Menschenschweiß, der in ihren Räumen klebte, ließ mir vor Ekel den Atem stocken, und doch war der Aufenthalt dort noch besser, als in der Stickluft der Häuser, zwischen lärmenden Kindern und keifenden Frauen. Mich grauste vor jedem Trunkenbold, – jetzt fing ich an, ihn zu verstehen. Vergebens hatte Großmama bei ihrem Sohn die Einrichtung von Leseabenden, die Einführung guter Bücher für Pirgallens Bewohner zu erreichen gesucht, damit sie den Weg ins Wirtshaus seltener fänden. »Das hieße Bedürfnisse wecken, die schließlich zur Landflucht treiben«, war seine Antwort gewesen.

Nur weiter draußen, wo die Häuser der Fischer einsam am Haffstrand lagen und die grauen Wellen jetzt im März noch Eisschollen auf ihrem Rücken trugen, lebten die Familien nach uraltem Brauch friedlich zusammen. Die kurze Pfeife in Mund, stickte der Hausvater die Netze, und die Hausfrau saß am Webstuhl, schweigsam wie er. Kam der Feierabend, so las der Alte aus der vergriffenen Bibel mit schwerer, eintöniger Stimme, und ein Gebet schloss den Tageslauf. Und doch kam mirs hier unheimlicher vor als im Dorf. Hier herrschte noch mit eiserner Strenge das Gesetz der Unterordnung der Kinder unter den Willen der Väter. Jeder Wunsch in die Ferne wurde erstickt, zerprügelt, jede lebenswarme Freude starb, wenn sie hier in die Türe trat.

Wir kamen nie mit leeren Händen, der Dank war immer ein überschwenglicher, der nicht im Verhältnis zur Gabe stand. Mochte er nun von Herzen kommen oder verlogen sein, mir war er gleich unerträglich. Großmama meinte, dass ich durch sein Abwehren beleidigend wirkte.

»Ich kann nicht anders, Großmama«, sagte ich, »wenn ich der armen Lene eine Suppe bringe, so schäme ich mich, dass ich mich am liebsten vor ihr verstecken möchte. Warum in aller Welt bin ich nicht die Lene?!«

»Dass du es besser hast, musst du mit besser sein vergelten«, entgegnete sie ernst. Meine Empfindung aber steigerte sich nur. Das Rätsel des Elends in der Welt und seine Unlösbarkeit richtete sich riesengroß vor mir auf, ein Felsentor mit schwarzer Eisenpforte. Rostflecke bedeckten sie und Blut klebte an ihr, – Zeichen der vielen, die an ihr rüttelnd vergebens Eingang verlangt hatten. Niemand besaß den Schlüssel, und der Glaube, der über sie hinwegträgt zu sonnigen Welten jenseitiger Vergeltung, war mir verloren gegangen.

Abends lasen wir miteinander, Großmama und ich. Die stenographischen Berichte der Reichstagsverhandlungen, die sie durch ihren Sohn regelmäßig erhielt, bildeten damals ihre Lieblingslektüre. Mich langweilten sie zunächst schrecklich, ich verstand ja nicht einmal das ABC der Sache. dass Bismarck, den wir alle wie einen Halbgott verehrten, sich mit der ganzen Leidenschaft seiner Sprache, dem ganzen Gewicht seiner Persönlichkeit für etwas, meiner Empfindung nach so Untergeordnetes, wie das Branntweinmonopol ins Zeug legte, kam mir komisch, ja fast verächtlich vor. Erst als Ende März die Frage der Verlängerung des Sozialistengesetzes auf der Tagesordnung stand, wuchs mein Interesse mit der dramatischen Bewegtheit der Verhandlungen.

Meine Großmutter war von je her eine Gegnerin aller Ausnahmegesetze gewesen, mochten sie sich nun gegen Polen oder gegen Sozialdemokraten richten. »Sie schaffen nur Märtyrer, und Märtyrer werben Scharen von Proselyten«, pflegte sie zu sagen; aber sich mit Söhnen oder Schwiegersohn, denen keine Maßregel gegen die Umstürzler energisch genug war, darüber auseinander zu setzen, hatte sie längst aufgegeben. Mir selbst ging es in bezug auf die Sozialdemokratie, wie den meisten Menschen in bezug auf die Religion: ich hatte noch nie über sie nachgedacht, ich vermochte es kaum, weil gewisse dogmatische Anschauungen sich mir von klein auf als etwas Selbstverständliches eingeprägt hatten, ohne dass mein Glaube daran ein irgendwie lebendiger gewesen wäre. Sozialdemokraten sind Verbrecher, auf deren ungeschriebenen Tafeln der Königsmord zum Gesetz erhoben wird; sie sind gemeine Lüstlinge, die ein Leben niedrigster Genüsse zum Ziel alles Strebens machen; sie sind Volksverführer und Betrüger, die, wo es ihren Vorteil gilt, die Ideale der Freiheit und Brüderlichkeit im Munde führen, – nie hatte ich etwas anderes gehört, noch nie war mir ein Zweifel an diesen traditionellen Auffassungen in den Sinn gekommen. Die kalte Atmosphäre der Ideallosigkeit, in der auch die Religion zu Eis erstarrte, und die die Lebensluft der Kreise war, in denen ich lebte, ließ mich immer stärker frösteln, je älter ich wurde, und steigerte meine Sehnsucht nach einem heißen Sonnenland des inneren Lebens, wo Hoffnungsblumen noch wachsen können. Die Sozialdemokratie, die auf unseren alten Kaiser die Mordwaffe gerichtet hatte, die das Vaterland ständig beschimpfte, die Familie zerstören, die Frauen zum Gemeingut machen wollte, erschien mir wie die letzte Entwicklungsphase der Vereisung. Es gab daher Augenblicke, wo ich meinem Vater und meinem Onkel mehr beipflichtete als meiner Großmutter und deren Wunsch, »die infamen Kerls an den Laternenpfählen aufzuknüpfen«, mich nicht empörte.

Mit steigendem Staunen las ich jetzt die Debatten. Als der Minister von Puttkamer, – der mir als kirchlicher Reaktionär schon unangenehm genug war, – die gegen die Übermacht reicher Fabrikanten um ihr Brot kämpfenden belgischen Kohlenarbeiter, von denen damals die Presse voll war, als Beispiel jener »sozialrevolutionären Bewegung« hinstellte, der die deutsche Regierung »mit niederschmetterndem Widerstand begegnen« würde, frappierte mich diese Indentifizierung armer darbender Arbeiter mit den deutschen Sozialdemokraten außerordentlich, und als Bebel antwortete, vergaß ich über alledem, was er sagte, die Person des Redners. dass der Übermut der durch die Arbeit der Armen reich gewordenen belgischen Fabrikanten und die Unterstützung, die die Regierung ihnen angedeihen ließ, indem sie mit militärischer Gewalt wie gegen Vaterlandsfeinde gegen die Bergarbeiter vorging, die revolutionäre Bewegung hervorgerufen hatte, – hervorrufen musste, weil Menschen auf die Dauer keine stumpfsinnigen Sklaven sind, ebenso wie die Herrschaft der Knute in Russland notwendig den Meuchelmord zeugte, – das alles wirkte auf mich mit der Selbstverständlichkeit eigenster Gedankengänge, und mich empörte die versteckte Absichtlichkeit, mit der dem Redner die Worte im Munde verdreht wurden und seine politischen Gegner ihm immer wieder unterstellten, er habe den Mord verherrlicht. Ich fiel erst wieder – und recht empfindlich – aus den Himmeln meiner Begeisterung, als Stöcker von den elenden Löhnen Berliner Mäntelnäherinnen sprach, und Singer, der Parteigänger Bebels, der sich mir eben als Vertreter aller Unterdrückten offenbart hatte, dem persönlichen Vorwurf, dass er selbst durch solche Löhne reich geworden sei, nur mit lahmen Ausreden begegnete.

»Es ist wie bei den Predigern des Christentums«, sagte ich, wie immer rasch verbittert durch eine Enttäuschung, zu Großmama, »richtet euch nach meinen Worten, aber nicht nach meinen Taten.« Und erheblich ernüchtert las ich weiter. Aber schon wenige Seiten später schlug meine Empfindung abermals um, – es war eben nur Empfindung, die sich wie Sommerfäden vom Winde hin und her treiben ließ, weil sie nicht zwischen die festen Pfeiler der Erkenntnis gesponnen war. Ein konservativer Redner verlas ein Zitat aus dem Kommunistischen Manifest, wonach die Weibergemeinschaft eines der Postulate der Sozialdemokratie wäre. Aus Liebknechts Erwiderung ergab sich, dass es sich auch diesmal um eine gegnerische Fälschung handelte. Seinem ganzen Inhalt nach gab er das Manifest wieder. Ich fasste nur auf, was mich am tiefsten traf: die Forderung einer von ökonomischen Rücksichten vollkommen losgelösten Ehe. Wurde nicht hier die Standarte eines Ideals aufgerichtet, das die ganze christliche Zivilisation nicht nur nicht verwirklicht, sondern mehr und mehr in den Staub getreten hatte?!

Ich sprach mit Großmama darüber.

»Das ist das Verdienst der Sozialdemokratie«, sagte sie, »über das man manche ihrer Sünden vergessen könnte, dass sie alte wahrhaft christliche Ideale in ein neues Kleid gesteckt hat und die Menge glauben lässt, es handle sich auch um neue Körper. Aber eine Verwirklichung kann sie trotzdem nicht dekretieren. Jahrhunderte einer christlichen Erziehung und Gesetzgebung gehören dazu. Sieh dir doch hier einmal die Menschen an. Schon die Verwirklichung einer uns so geläufigen Forderung, wie die des allgemeinen Stimmrechts, erscheint angesichts ihrer verfrüht. Oder meinst du, dass es zum Besten der Menschheit ist, wenn die Mehrheit, d. h. heute noch die Schlechten, die Dummen und Rohen, an ihrer Spitze stehen?« Ich verstummte vor diesem Argument: unsere betrunkenen Instleute – entscheidende Faktoren in Fragen der Kulturentwicklung, das war zweifellos absurd.

Von Disraelis »Sybil« und Zolas »Germinal« hatte Liebknecht in derselben Rede gesprochen. Wir lasen daraufhin beides: das schwächliche Werk des Engländers, das nur darum erstaunlich war, weil ein Premierminister sich so offen auf die Seite der »schwarzen Arbeiter« hatte stellen können, und den Roman des Franzosen, der mir täglich neue Schauer des Entsetzens über den Rücken jagte, dessen fürchterliche Bilder mich bis in meine Träume verfolgten. Ich sah die Maheude auf dem

Schlachtplatz vor dem Schacht neben dem toten Mann im schwarzen Schlamme sitzen und Katherine und Etienne tief in der dunkeln Grube, wo gurgelnd das Wasser höher und höher an ihnen emporstieg, und der Hunger mit kalten Knochenfingern ihren Leib zusammen schnürte, während der gedunsene Leichnam des gemordeten Rivalen wieder und wieder von den Wellen zu ihnen empor getragen wurde; – aber fürchterlicher, als all diese Bilder, haftete ein anderes unauslöschlich in meinem Gedächtnis: jener grauende Morgen, an dem sich vor dem wieder geöffneten Schacht scheu und gebückt, still und demütig all die zusammen fanden, die eben noch für ihre Freiheit Leib und Leben eingesetzt hatten. »Was willst du – ich hab ein Weib!« sagten sie müde, »ich habe Kinder – eine Mutter – mich hungert;« und die Maheude, die Furie des Aufstands, zählte schon die Jahre ihrer Jüngsten, bis auch sie reif wären zur Einfahrt, – »sie tragen alle ihre Haut zu Markte, die Reihe kommt auch an sie!« – dass es Hunger und Not und Elend gab, – entsetzlich war es; entsetzlicher noch, dass die Menschen es ertrugen.

Inzwischen war über Nacht mit all seiner Herrlichkeit der Mai ins Land gezogen, und vorbei wars mit der Stille in Großmamas grünem Zimmer. Ihr Sohn und die Seinen kehrten heim, und ein Taubenschlag war aufs neue das alte Schloss von Pirgallen. Ich wars zufrieden; ein Netz von Schwermut schnürte mir den Atem ein, leer, zweck- und ziellos erschien mir das Leben, und alle Mittel versagten, um mir selbst zu entfliehen.

»Ich habe in letzter Zeit wieder so unter den einsamen Grübelstunden gelitten und war so am Ende alles Denkens angelangt«, schrieb ich an meine Kusine, »dass der Trubel der Geselligkeit gerade zur rechten Zeit kam; ich muss in diesem betäubenden Meer des Vergessens wieder untertauchen, um nicht zu sterben vor Melancholie.« Und ein paar Wochen später: »Wenn man mit sich und der Welt so zerfallen ist wie ich, so ist es das Beste, nicht zur Besinnung zu kommen. Ich genieße das Leben, so lange ich jung bin und man mir huldigt, und betäube die warnenden Stimmen im Innern. Ich reite, ich rauche, ich bin kokett, ich mache extravagante Toiletten und erlaube mir Dinge, die man zu verdammen pflegt, – aber ich würde mir auch nichts daraus machen, wenn ein Sturz vom Pferde, ein Umschlagen des Kahns dem dummen Spaß ein Ende machen würde.«

Mit einer gewissen kalten Neugier beobachtete ich meine steigende Anziehungskraft auf die Männer. Ihre Huldigungen wurden mir mehr und mehr zum Bedürfnis; von ihrer Glut sprangen warme Wellen zu mir hinüber, die mir zuweilen die Wohltat eigenen Feuers vortäuschten.

An meinem Geburtstagsabend, nach einem durchtanzten und durchspielten Tag, an dem ich mir aus lauter Angst, an die Vergangenheit denken zu müssen, keinen Augenblick Ruhe gegönnt hatte, schrieb ich an Mathilde, die sich gerade im Harz befand und mich dringend in die »Stille der Bergwelt« eingeladen hatte: »Die Stille mag gut sein für den, der sich gern erinnert, unsereins braucht die ewig knarrende Tretmühle des Amüsements. Aber grüß mir immerhin den Harz; seine Berge sind freilich Kinderspielzeug, seine Felsen eines nichtsnutzigen Engels schlechte Kopien von Gottvaters Wunderwerken, aber er hat einen Vorzug: die nahe Beziehung zur Hölle, nach der ich ein unbändiges Verlangen trage. Wenn der Teufel auf dem Brocken seinen Repräsentationsball gibt, sag ihm, er soll mich nicht vergessen. Er wird dir dankbar sein für deine Kupplerdienste, – ich bin momentan geradezu eine Delikatesse für ihn.«

Wir siedelten bald darauf nach Kranz über, wo mein Onkel eine geräumige Villa dicht am Strand gemietet hatte. Das reizende Seebad war überschwemmt mit dem Adel Ostpreußens, und mit jener Selbstverständlichkeit aller Bevorrechteten, die sich unbewusst immer als Mittelpunkt des Weltganzen fühlen und die übrige Menschheit nicht anders ansehen als ihre Kammerdiener, vor denen man sich auch ungeniert gehen lassen kann, dominierte unser großer lustiger Kreis überall: wir nahmen die besten Plätze ein, die besten Schiffe beanspruchten wir, und wir dachten nicht im entferntesten an die Ruhebedürftigkeit anderer Badegäste, wenn wir bis tief in die Nacht hinein im Kursaal tanzten und vom Strand aus prasselnde Feuerwerke gen Himmel steigen ließen. Unsere alten Herren saßen bei Regen und Sonnenschein beim Skat und kümmerten sich wenig um uns, so dass die Jugend sich doppelt des Lebens freute. Ein kleiner Graf, den wir, wegen seiner frappanten Ähnlichkeit mit den dünnen Spieläffchen aus Seide, den Chenille-Grafen getauft hatten, gab den Ton an. Er war hässlich, aber ungemein gewandt und graziös, seine Schlagfertigkeit, sein beißender Witz, der nicht frei von Zynismus war, seine chevalreske Art Damen gegenüber, die einen Stich von Impertinenz besaß, seine vielseitige künstlerische Begabung, die überall im leichtfertigen Dilettantismus stecken geblieben war, machten ihn in diesem Kreis zu einer nicht alltäglichen Erscheinung. Eine »Partie« war er nicht; er konnte sich daher onkelhafte Freiheiten gestatten, und für mich, die ich, wie er, nichts suchte als Amüsement, war er der gegebene Kavalier.

Eines abends – wir saßen wie gewöhnlich im Sande und spielten Pfänderspiele – mischte sich ein neuer Gefährte in unseren Kreis: Graf Göhren. Er erschien mir sofort als des lustigen Chenille-Grafen direktes Widerspiel, gemessen in den Bewegungen, etwas ungeschickt sogar, ernsthaft, ein wenig verlegen. Wie ein guter, treuer Pinscher sah er aus, mit runden erstaunten Augen. Mich genierte seine Anwesenheit, ich wusste nicht recht, warum. Es fügte sich in den folgenden Tagen, dass wir uns näher kennen lernten, und als wir einmal auf einem Spaziergang in den Dünen vor einem Gewitter die Flucht ergriffen und, von der übrigen Gesellschaft getrennt, in einem verlassenen Pavillon Schutz suchten, legte er mit ungewöhnlich sorglicher Gebärde seinen Mantel um meine Schultern. Ich wurde bis ins Innerste warm dabei, – es tat so wohl, sich unter gutem Schutz zu wissen! Abends am Strande war ich nicht recht bei der Sache und horchte erst auf, als der Chenille-Graf mit einer Gitarre unter dem Arm auf mich zu trat. »Nun hab ich für Ihr Lied die Melodie gefunden, Gnädigste«, sagte er, »wenn wir das anstimmen, kriegen die Kranzer eine Gänsehaut vor Entsetzen.« Mein Lied?! Ach so! – vor ein paar Tagen hatte er mein Notizbuch gefunden, und keck, wie er war, zum Lohn ein Gedicht begehrt, dass er darin entdeckt hatte. »Darf ich es sehen?« frug Graf Göhren. Seine Stirn runzelte sich, als er es las. »Sie werden es nicht singen lassen« – sagte er danach mit scharfer Betonung zu mir gewandt. »Erlauben Sie, lieber Graf«, warf der andere lächelnd ein: »Fräulein von Kleve hat sich des Rechts darüber schon begeben.« – »Es bleibt trotzdem ihr Eigentum, und ich versichere Sie, dass es niemand anders hören wird –«. Graf Göhrens Stimme nahm einen drohenden Klang an, die Situation wurde kritisch. Mir stieg das Blut zu Kopf, – mit welchem Recht verfügte dieser Mann über mich?! Da sah der Chenille-Graf mich mit seinem bezauberndsten Lächeln und einem kecken Blinzeln seiner kleinen stechenden Augen an: »Ich beuge mich selbstverständlich, wie immer, dem Willen der Dame«, – und herausfordernd griffen seine schmalen gebräunten Finger in die Seiten der Gitarre. »Sie brauchen wirklich nicht um mein Seelenheil besorgt zu sein; Graf Göhren«, spottete ich, »wenn mein Lied Sie chokiert, steht es Ihnen frei, nicht zuzuhören!« Mit kurzer Verbeugung reichte er mir das Papier. Es hatte zu dämmern angefangen, und unsere Gefährten strömten von allen Seiten zum gewohnten Platz.

Eine Bowle, ein paar Torten, das Ergebnis einer verlorenen Wette, wurden von der Strandkonditorei herunter getragen, – »und nun kommt das Beste!« rief der Chenille-Graf, »unser künftiges Bundeslied:«

»*Stoßt an mit mir! Füllt wieder die Pokale,*
Es schäumt der Wein, schäumt wie des Lebens Lust;
Ein heitrer Sinn ziemt diesem Göttermahle.
m Fieber schlägt das Herz uns in der Brust,
Lasst uns, damit die Sorgen uns versinken, Trinken!«

Die Herren im Kreise wiederholten den Refrain, die Damen schwiegen.

»*Lind ist die Nacht, es duften süß die Rosen,*
Heiß ist der Mund, der sich auf deinen presst;
Noch ist es Zeit, zu lieben und zu kosen,
Noch sei ein jeder Augenblick ein Fest.
Lasst uns, so lang die Sommerblumen sprießen Genießen!«

Auf der Strandpromenade hinter uns sammelte sich das Publikum. Von einer flackernden Laterne matt erhellt, sah ich Göhrens Gesicht mitten darunter, und ihm zum Trotz stimmte ich als einzige unter den jungen Mädchen, deren Wangen sich vor Verlegenheit mehr und mehr röteten, in den Refrain ein.

»*Es braust das Meer, das Schiff schwankt auf und nieder,*
Helljubelnd grüßen wir den Wellenschaum,
Der Sturm singt uns das schönste aller Lieder
Und wiegt uns ein zu wild-bewegtem Traum –
Was ist das Ende, wenn die Wellen branden? – Stranden!«

Mit einem Akkord fanatischer Lebensfreude, der mir in seiner grellen Dissonanz zu den Worten schmerzhaft ins Herz schnitt, schloss der Sänger. Man drängte sich um uns, die Gläser klirrten aneinander, ich hob das meine noch einmal hoch empor wie zum Gruß an den missgünstigen Zuschauer, der unter der Menge verschwand.

»Du hast dir wiedermal eine der besten Partien verscherzt«, sagte Onkel Walter am Morgen ärgerlich zu mir; »Graf Göhren ist abgereist.«

Ich zuckte gleichgültig die Achseln. »Du solltest zufrieden sein, wenn überhaupt noch irgendwer ernsthafte Absichten hat, nach dem Skandal mit –.«

»Ich bitte dich, dies Thema ein für allemal unberührt zu lassen«, unterbrach ich ihn heftig, »im übrigen erkläre ich dir: lieber gehe ich betteln, als dass ich mich verkaufe.«

Onkel Walter wurde dunkelrot. »Mäßige dich, ja?« herrschte er mich an, dann zuckte ein bitteres Lächeln über seine sonst so gemessen beherrschten Züge: »Glaubst du, dass irgend einer von uns seinem Herzen hat folgen können?!« Überrascht sah ich auf – welch Licht fiel plötzlich auf das Glück von Pirgallen?!

Im Spätherbst besuchte ich Großmama noch ein paar Tage, um dann zu meinen Eltern nach Bromberg überzusiedeln. Die letzten Monate krampfhaften Lebens waren wie der Sturm gewesen, der dem noch immer vom Sommer sehnsüchtig träumenden Baum die letzten Blätter entreißt. Sonst, wenn michs fröstelte vor dem nahenden Winter, gaukelte meine treue Gefährtin Phantasie mir immer neue lachende Frühlingsbilder vor, und meine junge, starke Hoffnung hielt sie gläubig fest. Jetzt sah ich mich vergebens um nach den beiden. In jener Nacht, da mein Herz gestorben war, hatten sie mich wohl verlassen. Sie bleiben nur Lebendigen treu.

»Ist es nicht merkwürdig, dass Ihr alle meinen Leichnam für mich selbst halten könnt?!« schrieb ich an meine Kusine, »oder meinst Du, ich lebte, nachdem ich mit vollen Segeln ins Leben hinaus fuhr, um eine neue Welt zu entdecken, und nun mitten auf dem Ozean treibe und nichts gefunden habe als das ewige Einerlei der Wogen! – – – Nur um eine Einsicht bin ich inzwischen reicher geworden: dass das Glück, nach dem wir ein so unbändiges Verlangen tragen, nichts ist als Betäubung. Betäube durch Arbeit, Vergnügen, Liebe, durch Religion und Kunst Deine Überlegung, betäube den Gedanken an all das Elend in der Welt, geistiges und leibliches, betäube die Erinnerung an selbstverschuldete Schmerzen, an gescheiterte Hoffnungen mit einem dieser Narkotika, und Du wirst glücklich sein. Je jünger man ist, desto leichter gehts; es ist aber leider wie mit dem Morphium: je mehr man seiner bedarf, desto weniger wirkt es ... «

Ich ging sehr ungern nach Bromberg. Ich fürchtete mich. Vor Papas übler Laune, vor der Öde der Kleinstadt. Nach einer Richtung wurde ich angenehm enttäuscht: mein Vater war bei bestem Humor und erzählte mir schon in den ersten zehn Minuten des Zusammenseins, dass seine Stellung nicht nur eine sehr angenehme und selbständige, sondern infolge der aufsteigenden Kriegswolken an der russischen Grenze eine höchst interessante wäre. Aber in bezug auf die Kleinstadt wurden meine schlimmsten Erwartungen übertroffen. Es gibt welche, die erfüllt sind von Tradition; die Giebelhäuser, die Türme, die Kirchen, die Stadtmauern erzählen unablässig ihre alten Geschichten, und wir träumen und phantasieren schließlich so gern mit ihnen, dass wir die Welt draußen beinah vergessen; und andere gibt es, die liegen warm und wohlig an breiter schützender Bergbrust, ein Flüsslein rauscht und plätschert ihnen zu Füßen, und ringsum breitet Mutter Natur ihr wunderlieblichstes Spielzeug aus, – auch da ist gut sein für arme heimatlose Wanderer; aber wo Pest und polnische Wirtschaft die Häuser und Mauern zerfallen, die Wälder rasieren ließen und die moderne Industrie lieblos und gleichgültig an schnurgeraden Straßen Kasernen und Fabriken baute, da ist recht eigentlich die Fremde, die nie und nimmer zur Heimat wird. dass der alte Fritz hier den Kanal gebaut hatte, der die Weichsel mit der Oder verband, dass er die Schleusen mit vielen schönen Bäumen umpflanzen ließ, dankte ihm jeder, der nach Bromberg verschlagen wurde, – diese einzige Schönheit des Orts machte es allein möglich, hier und da frei aufzuatmen.

Wie die Tiere sich in Form und Färbung ihrer Umgebung anpassen, so nehmen die Menschen allmählich die Stimmung ihres Wohnorts an. Ein schweres Grau lagerte daher über der bromberger Geselligkeit, selbst die Ballgeigen litten unter einer gewissen Apathie. Dabei tanzte man unermüdlich mit einem erwartungsvollen Eifer, als gelte es, das Vergnügen schließlich doch einzuholen. Aber es lief immer wieder davon. Der Flirt stand in schönster Blüte, und der Klatsch noch mehr, – womit hätten sich die Leute auch sonst beschäftigen sollen?! Es wimmelte von Uniformen aller Art; aber selbst die schönste kavalleristische Farbenpracht vermochte nicht über den Talmiglanz des Lebens hinweg zu täuschen. Ich verkehrte viel mit jungen Frauen; zwischen mir und den jungen Mädchen bestand nun einmal ein gespanntes Verhältnis. »Ihr Leben allein widert mich an«, schrieb ich an Mathilde, »ein bisschen Musik, ein bisschen Malerei, ein bisschen Wohltätigkeit und unter dieser Maske der guten Gesellschaft entweder nichts, oder ein unklares Durcheinander von Romantik und unterdrückten kleinen Passionen. Nie ein starkes

Gefühl, nie ein brennendes Interesse. O, dass ihr kalt oder warm wäret!«
Die Frauen hatten doch einen Lebensinhalt: ihre Kinder, ihren Mann,
ihre Häuslichkeit; freilich: Zeit, an ihre Bildung zu denken, hatten sie
nicht. Wie viele, die abends in eleganter Toilette, Lebenslust heuchelnd,
den Ballsaal betraten, standen vom frühen Morgen an am Kochherd, nur
mit dem Burschen, dem gutmütigen »Mädchen für Alles« als Hülfe,
und wuschen abends heimlich bei verhängten Fenstern die Kinderwä-
sche selbst. Zu standesgemäßer Geselligkeit verpflichtet, gaben sie zwei
langweilig-feierliche Soupers jährlich, fasteten vor- und nachher, um sie
möglich zu machen, und bezahlten eine große Wohnung aus demselben
Grunde. Wenn sie aber dann, schlank und vornehm im glatten Schnei-
derkleid an der Seite ihrer eleganten, säbelrasselnden Männer über die
Straßen gingen, folgten ihnen neidische Blicke, denn das Volk hat die
Naivität der Kinder, die sich den König nur in Purpur und Krone, den
Bettler nur im durchlöcherten Kleide denken können.

Der aus diesem Neide geborene Groll gegen den Offizier – einem
männlichen Seitenstück zu dem neidischen Hass, mit dem die meisten
Frauen jede schön Gekleidete betrachten – war wohl noch nie so stark
zutage getreten als damals, wo selbst der Kleinstädter, den sonst die Wellen geistiger Bewegungen kaum erreichten, an den parlamentarischen
Kämpfen um das Septennat lebhaften Anteil nahm.

Bromberg ist eine Industriestadt mit einer zum Teil polnischen Arbei-
terbevölkerung. Was Uniform trug, vermied die Nähe der Fabriken. Als
ich einmal mit meinem Vater spazieren ritt, flog über eine Mauer weg
ein Hagel von kleinen Steinen unseren Pferden zwischen die Beine. Sie
stiegen erschrocken und sausten dann in Karriere über die Landstraße,
so dass mir Hut und Schleier davonflog und es ein Stück Arbeit kostete,
sich im Sattel zu halten. Papa, der seinen Fuchs besser im Zügel hielt, war
indessen vergebens den heimtückischen Angreifern auf der Spur gewesen; er konnte sich nicht fassen vor Wut, und ich hörte tagelang nichts
anderes als sein maßloses Schimpfen auf diese »Satansbrut von Sozialdemokraten.« Niemand als sie waren die Attentäter gewesen, sie, die sich
im Reichstag durch ihre Haltung gegenüber der Militärvorlage als Vater-
landsverräter dokumentiert hatten, – sie, die nichts anders verdienten, als
samt und sonders nach den Kolonien deportiert zu werden.

Die Kriegswolken ballten sich gewitterdrohend zusammen. dass sie
nur in der Phantasie Bismarks lebten, als willkommenes Mittel, seine For-

derungen durchzusetzen, – das glaubten wir hier, dicht an der russischen Grenze, nicht. Eine Tag um Tag steigende Erregung bemächtigte sich unser: die jungen Offiziere strahlten in der Erwartung, dass ihr Leben endlich zum Ereignis werden könnte; mein Vater, der die Schrecken des Krieges kannte, war bei allem Ernst, mit dem er die Situation betrachtete, doch in gehobener Stimmung. »Soldat sein und nur Krieg spielen und Rekruten drillen, ist dasselbe wie Künstler sein und nichts als Malstunden geben«, pflegte er zu sagen. In unserer nächsten Nähe an der Grenze standen die Kosaken, und Woche um Woche wurden die russischen Garnisonen verstärkt. Mein Vater reiste nach Berlin. Wenige Tage nach seiner Rückkehr wurden die Weisungen von dort unheildrohender. In aller Stille wurden die Offiziere benachrichtigt, beizeiten für rasche Entfernung ihrer Familien zu sorgen, kam es zur Kriegserklärung, so konnten die russischen Reiter in wenigen Stunden mitten in Bromberg sein. Mein Vater, der im Kriegsfall zum Kommandanten der wichtigsten, weil der feindlichen Grenze am nächsten liegenden Festung Thorn bestimmt war, bereitete seine Equipierung bis in alle Einzelheiten vor, wir verpackten Silber und Schmuck, stellten die Koffer bereit; denn möglicherweise galt es, binnen wenigen Stunden die Stadt zu verlassen.

Da der Kriegslärm auch an der Westgrenze des Reichs immer lauter wurde, konnte darüber kein Zweifel sein: kam es zur Explosion dieses massenhaft angesammelten Zündstoffs, so war es ein Weltkrieg, an dessen Schwelle wir standen.

Bismarcks fulminante Rede, sein Appell an die Deutschen, die Gott fürchteten und sonst nichts in der Welt, – die Ablehnung des Septennats und die Auflösung des Reichstags steigerten die fieberhafte Erregung, in der wir alle lebten. Zum erstenmal verfolgte ich mit brennendem Interesse die Wahlkämpfe und begrüßte freudig den Sieg der Vaterlandsfreunde über die Sozialdemokraten, die uns wehrlos den Feinden hatten überliefern wollen.

Als aber dann der Kriegslärm so merkwürdig plötzlich verstummte und all das glühende Feuer patriotischer Begeisterung nur da zu sein schien, um die Gerichte gar zu kochen, die Bismarck dem Reichstag vorsetzte, war ich rasch ernüchtert.

»Droben auf der kurischen Nehrung gibt es unheimliche Berge von Sand. Sie wandern. Und immer wieder pflanzen die Menschen junge Bäumchen in den Boden, und so oft auch der gelbe Mörder über Nacht wieder kommt und das grünende Leben verschlingt, – sie hoffen stets aufs neue, dass die Wurzeln ihrer Pflänzlein die Erde umklammern und festigen werden. – Unser Zeitalter ist wie die Dünen auf der Nehrung: es duldet nichts Grünes. Vernünftige Leute werden darum meine Dummheit verlachen, die mich zwingt, Hoffnungsbäume hineinzusetzen und sie noch dazu mit der Treibhausluft meiner Begeisterung zu umgeben ... Man will nivellieren, und es ist, als ob man nach dem Maßstab des kleinsten Baumes einen ganzen Wald zurechtstutzen wollte. Die alten Ideale hat man zerstört – schon das Wort ›Ideal‹ entlockt den meisten ein mitleidiges Lächeln – und hüllt sich nur hinein, wie Schauspieler in die Toga der Gracchen, um dem Pöbel weiß zu machen, man wäre ein echter Volkstribun.

Man jagt nach Bildung im Theater, in Ausstellungen, auf Reisen, in der Lektüre, nicht um Kopf, Herz und Seele zu weiten, sondern um seinen kritischen Witz vor den Leuten leuchten zu lassen. Man nahm uns Genussfähigkeit und gab uns Spottsucht dafür, wie man den Kindern aus ›Anstandsgefühl‹ Götterbilder verhüllt und ihnen die Trikotnacktheit des Ballets statt dessen zeigt. Und dabei verhungern wir im stillen nach dem, was die notwendigste Speise unseres inneren Menschen ist: nach geistigem Genuss, nach dem Glauben an ideale Güter. Noch schämen wir uns dieses Gefühls, noch haben wir nicht den Mut zu uns selbst, aber wenn ich auch in einem Käfig lebe, so spüre ich doch die Luft, die draußen weht, und mir ahnt in jenen lichtesten Momenten des Lebens, die die vernünftigen Leute phantastische Nachtstunden nennen, dass junge kräftige Bäume den Flugsand doch noch fesseln und ihre toten Brüder an ihm rächen werden.«

Dieser Brief trug mir eine lange Moralpredigt von der Empfängerin, meiner Kusine, ein; sie gehörte auch zu den ›vernünftigen‹ Leuten, und schon längst hatte unsere Korrespondenz den Charakter des Gedankenaustausches vollkommen eingebüßt. dass ich jemanden hatte, dem gegenüber ich mich rückhaltlos aussprechen konnte, war aber für mich Grund genug, sie aufrecht zu erhalten. Auf meiner Reise nach Süddeutschland, die ich, der Einladung von Tante Klotilde folgend, schon im Mai des Jahres 1887 antrat, hielt ich mich in Magdeburg eine Woche bei Mathilde auf. Ich wäre am liebsten schon nach dem ersten Tage abgereist: eine Häuslichkeit, wo die Armut in jedem Winkel zu hocken schien und einen stillen siegreichen Kampf mit der Vornehmheit kämpfte, die verschüchtert durch die Räume schlich; ein von des Lebens Not gezeichneter, in der muffigen Luft der Bureaus ständig mit seiner Sehnsucht nach der freien Natur ringender Vater, der mit verbissenem Hass alles verfolgte, was reich, was glücklich war; die Mutter, die trotz ihrer drei Kinder alle bösen Zeichen vergrämter Altjungfernschaft an sich trug; die Söhne, geistig verkümmert, durch die Schultyrannei um jeden Rest von Jugendfrohsinn gebracht; die Tochter, meine Freundin, blass, müde, mit Mädchenfreundschaften, Gesangvereinen, und Sonntagsschularbeit mühselig ihren Lebenshunger stillend, – dass es dergleichen gab, dass sich solch ein Dasein ertragen ließ!

In München traf ich meinen Vater. Wir reisten zusammen nach Augsburg, einem schweren Augenblick entgegen. Sein Bruder Arthur, mit dem er sich seit vielen Jahren, wegen seiner Heirat mit einer Tänzerin, überworfen hatte, war seit kurzem, nach dem Tode seiner Frau, zu seiner Schwester gezogen, und diese wünschte eine Versöhnung der Brüder. Mit jener Bereitwilligkeit, die mein sonst so starrköpfiger Vater seiner Schwester gegenüber stets an den Tag legte, hatte er sich ihrem Willen gefügt. Wie schwer es ihm wurde, merkte ich an seiner Aufregung. Es kam auch nur zu einer konventionellen Verkleisterung des Bruchs, einem höflichen Händedruck, einem taktvollen Nebeneinanderhergehen. Ich wäre über diesen von mir nicht erwarteten friedlichen Ausgang der Dinge sehr erfreut gewesen, wenn der Zorn über die Art, wie meine Tante meinen Vater behandelte, und wie er sich von ihr behandeln ließ, mich nicht immer wieder übermannt hätte. Wie an einem Schulbuben nörgelte sie den ganzen Tag an ihm herum, und schmeichelte in einem Atem dem anderen Bruder. Das Zivil meines Vaters missfiel ihr – man sah ihm immer an, wie unbehaglich ihm darin zumute war –, wie bewundernswert war dagegen Arthurs Eleganz! Sie spottete über seine zunehmende Körperfülle, – welch jugendliche Schlankheit hatte Arthur behalten! Sie verfügte rücksichtslos über seine Zeit, ordnete sich selbst dagegen immer den Wünschen Arthurs unter. Sie hatte ihr Haus seinetwegen auf den Kopf gestellt, ihre Möbel ausgeräumt, um den seinen Platz zu machen, und mit einem liebenswürdigen Egoismus, der ihren brutalen übertrumpfte, spielte er den Herrn im Hause. Hatte sich mein Vater den ganzen Tag ihren Launen gefügt, so hörte ich durch die Tür, wie er sich nachts stöhnend im Bett hin und her warf. Eines Morgens saß ich im Gartenpavillon, als er, anscheinend in heftigem Wortwechsel, mit der Tante draußen vorüber ging. »Ich bin nicht dazu da, euren Aufwand zu bestreiten«, sagte sie, »es sollte dir wahrhaftig ausreichend sein, dass ich dich in deiner Tochter so bevorzuge.« – »Wenn ich mich nur darauf verlassen könnte«, stieß er hervor. »Ich breche mein Versprechen nicht – Gott soll mich vor der Sünde bewahren«, antwortete sie laut und fest. Sie gingen weiter. Nach geraumer Weile kehrten sie denselben Weg zurück. Die Tante hatte den Arm in den ihres Bruders gelegt. Sie sprachen friedlich, fast zärtlich miteinander. »So werd' ich einmal ruhig sterben können«, sagte mein Vater mit weicher Stimme, »bis übers Grab hinaus will ich dir dankbar sein, Klotilde!«

Milder und gefügiger als je war er in den folgenden letzten Tagen seines Augsburger Aufenthalts, er schien kaum zu merken, mit welch satanischer Freude sie die Situation ausnützte. Ich aber suchte ihm mit allen Mitteln der Liebe und Zärtlichkeit das Leben zu erleichtern, so dass er mich oft verwundert ansah und lächelnd sagte: »Ja, was ist denn das mit dir? So was hat dein alter Vater an seinem Töchterlein ja noch gar nicht erlebt?!« Meinem Onkel ging ich aus dem Wege, die Tante hasste ich fast.

Nach meines Vaters Heimkehr reiste ich mit ihnen nach Tegernsee, wo die Tante auf Wunsch Onkel Arthurs, dem die Einsamkeit von Grainau unsympathisch war, eine Villa gemietet hatte. An meinem Geburtstag, der in die erste Woche unseres Aufenthalts fiel, nahm mich der Onkel beiseite und drückte mir heimlich ein Kuvert in die Hand. »Ich weiß, Hans braucht Geld«, sagte er beinahe schüchtern, »von mir nimmt ers nicht. Schick ihm das – zur Verwahrung – als mein Geburtstagsgeschenk an dich.« Er wartete meinen Dank nicht ab; ich schickte noch in derselben Stunde die braunen Scheine nach Bromberg; das Eis zwischen mir und Onkel Arthur war gebrochen.

Wir wurden gute Kameraden Die strenge Tante verwandelte sich unter seinem Einfluss zu einer mehr als nachsichtigen. Er erreichte alles, was mir Vergnügen machte, vorausgesetzt, dass es auch seinen Wünschen entsprach! Endlich durfte ich hoch in die Berge hinauf, – zu dem jahrelangen Ziel meiner Sehnsucht! Er war ein ebenso leidenschaftlicher wie tollkühner Bergsteiger, der Führer und gebahnte Wege verschmähte. Auf dem Leonhardstein, hinter Dorf Kreuth, der spitz und gerade wie ein Kirchturm gen Himmel steigt, musste ich erst Probe klettern, ehe er mich überall hin mitnahm – auf die Berge der Gegend zuerst und dann weiter, immer weiter. Eine Sportausrüstung eigener Erfindung ließ er mir machen: kurze Hosen und Gamaschen – etwas Unerhörtes zu damaliger Zeit. Aber auch das ließ die Tante geschehen, sie sträubte sich nur im Namen des Anstands ein bisschen, als er den »Panzer« verbot. »Ich fass dich jedesmal um die Taille und lass dich unweigerlich sitzen, wenn du das Marterinstrument trägst«, sagte er, und ich fühlte mit Wonne die Freiheit starker Atemzüge.

Auf den Wallberg kletterten wir zuerst. Es gab damals nur einen Hirtensteg hinauf und droben nur eine kleine Hütte mit einfachem Heulager. Wir zündeten zum Zeichen unserer Ankunft auf der Spitze ein mächtiges Feuer an und sahen schweigsam zu, bis es verglühte und das Tal schwarz und dunkel unter uns lag. Um so leuchtender strahlten jetzt die Sterne, und weiß und gespenstisch glänzten von fern im Mondlicht die Schneegipfel zu uns herüber. Mit einem tiefen, erlösenden Aufatmen breitete mein Begleiter die Arme aus. »Ich lebe!« flüsterte er. Wie weh mir der Jubel tat, der in seiner Stimme lag! – Ich vergaß seine Nähe, lehnte den Kopf an den Felsen und weinte – seit langer, langer Zeit zum erstenmal! Unten in der Hütte, in dem starken Heuduft fand ich keine Ruhe und saß die ganze Nacht auf der Altane, während die Geister der Vergangenheit aus der Tiefe zu mir aufstiegen, wie Nebel aus Fiebersümpfen. Die Felsengesichter schnitten mir höhnische Fratzen, und still und hoheitsvoll sahen weiße Riesenhäupter auf mich herab.

Mein Onkel war ein guter Reisekamerad, dessen Lebensfreudigkeit seine grauen Haare vergessen ließ, dabei voll rührender Sorgfalt für mich. Einmal saßen wir im Sonnenschein vor der Sennhütte zur schwarzen Tenne. Über dem offnen Feuer an einem primitiven Spieß briet er uns ein Hühnchen; »Frauenzimmer sind zu dumm dazu«, sagte er, und ich überließ ihm nur zu gern die Arbeit, um, an die braunen Balken der Hütte gelehnt, durch dunkelgrüne Tannenwipfel in die Sonne zu blinzeln. Nach dem Mahl, das die nie vergessene Flasche Moselwein würzte, streckte er sich mir zu Füßen ins Gras und pfiff eine Tanzweise träumerisch vor sich hin. »Komisch«, sagte ich halb zu mir selber, »du bist im Grunde ein Primaner oder bestenfalls ein Sekondeleutnant.« Er lachte. »Das bin ich auch; die Jahre, die zwischen damals und heute liegen, lebte ich nicht.«

»Aber ...« ich stockte.

»Sprichs ruhig aus: du hast mit dem Weib deiner Wahl gelebt! Niemand weiß bis heute, dass diese zwei Jahrzehnte die Hölle waren. Mein Stolz hieß mich schweigen. Ich wollte nicht, dass Mutter und Geschwister Recht behielten. Endlich kam die Erlösung: sie starb – seit vielen Monden eine arme Irre, die nichts dafür konnte, dass sie mich quälte,« – ganz alt sah der Onkel plötzlich aus, – dann sprang er auf, schüttelte sich wie ein nasser Jagdhund und fügte lächelnd hinzu: »die Liebe ist Humbug, weißt du, echt ist allein die Natur, die Kunst, die Wissenschaft. Ich freue mich auf das Leben wie ein Student!«

Unsere Ruhetage in Tegernsee waren beinahe anstrengender als unsere Wanderungen. Von früh bis spät wimmelte es von Gästen; wenn der Onkel irgendwo jemanden traf, der ihm interessant zu sein schien, so lud er ihn ein, ohne nach Nam' und Art viel zu fragen. Es war eine bunte Gesellschaft, die sich auf die Weise bei uns zusammenfand, denn Tegernsee selbst schien eine Art neutraler Boden zu sein, wo die heterogensten Elemente ihre Neugier nacheinander befriedigen konnten. Da gab es Prinzen echter einheimischer und zweifelhafter exotischer Art; Finanzgrößen dunkelster Herkunft; alte Diplomaten, die bei irgend einem Hofskandal Schiffbruch gelitten hatten; französische Marquisen, deren Emailleur alle vier Wochen aus Paris kam, um ihrem Antlitz die bezaubernde Frische zu verleihen, mit der sie so siegessicher auf Eroberungen ausgingen; deutsche Gräfinnen, deren graziöse Pirouetten noch vor kurzem die Balletthabitués der Großstädte entzückt hatten; und um die Galerie moderner Typen der ›guten‹ Gesellschaft voll zu machen, fehlte es nicht an österreichischen Erzherzogen, sogar nicht an einem König, – wenn es auch nur einer a. D. war, der von Neapel, – einem alten Roué, und seiner wunderschönen extravaganten Königin. Dazwischen bewegte sich das Künstlervolk – ein wenig geniert die einen, ängstlich bestrebt, es den Vornehmen möglichst gleich zu tun, die anderen, Menschen von genialer Ungebundenheit unter ihnen, und ein paar Auserwählte mit jener seltenen angeborenen Größe, die sich überall mit gleicher Selbstverständlichkeit zu bewegen vermag. Von mancher schönen österreichischen Komtess flüsterte man sich zu, dass sie an der Entstehung Makartscher Frauengestalten nicht unbeteiligt gewesen war, und noch heut ließ sie es gern geschehen, wenn die Maler sich an ihr begeisterten; ein Hauch von Romantik, der die Dichter unweigerlich anzog, umschwebte den rotblonden Kopf einer graziösen Baronin, von deren Beziehungen zum Kronprinzen von Österreich Frau Fama vernehmlich flüsterte. All das flirtete und rauschte in knisternder Seide und weichem Spitzengeriesel am hellen Strand des blauen Tegernsees, wo vor Jahrhunderten in klösterlicher Einsamkeit der fromme Mönch Werinher der allerseligsten Jungfrau süße Weisen gesungen hatte, oder stieg in kokettem Jagdkostüm auf bequemen Wegen zu den Sennhütten hinauf, deren Gäste noch vor kurzem nur Dirndeln, Jäger und Wilddiebe gewesen waren. Am späten Nachmittag rollten die Equipagen ins kreuther Tal, wo hoch oben, von Bergen eng umschlossen, auf grünem Plateau die Kurmusik des Bades so komisch quiekte und wimmerte. Man stieg dort aus, ließ seine Toiletten bewundern, trank seinen Kaffee mit österreichischer Betonung und von österreichischer Güte und ging an dem Springbrunnen vorbei hinunter zu den sieben Hütten, wo die Burschen in Kniehosen und Wadenstrümpfen, die Mädeln im Silbergeschnür und weitbauschendem kurzem Gewand sich im Tanze drehten. Wenn die Dämmerung kam und lustige bunte Lampions sich wie leuchtende Girlanden von Hütte zu Hütte zogen, dann änderte sich das Bild: weiße Schleppen wirbelten zwischen den bunten Röcken, und Lackschuhe glitten zwischen den Nagelstiefeln. Droben auf der Hohensteinalp die blonde Sennerin und in der Langenau die schwarze Liese wussten zu sagen, warum manch vornehmer Herr den Weg nicht nach Hause fand – ach, und kleinwinzige Buberln gabs im Tal und Mäderln, vaterlose, mit feinen Fingern und schlanken Gliedern, gar wunderseltsam anzuschaun!

Wo sich im kreuther Tal die Wege kreuzen, der eine zum Bad, der andere nach dem Achensee führt, lag in einem weiten schattigen Park ein Haus, nicht viel anders als das eines reichen Bauern, mit Galerien ringsum und buntbemalten Läden. Auf den grünen Rasenflächen davor, auf den Spielplätzen zu beiden Seiten herrschte alltäglich ein frohes Leben und Treiben. Der Gastfreundschaft schienen keine Grenzen gesteckt, zu jeder Tageszeit ward man freudig begrüßt und reichlich bewirtet. Mich lockte dies Haus schon lange; die ersten Künstler, das wusste ich, gingen dort aus und ein. Aber meine Tante rümpfte die Nase, wenn ich seiner Erwähnung tat, und mit tadelndem Kopfschütteln wurden diejenigen aus unsern Kreisen betrachtet, die den Bann gebrochen hatten und sichs wohl sein ließen in Schwarzeck. Ein Baron Goldberger, ein Wiener Bankier, war der Besitzer, und sein Aussehen verriet seine Rasse noch mehr als sein Name, so dass sich ihm gegenüber jener ästhetische Antisemitismus geltend machte, den auch Vorurteilslose oft nicht abstreifen können. Der Magnet des Hauses waren seine vier Töchter, von denen eine immer hübscher war als die andre. Nachdem uns zu Ohren kam, dass selbst der Herzog Karl Theodor bei ihnen verkehrte, überwand Onkel Arthur den Widerstand der Tante, und eines Nachmittags fuhren wir hin, um unsere Antrittsvisitte zu machen. Schon diese ersten Stunden inmitten eines

Kreises von Münchner Künstlern und Schriftstellern öffneten mir Ausblicke in eine neue Welt: Fragen des Lebens und der Kunst wurden mit so rückhaltloser Offenheit besprochen, dass ich es zunächst fast peinlich empfand und, ungewohnt, mich unter Fremden auszusprechen, außerstande war, mich daran zu beteiligen. Um so aufmerksamer hörte ich zu: war dies ein Abglanz der Welt, die ich suchte, ein Teil jener Menschheit, die, von neuen Idealen erfüllt, auszog, um sie zu erobern?!

Ich wurde einer der häufigsten Gäste in Schwarzeck. Ich trotzte selbst dem Befehl der Tante, die mich glaubte zurückhalten zu können, wenn sie für mich nicht anspannen ließ, und fuhr mit der Post, oder ging zu Fuß.

Eines Nachmittags fand ich die Tee-Gesellschaft in heftigster Debatte begriffen. Irgend ein Artikel aus M. G. Conrads »Gesellschaft« schien der Anlass gewesen zu sein. Ich erinnerte mich dunkel, von dieser »sittenlosen, die Sicherheit von Staat und Kirche untergrabenden« Zeitschrift in unserer konservativen, norddeutschen Presse – der einzigen, die ich zu Gesicht bekam – zuweilen gelesen zu haben.

»Und ich sage Ihnen, dass er recht hat – tausendmal recht«, rief ein junger blonder Dichter, das gelbe Heft wie eine Fahne schwingend, »Wahrheit, hüllenlose Wahrheit ist die Muse der kommenden Dichtung. Nur indem wir sie ohne Rücksicht auf hyperästhetische Altjungfernnerven, auch in ihrer hässlichkeit, auch mit ihren Schwären und Wunden vor die Menschheit hinstellen, schaffen wir Kunstwerke, Kulturwerte.«

»Ernst ist das Leben, heiter sei die Kunst«, warf ein Maler Pilotyscher Richtung ein, »sie soll uns erheben, uns auf Momente wenigstens über das Elend des Daseins hinweghelfen –«

»Hinwegtäuschen, sagen Sie lieber«, mischte sich die junge Frau eines münchener Redakteurs ins Gespräch, die, wie man munkelte, unter anderem Namen Geschichten schrieb, die junge Mädchen nicht lesen durften, »sie soll den großen Kindern Märchen erzählen, statt sie zu lehren, mit der brutalen Wahrheit des Lebens fertig zu werden.«

»Wenn das ihre Aufgabe sein soll«, entgegnete der Maler, »dann werden wir glücklich dahin gelangen, Operationssäle und Wochenstuben auf der Bühne zu sehen. Mit dem Irrenhaus hat ja Ibsen schon den Anfang gemacht.«

Der Name wirkte vollends wie Sprengstoff. Seit dem letzten Winter, wo der Herzog von Meiningen den unerhörten Schritt gewagt hatte, die »Gespenster« auf seine Bühne zu bringen, wo Berlin dem Beispiel gefolgt war und ein Kreis junger Heißsporne den Dichter auf den Schild erhob, las und hörte ich oft von ihm, als von einem halb Verrückten, einem, der mit Wollust im Schmutze wühle. Ihn kennen zu lernen, hatte ich gar kein Verlangen getragen, denn auf der Suche nach neuen Idealen konnte er unmöglich ein Wegweiser sein.

»Ibsen ist größer als Zola«, übertönte eine rauhe Männerstimme wie ein ferner Lawinensturz die Durcheinanderredenden, »Zola ist der Zustandsschilderer par excellence, Ibsen aber legt die kritische Sonde an die tiefsten Übel der Gesellschaft. Wenn Sie sich hier so aufregen, meine Herrschaften, so zeigt das nur, dass es irgendwo einen Punkt gibt, wo auch Sie unter seiner Berührung schmerzhaft zusammenzucken. dass wir vor lauter Moral, vor lauter Pflichten, kurz vor all den großen und kleinen Stricken und Ketten, die uns formen und einschnüren, unser Ich verloren haben und als Phantome toter Traditionen herumlaufen, statt als lebendige Menschen, – das ist es, was jeden trifft, und was Ibsen zeigt. Neugierig bin ich nur, ob diese Erkenntnis uns schließlich zu Kettenbrechern machen wird, oder ob irgend welche vorsorglichen Menschheitswärter nicht schon mit neuen Zwangsjacken bereit stehen – «

Das allgemeine Gespräch verlief sich allmählich in die Rinnsale der Einzelunterhaltung und versickerte schließlich im Sande der Alltagsfragen. Während die anderen sich im Park zerstreuten, sprach ich den mit der rauhen Stimme an, einen echten vierschrötigen Bajuvaren. »Können Sie mir die Werke Ibsens nennen, die bisher in deutscher Sprache erschienen sind?« Er musterte mich augenblinzelnd. »Hm« – machte er – »obs der gnädigen Frau Tante auch recht sein wird?!«

»Darauf dürfte es kaum ankommen, da ich sie lesen will«, entgegnete ich scharf, geärgert über die spöttische Art seiner Antwort. Er lachte dröhnend.

»Wir haben ja, scheints, auch so'n Tropfen Rebellenblut in den Adern!« Mit großen, ungefügen Buchstaben schrieb er mir die Titel der Bücher auf eine Ecke Zeitungspapier, zerdrückte mir mit seiner Riesenfaust fast die Hand, die ich ihm dankbar gereicht hatte, und stapfte zum Parktor hinaus.

»Wer war das?« frug ich eine der Töchter.

»Ach – der! Den hat der Doktor neulich mal mitgebracht. Wie er heißt, habe ich nicht verstanden. Ein ungehobelter Gesell, nicht wahr?«

Ich nickte zerstreut. Noch auf dem Rückweg gab ich eine Karte an eine münchener Buchhandlung auf und sah von nun an jedem Postboten erwartungsvoll entgegen, heftige Kopfschmerzen als Vorwand meines ungewohnten häuslichen Lebens vorschützend.

Und endlich kamen die Bücher! Ich las sie nicht, – ich trank sie, wie ein Durstender in der Wüste das frische Wasser. Nicht das Kunstwerk genoss ich in ihnen, und nichts sah ich von den handelnden Menschen; mir war vielmehr, als hätte ich lange im Dunkeln erwartungsvoll vor einem dichten Vorhang gestanden, den plötzlich ein Sturmwind auseinanderriss, um mir den blendenden, kristallhellen Spiegel dahinter zu enthüllen, der scharf und klar mein eigenes Bild zurückwarf, und das der Vielen um mich her.

Worte las ich, die mich trafen wie Offenbarungen: von den wenigen Menschen, die auf Vorposten stehen und für die Wahrheiten kämpfen, die noch zu neugeboren sind, als dass sie die Mehrheit für sich haben könnten. Und Tradition und Konvention sah ich ihrer bunten Gewänder entkleidet als nackte Lügen vor mir, und mit einem einzigen Blick erkannte ich des Weibes Puppendasein. Lebte ich nicht auch davon, dass ich den anderen Kunststücke vormachte?! »Ich habe Pflichten, die ebenso heilig sind – Pflichten gegen mich selbst –;« »ich muss nachdenken, ob das, was mir gelehrt wurde, richtig ist, oder vielmehr, ob es für mich richtig ist –« sagte Nora, und verließ das Puppenheim, um sich selbst zu finden. »Irgend wie und wann werde ich handeln müssen, wie Nora«, heißt es in meinem Tagebuch von Sommer 1887, »viele Fesseln, – feine, die ich kaum fühlte, und grobe, die sich mir ins Fleisch schnitten, – umschnüren mich von klein an: Aber ich erkenne jetzt, dass ich jedes Jahr einige davon abstreifte. Sollte ich nicht auch mit den letzten fertig werden?« Und an meine Kusine, die mir über meine Ibsenbegeisterung erschrockene Verhaltungen machte, schrieb ich: »Wer, wie Ibsen, den Mut hat, das Schwache, das Schlechte, das geistig Tote niederzureißen, der ist kein Pessimist, wie die Leute ihn schelten, die zu feige und zu bequem sind, um die Augen zu öffnen. Nur der lebensstarke Glaube an eine Zukunft, für deren helle Tempel Platz geschaffen werden muss, gibt die Riesenkraft zu solchem Werk der Zerstörung... Du warnst mich vor ›unüberlegten Handlungen‹; daraus sehe ich, wie wenig du mich verstehst. Denn gerade damit hat es ein Ende. Das Spiel ist aus. Auch ich muss die Aufgabe lösen, mich selbst zu erziehen, ehe ich irgendwo Hand anlegen kann, wo es für mich etwas zu tun gibt.«

Der Schnee lag schon bis zum Tal hinunter, als ich mich zur Heimkehr rüstete. Beim Abschied hielt der Onkel meine Hand lange in der seinen. »Schade, dass du den Bergen untreu wurdest«, sagte er.

Langsam kroch der Zug von Gmund aus den Abhang in die Höhe. Tief unten lächelte der See mit seinem großen Vergissmeinnichtauge; freundliche rote Dächer und spitze Kirchtürme grüßten von seinen Ufern, und hinter ihm bauten sich Ketten um Ketten weißglänzender Firnen auf. Nein, ich war den Bergen nicht untreu geworden, und Höhenluft wars, die ich mit mir nahm.

Zwölftes Kapitel

Ein Aufenthalt in Berlin galt mir immer als ein Gipfel des Vergnügens, besonders wenn Onkel Walter der Führer war. Niemand wusste wie er, in welchen Theatern man am meisten lacht, in welchem Zirkus am schneidigsten geritten wird, und wo man am besten isst und trinkt. Die acht Tage, die ich diesmal auf der Durchreise nach Bromberg bei ihm verbrachte, waren aber mehr eine Qual als ein Genuss für mich, obwohl wir vor lauter »Amüsement« gar nicht zu Atem kamen und meine lustige Tante sich über meine »blasierte Miene«, mit der ich wohl »die neueste Mode mitmachte«, nicht genug moquieren konnte. Wir waren bei Kroll im »Mikado«, in der Friedrich-Wilhelmstadt und bei Renz, wir saßen auf der Estrade im Wintergarten, soupierten bei Hiller und im Kaiserhof, immer in derselben Gesellschaft von Gardeleutnants und konservativen Parlamentariern, aber von dem modernen künstlerischen und literarischen Leben, dem mein ganzes Interesse galt, war nur insofern etwas zu spüren, als die einen es verhöhnten, die anderen nach dem Staatsanwalt schrieen und der Rest heimlich und voll zynischer Lüsternheit mit ihm liebäugelte, wie ein alter Roué mit der Straßendirne. Familien-, Hof- und politischer Klatsch stand im übrigen im Mittelpunkt der Unterhaltung, und dem Ärger und der Verstimmung gab man, wie gewöhnlich, wenn man unter sich war, den kräftigsten Ausdruck. Des armen kranken Kronprinzen wurde kaum mit einem Wort des Mitleids gedacht, die Empörung über den Einfluss der Kronprinzessin, über die von ihr eingefädelte Battenberg-Affäre, deren Schlusseffekt der Sturz Bismarcks hätte sein sollen, über die ganze allmählich zu Macht und Ansehen gelangende Kronprinzenpartei, die aus Juden und Judengenossen zusammen gesetzt sei, war viel zu groß.

Die von Bismarck kopulierte unnatürliche Ehe zwischen dem Nationalliberalismus und den Konservativen wurde hier, wo man sich keinerlei Zwang aufzuerlegen brauchte, drastisch genug beleuchtet.

»Hab ichs nicht immer gesagt«, rief bei einer solchen Unterhaltung eines der ältesten Mitglieder des Herrenhauses, der Typus eines echten

Feudalherrn vom guten Schlag, »dass wir uns nicht stärker blamieren konnten, als durch diese Liierung mit den Industrierittern. Nichts, gar nichts Gemeinsames haben wir mit den Kerlen. Und ‚ne Ehe gibts, wie die der Bienenkönigin, die ihre werten Gatten töten lässt, wenn sie ihre Schuldigkeit getan haben. Ist irgend einer unter uns so dämlich, uns für – die Königin zu halten?!«

»Na, hören Sie mal, lieber Graf, Sie werden doch nicht behaupten wollen –« unterbrach ihn mein Onkel.

»Gewiss behaupte ich –«, polterte der alte Herr »lasst mal erst das Gesindel hoffähig werden – ein ›von‹ und ein ›Baron‹ ist heut schon eine Spielerei für den, ders Geld hat –, dann wirds bei uns wie in England und in Frankreich: unsere Jungens reißen sich um ihre Mädels, und von dem ganzen guten preußischen Adel bleibt nichts übrig als der Name.«

»Nur dass die Voraussetzung für Ihre Folgerungen fehlen wird: der Kronprinz wird kaum zur Regierung kommen, und mit seinem Tod haben die Ambitionen der Herren Liberalen ihr Ende erreicht.«

Der Graf lachte und klopfte Onkel Walter freundschaftlich auf die Schulter: »Sie sind ein guter Kerl, Golzow, aber das Pulvererfinden ist ihre Sache nicht! Oder glauben Sie vielleicht, unter dem jungen Herrn würde die Geschichte erheblich anders werden?! Der ist heute konservativ – aus Opposition, natürlich! Er bleibts vielleicht auch – dem Namen nach. Aber ist er erst mal am Ruder, wird er auch mit gegebenen Größen rechnen müssen. Ich werds ja, Gott Lob, nicht erleben, aber Sie, meine Herren, werden in zwanzig Jahren mal dem alten Lehnsburg recht geben, wenn er ihnen heute sagt: bis dahin sind wir amerikanisiert, und nicht die Ehre, nicht der reinliche Stammbaum bestimmen mehr den Wert des Mannes, sondern das gute Geschäft.«

»Es würde uns heute schon nichts schaden, wenn wir geschäftskundiger wären«, mischte sich Baron Minckwitz ins Gespräch, der wegen seiner Teilnahme an allerlei industriellen Unternehmungen schon etwas anrüchig war, »man muss mit den Wölfen heulen, will man nicht zugrunde gehen.«

Graf Lehnsburg hieb mit der Faust auf den Tisch, dass die Gläser klirrten. »Ich gehe lieber zugrunde!« brüllte er. Ein peinliches Schweigen entstand. Mir gefiel die unverfälschte Echtheit des Alten. Er schien mirs an den Augen abzusehn, und reichte mir über den Tisch hinweg die Hand.

»Verzeihung, mein gnädigstes Fräulein«, sagte er lächelnd, »ich bin wirklich ein alter Mummelgreis, dass ich in Anwesenheit junger Damen so ein Zeug schwätze! Übrigens – ich wills gleich wieder gut machen – richten Sie Ihrem Herrn Vater mein Kompliment aus. Ich traf ihn vor vier Wochen in Stettin bei Ihrer Majestät, er lief mir aber davon, ehe ich ihm selber sagen konnte, wie glänzend seine Führung im Manöver war. In der Umgebung Seiner Majestät herrschte nur eine Stimme darüber.«

Ich hatte bis dahin vom pommerschen Kaisermanöver, bei dem mein Vater das Ostkorps; den »markierten Feind«, zu kommandieren gehabt hatte, nur wenig gehört. »Der Kaiser war außerordentlich gnädig«, hatte er mir geschrieben, »die Ernennung zum Divisionskommandeur kann jeden Tag erfolgen«, hatte Mama hinzugefügt. Ich freute mich nun doppelt, Näheres zu erfahren. »Sie wünschen am Ende eine Kriegsberichterstattung mit allen Schikanen?« frug Graf Lehnsburg und baute aus Brotkrümeln und Papierschnitzeln ein ganzes Schlachtfeld auf, ohne erst meine Antwort abzuwarten.

»Sehen Sie hier der Teller, das ist Stettin; die Papierschnitzel davor, das ist das Dorf Brunn, und hier die Semmeln, das sind die Höhen, die der General von Kleve bereits im ersten Morgengrauen des 14. September besetzt hielt. Er gehört noch zu der alten Sorte, wissen Sie, die von Anno 70 her weiß, dass der, der am frühsten aufsteht, dem Siege am nächsten ist. Dort drüben von der Ostsee her – der Rotweinklexs reicht gerade für den Tümpel – kommt das feindliche Korps auf Stettin zu marschiert, das es, nach dem Ratschluss der obersten Götter, erobern soll. Der Kleve war ja eigentlich nur dazu da, um totgeschossen zu werden und den Ruhm des Gegners zu erhöhen. Natürlich war dieser Gegner – wie das die Götter mit ihren Lieblingen so zu machen pflegen – noch mal so stark als er und hatte überdies in seiner Mitte so was wie einen Schutzheiligen, der, wenn alle Stricke reißen, immer noch seine Gläubigen heraushaut.« Er legte dabei ein dickes Stück Schwarzbrot in die Mitte der feindlichen Papierschnitzel. Die Anwesenden horchten auf, lachten und rückten näher zusammen. »Nun war aber ein Hundewetter an dem Tag, es regnete Bauernjungens, darum entdeckte das Westkorps den General, der schon eine ganze Weile mit allem nötigen Klimbim auf seinen sieben Hügeln thronte, erst nach einigem unruhigen Hin- und Herfackeln. Nachdem es die Situation glücklich erfasst hatte, ging es marsch, marsch im Sturm voran. Prinz Wilhelm – der Schutzheilige, wissen Sie! – führte dabei das Pommersche Grenadierregiment, und ich glaube, jeder einzelne Kerl darin hatte schon nach dem Kopf gegriffen, der bekanntlich den Lorbeer zu tragen bestimmt ist, als er morgens in die Stiebeln kroch. Aber Ihr Herr Vater hält offenbar nichts von Heiligen, – er ist ein ausgemachter Ketzer, für den schon irgendwo die Dienstbeflissenen den Scheiterhaufen zusammentragen, – er empfing den Feind mit einem mörderischen Feuer, und was von ihm nicht am Platze blieb, das hätte er, weiß Gott, noch gefangen genommen, wenn nicht ein weiser Hoherpriester ihm beizeiten davon abgeraten hätte. Der hat freilich zum Dank dafür ein paar faustdicke Grobheiten einstecken müssen! Es gab dann noch eine formidable Reiterattacke – ein théâtre paré für die Fremden! –, wobei ein paar tausend arme Gäule sich einbilden sollten, das Vaterland retten zu müssen; aber auch die Vierfüßler im Ostkorps zeigen sich als die stärkeren. Ein schauerliches Abschlachten wärs im Ernstfall gewesen. Sie sehen, Stettin konnte ruhig sein, – und der alte Herr hat in der Kritik den General von Kleve über den grünen Klee gelobt. Trotzdem wars eine hanebüchene Dummheit, wie sie den Tapfersten immer zustößt, dass er – hm! – dass er den – den Schutzheiligen nicht besser respektierte.«

Mein Onkel, der schon die ganze Zeit ungeduldig mit den Fingern auf der Stuhllehne getrommelt hatte, schien für den Humor der Sache keinen Sinn zu haben. »Schon Wochen vorher habe ich meinen Schwager gewarnt«, sagte er, »wer den Prinzen kennt, weiß, dass er alles kann, nur nicht vergessen.«

Angriffe auf meinen Vater konnte ich nie vertragen. Mir stieg auch jetzt das Blut zu Kopf, und meine Verteidigung fiel heftiger aus, als es nötig gewesen wäre.

»Ich finde, eine Rücksicht, wie du sie verlangtest, wäre eine Pflichtverletzung gewesen. Wenn der Prinz, der noch nie eine Kugel hat pfeifen hören, mit lauter servilen Leuten zu tun bekäme, so würde es Deutschland mal büßen müssen.«

»Bravo!« sagte Graf Lehnsburg. »Großspuriges Geschwätz!« brummte der Onkel.

Am frühen Morgen des nächsten Tages kam ein Telegramm: »Division in Münster.« Mit beiden Füßen zugleich sprang ich aus dem Bett. Westfalen: Das nordische Rom – die Wiedertäufer – Annette Droste – der Westfälische Friede – die Hermannsschlacht, – es war eine verwirrende Vielheit bunter Bilder, die bei diesem Namen vor mir aufstiegen. Ich fuhr noch am Nachmittag nach Bromberg. Merkwürdig ernst empfing mich mein Vater. Kaum dass ich eine Frage an ihn zu richten wagte. Und auch zu Hause blieb er still, während mein Schwesterchen voll Freude über den Wechsel im Zimmer umhersprang und Mama die nächsten Pläne erwog. Erst spät am Abend, als er seine gewohnte Patience gelegt hatte und sich befriedigt, weil sie mit Mamas Hilfe richtig angegangen war, in den Stuhl zurücklehnte, fing er an, sich über die Zukunft auszusprechen. Wir orientierten uns mit Hilfe der Rangliste über die Verhältnisse seiner Division; bis nach Aachen und Paderborn dehnte sie sich aus; lauter Städte voll historischer Bedeutung gehörten zu ihren Garnisonen. In Münster erwartete uns eine geräumige Dienstwohnung, eine glänzende Gesellschaft; der Kommandierende war meinem Vater als liebenswürdiger Vorgesetzter bekannt.

»Und trotzdem –?« Ich stockte vor dem finsteren Blick, der mich traf. Gleich darauf lächelte er ein wenig gezwungen und strich sich halb nachdenklich, halb verlegen den Bart. »Ihr merkt eben nichts, gar nichts«, sagte er, »mit der Nase muss man euch darauf stoßen;« damit wies er mit dem Finger in die Rangliste: »Die 13. Division« stand dort, fett gedruckt. Die 13 aber war rot unterstrichen.

Mein Vater verließ die Gesellschaft, wenn dreizehn bei Tische waren, er drehte um, wenn eine Katze ihm über den Weg lief, und machte drei Kreuze, wenn ihm beim Morgenritt als Erste ein altes Weib begegnete. Ich lächelte leise und drückte schmeichelnd meine Wange an die seine. »Den Spuk werden wir bannen, Papachen – auf immer.«

»Glaubst du?!« meinte er zweifelnd und starrte mit großen Augen an mir vorbei ins Leere.

Wir blieben nur noch wenige Tage. Der alte Packer aus Berlin, der jedes Stück unserer Einrichtung kannte und seine Kisten stets so wiederfand, wie er sie beim letzten Umzug verlassen hatte, pflegte uns, wenn er kam, ebenso entschieden wie freundlich hinaus zu komplimentieren. »For ne Exzellenz is der Dreck nu jar nischt«, sagte er diesmal, als er mit seinem Zeitungspaket unter dem Arme eintrat. In Berlin hielten wir uns noch auf der Durchreise auf. Während Papa sich meldete, machten wir Besorgungen. Die Größe der künftigen Wohnung hatte eine erhebliche Vermehrung unserer Einrichtung notwendig erscheinen lassen, und die alten Möbel waren schon lange eines neuen Gewandes bedürftig. Auch an Toiletten für den nächsten Karneval fehlte es uns. Unter dem Eindruck, nun nicht mehr mit jedem Groschen rechnen, nicht mehr an allen verlockenden Auslagen als bloße Zuschauerin vorbeigehen zu müssen, verjüngte sich meine Mutter förmlich; ich entdeckte zum erstenmal und nicht ohne Beschämung, dass sie mit ihren dreiundvierzig Jahren noch immer eine schöne Frau war, und eine Ahnung davon durchzuckte mich, dass sie im Grunde ein ärmliches Leben geführt hatte und noch Ansprüche daran zu stellen berechtigt war.

Es war ein Spätherbstabend, als wir uns Münster näherten; ein Wald von Türmen stand schwarz am dunkelvioletten Himmel. Durch dämmernde Straßen, über die nur hie und da graue Gestalten huschten, erreichten wir den Gasthof mit seiner gewölbten Eingangshalle und den von jahrhundertelangen Tritten ausgehöhlten Steinstufen der Treppe.

Früh am Morgen weckte mich ein tiefer Ton, wie fernes Donnerrollen; allmählich schwoll er stärker und stärker an, und ein Chor heller Stimmen mischte sich hinein: die Glocken Münsters, die zur Frühmesse riefen. Noch lange, nachdem sie verhallt waren, schien die ganze Luft in geheimnisvoll klingende Schwingung versetzt.

Ich lugte neugierig zum schmalen Erkerfenster hinaus. Eine breite Straße sah ich, eingefasst von hochgegiebelten Häusern mit reichen Zieraten, Erkern, Blätterwerk und Zinkenkronen; jedes in sich abgeschlossen, die Trennung vom Nachbarn durch die ragende Spitze betonend; unten aber verbanden gewölbte Arkaden, deren breite Bogen auf trutzig-kräftigen Pfeilern ruhten, alle Gebäude miteinander. Mir war, als sei mir durch einen Blick der tiefe Sinn alten deutschen Bürgertums aufgegangen: wie es auf breitem Boden der Gemeinsamkeit und des gegenseitigen Schutzes festbegründet ruhte und die Einheit und Selbständigkeit der Familie klar und scharf sich daraus emporhob. Wie reich war doch jenes viel gelästerte »finstere« Mittelalter gewesen, das für Inhalt und Bedeutung des Lebens so wundervoll-harmonische Ausdrucksformen fand!

Eine Kirche, über die der ganze glaubensselige Reichtum der Gotik ausgegossen schien, schloss mit schlankem Turm, durch dessen Maßwerk hoch oben des Himmels lichte Bläue strahlte, und kraftvoll aufwärts wachsenden Strebepfeilern die Straße gen Norden ab. mussten sich nun nicht rings die Tore öffnen, um fromme Beter zur Frühmesse zu entlassen, – Frauen in langen, reichen Gewändern, mit perlengestickten Gürteln, das Haupt züchtig umhüllt, das Gebetbuch mit kunstvoll-geschmiedeter Silberschließe in den Händen, – Männer mit bunten geschlitzten Wämsen und der nickenden Feder auf dem Barett? Ich wartete vergebens. Nur ein paar Weiber in jenen tonlosen Kleidern, die das Ende des neunzehnten Jahrhunderts, passend zum monotonen Stil seiner Kasernenstädte, erfunden hat, verschwanden hinter den Kirchentüren. Schon wollte ich mich, unmutig über den zerstörten Zauber zurück ins Zimmer wenden, als mein Blick noch einmal gefesselt ward: aus der engen Gasse gegenüber wand sich lautlos ein Zug grauer Nonnen; die Zipfel ihrer Hauben wehten im Morgenwind, eng aneinander gedrückt, bewegten sie sich unhörbaren Schrittes vorwärts, – eine Kette verflogener Nachtvögel, die lichtscheu über den Boden strich, bis sie das dunkle Kirchentor jenseits verschlang. Und einsam wie vorher lag nun die Straße.

Unser erster Gang an demselben Morgen galt unserem künftigen Heim: dem ehemaligen Kloster der Augustinerinnen, das fast vierhundert Jahre lang dem strengen Orden der büßenden Nonnen gehört hatte, ehe es der pietätlosen, säbelrasselnden Preußenpolitik zum Opfer fiel. Vor dem langgestreckten grauen Haus mit seinen dicken Mauern und kleinen Fenstern stand hinter ein paar mächtigen Linden halb versteckt die uralte dunkle Servatiikirche; die hohen Gartenmauern des Erbdrostenhofes – eines jener zahlreichen prunkvollen Stadtschlösser westfälischer Adelsgeschlechter – umschlossen hinter ihr den engen Platz. Nur zögernd betrat ich den breiten, fliesengedeckten Flur unseres Hauses; die laute erklärende Stimme des Intendanturbeamten, der uns führte, machte mir denselben schmerzhaften Eindruck wie die Stimmen all jener Kirchen-, Gallerie- und Schlossdiener, die eigens dazu berufen zu sein scheinen, den Besucher vor der Tiefe irgend eines Eindrucks zu bewahren. Ich ließ ihn vorangehen und blieb allein. Es war ein heller Herbsttag draußen, die Sonne überflutete das große Treppenhaus, aber in die Zimmer hinein drang sie nicht; hier wehte jene schwere kühle Luft der Grüfte, die nie ein Sonnenstrahl berührt. Alle Wohnräume lagen nach Norden, – kein warmer Gruß lockenden Lebens durfte die Nonnen berühren, deren Zellen hier gewesen waren. Eine davon mochte wohl den frömmsten zur Wohnung gedient haben: auf einen winzigen Hof sah sie hinaus; gerade gegenüber, zum Greifen nah, fiel der Blick auf das hohe gotische Fenster der Klosterkapelle, aus dessen zerbrochenem Glasgemälde die schmerzverzerrten Züge eines heiligen Märtyrers noch zu erkennen waren. »Hier ist der Zugang zur Kapelle vermauert«, hatte ich von ferne den Beamten sagen hören; »die Leute erzählen sich noch immer, dass die Nonnen nächtlicherweile hier umgehen und klagend an den Wänden kratzen, weil ihnen der Weg versperrt wurde.«

Unten im Garten trafen wir uns wieder. Das Wahrzeichen Münsters – die Linde – schmückte auch ihn, aber jetzt, da sie kahl war, verstärkte sie nur den Eindruck lebloser Stille, den die Mauern ringsum hervorriefen: die der Kürassierkaserne auf der einen, die des Proviantmagazins, in das ein Flügel des Klosters umgewandelt worden war, auf der anderen Seite.

»Hier war der Kirchhof des Klosters«, sagte unser Führer. »Als vor ein paar Jahren Exzellenz Melchior durch das Tor dort hereinfuhr, senkte sich der Boden, und die Räder wühlten vermorschte Särge auf.« – »Eine gemütliche Dienstwohnung, – das muss ich sagen«, versuchte mein Vater zu scherzen. Ich fühlte, dass es auch ihm schwer wie ein Alb auf der Seele lag. »Mir gefällt sie ausnehmend«, sagte meine Mutter lächelnd, »die armen Toten schrecken mich nicht, und die Wohnung ist prachtvoll.«

Die Handwerker brachten von nun an Lärm und Leben hinein. Wir blieben noch ein paar Wochen im Hotel, und ich benutzte die Zeit, um in allen Gassen und Kirchen umherzustreichen. Nie hatte ich solch eine Stadt gesehen: in Augsburg, in Nürnberg hatte die neue Zeit unter der Führung der rücksichtslosen Eroberer Industrie und Technik die alte mehr und mehr zurückgedrängt, überflutet, vernichtet, – hier stand das Leben still, kein Fabrikschlot erhob sich mit all seiner barbarischen Protzenhaftigkeit neben den Kirchentürmen; hinter hohen Eisengittern, in vornehmer Zurückgezogenheit prangten die Renaissance- und Rokokoschlösser der Ketteler, der Heereman, der Droste-Vischering, der Romberg, der Zwickel, der Bevernförde, der Schmising, der Galen, der Fürstenberg; zwischen hundertjährigen Linden standen Kirchen und Kapellen, erfüllt von der Pracht und Schönheit romanischer und gotischer Kunst; in abgelegenen Winkeln tauchten alte Klöster auf, deren grasüberwucherte Höfe von Kreuzgängen wie von schützenden Armen umgeben waren; manch alte Festungsmauer lugte draußen vor der Stadt zwischen dickem Efeu und dichtem Gebüsch hervor, und heimlich verträumte Plätzchen gab es neben plätschernden Brunnen, unter Weinlaub umsponnenen Bogen, wohin kein anderer Laut des Lebens drang.

Dass die blaue Blume der Romantik hier Wurzel gefasst hatte, als draußen in der Welt die Aufklärung umging und sie mit Stumpf und Stiel auszurotten trachtete, dass Freiheitsschwärmer, wie die Brüder Stolberg, sich hier zu Füßen der Fürstin Galitzin in die Fesseln der katholischen Kirche schlagen ließen und Hamann, der Magus des Nordens, hier seinen frommen Phantasien lebte, – wer verstünde es nicht, dem Münster seinen Zauber enthüllte?

Mit der Fertigstellung unserer Wohnung hatte die genussvolle Zeit täglicher Entdeckungsreisen ein Ende. Die häuslichen und außerhäuslichen Pflichten nahmen mich wieder in Anspruch. »Wir feierten den gestrigen Einzug in unser Kloster mit dem ersten Besuch der Garnisonkirche und hörten in einem kahlen, kalten, nüchternen Raum eine ebensolche Predigt«, schrieb ich an meine Kusine. »Dann kamen Besuche über Besuche, – leider nur solche, bei denen es einem geht, wie dem erwachsenen Menschen vor dem Marionettentheater: alles Interesse hört auf, sobald der Unternehmer die Puppen wieder in den Kasten legt. Am liebsten möchte ich jetzt still in der Fensternische meiner Zelle sitzen und lesen, lesen, lesen. Ich habe eine Bibliothek entdeckt – im Verein für Wissenschaft und Kunst –, die mir um so mehr zur Verfügung steht, als sie niemand sonst zu benutzen scheint. Ein junger Beamter mit einem strengen Asketengesicht, der mich zuerst sehr abweisend behandelte, ist jetzt mein bester Berater. Du hättest sehen sollen, wie seine sonst halb geschlossenen Augen aufleuchteten, als ich die Schönheit Münsters pries! ›Wenn Sie erst ganz Westfalen kennen würden!‹ meinte er, und dabei huschte ein Heller Schein kindlicher Schwärmerei ihm über die Züge. Er gab mir Stöße von Büchern mit, aus denen ich Natur und Kunst seiner geliebten roten Erde kennen lernen soll. Was mich aber noch weit mehr anzieht, sind die zahlreichen Werke allgemeinen kulturgeschichtlichen Inhalts, die der Katalog der Bibliothek aufweist. Mein Berater erklärte freilich mit aller Bestimmtheit, das wäre nichts für mich, es seien Bücher darunter, die die Ruhe der Seele gefährdeten; er wurde blass und rot, als ich ihm versicherte, dass mir nichts wünschenswerter sei; und als ich von dem alten Bibliotheksdiener Leckys Geschichte der Aufklärung und Tylors Anfänge der Kultur verlangte, starrte er mich an wie eine Erscheinung und stotterte schließlich: »Aber – aber es sind nicht einmal Bilder drin!« Nächtlicherweile habe ich sie verschlungen, mein Verstand hat zu ihnen ja und zehnmal ja gesagt; – meine Sinne aber schwelgten im weihrauchgeschwängerten Dämmerdunkel des Doms. Unter diesem scheinbaren Widerspruch habe ich gelitten, bis mir klar wurde, dass es gar keiner ist: alle Seiten unserer Natur bedürfen der Nahrung, und die Kunst ist die Nahrung der Sinne.

Religion aber ist im Grunde nichts als Kunst und gestaltende Phantasie. Mir war der Protestantismus nie sympatisch; dass er im Grunde nicht nur eine Vergewaltigung deutschen Geistes und Wesens, sondern ausgesprochen areligiös ist, wurde mir von diesem Standpunkt aus erst völlig klar.

Leider muss ich mir zum Denken und Lernen jede Stunde erkämpfen. Vor Räumen, Toilettenkrimskrams, Leute einarbeiten, Besuche machen und empfangen komme ich am Tage kaum zu mir selbst. Dabei haben sich wieder ein paar landläufige Weisheitssprüche als fadenscheiniger Plunder erwiesen: ›Nach getaner Arbeit ist gut ruhn,‹ – ›Gut Gewissen, sanftes Ruhekissen‹ – ›Pflichterfüllung beglückt‹, – lauter faustdicke Lügen, die man uns wie Binden um die Augen legt, damit wir die Wahrheit nicht mehr sehen können, – die Wahrheit, die uns zeigt: Tue Deine Arbeit, dann erst findest Du Befriedigung, – erfülle Deine Bestimmung, dann erst wirst Du glücklich sein.«

Mit steigender Virtuosität führte ich ein Doppelleben: ich vergrub mich stundenweise in meine Bücher, ich lebte mit meinen Gedanken in ihnen, während ich Hüte garnierte, schneiderte, oder mit den Vorbereitungen zu den immer zahlreicheren Gesellschaften, Diners und Bällen beschäftigt war. Aber mit dem Augenblick, wo ich im Festkleid in den Wagen stieg oder die ersten Gäste bei uns erschienen, zog ich den Schlüssel zu dem Geheimfach meines Innern ab, und nichts blieb von mir übrig als die Salondame.

Pünktlich mit dem Dreikönigstag öffneten sich die Adelshöfe Münsters. Der Karneval zog ein. Keiner von denen, die weise Maß halten und Hygiene und Moral zu Hofmarschällen ernennen, damit die braven Menschenkinder sich auch den Magen nicht verderben – sondern ein ungestümer, ein wilder, zügelloser, der jung und alt in seine Dienste zwingt, der uns überkommt wie ein Rausch und uns selig-müde zurück lässt.

Eine alte Legende, die im Volke Westfalens noch immer lebendig ist, erzählt, dass der Teufel einmal die Junker der ganzen Welt in seinen Sack gesteckt habe, um sie der Hölle zu überliefern. Als er just über Westfalen flog, zerriss der Sack, und es regnete Ritter. Darum gibt es noch heut auf der roten Erde eine so große Menge von ihnen, und kein Königshof könnte eine vornehmere Gesellschaft um sich versammeln als Münster zur Karnevalszeit. Was aber ihrem alten Adel, dessen Ursprung sich oft bis in die dunkeln Zeiten Wittekinds des Sachsenherzogs verliert, den Glanz verleiht, ist der gesicherte Reichtum vieler Generationen. Der preußische, der schlesische, der märkische Edelmann mit seinen großen Händen, seiner breiten Statur, seinem dicken Schädel verrät noch oft, dass sein Vorfahr wie ein Bauer arbeiten und leben musste, und sein derber Witz, seine Verständnislosigkeit für die feineren künstlerischen Reize des Lebens lassen nicht vergessen, dass neben Axt und Pflug sein einziges Handwerkszeug das Schwert gewesen ist. Seines westfälischen Standesgenossen rassige Schlankheit, seine der harten Arbeit seit Jahrhunderten entwöhnten Hände verdankt er dagegen der Freigebigkeit des üppigen Bodens, den Scharen der Hörigen, die ihn bebauen mussten; und die Grazie seiner gesellschaftlichen Formen, die Schönheit seiner Umgebung erinnert an die prunkvollen Höfe der Kirchenfürsten von Köln, von Paderborn, von Münster, wo seine Ahnen erzogen wurden, und an die künstlerische Kultur, die die katholische Kirche um sich verbreitete. Mit einem angeborenen Sinn für Stoffe und Farben kleiden sich seine schön gewachsenen, ein wenig steifen Frauen und Töchter mit den seinen, regelmäßigen, ein wenig leeren Gesichtern; Perlen und Edelsteine in herrlicher alter Fassung schmücken ihre vollen blonden Haare, ihre schneeweißen Nacken und Arme. Die Möbel, die Schaustücke, das reiche Silbergerät in ihren Häusern ist ererbter Familienbesitz aus den Glanzzeiten der Gotik, der Renaissance, des Rokoko; von den farbensatten Gobelins, die die Wände der Säle decken, sieht die ganze Vergangenheit herab auf das junge Geschlecht, das ihr auch geistig nicht untreu geworden ist.

Sie sind alle gläubige Katholiken; sie versäumen die Messe nicht, auch wenn sie die Nächte durchtanzen; barhäuptig, Gebetbuch und Rosenkranz in den Händen, schreiten die vornehmsten mit in der großen Prozession am Montag nach dem Reliquienfeste und am Tage Mariä Heimsuchung; die Kirche ist ihr eigentliches Vaterland; in den Jahren des Kulturkampfes behandelte der westfälische Adel die preußischen Beamtem und Offiziere wie Feinde, und eine gewisse misstrauische Zurückhaltung zeigte sich hier und da auch jetzt. Aber sie galt weniger dem preußischen Protestanten im allgemeinen. als dem einzelnen, der mit taktloser Großspurigkeit auftrat, oder – dessen Adelsdiplom nicht ganz reinlich erschien. Hier herrschte noch vollkommenste Exklusivität, – ein Bürgerlicher, ein Neugeadelter war nicht gesellschaftsfähig, und dies ungeschriebene Gesetz wurde den Einheimischen gegenüber am strengsten gehandhabt. Eine Organisation westfälischer Damen, die angesichts des Gleichheitstaumels der französischen Revolutionsepoche gegründet worden war, konnte über Sein und Nichtsein entscheiden. Ihre Feste waren unter dem Namen der Bälle des Damenklubs weit und breit berühmt und – gefürchtet. Wer dazu nicht geladen wurde, war einfür allemal boykottiert; rückhaltlos gesellschaftlich anerkannt war nur, wer auch bei den intimen Veranstaltungen nicht fehlte. Der Klub hatte die Macht, Mitglieder des westfälischen Adels, die sich irgend etwas hatten zuschulden kommen lassen, durch geheime Abstimmung auf Monate oder Jahre von allem Verkehr mit seinen Standesgenossen auszuschließen.

Die Rücksicht auf diese tiefwurzelnden Auffassungen – spukte nicht hier sogar die Erinnerung an die Vehme? – führte zu merkwürdigen Konsequenzen: man hatte zwar durchgesetzt, dass auch die nicht adeligen Offiziere nicht völlig von der Geselligkeit ausgeschlossen wurden, aber sie wurden nur zu großen Bällen gebeten und hätten es auch dort kaum wagen dürfen, eine westfälische Dame zum Tanz zu führen. Die vierten Kürassiere und die sogenannten Papst-Husaren aus Paderborn, – Regimenter, so vornehm wie nur irgend eins der Garde, in die nicht einmal ein unadliger Einjähriger Aufnahme fand, – waren die allein >hoffähigen<. Und so war es denn auch nicht die Stellung meines Vaters, sondern sein Name und der Stammbaum meiner Mutter, die uns rasch alle Türen öffneten. Geistige Ansprüche an unsere Gesellschaft zu stellen, hatte ich aufgegeben; die Alix Kleve, die mit heißen Wangen und brennender Lebenslust zum Klang süßer Walzerweisen von einem Arm in den anderen flog, war nicht dieselbe, die daheim mit klopfendem Herzen und unstillbarem Geistesdurst über den Büchern saß.

Die Atmosphäre der Vornehmheit und des Reichtums, die Eleganz der Tänzer, die Schönheit der Menschen und der Räume befriedigte meine Sinne; es gab Tage und Stunden, wo die prickelnde, fiebernde Lust des Karnevals mich ganz und gar gefangen nahm, wo eine Tanzmelodie mich wie ein elektrischer Schlag bis in die Fußspitzen durchzuckte und alle übrigen Lebenstöne erschlug. Wir tanzten täglich; in den Fastnachtstagen fielen sogar die Schranken zwischen den Gesellschaftsklassen und unter Papierschlangengeschossen und Konfettiregen wagten wir uns unter die maskierte Menge der Straße. Alle Höfe und Häuser standen offen; überall konnten die Masken sich selbst zu Gaste laden, und doch artete die sprudelnde Lustigkeit nie in rohe Späße aus.

Am Fastnachtsdienstag gab es ein Frühstück im Kürassierkasino, wo die Sektpfropfen knatterten wie Salven, und darauf einen ausgelassenen

Tanz im Sande der Reitbahn, wo die Herren um die Wette über Hürden und Gräben sprangen. Abends war der letzte Ball des Damenklubs; noch einmal wurde getanzt wie rasend, alte Graubärte machten den Jüngsten den Rang dabei streitig, und die Fülle der Blumen, die uns gespendet wurden, ließ sich kaum fassen. Mir stoben Funken vor den Augen, und ich fühlte nichts mehr als die wiegende, schleifende Bewegung und den heißen, keuchenden Atem meiner Tänzer. Plötzlich, mitten im wilden Abschiedsgalopp, stand alles still, wie von einem Zauber gebannt, die Musik brach ab, mit kurzem Gruß huschten die Damen hinaus, rasch warfen die Herren den Mantel über die Schultern – zwölf schlug die tiefe Glocke vom Domturm, Aschermittwoch klingelte das schrille Glöcklein von der Liebfrauenkirche.

Mit einem Schlag schien das Leben erloschen. Still, mit verhängten Fenstern lagen von nun an wieder die Adelshöfe. Nur drüben im Erbdrostenhof regte sichs noch: gestern hatte die schlanke Tochter des Hauses mit uns getanzt, heute nahm sie im Kloster der Ursulinerinnen den Schleier. Wie eine glückliche Braut ward sie von all den Ihren geleitet, und sie selbst lächelte wie eine solche. Mit einem Glanz verklärter Freude auf den Zügen leisteten ihre Brüder – die übermütigsten Tänzer sonst – die Ministrantendienste bei der heiligen Handlung. Und doch wussten alle, dass es ein Abschied für immer war, denn in strenger Klausur verbringen die Ursulinerinnen ihr nur dem Gebet und der Buße geweihtes Leben.

Während der Fastenzeit kamen Kapuzinermönche nach Münster, die besten Kirchenredner ihres Ordens. Sie sprachen von vier Kanzeln dreimal des Tags, und Kopf an Kopf drängte sich jedesmal die Menge und hielt geduldig stundenlang stehend aus. Ich ging wiederholt in den Dom; die fanatische Beredsamkeit dieser blassen Männer in ihren braunen Kutten war überwältigend. Sie sprachen rücksichtslos und griffen mitten ins Leben, und eine Wirkung ging von ihnen aus, die nicht nur in dem wachsenden Andrang zu ihren Beichtstühlen zum Ausdruck kam, sondern auch in den Handlungen der Einwohner Münsters. Wir hörten häufig, dass gestohlenes Gut zurückgegeben wurde, Verleumder den Verleumdeten um Verzeihung baten, Treulose zu den verführten Mädchen zurückkehrten. »Es geht ein Zug nach Wahrheit und Befreiung durch die Welt, dem, ihrer selbst nicht bewusst, auch die asketischen Diener der Kirche folgen müssen. Zuweilen, wenn sie mit überwältigender Kraft das Elend armer Arbeiter schilderten, und den Reichen, die nicht sehen und hören wollen, mit den Schrecken auch der irdischen Sorgen drohten, schien es wirklich Christi lebendiger Atem zu sein, der sie beseelte. Mir träumte dabei von einer fernen Zukunft, wo in heiligen Hallen, wie diese, Missionsprediger der Freiheit zu den Tausenden sprechen werden.« So schrieb ich an Mathilde. In Münster aber verstand man meine häufigen Kirchenbesuche anders. Zufall – Absicht? – führten mich mit katholischen Priestern zusammen, und ich merkte bald, welch lebhaftes Interesse sie an mir nahmen. Sie boten sich mir zu Führern in Kirchen und Kapellen an und verwickelten mich, wenn ich kam, in religiöse Gespräche. Aus meiner Stellung zum Protestantismus machte ich kein Hehl, und als ich einmal freimütig erklärte, dass der Katholizismus mir weit anziehender sei, meinte mein Begleiter vorsichtig: »Sie sollten sich mit unserer Kirche näher vertraut machen, wenn sie Ihnen, wie es den Anschein hat, die Idee des Christentums deutlicher repräsentiert.« – »Die Idee des Christentums?!« erwiderte ich lächelnd. »Nein, Hochwürden, mit ihr hat die katholische Kirche nichts zu tun! Und gerade das ist es, was ich an ihr liebe und bewundere.« Sprachlos starrte der Priester mich an. »Ich begreife nicht –« brachte er schließlich hervor. »Darf ich es Ihnen erklären?« Er nickte zustimmend.

»Meiner Ansicht nach ist die ursprüngliche Lehre Christi mit ihrem Asketismus, ihrer Verachtung des Lebens, der Freude, der Schönheit, ihrer Menschenfeindschaft, – bei aller Betonung der Menschenliebe, – der Natur der abendländischen Völker so widersprechend, dass sie sich in ihrer Reinheit gar nicht durchsetzen konnte. Wir sind Heiden, sind Sonnenanbeter; mit den Geschöpfen unserer Träume beleben wir Feld und Wald, Berg und Tal. Karl der Große hat das rasch begriffen, und seine Missionare mit ihm. Sie hatten häufig genug selbst Sachsenblut in den Adern. Darum bauten sie an Stelle der Heiligtümer Wotans, Donars, Baldurs und Freyas die Tempel Ihrer vielen Heiligen; darum erhoben sie nicht den Gekreuzigten, sondern die Mutter Gottes, das Symbol schaffenden Lebens, auf den Thron des Himmels. Darum schmücken die Diener des Mannes, der nichts hatte, da er sein Haupt hätte hinlegen können, ihre Gewänder, ihre Altäre und ihre Kirchen mit Gold und Edelsteinen und zogen die Kunst in ihren Dienst. Vom Standpunkt Christi aus hatten Ihre Wiedertäufer Recht, die die Bilder zerstörten, aber die lebensstarke Natur ihrer Volksgenossen hat sie ins Unrecht gesetzt. Und wissen Sie, was mich in meiner Auffassung vom heidnischen Charakter des Katholizismus und seiner

Lebensfähigkeit infolgedessen bestärkte: der eben verflossene Karneval! In keinem protestantischen Lande ist dergleichen möglich, auch wenn es auf denselben Breitengraden liegt, wie Münster, wie Köln, wie Düsseldorf, wie München. Vor lauter Verständigkeit und Nüchternheit haben wir die Freude verlernt, die ein Bestandteil heidnischer Religiosität ist.«

Jetzt war die Reihe an meinem Begleiter, überlegen zu lächeln.

»Ob Sie, infolge irgend welcher verwirrender Lehren sogenannter wissenschaftlicher Aufklärung, Heidentum nennen, was christ-katholisch ist, das dürfte zunächst von geringem Belang sein, sofern Sie nur an die Lehren der Kirche glauben. Wir verlangen von den Novizen nicht die Gedanken- und Gefühlstiefe des erprobten Bekenners.«

»Aber ich glaube ja an Ihre Heiligen nicht, wenn ich ihre Existenz auch verstehe!« Der Priester schüttelte den grauen Kopf. »Wir werden einander nie näher kommen, Hochwürden. Wo Sie Religion sehen, sehe ich Kunst, und Ihr Gott und Ihre Heiligen sind für mich nicht überirdische Wesen, die ich anbeten muss, sondern Gebilde, die unsere Phantasie erschuf, wie die Hand des Malers die heilige Jungfrau drüben. dass Ihre Kirche diese Schöpferkraft nicht unterband, sondern schützte, nährte, anfeuerte, ist ein Verdienst, das sie mir ehrwürdig macht. Sie werden aber nun selbst einsehen, dass sich aus solchem Material keine Proselyten machen lassen.«

Man schien mich trotz alledem nicht aufzugeben. Ich wurde in der Gesellschaft Westfalens mit mehr Interesse und Aufmerksamkeit behandelt als sonst ein junges Mädchen und war viel zu eitel, um die Vorteile dieser Ausnahmestellung nicht angenehm zu empfinden. dass ich mich im stillen immer weiter aus dem geistigen Bannkreis meiner Umgebung entfernte, bemerkte niemand. Mit wem hätte ich mich auch ehrlich aussprechen können? Mein Vater war in seinen kirchlich und politisch konservativen Anschauungen immer schroffer geworden, und je höher die Stellung war, die er einnahm, je mehr er nichts anderes um sich hatte als Untergebene, desto selbstherrlicher wurde er, desto weniger duldete er Widerspruch. Meine Mutter wurde von steigender Antipathie gegen meine Studien beherrscht, jeden Büchertitel musterte sie mit größtem Misstrauen, und ich konnte sicher sein, mit irgend einer »wichtigen« häuslichen Aufgabe, wie Wäsche sticken, Staub wischen oder dergleichen, immer dann betraut zu werden, wenn ich am meisten gefesselt war. Unter unseren vielen Bekannten war niemand, den ich für würdig und fähig gehalten hätte, an meinen Interessen teil zu nehmen. Es gab schon verblüffte Gesichter genug um mich her, wenn ich etwa über politische Tagesereignisse mitzureden den Mut fasste.

So wurde ich denn immer launischer, reizbarer und hochmütiger. Nichts als meine pessimistischen Ansichten über die Menschen hatte ich ausgesprochen, wenn ich auf einem Maskenfest des letzten Winters an die Rosen, die ich verteilte, statt der Dornen Verse wie diese geheftet hatte:

Die Menschen tragen im Leben
Eine Maske vor dem Gesicht;
Wünsch' nicht, sie zu demaskieren,
Denn, wisse, es lohnt sich nicht!

Und fürchtest du die Rose,
Weil stets ihr Dorn dich sticht, –
So pflücke dir Gänseblümchen,
Die, Teuerster, stechen nicht!

Du träumst vom Feuer der Liebe,
Das hoch ein jeder preist?
Wisse, in unserm Jahrhundert
Ist es ein Irrlicht meist.

Traue keinem hier von allen,
Dann erst recht nicht, wenn die Maske fiel;
Niemals wird die zweite Maske fallen,
Und was Wahrheit scheint, ist Narrenspiel.

»Im Münster ist's finster,«
Wer wüsste das nicht?
Doch sag mir, wo in der Welt
Ist es licht?

Licht war für mich nur die Welt der Bücher; Erkenntnisse, die ich gewann, erfüllten mich mit tiefer heißer Freude, und die Sehnsucht wuchs hinaus aus der Enge des Lebens; von der Phantasie nahm sie die leuchtendsten Farben, um Menschen zu malen, die von Idealen erfüllt, mit den reichsten Waffen des Geistes ausgestattet, eine dunkel geahnte andere Welt zu erobern ausgingen. Mein Tagebuch und die Briefe an Mathilde waren die Vertrauten meines eigentlichen, verborgenen Lebens.

»Ich bin in meinem Studium der Kulturgeschichte beim fünften großen Werke angelangt«, schrieb ich damals, »mein Interesse dafür ist immer im Wachsen, und immer wieder finde ich, was mich fast von Kindheit an – damals noch wie eine Ahnung – erfüllte: dass wir uns trotz allem, was den Blick momentan verdunkeln mag, unaufhaltsam vorwärts bewegen. Wehe denen, die hemmen wollen, sei es in der Kunst, der Wissenschaft, der Religion, oder der Politik! – Nur eins schmerzt mich oft bis zur Verzweiflung: dass ich nur Zuschauer bin und weder beim Niederreißen des Alten, noch beim Aufbauen des Neuen tatkräftig eingreifen kann.«

An anderer Stelle heißt es: »Auf dem Wege meiner stillen Studien bin ich zu der Erkenntnis gelangt, dass unsere Entwicklung wie auf einer Wendeltreppe vorwärts schreitet. Zuerst lernt man mechanisch, ohne zu verstehen, dann lernt man verstehen; aus beiden folgt das eigene Denken, und erst auf diesen drei Stufen erhebt sich der persönliche Mensch und fängt nun scheinbar von vorn an: er lernt, er versteht, er denkt – oder er entzündet das trocken aufgehäufte Pulver des Verstandes mit dem elektrischen Funken seines eigenen Geistes und sprengt damit die starren Formelmauern, um nun selbst Licht und Wärme zu verbreiten. Auf jeder Stufe bleiben viele Menschen stehen; darum wird man mit dem Vorwärtsschreiten immer einsamer und lässt viele hinter sich zurück, die nicht gleichen Schritt mit uns hielten.«

Soweit meine Kusine sich auf Diskussionen einließ, trat sie mir entgegen. Sie verteidigte z. B. die Heroengeschichte gegenüber der Kulturgeschichte; sie suchte mir zu beweisen, dass die Könige, Staatsmänner und Feldherrn die Geschichte »machen«, während ich erklärte, »dass der einzige dauernde gesunde Fortschritt aus dem Volk herauswächst und die Großen der Erde oft nichts sind als Marionetten in der Hand der ungeheuern namenlosen Masse.« Ich hatte viel zu sehr das Bedürfnis, mich irgend jemandem gegenüber auszusprechen, und ihr Urteil war mir überdies viel zu wenig maßgebend, als dass ich mich von ihren Gegengründen hätte abschrecken lassen. »Meine letzte Entdeckung muss ich Dir mitteilen, obwohl ich von vornherein weiß, dass Du über meine ›umstürzlerischen‹ Ansichten wieder empört sein wirst. Je mehr ich die Geschichte der Völker studiere, desto klarer wird mir, dass der große, viel zu wenig anerkannte Fortschritt unserer Zeit in der völlig veränderten Wertung der Arbeit besteht. Kein Volk der Vergangenheit hat die Arbeit an sich als etwas Ehrenvolles betrachtet. Im Gegenteil: nur der Sklave, der Kriegsgefangene, kurz, der Entrechtete, Ehrlose arbeitete. Die Arbeit war eines freien Mannes unwürdig. Das war die durchgängige Ansicht der antiken Völker, das war auch die der Germanen. Und zu jenen Ehrlosen, die zur Arbeit gewissermaßen verdammt waren, gehörten charakteristischerweise nicht nur die Unfreien unter den Frauen, sondern ihr ganzes Geschlecht. Die Arbeit eine Ehre – das Nichtstun ein Laster, – dahin fangen wir erst an, uns zu entwickeln, und zu ihrer vollen Bedeutung wird diese Erkenntnis erst in später Zukunft gelangen. – Für mich persönlich ist sie nicht eine bloße verstandsmäßige Einsicht, sondern ein Ereignis, das mich erschütterte. Wird der Wert des Menschen an seiner Leistung gemessen, – wie bestehe ich vor dieser Prüfung?! Ich bin dreiundzwanzig Jahre alt, gesund an Geist und Körper, leistungsfähiger vielleicht als viele, und ich arbeite nicht nur nichts, ich lebe nicht einmal, sondern werde gelebt!«

Wie sich der Heißhungrige über jeden Bissen stürzt, so warf ich mich über jede Möglichkeit des Erlebens und der Arbeit.

Zu jener Zeit starb der alte Kaiser, und im Märtyrerschicksal seines Nachfolgers begann der Tragödie letzter Akt. Mit jener steigenden Erregbarkeit meiner Nerven, die auch die Ereignisse außerhalb des eigenen Schicksals zum persönlichen Erlebnis werden ließ, verfolgte ich die Berichte der Presse, dachte des »neuen Herrn«, der nun kam, dessen verkümmerter Arm mich vor Jahrzehnten schreckte, und der, seit jenem Gespräch mit Graf Lehnsburg, seltsam drohend sich meinem Vater entgegenzustrecken schien. Die alte Welt versank, – der Todeskampf Friedrichs III. war auch der ihre. Und mit wilder Zerstörungslust schienen die Elemente ihn zu begleiten. Unaufhörlich strömte der Regen, aus ihren Ufern traten die Flüsse, die Dämme brachen – tausende stiller Heimstätten wurden vernichtet, Hunderttausenden armer Menschen drohte Hunger und Elend. Und ich saß hier im gesicherten Schutz unseres Hauses mit gebundenen Händen! – In fieberhaftem Eifer schrieb ich die Märchen nieder, die ich meinem Schwesterchen im Laufe der Jahre erzählt hatte. Ich schickte sie aufs geratewohl einem Königsberger Verleger, mit der Bestimmung, den etwaigen Erlös den Überschwemmten zuzuführen. »Veröffentlichungen dieser Art liegen außerhalb unseres Gebiets«, schrieb er, und rasch entmutigt warf ich sie ins Feuer. Kurz darauf wurde ein Dilettantenkonzert zum Besten der Notleidenden arrangiert, und ich, deren Karnevalsverse in Erinnerung geblieben waren, sollte einen Prolog dazu verfassen und vortragen. Es wurde mir nicht schwer, ich brauchte nur auszusprechen, was ich empfand, und als ich am Tage der Aufführung im schwarzem Trauerkleid auf hohem Podium stand, eine stumme dunkle Menge vor mir, und fühlte, wie meine Stimme den Saal erfüllte, – da war mirs, als sprengte mein eigenes klopfendes Herz die Eisenreifen, die es umschnürt hatten. Von der tiefen Glocke in meiner Brust sprach man mir, nachdem die einen mir stumm die Hand geschüttelt, die anderen, voll Enthusiasmus, mir gedankt hatten. Besaß ich die Macht, die Menschen zu erschüttern, sie zum Großen und Guten aus ihrer Stumpfheit aufzurütteln? Eröffnete sich hier irgend ein Weg für mich, auf dem ich endlich, endlich dem nutzlosen Leben entfliehen konnte? »O dass ich die Kräfte, die ich besitze, in einer jener Pionierarbeiten einsetzen dürfte, die durch die Wüste der Welt neue Wege bahnen!« schrieb ich noch in der Nacht darnach an meine Kusine.

Mein Prolog wurde gedruckt und in ein paar tausend Exemplaren verkauft. Aber dem Hochgefühl folgte bald die Ernüchterung. Ein Tropfen auf den heißen Stein war, was ich für die Überschwemmten erreicht hatte; in die Alltagsstimmung fielen die Begeisterten rasch zurück; in das Alltagsleben musste ich aufs neue. Ich befand mich in einer förmlichen Krisis, die mich schüttelte wie ein Fieber, mir allen Schlaf und alle Selbstbeherrschung raubte. Als mein Vater mich daher eines Abends frug, warum ich so stumm und stocksteif dasäße, antwortete ich mit einer Leidenschaft, die sich nicht mehr zurückdämmen ließ: »Weil das Leben mir zum Ekel wurde – weil ich mich selbst nicht länger ertragen kann. –«

»Ja um Himmels willen, was ist denn geschehen? Wieder so ,ne verdammte Liebesgeschichte?« Papa schwollen vor Schreck die Adern auf der Stirn. Mama dagegen sah mich flüchtig forschend an und lächelte dann ihr feines maliziöses Lächeln.

»Das Gegenteil dürfte richtig sein, – ihr fehlt momentan die Liebesgeschichte«, sagte sie, und sekundenlang fuhr es mir blitzartig durchs Gehirn, ob sie am Ende recht haben könnte. Dann aber antwortete ich rasch, um den Gedanken in mir selbst zu erlöschen: »Arbeiten möcht ich, – irgend etwas leisten, das mich ganz und gar in Anspruch nimmt. Ich beneide den Steinklopfer an der Straße, der abends wenigstens arbeitgesättigt totmüde auf seinen Strohsack sinkt.«

»Du hast doch genug zu tun, wie ich bemerke«, meinte Papa nach einem kleinen zögernden Nachdenken, »du liest, du malst, du schneiderst, du beschäftigst dich mit deiner Schwester, du bist der unersetzliche Arrangeur unserer Feste –«

Mama unterbrach ihn: »Das genügt natürlich Alix' Ehrgeiz nicht. Häusliche Pflichten sind ein überwundner Standpunkt. Aber du hast ja Auswahl genug, wenn du ihrer überdrüssig wurdest«, damit wandte sie sich an mich; ihr ganzes Gesicht war rot, und ihre schmalen Lippen bebten, »du kannst Gesellschafterin – Gouvernante – Hofdame werden. Sieh dann selber zu, wie das harte Brod der Fremde schmeckt!«

Mir stürzten die Tränen aus den Augen. Mir ahnte längst, dass mir kein Ausweg blieb, und doch erschütterte mich die trockne Aufzählung dieser einzigen Möglichkeiten, die für mich Unmöglichkeiten waren. Mein Vater konnte niemanden weinen sehen, am wenigsten seine Töchter. Er sprang auf und zog mich in die Arme, mir mit einem leisen: »Armes Kind, armes Kind!« die Wangen streichelnd. Es blieb dann eine Weile ganz still zwischen uns. Und dann sprach er mit derselben weichen Stimme auf mich ein, wie auf eine Kranke, – mit langen Pausen dazwischen, als wollte er mir zum Antworten Zeit lassen. »Sei still, mein Kind – bitte weine nicht mehr. – Wie ein Vorwurf ist das für mich – dass ich nicht besser für dich sorgte! Wärst du ein Mann, so hätte ich dich schon auf Wege geführt, die einen Lebensinhalt gewährleisten, aber so – – du bist nur ein Mädchen – nur für einen einzigen Beruf bestimmt, – alle anderen wären doch nichts als traurige Lückenbüßer. Du sollst diesem einzigen nicht so krampfhaft – oder leichtsinnig – aus dem Wege gehen! Ich bin ein alter Mann und werde nicht ruhig sterben können, wenn ich dich nicht im Hafen weiß!«

»Papa – lieber Papa!« schluchzte ich auf; dann lief ich hinaus und schloss mein Schlafzimmer hinter mir zu und saß auf dem Bett stundenlang mit brennenden Augen und wundem Herzen. Nun hatte ich ein Buch nach dem anderen heißhungrig verschlungen, und dunkel und leer gähnte mein Inneres mich trotzdem an, – hatte Erkenntnisse gewonnen, die mich berauschten, und wenn ich zum nüchternen Tageslicht erwachte, war ich elender als zuvor. So ist das Glück geistigen Werdens und Wachsens denn auch nichts weiter als Betäubung? Ist wirklich das Schicksal des Weibes nur der Mann? Und hat es kein Recht auf ein eigenes Leben? – Der Mann! Ich dachte derer, die mir im letzten Winter gehuldigt hatten, – gute Tänzer, lustige Kurmacher, zu einem flüchtigen

Flirt wie geschaffen – aber an sie gekettet, ihnen unterworfen sein – ein ganzes Leben lang – entsetzlich! Plötzlich aber fühlte ich mich wie eingehüllt von einem Feuerstrom, so dass im ersten Schreck das Herz mir stockte: ein Kind! ein Kind! – das war des Lebens Zweck und Inhalt. Ein Kind wollt ich haben, gleichgültig von wem, ein lebendiges Teil meiner Selbst, einen Sohn, – das Geschöpf meines Körpers und meines Geistes –, der meine Träume erfüllen, der werden sollte, was ich zu werden vergebens hoffte! Was galt mir der Mann: mochte er sein, was er wollte, – nur den Vater meines Sohnes brauchte ich!

Und als wir am nächsten Abend wieder um den runden Tisch zusammen saßen, sagte ich: »Du sollst dich nicht weiter um mich grämen, Papachen, – pass auf, über kurz oder lang hast du einen Schwiegersohn und bist die böse Tochter los!« Worauf ich lachend einen zärtlichen Kuss bekam. Mama nahm keine Notiz von meiner Bemerkung; erst am folgenden Tag kam sie darauf zurück. »Ich habe dir niemals zur Ehe zugeredet«, sagte sie, »und hüte mich auch jetzt davor. Das Glück, das ein Mädchen von ihr erwartet, findet sie nie.« – »Ich will auch kein Glück – eine Lebensaufgabe will ich – ein Kind«, stieß ich widerwillig hervor, denn mich meiner Mutter anzuvertrauen, kostete mir die größte Überwindung. »Ein Kind?!« wiederholte sie, »um dich vollends mit Sorgen zu beladen?!«

Sie hatte mich offenbar nie so wenig verstanden wie heute. Mein Vater dagegen war noch nie so liebevoll zu mir gewesen. Was er mir an den Augen absehen konnte, das tat er. Lange Morgenritte machten wir wieder zusammen, hinaus in die weite Heide, vorbei an all den stolz in sich abgeschlossenen einsamen Bauernhöfen und an manch uraltem Schloss mit festen Türmen und tiefen Gräben ringsum. Und wenn er weiter ins Land Inspektionsreisen machte – nach Minden, nach Soest, nach Paderborn –, nahm er mich mit; während er seinen Dienst erledigte, lernte ich all die Schätze alter Kunst, all die Wahrzeichen alter Geschichte kennen, an denen Westfalen so reich ist.

In der ersten Hälfte des Monats Juni fuhren wir nach Aachen, der Garnison des 53. Infanterieregiments, dessen Chef Kaiser Friedrich war. Das Wetter war so schön, die Stadt und ihre Umgebung so unerschöpflich, dass wir länger blieben, als es der Dienst meines Vaters erfordert hätte.

Um Mittag des 15. Juni 1888 – wir kehrten gerade von einem Spaziergang in unser Hotel zurück – kam ein junger Leutnant atemlos von der

Kaserne und bat uns, ihm so rasch wie möglich dorthin zu folgen. Was er erzählte, war so seltsam, dass wir, wäre es nicht heller Tag gewesen, an seiner Nüchternheit hätten zweifeln dürfen. Ein Zug Soldaten habe, so berichtete er, auf dem Kasernenhof exerziert; kaum sei er abgetreten, als einem der Offiziere von seinem Fenster aus große lateinische Schriftzeichen im Sande aufgefallen seien, die offenbar von den regelmäßig sich wiederholenden Fußtritten herrühren mussten. Man habe inzwischen rasch zu einem Photographen geschickt, um das merkwürdige Phänomen auf der Platte festzuhalten, und »Exzellenz müssen es unbedingt auch in Augenschein nehmen –« fügte er eifrig hinzu. »Zum Donnerwetter, was ist es denn?« sauste mein Vater ihn an. »Es heißt für jeden deutlich –.«

»Extrablatt! Extrablatt!« unterbrachen den ängstlich stotternden Leutnant in diesem Augenblick viele Stimmen. »Heute Morgen elf Uhr ist Kaiser Friedrich gestorben!«

Der junge Offizier wurde leichenblass. »Elf Uhr?!« wiederholte er langsam. »Um diese Stunde entstand die Schrift!«

Wir traten in den Kasernenhof. Das ganze Regiment schien versammelt und starrte wie gebannt auf den regenfeuchten Platz. Mitten darauf stand in riesigen Lettern: W W II.

Dreizehntes Kapitel

Münster, 29. Dez. 1888

Liebe Mathilde!

Das Dreibretzeljahr, von dem ich mir so viel versprochen hatte, geht zu Ende. Es ist nicht süß, ja nicht einmal schmackhaft gewesen, und sein einziges greifbares Resultat ist, dass ich meine hochfliegenden Wünsche und Hoffnungen sauber verpackt zu anderem Urväterhausrat in die alte Truhe legte, wo ich sie vielleicht an Sonn- und Feiertagen des Lebens hie und da herausnehmen und mit wehmütiger Resignation betrachten werde, wie die Großmütter die Liebesbriefe ihrer sechzehn Jahre. Du brauchst mir zum neuen Jahr kein Glück zu wünschen; ich weiß von vorn herein, was es bringt: das landläufige Mädchenschicksal einer Vernunftheirat. Ich kenne den Glücklichen noch nicht, der sich an den Resten meines Ich entflammen wird – aber ich werde ihn finden, und trainiere mich jetzt schon zur Kühle und Ruhe, damit mir nicht am unrechten Ort das Herz durchgeht.

Heut nacht hab ich beim müden Schimmer meiner Rosa-Ampel lange wach gesessen und geträumt, – gegrübelt wohl eher, denn träumen tut man kaum mehr, wenn das erste Vierteljahrhundert des Lebens sich seinem Ende zu neigt; und tut mans trotzdem, so sind es eben – schlechte Träume. Im Kamin prasselte das Feuer, und wenn ich aufsah, blickte mir aus dem Spiegel ein Gesicht entgegen, das das einer Toten hätte sein können, wenn nicht die Augen von verhaltenen Tränen geschimmert und die Lippen wie eine klaffende Wunde blutrot geleuchtet hätten. Ein Kindergesicht wars nie, – bin ich denn überhaupt ein Kind gewesen? Ein glückliches Kind? Es muss sehr lange her sein, denn ich besinne mich nicht darauf. Ich mag auch nicht die Tafeln der Erinnerung aufdecken. hässliche Bilder zeigen sie. Freilich meist golden umrahmt, auf Elfenbein gemalt in schillernden Farben, aber sieh dir den Höllenspuk nur genauer an: war nicht das Schicksal ein wahnwitziger Maler, dass es so kostbares Material an solchen Schund verwandte?

Was hat denn gehalten von alledem? Die Liebe etwa? Armes Menschenkind!

Sie ging an dir vorüber und du sahst nur so viel von ihr, um die Sehnsucht darnach, die fiebernde, heiße, ewig zu spüren! Und der Glanz? Wie schnell sah das allzu scharfe Auge, dass er nichts war als Flittergold, – Raketen, die prasseln und strahlen; wenn sie verglimmt sind, ist es viel dunkler noch als zuvor! – –

Ich habe die Wissenschaft gepflegt, wie eine verbotene Liebschaft, – die bleibt mir. Ich habe die Kunst geliebt, schüchtern nur und von ferne, um die Hehre nicht mit meiner Pfuscherei zu besudeln, – die bleibt mir. Das mag jenen Luxustieren unter den Menschen genügen, die vom Leben nichts wollen als Genuss, – jenen, die so hohl sind, dass sie immer empfangen können. Ich aber wollte schaffen!! – Wozu lebe ich denn überhaupt? Würde mich jemand vermissen, würde eine Lücke bleiben, wenn ich nicht wäre? Meine Eltern, meine Schwester, meine Freunde würden trauern. Wie lange? Ich bin ihnen doch allen fremd geblieben! Wer wird denn nur wahrhaft vermisst? Ein guter Vater, – eine treue, sorgende Mutter! –

Pfui, du hast geweint, – schnell, lache, setze die Maske auf, – wer zeigt denn heutzutage sein Gesicht? Es wären der Falten, der Tränen zu viele!

Verzeih – ich schrieb in Gedanken ein Romankapitel. Im nächsten Brief sollst Du hören, wie herrlich ich mich amüsiere!

Prost Neujahr! – Übrigens eine prachtvolle Phrase, mit der man sich um das >Glück< wünschen herumdrücken kann.

Deine Alix.

Münster, 30.1.89

Liebe Mathilde!

Ein Karneval, der mich kaum zu Atem kommen lässt, ist die Ursache meines langen Schweigens. Ich will ihn durchtollen, bis zum bitteren Bodensatz genießen, weil es unweigerlich der letzte für mich ist. So oder so: ich verlasse den Schauplatz nicht, es sei denn auf der Höhe des Triumphs. Alle bösen Geister haben wieder von mir Besitz ergriffen und peitschen mich vorwärts auf der Rennbahn der Eitelkeit, angesichts heftiger Konkurrenz. Mit dem neuen Kommandierenden – dem einst allmächtigen und gefürchteten Chef des Militärkabinetts, der die Vorsehung seiner Vettern bis ins zwanzigste Glied gewesen ist – scheinen die Löwinnen des alten berliner Hofs den Schauplatz ihrer Tätigkeit hierher verlegt zu haben. Eine komische Gesellschaft: vornehm, blasiert, elegant, hochnäsig, mit einem starken Stich ins Burschikose, nicht ohne

>Vergangenheit<. *Diese beiden letztgenannten Eigenschaften sind die Ursache ihrer nicht ganz freiwilligen Entfernung aus Berlin, wo man im Zeichen der Tugend und Gottesfurcht steht. Nun ist Münster aber auch nicht der Ort, wo Leutnants den jungen Damen kameradschaftlich auf die Schultern klopfen und mit frischem Stallgeruch und schmutzigen Stiefeln zum Damenfrühstück erscheinen können. Kurz – wir werden die fremden Vögel schon ausräuchern, und ich tue dazu, was ich an Koketterie, an Geist und Toiletten aufbringen kann. Mit dem glänzendsten Kavalier dieses Karnevals, Herrn von Hessenstein, der kürzlich hier Schwadronschef geworden ist, schloss ich ein Schutz- und Trutzbündnis zu diesem Zweck. Du brauchst keine Kassandrarufe auszustoßen – wir gefallen einander – nichts weiter!*

Es gibt eine Anziehungskraft zwischen Mann und Weib, die mit Geist und Herz gar nichts zu tun hat; ich möchte sie körperlichen Magnetismus nennen. Man ist nicht gemein, wenn man sie empfindet, weil der Instinkt der Natur nicht gemein sein kann. Zum Unglück wird sie nur, weil das sentimentale Liebesgewinsel unserer Goldschnitt-Lyriker und unsere verlogene Erziehung uns dazu gebracht haben, sie vor uns selbst mit falschen Empfindungen zu umkleiden. Meine fiebernden Sinne werden oft von Menschen angezogen, von denen Geist und Herz sich abgestoßen fühlen. Und umgekehrt sind diese gefangen, wo jene beinahe Ekel empfinden. Würde ich mich des Instinktes schämen und ihn infolgedessen mit dem Feigenblatt verlogener Schwärmerei bedecken, – in welch unselige Ehen hätte ich mich schon fesseln lassen! Vielleicht ist die wahre, dauernde Liebe erst möglich unter den Gatten, die sich ganz kennen, sich ganz besitzen, und die noch dazu ein gewisser äußerer Zwang zusammenhält. Alles übrige ist Flirt – Sport, oder sonst ein Fremdwort ... Wenn ich nur nicht die fatale Eigenschaft hätte, gegen alle Art bürgerlich ehrbarer, staatlich sanktionierter, zu lebenslänglichem Gebrauch auf Flaschen gezogener Gefühle einen unüberwindlichen Abscheu zu haben ... «

Gegen Ende des Karnevals gab Herr von Hagen, unser Oberpräsident, – ein gescheiter, feiner, alter Herr, der einzige fast, mit dem ich eine ernstere Unterhaltung führen mochte, – ein Diner, zu dem er mich, entgegen der sonstigen Gewohnheit, mit einlud. Junge Mädchen waren ja nur zum Tanzen da; man schloss sie daher überall von den Gelegenheiten aus, wo Ansprüche an den Geist, statt an die Füße gemacht werden konnten.

»Sie sollen heute diesen Böotier bekehren«, sagte mir unser Gastgeber lächelnd, indem er mir Herrn von Syburg, den neuen Hammer

Landrat vorstellte, »er hat Ansichten über die Frauen, – na, Sie werden ja sehen!«

Ein großer schmächtiger Mann machte mir eine steife Verbeugung, und ein paar helle, weit vorstehende Augen musterten mich ernsthaft. Der erste Eindruck, den ich empfing, war fast ein feindseliger. Als wir dann aber ins Gespräch kamen, gefiel er mir. Seine Ruhe, seine Kenntnisse, seine vielseitigen Interessen erhoben ihn über den Durchschnitt. Er war konservativ bis in die Fingerspitzen, und unsere Ansichten platzten ständig aufeinander. Aber hinter den seinen stand eine so gefestigte Überzeugung, so dass mir meine eigene Unklarheit peinlich zum Bewusstsein kam. Im Grunde war ich nur sicher in der Negation; diese Schwäche meines Standpunkts schien Herr von Syburg rasch zu entdecken, sie verlieh ihm ein Übergewicht, das mir in unserem ferneren Verkehr stets peinlich fühlbar blieb.

Er besuchte uns am nächsten Tage und fehlte dann in keiner Gesellschaft. Er machte mir auf seine Art den Hof, tanzte fast jeden Kotillon mit mir und war stets mein Tischherr.

»Nun hast du glücklich wieder eine neue ›Briefmarke‹«, meinte mein Vater; aber während er sonst an dieselbe Bemerkung ärgerliche Vorwürfe knüpfte, lächelte er diesmal dazu. Er neckte mich, weil ich fahnenflüchtig zum Zivil überginge, und erzählte wohl auch gelegentlich von dem großen Besitz der Syburgs in Schleswig, oder von dem Ministerportefeuille, das der Landrat schon heimlich in der Tasche trüge. Seine Stimmung machte mich weich, – der Gedanke, dass es vielleicht in meiner Hand liegen sollte, ihn glücklich zu machen, lähmte meine Widerstandskraft. Dabei wurde ich Syburg gegenüber immer scheuer und büßte immer mehr von meiner Lustigkeit ein, weil ich mich ständig von ihm beobachtet wusste.

»Sie kommen mir vor wie ein Abiturient im Examen«, sagte Hessenstein eines Tages zu mir, der der einzige war, dem die Entwicklung der Dinge missfiel, und der kein Hehl daraus machte. Im stillen gab ich ihm recht. Er unterwirft mich wirklich einer förmlichen Prüfung, dachte ich bitter. Häufig nahm er einen dozierenden Ton an, der mich wild machen konnte. Und doch wuchs seine Macht über mich. Es imponierte mir, dass er nie den girrenden Seladon spielte, sich niemals meinen Wünschen fügte, ja, sich manchen leisen Tadel gestattete, dessen Berechtigung ich anerkennen musste. Schon vor Jahr und Tag hatte ich meiner Kusine geschrieben: »Ich bedarf der Bewunderung, sagst du, – gewiss! Und doch sehne ich mich nach einem Menschen, den nicht ich unterwerfe, sondern der mich unterwirft, der mir nicht demütig die Hände küsst, sondern mich sanft und mitleidig an sein Herz zieht und spricht: Nun ruh dich aus, du armes, müdes Kind!«

Nur die Halbgeschlechtlichen, die der Natur Entfremdeten konstruieren künstlich eine Weibesliebe, die den Gleichen begehrt. Den Höherstehenden will sie; denn blindes Vertrauen und kindliche Schutzbedürftigkeit ist ihres Wesens Inhalt. Mir half die Phantasie, meiner Sehnsucht Erfüllung vorzutäuschen, und wenn ich auch oft entsetzt gewahr wurde, dass der Instinkt der Natur mich nicht zu Syburg zwang, sondern es zwischen uns lag wie eiskaltes Gletscherwasser, so schlugen meine Wünsche immer wieder die Brücken hinüber. Nur des Nachts rächte sich die unterjochte Natur an mir. Stundenlang lag ich wach und kämpfte mit den warnenden Stimmen meines Innern; erst wenn der Tag dämmerte, fiel ich in unruhigen Schlaf. Von der Servatiikirche hörte ich die Stunden schlagen; die gleichmäßigen Schritte zählte ich, mit denen der Posten vor dem Hause unaufhörlich auf und nieder ging, und verkroch mich zitternd unter die Decke, wenn die Mäuse, die unvertilgbar schienen, piepsend über die Diele raschelten. Von Kindheit an brach mir der Angstschweiß aus, sobald eins der zierlichen grauen Geschöpfchen in meine Nähe geriet.

Ich wurde immer schmaler und blasser, und müde – immer müder. Die weiche Frühlingsluft, die merkwürdig früh in diesem Jahr Blätter und Blüten hervorlockte, erschlaffte mich vollends.

Syburg schien meine krankhafte Mattigkeit für weibliche Sanftmut zu halten; das verstärkte in seinen Augen meine Anziehungskraft. Ich ließ es geschehen, dass er mich fast schon wie sein Eigentum behandelte. Hessenstein versuchte vergeblich, meine Widerstandskraft wach zu rufen. »Sie rennen sehenden Auges in Ihr Unglück«, sagte er einmal, »niemals passen Feuer und Wasser zusammen.« »Aber das Wasser löscht das Feuer aus«, antwortete ich mit trübem Lächeln, »und gerade das ists, was ich brauche.«

Es war schon Ende März, als Prinz Sayn, der Kommandeur der Kürassiere und unermüdliche liebenswürdige Arrangeur aller Feste, zum Polterabend einer bevorstehenden Hochzeit eine Quadrille zu tanzen in Vorschlag brachte. Die Paare wurden bestimmt; Syburg war selbstverständlich mein Partner. Bei einer der vorbereitenden Zusammenkünfte wurde die Kostümfrage besprochen, und wir hatten uns beinahe schon geeinigt, der Aufführung den Charakter eines Schäferspiels zu geben, als meine Mutter das Hofkostüm der Rokokozeit für angemessener hielt. Der Prinz und seine Frau, die mittanzen wollten und an den jugendlichen Gewändern schon Anstoß genommen hatten, stimmten ihr zu; da niemand einen Einwand erhob, schien die Angelegenheit erledigt. Beim Nachhausewege erfuhr ich erst den Grund, der meine Mutter zu ihrer Anregung bestimmt hatte. »Dein schweriner Pompadourkostüm hast du nur das eine Mal angehabt«, sagte sie, sichtlich befriedigt, »wir sparen nun, Gott Lob, jede Neuanschaffung.«

»Mein Pompadourkostüm!« Ich erschrak und rief heftig: »Lieber verbrenn' ichs!«

»Du bist wohl nicht ganz bei Trost!« antwortete Mama ärgerlich. Meine Blässe erst machte sie aufmerksam. »Ach – darum!« sagte sie gedehnt, »solch eine Sentimentalität hätte ich dir nicht zugetraut.« Ich schwieg.

Bei der ersten Tanzprobe jedoch brachte ich im stillen mit Hessensteins Hilfe die Jugend auf meine Seite. Die Herren erklärten, dass die Hofkostüme ihnen zu kostspielig seien, die jungen Mädchen, dass sie die langen Schleppen nicht leiden könnten. Es war eine förmliche Revolte. Syburg allein war auf Seite der älteren Mitwirkenden und der Mütter. »Ich kenne die Gründe Ihrer Frau Mutter«, sagte er mir leise, »und ich begreife nicht, wie eine so kluge junge Dame wie Sie an diesem kindischen Tumult teilnehmen kann.« Ich ärgerte mich über die Bevormundung und mehr noch über das gute Einvernehmen zwischen Syburg und meiner Mutter, aber die Heftigkeit meines Widerstands war gebrochen; wir wurden überstimmt.

Und der Abend kam, wo das alte Kleid vor mir lag. Ein leiser Duft von Jasmin stieg aus den Falten, und seine Bänder und Schleifen, seine grünen Blätter und roten Rosen sahen mich an, wie lauter lebendig gewordene Erinnerungen. In leisen Melodien raschelte die Seide: »O la marquise Pompadour – Elle connait l'amour –«. Durch das Mieder, das sich eng um meinen Körper schmiegte, spürte ich den Arm, der mich einst so zärtlich an sich gezogen hatte.

»Hellmut!« stöhnte ich leise und brach in Tränen aus. Der Felsen, den ich vor die Grabkammer meines Innern gewälzt hatte, war zersprengt; und wo ich nur Totes wähnte, stürzte wild wie ein Gießbach das Leben hervor.

»Du weinst?!« Mein Vater stand vor mir. »Es ist nichts – Papachen – nichts!« versuchte ich ihn zu beruhigen und trocknete hastig Augen und Wangen. Er lächelte liebevoll: »Sei nur ganz ruhig, mein Alixchen – alles – alles wird gut werden!« Und als ich, meiner selbst nicht mächtig, noch einmal krampfhaft aufschluchzte, zog er mir die Hände vom Gesicht und sagte leise: »Syburg war längst bei mir und hat – als ein ehrenwerter Mann durch und durch – zuerst deine Eltern gefragt, ob er um dich werben dürfe ...« Ich fuhr auf und starrte ihm entsetzt ins Gesicht. »Das darf dich nicht kränken, mein Kind, – du solltest selbstverständlich nichts davon wissen – die Freiheit der Entschließung sollte dir allein vorbehalten bleiben – –« Er schloss mich gerührt in die Arme, – er war überzeugt, mich ganz getröstet zu haben – der gute Vater!

Er führte mich zum Wagen hinunter – meine Schleppe raschelte über die breiten Stufen – draußen, rechts und links, standen die Menschen, um mich anzustaunen; – hatte ich diesen Augenblick nicht schon einmal erlebt? Damals – im weißen Kleide wars gewesen, als ich zur Kirche fuhr, um ein Gelübde abzulegen, von dem mein Herz nichts wusste!

Auf der Treppe des Hotels ergriff mich ein Schwindel. Hessenstein sprang zu und stützte mich. In demselben Augenblick war Syburg neben mir. »Ihre Dame erwartet Sie«, sagte er scharf und kühl zu meinem Begleiter, und gehorsam legte ich meine Hand in seinen dargebotenen Arm.

Und dann tanzten wir. War ich ein Automat, dass meine Füße sich im Takt bewegten, während meine Seele weit, weit fort war – oder war ich die kleine Seejungfrau, die ihre Menschwerdung bei jedem Schritt, den sie tat, mit schneidenden Schmerzen bezahlen musste?! – Wie fest schlossen sich heute die Finger meines Tänzers um meine Hand – wie Teufelskrallen, die mich nicht mehr los lassen wollten –; und so sengend heiß wehte sein Atem mir in den Nacken! Ängstlich vermied ich es, ihn anzusehen, ich sah ihn niemals gern, wenn er tanzte, wie auf Draht gezogen bewegte er sich, – ach, und heute – heute tanzte spukhaft eine andere Gestalt neben mir –

Die Musik intonierte die letzte Tour. Ich musste ihn ansehen, über die Schulter hinweg, fächerschlagend, mit einem koketten Lächeln. Und da traf mich sein Auge, und blieb auf dem tiefen Ausschnitt meines Kleides haften – mit schwüler, begehrlicher Lüsternheit –

Noch eine Verbeugung, und wiegenden Schrittes, sich an den Fingerspitzen haltend, verließen die, Paare den Saal. Meine Kraft war zu Ende.

Ich bat Syburg, meine Mutter zu rufen, da ich mich leidend fühlte und nach Haus fahren müsste. Ohne Rücksicht auf all die erstaunten Blicke, die mich trafen, nahm ich den Mantel um und stand schon auf der Treppe, als meine Eltern mich einholten. Angekleidet, wie ich war, warf ich mich zu Hause aufs Bett. Mama fühlte mir den Puls und schickte nach dem Arzt. »Die übliche Frühlingskrankheit junger Damen«, sagte er, »schicken Sie ihr Fräulein Tochter aufs Land.« Mit einem Gefühl der Befreiung ergriff ich den guten Rat und stellte mich kränker, als ich war, nur um ihm folgen zu dürfen.

Es war Ende April damals. Die kleine Fürstin Limburg fiel mir ein, die mich wiederholt nach Hohenlimburg eingeladen hatte. Sie war ein reizendes Frauchen, das jedoch seiner nicht ganz ebenbürtigen Herkunft wegen von der Gesellschaft Münsters schlecht behandelt worden war. Zuerst aus bloßem Widerspruchsgeist, dann aus Sympathie hatte ich mich ihrer eifrig angenommen und mir ihre Freundschaft erworben. »Kommen Sie sofort, freue mich riesig« war ihre telegraphische Antwort auf meine Anfrage, ob mein Besuch ihr recht wäre.

Der Frühling des Jahres 89 schien allen Dichterphantasien gerecht werden zu wollen. In reinem Blau spannte sich der Himmel Tag um Tag über die Erde, und es sprosste und blühte überall; keinen kahlen Winkel duldete der Lenz in seiner verschwenderischen Laune. Am ersten Mai fuhr ich über die Haar hinunter ins Lennetal; leuchtend wie flüssiges Silber, schlängelte sich der Fluss zwischen den Bergen, die ihn links und rechts, von grüngoldigem Glanz übergossen, in weichen Linien begrenzten. So weit das Auge blickte: Wald und Berg, und hoch oben die Burg mit Türmen und Zinnen, wie ein starker, trutzig gewappneter Schützer dieses stillen Friedens. Aber je näher ich kam, desto mehr verschob sich das Bild: breit und massig dehnte sich die Stadt unten am Ufer aus, als hätte sie sich mit Ellbogen und Fäusten Platz geschaffen; und verletzt von der Roheit des Eindringlings, der mit seinen schwarzen Fabrikschloten zu ihr hinauf drohte, zog sich die Burg hinter ihren dunklen Bäumen zurück.

Anna Limburg empfing mich am Bahnhof. Und ihr helles Lachen und Schwatzen begleitete unsere ganze Fahrt hinauf, so dass ich Muße hatte, die Augen wandern zu lassen. Die Stadt verschwand wieder in der Tiefe; je höher wir kamen, desto mehr wuchsen die Berge empor: dort der Kegel des Raffenbergs, der Weißenstein mit seinen zackigen Spitzen, das

Felsentor der Hünenpforte, und fern am Horizont die blauen Höhen der Ruhr. O, wer doch immer hoch oben bleiben könnte, wohin kein Lärm und kein Ruß zu dringen vermag!

Durch den langen gewölbten Torweg ratterte der Wagen in den Burghof, den hohe Mauern, Türme und Wehrgänge umschlossen. »Ists nicht schön hier?« lächelte Anna. »Aber mit meinem Fritz würd' ich auch in einer Rumpelkammer glücklich sein«, fügte sie rasch hinzu und flog ihrem Mann um den Hals, der eben auf uns zu trat.

Stille Tage folgten. Von der Galerie der Schlossmauer träumte ich stundenlang ins Land hinaus; auf der Terrasse unter den hohen, knospenden Linden saß ich, wo vier alte Geschütze an die Zeit erinnerten, da die Grafen von Limburg noch selbständig Kriege führen und Münzen prägen konnten; und zu Fuß, zu Wagen und zu Pferde besuchten wir die Gegend ringsum. Noch gab es hier weltabgeschiedene Täler, mit lindenumgrünten Bauernhöfen, und steile Höhen, mit Burgen gekrönt, von den Sprossen alter Geschlechter bewohnt; fast überall aber dröhnten die Eisenhämmer, kreischten die Sägen und klapperten die Mühlen; und wer die Geister der Vergangenheit suchen wollte, der mochte sie wohl nur noch tief in den Felsenhöhlen der Berge finden. Viele Stätten erinnerten durch Namen und Sage an die Götter der Alten, an Wodan und Donar, an die Kämpfe der Römer gegen das mächtige Volk der Sachsen, an Wittekinds vergebliches Ringen mit dem gewaltigen Karl und seine Unterwerfung unter Kreuz und Krone, – aber schon lauerte das gefräßige Ungeheuer, die neue Zeit, um sie alle zu verschlingen. Sieghaft stieg der Fabrikschornstein empor, wo der Burgturm langsam zusammenstürzte. Ich floh seinen Anblick und wäre so gern auf den ausgebreiteten schillernden Flügeln der Phantasie vor mir selbst entflohen ins sonnendurchglühte Märchenreich, aber die Wirklichkeit fing mich immer wieder mit ihren grauen, dichten Spinnenfäden.

Mein Vater schrieb mir fast täglich, und selten nur blieb Syburgs Name unerwähnt in seinen Briefen. »Ich sah ihn auf dem letzten Rennen in Hamm«, hieß es zuletzt, »er frug voll aufrichtiger Teilnahme nach Deinem Befinden und freute sich Deines Wohlergehens. Er hofft Dich in Brake bei Bodenbergs zu sehen; Limburgs werden des alten Herrn siebenzigjährigen Geburtstag doch sicher mitfeiern helfen.«

Dass er sich so gewaltsam in mein Leben hineindrängte und die Erwägungen der Vernunft, die Gefühle der Kindespflicht, die Sehnsucht nach Inhalt und Zweck des Daseins seine Wünsche unterstützten! Jene geheimnisvolle Gewalt des Instinkts, die mich in Münster von seiner Seite gerissen hatte, schien mich auch jetzt unter ihren Willen zwingen zu wollen. »Geh ihm aus dem Wege –« flüsterte sie mir zu. Aber von jeher hielt ich sie für meinen bösen Engel, mit dem ich glaubte ringen zu müssen. Zu tief hatte sich mir der Mutter einziges Erziehungsprinzip eingeprägt, das Selbstbeherrschung mit Selbstentäußerung gleich setzte.

So saß ich denn am nächsten Morgen zur Abfahrt gerüstet am Frühstückstisch – »ohne Mailaune«, wie Anna neckend bemerkte, – als der Diener die Post brachte: »Revolution im Kohlenrevier« stand in fetten Lettern an der Spitze des Kreisblatts, und mein Vater schrieb: »In Gelsenkirchen haben sich ein paar dumme Bengels mausig zumacht, und die Kohlenfritzen flehen nun mit schlotternden Knien um militärischen Schutz. Obwohl etwas Angst und eine kleine Tracht Prügel den Protzen, die die armen Leute zum Besten ihres Geldsacks in die Gruben schicken, ganz gesund wäre, musste ich heute schon eine Kompagnie Dreizehner nach Gelsenkirchen schicken, denen die Kürassiere morgen folgen werden. Ich finde solche Aktionen eines Soldaten unwürdig ...«

»Zu dumm!« rief Anna ärgerlich. »Nun ists mit der ganzen Stimmung vorbei. Statt lustig zu sein, werden uns die Herren mit Politik anöden!«

»Am besten wärs, wir blieben zu Hause«, meinte ihr Mann. Davon aber wollte sie nichts wissen. Sie weinte fast vor Erregung.

»Angsthase, der du bist! Wenns in Münster brennt, wirst du in Limburg noch nach der Feuerspritze laufen!« Der Fürst lachte und streichelte der kleinen Frau begütigend die Wangen.

»Sei ruhig, Kindchen – natürlich fahren wir! Brake ist, Gottlob, weit vom Schuss, und im dortmunder Kreis scheint alles ruhig zu sein.«

Aber je mehr wir uns auf der Fahrt aus den grünen Bergtälern entfernten, und je zahlreicher die zum Himmel starrenden Essen wurden, desto stärker sprach ihr Anblick für ungewöhnliche Vorgänge: das Leben, das ihnen sonst in grauen Wölkchen, in schwarzen Schwaden, in tollem Funkensprühen vielgestaltig entquoll, war erloschen. Ungehindert strahlte die Maiensonne vom wolkenlosen Himmel; wie ein Feiertag wars.

Im grauen Herrenhaus zu Brake, das, von einem Wassergraben umgeben, mit seinen dicken Mauern und kleinen Fenstern düster ins weite ebene Land hinaussah, wurden wir freudig empfangen. Viele hatten im letzten Augenblick abtelegraphiert, vor allem fehlte es an jungen Herren für die tanzlustigen Mädchen, sie waren entweder mit ihrer Truppe im Streikgebiet um Gelsenkirchen oder mussten in ihren Garnisonen aller Befehle gewärtig sein. Nur Syburg trat mir entgegen – mit einem so freudigen Aufleuchten in den sonst so unbeweglichen Zügen, dass es mir unwillkürlich warm ums Herz ward – und Hessenstein, der mit seiner Schwadron in Dortmund in Quartier lag und herübergeritten war. »Am liebsten hätte ich alle meine Kerls mitgenommen«, sagte er. »Man schämt sich förmlich seines Säbelrasselns inmitten völliger Kirchenruhe.«

»Wenn Sie nur nicht doch noch recht blutige Arbeit bekommen!« meinte Syburg. »Eine Rotte Betrunkener, – und das Unglück ist geschehen.«

Anna sollte Recht behalten: trotz der blumengeschmückten Tafel, der feurigen Weine und der launigen Toaste auf den Hausherrn und das Geburtstagskind wollte die echte Feststimmung nicht aufkommen. Alles war voll von den Ereignissen, und jeder wusste andere Details zu erzählen. Der Ortspfarrer war eben von Castrop zurückgekehrt. Er hatte die Streikenden der Zechen Erin und Schwerin gesehen und gesprochen. »Ihr Verhalten ist ein so würdiges«, sagte er, »dass die Aufregung der Zechenbeamten dem gegenüber einen peinlichen Eindruck macht.«

»Dasselbe habe ich eben vom Oberpräsidenten gehört, den ich in Witten traf«, meinte Graf Recke. »Er kam aus Gelsenkirchen wo er mit den Arbeitern der Hibernia verhandelt hat. Ihre Forderungen halten sich zunächst in durchaus diskutabeln Grenzen, und wenn die Presse wegen der Achtstundenschicht Zetermordio schreit, so weiß sie eben nicht, was uns alten Westfalen von Jugend an bekannt ist: dass nach unseren Bergordnungen vom 17. Jahrhundert an die Schicht schlechthin achtstündig war und erst das gesegnete 19. Jahrhundert, wie mit so vielen guten alten Bestimmungen, auch damit aufräumte. Die Knappschaften verlangen nichts anderes als das Recht ihrer Väter.«

Baron Bodenberg bestätigte Reckes Behauptung.

»Und mit ihren übrigen Wünschen steht es im Grunde nicht anders«, fügte er hinzu, »in meiner Jugend hatten die Grubenbesitzer den Knappen gegenüber keine freie Hand. Über Annahme und Entlassung der Arbeiter, Feststellung der Löhne, Regelung des Betriebs usw. usw. stand die Entscheidung damals ausschließlich der königlichen Bergbehörde zu. Jetzt, im Zeitalter der famosen freien Konkurrenz kann jeder Jude, der sich eine Grube kauft, aber nie in seinem Leben selbst die Nase hineinsteckt, machen, was er will. Opponieren ihm mal die alten Leute, so holt er sich polnisches Gesindel und ruiniert uns durch das hergelaufene Volk den guten Stamm und seine gute Gesinnung. Ich sprach erst gestern einen Hauer von der Zeche Schleswig, der hier vom Gutshofe stammt, ein Spielkamerad meiner Söhne war und ein Knappe vom guten alten Schlage ist. ›Wir wollen gar nicht randalieren‹ meinte der, ›und hauen unseren grünen Jungens selbst eine runter, wenn sie spektakeln. Auch um den Lohn ists uns nicht so sehr zu tun, nur kürzere Schicht müssen wir haben und anständige Behandlung.‹ Und solche Leute werden wie Aufrührer mit Pulver und Blei bedroht!«

»Ich glaube, die Herren sehen die Dinge zu sehr durch die Brille der Tradition«, mischte sich Fürst Limburg ins Gespräch. »Alte Bestimmungen und altes Recht entsprechen doch kaum mehr der ganz veränderten Betriebsweise. Und das wissen die einsichtsvolleren unter den Knappen sicher ganz genau. Mir scheint daher, dass die eigentliche Triebkraft der ganzen Bewegung nicht in der Sehnsucht nach der ›guten alten Zeit‹ zu suchen ist.«

»Und worin sonst, wenn ich fragen darf?« warf der alte Bodenberg, der so sehr das Orakel der Gegend war, dass er Widerspruch selten erfuhr, gereizt ein.

»In demselben Gegensatz, der auch die Sozialdemokratie groß zieht: dem zwischen den ungeheuren Reichtümern auf der Seite der Unternehmer und der Besitzlosigkeit, um nicht zu sagen der Armut, auf der Seite der Arbeiter –«

»Armut! Darin sieht man wieder Ihre jugendliche Neigung zu starken Worten!« polterte Bodenberg; »als ob unsere Bergleute von Armut auch nur ,ne Ahnung hätten! Haben alle ihr Häuschen, ihren Gemüsegarten und mästen sich ein Schwein –«

»Und doch, Herr Baron, haben wir unten im Dorf manche Ehefrau, die schon mitverdienen muss, und die Kinder schicken sie gewiss auch nicht aus Vergnügen so früh als möglich – mit gefälschten Geburtsscheinen, wenns nicht anders geht – in die Grube«, ließ sich der Pfarrer vernehmen.

»Von der verdammten Genusssucht kommt das, und von nichts anderem!« unterbrach ihn der alte Baron, »zu meiner Zeit gingen die Knappenfrauen noch in Kopftüchern und Schürzen in die Kirche – heute muss jede einen Federhut tragen und die Röcke auf dem Tanzboden schwenken –«

»Wenn die Leute sehen, dass die Herren Direktoren mit vierzig- und fünfzigtausend Mark Gehalt auf Gummirädern fahren und Sektgelage geben und die Aktionäre schmunzelnd enorme Dividenden schlucken, so ists doch kein Wunder, dass sies ihnen auf der einen Seite nachmachen möchten und auf der anderen vor Neid immer rabiater werden. Die ganze Bewegung ist dadurch entstanden – ich komme damit auf meinen Ausgangspunkt zurück –, dass die glänzende Konjunktur der letzten Jahre ausschließlich den Besitzern und Aktionären, nicht aber den Bergleuten zugute kam. Hier hakt notwendigerweise die sozialdemokratische Agitation ein.«

»Sie sehen, was das betrifft, sicher zu schwarz, lieber Limburg«, sagte Graf Recke, »jedenfalls, soweit unser hörder Kreis in Frage kommt. Unsere frommen, königstreuen Bergleute – und Sozialdemokraten! Selbst ihre Versammlungen schließen sie mit einem Hoch auf den Kaiser!«

Hessenstein räusperte sich vernehmlich: »Und doch haben mir heute morgen ein paar Kameraden von den Dreizehnern erzählt, dass die Direktoren der Zeche Schleswig gleichfalls um militärischen Schutz gebeten haben. Man fürchte Ausschreitungen gegen Streikbrecher, hieß es.«

Bodenberg lachte, dass ihm die Tränen in den weißen Bart liefen: »Das ist wirklich kostbar! – Die Furcht ist schon die ansteckendste Krankheit! – Viel eher möcht' ich glauben, dass unsere Dorfschönen sich auf diese ungewöhnliche Weise für den morgigen Feiertag die Tänzer bestellten, die ihnen wahrscheinlich ebenso fehlen wie uns!«

Schweigsam hatte Syburg bis dahin zugehört. Sein kühler, hochmütig-wissender Ausdruck – der typische des altpreußischen Beamten – reizte mich. »Ihre landrätliche Würde verbietet Ihnen wohl, sich auszusprechen?« wandte ich mich spottend an ihn, und als er, unangenehm überrascht, aufsah, fügte ich rasch hinzu: »Oder sollten Sie ketzerische Gedanken zu verbergen haben?«

»Ketzerische Gedanken?!« – er warf mir einen tadelnden Blick zu – »vielleicht! Aber andere, als Sie anzunehmen scheinen! So milde, wie die Herren hier, vermag ich die Dinge nicht zu beurteilen. Nach meiner Ansicht hat eine gewissenlose sozialdemokratische Agitation die gut bezahlten Bergarbeiter zum Kontraktbruch verführt, und es ist unsere Pflicht, sie, wenn es sein muss, mit Gewalt auf den Weg des Rechts zurückzuführen. Wortbruch und Pflichtvergessenheit sind überall der Anfang vom Ende.«

»Ganz Ihrer Meinung, Herr von Syburg!« antwortete ich, während mir das Blut heiß in die Schläfen stieg. »Es kommt nur darauf an, auf welcher Seite Wortbruch und Pflichtvergessenheit zu finden ist! Wenn die Grubenbesitzer, die in der glücklichen Lage sind, eine Havanna rauchend vor dem Tischlein-deck-dich zu sitzen, den Arbeitern nicht so viel geben, dass sie anständig leben können, so ist das Pflichtvergessenheit; und wenn sie, die zu allen Vergnügungen der Welt Zeit haben, ihnen das althergebrachte Recht auf eine geregelte Arbeitszeit vorenthalten, so ist das Wortbruch!«

Syburg presste die Lippen zusammen, – er zwang sich offenbar zu einer ruhigen Antwort. »Sie sprechen aus der Gefühlsperspektive der Frau. Das ist verzeihlich. Sie kennen, Gott sei Dank, diese aufrührerische, mit sozialdemokratischen Phrasen vollgefütterte Bande nicht, die jetzt auf den Gruben und in den Fabriken das große Wort führt und an allem rüttelt, was uns heilig ist.«

Wie eine Vision sah ich plötzlich all die Gestalten des Elends wieder, die mir im Leben begegnet waren: aus den Vorstädten Posens und Augsburgs, aus den Dörfern des Samlands.

»Sie mögen recht haben«, sagte ich nachdenklich, »die kenn' ich nicht – aber andere kenn' ich. Und das Eine weiß ich gewiss –« meine Stimme zitterte vor Erregung – »wäre ich eine von denen, meine Geduld wäre erschöpft, und ich würde mich um Treue und Pflicht nicht kümmern.« Syburgs blasses Gesicht hatte sich mit tiefer Röte überzogen; doch die Herrin des Hauses hob die Tafel auf, und er unterdrückte noch rasch eine scharfe Antwort, die ihm offenbar auf den Lippen schwebte. Während des ganzen warmen Frühlingsabends, der uns alle in den Park hinauslockte, mied er mich. Nur beim Abschied hielt er meine Hand fest in der seinen und flüsterte: »Ich möchte, dass wir uns versöhnen – ganz und auf immer –, darf ich darauf hoffen, wenn ich nach Hohenlimburg komme?« Ich nickte nur.

Wir blieben über Nacht in Brake, um den bequemen Frühzug benutzen zu können. Aber als wir am nächsten Morgen herunterkamen, trat uns der alte Bodenberg mit ernstem Gesicht entgegen. »In Witten und Annen hat das Militär scharf geschossen«, sagte er, »in Dortmund soll die Haltung der Arbeiter eine drohende sein – nach Hörde sind, wie mein Verwalter eben berichtet, die Kürassiere unterwegs. Wenn auch die Stimmung der Leute in unserer nächsten Nachbarschaft vollkommen friedlich ist, so möchte ich Sie doch bitten, diesen Tag noch abzuwarten – oder wenigstens Ihre Damen hier zu lassen –« So sehr wir uns sträubten – Anna, weil die Gesellschaft des alten Ehepaars sie langweilte, ich, weil mir nichts erwünschter gewesen wäre, als den Aufstand der Arbeiter in der Nähe zu sehen, – wir mussten uns fügen.

Ich lief in den Park, – vielleicht, dass sich von hier aus irgend etwas erspähen ließ. Das Abenteuerfieber der Jugend packte mich, dasselbe Fieber, durch das Schulbuben auf Auswandererschiffe getrieben und schwärmerische Byron-Seelen in phantastische Freiheitskämpfe gerissen werden, das Fieber, das überall ausbricht, wo ein Gluthauch plötzlich die Normaltemperatur des Alltags vertreibt. Hohe Mauern wehrten mir den Ausblick. Sollten sie mich immer wieder von der lebendigen Welt da draußen trennen? Ich trat auf den Gutshof. Feiertägige Stille herrschte auch hier. Aber drüben, wo zwei mächtige Linden am Ausgang zur Straße Wache standen, sah ich einen Haufen lebhaft gestikulierender Menschen. Ein grauer Kopf mit der Bergmannsmütze auf den kurzgeschorenen Haaren ragte aus ihrer Mitte hervor. »Ich, ich bin dabei gewesen!« hörte ich ihn schreien, als ich näher hinzutrat, – »ein Wunder, dass ich mit heilen Gliedern davon kam! Sie haben geschossen, wie verrückt.«

»So erzähl doch. Mann, erzähl!« – »Wo – wo ists denn gewesen?« bestürmten ihn die Umstehenden. »In Bochum – gestern abend. Ein blutjunger Leutnant kommandierte Feuer – grad, als die Menschen aus dem Bahnhof strömten. Wie die Hunde die Hammelherde, so umschlossen die Soldaten die Leute – lauter harmloses Volk – kaum einer von uns darunter, – und dann lag der Platz voller Toten –«

Irgend woher klang eine Kirchenglocke. Der Bergmann schwieg, riss die Mütze vom Kopf und schlug mit der harten rissigen Hand das Kreuz über Stirn und Brust. Erst jetzt sah ich ihn genauer. Der Kohlenstaub schien sich in die Falten unter den Augen eingebrannt zu haben, so dass sie aussahen wie die großen runden Augenhöhlen der Totenschädel. Farblos fahl waren die Züge; eine breite, gelbe Narbe, die das Gesicht in zwei Hälften teilte, entstellte sie zur Fratze. Er wandte sich zum Gehen, und die Menge drängte ihm nach. Die gerade schwarze Straße, mit den kahlen Pappeln zu jeder Seite und dem schweren Grau trübdunstigen Frühlingshimmels ringsum, verschlang sie rasch. Drohend wie ein Galgen ragten in der Ferne die Glockenstühle in die Luft, und die Sonnenstrahlen scheuten sich vor der Berührung dieser Öde ...

Langsam, schweren Herzens, wandte ich mich wieder dem Schlosse zu. Die Hausbewohner waren zur Sonntagsandacht in der Halle versammelt. Auf hohem Stuhl saß der Hausherr und las aus der alten Bibel: »Kommet her zu mir alle, die ihr mühselig und beladen seid ... «

Und die Vertreter christlicher Ordnung schossen auf die Mühseligen und Beladenen! dachte ich bitter.

»Es lässt mir keine Ruhe«, sagte der alte Bodenberg, nachdem der letzte Ton auf dem Harmonium verklungen war und die Dienerschaft sich entfernt hatte. »Kommen Sie, Limburg, wir gehen ein Stück Weges zur Zeche hinunter –« Entsetzt schrie Anna auf: »Das darfst du mir nicht antun, Fritz!« Aber begütigend legte die alte Baronin ihre feine Greisenhand auf den Arm der Erregten: »Fürchten Sie nichts, kleine Frau, – die Leute hier krümmen unseren Männern kein Härchen.« Wir blieben trotzdem in kaum zu bemeisternder Unruhe zurück. Wir horchten auf jeden Ton, während einer den anderen durch eine möglichst harmlos-heitere Unterhaltung über die Erregung hinwegzutäuschen suchte, und sprangen gleichzeitig erleichtert auf, als nach einer Stunde Bodenbergs kräftige Stimme vom Hof herauf durch das Fenster klang.

»Hab' ichs euch nicht gesagt?« lachte er uns entgegen. »Sie freuen sich drunten ihres Feiertags, wie nur je. Die Kinder spielen auf den Straßen, die Frauen stehen im Sonntagsputz vor den Türen und schwatzen mit den Nachbarn.«

»Und doch heißt es, dass Soldaten kommen«, unterbrach ihn Limburg mit einem Ausdruck schwerer Besorgnis in den Zügen.

»Mögen sie doch! Gegen die Kinder, die jetzt schon in der Vorfreude hurraschreiend ihre Fähnchen schwingen, werden sie kaum zu Felde ziehen. Sahen Sie nicht den krummbeinigen Schlingel, dem seine Gefährtin, ein süßes Mädelchen mit Haaren wie rote Flammen, den Platz an der Spitze der kleinen Gesellschaft streitig machte? Gefährliche Aufrührer sind das, nicht wahr?!«

»Gewiss sah ich sie – aber ich sah auch die Gesichter der Männer hinter den Fenstern der Kneipe ... « Ein Geräusch – wie ein fernes Prasseln von Hagelkörnern auf Glasscheiben – unterbrach das Gespräch. Bodenberg wurde aschfahl – »Gewehrsalven« – murmelte Limburg. Wir standen, wie an den Boden gebannt, – in atemloser Erwartung. Unten auf dem Hof liefen die Leute zusammen. »Sie schießen«, schrie einer. Wir stürzten hinunter bis ans Tor, keiner sprach mehr ein Wort, aber von einer Angst erfüllt starrten wir alle die lange, öde, schwarze Straße hinab. Die Zeit schien still zu stehen, Ewigkeiten dünkten uns die Minuten. Endlich erhob sich in der Ferne eine Wolke Staubs vom Boden: Menschen, die liefen, als wäre der Teufel ihnen auf den Fersen. Näher und näher kamen sie: Weiber mit wehenden Haaren und verzerrten Zügen – schreiende Kinder mit rot verquollenen Augen – ihre Sonntagskleider bedeckt mit dem schwarzen Ruß der Straße. »Sie morden uns –« stöhnte eine weißhaarige Alte, warf die hageren Arme verzweifelt um den Kopf und brach vor uns zusammen ...

Tröstend und helfend gingen Brakes Bewohner von einem zu anderen, und endlich gelang es, aus dem wirren Durcheinander des allgemeinen Erzählens ein Bild dessen zu gewinnen, was geschehen war.

Der Ton der Pfeifen und Trommeln hatte alles auf die Dorfstraße gelockt. Den Großen voran waren die Kinder jubelnd den einziehenden Soldaten entgegengelaufen, als ein barsches »Platz da« ihres Führers, eines jungen Leutnants, die Freude in Furcht verwandelt hatte. Die Kinder hatten sich hinter den Großen verkrochen, die Männer eine drohende Haltung angenommen.

»Nur das rothaarige Lieserl stellte sich keck mitten auf die Straße«, sagte die Alte, die noch auf dem Boden hockte.

»Und den Franz sah ich, wie er einen Stecken aus unserem Zaun riss und damit wild herumfuchtelte«, berichtete zungenfertig eine andere. »Platz da – rief der Leutnant dann noch einmal, und die Soldaten trieben uns alle gegen die Häuser. Da drängte sich die Mutter vom Franz mit dem Kleinsten an der Brust durch die Reihen – der Junge ist ihr Ältester, ihren Mann brachten sie ihr voriges Jahr tot aus der Grube –; sie hatte ihn grade erwischt, als der Herr Offizier noch mal losschrie –«

»›Immer die Augen auf den Feind halten,‹ sagte er. Ich hab' es ganz genau gehört«, ergänzte ein blasses Ding mit fanatisch funkelnden Augen die Worte der Erzählerin.

»Den Feind, – damit meinte er uns!« riefen sie alle durcheinander und selbst auf den Wangen der Müdesten und Stillsten erschienen rote Flecken. »Da wars aus mit der Ruhe bei den Knappen – sie drohten mit den Fäusten, sie schimpften, auch ein paar Steine flogen ... « Die Erzählerin schluchzte auf.

»Dann schossen sie auf uns –« sagte mit tonloser Stimme die Alte. Und nun schwiegen sie alle – nur verhaltenes Weinen unterbrach die Stille.

Ich griff mir an den Kopf, – es war doch wohl nur ein böser Traum, der mich narrte?! Es brauste mir in den Ohren, das Entsetzen schnürte mir die Kehle zusammen.

»Dem Franz seine Mutter war die erste, die fiel –« wie aus weiter Ferne schlugen die Worte wieder an mein Ohr. »Ich sah sie dicht vor mir – die Haare ganz voll Blut, – das Jüngste an die Brust gepresst – und den Stock noch in der Hand, den sie dem Franz entrissen hatte ...«

War ich es, die qualvoll aufstöhnte – oder war es ein Ton, der sich uns allen entriss?! »... Ja, und die rote Liese lag auch mitten auf der Straße – sie guckte grade in den Himmel mit den toten Augen ...«

»Das süße Mädelchen mit den Flammenhaaren ...« flüsterte der alte Bodenberg mit erstickter Stimme.

Wir fuhren noch an demselben Tage auf einem großen Umweg zurück. Dicht hinter Unna wies der Fürst aus dem Fenster. »Wir passieren hier den historischen Boden der Zukunft«, sagte er, »dort drüben auf der Heide stand noch zu meines Vaters Lebzeiten jener uralte sagenumwobene Birkenbaum, und jenseits, von den Schlückinger Höhen, sahen die Bauern, wie die blutige Schlacht um ihn tobte.«

»Vielleicht ist sie heute schon keine Sage mehr«, antwortete ich.

Mit steigender Erregung verfolgte ich in den nächsten Tagen die Ereignisse. Noch mehr als durch die Zeitungen erfuhren wir durch Briefe und durch die Erzählungen der Augenzeugen.

Kaum eine Stimme war, die für die Zechendirektoren Partei ergriffen hätte, und die Empörung war allgemein, je häufiger sie den Bergleuten, die im Vertrauen auf ihre Versprechungen die Arbeit wieder aufgenommen hatten, ihr Wort brachen.

»Habt ihr endlich Hunger genug?!« Damit empfingen die Zechenbeamten von Gelsenkirchen die wieder einfahrenden Knappen, und in Hörde trieben sie kranke Weiber und Kinder aus den Zechenhäusern, wenn die Männer im Ausstand beharrten.

»Ich glaube, dass wir vor einer großen Umwälzung stehen«, schrieb ich an meine Kusine, »die Macht des Kapitals muss gebrochen werden. Vor hundert Jahren hat die Revolution den Absolutismus und den Feudalismus gestürzt, – sie waren dessen wert! –, eine künftige Revolution wird den Kapitalismus vernichten, und wir werden das wunderbare Schauspiel erleben, dass der Adel und die Arbeiter zusammen gehen.«

Die Deputation der Bergleute zum Kaiser schien mir der Auftakt des großen Schauspiels, das ich erwartete. Und die ersten Nachrichten von ihrem Empfang, von der Anerkennung ihrer Wünsche durch den Monarchen bestätigten meine Hoffnungen. Dann aber sickerten allerlei andere Gerüchte durch: die drei Deputierten waren keineswegs befriedigt zurückgekommen; kaum zehn Minuten hatte er Zeit gehabt, sie anzuhören, mit einer Drohung gegen alle, die sich den Anordnungen der Behörden widersetzen würden, hatte er seine Antwort geschlossen. Und was folgte, schien die Wahrheit der Gerüchte zu bestätigen: das ganze Streikkomitee wurde verhaftet, der Oberpräsident, der stets zu vermitteln gesucht hatte, musste einem Nachfolger weichen, dem der Ruf eines Scharfmachers voran ging. »Studt ist ein glatter Höfling«, schrieb mir mein Vater, »der mir neulich mit dem verbindlichsten Lächeln erklärte, dass meine offenbare Verkennung so trefflicher Leute, wie der Grubenmagnaten, höheren Orts unliebsam empfunden würde. Mich solls nicht wundern, wenn wir in Preußen noch mal so weit kommen, vor jedem Geldsack auf dem Bauche zu rutschen.«

Unter den Enttäuschungen litt ich, als beträfen sie mich selbst. Mit der Märtyrergloriole hatte ich das Haupt der erschossenen Bergmannsfrau und das rote Köpfchen des Proletarierkindes umwoben und den grässlichen Eindruck in der eigenen Erinnerung verklärt; nun waren sie umsonst gestorben, und nichts als der schwarze Straßenruß umgab sie.

Ich war in wehmütig weicher Stimmung, als Syburg kam. Am Morgen desselben Tages hatte mir Anna mit einem selig-verschämten Lächeln von ihrer Mutterhoffnung erzählt, hatte mich in das weiße Zimmer geführt, das den jungen Erdenbürger erwartete, und all die weichen, duftigen Dinge aus Spitzen und Battist waren mir durch die Finger geglitten. Meine Hände waren heiß geworden dabei, und die Tränen waren mir in die Augen gestiegen. Und die kleine Anna hatte sich emporgereckt, um mich mit einem altklug wissenden Ausdruck auf den Mund zu küssen.

Nun ließ sie all die Kupplerkünste spielen, in denen junge, glückliche Frauen Meisterinnen sind. Sie pries neckend meine Schönheit und meine Tugenden, erzählte allerlei Abenteuerliches von meinen vielen Verehrern und ließ uns schließlich, Müdigkeit vorschützend, im Park allein. Syburg schien nur darauf gewartet zu haben.

»Ich möchte Klarheit haben zwischen uns, volle Klarheit, Fräulein Alix«, begann er, zum erstenmal vertraulich meinen Namen nennend.

Ich fuhr unwillkürlich erschrocken zusammen. Aber die Frage, die er stellte, war nicht die erwartete – gefürchtete. »Man hat mir erzählt, Sie hätten sich neulich nach dem Aufstand auf der Zeche Schleswig mit größter Schärfe für die Streikenden ausgesprochen.«

Ich bezwang meinen Zorn über diese Art, mich auf Herz und Nieren zu prüfen.

»Und wenn ich es getan hätte«, sagte ich rasch und abwehrend, »ist es nicht eine der ersten Forderungen Ihres Christentums, den Unschuldigen beizustehen? – Gebietet es nicht Ihre Religion, sich opfermütig zwischen die Kinder und ihre Mörder zu werfen?«

»Mein Christentum?! Meine Religion?!« Er sah mich groß an. »Sie haben sich falsch ausgedrückt, wie ich hoffe! Unser Glaube ist der gleiche – nicht wahr, Fräulein Alix?«

»Sie spielen ein männliches Gretchen, Herr von Syburg!« fuhr ich auf, »mit welchem Recht behandeln Sie mich wie ihr Beichtkind?!«

»Mit dem Recht des Mannes, der das Jawort ihrer Eltern erhielt!« Er griff nach meiner Hand, die ich ihm heftig entriss.

»So erfahren Sie denn, dass ich dies Recht nicht anerkenne! Niemand hat über mich zu verfügen – niemand – als ich, ich ganz allein. Und ich – ich werfe Ihnen ihr Jawort vor die Füße!«

Ich wandte ihm den Rücken, schritt ruhig durch die Lindenallee, über den Burghof, die Treppen hinauf in mein Zimmer – warf die Tür ins Schloss, riegelte zu – reckte die Arme weit aus: nun war ich frei!

Anna ließ ich vergebens klopfen – fragen – bitten. Ich wäre außerstande gewesen, irgend jemandem Rede und Antwort zu stehen. Ich musste allein sein.

Noch stand ich mit einem Gefühl des Schreckens vor dem Abgrund, der zwischen mir und meiner Welt auseinanderklaffte. Unter den Speerwürfen blendenden Sonnenlichts war der Nebel zerrissen, den ich, mich selbst belügend, so lange für eine Brücke gehalten hatte. Ich stand auf fremdem Boden, – zurecht finden musst ich mich, meine Gedanken sammeln, über meine Zukunft entscheiden.

Am nächsten Morgen, in aller Frühe schrieb ich an meine Eltern und trug den Brief selbst zur Stadt hinunter. Schneidend pfiff der Wind über die Höhen, als ich abwärts schritt. In grauen Wolken verschwanden die Türme der Burg, und aus der Tiefe grüßten mich sieghaft die schwarzen Schlote.

Vierzehntes Kapitel

Und nun kamen stille Wochen auf Hohenlimburg. Die Mutterhoffnung hatte Anna völlig verändert. Sie lernte die Einsamkeit lieben und überließ mich stundenlang mir selbst. In den ersten Tagen fürchtete ich mich vor jedem Postwagen, der ankam. Die Briefe, die er brachte, waren fast noch schlimmer, als die Ankunft des Vaters gewesen wäre, die ich erwartet hatte. Die Gründe, die mich bewogen hatten, Syburgs Werbung abzulehnen, hatte dieser natürlich in einer Weise dargestellt, die mich kompromittieren sollte. Über meine Sympathie mit den Bergarbeitern wurden, wie es schien, nicht ohne Syburgs Hilfe, wahre Räubergeschichten verbreitet, denen mein Vater zunächst Glauben schenkte. Und derselbe Mann, der eben erst gegen die Unternehmer gewettert hatte, gefiel sich jetzt in wilden Übertreibungen und beschuldigte mich, sein Unglück zu sein. »Dass ich, ein königstreuer Edelmann und Offizier, es erleben musste, dass meine Tochter mit diesen wortbrüchigen Hallunken sympathisiert!« schrieb er. Aber die Anschuldigungen, mit denen er mich in der ersten Aufregung überhäufte, trafen mich weit weniger als der tiefe Schmerz über mein Schicksal, der in seinen späteren, ruhigeren Briefen zum Ausdruck kam. »Wie hatte ich mich gefreut, dich versorgt zu sehen, ehe ich sterbe –« dies Wort tat mir bitter weh. Meiner Mutter Briefe dagegen mit ihrem: »ich habe es vorausgesehen«, – »ich wusste, dass du dich nie in geregelten Bahnen bewegen würdest« – »deine Romane sind nur um ein Kapitel reicher geworden« empörten mich.

Auch meine Tante schrieb mir. »Deine Ablehnung einer, wie mir Hans mitteilte, so ungewöhnlich guten Partie ist ein Schaden, den du dir selbst zugefügt hast, und dessen Folgen du ebenso zu tragen haben wirst wie die sonstigen Folgen deines Eigensinns ...«

Schweigend ließ ich alle Vorwürfe über mich ergehen. Ich machte weite Spaziergänge, auf denen mir der schwarze Cäsar, der treue Hofhund, nicht von der Seite wich. Dem Zusammenhang meines Lebens suchte ich nachzuspüren: Was war es gewesen – was wollte es von mir? Und wenn es Abend wurde, schrieb ich nieder, was mir durch den Kopf gegangen war, und meine Feder brachte Ordnung in das Chaos meiner Gedanken.

»Der Bildhauer bildet sein Werk aus einem rohen Marmorblock, er behaut es, er glättet es, er sucht die weichen Formen einer Venus aus dem harten Material herauszuarbeiten. Es dauert lange, ehe er sich selbst genügt; nicht das lebende Modell will er kopieren, er will ein Schönheitsideal, das ihm beständig vorschwebt, verwirklichen. Anders der Handwerker, der rasch ein effektvolles Dekorationsstück schaffen will: er fertigt ein Holzgerüst, drapiert es mit Sackleinwand, wirft Gyps darüber und setzt eine fertig gekaufte Allerweltsgipsbüste darauf. Aus einiger Entfernung wirkt seine Arbeit nicht übel, dem Rohen täuscht sie dauernd ein Kunstwerk vor, – nur in der Nähe schau sie nicht an und hüte sie wohl vor Regen und Sturm, das Holzgerüst möchte sonst allzu schnell zum Vorschein kommen! – Hat ein Künstler oder ein Handwerker mich geschaffen? Habe ich die Nähe zu fürchten und das Wetter? Oder stürzt mich kein Sturm? Bin ich, oder scheine ich nur?« – –

Bald ließ es mir keine Ruhe mehr, – kaum dass ich den nötigsten Schlaf mir gönnte –, ich schrieb und nannte das kleine schwarze Buch, über dessen Seiten meine Feder fiebernd flog: Wider die Lüge. Seine ersten Seiten lauteten: »Die Lüge ist der Anfang alles Verderbens, ist das Verderben selbst. Alle Schäden, an denen unsere Zeit, an denen wir selber kranken, entspringen aus diesem Grundübel. Wir sprechen in volltönenden Phrasen von Wahrheit, und doch trennen uns von ihr tote Jahrhunderte. Denn die Wahrheit der Vergangenheit wird zur Lüge der Gegenwart. Wie ein Verbrechen verstecken wir, was in die alten Formen und Formeln nicht passen will, und sehen nicht, dass es vielmehr Verbrechen ist, diese Formen und Formeln aufrecht zu erhalten. Wir beugen uns unter Gesetze, gegen die wir uns innerlich empören, und triumphieren, wenn wir schließlich selbst das Gefühl der Empörung unterdrückt haben. Und die Diener der Kirche und des Staates lehren uns, dass wir damit den Himmel erwerben.

Was ist Wahrheit? – Zweifelnd und verzweifelnd, schüchtern und wild flog diese Frage durch die Jahrtausende. Oft glich die Antwort einem Achselzucken, noch öfter dem Befehl eines Tyrannen, der jeden Widerspruch mit dem Beil des Henkers lohnt. Der Muhamedaner schwört auf den Koran, der Jude auf den Talmud, der Christ auf die Bibel. Und jeder, der ein neues Gedankengebäude gen Himmel türmt, sagt: das ist Wahrheit.

»Gibt es eine Wahrheit? Eine unumstößliche, an der kein Steinchen sich lockert? Eine unbedingt gültige für alle Zeiten, alle Kreaturen, alle Welten?

»Wie ein fernes Licht hinter einem dunkeln Vorhang leuchtet sie, und langsam, Schritt für Schritt, dringt die Erkenntnis erobernd vor und raubt dem Glauben einen Fußbreit Boden nach dem anderen. Der Weg wird heller, aber fern bleibt das Licht. Das Ende aller Dinge fällt zusammen mit seiner Enthüllung. Wir aber leben, und darum haben wir die reine Wahrheit nicht.

»Wir müssen wählen zwischen fremder Wahrheit und unserer Wahrheit. Wir werden zu Lügnern, wenn wir bequem und gedankenlos nach den fertigen Wahrheiten der anderen greifen.

»Wer wahr sein will, muss frei sein. Frei von den Ketten, in die Erziehung, Bildung, Tradition uns geschmiedet haben, frei von den Zauberbrillen, mit denen die Priester unser Augenlicht verdunkelten, frei von der Tracht der Lakaien, in die die Machthaber der Erde die Abhängigen zwingen. Was du nicht selbst erwarbst, nicht selbst bist, das ist Lüge und Sklaverei.

»Die Erziehung ist wie eine eiserne Form, in die die weichen Kinderseelen hineingepresst werden. Und sollte doch nur ein Stab sein, zum Halt für das junge wachsende Bäumchen. Im Leben des Kindes bedeutet das ›Warum?‹ die Geburt des Menschen. Die Erziehung schlägt es tot, kaum dass es die Glieder regt. Das Schulzuchthaus spannt in dasselbe Joch den Begabten und den Unbegabten, den Phantasiereichen und den Nüchternen. Es stopft die Gehirne voll mit Namen, Zahlen und Regeln, und der beste Schüler ist, der rasch aufnimmt, der schlechteste, der sich grübelnd das Gehörte zu eigen machen will. Darüber stirbt das ‚Warum', das Gehirn trocknet ein, das Herz verschrumpft, und an Stelle selbständigen Denkens, lebendiger Begeisterung für das Gute, Wahre und Schöne treten Geschichtstabellen, Bibelsprüche, Urteile über Welt und Menschen.

»Wehe, wer dem Lehrenden widerspricht: Denken führt auf Abwege, Zweifeln schafft Ketzer und Aufrührer.

»Verschling ihn getrost, den weichen süßen Brei, den man dir mundgerecht vorsetzt, du Päppelkind, du verlernst dabei selbst den Gebrauch deiner Zähne!

»Nicht als mythendurchwebte Geschichte der Juden weiden dem Kinde uralte Urkunden der Menschheit vorgetragen, als Wahrheit vielmehr, daran zu zweifeln Sünde ist. Rauben und Morden, Verfolgen und Betrügen, – das Volk Gottes tat es auf Jehovas Befehl, unter seinem Schutz, und demselben Kinde, das diesen Gott anbeten, seine Auserwählten verehren soll, wird die Religion der Liebe gepredigt.

»Nimm auch das hin, du arme kleine Menschenmaschine: Rüttelst du nur mit einem eigenen Gedanken daran, so fällt das ganze Haus in Trümmer. Bringe deinen Verstand hübsch zum Schweigen, werde wie alle, die es in der Welt zu Geld und Ansehen bringen: eine lebendige Lüge.

Ein gebildeter Mensch ist das Ziel der Erziehung. Herrlich! Wenn es wahr wäre. Bilden heißt den gegebenen Stoff zur höchsten Vollkommenheit entwickeln, – nicht aus Gips Marmorsäulen, aus Holz Eisenkonstruktionen, aus Glas Diamanten machen. Aber an Stelle des Seins die Täuschung setzen, ist das Zeichen unserer Bildung. Wer über alles mitredet, stets mit einem fertigen Urteil bei der Hand ist, selten bewundert, gilt als gebildet. Urteilsfähigkeit ist Kriterium der Bildung, aber doch nur dann, wenn das Urteil ein eigenes ist. Zu dieser Bildung aber ist der Weg lang und steil, und misstrauisch sollte stets fertiges Urteil machen.

Der Gebildete unserer Tage scheint, was er nicht ist; er belügt andere, oft auch sich selbst; er begeht geistigen Diebstahl, indem er fremde Weisheit als eigene ausgibt; er beraubt sich der wundervollsten Lebensfreude, indem er zwar lernte, sich durch stete Verneinung hochmütig über alle zu erheben, nicht aber offnen Sinnes zu genießen, was Natur und Kunst geschaffen haben. Vergiftet ward uns der frische sprudelnde Quell der Bildung, ertötend rinnt er nun durch die Adern des Volks und trübt seinen Blick, so dass es den Vieles-Wissenden an Stelle des Selbst-Seienden zum Götzen erhebt.

Wer wider die Lüge streiten will, muss die neue Wahrheit verkünden. Welches ist sie?

Die Wahrheit von den Kindern zunächst: Das Ziel der Erziehung sei kein Lexikon, sondern ein freier Mensch. Wissen sei nicht Selbstzweck, sondern Mittel zu dem Zweck, das Leben reich, den Menschen stark zu machen. Töte kein ›Warum‹, locke es vielmehr hervor, wie der Gärtner durch sorgsame Pflege die jungen Triebe hervorlockt. Leite, – meistere nicht. Wisse, dass deine Wahrheit nicht die des Kindes ist, dass du es lügen lehrst, wenn du sie ihm aufzwingst. Märchenglaube ist Kindeswahrheit. Lass sie ihm. Erzähle ihm darum die Mythen der Völker wie Märchen: von Isis und Osiris zu Odin und Baldur, von Jehova zu Jupiter bis zum himmlischen Vater der Christen. Zeig ihm, wie die Menschen unter tausend Namen und Formen vor dem heiligen Geheimnis schaffenden Lebens anbetend knieten. Lehre es ihn schauen und bewundern in jeder duftenden Blume, jeder Wolke, jedem Stern, jedem Gesetz der Natur.

»Und dann führe es ein in die Geschichte der Menschen. Schaffe keine Engel und Teufel aus deiner Machtvollkommenheit – aber störe das Kind nicht, wenn es sich eigene Helden bildet. Tritt bescheiden zurück mit deinem eigenen Ich hinter dem werdenden Ich des anderen. Was er nicht selbst beurteilen kann, lehre ihn nicht beurteilen. Es ist Sentimentalität, durch unsere Erfahrungen dem Kinde die eigenen ersparen zu wollen. Denn eigene Erfahrung ist die allein sichere Stufenleiter der Entwicklung. Führt sie das Kind fort von dir, so jammere nicht, denn nicht dein Eigentum ist es, sondern sein eigenes und das der Menschheit. Präge ihm nicht Lebensregeln ein, weise ihm vielmehr den Weg, um seines Lebens eigene Regeln zu finden.

»Und seines Herzens eigene Religion.

»Welches ist die Wahrheit von ihr? Der Entwickelungsgang der Menschheit ist vom ersten Ursprung an ein stetig fortschreitender. Kindlicher Märchenglaube ist der vom verlorenen Paradiese; der Mann glaubt an das zu erobernde.

»In der Natur gibt es keinen Stillstand: der Fluss strebt dem Meere zu, der Baum wächst empor, zum Menschen wird das Kind. Dies ›Vorwärts‹ ist ein Gesetz, das sich nie verleugnet; so oft seine Kraft zu schwinden drohte, so oft brach es auch machtvoll durch alle Schranken, die menschliche Torheit mühsam aufrichtete. Die Überzeugung von der Unumstößlichkeit dieses Gesetzes weitet unser Herz und unseren Geist. Wir werden es aus allen Verdunkelungen, aus allen Leiden, von denen die Geschichte der Völker und der Menschen erzählt, heraus erkennen, wenn es unser eigenes Lebensprinzip geworden ist. Wir werden es auch dann bejahen, wenn es tötet, weil wir wissen, dass welke Blätter fallen müssen, um jungen Trieben Platz zu machen, dass die Blüte sterben muss, wenn die Frucht reifen soll.

»Der Pessimismus sagt: Es gibt kein Glück; der Pietismus versichert: Die Erde ist ein Jammertal. Aber die neue Wahrheit lehrt: Es gibt ein Glück, das über alles Leid hinweghilft; jede Blume auf dem Felde, jede Eichel am Baum, jeder Säugling am Mutterherzen zeugt davon. Sein Gesetz ist: Wachse! Werde! Soll es allein für die Religion nicht gelten?

»Was ist Religion? Der Zug nach oben, die Ehrfurcht vor dem Unerkannten, Nichtzuerkennenden. Sollte sie unwandelbar feststehen, weil sie sonst kein Halt, keine Stütze wäre für so viele? Was ist denn das Feststehende an ihr? Etwa der Glaube, dass Gott Eins und doch Drei, oder dass Christus einer Jungfrau Sohn ist? Oder der Glaube an die Speisung der Tausende, an die feurigen Zünglein des heiligen Geistes? Selbst der strengste Christ wird darin nicht den Urquell seiner Herzensreligion finden. Was ihn zu dem macht, was er ist, ihm die Kraft gibt zum Handeln und zum Ertragen, das ist nichts anderes als die Überzeugung von der Unendlichkeit des Werdens, – theologisch ausgedrückt: der Unsterblichkeitsglaube. Für ihn mag er in der Form des persönlichen Fortlebens, der Auferstehung des Fleisches, Wahrheit sein. Uns ward er zur Wahrheit im Gesetz von der Erhaltung der Kraft. Wie ein Stoß fortwirkt ohne Aufhören, wirkt die Tat fort und der Gedanke ohne Ende.

Staat und Kirche lehren die Religion Christi wie vor achtzehnhundert Jahren. Was die Apostel, einfache Männer des Volks, in orientalischer Phantasie und kindlichem Glauben von ihres Herren und Meisters Geburt und Leben erzählten, soll uns noch Wahrheit sein. Was aber bleibt für uns, wenn wir hinter den Mythen die Wahrheit suchen? Die göttliche Geburt Christi? Des Menschen Geist ist göttlichen Ursprungs, und wer seiner Bestimmung folgt bis zum Tode, – der ist Gottes Sohn. Wir aber, die wir uns nennen nach dem Namen des Nazareners, der, wie wenige vor und nach ihm, der alten Lüge die neue Wahrheit entgegensetzte und sich ans Kreuz schlagen ließ von den Frommen seiner Zeit, – wir verleugnen das größte, was uns ward: den Geist. Wir stempeln seine göttliche Kraft zur Sünde und lehren im Namen des Gekreuzigten, dass wir nicht zweifeln, das heißt: nicht denken dürfen. Aber die neue Wahrheit von der Religion predigt die Pflicht des Zweifelns, weil der Zweifel die neue Wahrheit gebiert und die Wurzeln des Werdens in ihm ruhen.

»Denke bis zu den letzten Konsequenzen, reiße nieder, was deinem Denken im Wege steht; selbst das Heiligste, das Unantastbare ist unheilig und ein Frevel, wenn es dem Gedanken zur Schranke ward. Denke, – und du wirst reich, denke, – und du wirst stark und froh. Wer, und ob er gleich hundert Jahre lebte, wird solchen Werdens ein Ende finden? Darum, statt Christi wundersame Geburt zu verkünden, verkündet die Heiligkeit unseres Lebens! – Und sein Opfertod? Wer an ewige Höllenstrafen glaubt, den lehrt die Angst, dass die eigene Schuld von einem anderen gesühnt werden könnte. Jesus aber starb nicht für andere, sondern für seine Überzeugung, – er lehrte die Tat, nicht die Reue. Und seine Auferstehung? Wer vermöchte an ihr zu zweifeln? Lebt nicht sein Geist – und wird er nicht ewig leben, auch wenn seine Lehre nicht die Wahrheit an sich ist, sondern nur eine Stufe zu ihr? – –

»Nun aber bleibt mir noch die Rätselfrage nach der neuen Wahrheit vom Leben! Warum all die Qual und Not, all das Elend und die Verzweiflung? Im Kampf ums Dasein sind Milliarden Lebewesen untergegangen, um höheren Formen, reiferen Gehirnen Platz zu machen.

»Über Tote geht alle Entwicklung.

»Die rohe Kraft wich den seineren Kräften des Geistes, und die Kräfte des Geistes warten ihrer Ergänzung durch die der Seele. Ohne Qualen gäbe es keine Kraft, die an ihnen wächst und sich bewährt.

Wer am Leiden zugrunde geht, ist des Lebens nicht wert gewesen.

Wächst nicht selbst aus dem Hunger der Massen der Riese, der ihn überwinden wird? Schafft die Not nicht die Einigkeit und den Kampf, grünt nicht heimlich unter Blutlachen und Tränen die junge Saat der kommenden Menschen?

Nur Eins ist not: dass wir in dem ungeheuern Triebrade der Entwicklung kein Staubkorn sind, das hindert, bis es zermalmt wird, kein Rostfleck, der den Mechanismus anfrisst, bis er verrieben ist. Wenn wir kein Teil der motorischen Kraft sein können, seien wir wenigstens ein Tröpflein Öls, ein winziges Zähnchen.

Das ist die neue Wahrheit vom Leben.«

Mir war, als hätte ich mir ein Rüstzeug geschmiedet, das mich unüberwindlich machte. Glückselig sah ich jedem jungen Tage entgegen und wanderte mit frischen Kräften tief in den Wald, die Lenzluft einatmend, die starke, würzige, – den echten Jugendborn für Geist und Körper.

Es war hoher Sommer, als ich mich entschloss, meines Vaters Wunsch Folge zu leisten und zum Kaisermanöver nach Münster zurückkehren.

Am Tage meiner Ankunft prangte die Stadt schon in vollem Schmuck: Fahnen und Wimpel in bunter Farbenpracht flatterten im Winde, aus den Fenstern hingen Teppiche, über die Straßen zogen sich grüne Girlanden, mit roten und blauen Sommerblumen besteckt. Eine bunte Volksmenge füllte die Straßen. Alte Trachten tauchten auf: Frauen mit schweren, goldgestickten Hauben, Männer mit weißen Strümpfen und roten Westen, auf denen dicke Silberknöpfe glänzten. Als am nächsten Morgen in glühendem Sommersonnenschein das Kaiserpaar einzog, schien die ganze Luft erfüllt von dem gewaltigen Konzert der Glocken, und der Donner der Geschütze klang nur wie der tiefe Akkord der Begleitung. Alle Pracht und allen Reichtum hatte der Adel Westfalens aufgeboten; in altertümlichen Kaleschen, gemalt und goldverziert, gepuderte Kutscher und Lakaien in roten, blauen, gelben und weißen Röcken auf Bock und Trittbrett, fuhren seine Vertreter mittags zum Empfang ins Schloss.

Kein Prunkzelt der Medizeer konnte üppiger sein als das auf dem Ludgeriplatz, wo die Mitglieder des Landtags den Landesherrn zum Mittagsmahl empfingen. Und kein florentinischer Palast konnte größeren Glanz entfalten als das Haus des Damenklubs, das am Abend die kaiserlichen Gäste erwartete. Auf den Treppenstufen standen die Jäger der Herzoge von Croy, von Ratibor, von Rheina-Wolbeck, der Fürsten Bentheim und Salm; mit kostbaren Gobelins, alten Venetianer Spiegeln, Waffen aller Länder und Zeiten, goldenen und silbernen Schaugefäßen waren die Säle geschmückt, aber die Fülle der Edelsteine auf den Köpfen, den Schultern, und den Armen all der schönen, rassigen Frauen überstrahlte alles. Mit schimmernden Seidenkleidern und bunten Uniformen füllten sich die Räume; eine Fanfare, – und unter dem Bogen der Türe erschien das Kaiserpaar: in Husarenuniform, den Dolman über dem kurzen, linken Arm der Kaiser, in weißem Brokat die Kaiserin. Zum erstenmal sah ich ihn wieder seit meiner Kinderzeit: das gebräunte Gesicht war noch finsterer geworden, der emporgewirbelte Bart konnte über die herabgezogenen Mundwinkel nicht täuschen, und das gleichmäßig verbindliche Lächeln der blonden Frau neben ihm war zu konventionell, ihr helles Antlitz zu ausdruckslos, als dass es den Blick von ihm hätte ablenken, die Empfindung von Eiseskälte, die uns alle überkam, hätte vertreiben können.

Der Ball begann. Ich fühlte, wie die jungen Damen mehr als sonst von mir abrückten, wie man, trotz der Erregung des Augenblicks, Zeit fand, über mich zu tuscheln und zu raunen. Hessenstein stand wie ein riesiger Wächter neben mir. Er war es auch, der mir zuflüsterte, noch ehe eine »gute Freundin« mich schadenfroh davon unterrichten konnte, dass Syburg sich verlobt habe. Und an seinem Arm flog ich durch den Saal, als der erste Walzer seine Schmeichelweise ertönen ließ. Unten, dicht vor der Estrade, wo die Kaiserin Cercle hielt, stand der Kaiser. Im Rausch des

Tanzes bemerkte ich ihn erst, als die Schleppe meines Kleides ihn streifte. Einen Augenblick lang sah er mir nach und lächelte, während mir mit einem Gefühl des Triumphes durch den Sinn schoss, dass kein Tänzer im Saal so schön war wie der meine und keine Dame so gut tanzte wie ich. So sollte es sein: nicht allmählich, wie die alternden Mauerblümchen, wollte ich mich losreißen vom Jugendleben, – auf der Höhe vielmehr wollte ich Abschied feiern! In den Pausen drängten sich die jungen Mädchen in die Nähe der Kaiserin und kehrten mit verklärten Gesichtern zurück, wenn es ihnen gelungen war, vorgestellt zu werden. »Wollen Sie nicht auch –?« meinte Hessenstein bedenklich. »Wozu?« antwortete ich lachend »um eines Handkusses und einer Phrase willen meine Spitzen in Gefahr bringen!«

Im Speisesaal war auf erhöhtem Platz die Kaisertafel gedeckt; aus Gold waren Bestecke, Schüsseln und Schalen, phantastische Orchideen nickten aus hohen Kristallkelchen, Kränze von gelben Rosen hoben sich leuchtend von der mattvioletten Seide der Wände. Tisch an Tisch reihte sich in dem weiten Raum darunter, und den Dreihundert, die sich hier zusammenfanden, wurde von silbernen Schüsseln auf silbernen Tellern serviert. Ich saß in einem fröhlichen kleinen Kreis abseits unter dem Schatten großblätteriger Palmen; zwischen ihren Stämmen hindurch konnte ich hinauf zur Kaisertafel blicken. Das Profil Wilhelms II. stand scharf gegen den hellen Hintergrund. Ich sah, wie er das Sektglas wieder und wieder zum Munde hob und wie er lachte, – der kleine dicke Herzog von Croy, der ihm gegenüber saß, liebte derbe Späße, – aber es war das Lachen eines Ausgelassenen, das mit Heiterkeit nichts zu tun hat. Die starke rechte Hand gestikulierte lebhaft und benutzte nur hie und da das Doppelbesteck, um ein paar Bissen zu schneiden und zum Munde zu führen. Kraftlos, bewegungslos wie ein fremdes Glied hing die behandschuhte Linke an dem kurzen Kinderarm.

Sommerschwüle brütete in den Straßen, als wir heimwärts fuhren, und ein Sommernachtsmärchentraum hielt die alte Stadt umfangen. Exotische Glühwürmchen schienen um die Pfeiler der Laubengänge zu tanzen, sich, allen Linien des Maßwerks folgend, bis hoch in die Spitzen der Kirchtürme zu schwingen. Die grauen Steine verschwanden; aus Licht und Farben waren die spitzen Giebel, die schlanken Säulen, die hohen Fensterbogen gebaut. Hinter dem dunkeln Laubdach der alten Linden schimmerte der Dom wie ein gewaltiger Tempel des Lichtgotts.

Wir fuhren langsam in unseren hellen Kleidern, Ballblumen im Haar, und die Menge jubelte uns zu, wo wir vorüberkamen. Aus den offenen Fenstern und den Gärten tönte Gesang und Musik.

Lebensfreudiges Heidentum lachte und leuchtete um uns, jenes Heidentum, das die katholische Kirche klug zu erhalten verstand. Wo der Protestantismus mit seiner kunstfeindlichen Nüchternheit einzog, entfloh es; wo der Bischof im goldgestickten Ornat dem Prediger im schwarzen Trauerkleid Platz machen musste, wo die lustigen rotröckigen Chorknaben verschwanden und in das mystische, weihrauchgeschwängerte Dunkel der Kirchen grelles Tageslicht eindrang und duftloser Alltag, da verlor das Volk allmählich den Kindersinn, der sich in phantastischem Prunk und bunten Spielen äußert.

Zu Füßen der Porta Westfalica waren vierzehn Tage später die Kaisermanöver. Mit einer Parade vor den Toren von Minden wurden sie eröffnet. Es war dasselbe Bild wie immer bei solchen Gelegenheiten: schwarze Menschenmassen, graue Staubwolken, geschmacklos dekorierte Tribünen, von Fremden und Einheimischen dicht besetzt; auf dem Felde davor, wohin das Auge reichte, blitzende Uniformen, wehende Helmbüsche, stampfende Pferde. In der Ferne die blauen Höhenzüge des Wesergebirges, – ein ruhig-ernster Abschluss des lebendigen Bildes.

Wenn ein altes Ross, das schon lang vor dem Lastwagen keucht, die Trompete hört, so spitzt es die Ohren, hebt den müden Kopf und versucht mit den lahmen Beinen graziös zu tänzeln; und wenn der Mensch, der die Soldatenspielerei der Völker schon längst für frevelhaft hält, die alten Kriegsmärsche hört, so muss er an sich halten, um nicht mit zu marschieren; tauchen aber die Truppen selbst vor seinen Augen auf, – all die Tausende junger, lebensstarker Menschen zu Fuß und zu Pferde, im silber- und goldverschnürten Rock, im glänzenden Küraß und die Sonne spiegelnden Stahlhelm, mit schwarzweißen wehenden Fähnchen, den rasselnden Säbel zur Seite, oder mit dem dröhnenden Gleichmaß des Tritts zahlloser Bataillone, – so pocht das Herz ihm höher, so fest ers auch halten möchte.

Ich stand in der Mittelloge der Tribüne. Dicht vor mir die Suite des Kaisers, die fremdländischen Fürsten, er selbst, und an ihnen vorüber ein glänzender Strom von Soldaten, den die Tonwellen schmetternder Fanfaren zu tragen und zu treiben schienen. Ich wollte nicht staunen, nicht bewundern, aber die Worte des Spottes erstarben mir auf den Lippen. Wecken jene Klänge verlorene Erinnerungen aus barbarischer Vorzeit? Peitscht der Anblick kriegerischer Wehr jenen Tropfen Blutes auf, der von unseren Vorfahren, denen Kampf Lust und Leben war, noch in unseren Adern rollt? Oder ist es nicht bloß die Suggestion der Masse, der Musik, der Farben, die unsere Sinne berauscht? Würde es uns nicht in dieselbe Erregung versetzen, wenn diese Soldaten Männer der Arbeit wären, ihre Waffen blanke Werkzeuge, ihre Uniformen Festgewänder, das ganze strahlendbunte Bild eine gewaltige Revue der Arbeit?

Ich grübelte noch darüber nach, als ein brausendes »Hurrah« mich aufsehen ließ. Der Kaiser hatte sich an die Spitze der 53er gesetzt und führte das Regiment seines Vaters an den Tribünen vorüber. Als spontane Gefühlsäußerung wurde jubelnd begrüßt, was nur eine Ausübung höfisch-militärischer Sitte war.

»Wird ihm diesmal schwer geworden sein«, meinte Fürst Limburg leise, der neben mir stand. »Warum?« frug ich verwundert. »Der Spuk im aachener Kasernenhof soll ihn nicht wenig erregt haben!«

Am nächsten Morgen ritt ich mit Limburgs unter Führung eines Korps-Gendarmen ins Manövergelände. Mit trüben Gedanken, die der regnerische Tag nicht heller machte, war ich zu Pferde gestiegen. Meinen Vater hatte ich seit meiner Rückkehr so wortkarg und finster gefunden, wie nie vorher; in diesen Tagen aber war er von haltloser Heftigkeit, so dass alles vor ihm zitterte. Ob er wohl auch an das pommersche Kaisermanöver vom Jahre 87 dachte?! – In einem Gehöft fanden wir Verdy, den Kriegsminister, dessen sarkastischer Witz mich immer ebenso anzog, wie sein vernachlässigtes Äußere mich abstieß. »Sauwetter!« brummte er, mir die Hand schüttelnd »Sie hätten sich auch was Besseres aussuchen können, als diesem Manöver beizuwohnen.«

»Was bedeutet die seltsame Betonung, Exzellenz?« frug ich unruhig.

»Na, Sie sehen doch, – es regnet«, wich er aus, »und dann – all das Hofgeschmeiß, über das man stolpert! Wissen Sie übrigens, – Majestät hat Herrn von Wittich in letzter Stunde die Führung des markierten Feindes übertragen.« Ich erschrak. Wittich, der Generaladjutant und Günstling des Kaisers, ein Mann, dessen militärische Leistungen mein Vater zu verhöhnen pflegte, – stand ihm heute als Gegner gegenüber!

Wir ritten weiter. Unterwegs begegnete uns ein Ordonanzoffizier vom Stabe meines Vaters. Er strahlte.

»Das war ein Bravourstück«, rief er mir schon von weitem entgegen. »Die dreizehnte Division hat einen Marsch hinter sich, der alles in Erstaunen setzte. Natürlich kam die feindliche Kavallerie zu spät und wurde glänzend abgewiesen.«

Ich atmete auf. Vor der Mühle Habichtshorst wehte die Kaiserstandarte. Wir ritten so nah heran wie möglich.

Im nächsten Augenblick brauste und dröhnte es dicht vor uns: unter tausenden von Pferdehufen bebte die Erde, die ganze Kavallerie-Division stürmte zum Angriff, – ein Anblick, der den Herzschlag stocken ließ und jenes Fieber gespannter Erregung auslöste, das den Hazardspieler packt, wenn er die Elfenbeinkugel rollen sieht. Ich vergaß meine Unruhe – den Vater – den peitschenden Regen –, meine Hand, die den Feldstecher vor die Augen hielt, zitterte. Einen Moment trat das Antlitz des Kaisers in mein Gesichtsfeld: seine Augen glühten, und seine Lippen zuckten. Ich begriff plötzlich seine Leidenschaft für solch ein Schauspiel.

Gleich darauf hörte ich Trommeln und Pfeifen: im Sturmschritt rückte die Infanterie von der anderen Seite vor, – sie kam in unzählbaren Massen, wie aus der Erde gestampft, mit Hurra und knatterndem Gewehrfeuer. Ich sah den Fuchs meines Vaters, – da plötzlich ein Signal: Das Ganze Halt!, und still stand der Kampf.

Merkwürdig scheu wichen mir auf dem Heimweg unsere Offiziere aus. Kurz vor Minden traf ich Hessenstein, den ich anrief. »Was ist geschehen?« frug ich verängstigt.

»Es soll einen bösen Auftritt gegeben haben«, antwortete er. »Auf die Mitteilung, dass er geschlagen sei, ist Ihr Herr Vater in helle Wut geraten. ›Sie sind wohl des Teufels‹, soll er geschrien haben, ›ihre ganze Kavallerie ist ja vernichtet‹. Alle, die ich sprach, geben ihm übrigens Recht. Der Sturm auf Nordhemmern und Holzhausen hätte zweifellos seinen Sieg gesichert, wenn er nicht abgebrochen worden wäre.«

Wir reisten noch an demselben Tage nach Münster zurück und erwarteten dort meinen Vater. Er war ruhiger, als ich gefürchtet hatte, und erwog mit solcher Sicherheit die Aussichten auf ein Armeekorps, dass wir selbst kaum mehr daran zu zweifeln vermochten.

Als der nahende Karneval uns grade wieder an die geselligen »Pflichten« zu erinnern begann, starb die alte Kaiserin Augusta, und es war für diesen Winter mit Spiel und Tanz vorbei. Nichts hätte mich mehr befriedigen können. Nun konnte ich mich ungestört der Aufgabe widmen, deren Erfüllung ein neues Leben einleiten sollte.

Das kleine Buch, das ich in Hohenlimburg zu schreiben begonnen hatte, enthielt die Skizzen, aus denen ich ein Gemälde schaffen wollte, so stark an Farben, so lebendig an Gestalten, dass in Zukunft niemand daran würde vorübergehen können. Aber so rasch jener erste Entwurf entstanden war, so langsam gings mit der neuen Arbeit. Ich entdeckte Lücken in meiner Bildung, die durch die mir zu Gebote stehenden Mittel unausfüllbar blieben. Meine Unwissenheit auf den Gebieten der Philosophie und der Naturwissenschaften stürzte mich oft in die tiefste Verzweiflung. Mein ganzes bisheriges Leben erschien mir dann wertlos, die Zukunft, wie ich sie erträumte, auf immer gefährdet. Oft saß ich bis in die Nacht hinein grübelnd am Schreibtisch, und erst, wenn das letzte Scheit Holz im Kamin erlosch und die Finger in der Winterkälte erstarrten, huschte ich fröstelnd in mein Schlafzimmer.

Ich war in dieser Zeit so mit meinen eigenen Gedanken beschäftigt, dass ich mich automatenhaft in meiner Umgebung bewegte, bis mir eines Tages meines Vaters klanglose Stimme auffiel. »Bist du krank, Papachen?« frug ich besorgt. Er lachte gequält: »Ich sollte es sein!« Als ich am nächsten Morgen zum Frühstück in sein Zimmer trat, lag er im Lehnstuhl, leichenblass, mit weit aufgerissenen Augen. Ich stürzte neben ihm in die Knie und griff nach seiner schlaff herabhängenden Hand. In dem Augenblick kam er zur Besinnung; ein Ton, der nichts menschliches an sich hatte, drang aus seiner Kehle, – er sprang auf, schlug wild aufschluchzend die Hände vors Gesicht, um in der nächsten Minute wieder zurückzusinken. Da fiel mein Blick auf einen weißen Bogen, aus einem blauen Umschlag halb herausgerissen, – ich griff danach und las mit verdunkeltem Blick nur die drei Worte: »... der Abschied bewilligt ...«

»Die dreizehnte Division!« murmelte mein Vater.

Nicht rasch genug konnten wir unseren Haushalt auflösen. Mein Vater vertauschte noch an demselben Tage die geliebte Uniform mit dem schwarzen Rock. Aber er wagte sich damit bei Tage nicht auf die Straße; sein Gesicht färbte sich dunkelrot bei jedem Soldaten, der ohne Gruß an ihm vorüberging. Ich folgte ihm wie sein Schatten; er sah aus wie einer, dem der Tod nachschleicht. Ohne Anteilnahme hörte er zu, wenn meine Mutter Zukunftspläne schmiedete; wenn sie aber in der Aussicht auf ein ruhiges Leben förmlich froh zu werden vermochte, erhob er sich schwerfällig und ging hinaus. Er kümmerte sich um nichts, äußerte keinen Wunsch, ließ alles geschehen.

Meine Mutter verkaufte ein gut Teil der Möbel – er merkte es nicht; sein Adjutant verhandelte mit Hilfe des Reitknechts mit den Pferdehändlern, – er betrat den Stall nicht mehr. Als dann aber der Morgen kam, wo die Pferde fortgeführt werden sollten und wir alle versuchten, ihn in seinem Zimmer festzuhalten, lief er plötzlich auf den Flur hinaus, – hell hatte der Fuchs, sein Lieblingspferd, gewiehert, auf dem Hofe unten stand er, sein goldiges Seidenhaar glänzte im Sonnenlicht und lustig bellend, wie sonst vor dem Morgenritt, sprang ihm Percy, der weiße Terrier, an die Nase. Gegen die Scheibe presste mein Vater die Stirn, ein Beben erschütterte seinen starken Körper, und schwere Tränen rollten ihm über die Wangen. Der Fuchs verschwand im Torweg; nur der Hund blieb noch unschlüssig stehen, kniff den Schwanz, sah fragend zu uns hinauf und trottete dann erst nach – langsam, ganz langsam.

Fünfzehntes Kapitel

Märzsturm im Harz. Er schüttelte auf den Höhen die schweren Schneemassen von den Bäumen und peitschte durch die Täler feuchtkalten, rieselnden Regen. Hochauf geschwellt wie ein Gießbach rauschte die sonst so bescheiden flüsternde Radau durch das Städtchen. Unter den kahlen, schwarzbraunen Eichen stand in grauschillernden Lachen das Wasser; es hing in hellen Tropfen in den Spinngeweben zwischen den Balken des Musikpavillons und im dürren Weinlaubgerank um die muffig riechenden Wandelhallen. Mit geschlossenen Fensterläden schliefen Häuser und Gasthöfe noch den Winterschlaf, und auf den Wegen in die Wälder hatten Regen und Schnee all die vielen Fußspuren des vergangenen Sommers verwischt.

Jeden Morgen, wenn die blecherne Uhr von Juliushall – das einzig Lebendige zu dieser Stunde – sieben schlug, trat aus dem kleinen Häuschen gegenüber ein Mann heraus: mit zwei müden, blauen Augen unter finster gefalteter Stirn sah er kühl und gleichgültig zum ewig grauen Himmel auf; die vollen Lippen, die ein dichter blonder Bart beschattete, pressten sich fest aufeinander, und die eine Faust auf dem Rücken, die andere um den Krückstock gespannt, ging er rasch die Chaussee hinauf. Er lief immer mehr, je weiter er kam; tauchte irgendwo ein Mensch auf, so bog er seitwärts in die Wälder. Zuweilen folgte ihm vorsichtig spähend ein junges blasses Mädchen, dem die schwarzen Locken im Wind wild um die Stirne tanzten. Aber sie kam nicht weit, – sie hätte schließlich laufen müssen, um ihn im Auge zu behalten, und das Herz klopfte ihr zu stark. So ging sie denn aufseufzend, mit einem sorgenvollen Zug um den Mund, die schmale Treppe wieder hinauf, in die Puppenwohnung mit den verschossenen Puppenmöbeln, den bunten Öldrucken an der großblumigen Tapete, dem unbehaglich dürftigen Pensionsfrühstück auf dem runden Tisch. Sie schluckte den dünnen Kaffee, aß widerwillig ein winziges Brötchen und sprang mit nervöser Hast auf, als nebenan Stimmen laut wurden. »Schwester!« rief die eine halb verschlafen – »Alix!« klang eine andere, scharfe, spitze durch die zweite Tür. Vor dem kleinen

Mädchen knieend, das sich die goldenen Löckchen wohlgefällig über die rosigen Fingerchen wickelte, zog sie ihm Strümpfe und Schuhe an, um gleich darnach zur Mutter zu gehen, die vor dem Spiegel der geschickten Hände ihrer Ältesten wartete.

»Papa war heute wieder sehr böse über den schlechten Kaffee«, sagte sie, während sie mit dem Kamm durch die noch immer vollen blonden Haare ihrer Mutter fuhr, »und der Ofen will auch nicht brennen, – wir sollten doch lieber umziehen!«

»Du weißt, dass alle anderen Pensionen erheblich teurer sind«, antwortete die Mutter gereizt, »Hans muss sich eben an Einschränkung gewöhnen.«

Kam der Vater gegen Mittag zurück, missmutig und müde, so saß seine Älteste schon seit ein paar Stunden neben dem Schwesterchen und spielte Lehrerin. Des Nachmittags gingen sie zu viert spazieren; aber angesichts der gramvollen Verschlossenheit des Vaters, der unnahbaren Kühle der Mutter und einer Natur, die von der weißglänzenden Winterpracht und der grünschimmernden Frühlingshoffnung gleich weit entfernt war, verstummte selbst Klein-Ilschens Lachen und leichtsinniges Geplauder. Im stillen atmete jeder auf, wenn der Familienausflug ein Ende nahm, und doch versicherte einer dem anderen, dass er »herrlich« gewesen wäre.

Große Schmerzen bedürfen der Einsamkeit. Schwül und schwer lasten sie wie Gewitterluft, wenn sie sich nicht entladen können; und die Qualen des anderen mit ansehen, heißt die eigenen verdoppeln. Aber Tradition und Sitte predigen in verlogener Sentimentalität, dass sie gemeinsam getragen werden müssen; und ihnen beugten sich die drei Menschen, so sehr sie auch auseinander verlangten.

Wenn alle schliefen, brannte bei der Schwarzen, Blassen noch lange die Lampe. Aus den Schulbüchern der Schwester bereitete sie sich auf das Pensum des nächsten Tages vor, – sie hatte ja nie gelernt, zu lehren, und mühsam wars, das Notwendige nachzuholen. Dabei war auch noch stets der Arbeitskorb voll, gestickt musste werden und genäht, – niemand durfte merken, dass die Verhältnisse der Familie ihrem Rang nicht mehr entsprachen. Sehnsüchtig schweiften die dunkeln Augen der Arbeitenden oft genug zu den Büchern, die erwartungsvoll mit blanken Goldlettern auf dem Rücken von dem kleinen Regal zu ihr herübersahen. Stahlen sich dann aber gar Tränen zwischen den Wimpern hervor, so zog sie einen zerknitterten Brief aus der Tasche, mit seinen Schriftzügen dicht bedeckt, und las ihn, den sie schon fast auswendig wusste, wieder und wieder. Er lautete:

Pirgallen, 10. März 1890

»Mein geliebtes Enkelkind!

Deine Mutter schreibt mir, mit welch ruhigem Ernst Du Dich in die neue Lage gefunden hast, und wie treulich Du all die Pflichten, die sie Dir auferlegt, erfüllst, so dass ich Dich nun ganz besonders meiner zärtlichen Liebe und freudigen Anerkennung versichern möchte. Ich habe oft gefürchtet, die kleinen Teufel der Eitelkeit möchten von meiner Alix reinem Herzen schließlich Besitz ergreifen; vielleicht hat die Führung Gottes, die uns kurzsichtigen Menschen oft grausam erscheint, auch für Dich den rechten Weg gefunden, auf dem Dein besseres Selbst sich voll entfalten kann. Ich habe, wie Du weißt, von Anfang an den Abschied Deines Vaters nicht so tragisch genommen als alle anderen, als vor allem er selbst. Je älter wir werden, desto gleichgültiger erscheinen uns solch äußerliche Begebenheiten. dass es freilich eine harte Schule gerade für Hans ist, der an seiner empfindlichsten Stelle, – seinem Selbstbewusstsein, seinem Ehrgeiz, – getroffen wurde, weiß ich nur zu wohl. Aber er ist stark und gut genug, um sie schließlich bestehen zu können, wenn Ihr alle, Du besonders, mein Kind, an der er mit all seiner Zärtlichkeit hängt, ihm in geduldiger Liebe beizustehen nie unterlassen werdet und er für seine ungebrochene Kraft eine Tätigkeit findet, die ihr entspricht.

Aber noch eine andere, und für Dich vielleicht schwerer zu erfüllende Aufgabe muss ich Dir, meine Alix, übertragen. Ich hoffe, Du wirst daran den Grad meines Vertrauens zu Dir ermessen können und es nicht als Grausamkeit empfinden, wenn ich gerade Deinen jungen Schultern diese Last auferlege. Ich bin 78 Jahre alt und kann jeden Tag abberufen werden. Es ist mir möglich gewesen, meine einzige Tochter, Deine Mutter, durch regelmäßige pekuniäre Zuwendungen, durch Geschenke, Badereisen und dergleichen, vor quälenden Sorgen zu bewahren. Nichts konnte mich mehr freuen, als dass ich dazu imstande war, denn seine Lieben mit dem zu unterstützen, was man entbehren kann, ist niemals ein Opfer. Deine Mutter hat es um so selbstverständlicher angenommen, als sie stets zu dem Glauben berechtigt war, dass ihr künftiges Erbteil noch unangetastet in meinem Besitz sich befinde. Um den Frieden ihrer Ehe nicht zu stören, habe ich ihr die Wahrheit verschwiegen. Sterbe ich, so wird sie erfahren, dass Hans auf Grund dieser Erbschaft von meinem Sohn Walter im Laufe der Jahre Darlehen empfing, die sie sogar um ein beträchtliches übersteigen. Das wird für Deine Mutter nicht nur eine große Enttäuschung sein, es wird auch Einschränkungen aller Art nach sich ziehen, und auch an bitteren Empfindungen zwischen Deinen Eltern wird es nicht fehlen. Dir, meine Alix, teile ich das schon heute mit, damit Du bereits jetzt Deinen Einfluss dahin geltend machst, dass Euer neues Leben sich möglichst einfach gestalte, und Du fortfährst, ein fleißiges Hausmütterchen zu sein. Deine Eltern glauben Deiner Jugend, Deiner Zukunft, einer möglichen Heirat alle Rücksicht schuldig zu sein, sie werden sich gewiss einen Aufenthaltsort aussuchen, wo Du die gewohnte Geselligkeit finden und eine gesellschaftliche Rolle spielen kannst. Ich denke zu hoch von meiner Enkelin, als dass ich nicht wüsste, dass Du höhere Werte zu schätzen und höheren Zielen zu folgen weißt. Eine Ehe ist nur selten ein Glück, am wenigsten eine solche, die im Ballsaal geschlossen wird, und Dich hat Gott mit so vielen guten Gaben bedacht, dass Du auch außerhalb der natürlichen weiblichen Lebenssphäre einen Dich und Andere befriedigenden Lebensinhalt finden wirst. Suche Dir diesen Inhalt, nicht nur um Deiner selbst willen, sondern auch, um Deinen Eltern die Sorge um Dich von der Seele zu nehmen. Dein Vater freilich, immer ein Optimist in diesen Dingen, rechnet für seine Töchter mit den Millionen der augsburger Tante. Deine alte Großmutter, mein Kind, die stets in d«m Rufe stand, schwarz zu sehen, weiß aber aus Erfahrung, dass es mehr als töricht ist, auf den wankelmütigen Sinn reicher Frauen Zukunftsburgen zu bauen. Klotilde ist ebenso egoistisch wie launisch, und ihrer Eitelkeit zu schmeicheln hast Du, Gott Lob!, noch nicht verstanden. Darum ist der Rat, der letzte vielleicht, den ich Dir geben kann, der: stelle Dich auf Deine eigenen Füße. Über das »Wie« zu entscheiden, wird freilich Deine Sache sein. Nur an ein paar Beispiele möchte ich Dich erinnern: an Frau v. W., die ein schönes, gefeiertes Mädchen, eine verwöhnte Frau gewesen ist. Ihr Mann verjubelte, was sie besaß, und musste, als unheilbar Gelähmter, den Abschied nehmen, so dass ihr allein die Erhaltung der ganzen Familie zufiel. Sie setzte sich an den Schreibtisch, schrieb Romane und erwarb, was nötig war, um zu leben und ihre Kinder zu erziehen. Oder denke an die kleine Gräfin B., deren Eltern starben, als ihre fünf Geschwister noch unmündige Kinder waren. Mit den Künsten, durch die sie bisher nur die Verwandten erfreut hatte, erhielt sie von da an die Ihren. Ihre gemalten Teller, ihre gebrannten Wappen und gepunzten Ledereinbände findest Du jetzt in den Auslagen großer Berliner Geschäfte.

Und nun lebwohl, mein Herzensenkelkind; ich fühle, dass Du mich recht verstehst, und weiß zuversichtlich, dass ich im Vertrauen auf Dich ruhig meine Augen werde schließen können. Ich drücke Dich an mein Herz, als

Deine treue, sehr alte
Großmama.«

Viele schlaflose Nächte hatte mich dieser Brief gekostet, und noch war keine Stunde am Tage vergangen, die mich nicht an ihn erinnert hätte. Im ersten Überschwang des Gefühls hatte ich Großmama alles versprochen, was sie von mir erwartete, und freudigen Herzens hatte ich mich in meine Aufgabe gestürzt. Aber der Eifer erlahmte bald, und es blieb nichts übrig als nüchterne, eiskalte Pflichterfüllung. Ich musste Großmamas Wünschen folgen, weil die Verhältnisse mir unweigerlich ihre Erfüllung aufzwangen, und ich konnte es, soweit die häuslichen Pflichten in Betracht kamen. Aber wie sollte ich es fertig bringen, mich »auf eigene Füße zu stellen«?! Nach Selbständigkeit hatte ich mich gesehnt mein Leben lang, – nach Selbständigkeit und nach Freiheit –, aber das wars ja gar nicht, was Großmama unter ihren eigenen Worten verstand, und was ich zu erreichen genötigt werden würde. Nicht meiner Überzeugung leben, mein geistiges Ich befreien sollte ich, sondern im Dienst der Familie meine Begabungen in blanke Münze umsetzen.

Aus bunten Lappen, Blumen und Bildern hatte ich mir einst im Zimmerwinkel einen heimlichen Tempel erbaut, der wertlos für mich wurde und entweiht durch den ersten fremden Blick, der hineinfiel, – und nun sollte ich meine Gedanken, den ganzen Inhalt meines Seelenheiligtums preisgeben, sollte für den Verkauf denken und träumen, wie man Spitzen klöppelt, um sie nach dem Meter an den Mann zu bringen?! Ich hatte gehofft, mit jenem kleinen schwarzen Büchlein einmal öffentlich wider die Lüge zu kämpfen, – aber nur um des Kampfes willen! In den Schmutz ziehen hieß es die ganze große Sache, wenn auch nur ein Gedanke an »Verdienen« sich mit ihr verband. Nein – tief in den Koffer und noch tiefer in den Hintergrund meines Herzens musste ich das schwarze Büchlein bannen, solange ich an »Verdienen« denken musste. Ob ich wohl auch, wie Frau v. W., Romane schreiben könnte? – Eine tiefe Ehrfurcht vor dem Schaffen der Dichter erfüllte mich von je her. Als höhere Wesen erschienen sie mir, Gott ähnlich, da sie Menschen schufen, wie er. Sie wurden geboren durch ein höheres Naturgesetz und nur durch ein solches zum Schaffen gezwungen. Ein Frevler am Heiligtum, wer sich zu ihnen erhob, um mit Phantasien und Versen zu schachern, – lieber Hemden nähen, oder Strümpfe stricken!

Flüchtig fiel mir meine Geschicklichkeit ein, Kleider zu machen und Hüte zu garnieren, – doch: ein Fräulein von Kleve eine Schneiderin, eine Putzmacherin – unmöglich! Aber wie viel Tischkarten hatte ich nicht schon gemalt, wie viel Stühle und Tische und Kasten und Rahmen gebrannt, – hier war vielleicht ein Weg, der sich betreten ließ. Von nun an benutzte ich jede freie Stunde, um mit dem Pinsel oder dem Brennstift Seide und Sammet, Papier, Holz und Leder zu bearbeiten.

»Komisch«, meinte Papa eines Abends, »dass du plötzlich mit solchem Eifer Dilettantenkünste treibst. Es ist doch noch lange Zeit bis Weihnachten.« – »An Alix' Geistessprünge solltest du eigentlich schon gewohnt sein«, spottete Mama. Heiß stieg mir das Blut in die Schläfen; eine heftige Antwort schwebte mir schon auf der Zunge, als ein für Harzburgs Stille ungewohnter Lärm auf der Straße uns alle ans Fenster trieb.

»Extrablatt – Extrablatt!« Mein Schwesterchen stürmte die Treppe hinab, – endlich ein Ereignis in diesem einförmigen Leben! –, und mein Vater ihr nach, der immer irgend etwas Ungeheures erwartete und sich seit seinem Abschied mehr denn je in Prophezeiungen gefiel.

»Bismarck ist entlassen –« atemlos rief er es uns von der Straße herauf zu und stieg mit jugendlicher Elastizität die hohen Stufen wieder hinauf. Hochrot war er im Gesicht, die Schweißtropfen standen ihm auf der Stirn, und ein triumphierendes Leuchten war in seinen Augen. Erstaunt sah ich zu ihm auf. »Er auch!« sagte er wie zu sich selbst und lächelte. Nun verstand ich ihn: ein Größerer war gefallen, von demselben Schützen getroffen, – nicht mehr als der Gedemütigte stand er da, sondern als der Gefährte dessen, der das Reich gegründet hatte und von des Reiches drittem Kaiser aus dem Wege geräumt worden war. Von dem Tage an lebte er auf, wurde gesprächig wie früher, verfolgte mit steigendem Interesse die politischen Ereignisse, und seine oppositionelle Stellung zum »neuen Kurs« wurde eine immer schroffere.

»Wir werden nach Berlin übersiedeln«, sagte er mit einer Bestimmtheit, die jeden Widerspruch ausschloss. »Dort eröffnen sich mir alle Möglichkeiten zu literarischer und politischer Tätigkeit.« Er begann für die konservative Presse schärfster Observanz zu schreiben, die damals der Ära Caprivi all ihren Widerstand entgegensetzte.

Die Aussicht auf Berlin elektrisierte selbst die Mutter: auf Theater, Konzerte, Ausstellungen freute sie sich wie ein Kind. Ein unterdrückter, ungestillter Hunger schien plötzlich bei ihr zum Ausbruch zu kommen. Auch ich war mit der Wahl von Berlin zufrieden; dort würde es mir leichter werden als anderswo, meine Arbeiten anzubringen, und die trübe Nebelstimmung meines von der Pflicht und dem Erwerb ausgefüllten Daseins würde doch vielleicht hier und da von einem Sonnenstrahl aus der Welt geistigen Lebens – der für mich unerreichbar fernen! – durchbrochen werden. dass meine Freude eine so gedämpfte war, begriffen die Eltern nicht. Mein Vater bemühte sich immer wieder, der Ursache nachzuspüren.

»Du wirst mit Mama die Hofbälle besuchen – auch wenn ich nicht mittun kann«, sagte er eines Tages mit gütigem Lächeln. »Nein, Papachen!« antwortete ich. ihm dankbar die Wange küssend. »Ich bin lange genug ausgegangen – ich mache mir nicht das mindeste daraus.«

Er schüttelte bekümmert den Kopf, – nun war er vollends ratlos. Wie gut, dachte ich, dass seine Jüngste, Ilschen mit dem Goldhaar, die allzeit Fröhliche, ihm immer wieder die Sorgenfalten von der Stirne lachte und schmeichelte. Oft schickte ich sie hinein, wenn ich ihn in trüben Gedanken wusste. Sie verstand es, wie Sonnenschein, alle Regentropfen glitzern zu machen. Und jeden Abend trieb sie die bösen Geister, die sich am Tage heimlich eingeschlichen hatten, mit ihren Wirbeltänzen zu Türen und Fenstern hinaus. Sie hatte Musik in den Gliedern; jede Melodie wurde ihr zur rhythmischen Bewegung. Unermüdlich pfiff der Vater, und auf und nieder, hin und her flog sie, ein flatternder Irrwisch – mit Feuerfunken in den Augen und glühenden Rosen auf den Wangen. Ganz verängstigt flackerte die kleine Petroleumlampe, – aufgestört aus ihrer würdevollen Ruhe, mit der sie sonst nur fleißige Hände und stille Menschen zu bescheinen gewohnt war. Ich saß indessen am Tisch und beugte den Kopf immer tiefer auf die Arbeit; oft schlich ich still hinaus, – ich wusste nur zu gut, dass mich niemand vermissen würde.

Ich wurde blass und schmal, und blaue Ringe umschatteten meine Augen.

Da kam eines Tages ein Telegramm aus Pirgallen: »Mama im Sterben. Walter«. Mir lähmte der Schreck die Glieder; stumpfsinnig sah ich zu, wie meine Mutter in Tränen ausbrach. Ich kannte den Tod ja nur vom Hörensagen; noch war mir niemand von denen gestorben, die mir die liebsten waren. Erst als ich sah, wie meine Mutter hastig den Koffer packte, kam ich zu mir.

»Ich komme mit«, sagte ich rasch und riss ein paar Sachen aus dem Schrank und aus der Kommode. »Du?!« Mama sah erstaunt von ihrer Arbeit auf. »Davon kann selbstverständlich keine Rede sein. Entweder wir reisen alle – und das ist zu kostspielig –, oder du musst bei Hans und Ilse bleiben. Die Kleine kann nicht allein sein.« Ich zitterte vor Aufregung: Plötzlich ward mir klar, dass der einzige Mensch, der mich verstand, der mich liebte – mich selbst, so wie ich wirklich war –, mit dem Tode rang; dass ich ihn verlieren sollte, ohne dass ich ihn je ganz besaß, ohne in das kostbare offene Gefäß seines großen Herzens all mein Leid, all meine Zweifel ausgegossen zu haben und Kraft und Klarheit und Verständnis von ihm zu empfangen.

»Ilse ist groß genug – und Papa sorgt für sie – besser als ich. Ich bitte dich – lass mich mit! –« rief ich verzweifelt.

»Du weißt, dass es unmöglich ist –« Mamas Stimme wurde scharf, »oder hast du vielleicht das Geld für die Reise?«

Tränen des Zorns, der Empörung, der Scham stürzten mir aus den Augen: Großmama starb, – und von Geld konnte gesprochen werden! –

Meine Mutter fuhr allein, aber auch sie kam zu spät: in der Nacht vor ihrer Ankunft hatte die Greisin ausgeatmet. Jetzt erst dachte ich all dessen, was bevorstand, und der Schmerz wich mehr und mehr der Angst. Ich beobachtete Papa: er vermochte seiner Aufregung kaum Herr zu werden. Wenige Tage nach der Beerdigung kam ein Brief von Mama. Er öffnete ihn nicht, sondern ging damit aus dem Zimmer und schloss sich in seiner Schlafstube ein. Ich horchte an der dünnen Wand: ein Stuhl fiel zu Boden – ein unterdrücktes Stöhnen – ein bitter-grelles Auflachen klang an mein Ohr. Mein ganzes Herz trieb mich zu ihm, aber ich hatte den Mut nicht, meinem Gefühl zu folgen. Als Papa nach ein paar Stunden zu Tisch erschien, sah er so müde, so zerfallen und verzweifelt aus wie damals, als ihm der Abschied ins Haus geschickt worden war.

Eine Woche später kehrte Mama zurück. Ihre Schläfen waren grau geworden, und noch fester als sonst pressten sich die schmalen Lippen aufeinander. Mit einem kühlen Blick streifte sie den Vater und mich, reichte uns flüchtig die Hand und hatte nur für Ilschen einen zärtlichen Kuss. Zu Hause übergab sie mir ein großes Packet. »Ihren schriftlichen Nachlass hat Mamachen dir hinterlassen«, sagte sie, »du kannst damit machen, was du willst.« Mir traten die Tränen in die Augen. Die liebe, gute Großmama! Nun würde sie doch für mich eine Lebendige bleiben! So rasch wie möglich zog ich mich mit meinem Schatz in mein Zimmer zurück. Aber ich hatte kaum die Siegel gelöst, die vielen Bänder geöffnet, als ein heftiger Wortwechsel zu mir herübertönte.

»Hinter meinem Rücken hast du mein Erbteil verbraucht«, sagte Mama, »und dass auch meine Mutter mir verschwieg, was mich doch wohl am nächsten anging, – das verbittert mir noch die Erinnerung an die Tote ...« »Habe ichs etwa für mich gebraucht?!« brauste Papa auf, »oder nicht vielmehr für dich, deinen Haushalt, deine Toiletten, und für die Kinder – «

»Und für deine Pferde, und die überflüssigen Geschenke, und dein ganzes großspuriges Auftreten!« setzte sie heftig hinzu. »Warum hast du mich behandelt wie ein unmündiges Kind, und mir nicht gesagt, dass wir von deinem Gehalt nicht auskommen?! Ich hätte mich, weiß Gott, auch an größere Einschränkung gewöhnt – wie an so vieles andere!«

»Weil ich dich schonen, dir ein angenehmes Leben schaffen wollte! – Aber beruhige dich, liebe Ilse – beruhige dich. Ich hatte zwar gerade gehofft, dass wir nun endlich ein gemeinsames, ein menschliches Leben miteinander führen würden, – aber du erinnerst mich beizeiten daran, dass ich auch jetzt nichts weiter bin, als dein Portemonnaie ....«

»Mit solchen Phrasen verschone mich bitte, – sie täuschen mich über die Tatsache nicht hinweg, dass es doch nur mein Geldbeutel war, den du – angeblich in meinem Interesse! – geleert hast.«

Ich erwartete zitternd eine wütende Antwort, – statt dessen hörte ich, wie des Vaters Stimme umschlug und weich und flehend wurde.

»Ilschen – sei doch nicht so grausam – siehst du denn nicht, wie mich die Selbstvorwürfe schon gemartert haben? – Im Grunde hast du ja recht – ganz recht – aber es war doch nur meine große Liebe zu dir – die stete Angst, die deine zu verlieren, die mich dir all das verschweigen ließ, die immer wieder – in jeder Form – um deine Gunst werben musste, – ich würde auch Millionen für dich ausgegeben haben, wenn ich sie gehabt hätte ....« Das konnt ich nicht mehr mit anhören, – wie gejagt lief ich in den Garten hinunter.

Und böse war die Zeit, die folgte: der Vater in der gedrücktesten Stimmung, jeder Blick, den er auf seine Frau warf, ein Betteln um Liebe, während sie kaum die notwendigsten Worte mit ihm wechselte und mit peinigender Betonung bei jeder Gelegenheit Sparsamkeit predigte, – das Schwesterchen dazwischen, das sich um so leidenschaftlicher an mich anklammerte, je unheimlicher es ihm bei den Eltern zumute wurde, – und schließlich ich selbst, müde und herzenswund, und dabei krampfhaft bemüht, der Kleinen Lehrerin und Spielkamerad zugleich zu sein und dem Vater Frohsinn vorzutäuschen, um ihn zu erheitern.

Draußen glühte und glänzte der Sommer. Ein einziger grüner Dom war der Wald, die grauen Stämme der Buchen seine gewaltigen Säulen, der Duft der Tannen sein würziger Weihrauch. Und doch floh ich vergebens hinaus, um hier zu finden, was ich einst im Hochgebirge gefunden hatte: Kraft und Weihe. Menschenmassen überfluteten jetzt Berge und Täler; ihre niedrigen Eitelkeiten, ihre verstaubten Interessen trieben den Frieden und die Andacht aus den Wäldern. Und die Natur hatte sich ihnen allmählich angepasst: mit ihren geebneten Parkwegen, ihren umzäunten Rasenflächen und gepflegten Blumenbeeten war sie nichts, als ein Salon im Freien.

Alte Freunde aus Münster, die zur Reitschule nach Hannover kommandiert worden waren, besuchten uns um diese Zeit, und ihr Entsetzen über mein Aussehen machte meine Eltern erst darauf aufmerksam.

»Was fehlt dir bloß?« rief mein Vater besorgt.

»Ein bisschen Leben, Exzellenz«, schnitt Rittmeister von Behr mir die Antwort ab. »Bäume, Berge und Wasserfälle sind keine rechte Gesellschaft für Ihr Fräulein Tochter. Geben Sie sie uns mit nach Hannover; hat sie mit uns erst ein paar Pullen Sekt geleert und ein paar Gäule kaput geritten, dann wird das Blut ihr schon wieder in die Wangen schießen.«

Ich lehnte die Einladung ab: »Wir sind in tiefer Trauer, Herr von Behr, und mein schwarzes Kleid passt kaum in Ihre Gesellschaft.« Als wir allein waren, sagte meine Mutter mit einem kaum merklichen Zögern: »Wenn das schwarze Kleid allein dich zurückhält, so kannst du es ruhig mit einem weißen vertauschen. Hier ist Mamachens letzter Brief an mich, worin sie den Wunsch ausspricht, dass ihre Enkel keine Trauer anlegen sollen.« – »Und das sagst du mir jetzt erst?!« entfuhr es mir, – hatte ich es doch die ganze Zeit über wie eine Beleidigung der Toten empfunden, die Trauer um sie den neugierig-mitleidigen Blicken aller Welt preiszugeben. Meine Mutter verstand mich falsch. »Ich hätte nicht geglaubt, dass du so wenig Herz hast«, meinte sie gekränkt, »dann wirf nur den Krepp beiseite und geh deinem Vergnügen nach.«

In der nächsten Viertelstunde war ich bereits umgezogen, aber bei meiner Weigerung Herrn von Behrs Einladung gegenüber blieb ich. Erst Papas Bitten, seinen Vorwürfen und seinen sorgenvollen Blicken, die ich stets auf mir ruhen fühlte, gab ich schließlich nach. Der schneidigste Kavallerist der Armee war zu jener Zeit Leiter der Reitschule, und der Kursus der Stabsoffiziere hatte gerade eine große Zahl der besten Reiter nach Hannover geführt. Kraft und Kühnheit, Lebenslust und Leichtsinn gaben sich ein Stelldichein; der Tretmühle des Kasernenhofdienstes entronnen, von der Familie entfernt, die mehr als alles andere an die schmerzvolle Würde des Alterns erinnerte, feierten all diese reifen Männer ein stürmisches Wiedersehen mit der Jugend. Sie tranken und spielten die Nächte durch und saßen beim Morgengrauen wieder im Sattel; sie fanden sich strahlend und heiter, ihrer eigenen grauen Haare spottend, zur üppigen Mittagstafel ein und tanzten abends ausdauernder als die jüngsten Leutnants. Ich war das einzige junge Mädchen in diesem Kreis, und der Verkehr inmitten dieser bunten Gesellschaft, die die Kavallerie ganz Deutschlands vertrat, war um so ungezwungener, als der Gedanke, der sich sonst störend und trennend zwischen die männliche und die weibliche Jugend schiebt, – »Kann er mich heiraten?« – »Ist sie eine Partie?« – hier nicht aufkam, wo jeder Mann – wenigstens solange er in unserer Gesellschaft war – den Trauring am Finger trug.

Ah, wie gut tat es doch, wieder fröhlich zu sein! Zu vergessen – im Lebensrausch der Stunde!

Einmal war ein kleiner sächsischer Husar mein Tischnachbar – »Herr von Egidy«, hatte man ihn mir vorgestellt, – und ich hatte die gedrungene Gestalt mit dem runden Schädel kaum im Gedächtnis behalten. Jetzt fielen mir plötzlich ein paar große blaue Augen auf, die mich mit einem so reinen Ausdruck anstrahlten, wie er mir bei einem Manne selten begegnet war. Wir kamen in ein Gespräch, das mich, je überraschender sein Inhalt wurde, desto mehr fesselte. Dieser Husarenmajor hatte andere Gedanken hinter seiner breiten Stirn als die über Schwadronsexerzieren und Jagdreiten. Man hatte sich gerade über die jüngsten Verordnungen des Kaisers gegen den Luxus unterhalten, und bei aller Wahrung der Form war doch der Ausdruck des Unmuts ein allgemeiner.

»Mich haben die Worte Sr. Majestät geradezu beglückt«, sagte Egidy. »Wir nennen uns Christen, und verleugnen die Lehre Christi fast täglich.«

Erstaunt sah ich auf. Noch nie hatte jemand zwischen Austern und Mocturtle-Suppe über die Lehre Christi mit mir gesprochen. War das ein schlechter Witz? Ich begegnete einem ernsten Blick, der meine Vermutung Lügen strafte.

»Wir sollen doch Christen sein, nicht heißen!« fuhr er fort »und der Heiland saß mit den Zöllnern bei Tisch. – Verzeihen Sie, gnädiges Fräulein – ich vergaß – das ist kaum ein Dinergespräch mit einer jungen Dame – aber meine Gedanken kreisen immer mehr um denselben Punkt –«

»Sie deuten meine Verwunderung falsch, Herr von Egidy«, antwortete ich, »Sie warfen meine ganze gesellschaftliche Erfahrung über den Haufen, – und das verblüffte mich. Wir alle pflegen doch sonst unsere Gedanken, besonders wenn sie so ketzerischer Natur sind, für uns zu behalten. Ich wenigstens –«

»So haben Sie welche und verschweigen sie nur?!« Er lächelte – sein ganzes Gesicht leuchtete auf dabei, »Meinen Sie denn nicht auch, dass nur einer öffentlich auszusprechen braucht, was alle an – wie Sie sagen – ketzerischen Gedanken in sich tragen, um jedem die Zunge zu lösen?! Wie ein großes befreiendes Aufatmen würde es durch die Menschheit gehen –«

In diesem Augenblick schlug einer ans Glas: »Das höchste Glück der Erde liegt auf dem Rücken der Pferde, und am Herzen des Weibes – –« Es gab ein allgemeines Stühlerücken – Anstoßen – Gelächter. Alles umringte mich und forderte von mir eine Antwort. Ohne viel Überlegung brachte ich auf die lustigen Majore, die am Jungbrunnen von Hannover wieder zu Leutnants geworden wären, einen Trinkspruch aus. Und wieder klangen die gefüllten Gläser aneinander, und alle Rosen, die die Tafel geschmückt hatten, häuften sich vor mir. Aber ich lächelte nur mechanisch über die Huldigung. »Wie ein großes befreiendes Aufatmen wird es durch die Menschheit gehen, wenn nur einer auszusprechen wagt, was alle an ketzerischen Gedanken in sich tragen,« – das ließ mich nicht los. In meinem Koffer zu Haus lag ein schwarzes Buch, – war es wirklich meine höhere Pflicht, das Schwesterchen zu unterrichten, der Mutter die Haare zu kämmen und mit schlechter Dilettantenarbeit ein paar Taler zu verdienen – statt das erlösende Wort in die Welt zu rufen? Denn felsenfest glaubte ich daran, dass es ein erlösendes Wort sein würde.

Am nächsten Vormittag besuchte mich Egidy. Er hatte ein Manuskript bei sich, mit den klaren, großen Schriftzügen des Soldaten bedeckt, wie ich sie bei meinem Vater gewohnt war. »Ernste Gedanken« nannte er es.

Wir waren ungestört, und er begann mir daraus vorzulesen, – eine Kritik der Kirchenlehren war es, ein Bekenntnis zu einem Christentum Christi ohne Dogmen, ohne Wunder, in einfachen lapidaren Sätzen geschrieben, durchglüht von einem kindlich-naiven Glauben an die eigene Sache, an ihren sicheren Sieg, an die Menschheit. Mir war das alles vertraut, und ich konnte mich einer leisen Enttäuschung, dass es nicht mehr war, nicht erwehren. Er schien meine Gedanken zu erraten.

»Ihnen ist das nichts Neues«, sagte er, »das freut mich. Neu daran ist doch nur, dass es jemand ausspricht.«

»Aber das haben schon viele vor Ihnen getan«, wandte ich ein, »Strauß, Renan, die Protestantenvereinler –«

»Ich kenne die Leute nicht«, antwortet er brüsk, »und das beweist, das sie nichts taugten, – sonst hätten ihre Schriften wirken müssen –«

»Sie denken an eine Veröffentlichung?!«

»An was sonst? Jedes Wort wendet sich doch an die Masse! Ich muss handeln, weil kein anderer es getan hat!« Seine blauen Augen funkelten dabei.

»Und – die Folgen?! Bangt Ihnen davor nicht?« Mit aufrichtiger Bewunderung sah ich zu dem Mann in dem bunten Husarenrock auf, der jetzt erregt, straff aufgerichtet, vor mir hin und her ging. Er lächelte wieder sein vertrauendes Kinderlächeln.

»Ich kann mich doch nur freuen! Ein paar Unverständige werden räsonnieren, die wenigen, wirklich noch vorhandenen Altgläubigen werden Zeter-Mordio schreien, aber die Masse des Volkes – wir alle sind ›Volk‹, wissen Sie – wird in Bewegung gesetzt werden. Und der Kaiser –«

»Der Kaiser?!« rief ich, auf das äußerste überrascht.

»Ja der Kaiser!« wiederholte er mit fester Stimme. »Ihm vertraue ich vor allem. All sein Tun ist von wahrhaft Christlichem Geiste erfüllt: seine Erlasse, seine Arbeiterpolitik – denken Sie nur an die Arbeiterschutz-Konferenz!«

»Ich bin ganz und gar anderer Meinung, Herr von Egidy, und Ihr Vertrauen ist mir viel zu wertvoll, als dass ich Ihnen nicht die Wahrheit schuldig wäre«, antwortete ich in tiefer Bewegung. »Sie sollen Ihre Schrift erscheinen lassen – gewiss –, aber die Bewegung, die Sie erwarten, wird ausbleiben. Denn was heute not tut, ist nicht eine Erneuerung, sondern eine Überwindung des Christentums, dazu werden Sie beitragen, weil auch Ihr Werk Steine abbröckelt vom Bau der Kirche. – Sie lächeln?!

Nun – ich gebe zu, dass in meinem Mund vermessen klingen mag, was ich sage, – vielleicht irre ich mich, vielleicht haben Sie recht, aber eins weiß ich ganz gewiss: der Kaiser wird Sie nicht unterstützen – doch den schönen bunten Rock ausziehen, – das wird er Ihnen!«

Ungläubig erstaunt sah mich Egidy an: »So jung und so pessimistisch! Dieser Rock und dies Buch sind einander doch nicht unwürdig. Und wenn ich als Soldat und als Christ meine Pflicht erfülle, – wie könnte mein Kaiser mich dieses Rocks entkleiden?!«

Ich schwieg. Wie eine Entweihung wäre mirs vorgekommen, dieses Mannes rührenden Kinderglauben noch einmal anzutasten.

Der nächste Tag war der letzte meines Aufenthalts in Hannover, und mit einer Schleppjagd sollte an demselben Morgen der Kursus der Stabsoffiziere abgeschlossen werden. Schon früh um fünf Uhr fuhren wir, Frau von Behr und ich, im leichten Jagdwagen hinaus zum Rendezvous. Taufrisch lag die weite Heide vor uns, von Gräben und Hecken und von dem im Sonnenlicht glitzernden blauen Band der kleinen Witze durchschnitten. Zwischen Weidenstämmen und gelbem Ginster hatte sich eine große Gesellschaft zusammengefunden: junge Offiziere der Reitschule, Mädchen und Frauen der Gesellschaft in hellen Sommerkleidern, Burschen und Ordonnanzen mit Decken und Mänteln und der Koch des Kasinos mit seinem weißbeschürzten Stab vor dem mit Kisten und Fässern hochgetürmten Krempenwagen. Mit Feldstechern und Operngucken bewaffnet, warteten wir alle der Reiter. Und plötzlich brauste es heran, wie ein farbensprühendes Märchen aus Tausend und einer Nacht: blau, grün, gelb, rot, weiß, – hatte ein Regenbogen sich dicht über die Erde gespannt?! Näher kam es und näher – das Schnauben der Rosse, das Sausen der Gerten, der vielstimmig-aufmunternde Zuruf der Reiter vereinten sich zu einem einzigen fiebrisch-wirbelnden, wild aufreizenden Ton. Da flog ein Brauner, den schlanken Leib lang gestreckt dicht vor mir über das Flüsschen, hinter ihm ein Fuchs – ein Schimmel mit wehendem Schweif kaum eine Nasenlänge weiter, und nun – zehn, zwanzig, hundert rassige Tiere, Schaum vor dem Maul, mit bebenden Nüstern, – mir klopfte das Herz, und noch minutenlang nachher fühlte ich nichts als die wundervoll-leidenschaftliche Erregung dieses Augenblicks. Dann lagerten wir auf dem grünen Rasen, duftige Erdbeerbowle kredenzten die Ordonnanzen, und mitten in der Schar dieser durch die eigene Leistung froh bewegten Männer kam ich mir einmal wieder wie zu Hause vor.

Da fiel mein Blick auf einen, der mit verschränkten Armen und gefurchter Stirne abseits stand: Egidy, – und ich erwachte aus der Betäubung. Nein – hier war meinesgleichen nicht mehr, – ich erhob mich hastig aus dem lustigen Kreise und trat auf ihn zu.

»Ihre Worte kommen mir nicht aus dem Sinn« – sagte er, »ich ging nach Hannover in der Meinung, noch einmal fröhlich sein zu können, und überzeugte mich für immer, dass der Frohsinn gebannt ist und, – bleiben die ernsten Gedanken in meinem Schreibtisch –, nimmer wiederkehren würde. Und nun empfind' ich, dass die Veröffentlichung dem Frohsinn erst recht den Weg sperren wird.« Seine Stimme sank. Mit einer raschen Bewegung legte er die Hand vor die Augen: »Und es ist doch so schön gewesen!«

Ein Blick voll tiefem Abschiedsweh flog über die Haide, den schimmernden Fluss, die lachenden Kameraden. Mir wurden die Augen feucht. Ich griff nach seiner Hand. »Gehen wir«, sagte ich leise, »losreißen müssen wir uns doch – ehe die anderen uns verleugnen.« Und stumm, schweren Herzens, zögernd, als schleppten wir eine unsichtbare Kette nach, schritten wir durch den Wald zur nächsten Station.

Abends war ich wieder in Harzburg. Noch in der Nacht nahm ich mein schwarzes Büchlein aus dem Koffer, schrieb ein paar Zeilen dazu und sandte es frühmorgens an Egidy. Eine unbestimmte Hoffnung, dass er doch vielleicht der Befreier – auch mein Befreier – werden könnte, ließ mir das Herz dabei höher schlagen. Wenige Tage später bekam ich seine Antwort.

»*Wir sind Bundesgenossen*«, *schrieb er,* »*denn nicht darauf kommt es an, was wir glauben, sondern was wir sind; nicht darauf, wie wir uns nennen, sondern ob wir wollen, dass etwas werde. Ich rechne auf Sie. Zu wirken gilt es, solange es Tag ist, mein ganzes Dasein gehört diesem Wirken.*

In wahrster respektvoller Ergebenheit
M. von Egidy.«

Nun verflossen meine Tage wieder in alter Einförmigkeit; aber ihr trübes Grau war wie Frühlingsnebel, der die Sonne ahnen lässt, und meine träge gewordene Phantasie griff wieder nach der Palette, um Zukunftsbilder zu malen. Ich konnte unsere Abreise kaum mehr erwarten. In Berlin würde der große Strom des Weltgeschehens die Rinnsale des Eigenlebens aufnehmen, das enge Beieinandersein innerlich entzweiter Menschen würde aufhören, und »das Wunderbare« würde vielleicht doch noch erlösend in mein Dasein treten.

Meine Mutter war, um Wohnung zu suchen, schon vorausgereist, als ich von Professor Fiedler, dem Herausgeber der Goethe-Zeitschrift, einen Brief erhielt. Er hatte sich nach Großmamas Tod zuerst an Onkel Walter gewandt, um zu erfahren, welche Erinnerungen ihr Nachlass an den großen Freund ihrer Jugend enthielte, und dieser hatte ihn an mich verwiesen. Ob ich für seine Zeitschrift einen Artikel schreiben wolle, frug er, – ich staunte: wie kam es nur, dass ich bisher so blind gewesen war?! Die Lebende hatte mich ernst und eindringliche auf den Weg des Erwerbs gewiesen, und die Tote gab mir die Mittel an die Hand, durch die es mir möglich sein sollte, ihn zu betreten!

Gewiss, mit Freuden würd' ich den Aufsatz schreiben, antwortete ich; viele wertvolle Erinnerungsblätter von der Hand der Verstorbenen seien in meinem Besitz, die ich zu veröffentlichen die Absicht hätte, und überaus dankbar würde ich ihm sein, wenn ich dabei auf seine Hilfe rechnen könne. Umgehend erhielt ich noch einen Brief, worin mir der Gelehrte seinen Beistand zusicherte. Ich strahlte: das war ein Anfang, – der erste Schritt zur Unabhängigkeit, und vielleicht – zum Ruhm!

An einem jener leuchtenden Herbstabende, wie sie nur im Norden Deutschlands vorkommen, näherten wir uns Berlin. In hellem Violett, das hie und da ins Rosenrote überging, lag der Dunst der Großstadt über den Häusern, verwischte ihre hässlichkeit und verlieh ihnen einen Schimmer phantastischen Lebens. Feuchtglänzende Schienenstränge liefen vor uns her und dehnten sich nach allen Seiten, – zahllose Polypenarme, die sich verlangend dem gewaltigen Ungeheuer der Stadt entgegenstreckten, das mit roten, grünen und weißen grellglotzenden Augen gierig Ausschau hielt nach neuer Beute. Ein schwarzer Rachen, öffnete sich die Halle des Bahnhofs. Mit Gezisch und Geratter brauste der Zug hinein – Rauchschwaden stiegen auf – ein letztes Ausatmen seiner Maschine – ein kurzer, harter Stoß noch – und Berlin hatte ihn verschlungen. Aufgeregt, rücksichtslos, erwartungsvoll schoben und drängten sich die Menschen. Mir aber war, als müssten meine Füße den grauschwarzen Asphalt sanft und schmeichelnd berühren: Neuland war es, das ich betreten hatte.

Sechzehntes Kapitel

Berlin, 28. 12. 90

Liebe Mathilde!

Du beklagst Dich über mein monatelanges Schweigen, und solltest doch froh sein, dass ich Dich während einer Zeit innerer und äußerer Zerrissenheit mit Briefen verschonte. Womit ich nicht behaupten will, dass ich Dir jetzt das Bild abgeklärter Weisheit geben könnte. Aber ich habe zum mindesten den Taumel überwunden und sehe das Verwirrende, Vielgestaltige des neuen Lebens. – Doch Du willst zunächst seinen Rahmen kennen lernen. Er ist – um ihn mit zwei Worten zu kennzeichnen – bronzierter Gips, den der Fremde für vergoldete Holzschnitzerei zu halten verpflichtet ist. Wir wohnen – natürlich! – im >vornehmen< Westen, aber an jener Grenzscheide, wo die neuesten Mietskasernen mit ihren dunkeln Höfen und protzigen Fassaden sich mit den Kartoffelfeldern begegnen. Unsere Wohnung hat einen Aufgang >nur für Herrschaften< und ist selbstverständlich >hochherrschaftlich<: über den Türen tanzen Stuckamoretten mit verrenkten Armen und Beinen, die Öfen sind Prachtgebäude aus den buntesten Kacheln, das Esszimmer – ein wahrer Tanzsaal – hat Holzpaneele und eine Holzdecke aus Papier, der Salon weist gar eine imitierte Seidentapete auf, die der Wirt uns als ganz besonders >vornehm< anpries, und das Herrenzimmer prunkt im papierenem Leder! Dazu hat der Tapezier die Gardinen von acht Zimmern an die Fenster und Türen dieser drei Räume gehängt, so dass die Üppigkeit eine geradezu überwältigende ist und unsere verschossenen Möbel und zertretenen Teppiche in einem vorteilhaften Zwielicht Glanz und Reichtum vortäuschen. Die nüchterne Wahrheit beginnt erst mit dem langen dunkeln Korridor, an den sich drei Kammern – Schlafzimmer genannt – anlehnen. Eine davon bewohne ich. Es ist mir gelungen, sie mittelst Kretonnevorhängen in zwei Räume zu verwandeln, die sich freilich beide mit einem Fenster begnügen müssen und von der Existenz des Himmels keine Ahnung haben, geschweige denn von der der Sonne.

Und doch muss zwischen meiner Seele und der Sonne irgendein geheimnis-

voller Zusammenhang bestehen: mein Denken und Fühlen friert ein ohne sie. Wenn ich arbeiten will, muss ich darum immer zuerst über Felder und Sturzäcker laufen, wo kein Haus und kein Baum Schatten werfen. Trotzdem will meine Arbeit nicht so recht hell und warm werden.

Bald nach unserer Ankunft besuchte uns Professor Fiedler. Mein Artikel über Großmamas Goethe-Erinnerungen gefiel ihm – unter uns gesagt: mir gar nicht! –, und für alles, was ich sonst noch von ihr habe, war er aufs höchste interessiert. Er empfahl mich an Rodenberg, an Lindau, an Westermanns Monatshefte, und ich habe auf Monate, vielleicht auf Jahre hinaus zu tun, ohne dass der Eintritt in die Literatur mir irgendwelche Schwierigkeiten gekostet hätte. Auch sonst bin ich vom >Glück< begünstigt: Meine Brennarbeiten hat der Offizierverein zum Verkauf angenommen, und meine Erfindung – die Vereinigung von Brennen und Malen auf Sammet und Tuch – hat eine Frauenzeitung geschildert und mich dabei als Verfertigerin empfohlen. Ich habe meinen Eltern infolgedessen das Taschengeld schon >kündigen< können, und dieser erste Schritt zur Selbständigkeit ersetzt mir etwas den Mangel an seelischer und geistiger Befriedigung. Da ich den Eltern überdies durch Schneidern, Putzmachen und Gouvernantenspielen bei Ilse ein Mädchen für alles und ein Fräulein erspare, so kann ich mir einbilden, mich bereits selbst zu erhalten. Nur dass dies bloße Erhalten des Lebens vom Leben selbst weit entfernt ist. Ich sehe dich heimlich lächeln. >Ihr fehlt einmal wieder der Mann<, sagst Du. Du irrst: ich komme mir mit meinen 25 Jahren so alt vor, dass ich bereits großmütterlich mitleidig lächle, wenn andere von Liebe reden. Besinnst Du Dich auf Vetter Fritz in Brandenburg? Du warst damals sittlich entrüstet, dass ich dem guten Jungen den Kopf verdrehte. Nachdem er in den letzten acht Jahren meinen Geburtstag nicht einmal vergessen hatte, stellte er sich hier wieder bei uns ein, – noch immer derselbe kindliche Mensch, trotz seiner Gardeulanenuniform. Mit Blumen und Blicken wirbt er um mich, und seine Treue rührt mich oft so, dass ich mich frage, ob es nicht das Beste wäre, seine Frau zu werden. Dann hätte die liebe Seele Ruhe, und allen Ambitionen und Befreiungsgelüsten wäre ein für allemal ein Riegel vorgeschoben. Die gesamte Familie – die durch Onkel Walters und Maxens, durch Tante Jettchen und ihre Kinder und Enkel erschreckende Dimensionen angenommen hat – unterstützt natürlich im stillen die Sache, und das reizt mich zum Widerspruch.

Na, überhaupt die Familie! Die Familiensonntage vor allem, wo man sich mittags und abends genießt, meist fünfzehn bis zwanzig Mann hoch! Nur eins ist für mich dabei wohltuend: dass ich mich wieder einmal so recht intensiv als das einzige schwarze Schaf empfinde.

Seit Stöckers Abschied ist der Antisemitismus geradezu epidemisch geworden, gerade so, wie der Kultus Bismarcks – wenigstens in den Kreisen meiner lieben Verwandtschaft – erst nach seinem Sturz ins Kraut schoss. Und ein Staatsanwalt würde Karriere machen, wenn er das Geschimpfe auf S. M. mit anhören könnte, – vorausgesetzt, dass die Delinquenten nicht preußische Edelleute, sondern internationale Sozis wären! Der adlige Klub am Pariser Platz, wo nur die Alleredelsten der Nation aufgenommen werden und Papa und die Onkels täglich verkehren, ist der Mittelpunkt der Fronde; Ströme von Skandalösem stießen aus seinen Türen in die Welt, und ich könnte aus lauter Widerspruchsgeist – der zuweilen zur Objektivität erzieht – fast zur Verteidigerin des >neuen Herrn< werden, wenn er nicht selbst der sich kaum schüchtern entwickelnden Anerkennung immer wieder einen Fußtritt gäbe, so dass sie zusammenknickt wie ein Veilchen unter dem Nagelschuh. Du kannst Dir denken, wie es mich z. B. begeisterte, als er in der Schulreform die Initiative ergriff, und welche Hoffnungen ich an die Konferenz knüpfte. Und dann stellte ihr S. M. keine andere Aufgabe, als die Schule in ein Kampfmittel gegen die Sozialdemokraten zu verwandeln und blindwütigen Hurrapatriotismus noch mehr als bisher zu verbreiten. Natürlich bestand die Antwort der zusammengerufenen >Führer der Jugend< in devotester Verbeugung vor dem allerhöchsten Willen, und befriedigt von dem »Erfolgs des >offenen< Gedankenaustausches schloss S. M. die Versammlung mit einer Verbeugung seinerseits vor der Kirche.

Für Egidy war dies Ereignis, seit er den Abschied bekam, wohl der größte Schmerz. Ich stehe mit ihm in Briefwechsel, und so sehr ich mich im Gegensatz zu vielen seiner Grundanschauungen befinde, genieße ich diese lebens- und glaubensstarke Individualität, wie ein Durstiger frisches Quellwasser. >So schwer auch die Gegenwart mich belastet< schrieb er mir kürzlich, >so kraftvoll ich auch ringen muss, um die Erinnerung niederzukämpfen, die gerade in diesen Tagen furchtbar an mir zehrt, da das Regiment, das acht Wochen nach dem Erscheinen der Ernsten Gedanken das meine werden sollte, sein Jubiläum feiert, – so beseelt mich doch die Hoffnung, dass ich dem Vaterlande, der Welt noch dienen kann, und dass das, was ich tat, nicht fruchtlos war. Auch auf den Kaiser ist meine Hoffnung unzerstörbar, – es gilt nur sein Ohr zu erreichen ... <

Doch im sehe, dass mein Brief sich zu einem Buch auszuwachsen beginnt, – hoffentlich ein Beweis für die künftige Regsamkeit unseres Briefwechsels.

Was soll ich Dir nun ohne Phrase und ohne Komödie zum neuen Jahre wünschen? Glück? Wer glaubt daran? Befriedigung? Wer findet sie, solange das Blut noch heiß durch die Adern rollt! Soll ich auf ewige Seligkeit vertrösten? Ein schwacher Trost für den, der die irdische noch nicht durchkostet hat. Lerne dich bescheiden, werde so rasch wie möglich alt und kühl, – ist das nicht am Ende der beste Wunsch?!

In treuer Freudschaft
Deine Alix.«

Berlin, 20.2.91

Liebe Mathilde!

Seit meinem letzten Brief und Deiner Antwort – die meiner Erwartung vollkommen entsprach, alldieweil Du meine Arbeitswut nur als Intermezzo zwischen zwei Romankapiteln betrachtest – sind wieder einige inhaltreiche Wochen vergangen. Ich fange allmählich an, den Pulsschlag des Weltlebens zu empfinden und den meinen auf denselben Takt einzustellen, wobei ich allerdings immer deutlicher den Gegensatz zwischen mir und der lieben Verwandtschaft empfinde, deren Blut so träge fließt, dass es eigentlich Anno 70 noch kaum überwunden hat. Der jüngste Familienzuwachs ist nach der Richtung besonders charakteristisch. Du entsinnst Dich, dass Papa einen jüngeren Bruder hatte, der Geistlicher war und im Irrenhaus starb. Er hinterließ eine Wittwe mit fünf Kindern in bedrängtester Lage, und Tante Klotilde musste sich wohl oder übel entschließen, das Ihre zur Erhaltung der Familie beizutragen, was sie natürlich von vornherein gegen sie einnahm. Die mütterlichen Verwandten taten desgleichen; Papa verschaffte den Söhnen ein Unterkommen im Kadettenkorps, Mama erreichte, dass eine der Töchter die mir zugedachte Freistelle im Augustastift bekam, so dass Tante Marie schließlich nur für ein Kind zu sorgen hatte. Jetzt wills das Unglück, dass die Mädchen erwachsen sind und die Söhne in die Armee eintreten, und was das Malheur voll macht: die ganze Gesellschaft ist aus der Art der Kleves geschlagen. Tante Klotilde entrüstet sich darüber, und Papa schimpft wie ein Rohrspatz, dass die mütterliche Verwandtschaft das Blut verdorben hat und er nun genötigt ist, die Jungens weiter zu bringen. Er war ja von je der hilfreiche Geist, wenn irgendein Vetter durch das Einjährige bugsiert werden oder in ein anständiges Regiment Aufnahme finden sollte. So hat er denn für Erich, den ältesten dieser missratenen Kleves, sein altes Regiment gefügig gemacht und ihm – in der goldenen Zeit der eigenen Korpshoffnungen! – die nötige Zulage versprochen. Das Einlösen dieses Versprechens wird ihm jetzt gewaltig sauer, und es macht mir eine Riesenfreude, dass ich bald imstande sein werde, einen Teil davon auf mich zu nehmen.

Tante Marie lebt mit ihren Töchtern in Potsdam, die Söhne sind in Lichterfelde und Frankfurt, und diese Nähe verschafft uns das Glück ihrer Sonntagsbesuche. Ich sitze dabei immer wie auf Nadeln in Erwartung von Papas sarkastischen Bemerkungen und überbiete mich in Liebenswürdigkeit, wenn mir auch gar nicht darnach zumute ist. Alle miteinander sind kaiserlich bis in die Knochen, ist doch Tante Marie mit der neuen Hofclique verschwägert, mit den Eulenburgs vor allem, die nahe daran sind, das Hausmeiertum an sich zu reißen. Infolgedessen sind sie natürlich auch kirchlich-orthodox; – darnach kannst Du Dir die Harmonie unserer Beziehungen ungefähr vorstellen! Mama, mit ihrem oft ganz fanatischen Gerechtigkeitsgefühl ist die einzige, die sie aus Überzeugung verteidigt und es sogar unternahm, Tante Klotilde, die jede persönliche Zusammenkunft mit ihren Neffen und Nichten bisher vermieden hat, freundlicher zu stimmen. Sie wirft mir Herzlosigkeit vor, weil ich sie darin nicht unterstützen mag, und zankt sogar mit ihrem Lieblingsbruder, der sie warnte, sich ›kein Kuckucksei ins Nest zu legen‹. Die Gefahr ist, scheint mir, sehr gering, denn um bei Tante Klotilde etwas zu erreichen, müsste Mama ungefähr das Gegenteil von dem verlangen, was sie erreichen will. Außerdem würde ich den armen Würmern einen tüchtigen Anteil an Tante Klotildes Reichtümern von Herzen gönnen.

In schroffem Gegensatz zu diesem Zwangsverkehr steht ein anderer, den ich mir erkämpft habe, – obwohl Du mich bereits vorher vor meinen ›jüdischen Beziehungen‹ warntest: der im Hause Fiedlers und Rodenbergs. Papa war zuerst entrüstet, als ich ihn um die Erlaubnis bat, den freundlichen Einladungen der beiden, meine literarische Tätigkeit so lebhaft unterstützenden, folgen zu dürfen. Nach einigem Brummen, Räuspern und Toben – wobei ich verängstigt wie immer aus dem Zimmer floh, während Ilschen lachte und den Papa zu meinen Gunsten umschmeichelte – entschloss er sich freiwillig zu offiziellen Familienvisiten und gestattete mir dann, die Gesellschaften allein zu besuchen. Nun genieße ich den geistig anregenden Verkehr ungeheuer und fange an, meine Schüchternheit angesichts dieser mir doch sehr neuen Menschen und fremden Verkehrsformen zu überwinden. Ich bin seit langem daran gewöhnt, meine Ansichten nur im höchsten Affekt auszusprechen, so dass ich erst eine gewisse Schwerfälligkeit niederkämpfen, ja sogar mit dem Ausdruck ringen muss. Das steigert sich, wenn Namen genannt und Ereignisse lebhaft erörtert werden, von denen ich keine Ahnung habe.

Im Mittelpunkt des Interesses steht auf der einen Seite die neue literarische Bewegung, die sich in der Freien Bühne ein eigenes Theater schuf, und deren Vertreter stark realistische und sozialistische Tendenzen haben, und auf der anderen der neu aufsteigende Stern am Dichterhimmel – Sudermann –, dessen Dramen, wie Du sicher aus den Zeitungen weißt, wahre Stürme für und wider hervorrufen. Ich kenne von alledem noch nichts. Onkel Walter erklärt, dass >ein junges Mädchen< Sudermanns Werke unmöglich sehen könne, – aber ins Residenztheater und in den Wintergarten werde ich ohne Bedenken mitgenommen! –, und im Kreise meiner literarischen Bekannten steht man den Jungen von Friedrichshagen – einem Vorort von Berlin, wo sie, wie man munkelt, ein gemeinsames Leben führen, das das kommunistische Prinzip sogar auf – die Frauen ausdehnt! – skeptisch gegenüber. Ich bin zwar sehr geneigt, mich, wenn auch nicht der Autorität Onkel Walters, so doch dem reifen Urteil meiner neuen Freunde von vornherein anzuschließen, um so mehr, als Dr. Friedrich, der hervorragendste Kritiker Berlins und ein tiefer Goethe-Kenner, an ihrer Spitze steht, aber mich interessiert jede moderne Erscheinung viel zu sehr, als dass ich sie nicht aus eigner Anschauung kennen lernen wollte.

Wegen Vetter Fritz sei ganz ruhig. Ich habe besseres zu tun, als zu kokettieren. Meine Haltung ihm gegenüber ist eine ganz passive: ich empfinde mit wohligem Behagen die Atmosphäre seiner Zuneigung, und vielleicht ist solch ein sich lieben lassen für mich ein Lebensbedürfnis, ebenso wie das sich bescheinen lassen von der Sonne.

Von Herzen
Deine Alix.«

Meine Mutter pflegte sich Onkel Walters Ansichten fast immer zu unterwerfen, weil es im Grunde stets die ihren waren. Aber in Bezug auf meine Theaterbesuche geriet sie in einen Zwiespalt mit ihrer eigenen Neigung und mit ihrem Pflichtgefühl. Das Theater wurde mehr und mehr ihre Leidenschaft, – es war, als suche diese kühle, harte Frau das Leben, weil sie selbst nicht gelebt hatte –, aber für sich allein und ihr persönliches Vergnügen Geld auszugeben, wäre ihr nie in den Sinn gekommen. Also nahm sie mich mit, beruhigte ihr Gewissen damit, dass »uns doch niemand sehen wird«, und schärfte mir ein, nicht darüber zu sprechen. So sahen wir »Die Ehre« und »Sodoms Ende«, dessen ursprüngliches Verbot auf des Kaisers direkten Eingriff zurückgeführt wurde und den Erfolg des Werks von vornherein gesichert hatte. Der tiefe Eindruck, den wir empfingen, setzte sich aus Verblüffung, Entsetzen und Ergriffenheit zusammen. Aber während er sich bei meiner Mutter durch den befreienden Gedanken auslöste, dass hier der verdorbenen Bourgeoisie und den verhassten Parvenüs ein grässliches Spiegelbild vorgehalten werde, das sie im Grunde nichts anging, wirkte er in mir schmerzhaft nach. Ich sah in meinen Träumen Alma, das verdorbene Mädchen aus dem Hinterhaus, und Frau Adah, die arme Reiche, die nach Glück und Liebe lechzte, während ihr Mann sich mit Straßendirnen umhertrieb. Sie waren nichts als Typen der modernen Gesellschaft, und ihre Wahrhaftigkeit erschütterte mich.

Und dann las ich mit demselben Feuereifer, mit dem ich einst in Posen meine heimlich erworbenen Reklambändchen verschlang, die Werke der »Jungen«. Jedes Buch riss mir einen neuen Schleier von den Augen. Kretzers »Meister Timpe«, Holz-Schlafs »Familie Selicke«, Gerhart Hauptmanns »Vor Sonnenaufgang«, – mit welcher Grausamkeit enthüllten sie ungeahnte Tiefen des Elends! Dazwischen fielen mir in bunter Reihe Bücher in die Hände – von Strindberg, von Garborg, von Przybyszewski –, die mit demselben brutalen Wahrheitsfanatismus blutende Herzen und zuckende Sinne bloßlegten. Und in diesem grellen Licht, das nur tiefe Schatten und blendende Helle schuf und milde, zart verschwimmende Dämmerung nicht duldete, enthüllte sich nun auch die Welt in mir. Hatte ich die zehrende Glut meines Innern, all die Qualen meiner jungen Sinne doch nur vergebens mit den Feuerlöscheimern des Verstandes und der Pflichterfüllung zu ersticken gesucht.

Das Leben hatte in tausend und abertausend bunten Farbenflecken unruhig, blendend, vor meinen Augen geflirrt; jetzt erst entdeckte ich, dass sie alle notwendig zueinander gehörten und zu einem einzigen, riesigen Gemälde zusammenschossen. Es galt nur, die Blicke fest und mutig darauf zu richten, nicht zu schaudern vor der Wahrheit, die im zerschlissenen, blutbefleckten Gewande der Not der schier endlosen Schar der Hungernden und Blinden, der Lahmen und Verkrüppelten, der Irren und der Kettenträger voranschritt. Wer sehend war, erkannte unter ihrem Bettlermantel das Königskleid, und ihm wandelte sich die Geißel, die sie trug, zur Fahne des Sieges.

Das Grauen verschwand, ein Gefühl unbezwinglicher Kraft überkam mich. O, ich war stark genug, um, Seite an Seite mit den anderen, Ruinen einzureißen und Felsen aufeinander zu türmen!

War ich es wirklich?! Beugte ich mich nicht ängstlich jenem pedantischen Schulmeister, dem Alltag, der mich jeden Morgen aus meinen Träumen weckte, mich zwang, zwanzig alte, muffig riechende Bücher zu durchstöbern, um über irgend einen vergessenen Zeitgenossen Goethes einen kleinen Artikel zu schreiben, oder meinem Schwesterchen beim Rechnen beizustehen, oder Mamas Winterhut neu zu garnieren, oder für ein Dutzend überraschender Abendgäste den Tisch zu decken?!

In der Goethe-Zeitschrift waren inzwischen meine Aufsätze erschienen, und von den Weimarer Freunden und Verwandten meiner Großmutter wurde mir eitel Anerkennung zu Teil. Auch der Großherzog ließ mir sagen, wie sehr ihn interessiere, was ich schreibe, und legte mir nahe, nach Weimar zu kommen, wo ich zu neuen Studien und Arbeiten alle Türen offen und alle Menschen hilfsbereit finden würde. Mein Vater strahlte über diesen Erfolg und begriff nicht, wie ich auch nur einen Moment zögern könne, der Anregung Folge zu leisten.

»Du bist doch nun einmal dem Tintenteufel verfallen«, meinte er, »nun kannst du es wenigstens auf eine standesgemäße Weise sein.«

Ich schwieg. Sollte ich ihm den Schmerz bereiten und ihm sagen, dass die Fesseln des »Standesgemäßen« mir schon jetzt schmerzhaft genug ins Fleisch schnitten?

Auch im Kreise der Goethe-Zeitschrift verstand man mich nicht.

»Der Großherzog selbst fordert Sie auf und bietet Ihnen seine Hilfe an, und Sie haben noch Bedenken, nach Weimar zu gehen?!« sagte Professor Fiedler, als ich einmal wieder zu einer größeren Abendgesellschaft bei ihm war. »Nur Ihre schriftstellerische Jugend bietet mir eine Erklärung dafür! Was viele Gelehrte vergebens wünschten – Zugang zu den verschlossenen Schätzen Weimars –, wird Ihnen hier entgegen getragen, und Sie greifen nicht mit beiden Händen zu! Das bedeutet doch nichts anderes, als eine Sicherstellung Ihrer literarischen Zukunft, als den Beginn einer großen Karriere.« Ich hatte ihm und seiner Unterstützung schon zu viel zu verdanken, als dass sein Zureden ohne Eindruck hätte bleiben können.

»Sie haben persönliche Beziehungen zum Großherzog von Sachsen-Weimar?« mischte sich ein anderer Gast ins Gespräch, der mich bisher von der Höhe seiner Berühmtheit und seiner vielbewunderten

Ähnlichkeit mit Goethe kaum eines flüchtigen Grußes gewürdigt hatte. Ich erzählte von Großmamas Freundschaft mit Karl Alexander. Der Kreis um mich vergrößerte sich. Man erging sich in Lobeserhebungen des Fürsten, über den ich in meinen Kreisen immer nur hatte lachen und spotten hören.

»Wenn Sie sich seiner Gunst weiter erfreuen, – welche Dienste können Sie dann der Wissenschaft leisten!« sagte der Mann mit dem Goethe-Kopf. Seltsam, wie er plötzlich von meiner Leistungskraft überzeugt schien, obwohl er alle Zusendungen meiner Artikel mit Stillschweigen übergangen hatte! Er führte mich zu Tisch, und ich, die ich bis jetzt eine bescheiden abseits Stehende gewesen war, sah mich auf einmal im Mittelpunkt der Gesellschaft. Das verletzte mich aufs tiefste: waren das die freien, geistig hoch stehenden Menschen, zu denen ich bewundernd aufgesehen hatte, deren Verkehr mich in den Strom geistigen Fortschritts reißen sollte?

Auf das angenehmste überrascht wandte ich mich daher meinem Nachbarn zur Rechten zu, der meinen Aufsatz in der Goethe-Zeitschrift gelesen zu haben schien und ein paar kritische Bemerkungen darüber machte. Er war ein bekannter österreichischer Dichter, dessen tapfere Bücher, aus denen das ganze Leid des jahrhundertelang verfolgten und unterdrückten Judentums herausschrie, mich ihn schon lange bewundern ließen.

»Wie stolz müssen Sie sein, so wertvolle Andenken an Goethe Ihr eigen zu nennen, wie die Gedichte an Ihre Frau Großmutter, wie den Ring aus der Hand des Olympiers«, meinte er.

Ich zog den schmalen Goldreif vom Finger. Er machte die Runde um den Tisch. Alles schien entzückt, dankbar, voll Bewunderung.

»Muss man das dem Fräulein glauben?!« rief plötzlich eine helle Stimme von der anderen Seite der Tafel. Halb verletzt, halb erstaunt, suchte ich mit den Augen die Sprecherin, – sie hatte offenbar nicht den mindesten Respekt vor meinen fürstlichen Beziehungen.

»Juliane Déry« – flüsterte mir mein Tischherr zu, »ein überspanntes, hypermodernes Frauenzimmer. Sie kennen doch ihre Novellen?«

Ich kannte nicht einmal ihren Namen. Aber ihre Unart gefiel mir. Nach dem Souper sprach ich sie an.

Sie saß hingekauert zu Füßen des österreichischen Dichters und maß mich mit einem feindseligen Blick, während sie ungeduldig den tief herabgesunkenen Ärmel ihres ausgeschnittenen nilgrünen Kleides auf die Schulter zurückschob.

»Ich habe kein Interesse für Goethe und nicht das mindeste für die Goethe-Philologie«, sagte sie gereizt.

»Fräulein von Kleve sieht mir aber auch nicht aus, als ob sie mit Haut und Haaren der Philologie verfallen wäre«, lachte der Dichter, ein wenig verlegen ob der Ungezogenheit seiner Gefährtin.

»Ich danke Ihnen für die gute Meinung«, antwortete ich und setzte mich auf einen geraden Holzstuhl, der mit ein paar anderen seinesgleichen, einigen von Zeitschriften beladenen Tischen und schlichten Bücherregalen die Einrichtung des Raumes bildete. Es schien als sei diese Einfachheit wohlerwogene Absicht, denn um so gewaltiger und beherrschender traten die Goethe-Bilder hervor, die die Wände schmückten. »Tatsächlich habe ich gar keine Neigung zur Philologie, – sehen Sie nur, wie all der aufgehäufte papierne Wissenskram schon vor dem bloßen Abbild des lebendigen Goethe zusammenschrumpft! Es widerstrebt mir geradezu, ihn zu vermehren.«

»Warum tun Sie's denn?!« rief die junge Schriftstellerin, spöttisch lachend. Ich schwieg. Ich hatte die Empfindung, schon viel zu viel von mir selbst verraten zu haben. Der Dichter, bemüht, zwischen mir und dem Mädchen zu seinen Füßen eine Brücke zu bauen, lenkte ein: »Seien Sie ihr nicht böse. Sie ist viel besser, als sie sich gibt, und mit der borstigen Außenseite will sie nur das allzu Weiche ihres Inneren verstecken.«

»Sie will?!« Juliane Déry sprang auf und wühlte mit nervösen schmalen Fingern, die merkwürdig wenig zu der kurzen breiten Hand und dem vulgären Handgelenk passten, in ihrem wirren Haarschopf. »Sie will gar nicht. Aber zuweilen muss sie. Und das Müssen widert sie an. Nicht verbergen, bloßlegen, was ihr im Innern lebt – ganz nackt und bloß –, dass Ihr guten anständigen Leute eine Gänsehaut kriegt, das will sie, – das wollen wir alle, die wir jung sind, und dem Leben dienen, und keinem toten Götzen.« Mir stieg das Blut in die Schläfen. Das Zimmer hatte sich gefüllt. Wie konnte man vor all diesen fremden Menschen die Pforten seiner Seele aufreißen, dachte ich, und doch beneidete ich sie, weil sie es konnte.

Sie hatte einen Funken ins Pulverfass geschleudert. Eine allgemeine Unterhaltung über das Wollen und Können der Jungen entspann sich, bei der die scheinbar ruhigsten Menschen in leidenschaftliche Erregung gerieten, – jene Erregung, die immer verrät, dass der Kampf aufhört, objektiv geführt zu werden. Ich hörte mit steigendem Erstaunen zu. Verteidigten sie nicht im Grunde ihre persönliche Ruhe, wenn sie mit Keulen auf alle diejenigen losschlugen, die die Wahrheit vom Leben verkündigten?

»Der Pöbelruhm Zolas und Ibsens ist den Leuten zu Kopfe gestiegen«, eiferte Dr. Friedrich, der von vielen als zweiter Lessing gepriesen wurde, und sein schmales bartloses Gesicht rötete sich. »Man spekuliert auf die ganz gemeine Freude am Schmutz, und hat damit natürlich die Masse auf seiner Seite. Was würde der Große hier sagen« – er wies mit einer theatralischen Gebärde auf die Bilder an den Wänden – »wenn er diese Entartung der deutschen Literatur hätte erleben müssen!«

Eine Pause trat ein. Juliane Déry stampfte mit dem Fuß und biss sich die vollen Lippen wund, aber auch sie schwieg. Die Autorität des gefürchteten Mannes wirkte lähmend auf alle. Ich allein war noch viel zu naiv, um von seiner Macht eine Ahnung zu haben.

»Ich glaube, niemand würde die Jungen besser verstehen und würdigen als er«, begann ich leise und stockend, während ängstliche, warnende und spöttische Blicke sich auf mich richteten. »Sein Werther, sein Meister, sein Faust und sein Gretchen vor allem mögen die meisten seiner Zeitgenossen durch ihre Wahrhaftigkeit nicht minder verletzt haben als die Enthüllungen des äußeren und inneren Elends der Gegenwart Sie heute verletzen. Mir scheint, Dichter und Künstler müssen uns die Wahrheit zeigen, wie sie ist, weil wir selber nicht den Mut haben, sie aus eigener Kraft zu sehen.«

Man unterbrach mich; Rufe der Entrüstung wurden laut, ich wollte schon verschüchtert schweigen, als ein kühler, herausfordernder Blick Dr. Friedrichs mich traf, der jetzt dicht vor mir stand.

»Reden Sie nur weiter, gnädiges Fräulein, reden Sie! Es ist psychologisch interessant, einmal zu sehen, wie die Dinge auf Menschen wirken, die, wie Sie, dem Leben so fern stehen.«

»Ich stehe ihm näher, viel näher, als Sie glauben –« nun flossen mir die Worte rasch und klar von den Lippen – »und ich weiß, dass wir nicht weiter kommen – der Einzelne nicht und die Gesamtheit nicht –, solange wir uns scheuen, das Böse und Widerwärtige, das hässliche und Schmerzhafte zu sehen, wie es ist. Erst daran erprobt sich die Lebenskraft. Kein größeres Zeichen der Dekadenz gibt es als die Furcht vor dem Schmerz. Sie ist unsere Krankheit, und an ihr geht unsere Welt zugrunde, wenn sie sich von den Ibsen und Zola und Nietzsche und denen, die ihresgleichen sind, nicht heilen lässt.« Ich atmete tief auf. Jetzt erst sah ich wieder, wer um mich war: man lächelte, halb verlegen, halb mitleidig, man zuckte die Achseln.

»Wenn nichts anderes, so haben Sie doch eins bewiesen, meine Gnädigste«, spöttelte Dr. Friedrich, »Sie haben Ihren Beruf verfehlt: eine Rednerin ist an Ihnen verloren gegangen.«

Ich fühlte mich gedrückt und verlegen und mochte den Mund nicht mehr auftun.

Auf dem Nachhausewege schloss sich mir plötzlich Juliane Déry an und schob ihren Arm in den meinen.

»Sie sind eine tapfere kleine Person«, sagte sie, »aber furchtbar dumm sind Sie auch! – Das vergisst Ihnen der Friedrich nie!«

»Wenn meine ganze Dummheit darin besteht, – die Folgen will ich auf mich nehmen.«

»Na – allerhand Achtung vor Ihrer Kurage! – Aber – da wir zwei die Wahrheit zu vertragen scheinen, so sag ichs frei heraus: Ihre Dummheit ist noch nicht erschöpft. Sie haben Ihr Gewissen sogar mit einem Verbrechen beladen. Sie haben der Kunst ethische Motive angedichtet. Die Kunst ist Kunst, – nicht mehr, aber auch nicht weniger. Sie hat eine neue Schönheit entdeckt, die der Wahrheit – der hässlichkeit meinetwegen –, die muss sie darstellen. Im Wort, im Bild, im Ton. Aber nützen und bessern will sie nicht, soll sie nicht.«

»Mag sein, dass das nicht ihre Absicht ist. Auch die Blume blüht und duftet und ist schön und vollendet, selbst wenn sie nicht zur Frucht werden wollte. Aber die Frucht kommt ohne ihre Absicht.«

Es zuckte ironisch um die Mundwinkel meiner Begleiterin. »Ihr Vergleich hinkt. Die Blume muss sterben, soll die Frucht ihre Folge sein. Die Kunst aber blüht und ist immer Frucht und Blume zugleich.«

Wir waren über kaum angelegte Straßen, an Kartoffelfeldern vorbei bis zu der alten Linde gelangt, die mitten in der Straßenkreuzung des Kurfürstendamms und der Tauenzienstraße stand, ein letzter Zeuge jener Vergangenheit, wo die lauernde Schlange der Großstadt die Natur noch nicht bis zum letzten Rest in ihrer Umarmung erdrosselt hatte.

Wir trennten uns mit einem Händedruck und doch eben so fremd wie vorher. Nicht zu jenen gehörte ich, deren Gast ich eben gewesen war, und nicht zu ihr. Wohin denn? ...

Am nächsten Morgen schrieb ich an meine Verwandten nach Weimar und kündigte meinen Besuch an. In die Arbeit wolle ich mich stürzen, das würde wieder das Beste sein.

Vor meiner Abreise kam die Familie noch einmal vollzählig bei uns zusammen: Onkel Walter mit seiner Frau, die Potsdamer Kleves, Vetter Fritz und Vetter Hermann Wolkenstein, der als Offizier auf keine Karriere zu rechnen hatte und daher zur Diplomatie übergegangen war. Auch Tante Jettchen, das Familienorakel, war gekommen, sehr alt, sehr gebrechlich, aber mit ihren scharfen klugen Augen doch noch alles sehend, alles beobachtend, und in ihrem Urteil härter denn je. Ihr Kopf schien nichts als ein Lexikon der Familie zu sein. Sie kannte die Schicksale der entferntesten Verwandten. Mich mochte sie nicht: dass ich als Kind auch nur wochenlang eine jüdische Schulfreundin gehabt hatte, war ein unauslöschlicher Makel in meiner Erziehung. Heute jedoch ließ sie sich meinen Handkuss auf das gnädigste gefallen.

»Es freut mich, freut mich sehr, dass du nach Weimar gehst«, sagte sie, »für verschrobene Köpfe wie deinen ist das gut – sehr gut. Literarisch angehauchte Frauenzimmer haben dort Aussicht auf Hofkarriere.« Ich lächelte unwillkürlich: Professor Fiedler hatte auch von der »Karriere« gesprochen!

Die Unterhaltung drehte sich zunächst um Familienereignisse. Von den Vettern, die um die Ecke gegangen waren, und die, statt wie früher nach Amerika, jetzt nach den Kolonien abgeschoben wurden, um als Kulturträger aufzutreten; von den sitzengebliebenen Kusinen, die Krankenpflegerinnen wurden, weil andere Berufe sich doch nicht schickten, war die Rede. »Besser sich die Finger mit Blut als mit Tinte beschmutzen«, krähte die hohe Greisenstimme Tante Jettchens. Und dann wurde das unerhörte Ereignis kräftig glossiert, dass ein Golzow die Tochter eines Großindustriellen geheiratet hatte. Die erste Unadelige in der Familie, und noch dazu der Sprössling eines »Kohlenfritzen!«

»Und der Kerl, der Ernst, hat noch die Frechheit gehabt, mir seine Verlobungsanzeige zu schicken.« Auf Tante Jettchens runzligen Wangen brannten rote Flecke. »Aber freilich, wenn von oben das Beispiel gegeben wird! – Wenn Se. Majestät selbst mit dem Kanonen-Krupp und den Hamburger Kaffeesäcken fraternisiert! – Und amerikanische Milliardärstöchter, deren Väter noch mit dem Bündel auf dem Rücken durchs Land zogen, hoffähig werden!« – Ihre Stimme überschlug sich, der stockende

Atem zwang sie zum Schweigen. Und nun erst griff die rechte Stimmung Platz, ohne die eine Gesellschaft unserer Kreise kaum noch möglich schien: Jeder wusste einen neuen Hofklatsch, eine neue Variation einer der vielen Kaiserreden oder flüsterte dem Zunächstsitzenden – aus Rücksicht auf die anwesenden jungen Mädchen – einen neuen derben Spaß zu, durch den irgendein Eulenburg oder Kessel die Lachlust Sr. Majestät gereizt und sich eine neue Gunstbezeugung errungen hatte.

»Für das Modell des Doms, mit seiner überladenen Pracht, hat er selbst die Zeichnungen entworfen«, sagte der eine, »dem Darsteller des großen Kurfürsten in Wildenbruchs neuem Spektakelstück, dem ›neuen Herrn‹ – das übrigens ein unglaublich taktloser Angriff auf Bismarck ist – hat er persönlich gezeigt, wie ein Hohenzoller sich bewegen und benehmen muss,« – fügte ein anderer hinzu, »kurz, der liebe Gott kann alles, aber der Kaiser kann alles besser«, lachte Onkel Walter. Und die alte Tante schüttelte sich vor Vergnügen: »Als roi soleil hat er sich ja auch schon malen lassen!«

Nur die Kleves waren verlegen und still, und Papa hatte sich mit bezeichnenden Blicken auf die jungen Offiziere schon oft vernehmbar geräuspert. »Nun aber genug des grausamen Spiels«, unterbrach er schließlich den allgemeinen Redefluss. »Ich komme gewiss nicht in den Verdacht, ein Sachwalter des neuen Kurses zu sein, wenn ich daran erinnere, dass wir doch auch Ursache haben, dem jungen Herrn zuzustimmen. Schien er im Überschwang jugendlicher Gefühle den Herren Sozialdemokraten Konzessionen zu machen und den Arbeitern die Backen zu streicheln, so hat er doch beizeiten gestoppt und andere Saiten aufgezogen – –«

Doch die Verteidigung steigerte nur die Heftigkeit des Angriffs. Merkwürdig, welche Reizbarkeit alle Menschen befallen hatte, wie es fast unmöglich schien, eine ruhige Unterhaltung zu führen.

»Du siehst die Dinge wirklich nur von außen, lieber Hans«, rief Onkel Walter, der sich als Reichstagsmitglied fühlte und sich gern das Ansehen gab, als wäre er in alle politischen Kulissengeheimnisse eingeweiht; »tatsächlich steuert man direkt in den Sozialismus hinein, und das um so rascher, je mehr man uns, die einzigen Stützen der Monarchie, vor den Kopf stößt. Ist es erhört, dass von einem preußischen Könige Ausdrücke wie der von der Rebellion der Junker kolportiert werden können, dass Reden gehalten werden, wie auf dem brandenburgischen Provinziallandtag, die nichts anderes sind, als ein Kriegsruf gegen uns?!«

Meine Mutter stimmte eifrig zu. »Der Geist der Unzufriedenheit, von dem der Kaiser sprach, und der die Seelen vergiftet, ist wahrhaftig anderswo zu suchen!« sagte sie und lenkte die Unterhaltung auf die moderne Literatur. Seitdem sie »Die Ehre« und »Sodoms Ende« gesehen hatte, schien sie von dem Eindruck ganz beherrscht zu sein und schwankte zwischen der Empörung, die die traditionelle Auffassung von dem, was sich schickt, ihr auspresste, und zwischen der Anerkennung, zu der ihr Gerechtigkeitsgefühl sie zwang. Sie wünschte sichtlich ihre Empörung zu stärken, aber unsere Gäste hielten dies Thema nicht für der Mühe wert, um sich deswegen zu erhitzen. »Wie kannst du dergleichen ernsthaft nehmen«, meinte Onkel Walter achselzuckend; »eine neue Form amüsanter Schweinereien – nichts weiter.« Nur Tante Jettchen ereiferte sich: »Anständige Leute gehen in solche Stücke nicht.« Und erleichtert über die Wendung des Gesprächs, sekundierte ihr die fromme Tante aus Potsdam.

Am Tisch der Jugend, wo man indessen Schreibspiele gespielt hatte, saß ich in steigender Erregung. Plötzlich trafen mich die scharfen Augen des Familienorakels. »Ich glaube gar, das Küken möchte mitreden, wo sie nicht einmal hinhören sollte.« Ich wurde rot. Auf der faltigen Stirn der alten Frau erschienen hundert neue Runzeln. »Du erlaubst dir am Ende, eine andere Meinung zu haben?!« forderte sie mich heraus. Verlegenheit vor all den Blicken, die sich auf mich richteten, Angst vor dem Skandal, den ich erregen würde, ließen mich schweigen. Aber als wir Jugend beim Abendessen, getrennt von den anderen, zusammensaßen und Hermann Wolkenstein eine wegwerfende Bemerkung machte, die mir in seinem Munde doppelt lächerlich vorkam, verteidigte ich die moderne Richtung in Kunst und Literatur, und zwar um so schärfer, je mehr mich die Beschränktheit und der dumme Hochmut der anderen empörte.

»Weiß Tante Klotilde um deine Ansichten?« frug unvermittelt eine der Potsdamer Kleves und streifte mich mit einem schiefen, lauernden Blick.

»Ich würde vor ihr am wenigsten Anstoß nehmen, sie zu entwickeln«, antwortete ich und warf den Kopf zurück.

»Von dir wundert mich schon gar nichts mehr«, meinte Hermann naserümpfend. »Wer sich mit jüdischen Literaten intimiert...«

»Beleidige doch deine Vorfahren nicht noch im Grabe –« spottete ich.

Er warf mir einen bösen Blick zu. Die anderen, ihrer tadellosen Ahnenreihe bewusst, lächelten leise. Das reizte ihn noch mehr. Er hieb mit der riesigen, weißen, gepflegten Hand auf den Tisch, dass sein Kettenarmband klirrend unter der Manschette hervorsprang.

»Und du spiel' dich nicht auf«, zischte er zwischen den Zähnen hervor; »mit deiner Vergangenheit hast du am wenigsten Grund dazu.« Ein unartikulierter Laut ließ mich den Kopf rasch zur anderen Seite wenden, Fritz hatte ihn ausgestoßen. Er saß da, kreideweiß im Gesicht, mit zuckenden Lippen.

»Sie werden meine Kusine um Verzeihung bitten, Baron Wolkenstein«, herrschte er Hermann an. »Habe gar keine Ursache, Herr von Langenscheid«, antwortete dieser, lehnte sich breit in den Stuhl zurück und steckte die Hände in die Hosentaschen. Ich umklammerte hastig die heißen Finger meines Verteidigers. »Mach doch keine Geschichten, Fritz –, Hermann ist taktlos wie immer – bitte, mir zuliebe, beruhige dich! – das ist ja grässlich – hier, im Hause meiner Eltern!«

In diesem Augenblick fingen die Verwandten im Nebenzimmer an, sich zu verabschieden. Fritz zog mich beiseite. Er zitterte vor Erregung.

»Und du verteidigst dich nicht einmal gegen solche Gemeinheit«, flüsterte er mit erstickter Stimme.

»Verteidigen?! Vor solch einem Menschen?!! Soll ich ihm vielleicht eingestehen, dass ich einmal im Leben liebte, – mit ganzer Seele und mit vollem Herzen?! Soll vor den Leuten, die gar keiner starken Empfindung fähig sind, mein Inneres entblößen, was ich vor mir selbst zu tun kaum den Mut habe?«

»Alix!« von weit her schien jemand meinen Namen zu rufen, mit einem Ausdruck, der mir in die Seele schnitt.

Im nächsten Moment beugte ich mich zum Abschied über die welke Hand Tante Jettchens, hörte mit halbem Ohr ein allgemeines Stimmengewirr und fühlte schließlich noch Papas Lippen auf meiner Stirn.

»Gott Lob«, murmelte er, »den Abend hätten wir hinter uns!«

Verträumt und erstaunt sah ich um mich, als ich acht Tage später in Weimar ankam. Stand die Zeit hier seit zehn Jahren still?! Derselbe helle Maienabend wie damals empfing mich. Und in dasselbe alte Haus an der Ackerwand führte mich die Hofequipage, wie einst, als die Großmutter ihr Enkelkind zum erstenmal hergeleitete. Sie freilich war nicht mehr da, und doch war mirs, als ob ihr Kleid neben mir die Treppe hinaufrauschte. Auch ihr Bruder war lange tot, und doch schien's, als wäre der schöne, tief brünette Mann mit den schmalen Händen und dem leicht gebeugten Nacken, der mich empfing, kein anderer als er.

Im Rokokosalon mit den vielen Miniaturen über dem graziösen Sofa und den verblassten Pastellbildern an der mattblauen Seidentapete erhob sich aus dem goldgeschnitzten Lehnstuhl am Fenster ein schlankes Frauenbild und streckte mir mit einem süß-zärtlichen Lächeln ein weißes Händchen entgegen. War das wirklich die Gräfin Wendland – meine Tante –, oder war es nicht Frau von Stein, deren Schatten sich aus dem Nebenhaus hierher verirrt hatte?! Dann kamen die Kinder und begrüßten mich, – lauter kleine Elfen mit allzu schweren Haaren auf den seinen Köpfchen und allzu großen Blauaugen über den schmalen Wangen.

Draußen vor meinem Zimmer plätscherte der Brunnen, wie vor uralten Zeiten, und die Bäume rauschten feierlich, als träfe ihre Kronen niemals ein Wirbelsturm.

Am nächsten Morgen besuchte mich der Großherzog. Er kam zu Fuß und unangemeldet, mit den raschen elastischen Schritten eines jungen Mannes; ich hatte kaum Zeit, ihm bis zum Treppenaufgang entgegenzugehen. Und dann saß er mir im Rokokosalon gegenüber, und je länger er sprach – mit heller Stimme und in dem eleganten Französisch des ancien régime –, desto tiefer versank die Gegenwart, und in mystischem Halbdunkel stieg die Vergangenheit empor. Von der Großmutter erzählte er mir zuerst, wie schön und wie gut und wie klug sie gewesen wäre, wie sie Weimars Geist in sich verkörpert habe, wie er nie habe verstehen können, dass sie anderswo als in ihrer Seelenheimat zu leben imstande gewesen war. Zuweilen legte er die Hand über die Augen, eine gelbliche, blutleere muskellose Hand, die gewiss niemals fest zuzupacken vermocht hatte, und lehnte sich, als käme plötzlich die Erinnerung an das eigene Alter über ihn, tief in den Stuhl zurück. Aber gleich darauf reckte sich sein schmaler Oberkörper krampfhaft auf, die Hände umschlossen die Seitenlehnen, die Augen weiteten sich, und mit dem stereotypen angelernten Fürstenlächeln, das über jede Empfindung hinweg täuschen soll, begann er wieder zu reden. Nun war ich nicht mehr das Enkelkind der Freundin seiner Jugend, sondern die Schriftstellerin, von der er die Erfüllung eines langgehegten Wunsches erwartete. Die Geschichte der Gesellschaft Weimars sollte ich schreiben, jener Gesellschaft, die seit Goethes Ankunft in der Residenz Karl Augusts »getreu ihrer Tradition, Künstler und Dichter als gleichberechtigte aufgenommen und ihnen den Weg zum Ruhm gebahnt hat.« Und von den Vielen erzählte er, denen Weimar ein Sprungbrett ins Leben gewesen war, die hier zuerst die Anerkennung fanden, die die Welt draußen ihnen versagte. Er begeisterte sich an seinem eigenen Gedankengang, sein farbloses Gesicht überzog sich mit einer ganz seinen bläulichen Röte, und in seinen verschleierten Augen entzündete sich ein stilles Licht.

»Sie sind prädestiniert, dies Werk zu schaffen: Getränkt mit Weimars Erinnerungen, erzogen in Weimars Geist, geleitet von dem unfehlbaren Takt der Aristokratin«, sagte er, indem er sich erhob und mir die Hand reichte. »Von Ihnen brauche ich keine jener widerwärtigen Enthüllungen zu fürchten, die die Kunst beschmutzen, das Leben vergiften. Meine Archive stehen Ihnen offen; dasselbe glaube ich auch im Namen der Großherzogin versprechen zu dürfen. Ich hoffe, Sie oft zu sehen – –«

Zu einer Antwort ließ er mir keine Zeit mehr, – dass ich nicht nein sagen könnte und dürfte? war ihm selbstverständlich. Ich hatte mich nur noch tief und dankbar zu verneigen.

Und immer enger spann sich Weimars Zaubernetz mir um Geist und Sinne. Mit offenen Armen, wie eine Heimkehrende, ward ich überall aufgenommen. Während langer Audienzen besprach die Großherzogin meine Arbeit im Goethe-Archiv mit mir. Sie blieb stets in jedem Wort und jeder Bewegung die unnahbare Fürstin, und doch lag ein mütterlicher Ausdruck auf ihren Zügen, wenn ich eintrat. Der kleine, derbe Erbgroßherzog, in allen Stücken das Gegenteil seines Vaters, glich ihm mir gegenüber in der Freundlichkeit, die durch seinen breiten Weimarer Dialekt und seine mit einer gewissen Absichtlichkeit übertriebene Verachtung aller Form noch um einen Schein herzlicher war, und seine gute, dicke Frau, die gewiss eine prächtige Landpastorin abgegeben hätte, unterstützte ihn darin. Mit der halben Hofgesellschaft verbanden mich verwandtschaftliche Beziehungen; Vettern und Kusinen sechsten und achten Grades behandelten einander hier in dem festgeschlossenen Kreise wie nahe Blutsverwandte. Wir waren in großer Gesellschaft, wenn kaum einer unter uns nicht »Du« zu dem anderen sagte.

Wie ein süßer Duft verlöschter Wachskerzen schwebte die Erinnerung an das achtzehnte Jahrhundert über all diesen Menschen und ihrer Umgebung. Alles war verblasst, was damals in Farben und Gefühlen gejauchzt und geschwelgt hatte: die Rosenteppiche, – die gemalten Wangen, – die Liebe. Und die raschelnden bauschenden Gewänder, die Schönpflästerchen, die bunten Westen, die weißen Perücken und Galanteriedegen hatten die Damen und Herren abgelegt. Sie sahen darum oft recht dürftig und ungeschickt aus. Nur wenn im Schloss die Lüster brannten und das blanke Parkett und die hohen Spiegel ihr Licht tausendfältig wiedergaben, schienen sie sich des alten Lebens bewusst zu werden. Sie tanzten und lachten und neigten sich und nippten vom süßen Weine, und ich selbst mitten darin kam mir vor wie ihresgleichen: ein Schatten der Vergangenheit.

Auch in die Bürgerhäuser kam ich, wo Erinnerungen alter Zeiten in vergilbten Briefen, zärtlich-himmelblauen Stammbüchern, Ringen aus den Haaren der Liebsten, Prunktassen mit den Bildern der Unsterblichen verwahrt wurden. Der freundliche, ein wenig sentimentale, ein wenig enge Geist der dreißiger Jahre herrschte hier. Keine moderne Renaissance hatte die gradlinigen Biedermeiermöbel und die hellen Mullgardinen verdrängt, und trotzdem der Rausch der Farben und der Töne eines Böcklin, eines Liszt und Wagner ihr Auge und ihr Ohr getroffen hatte, standen sie inmitten der weichen Märchenträume Schwindscher Wälder, und in ihrem Inneren klangen die Volksweisen Felix Mendelsohns.

Ich arbeitete jeden Vormittag in den Räumen des Goethe-Archivs, hoch oben im linken Schlossflügel, durch dessen Fenster der Blick weit über den Park hinweg schweifen konnte und das Ohr nichts vernahm als das leise Geschwätz zwischen der plätschernden Ilm und den grünen Baumblättern über ihr. Die gelehrten Herren, die mit mir arbeiteten, behandelten mich mit jener ausgesuchten Höflichkeit, die Mauern aufrichtet zwischen den Menschen. Sie beantworteten meine Fragen, sie brachten mir, was ich brauchte, sie verbeugten sich tiefer vor mir, als es nötig gewesen wäre, aber ich fühlte trotzdem die Geringschätzung des deutschen Gelehrten vor dem Weibe, das in seine Kreise dringt. Doch je länger ich in Weimar war, desto dichter umhüllte mich eine Atmosphäre des Weihrauchs, die mich nicht nur unempfindlich, sondern auch unnahbar hochmütig machte. Nur einer, der Direktor, ein geistvoller Sonderling, begegnete mir wie ein Mensch dem Menschen. Zuweilen aber kam es vor, dass ich seine väterlichen Ermahnungen, seine klugen Ratschläge, seine sarkastischen Kritiken nicht mehr vertrug. Nicht nur die Eitelkeit, die in der Treibhausluft der Salons so üppig gedieh, auch die Ungeduld, die mich oft mitten in der Arbeit packte, trug daran die Schuld.

»Man degradiert sich zum Lumpensammler bei dieser ewigen Papierkorbarbeit«, rief ich einmal empört, als ich eine Notiz, die mir fehlte, durchaus nicht finden konnte. Der Direktor, der mir während der letzten Stunden geholfen hatte, sah mich stirnrunzelnd an.

»Sie sind sehr jung und sehr voreilig, gnädiges Fräulein«, sagte er scharf. »Wer zur Vollendung eines Mosaikbildes ein einziges Steinchen braucht und Kisten und Kasten, selbst Bergwerke danach durchforscht, der leistet eine wertvollere Arbeit, als mancher, der ein ganzes Gemälde in zwei Stunden hinpatzt. ›Beschränkung ist überall unser Loos‹ sagt unser Meister, und mit vollem Bewusstsein einseitig werden, ist der Ausgangspunkt tüchtiger Leistung.«

»Beschränkung ist überall unser Loos«, – das bohrte sich in mein Gehirn – ich suchte von da an meine Steinchen und unterdrückte mein Murren.

An einem Lenztag, der so reich war, als hätten alle Lieder der Sänger Weimars sich in Duft und Glanz und Farben verwandelt, fuhren wir hinauf nach Belvedere. Der Großherzog hatte uns zum Frühlingsfest in sein Schlösschen geladen. In eine Laube von Maiglöckchen und Rosen war der runde Gartensaal verwandelt; durch die weit geöffneten Türbogen lachte der blaue Himmel, auf dem blinkenden Silber und den geschliffenen Kristallen der Tafel glänzte die Sonne, die Zahl der Tischgäste überstieg nicht die der Musen, und ein heiteres Gespräch, das wie der Wiesenbach alle Ecken und Kanten meidet und selbst die Steine streichelt, die ihm im Wege liegen, flutete hin und her. Warum nur meine Gedanken zuweilen den Faden verloren, und der Märchenwald am grünen Badersee mir wie eine Fatamorgana erschien und kühler Bergwind mir die Stirn umstrich? – der Duft der Maiglöckchen war es wohl, der den Zauber hervorrief. In den Park geleitete uns unser Gastgeber nach dem Diner. Er zeigte mir das Labyrinth und die Naturbühne und wies mit liebevoller Bewunderung auf die sanften waldigen Hügelketten, die sich weit bis in die Ferne dehnten. »Das ist Schönheit«, sagte er, »ruhigvornehme Schönheit, ein reiner Rahmen für echte Kunst, wie wir sie in Weimar gepflegt haben und pflegen werden. Ich freue mich, dass Sie uns helfen wollen. – Sie werden in Weimar bleiben, nicht wahr?« Ich antwortete ausweichend. Er verstand mich falsch: »Eine Stellung zu finden, die Ihnen entspricht, dürfen Sie mir überlassen«, und mit einem freundlichen Händedruck wandte er sich anderen zu. Auf dem Heimweg gratulierten mir meine Verwandten. Graf Wendland, der hinter den Allüren eines tadellosen Hofmannes einen klugen, merkwürdig freien Menschen verbarg, meinte mit einem seinen Lächeln: »Der weiße Falke wird der Hofhistoriographin nicht fehlen. Ein Ziel, aufs innigste zu wünschen, nicht wahr?!«

An demselben Abend war ich bei einer meiner vielen Tanten zum Souper. Aber es war eine, die nicht wie die vielen war, – ein Original, über das die Familie die Achseln zuckte und die Köpfe schüttelte. Sie hatte sich schon in ihrer frühen Mädchenzeit Weimar zum Trotz ihr eigenes Leben geschaffen. Sie suchte sich ihre Hausfreunde unter den Künstlern und Dichtern, die sonst in Goethes Stadt doch nur zu wirksamen Dekorationsstücken der Hofgesellschaften verwendet wurden. So war sie allmählich zur mütterlichen Freundin all der jungen Menschen geworden, die hier auf der steilen Leiter zum Ruhm die ersten Schritte taten oder künstlerische Offenbarungen suchten. Und wem der Zwang des Hofes lästig wurde, wer frischere Luft brauchte, wem ein freies Wort auf der Zunge brannte, der kam zu ihr.

Heute waren sie alle um ihren Teetisch versammelt, die Alten und Jungen: Lassens jovialer Künstlerkopf tauchte neben dem schönen Schillerprofil Alexander von Gleichens auf; ein paar auswärtige Freunde, Schriftsteller und Theaterdirektoren, die zum bevorstehenden Goethe-Gesellschaftstag schon angekommen waren, fanden sich ein; Richard Strauß stand schüchtern in einer Ecke, der blasse junge Kapellmeister, den die meisten verlachten, und der hier bei der gütigen Frau, die ihn eben in schwerer Krankheit gepflegt hatte, wie Kind im Hause war. Und schmal und blass wie er, in altmodischem Sammetkleid und glattgescheiteltem Haar tauchte ein Mädchen – nicht jung, nicht alt – in der Türe auf, das mir die Tante schon oft als großes dichterisches Talent gepriesen hatte: Gabriele Reuter. Und eine junge Sängerin kam, eine bayerische Oberstentochter, die trotz ihrer schönen Stimme auf der Bühne nicht heimisch werden konnte und ängstlich, wie ein verirrter Vogel, nach Menschen suchte, die sich ihrer annahmen. Die Hausfrau dirigierte wie ein Feldherr die bunte Gesellschaft und das Gespräch, – und warf ein geistvolles Wort hinein, wenn es auf die Landstraße allgemeinen Klatsches zu geraten drohte. Schließlich stritt man sich hitzig über Weimars Bedeutung für das geistige Leben der Gegenwart.

»Künstler bedürfen der Ruhe«, sagte Gleichen, »aber sie verkommen und versauern, wenn sie nicht immer wieder mit einer Ladung von Ideen aus der Welt draußen hierher zurückkehren.«

Lebhaft widersprach Werner von Eberstein, ein junger Historiker, der im großherzoglichen Hausarchiv tätig war. »Für den Mann der Wissenschaft gibt es nichts Besseres, als in diesen sicheren Port einzulaufen, wo nichts ihn von seinen Studien ablenkt.«

Die Tante ergriff lebhaft Gleichens Partei. »Alten Leuten mag das entsprechen. Euch Jungen aber muss der Sturm erst tüchtig um die Nase blasen«, sagte sie. »Ausgegangen sind viele von hier, mit Schaffenskraft gesättigt, aber etwas geworden sind sie erst außerhalb unserer milden Luft. So gern ich Euch habe, Kinder,– hinaustreiben möcht ich Euch alle miteinander«, und damit nickte sie dem schmalbrüstigen Musiker und der schüchternen kleinen Schriftstellerin zu, um sich gleich darauf an mich und an Eberstein zu wenden, der neben mir saß und ihr Neffe war: »Ihr seid beide schon in Vorschusslorbeeren eingewickelt bis an den Hals, aber trotzdem gebe ich euch noch nicht auf. Habt die Selbstverleugnung, sie abzureißen! Hofluft erstickt Talente, genau so wie die der Hinterhausstuben.«

»Sie sind ganz blass und still geworden, liebes Fräulein«, sagte Gleichen, als er mich spät in der Nacht nach Hause begleitete. »Glauben Sie, ich hätte meine verrückten Krautgärten malen können, wenn ich die Blumen und die Sonne nicht anderswo gesehen hätte als hier?!«

Er kam mir vor wie ein alter Freund, obwohl ich ihm zum erstenmal begegnet war. »Aber vielleicht bedeutet Weimar für mich, was für Sie die übrige Welt bedeutet: Leben – Befreiung?!« antwortete ich. »Nein«, sagte er energisch und drückte mir die Hand. »Nein – Sie brauchen größeren Spielraum für Ihre Freiheit.«

Ich wurde müder von Tag zu Tag. War es die tägliche stundenlange Morgenarbeit in den Archiven, war es die ununterbrochene Geselligkeit am Mittag und am Abend, die mich allmählich erschlafften? Ich wurde mir nicht klar darüber. Aber ich sehnte mich in die Stille der Berge, wo ich mit Hilfe der aufgehäuften Materialien mein Buch zu beginnen die Absicht hatte. Nur die Goethe-Tage wollte ich noch abwarten. Sie fielen in diesem Jahre mit dem Jubiläum des alten Theaters zusammen und zogen Berühmtheiten aus aller Herren Ländern nach Weimar. Auch meine Berliner Freunde fehlten nicht.

»Habe ich ihnen nicht gut geraten?« meinte Professor Fiedler mit ehrlicher Freude, als er mich im Mittelpunkt der Gesellschaft, von Anerkennung und Schmeichelei umgeben, wiedersah.

»Welch eine Ehre für mich, mein gnädiges Fräulein«, sagte der Mann mit dem Goethekopf, als er bei einem Diner neben mir saß.

Und ich sah mit wachsendem Missvergnügen, wie tief all die Männer der Kunst und Wissenschaft die grauen Köpfe vor den Fürsten neigten, wie sie erwartungsvoll, stumm und aufgeregt in Reih und Glied standen und ein Ausdruck von Beglückung das Gesicht jedes Einzelnen belebte, wenn der Großherzog ein paar nichtssagende Worte an ihn richtete. Ich wurde misstrauisch gegen jeden, der mich zuvorkommend behandelte. Selbst die Freude an den Versen, die der greise Bodenstedt an mich richtete, verbitterte mir der Gedanke, dass nur der Glanz der Krone, in deren hellem Umkreis ich stand, mich dem Dichter als das erscheinen ließ, was er besang. Mit mir selbst zerfallen, saß ich am Vorabend meiner Abreise im dunklen Hintergrund der kleinen Hofloge des Theaters und sah den Faust. Wie seltsam geschah mir: Acht Wochen hatte ich in Goethes Stadt gelebt, hatte täglich die Luft geatmet, die droben im Archiv sein Lebenswerk in seinen Schriften umgab, und nun plötzlich sprach er selbst, und – ich kannte ihn nicht! Als hätte ich sie niemals gelesen, niemals auswendig gewusst, trafen seine Worte mein Ohr; lauter grelle Blitze, die das Dunkel erhellten, lauter Donnerschläge, die mich erbeben ließen.

Das war des Menschen Schicksal, das an mir vorüber rollte; mein eigen kleines Leben sah ich darin verflochten mit seinen Kämpfen und Niederlagen. Und vor einer Niederlage stand ich wieder. »Nur der verdient sich Freiheit, wie das Leben, der täglich sie erobern muss« dröhnte es mir in den Ohren.

Am Ausgang des Theaters traf ich Gleichen. Ich drückte ihm die Hand. »Leben Sie wohl«, sagte ich. »Sie reisen?« Er sah mich forschend an. »Ja, – und ich werde nicht wiederkommen.«

Auf dem Frühstückstisch fand ich am nächsten Morgen zwei Briefe: vom Großherzog, der mich aufforderte, den Hof nach Wilhelmstal zu begleiten, von Tante Klotilde, die mir mitteilte, dass sie mich in diesem Sommer in Grainau nicht erwarten könne, weil sie, dem Rate meiner Mutter folgend, eine der Potsdamer Nichten zu sich gebeten habe. Ich zuckte unwillkürlich zusammen, als habe mir jemand hinterrücks einen Schlag ins Genick versetzt. »Also werd' ich nach Pirgallen gehen«, sagte ich laut, wie zu mir selbst.

»Nach Pirgallen?!« frug die kleine Rokokogräfin erstaunt. »Man rechnet doch auf dich für Wilhelmstal!« »Ich werde ablehnen müssen, –

mein Buch soll zum Herbst fertig werden, – ich brauche den Sommer zur Arbeit«, antwortete ich ein wenig zögernd. Es war ein paar Augenblicke still in dem weißen, von der Morgensonne hell durchfluteten Speisesaal. Nur der Teekessel sang, und draußen über das holprige Pflaster rasselte eine Hofequipage.

»Überlege es dir reiflich«, begann Graf Wendland langsam und sah mit gerunzelter Stirn auf seine blanken Fingernägel. »Es ist vielleicht eine Lebensentscheidung, die du triffst«, – ein langer prüfender Blick traf mich, – »du weißt wohl noch nicht – Prinz Hellmut hat am Mariental das Schloss seiner eben verstorbenen Tante übernommen ... «

Wieder war es still. Ich hörte das Summen einer Biene am Fenster und sah, wie schwarz und schwer das alte eichene Büffet sich von der weißen Wand abhob. Mein Herzschlag setzte aus, um im nächsten Moment atemlos zu toben, wie eine rasende Maschine. Hellmut – –! Er hatte mich gehen heißen, als ich mich ihm geben wollte – –! Aber hatte er nicht, wie ich, unter dem Zwang großer, selbstverleugnender Liebe gehandelt – –? Doch warum kam er nicht wieder – jetzt, da er ein freier Mann war? – Ich strich mir mit eiskalten, zitternden Fingern die Locken aus der Stirn: »Mein Entschluss steht fest, – ich gehe nach Pirgallen!«

Und nun saß ich in Großmamas stillem, grünem Zimmer unter dem weißen Marmorbild ihres Vaters, und aus dem Garten grüßten die Jasminsträucher mit großen, süß duftenden Blüten. Niemand störte mich in dieser Einsamkeit. Onkel Walter fürchtete die Räume der Toten, als ginge ihr Geist darin um. Mama glaubte mich bei der Arbeit, der Vater ritt mit dem Schwesterchen durch die Wälder, wie einst mit mir. Ich hatte arbeiten wollen. Bücher und Notizen lagen in großen Stößen auf dem Tisch der Altane. Aber sobald ich sie aufschlug, schrumpften mir alle Gedanken ein. Tot und leer waren all die vielen Papiere, – wie sollte je etwas Lebendiges aus ihnen hervorgehen. Und was gingen mich im Grunde die fremden Dinge und Menschen an? Was würde die Welt davon haben, wenn ich des langen und breiten von denen erzählte, die im Dunkel geblieben wären, wenn nicht ein ganz Großer sie in seine Nähe gezogen hätte?

In Großmamas Bücherschrank standen Goethes Werke in langer Reihe mit grünen Einbänden und weißen runden Schildern auf dem Rücken. Ich begann zu lesen – stundenlang, tagelang, wochenlang –. Und je mehr ich las, desto mehr zog ich mich in die Räume zurück, die eine stille Insel waren mitten im Weltgetriebe. Täglich schmückte ich sie mit frischen Blumen, wie Großmama es getan hatte, und zog des Nachts die dunkeln Sammetportieren vor Türen und Fenster und steckte die Ampel an mit der großen Flamme unter dem sonnengoldnen Seidenschirm. Wenn ich dann halb die Augen schloss, sah ich das Zimmer erfüllt wie von einem flimmernden Nebel, aus dem die Statue Goethes immer größer und lebendiger hervorwuchs.

»Rede zu mir, Meister!« flehte meine Seele. Und er redete.

»Dein Leben sieht einer Vorbereitung, nicht einem Werke gleich«, zürnte er.

»Ach, welch ein Werk bleibt mir zu tun?!« schrie meine Seele.

»Bleibe nicht am Boden haften – frisch gewagt und frisch hinaus«, hörte ich die Stimme des Mahners, »dem Tüchtigen ist diese Welt nicht stumm, – tätig zu sein, ist seine Bestimmung!«

»So zeige meiner Kraft eine Tat –«, und sehnsüchtig streckte meine Seele die gefalteten Hände empor zu ihm.

»Ein edler Held ists, der fürs Vaterland, ein edlerer, der für des Landes Wohl, der edelste, der für die Menschheit kämpft....«

Zu einem Tempel weitete sich das Zimmer, und von den Marmorwänden klangen dröhnend die Worte seines Hohenpriesters wider.

Der Boden leuchtete wie ein einziger Rubin, – tränkte ihn der Menschheit ganzes, blutrotes Leiden?

Hingestreckt lag meine Seele vor dem Altar.

»Nenne mir Ziel und Maßstab meines Strebens!« flüsterte sie.

»... Solch ein Gewimmel möcht ich sehn – auf freiem Grund mit freiem Volke stehn....«

Nicht mehr der eine war es, der also sprach, es war ein Chor von Millionen Stimmen, und alle Hoffnung der Verlassenen, alle Sehnsucht deren, die zu leben begehren, tönte darin.

Ein Brief von Egidy, erfüllt von den Ereignissen der Gegenwart und seinen Plänen für die Zukunft, gab mich der Wirklichkeit zurück, und in unsicheren Umrissen sah auch ich ein Feld der Betätigung vor mir. »Ihre Übersiedelung nach Berlin freut mich außerordentlich«, antwortete ich ihm, »und wenn ich Ihnen heute auch noch mit keinem Ja auf die Frage, ob ich Ihre Mitkämpferin werden kann, zu antworten vermag, so steht das Eine für mich fest: ich werde meine Kraft nicht im Durchstöbern alter Folianten verzehren und die Luft nicht durch Aufwirbeln ruhenden Staubes verdunkeln. Ich weiß, dass dem Christentum des Wortes das der Gesinnung und der Tat folgen muss, – nur zweifle ich noch, ob wir dann auf den Namen Christentum noch ein Recht haben.

Mein Entschluss, Weimar endgültig aufzugeben, hat in meiner Familie viel Entrüstung hervorgerufen. Meine Mutter sieht darin einen neuen Beweis für meine Charakterschwäche. ›Alix ist noch niemals konsequent bei der Sache geblieben, – sie wechselt ihre Neigungen für Menschen und Dinge wie alte Handschuhe,‹ meinte sie. Ich selbst aber fange an zu glauben, dass in dieser Inkonsequenz die einzige Konsequenz meines Lebens liegt. Alles und Alle sind Stufen, und ich bin noch keine rückwärts gegangen. Papa war traurig –, was mir immer am meisten weh tut. Mein Onkel dagegen hat mir eine Rede gehalten, deren Quintessenz war, dass ich lieber heiraten solle, statt modernen Schwarmgeistern zu verfallen.

Wir reisen nächste Woche nach Haus.

Ich gehe noch einmal alle alten Wege, und oft steigen mir plötzlich die Tränen in die Augen, wenn ich den breiten efeuumsponnenen Turm von Pirgallen vor mir sehe. Er war etwas Lebendiges für mich; ein treuer, starker Freund, ein Wahrzeichen vieler Kinderjahre, die zu seinen Füßen wuchsen und in seinem Schutz. Nun hat er die Seele verloren, seit Großmama ihn verließ. Es ist auch für mich Zeit, zu gehen. Aber soviel Stärke auch die Erkenntnis verleiht und der Entschluss, – der Abschied von den Toten tut weh. Und mir ist, als sähe ich sie nie wieder....«

Siebzehntes Kapitel

Septembersonne! In mattem Blaugrün spannt sich der Himmel über Berlin; alles Licht ist gedämpft, und die Schatten haben einen silbernen Ton. Auf den Anlagen der großen Plätze und in den Vorgärten der Häuser, die die Kultur mühsam dem spröden Sandboden abgerungen hat, feiert sie jetzt ihre größten Triumphe: vom hellen Gelb der Linden bis zum dunkeln Rot der Blutbuchen leuchten alle Farben des Herbstes; aus dem grünen Rasenteppich glänzen Astern in sanftem Violett und müdem Blau, während sich in wehmütigem Sterben blasse Rosen an die weißen Steinstufen der Estraden schmiegen. Goldene Blätter tanzen in lind bewegter Luft, und unter den Bäumen sitzen auf weißen Bänken jene modernen Frauen der Großstadt, die starke Farben scheuen wie starke Gefühle und Kleider tragen, die aussehen, als wären sie in der Sommersonne verblichen.

Täglich, am frühen Nachmittag, gingen wir vier in den nahen Zoologischen Garten, wo sich die Bewohner des Westens am Neptunteich unter den Musikkapellen ein Stelldichein gaben. Hier traf sich der behäbige Spießbürger mit Freunden und Verwandten, im stillen beglückt, nach der vorschriftsmäßigen Sommerreise wieder ruhig am rotgedeckten Tisch zu sitzen, statt schwitzend und prustend Ausflüge abzuklappern. Hier erschien in schäbiger Eleganz die Offiziers- und Beamtenwitwe, um ihre schon stark angejahrten, interessant verschleierten Töchter vor Männeraugen spazieren zu führen. Hier ließen sich mit der Stickerei und dem mitgebrachten Kuchen zu stundenlangem Klatsch all die Überflüssigen nieder, an denen das weibliche Geschlecht so reich ist. Droben aber vor dem Restaurant, wo die weißen Tischtücher weithin sichtbar die Klassen schieden, tauchten elegante Toiletten und bunte Gardeuniformen auf, und Rücken an Rücken mit der vornehmen Frau der Hofgesellschaft saß im Glanz ihrer Brillanten und schwarzen Augen die schöne Otero und ihresgleichen. Jenseits jedoch, auf dem Hügel hinter dem Neptun, fanden die Stillen sich ein, die Musik- und die Naturschwärmer, die Nebenabsichtslosen mit ihren Büchern und ihren Zeitungen. Sie alle sahen unten auf der Lästerallee den bunten Strom kokettierender Jugend an sich vorüberfluten: bartlose Knaben mit erzwungener Blasiertheit, kurzröckige Mädchen mit heißen Augen; greisenhafte Jünglinge, lüstern nach Beute um sich schauend; korrekte junge Damen, glatt gescheitelt, mit kühlen, bleichen Wangen.

Nachdem die erste Neugierde gestillt war, ging ich nicht gern hierher; es kam mir wie Zeitverschwendung vor, und überdies sah ich mit leiser Angst mein reizendes Schwesterchen im Kreise flirtender Backfische und Gymnasiasten. Aber mein Vater liebte den Verkehr mit alten Freunden, die hier immer zu finden waren, und meine Mutter amüsierte der großstädtische Trubel. Bald hatten auch wir unseren Stammtisch unter der großen Kastanie bei der Musikkapelle, und Menschen verschiedenster Art gesellten sich zu uns, die nur ein gemeinsames Gefühl aneinander zu fesseln schien: die Unzufriedenheit. Das Leben hatte ihnen allen nicht gehalten, was sie sich von ihm versprochen hatten, und sie gaben nicht sich die Schuld, und nicht den Verhältnissen, – wodurch Unzufriedenheit zum Hebel der Tatkraft werden kann, – sondern den heimlichen Feinden im Militär- und Zivilkabinett und den Intriganten am neuen Kaiserhof.

Es waren Männer darunter, die, um die magere Pension zu erhöhen und ihren Frauen und Töchtern standesgemäße Toiletten, ihren Söhnen die Leutnantszulage zu sichern, halbe Tage als Agenten der verschiedensten Versicherungsgesellschaften Trepp auf, Trepp ab liefen, und nachmittags im Zoologischen den Junker spielten, der von seinen Renten lebt. Andere, die für ihre ungebrochene Kraft eine Beschäftigung, für ihre leere Zeit eine Ausfüllung brauchten, griffen zu den seltsamsten Hilfsmitteln. Der eine vergrub sich in heraldische Studien, ein zweiter sammelte Briefmarken, ein dritter widmete jede Stunde und jeden Gedanken dem Studium Dantes, ein vierter ging im Spiritismus auf und hatte täglich andere Geistererscheinungen. Aus Langerweile ließ ich mich mit diesem seltsamen Kauz, einem Obersten von Glyczcinski, dessen robuste Erscheinung mit dem breiten roten Gesicht wenig an einen Geisterseher erinnerte, oftmals in Gespräche ein und amüsierte mich im stillen darüber, auf welch vertrautem Fuß er mit dem lieben Gott stand, und wie glühend er zu gleicher Zeit die Kirche und ihre Diener hasste. Dankbar für mein vermeintliches Interesse brachte er mir täglich andere Bücher und Broschüren und lief geduldig die Lästerallee mit mir auf und ab, wenn ich es in der von Ärger und Missgunst geschwängerten Atmosphäre unserer Tafelrunde gar nicht mehr aushalten konnte.

So gingen wir gerade einmal wieder von einer Musikkapelle zur anderen, als der Oberst plötzlich stehen blieb.

»Wie gehts dir, Vetter?« hörte ich ihn sagen; mein Blick fiel durch den Schwarm Vorübergehender hindurch auf ein schmales Gesicht, von dichtem braunem Bart umrahmt, aus dem zwei tiefe, strahlende Kinderaugen herausleuchteten, wie von großer innerer Freude erhellt. »Gut – sehr gut«, antwortete eine Stimme, die wie ein voller Geigenton klang. Welch glücklicher Mensch muss das sein, dachte ich mit stillem Neid. In dem Augenblick schoben sich die Menschen zwischen uns auseinander, – ich sah einen Rollstuhl, – eine dunkle Pelzdecke, – zwei ganz schmale, weiße Hände, deren blaues Geäder wie mit einem feinen Pinsel gezogen war, – einen schmächtigen Oberkörper – – unmöglich! – das konnte doch der Mann nicht sein mit den strahlenden Kinderaugen! Aber schon richteten sie sich auf mich – verwirrt sah ich zu Boden. »Entschuldigen Sie ...« sagte mein Begleiter im Weitergehen. »Wer war das?« frug ich hastig, noch im Bann tiefen Erstaunens.

»Professor von Glyzcinski – mein Vetter«, lautete die lakonische Antwort.

»Können Sie mich mit ihm bekannt machen?« Mein rasch entstandener Wunsch formte sich ebenso rasch zur Bitte. Der Oberst runzelte die Brauen.

»Er ist Atheist und Sozialist«, kam es mit harter Betonung über seine Lippen.

Ich zuckte zusammen und konnte dem Schauder nicht wehren, der mir zitternd über den Rücken lief. Aber mein Wunsch wurde nur noch stärker.

»Stellen Sie mich vor«, bat ich dringend. Er sah mich von der Seite an: »Aber die Verantwortung tragen Sie allein!«

Wir drehten um. Ein kurzes Zeremoniell: »Fräulein von Kleve möchte dich kennen lernen, Georg, – sie ist Schriftstellerin.«

Des Professors Gesicht schien sich noch mehr zu erhellen. »Dann freue ich mich doppelt Ihrer Bekanntschaft«, sagte er, und seine Hand umfasste die meine mit einer kräftigen Herzlichkeit, die ich ihr nicht zugetraut hätte. »Jede arbeitende Frau ist ein Gewinn für unsere Gesellschaft.«

»Auch ein Gewinn für die Kunst und die Wissenschaft?« meinte ich zweifelnd.

»Gewiss! Sobald alle Universitäten und Akademien ihnen offen stehen, wie den Männern!« Ich sah ihn verwundert an. Nur aus Witzblättern hatte ich bisher vom Frauenstudium erfahren, und hie und da war mir eine russische Studentin mit ausgetretenen Stiefeln, zerfranstem Rock und kurz geschorenen Haaren begegnet, die meine tiefe Abneigung gegen die Verleugnung der Weiblichkeit nur steigerte. Zögernd äußerte ich meine Ansicht. Der Professor lächelte. Die Witwe mit den angejahrten Töchtern ging gerade vorüber.

»Sind diese armen alten Mädchen, die nun schon seit Jahren hier auf den Heiratsmarkt geführt werden, vielleicht würdigere Vertreter der Weiblichkeit?« sagte er, »die russische Studentin ziehe ich ihnen jedenfalls vor; und so arm sie sein mag, – sie selbst würde keinesfalls mit ihnen tauschen mögen. Denn sie hat ihre Freiheit, ihre Arbeit und ist tausendmal reicher als jene.« Er schwieg, aber da ich nicht antwortete – das was er sagte war mir in seiner einfachen Selbstverständlichkeit doppelt überraschend –, fuhr er nach einer Pause fort: »Stellen Sie sich eine Frau in meiner Lage vor, – wie unglücklich müsste sie sich fühlen, weil sie nicht nur von vielen Freuden des Lebens ausgeschlossen, sondern vor allem, weil sie nutzlos, weil sie überflüssig ist. Ich aber bin vollkommen glücklich!«

Der Professor lehnte sich tief in den Rollstuhl zurück, legte die Hände übereinander auf die schwarze Pelzdecke und sah mit einem Ausdruck der Verklärung über die Menschen hinweg in die gelben tanzenden Blätter, in die rosigen Abendwolken hinein. Mein Herz klopfte zum Zerspringen. Ich war keines Wortes mächtig und dankbar, dass die Eltern, die mich suchten, mich jeder Antwort überhoben.

Von nun an war ich es, die die Nachmittage nicht erwarten konnte, die, als es immer herbstlicher wurde, und kälter und trüber, oft allein den gewohnten Weg ging, um in dem stiller und stiller werdenden Garten den Mann zu suchen, dessen durchsichtige Krankenhand mich auf steile Höhen mit endlosen Fernsichten und in dunkle Tiefen voll überquellender Schätze führte. Ohne dass er eine Frage stellte, lockte der warme Strahl seiner Augen meine verborgensten Gedanken ans Tageslicht, und wo sie wirr auseinanderfielen, wie vom Sturm zerrissene Telegraphendrähte, knüpfte er sie wieder vorsichtig zusammen. Er brachte mir Bücher, Zeitungen und Zeitschriften mit und wenn ich damit beladen nach Hause kam, wurde es mir schwer, mich von ihnen zu trennen und zu meiner Arbeit zurückzukehren. Ich hatte mancherlei Versprochenes und

Begonnenes zu vollenden und tat es widerwillig, nur von dem Gedanken erfüllt, mich auf eigene Füße zu stellen.

Aber der Professor verstand es, mir selbst diese Arbeit wieder wertvoll zu machen. »Wie viele große, gute und gefährlich umstürzlerische Ideen können Sie einschmuggeln, wenn Sie nur Ihren Goethe tüchtig ausnutzen«, meinte er, »und die vielen kleinen Flämmchen, die Sie entzünden, schlagen schließlich zu einer großen Flamme zusammen.«

Dass diese Arbeit nicht die meine bleiben dürfe, – davon war er freilich auch überzeugt, doch er lachte mich aus, – mit einem hellen frohen Gelächter, das von Spott nichts weiß –, als ich sagte, für mich gebe es nichts zu tun. »Die Fülle der Aufgaben müsste Sie vielmehr erdrücken, wenn Sie nicht so stark wären, alle auf sich zu nehmen«, versicherte er mir.

Ich vertiefte mich auf seinen Rat in die Literatur der amerikanischen und englischen Frauenbewegung. Ihre Ideen erschienen mir nur als die notwendige Konsequenz meiner eigenen. Unter der Unfreiheit hatte ich gelitten, die Unmöglichkeit, meine geistigen Fähigkeiten auszubilden und zu betätigen, hatte mich fast erdrückt. Ich las Condorcet und John Stuart Mill und lernte die Heldenkämpfe der Amerikanerinnen um die Befreiung der Sklaven kennen. »Sie alle haben ein Recht, sich den Männern gleich zu stellen«, sagte ich zum Professor, »denn wie sie opferten diese Frauen Gut und Blut für die Freiheit. Aber wir?!«

»Die Verleihung politischer Rechte ist doch auch beim Mann nicht die Konsequenz heroischer Taten!« antwortete er. »Und wenn sie überhaupt an irgend eine Bedingung geknüpft wäre, so würde mir nur eine gerecht erscheinen: das Maß des Leidens. Wer am meisten leidet, sollte die weitestgehenden Rechte haben, um die Ursachen seiner Leiden zu beseitigen. Meinen Sie nicht, dass die Frauen in diesem Fall in erster Linie stünden?!«

Ich dachte an die Arbeiterinnen Augsburgs und konnte ihm nur zustimmen. Am nächsten Tage brachte er mir ein Paket Zeitungen mit. Rote und blaue Striche an den Rändern zeugten von der sorgfältigen Lektüre. Aber als ich sie auseinanderfaltete, erschrak ich: »Die Volkstribüne, Sozialistische Wochenschrift« stand als Titel groß darüber. Jetzt zuckte es doch wie ein ganz leiser Spott um die Lippen des Professors: »Also auch Sie fürchten sich vor den Sozis!« meinte er lächelnd. »Lesen Sie nur dies Blatt, – ich habe mehr daraus gelernt, als aus manch dickleibigem Buch gelehrter Kollegen!«

Und ich nahm mir die Blätter mit und las sie und war so vertieft, dass ich erst merkte, wie spät es war, als mein Vater draußen die Entreetür aufschloss. Er kam aus Brandenburg zurück, wo er an dem Jubiläumsfest seines alten Regiments teilgenommen hatte.

»Wie, du bist noch auf?« rief er. »Da kann ich dir ja noch Egidys Grüße bestellen!« Damit trat er ein. »Ich wusste gar nicht, dass er Fünfunddreißiger gewesen ist, ehe er zur Kavallerie ging. Übrigens ein famoser Kerl, tapfer und ehrlich. Und, – stell dir vor! – die Rasselbande hat ihn geschnitten! Kannst dir denken, dass ich ihm um so deutlicher meine Anerkennung für seine Überzeugungstreue aussprach. Er wäre mir beinahe um den Hals gefallen vor Dankbarkeit.«

In diesem Augenblick entdeckte mein Vater die »Volkstribüne«, die offen vor mir lag. Die Ader schwoll ihm auf der Stirn, und blaurot färbten sich seine Züge. »Was für ein Schuft hat dir diese Zeitung in die Hände geschmuggelt?« schrie er, »vor meine Pistole mit dem infamen Patron!«

»Ich habe sie mir gekauft«, log ich, »man muss auch seine Gegner aus ihren eigenen Schriften kennen lernen.«

Mein Vater nahm wütend die Blätter vom Tisch und zerriss sie. »Bring mir solche Schweinereien nicht wieder ins Haus!« drohte er mit erhobener Faust. »Von Leuten, die das Vaterland verraten, den Meineid predigen und den Fürstenmord, darf meine Tochter nicht einmal einen Fetzen Papier in Händen haben!« Und wütend warf er die Tür ins Schloss.

Am nächsten Vormittag besuchte uns Egidy. Den Zylinder in der Hand, in militärisch strammer Haltung wie zu einer dienstlichen Meldung stand er vor meinem Vater.

»Die Wohltat, die Eure Exzellenz mir in Brandenburg erwiesen, rechne ich zu den höchsten Empfindungen inneren Glücks, die mich bisher in meinem Leben beseelten. Euer Exzellenz Worte sind – ich sage nichts, als was ich fühle, – die größten, die an mich heranklangen, seit ich tat, was mir Pflicht schien.« Scharf und bestimmt sprach er, und dann erst wandte er sich zu meiner Mutter und mir.

»Darf ich Ihnen meine Töchter bringen?« frug er mich. »Es sind brave Kinder, die alles tapfer mit mir getragen haben und doch wehmütig empfinden, wie sie aus ihrer Bahn gerissen wurden.« Ich reichte ihm die Hand.

»Selbstverständlich, Herr von Egidy! Was ich den Ihren sein kann, will ich mit Freuden sein«, antwortete ich.

»Und darf ich nicht nur auf Ihre Freundschaft, sondern auch auf Ihre Mitarbeit rechnen?« Er streckte mir noch einmal die Hand entgegen.

Ich legte die meine zögernd hinein: »Auf meine Freundschaft, ja! Meine Mitarbeit aber kann ich Ihnen noch nicht versprechend

Sein Blick verfinsterte sich. »Ihr Herr Vater ehrt die Überzeugungstreue ...« sagte er mit Betonung.

»Und ich werde meiner Überzeugung zu folgen wissen!« entgegnete ich gereizt.

Am Nachmittag erzählte ich dem Professor von Egidy und meinen Beziehungen zu ihm. Ich war noch verärgert, und mein Urteil über die Halbheit, die ihn zwang, an dem Namen »Christentum« festzuhalten, mochte nicht gerade milde klingen. Der Professor schüttelte den Kopf, – ein deutliches Zeichen seines Missfallens. »Sie verlangen wirklich ein bisschen viel, gnädiges Fräulein! Ist es nicht schon einzig und unerhört und höchst erfreulich, dass ein Mann, wie er, in dieser Weise den Kampf gegen das traditionelle Christentum aufnimmt? – Zahllose Menschen, die für die Worte ausgesprochener Freidenker nur taube Ohren haben, werden ihn hören, und ihr erster Schritt auf der schiefen Ebene wird dann nicht ihr letzter sein!« Ich dachte meiner eigenen Erfahrungen und gab ihm Recht. Hatte unser Gespräch sich bisher wesentlich um die Frauenfrage gedreht, so kamen wir heute zum erstenmal auf religiöse Fragen zu sprechen. Ich erzählte ihm von meiner Entwicklung. Er hörte mit sichtlichem Interesse zu und sprach mir dann von der seinen.

»Religiöse Gewissenskämpfe sind mir fremd geblieben«, begann er. »Bis ich in die Schule kam, wusste ich nichts von Religion. Als meine Mutter mich zu meinem Klassenlehrer brachte und er mich frug, was ich vom lieben Heiland wüsste, gab ich erstaunt zur Antwort, dass ich von dem Land noch nie etwas gehört hätte. Der Schulreligionsunterricht bestand dann eigentlich nur im mechanischen Auswendiglernen, was ich ebenso gedankenlos absolvierte, wie irgend welche Tabellen oder grammatische Regeln. Was dem Gemüt vieler Kinder die Religion bieten mag, das bot mir die Natur; und da ich von klein an schwächlich war und meinen Altersgenossen und ihren Spielen infolgedessen ziemlich fern blieb, unterstützten meine Eltern meine Passionen. Mein Zimmer war immer ein wahres Aquarium, und das Leben der Tiere und der Pflanzen mit all seinen Wundern lernte ich mit steigendem Entzücken zuerst aus eigenen Beobachtungen kennen. Jetzt habe ich nur noch ein paar Vögel und ein

Blumenfenster,« – er lächelte wehmütig, »seit meine Mutter im vorigen Jahre starb und ich bewegungslos bin, würde doch keiner für meinen Privat-Zoo sorgen können!« Mit der ihm charakteristischen Gebärde reckte er den Oberkörper, als wollte er eine peinliche Erinnerung energisch abstoßen – »und allmählich sind mir denn doch die Menschen interessanter geworden als die Tiere. Ich studierte Philosophie, weil es das einzige ist, was ein Mann wie ich zu seinem Lebensberuf machen kann. Aber meine unglückliche Liebe zu den Naturwissenschaften ist doch gleich in meiner Doktordissertation zum Ausdruck gekommen, in der ich die philosophischen Konsequenzen der Darwinschen Evolutionstheorie behandelte. – Sie müssen mal lesen, gnädiges Fräulein, – ich habe noch heute meine Freude dran, obwohl der liebe Gott noch bedenklich zwischen den Zeilen spukt! Dann hab ich mich hier habilitiert. – Ich wohnte bei meiner guten Mutter, einer blitzgescheiten Frau – schade, dass Sie sie nicht mehr kannten! –, die mit dem lieben Gott auf besonders gespanntem Fuße stand, weil er ihren Jungen zum Krüppel hatte werden lassen. Und ein bisschen mag das auch bei mir dazu beigetragen haben, an seiner Existenz allmählich zu zweifeln. Bei näherem Nachdenken konnte ich die geistigen Kapriolen der frommen Leute nicht mitmachen, die nötig sind, wenn man das unverschuldete Elend in der Welt, wenn man Unrecht und Verbrechen mit dem allgütigen und allmächtigen Himmelsvater in Einklang bringen will. Wäre er, so müsste er entweder ein herzloses Scheusal oder das unglückseligste aller Wesen sein, das gezwungen ist, untätig zuzusehen, wie seine Geschöpfe sich zerfleischen!« Die Stimme des Professors hatte sich gehoben, seine Augen funkelten, sein ganzer zarter Körper schien von starker Energie gespannt.

»Und doch sind Sie ein glücklicher Mensch geworden!« sagte ich mehr zu mir selbst als zu ihm.

»Das habe ich wieder den Naturwissenschaften und meinen vielen lieben Freunden zu verdanken.«

»Ihren Freunden?!«

»Denen, die immer um mich sind und nur reden, wenn ich sie brauche: den Büchern. Darwins Entwicklungsgesetz war es, das mich zuerst mit einem unbeschreiblichen, unzerstörbaren Glücksgefühl erfüllte, denn es festigte meinen Glauben an die unendliche sittliche und intellektuelle Vervollkommnungsfähigkeit der Menschennatur, und er trat an die Stelle des Glaubens an einen unbeweisbaren Gott.«

Das Herz klopfte mir vor Freude; ich umfasste unwillkürlich mit meiner heißen Hand seine kühlen Finger: »Ich danke Ihnen – danke Ihnen tausendmal«, kam es vor Erregung bebend über meine Lippen, »so bin ich doch nicht mehr allein mit dem, was ich dachte und fühlte, und was mir fast schon zu entschwinden drohte. Einmal, in einer glücklichen Stunde, schrieb ichs auf, – darf ich es Ihnen bringen?«

»Ich bitte Sie darum!« Ein warmer Blick traf mich, – er schien mich ganz und gar zu umfassen. »Sollte ich doch am Ende wieder an den lieben Gott glauben müssen – der mir eine Frau wie Sie in den Weg geschickt hat?!«

Die Eltern kamen und holten mich ab. Mein Vater war merkwürdig kurz angebunden. »Du wirst deinen Verkehr mit dem Professor beschränken müssen«, sagte er auf dem Nachhausewege, »Walter sagte mir, dass er im Rufe steht, einer der gefährlichsten Kathedersozialisten zu sein.« – »Dass er Gott verleugnet, hat er neulich mit zynischer Frivolität selbst zugestanden«, fügte Mama mit hochrotem Gesicht hinzu.

»Wenn er es tat, so ist es weder zynisch noch frivol, sondern ein Beweis derselben tapferen Überzeugungstreue, die Ihr an Egidy zu rühmen pflegt«, antwortete ich.

»Ein Atheist ist ein Verbrecher«, stieß Mama aufgeregt hervor; dann schwiegen wir alle, in dem gemeinsamen Gefühl, auf der Straße keine Szene provozieren zu wollen.

Als am nächsten Tage der Herbst mit Sturm und Regen durch die Straßen fegte und die Bäume arm und kahl zurückließ, die eben noch im Glanz ihres bunten Kleides geprangt hatten, atmete Mama förmlich erleichtert auf: »Nun haben die Zoo-Nachmittage ein Ende!«

Ich aber nahm mein altes Glaubensbekenntnis und mein kleines schwarzes Buch und verließ das Haus zur gewöhnlichen Stunde. Über den öden Wittenbergplatz führte mein Weg an einer Reihe von Neubauten vorbei, aus denen ein feuchter Kellergeruch mir entgegenströmte, der mich frösteln machte. Die Kleiststraße ging ich entlang, deren neue Häuser, wie lauter Parvenüs, sich durch überladenen Schmuck gegenseitig zu überbieten suchten, und bog dann in die stille dunkle Nettelbeckstraße ein. Schüchterne Sonnenstrahlen, die gerade die Wolken durchbrachen, trafen nur noch die Dächer der Häuser. In eins davon trat ich.

»Professor von Glyzcinski?« Die Portierfrau musterte mich von oben bis unten. »Gartenhaus – parterre!« Der Hof war noch enger und lichtloser als bei uns, und die Treppe war vollkommen finster. Auf mein Klingeln öffnete der Diener. Im Flur konnte ich die Hand nichts vor Augen sehen. Im nächsten Moment aber schloss ich sie geblendet. Aus der Tür, durch die ich ins Zimmer trat, strömte ein Meer von rotgoldenem Licht.

»Willkommen, mein liebes, gnädiges Fräulein!« hörte ich des Professors weiche Stimme sagen.

Und nun erst sah ich ihn: am Fenster saß er, das dicht von wildem Wein umsponnen, den Blick in lauter Gärten schweifen ließ. Auf die Bücher und Papiere, die den Schreibtisch vor ihm bedeckten, malte die Sonne lauter runde blinkende Silberflecken und streichelte an der Wand gegenüber die vielen, schön aneinandergereihten Bücher. Zwei Vögel mit buntschillernden Flügeln flatterten, durch meinen Eintritt aufgescheucht, durch den Raum und ließen langgezogene Flötentöne hören.

Auf den breiten Lehnstuhl neben dem Schreibtisch deutete einladend die weiße Hand Glyzcinskis, der mir mit seinen Kinderaugen und dem wesenlosen, unter Decken verborgenen Körper wie ein Zauberer inmitten seines Märchenreichs erschien. Flüchtig tauchte mein dunkles Zimmer vor meinem inneren Auge auf, – hatte meine Sehnsucht nicht dieses Märchenreich längst gesucht?

»Wissen Sie, dass ich Sie mit Bestimmtheit erwartet habe?!« sagte er, »darum gibt es auch heute Kuchen zum Kaffee, wie an einem Festtag!« Er versuchte von dem Tischchen aus, das der Diener hereingetragen hatte, mich zu bedienen. »Das ist Frauensache!« lachte ich und nahm ihm die Kaffeekanne ab. Wie alte Freunde saßen wir beieinander.

Und dann las ich ihm »Wider die Lüge« vor.

»Dass Sie mir nichts Gewöhnliches bringen würden, wusste ich«, bemerkte er langsam nach einer kurzen Pause, die mich schon ganz ängstlich gemacht hatte. »Von keinem meiner Studenten dürfte ich so viel Geist und Kraft und Selbständigkeit erwarten ... Ich habe lange über Sie nachgedacht, aber das Resultat dieses Nachdenkens hätte ich noch für mich behalten, wenn Sie mir nicht diesen Einblick in Ihr Geistesleben gewährt haben würden. Nun möchte ich Ihnen einen Vorschlag machen, dessen selbstsüchtige Beweggründe mein Gewissen freilich arg belasten: Sie haben keinen Bruder, ich keine Schwester, – lassen Sie mich Ihren Bruder sein, und gestatten Sie mir dann als solchem, mich Ihrer anzunehmen. All die guten Freunde drüben –« er zeigte auf den Bücherschrank – »will ich Ihnen vorstellen; Sie werden rasch nachholen, was Ihnen an philosophischen Kenntnissen fehlt, – und dann – –«, er stockte.

»Dann?!« frug ich gespannt.

»Dann werden Sie tun, was mir versagt ist: unsere Ideen unter die Massen tragen.«

»Werde ich es können – – dürfen?! Meine Eltern sind schon jetzt....«

Er unterbrach mich. Ein harter Zug grub sich um seine Mundwinkel. »Wer den Pflug anfasst und stehet zurück, der ist unserer Sache nicht wert ...«

»So lehren Sie mich Ihre Sache kennen, – ich glaube freilich schon von vorn herein, dass es auch die meine sein wird!«

»Sie sollen nichts glauben, woran Sie zu glauben noch gar kein Recht haben! Das ist die Lehre der neuen Tugend, der intellektuellen Redlichkeit! – Nehmen Sie die Bücher dort mit dem dunkelblauen Rücken, – lesen Sie sie in aller Ruhe, und dann sagen Sie mir, was Sie darüber und was Sie über meinen Vorschlag denken.«

Ich erhob mich. Es wurde mir sehr schwer, diesen stillen Raum zu verlassen, der von dem hellen Geist starker Freudigkeit erfüllt schien, wie von der glänzenden Oktobersonne.

»Haben Sie Dank, vielen Dank«, sagte ich noch und wandte mich zum Gehen. Ich stand schon an der Tür, als ich noch einmal seine Stimme hörte: »Nicht wahr – Sie kommen bald, recht bald – – morgen schon?« Ich nickte. Und dann verschlang mich der dunkle Flur, der finstere Hof, die kühle Straße.

»Woher kommst du?« Mit dieser von einem misstrauischen Blick begleiteten Frage, empfing mich zu Hause mein Vater. Sie saßen alle drei beim Abendessen. Ich hatte schon irgend eine billige Ausrede auf der Zunge – aber plötzlich wurde mir klar, dass jede verlogene Heimlichkeit mein Erlebnis beschmutzen würde.

»Von Herrn Professor von Glyzcinski...« Mein Vater hieb mit der Faust auf den Tisch, dass die Gläser klirrten.

»Unerhört!« rief er »und das wagst du mir ins Gesicht zu sagen, nachdem du meine Meinung über diesen Verkehr erst gestern deutlich genug gehört hast?! – Und rennst wie ein Frauenzimmer einem unverheirateten Mann in die Wohnung?! – Willst du mich denn durchaus ins Grab bringen, mit all der Schande, die du mir machst?« Er lief aufgeregt im Zimmer umher, während helle Schweißtropfen auf seiner Stirne standen.

Ich zwang mich zur Ruhe: »Du weißt wohl nicht, was du sagst, Papa! Herr von Glyzcinski ist ein Schwerkranker, meinen Besuch kann niemand missdeuten!«

Aber die Wut, in die er sich hineingeredet hatte, steigerte sich nur noch mehr. Ich versuchte das Zimmer zu verlassen, während Mama und Klein-Ilschen, vor Schrecken stumm, sich nicht zu rühren wagten.

»Du bleibst!« schrie mein Vater und packte mein Handgelenk. »Versprich mir, dass dieser Besuch der erste und der letzte war, und ich will ihn vergessen!« Und gleich darauf ruhten seine Blicke mit einem Ausdruck liebevoll besorgter Bitte auf mir. Mein Herz krampfte sich zusammen: Sinnlosem Zorn konnte ich die Stirne bieten, – aber der Liebe?! Ich schloss eine Sekunde lang die Augen: Wer den Pflug anfasst...!

»Ich kann dir diesen Wunsch nicht erfüllen, Papa!« Mit weit aufgerissenen Augen starrte er mich an. Dann brach der Sturm von neuem los. Auch meine Mutter mischte sich hinein, – von den teuflischen Verführungskünsten des Gottesleugners hörte ich sie etwas sagen, auch von Weimar sprach sie und versuchte, mich zu bestimmen, meinen für das nächste Frühjahr beabsichtigten Besuch auf die allernächsten Tage festzusetzen. An meinen Ehrgeiz, an meine Eitelkeit appellierte sie, während meines Vaters Stimmung, wie stets nach einem solchen Ausbruch der Leidenschaft, immer weicher wurde. »Wir sind an allem Schuld, wir allein«, sagte er, »wir haben dir keinen Verkehr verschafft, wie du ihn zu fordern ein Recht hast. Aber das soll anders – ganz anders werden. Wir werden an den Hof gehen, wo wir hingehören. Und du wirst nun auch mein gutes Kind sein und gehorchen!«

»Nein, Papa! – Ich bin sechsundzwanzig Jahre alt. Wäre ich Euer Sohn, statt Eure Tochter, ihr würdet es selbstverständlich finden, wenn ich meine eigenen Wege ginge. Ich kann nicht denken wie ihr, und ich bin außerstande, nichts als eine Haustochter zu sein. Passt Euch der Verkehr nicht, der mir notwendig ist, wollt Ihr Euch nicht mit mir identifizieren, so lasst mich in Frieden meiner Wege gehen, – gebt mir freiwillig die Freiheit!«

Meine Worte wirkten verblüffend. Die Eltern waren plötzlich ganz ruhig geworden. Sie schienen auf das tiefste verletzt. »Dass wir über solchen Wahnwitz mit dir verhandeln, wirst du selbst nicht erwarten können«, sagte Papa kalt. »Geh in dein Zimmer. Bis morgen früh dürftest du wohl zur Vernunft gekommen sein.«

Aber der Morgen kam und fand mich entschlossen, eher das Haus zu verlassen, als auf meine Besuche bei Herrn von Glyzcinski zu verzichten. Und die Eltern, die zwischen dem Skandal einer davonlaufenden Tochter und dem Eingehen auf ihre Wünsche zu wählen hatten, gaben mir nach. Eine drückende Stimmung, wie geladen von Misstrauen und Feindseligkeit, blieb zurück. Nur Papa gab sich alle Mühe, meine Interessen auf andere Wege zu leiten. Meine Teilnahme an den Bestrebungen Egidys schien ihm sogar erwünscht, um die Einflüsse von der anderen Seite zu paralysieren. Er selbst hielt sich davon zurück. »Es widerstrebt mir, mich als preußischer General in irgendeine öffentliche Bewegung zu mischen. Ich bin Soldat, – nichts weiter«, sagte er zu Egidy bei unserem Gegenbesuch, der der erste und letzte war, den er bei ihm machte. Um so häufiger geleitete mich meine Mutter in die Spenerstraße, zuerst mit missmutig aufeinander gepressten Lippen, nur aus Pflichtgefühl, – den Standesgenossen gegenüber musste doch die Form gewahrt werden, die einem jungen Mädchen nicht gestattete, allein in Gesellschaft zu gehen! – Dann mit steigender persönlicher Neigung. Diese bunte Welt, die sich jeden Dienstag Abend in dem gastfreien Hause zusammenfand, war eine völlig neue für sie, und mit einer fast kindlichen Neugierde beschäftigte sie sich mit jedem Besucher, während bei mir das Interesse an dem bloß Neuen und Fremdartigen um so mehr erlahmte, je leidenschaftlicher ich nach Gesinnungsgenossen suchte.

Eigenbrödler aller Art füllten die Salons der Familie Egidy, bis zu solchen herab, deren armer enger Geist durch die unablässige Beschäftigung mit einem einzigen Gedanken mehr und mehr in Verwirrung geraten war. Da gab es Menschen, die von der Rückkehr zur Natur das Heil der Welt erwarteten, barfuß gingen im Gewande des Nazareners, von Körnern lebten, die sie in der Tasche trugen; andere mit fahlen, asketischen Zügen, die mit der ganzen mühselig zurückgedämmten Leidenschaftlichkeit ihres Inneren die Selbstvernichtung der Menschheit predigten, und, als ihr Gegensatz, fanatische Anarchisten, die die Freiheit ihrer eigenen kleinen Gelüste mit dem Schlagwort vom schrankenlosen Ausleben der Persönlichkeit zu rechtfertigen suchten. Studenten und Studentinnen aller Nationen fanden sich ein, deren jugendlicher Überschwang in Egidy einen neuen Heiland verehrte, und eine Menge ältliche Damen, die aus dem stillen Winkel ihres leeren Lebens hervorgekrochen schienen wie Maulwürfe, die die Sonne suchen, und mit dem Rest ihrer unterdrückten Gefühle verschwärmt zu Egidys Füßen saßen; verschämte Arme, die hier nichts wollten als den reich gedeckten Tisch, an dem sie einmal in der Woche satt werden konnten; mitten darin Abenteurer aller Art, die den reichen, nur allzu vertrauensseligen Mann für ihre Zwecke zu gewinnen suchten, und dazwischen – vereinzelt – ernste aufrichtige Anhänger, junge Literaten und Theologen zumeist, die sich vergebens bemühten, Egidy vor sich selbst zu schützen. Er hatte für Alle Zeit, für jeden Herzenskummer, der ihm anvertraut wurde, ein freundliches Interesse; und warnte man ihn vor diesem und jenem seiner Gäste, der ein notorischer Hochstapler war, so sagte er mit fester Überzeugung: »Wer zu mir kommt, der beweist dadurch, dass er gewillt ist, ein Anderer zu werden. Und ich sollte ihm mein Haus verschließen?«

Aber auch ernste, reife Menschen erschienen, Männer und Frauen mit berühmten Namen, die auf irgend einem reformbedürftigen Gebiet des öffentlichen Lebens tätig waren und alle versuchten, Egidy auf ihre Seite zu ziehen: Abstinenzler, Friedensfreunde und Bodenreformer, moderne Pädagogen und Frauenrechtlerinnen. Warteten sie nicht alle, die ihre Kräfte in dramatischen Gesten oder in der Kleinarbeit winziger Reförmchen erschöpften, ihrer selbst unbewusst, auf irgend ein Zauberwort, das ihre eigenen Fesseln sprengen und sie zu gemeinsamer großer Leistung vereinigen würde? War Egidy der Mann, der es aussprechen sollte?

Ich hatte inzwischen die Bücher Glyzcinskis gelesen: seine eigene Moralphilosophie und die Schriften der Gründer und Leiter der Ethischen Gesellschaften Amerikas und Englands. Sie vertraten die Einheit der Moral gegenüber der Vielheit der Religionen, sie waren überzeugt, dass alle Menschen, die ernstlich das Gute wollen, sich, unabhängig von ihren verschiedenartigen transzendenten Anschauungen, auf dem Boden allgemein gültiger Ethik zu dem großen Werk sittlicher und sozialer Reform vereinigen könnten. Über Gott und den Göttern stand für sie das Absolute, die Moral; denn nicht darum ist das Gute gut, sagten sie, weil Gott es seinen Gläubigen zu tun befiehlt, er befiehlt es vielmehr, weil es gut ist, also muss auch für die Gottgläubigen das Gute das Allumfassende sein. Sie selbst stellten für das sittliche Handeln keine Einzelvorschriften auf, sie erkannten vielmehr als dessen Richtschnur und Prüfstein das größtmögliche Glück der größten Mehrzahl.

Auf mich wirkten diese Werke wie eine Offenbarung: hier war das erlösende Wort, das nicht nur all die auf Seitenwegen Umherirrenden zusammen rufen und dem gemeinsamen Ziel entgegenführen würde, hier war der Zauberstab, der aus den Felsenherzen der Menschen lebendige Brunnen tatkräftigen Wirkens hervorlocken könnte; hier breitete sich vor meinen inneren Augen jungfräulicher Boden aus, den ich mit zu roden und zu bebauen bestimmt schien. Eine Ethische Gesellschaft in Deutschland zu gründen, die das öffentliche Gewissen der Nation werden sollte, – darauf richteten sich alle meine Gedanken.

Ich ging täglich zum Professor. Schon lange hegte er denselben Wunsch wie ich, ohne, seiner eigenen Gebrechlichkeit wegen, an die Möglichkeit naher Erfüllung zu glauben. »Hatte ich nicht recht«, sagte er einmal, »wenn ich meinte, ich müsse eigentlich dem lieben Gott dankbar sein für die merkwürdige Begegnung mit Ihnen? Durch Sie wird der Lieblingstraum meines Lebens in Erfüllung gehen!«

Wir arbeiteten unseren Plan in allen Einzelheiten aus: Mitglieder der verschiedensten religiösen und politischen Richtungen sollten den ersten Aufruf zur Gründung der Ethischen Gesellschaft unterzeichnen. Ihr Zweck sollte sein, einen neutralen Boden zu schaffen, auf dem alle Menschen ihre Gedanken freimütig über alle brennenden Fragen der Gegenwart auszutauschen vermöchten, von dem aus gemeinsam geschaffene Gesetzesvorschläge den Regierungen unterbreitet und zu den Ereignissen des öffentlichen Lebens Stellung genommen werden sollte. Niemand dürfe um seines Glaubens oder seinen politischen Anschauungen wegen bekämpft oder ausgeschlossen werden, es sei denn, dass er dadurch gegen das Grundprinzip der Gesellschaft verstoße: das größte Glück der größten Anzahl zu fördern.

Mein Gedankengang geriet bei diesem Punkt ins Stocken. »Wenn ichs mir recht überlege«, sagte ich nachdenklich, »kann ein echter Christ sich unserem Bunde nicht anschließen. Toleranz gegen Andersgläubige kann bei denjenigen kaum erwartet werden, die überzeugt sind, dass ihr Glaube der allein selig machende sei; und das größte Glück als Ziel unseres Strebens aufstellen, ist vollends ganz und gar unchristlich.«

Glyzcinski lachte: »Sie haben einen hellen Kopf, liebe Freundin, darum lassen Sie mich ihnen noch eins verraten: Niemand, der von Herzen an einen lebendigen Gott glaubt, kann auf unsere Seite treten; oder dürfte er zugeben, dass Gott selbst sich der Moral unterordnet?! Die Religion als vager metaphysischer Glaube, als flüchtig berauschendes Genussmittel schwacher Seelen kann innerhalb unserer Reihen Anhänger haben, nicht aber die Religion als Grundlage der Sittlichkeit, – und damit wird ihr Halt und Inhalt zugleich entzogen. Der Kaiser und die Junker haben von ihrem Standpunkt aus vollkommen recht, wenn sie dem Volke die Religion erhalten und die Schule der Kirche mit Haut und Haar ausliefern möchten: nichts hindert die Verbreitung wahrer ethischer Kultur mehr als die Religion. Die Dankbarkeit für alles, was wir haben und sind, körperlich und geistig, wird in sentimentalen Gefühlen auf Gott gelenkt, statt dass sie sich in Taten auslöst für die Menschheit, der wir in Wirklichkeit alles verdanken. Aller Widerstand gegen das Böse, alle Kampfeslust gegen das Unglück wird dadurch gelähmt, dass man den Menschen lehrt, sich demütig vor Gottes Willen zu neigen, und ihnen den Glauben an die ewige Seligkeit einstößt. Und alle Tapferkeit, alle Menschenliebe, alle Kraft zur Selbstbefreiung und zur Befreiung der Menschheit aus Elend und Knechtschaft wird im Keime erstickt, wenn die Verantwortlichkeit für das Leiden auf die Gottheit abgewälzt werden kann.«

»Ich verstehe Sie nicht, – Sie scheinen gegen den eigenen Plan zu sprechen, – nach Ihnen müsste keine ethische, sondern eine atheistische Gemeinschaft gegründet werden«, wandte ich ein.

»Sie irren, – atheistische Pfaffen, die wir in diesem Fall züchten würden, schaden unserer Sache mindestens ebenso viel wie kirchliche. Ethik wollen wir verbreiten, und in dieser Ethik ruht die Kraft der Wahrhaftigkeit, die allmählich alle alten Gespenster austreiben wird. Für mich – wir beide sprechen offen miteinander! – ist die Hauptaufgabe der Ethischen Gesellschaft nicht die, für Gerade und Krumme ein gleichmäßig passendes moralisches Mäntelchen zuzuschneiden, sondern im Dienst der sittlichen und sozialen Entwicklung dem Antichristentum und dem Sozialismus die Wege zu bereiten!«

Ich schwieg; ein tiefer Schrecken vor unbekannten Gefahren hatte mich erfasst. Der Sozialismus! – Männer mit niedrigen Stirnen und schwieligen Fäusten sah ich, schwindsüchtige Frauen und Kinder mit Greisengesichtern, ein Zug von Gestalten, hasserfüllt die Züge, die Fäuste drohend erhoben wider alles, was unser Leben schön und reich machte, eingehüllt in einen Geruch von Schweiß und Blut. Helfen wollte ich ihnen, – einen Weg wollte ich hauen durch die Wildnis ihres Elends, ich fürchtete nicht die Dornen, die mir die Hände zerreißen, die fallenden Äste, die mich verwunden würden, – aber mich ihrem Zuge einreihen –, mich schauderte.

»Wie sind Sie blass und still geworden!« hörte ich Glyzcinskis warme Stimme. »Verzeihen Sie mir – ich habe mich schon so daran gewöhnt, vor Ihnen laut zu denken, dass mir nicht einfiel, wie sehr ich Sie dadurch erschrecken könnte!«

»Sie haben nur, wie immer, zu gut von mir gedacht, und ich bedarf ihrer Verzeihung, – nicht umgekehrt«, antwortete ich. »Sie müssen Geduld mit mir haben, – ich muss mich erst an die Neuheit des Gedankens gewöhnen. Ich weiß ja auch im Grunde gar nichts vom Wesen des Sozialismus. Vieles, was ich hörte, stimmte wohl mit meinen eigenen Ansichten überein, vieles aber hat mich immer abgestoßen –.«

»Ich werde wieder meine stummen Freunde für mich sprechen lassen!« Und Glyzcinski bezeichnete mir die Bücher und Broschüren, die ich aus seinem Bücherschrank nehmen sollte. »Nur eins möchte ich Ihnen gleich heute sagen: Auf dem Wege wissenschaftlichen Studiums bin ich zu meinen ethischen Überzeugungen gelangt, auf demselben Wege habe ich erkannt, dass die Entwicklung zum Sozialismus eine gesetzmäßige, unabänderliche ist, gleichgültig, ob unser Gefühl sich dagegen sträubt oder nicht. Nachdem ich das aber einmal erkannt habe, kann es für mich von meinem ethischen Standpunkt aus keine andere Wahl geben, als die, mich in den Dienst der Entwicklung zu stellen und mit allen Kräften dahin zu wirken, dass sie eine möglichst friedliche, das Glück der Menschen möglichst wenig gefährdende sei. Andere denselben Weg der Erkenntnis zu führen, den ich gegangen bin, – das ist daher meine Aufgabe –, das ist die Aufgabe, die die Ethischen Gesellschaften haben sollten.«

»Und Sie glauben, dass die Menschen sich dahin führen lassen werden?!«

Des Professors Gesicht nahm jenen kindlich-strahlenden Ausdruck an, der mich immer an gotische Heiligenbilder erinnerte.

»Ich glaube daran! Sonst müsste ich mich selbst für eine Ausnahme aller Regel halten!«

Auch Egidy, dachte ich auf dem Heimweg, ist solch ein Gläubiger; bei ihm soll das Einige Christentum vollenden, was der Professor von der Ethischen Kultur erwartet.

Und wieder las ich manche Nacht hindurch. Bei jedem Umschlagen einer Seite erwartete ich das Grässliche zu finden, das so vielen Menschen das Recht gab, den Sozialismus zu verabscheuen und mit allen Mitteln zu bekämpfen. Aber ich fand es nicht. Nichts entsetzte mich, und wenn ich überrascht war, so nur über die Selbstverständlichkeit jeder Kritik am Bestehenden und jeder Forderung an die Zukunft. Oft lachte ich im stillen vor Freude, wenn ich eigene, längst vertraute Ideen wiederfand; und wo meine Gedanken nicht Schritt halten konnten, sagte mein Gefühl ja und tausendmal ja. Gleiche Rechte für alle: Männer und Frauen; Freiheit der Überzeugung; Sicherung der Existenz; Frieden der Völker; Kunst, Wissenschaft, Natur ein Gemeingut Aller; Arbeit eine Pflicht für Alle; freie Entwicklung der Persönlichkeit, ungehemmt durch Fesseln der Kaste, der Rasse, des Geschlechts, des Vermögens –: wie konnte irgend jemand, der auch nun über seine nächsten vier Wände hinausdachte, sich der Richtigkeit und Notwendigkeit dieser Forderungen verschließen?!

Eugen Richters famose Broschüre, die ich im Sommer gelesen hatte, und die Onkel Walter in Pirgallen gratis unter die Arbeiter verteilte, fiel mir ein. Sollte der Verfasser wissentlich gelogen haben? Und war es Lüge, nichts als Lüge, was die Gegner vom Sozialismus verbreiteten? Das der Professor mir irgend etwas vorenthalten haben konnte, war doch unmöglich!

Ich besprach alles mit ihm: meine freudige Zustimmung und meine Zweifel und Bedenken. Der erfurter Parteitag war eben geschlossen worden, das neue Programm lag vor, und Glyzcinski erklärte es mir in allen seinen Einzelheiten. Ich sah, dass die vielverlästerte und mir immer lächerlich erschienene Forderung nach der Verteilung allen Besitzes in Wirklichkeit nicht vorhanden war, dass nur der Grund und Boden, der seine privaten Besitzer reich machte, ohne dass sie arbeiteten, und die Produktionsmittel der Industrie, durch die ihre Eigentümer zu Millionären wurden und ihre Arbeiter zu abhängigen Sklaven, in den Besitz der Allgemeinheit übergehen sollten. Dabei konnten wir alle nur gewinnen, – wir vielen, die wir doch auch nichts als Besitzlose waren! – Warum sträubten wir uns dann?

»Sie sehen selbst: Unwissenheit und Selbstsucht sind die Gegner der Sozialdemokratie, die Lüge ihre Waffe«, sagte der Professor, »und wir sollten sie zu besiegen nicht imstande sein?!«

Die Zeit damals war geladen mit Elektrizität. Überall schien die alte Erde von unterirdischen Donnern erschüttert, und hie und da klaffte ein dunkelgähnender Abgrund, wo noch eben grüne Wiesen gelacht hatten. Schmutzige Geldgeschichten in preußischen Ministerhotels, Betrugsanklagen gegen Vertreter der deutschen Regierung im Ausland; Unterschlagungen von Kirchengeldern und wohltätigen Stiftungen durch christliche, vom Hof protegierte Bankhäuser erschütterten das noch vorhandene Vertrauen in die Unantastbarkeit preußischen Beamtentums und christlicher Tugenden. Und wer, wie ich, von den Tiefen menschlichen Elends und menschlicher Verworfenheit noch wenig wusste, dem riss der Prozess Heintze die letzten Schleier von den Augen. Diese gewaltsame Enthüllung der Wahrheit, die selbst die, die nicht sehen wollten, zum Sehen zwang, wirkte wie Wetterleuchten, das großen Umwälzungen vorhergeht.

Im Egidyschen Kreise, dem ich jetzt um so seltener fern blieb, als ich gerade hier die erfolgreichste Propaganda für die Ideen der Ethischen Kultur glaubte machen zu können, trat die durch die öffentlichen Ereignisse hervorgerufene Erregung deutlich zutage. Egidy pflegte kurze Vorträge zu halten, in denen Tagesfragen stets berührt wurden; selten nur begegnete ihm ein Widerspruch, fast immer konnte er der jubelnden Zustimmung seiner Gäste sicher sein, wenn er in seiner halb kindlichen, halb herrischen Weise alle Fragen spielend löste. »Wir brauchen nur Christen zu sein, ganz und gar Christen, und wir haben keine Rasse-, keine Geschlechts- und keine sozialen Probleme mehr«, erklärte er, und mit unerschütterlichem Optimismus hoffte er auf den Kaiser: »Nach einem Führer unserer Bewegung, die das ganze Volk ohne Ausnahme umfassen wird, braucht ein Land nicht zu suchen, dem Fürsten geboren werden.« Ich war fast die einzige, die nicht nur skeptisch blieb, sondern alles daran setzte, die große Persönlichkeit dieses Mannes, die mir wie geschaffen zu sein schien, Hunderttausende mit sich zu reißen, den Ideen der Ethischen Bewegung zu gewinnen. Wir debattierten oft stundenlang und setzten dann noch brieflich unsere Diskussionen fort.

»Wir wollen beide dasselbe«, sagte er einmal, »und auf diesen ernsten Willen kommt es an.«

»Ist unser Wille der gleiche, und sind unsere Gedanken dieselben, so haben Sie so wenig das Recht wie ich, sich für neuen Wein alter Schläuche zu bedienen!« antwortete ich.

»Das Christentum – mein Christentum Jesu ist aber nicht der alte Schlauch, den die Kirche gemacht hat, mit der ich ganz und gar nichts zu tun habe«, beharrte er.

»Ich will überhaupt nur, dass etwas wird«, schrieb er bald darauf: »Wir wollen die Religion leben; setzen Sie für das Wort: Religion – Ethik, so ist's mir recht, aber für das Wort: leben sollen Sie mir kein anderes setzen. – Wir müssen das Christentum ernst nehmen; setzen Sie für Christentum – Ethik, so ist's mir recht, das Ernstnehmen aber lasse ich mir nicht fortstreichen. Wir haben lange genug entwickelt, – ich will nun Entfaltung sehen. Wieder bloß reden, bloß predigen, bloß erziehen, derweilen die Menschen weiter hungern und die Welt aus Laune einzelner in Waffen starrt, – nein! Mein Streben geht darauf hin, Zustände zu schaffen, die verwirklichen, was Sie predigen. Der Staat soll eine große ethische Gesellschaft sein, jede Schule eine in Ihrem Sinne ethische, in meinem Sinne religiöse Gemeinschaft erziehen. Glauben Sie mir: ich marschiere ganz auf realem Boden. dass auch Fräulein von Kleve – traurig oder lächelnd? – den Kopf schüttelt, tut mir furchtbar weh. Entmutigen aber darf es mich nicht. Sie waren ja vor mir auf dem Schlachtfelde, – ich weiß das recht gut. Die Frage wird schließlich einfach die sein: wer der Menschheit zumeist genützt haben wird, – Ethische Gesellschaft oder Angewandtes Christentum. Sie beantwortet sich allenfalls heute schon daraus: womit begründet jemand seine Ansprüche an die Gemeinsamkeit wirksamer: indem er auf Grund ethischer Prinzipien – ›neuer Werte‹ – fordert, oder indem er auf Grund des ›gerade von euch, ihr Herren‹ gepredigten Christentums, im Namen des Jesus von Nazareth verlangt? …«

»Auch ich will, dass etwas wird«, antwortete ich ihm, »aber ich sehe nicht, dass wir, die wir jede gewaltsame Durchsetzung neuer Zustände ablehnen, dieses Werden anders fördern können, als durch ›reden‹, ›erziehen‹, ›predigen‹, das heißt durch Verbreitung neuer Ideen. Sie tun doch auch nichts anderes! Und Sie werden mir gewiss zugeben, dass Reden – ›bloß reden‹ (!) – eine mutigere und an Folgen reichere Tat sein kann, als Schlachten schlagen. Auf diese Folgen kommt es an, sagen Sie, und wieder finden Sie mich auf Ihrer Seite. Wenn ich aber wirklich zuweilen traurig – niemals lächelnd! – den Kopf schüttele, so nur deshalb, weil ich überzeugt bin, dass die Folgen der von Ihnen ins Leben gerufenen Bewegung größere sein würden, wenn Sie sich anderer Mittel bedienten. Die ursprüngliche Lehre Jesu mag mit Ihren Ansichten übereinstimmen – das zu entscheiden wäre Sache gelehrter theologischer Forschung –, aber das, was heute die ganze Welt unter Christentum versteht, ist etwas im Laufe der Jahrhunderte historisch Gewordenes, das umzustoßen viel mehr Zeit, viel mehr Kraft erfordern würde, – falls es überhaupt möglich ist! –, als neue Werte unter neuem Namen in die Köpfe und Herzen zu pflanzen …«

Aber all unsere Auseinandersetzungen, in denen wir im Grunde mit größerer Leidenschaft um einander, als um Ideen kämpften, blieben fruchtlos. »Also – ich reite allein!« schrieb mir Egidy in einem Augenblick, wo wir, wie erschöpft vom Kampf, mit gesenktem Degen stumm voneinander gegangen waren, »aber – den Glauben dürfen, richtiger: können Sie mir nicht rauben, dass Sie und ich im kleinsten Finger dasselbe meinen; ich habe Sie erfasst, nur Sie mich nicht! Warum? ich werde es Ihnen einmal sagen, – nicht schreiben; ich habe ein ganz klares Bewusstsein davon ...«

Glyzcinski gegenüber gab ich meinem Unmut über das Vergebliche meines Bemühens lebhaften Ausdruck. Er selbst hatte ursprünglich auf Egidy, als einen unserer künftigen Mitkämpfer, außerordentlichen Wert gelegt. Allmählich grub sich eine kleine Falte zwischen seine Brauen, wenn ich von ihm erzählte. »Sie sollten Ihre Kräfte nicht länger an eine verlorene Sache verschwenden«, meinte er dann. Aber ich konnte mich um so weniger beruhigen, als mir ein Zusammenstoß zwischen den beiden Bewegungen unvermeidlich schien, je mehr sie an Bedeutung gewannen.

Einer der Leiter der Ethischen Gesellschaften Amerikas war auf Glyzcinskis Veranlassung nach Berlin gekommen, seine Vorträge hatten große Aufmerksamkeit erregt und im Kreise der Intellektuellen lebhafte Debatten hervorgerufen. Ich sah, wie schmerzlich Egidy und seine Anhänger das Auftreten des Ethikers empfanden. An den folgenden Dienstagabenden drängten sich die Menschen mehr als sonst in den Salons der Spenerstraße; die hektisch geröteten Wangen vieler Besucher verrieten ihre krankhaft gesteigerte Aufregung; und welcher Gruppe ich mich auch näherte: die Plaudernden verstummten oder stoben scheu auseinander.

»Man hat Sie als Spitzel der Ethischen Bewegung verdächtigt«, sagte lachend Wilhelm von Polenz, ein treuer Freund und ständiger Gast des Egidyschen Hauses, den ich um Aufklärung bat. »Bande!« – stieß ich zwischen den Zähnen hervor. »Sie haben mit Ihrer Bezeichnung, fürcht' ich, mehr recht, als Sie ahnen,« – des jungen Dichters Züge waren ernst, fast traurig geworden – »es ist ein Jammer, dass unser Freund diese Umgebung hat und duldet. Aber es muss anders werden!« fügte er nach einer Pause hinzu. »Ich denke an solche, die fähig und würdig sind, Träger seiner Ideen zu sein, und die – vielleicht unbewusst – nach Vertiefung und Bereicherung ihres Innenlebens lechzen: an unsere jungen Künstler und Literaten.« Egidy begann zu reden und unterbrach unser Gespräch.

Meine Gedanken waren aber noch dabei; Potenz hatte recht, ganz recht: die Dichter der »Ehre«, der »Familie Selicke«, des »Vor Sonnenaufgang« waren unsere geborenen Mitkämpfer. Unsere?! – die der Ethischen Bewegung natürlich!

» ... Jetzt haben die Ethiker den Triumph, dass Orthodoxe und Liberale ihnen Beifall rauschen«, hörte ich Egidys klare, scharfe Kommandostimme, »weil sie erklären, die allgemein menschliche Moral zu vertreten und den religiösen Glauben des einzelnen nicht anzutasten. Ich aber muss es über mich ergehen lassen, dass man sich schaudernd von mir wendet, weil ich dem dogmatischen Christentum zu Leibe gehe. Ich sage Ihnen, dass ich jedem Dogma zu Leibe gehe, – aber mit offenem Visire, nicht so, dass man erst gar nichts Böses hinter mir ahnt und ich mich dann erst als Erzketzer entpuppe, sondern: erst Ketzer – dann ganzer und wahrer und Nur-Mensch,–– so sind noch nicht viele in die Schranken des öffentlichen Lebens eingeritten ... « Ein langer Blick traf mich, und irgend etwas Unbestimmtes – wars Arger, wars Beschämung? – ließ mich erröten ... »Doch im Namen wahrer Religion tue ich es. Die Ethiker haben keinen Namen, der so alles in sich schließt, wie Religion. Hat man den Namen bisher missbraucht, so soll man ihn jetzt zu Ehren bringen: Religion nicht mehr neben unserem Leben, unser Leben selbst Religion! Und diese Religion bezeichne ich mit dem Worte Christentum. Mögen die Ethiker es doch versuchen, mit einem anderen Wort etwas zu erreichen! Aufs Erreichen kommt es an, nicht auf den Widerwillen, den man gegen Begriffe und Worte hat, die achtzehnhundert Jahre lang der Deckmantel schnödester Frevel waren. Jetzt aber soll es anders werden. Wille wird! aber nicht, indem man das Banner fortwirft, und es der Menge überlässt, kopfscheu auseinander zu rennen, sondern indem man es höher denn je erhebt und mutig ausruft: Alle hierher! Eben entdecken wir erst, dass es noch nie richtig entrollt war – in den Falten, die man unseren Blicken entzog, steht ja ganz was anderes –, die ganze Menschheit soll dies Banner stützen, und nicht die Kirche!« Es war sekundenlang still. Egidy hatte sich ein für allemal jede Beifallsäußerung streng verboten. Die Zunächststehenden sahen mich erwartungsvoll an. Das Herz klopfte mir bis zum Halse herauf – mir wurde heiß und kalt –, ich fühlte, ich musste sprechen. Es dunkelte mir vor den Augen, die Angst schnürte mir fast die Kehle zu, – wie sollt' ich die Worte finden, wie reden, wenn all die vielen feindseligen Blicke mir entgegenblitzten?! Und doch: dürft' ich zum erstenmal, wo die Gelegenheit sich bot, die große Sache zu verteidigen, – meine Sache! –, durfte ich feige schweigen?!

»Herr von Egidy stellte die Lage so dar, als ob es hieße: Hie Christentum – hie Ethik«, begann ich, die zitternden Hände krampfhaft auf die Stuhllehne vor mir stützend, »während wir alle, deren gleiches Ziel die Wohlfahrt der Menschheit ist, nicht die Verschiedenheiten unserer Anschauungsweisen hervorsuchen, sondern die Einheit unserer Aufgaben betonen sollten ...«

»Die Zerstörung der Kirche ist unsere Aufgabe!« rief eine krächzende Stimme dazwischen. Ich suchte einen Augenblick verwirrt nach dem zerrissenen Faden meiner Rede und fuhr dann fort: »Wir Vertreter der Ethischen Bewegung legen auf das gemeinsame Handeln den größten Wert und meinen, dass es weit richtiger ist, gegen Hunger und Not zu kämpfen, als gegen die Kirche ...«

Eine lebhaft gestikulierende Dame, der das Haar in stumpfblonden Strähnen über die Stirne hing, reckte die dürren Hände plötzlich hoch empor und schrie gellend: »Sie verleumdet Egidy, – duldet das nicht, duldet das nicht!« Egidy machte eine kurze, beruhigende Bewegung und stand dann wieder mit verschränkten Armen, die Blicke starr auf mich gerichtet, unter dem Türrahmen. Ich weiß, dass ich in diesem Moment, wo die Aufregung um mich stieg, wie um Hilfe flehend zu ihm hinübersah.

»Wir sind der Überzeugung, dass das Gemeinsame der Menschen –« fast mechanisch sprach ich jetzt und ausdruckslos – »nicht die Religion, die im Gegenteil die Welt in feindselige Lager teilt, wohl aber eine allgemeine Moral sein kann, auf Grund deren wir handeln.« Mir wurde, angesichts der größeren Ruhe um mich her, freier ums Herz. »Das größte Glück der größten Anzahl – diese sittliche Richtschnur kann von allen anerkannt werden, ohne dass der Glaube des einzelnen verletzt zu werden braucht.«

»Dazu sind Sie ja viel zu feige!« – wie ein gut gezielter Pfeilschuss flogen mir die Worte zu.

Ich sah auf Egidy – noch rührte er sich nicht – das Herz tat mir weh, und zugleich kam mir blitzartig die Erkenntnis, dass er im Grunde in seiner Rede dasselbe gemeint hatte. Ich zwang mich zur Ruhe und würdigte den Zwischenrufer keiner Antwort. »Herr von Egidy rühmte sich mit Recht, dass er mit offenem Visir kämpfe, – und wir und meine Freunde sind die letzten, die seinen Mut bezweifeln. Wir ehren jede Überzeugung, indem wir sie nicht antasten und über ihre Schranken hinweg den anderen die Hände reichen ...«

Ein spöttisches Gelächter neben mir reizte meinen kaum unterdrückten Zorn, und alle Selbstbeherrschung verlierend, stürzten mir die Worte über die Lippen: »Sie sind feige, die Sie mich hinterrücks angreifen, – nicht ich! Viel rücksichtsloser als bei irgend einem unter Ihnen ist meine Gegnerschaft zur Kirche, zu den Dogmen, ja, zum Christentum selbst, dessen Inhalt, dessen Tendenz volks- und kulturfeindlich ist.«

»Alix!« – meiner Mutter Stimme war's, – in ein fassungsloses Schluchzen brach sie aus. Meine harte Mutter, die Empfindungen kaum zu kennen schien, sie zum mindesten immer in eisernen Fesseln hielt, – meine Mutter weinte! Wir führten sie hinaus, Egidy und ich. Er sprach ihr beruhigend zu, und ihre Augen wurden trocken, ihre Lippen bewegten sich zu mühsamem Lächeln. An der Tür streckte er mir die Hand entgegen, – ich übersah sie. Wir fuhren wortlos nach Haus. Erst als ich vor meinem Schlafzimmer ein leises »Gute Nacht« flüsterte, schien sie sich des Geschehenen wieder zu erinnern.

»Du – du wagst es, mir eine gute Nacht zu wünschen?!« kam es stoßweise über ihre Lippen. »Hast du mir nicht schon genug Kummer gemacht, und nun muss ich noch das Fürchterliche erleben, dass du in aller Öffentlichkeit unseren Herren und Heiland verleugnest?!... Dazu also hast du die Freiheit benutzt, die wir törichte, mehr als rücksichtsvolle Eltern dir gewährten, hast dir von dem Professor, der uns gegenüber die Maske des duldsamen Ethikers trägt, den Kopf verdrehen lassen! Ein schöner Dank für all unsere Liebe – – Aber das schwör' ich dir zu: keinen Fuß setzt du mehr über die Schwelle dieses Elenden!« Ich wollte heftig erwidern, aber schon war sie fort und schob geräuschvoll den Riegel vor ihre Türe.

Noch in der Nacht schrieb ich zwei Briefe, den einen an Egidy, worin ich mich bitter beklagte, dass er mich in seinem eigenen Hause den Angriffen seiner Anhänger schutzlos preisgegeben habe, und dass ich dafür nur eine Antwort hätte: ihm von nun an fern zu bleiben, und einen anderen an meine Kusine Mathilde, durch den ich sie bat, mich so rasch wie möglich zu sich einzuladen, da ich Berlin auf einige Zeit verlassen müsse. In aller Frühe steckte ich beide in den Kasten und ging zu Glyzcinski. Als ich bei ihm eintrat, in dies stille, vertraute Zimmer voll Licht und Frieden und Vogelgezwitscher, überfiel mich ein Schwindel, – sekundenlang lehnte ich mit fest auf das Herz gepressten Händen an der Türe. Er hatte sich krampfhaft aufgerichtet und starrte mich an, die Augen angstvoll aufgerissen, die Züge leichenfahl. Und dann hielt er meine Hand in der seinen und ließ sie nicht los, so lange ich erzählte.

»Meine liebes, armes Schwesterchen!« sagte er immer wieder. »Aber es musste einmal so kommen, – Sie werden sich mit dem Gedanken vertraut machen müssen, dass schließlich ein Bruch zwischen Ihnen und den Ihren unvermeidlich ist.« Ich ließ mutlos den Kopf sinken. »Dann erst werden Sie leisten können, was Sie zu leisten berufen sind.«

Ich sprach von meiner Absicht, abzureisen. Es legte sich wie ein Schleier über seine Augen, und ein fast unmerkliches Zucken ging durch seinen Körper. »Aber ich bleibe ohne Besinnen, wenn es Ihnen lieber ist«, fügte ich rasch hinzu. Er lächelte gezwungen: »Mir scheint es freilich fast unmöglich, Sie zu missen, – aber gehen Sie – gehen Sie nur! Wie könnt' ich verlangen, dass Sie mir ein Opfer bringen?!« ...

Ein Opfer?! schoss es mir durch den Kopf, – ist nicht der Gedanke für mich selbst beinahe unerträglich, ihn zu verlassen?!– –

Noch am Nachmittag kam ein Brief von Egidy. »Der Vorwurf, den Sie mir machen, bekümmert mich sehr«, hieß es darin. »Ich habe nicht den Eindruck gehabt, dass mein Schutz Ihnen nötig war. Ich fand, dass Sie sich selbst am besten verteidigen konnten. Am tiefsten aber betrübt es mich, dass Sie jetzt von einem Wegbleiben reden. Der Gedanke, Sie missen zu müssen, ist mir schmerzlich. Ich habe Herz und Kopf noch so voll für Sie, – ich habe sie richtig lieb. Am schmerzlichsten aber ist der Stachel, den Ihre Worte mir ins Herz gesenkt: dass Ihnen dies Wegbleiben gar etwa so schwer nicht würde! Ich meine: andernfalls dürften Ihnen Vorkommnisse solcher Art einen solchen Gedanken nicht eingeben, vielmehr müssten Sie eine Befriedigung im Überwinden derartiger Dinge finden; dies um so mehr, als Sie meiner ritterlichen Verteidigung wohl überzeugt sein dürfen, sofern ich sehe, dass Sie derselben irgend benötigen. So wenigstens denke ich von der Aufrechterhaltung eines Bandes, das zu keinem anderen Zwecke besteht als zu dem: den Menschen zu dienen; – – ganz abgesehen von einem Gefühl wohltuender Freundschaft: ›oh reiß den Faden nicht der Freundschaft kurz entzwei – wird sie auch wieder fest – ein Knoten bleibt dabei – ‹ Wir werden uns aussprechen, – ich bin in wenigen Stunden bei Ihnen...«

Und er kam. Ich wollte ihn nicht sehen, meine Mutter empfing ihn; er blieb lange bei ihr, und als er gegangen war, trat sie mir mit ganz verändertem Ausdruck entgegen. »Egidy lässt dich grüßen«, sagte sie, »danke es diesem prachtvollen Menschen, dass ich dir noch einmal verzeihe und deine Freiheit nicht antasten will.«

Noch am Abend brachte der Diener Glyzcinskis mir ein paar Zeilen von ihm: »Eben verlässt mich Egidy. Sein Besuch war mir eine doppelte Freude: Ich erfuhr, dass er Ihre Mutter beruhigen konnte, und lernte einen Mann kennen, wie es – trotz all seiner Schrullen und Eigenheiten – wenige geben mag. Nicht wahr, nun darf ich auch hoffen, dass Sie bleiben werden und bei mir wieder jeden Nachmittag Sonntag ist?!«

Egidy selbst schrieb mir nur vier Worte: »Hab ichs recht gemacht?!«

Ein politisches Ereignis von weittragender Bedeutung sollte dem Einigen Christentum Egidys und der Ethischen Bewegung, die bisher beide einen verhältnismäßig kleinen Kreis Getreuer umfassten, gewaltigen Vorschub leisten: der Zedlitzsche Volksschulgesetzentwurf. Wer die Wissenschaft vertrat, oder einen auch nur gemäßigten Fortschritt, fühlte sich in seinen Idealen persönlich verletzt und suchte nach Gleichgesinnten, um den Mut zu gemeinsamen Protesten zu finden, den er für sich allein nicht aufbrachte. Die sich Christen nannten, strömten Egidy zu, die Juden und die Freidenker zeigten ein täglich wachsendes Interesse an der Ethischen Bewegung. Egidy selbst war zuerst so gedrückt durch die Täuschung, die sein Vertrauen auf den Kaiser gefunden hatte, – denn dass der Entwurf dessen persönlichstes Werk war, daran zweifelte kaum einer –, dass die neue Anhängerschaft ihn dafür nicht zu entschädigen vermochte. Vor der Menge zeigte er sich stark und hoffnungsfroh; sprach ich ihn allein, so schien mirs, als sänke dieser stramm aufgerichtete Soldat zum erstenmal müde zusammen. Kam ich dagegen zu Glyzcinski, so fand ich den Gelähmten in einer Stimmung, die strahlend aus seinem Antlitz sprach und täglich zuversichtlicher wurde. »Denen, die das Gute wollen, müssen alle Dinge zum Besten dienen«, rief er mir zu, kaum dass ich eintrat. »Sehen Sie hier: –« und er schwenkte ein paar Briefbogen wie eine Fahne, »nichts als Beitritts- und Zustimmungserklärungen. Mein alter Traum geht wirklich in Erfüllung: wir werden in Deutschland eine Ethische Gesellschaft haben!«

Ich erzählte es Egidy, – seit jenem bösen Dienstagabend war die Ethische Bewegung zwischen uns nicht mehr erwähnt worden –, er schüttelte langsam den Kopf: »Wenn es doch bei der bloßen Bewegung geblieben wäre!« sagte er, »wie ganz anders flössen unsere Bestrebungen nicht nur neben- sondern ineinander, wenn Sie die Ihrigen nicht durch Satzungen zu einem künstlich gemauerten Kanal formen würden. Gedanken verbreiten, – das ist das einzig Not tuende! – Sie werden vor lauter Statutenberatungen und Vorstandssitzungen für diese Hauptsache gar keine Kraft und Zeit mehr übrig haben. Ein Verein – nun ja, – das ist ja ganz nett, aber – und nun glauben Sie mir einmal! – über kurz oder lang arten sie alle in Sport aus. Der Starke ist am mächtigsten allein!«

»Das sagen Sie!« antwortete ich, ein wenig ärgerlich, »und doch tun Sie nichts anderes als Anhänger werben, die sich zwar nicht auf Statuten, wohl aber auf Ihren Namen verpflichten müssen. Sogar an Bebel hat sich Ihr Freund, der asketische Kandidat der Theologie, neulich gewandt – –«

»Gewiss – und mit meiner Zustimmung«, unterbrach mich Egidy, »das Christentum schließt, wie alles andere Entwicklungsfähige, so auch den Sozialismus in seinen lebensfähigen und würdigen Forderungen in sich. Und einem Führer, wie Bebel, hätte ich eine richtigere Einsicht zugetraut. Wollen Sie seine Antwort lesen?«

Ich bejahte lebhaft und las den Brief nicht nur, sondern schrieb ihn auch ab, um ihn Glyzcinski zeigen zu können. Es hieß darin:

»… Das Bürgertum sieht die Religion heute als eins der wirksamsten Kampfmittel gegen die Sozialdemokratie an. Daher die Macht, die seit zwölf bis fünfzehn Jahren das Pfaffentum erlangte, und die Erscheinungen, die Herrn von Egidy zu seinem Kampfe gegen die herrschende Strömung aufreizten. Die Bürgerklasse, obwohl meist freigeistig, wird sich daher in ihrer Masse den Bestrebungen des Herrn von Egidy fernhalten, andererseits kann sich auch die Sozialdemokratie nicht für diesen Kampf begeistern, weil seine Ziele ihrer Natur nach nur eine Halbheit sein können und an dem sozialen und politischen Zustande, der hauptsächlich auf den Massen lastet, und dessen Beseitigung ihre Hauptaufgabe ist, nichts ändert. Sich für die Bestrebungen des Herrn von Egidy unsererseits zu engagieren, hieße unsere Kräfte zersplittern, aber auch zugleich seine Bestrebungen als sozialdemokratische stigmatisieren und ihm die Mehrzahl seiner Anhänger vertreiben … Voller Sympathie also für die Sache an sich, insofern uns jeder Kampf gegen bestehende Übel willkommen ist und den bestehenden Bau erschüttern hilft, können wir doch nicht gemeinsam wirken, weil unser Ziel weit über das von Herrn von Egidy gesteckte hinausführt … Da also der Berg nicht zu Mohammed kommen kann, muss Mohammed eben zum Berge kommen!…«

Hier war kein Satz, dem ich hätte widersprechen können: gewiss, seine Partei konnte sicher und ruhig ihren Zielen entgegen gehen; sie bedurfte unser nicht. Aber eines, so schien mir, vergaß Bebel: dass es neben dem Proletariat Millionen Menschen gibt, die nicht nur der endlichen Erlösung ebenso würdig und bedürftig sind, die sich vielmehr auch im Augenblick, wo die Arbeiterklasse schon die Fahne des Sieges aufzupflanzen imstande wäre, ihr wie eine Barriere in den Weg stellen würden. Mich und meinen Glauben an unsere Sache entmutigte weder Egidy noch Bebel. Und der Professor – dessen war ich gewiss – würde nicht anders denken als ich.

Mit Bebels Brief in der Hand, überschritt ich wieder einmal den engen Hof, die dunkle Treppe, den lichtlosen Flur, und stand schon vor seiner Türe, als eine Stimme von innen meinen Fuß stocken ließ. Sie klang tief und warm und hatte jenen österreichischen Akzent, der uns Norddeutsche, wie alles, was vom Süden kommt, so seltsam anheimelt.

»Alle Ströme fließen in unser Meer ...« sagte sie.

»Ich bin ganz Ihrer Meinung und wünschte, dass Ihre Partei uns ebenso einschätzt: als einen Nebenfluss, der ihr reiche Schätze zuzutragen vermag«, antwortete der Professor. Noch ein Stühlerücken, ein paar Höflichkeitsphrasen, ein fester Tritt, – ich öffnete rasch die Türe, um nicht als Horcherin ertappt zu werden. Ein großer, blonder Mann stand mir gegenüber, wir sahen einander einen Augenblick lang ins Gesicht, und mit einer stummen Verbeugung ging er an mir vorbei zum Zimmer hinaus.

»Wer war das?« frug ich erstaunt und strich mir mechanisch mit der Hand über die Stirne, – ich musste diesen Menschen schon irgendwo gesehen haben.

»Dr. Brandt, – der bekannte sozialdemokratische Schriftsteller«, sagte Glyzcinski, er strahlte noch vor Freude über den Besuch. »Was meinen Sie, sollen seine Worte der geheime Wahlspruch werden, den wir Beide an die Spitze unserer Satzungen stellen?«

»Alle Ströme fließen in unser Meer«, wiederholte ich und drückte fest die Hand, die er mir entgegenstreckte – »hier haben Sie mich zum Bundesgenossen!«

Achtzehntes Kapitel

Kranz, 15.6.92

Verehrter Herr Professor!

Wir sind wohlbehalten hier angekommen und ich benutze den herrlichen Morgen, um Ihnen gleich die erste Nachricht zu geben. Seit gestern Abend, wo Onkel Walter, kaum dass ich den Reisestaub abgeschüttelt hatte, mich bereits ganz gegen seine Gewohnheit in ein politisches Gespräch verwickelte, zweifle ich nicht mehr daran, dass nicht meiner Schwester Bleichsucht, sondern mein ›gefährlicher‹ Geisteszustand die Eltern veranlasste, uns Beide so unerwartet rasch auf Reisen zu schicken. Der Onkel erzählte mir, dass die Regierung, d. h. heute kaum etwas anderes als S. M., Egidy, diesem ›kompletten Narren‹, nur aus Rücksicht auf seine Familienbeziehungen noch ›keinen Maulkorb‹ vorgebunden habe, man werde dafür bei Zeiten seinen Parteigängern an den Kragen gehen, die im Polizeipräsidium als Anarchisten wohl bekannt seien. ›Aber Dein Professor ist viel gefährlicher‹, fügte er dann hinzu, ›und er wäre längst beseitigt worden, wenn er nicht ein kranker Mann wäre.‹ Da mir die schlechte Gewohnheit des Schweigens inzwischen glücklich abhanden gekommen ist, gab es eine erregte Aussprache. ›Das kommt davon, wenn Frauen sich in Dinge mischen, die sie nichts angehen,‹ sagte der Onkel, als ich Ihre Stellung zum seligen Volksschulgesetzentwurf und zur Arbeitslosenbewegung verteidigt und als die meinige bezeichnet hatte. Wir seien nichts anderes als Helfershelfer der Sozialdemokratie, erklärte er mit der Hellsichtigkeit des Hasses. Und nun war es mir nicht nur höchst interessant, ihn seinen eigenen Standpunkt auseinandersetzen zu hören, sondern – lachen Sie mich bitte nicht aus! – zum erstenmal, seit ich ihn kenne, fing ich an, ihn ernst zu nehmen und zu begreifen. Wer, auch ohne den Dogmenglauben zu besitzen, gesättigt von dem ganzen Pessimismus des Christentums, alle Menschen für Sünder und die Welt für ein Jammertal, bestenfalls für eine fegefeuerähnliche Durchgangsstation hält, daneben aber sich der Ungeheuern Vorteile alter Kultur und angestammter Herrenrechte voll bewusst ist, der kann den Sozialismus und alle seine Begleiterscheinungen nur für das Ende aller Dinge halten, gegen das er sich naturgemäß wehren muss. Offen gestanden, sind mir solch ehrliche Junker hundertmal lieber als die Richter und Konsorten, die wir ja eben zur Genüge kennen gelernt haben. Übrigens nahm ich die Gelegenheit wahr, um Onkel auf seinen Monarchismus hin festzunageln, ›der mir angesichts der Haltung seiner Partei gegenüber den Handelsverträgen einigermaßen fadenscheinig vorkäme.‹ – ›Unser Monarchismus besteht nicht in hündischer Treue gegenüber dem einzelnen Monarchen,‹ antwortete er, ›sondern in der Hochhaltung und Verteidigung alles dessen, was die Monarchie stützt und kräftigt, – auch gegen den Monarchen, wenn es sein muss!‹ Mich würde diese geistreiche Definition in seinem Munde verblüfft haben, wenn mir nicht rechtzeitig eingefallen wäre, dass in letzter Zeit seine ganze geistige Nahrung in den Apostata-Artikeln der ›Gegenwart‹ bestanden hat.

Hoffentlich höre ich bald von Ihnen, von Ihrem persönlichen Ergehen, von der Entwicklung der Beratungen. Soll ich Ihnen gestehen, dass ich ohne Bedenken auf die Teilnahme an ihnen verzichtet hätte, wenn meine Eltern mir dafür erlaubt haben würden, jeden Nachmittag bei Ihnen allein meine Tasse Kaffee zu trinken?!

Mit herzlichen Grüßen
Ihre dankbar ergebene
Alix von Kleve.«

»Berlin, 18. 6. 92

Gnädigstes Fräulein!

So rasch eine Nachricht von Ihnen zu bekommen, war eine aufrichtige Freude, und Ihre Schilderung Ihres Gesprächs mit Ihrem Herrn Onkel interessierte mich natürlich lebhaft. dass man die Ethische Bewegung ›oben‹ nicht ohne Besorgnis betrachtet, weiß ich. Geheimrat Althoff ließ sich dieser Tage von mir alles auf sie bezügliche Material kommen, und in der Universität, wo der Gestrenge mich, wenn wir uns begegneten, höchst liebenswürdig zu begrüßen pflegte, ging er heute stirnrunzelnd an mir vorüber.

Ihr Urteil über die Junker teile ich nicht. Nur der krasseste Egoismus ist es, der sie, die Jahrhunderte lang alle Vorzüge des Besitzes und der Kultur genossen haben, den Forderungen der neuen Zeit verschließt. Mit vollem Recht kann von ihnen verlangt werden, dass sie auf dem Wege wissenschaftlicher – das heißt in diesem Fall ethischer und sozialer – Einsicht zu denselben Überzeugungen kommen, die sich die Armen und Entrechteten nur durch die Erkenntnis ihrer ökonomischen Lage zu erwerben vermögen. Adel verpflichtet! Und sind wir nicht auch >Junker<?!

Die letzte Sitzung unserer Kommission verlief ziemlich stürmisch, und mir kamen wieder arge Bedenken über deren Zusammensetzung. Die einen forderten in erregtester Weise, dass die Religion innerhalb der Ethischen Gesellschaft überhaupt nicht berührt werden dürfte, die anderen, Professor Seefried an der Spitze, erklärten das Hineinziehen der sozialen Frage für außerordentlich bedenklich, worauf ich mich zu der Erklärung gezwungen sah, dass eine Ethische Gesellschaft, die ihr aus dem Wege ginge, nicht wert sei, zu existieren. Die milde, versöhnliche Art unseres Vorsitzenden goss Öl auf die Wogen unserer Erregung, aber was er zu berichten hatte, wirkte wieder wie ein Sturm. Eine hiesige Zeitung wollte aus >bester Quelle< erfahren haben, die Haupttendenz unserer Gesellschaft sei eine antisozialistische; im Anschluss daran hielt Geheimrat Frommann eine höchst charakteristische kleine Rede, deren Hauptpunkte ich Ihnen nicht vorenthalten will. >Ich kann nur insoweit mit der Sozialdemokratie mitgehen, als ich die Verstaatlichung des Grund und Bodens für notwendig und durchführbar halte,< sagte er, wobei ich ihn mit dem Zitat >du wirst dich weiter noch entschließen müssen,< unterbrach. Die >irdische Zukunftspoesie< der Sozialdemokratie erklärte er für utopischer als den Himmel der Frommen, und den Glauben an die Verwirklichung solcher Träume für eine gefährliche Ablenkung von ernster Arbeit. Ich ließ es bei meiner Erwiderung natürlich wieder an dem nötigen ethischen Maß fehlen. Was ich sagte, war etwa dies: dass ich das Emporkommen der Arbeiterklasse und einen sozialistischen Staat im Gegensatz zu dem so vielfach herrschenden anarchischen Individualismus für das erstrebenswerteste Ziel ansähe, das sich auch ohne Zweifel verwirklichen werde, – in vernünftiger Weise, wenn die leitenden Kreise vernünftig, in unvernünftiger, wenn sie einsichtslos bleiben; und ich habe hinzugefügt, dass ich mich sofort von einer Bewegung lossagen würde, welche dem Sozialismus direkt oder indirekt entgegenwirken wolle. Damit war der Anstoß zu einer erregten Sozialistendebatte gegeben, und Helma Kurz, deren Wirken in der Frauenbewegung sie mir so ungemein sympathisch machte, enttäuschte mich bitter, indem sie all ihre Waffen gegen die Sozis aus Eugen Richters Rüstkammer holte: >Auflösung der Familie<, – als ob es nicht der Kapitalismus wäre, der Väter, Mütter und Kinder in die Fabriken hetzt! – >Weibergemeinschaft<, – als ob nicht die heutige Gesellschaftsordnung die armen Frauen zur käuflichen Waare machte!

Da ich mich etwas beschämt als den eigentlichen Ruhestörer empfand, bin ich nachher still gewesen, und das endliche praktische Resultat unserer Sitzung waren der beifolgende Aufruf und Statutenentwurf. Sie werden selbst empfinden, wie wenig mir deren Farblosigkeit gefallen kann. dass unsere Aufgabe sein soll, >der Feindseligkeit und dem Unmaß in der Menschenwelt Schranken zu ziehen und eine entsprechende Gestaltung der Erziehung und der Lebensführung zu fördern<, heißt, fürchte ich, Egidys Versöhnung noch übertrumpfen, und dass aus dem § 2 der Statuten die Worte >Besitzlose< und >Schutz vor Ausbeutung< gestrichen wurden, gab mir ordentlich einen Stich ins Herz. Für die Zukunft brauche ich dringend Ihre Unterstützung, wenn anders unsere Idee sich nicht allmählich in ihr Gegenteil verwandeln soll. Ich habe Sie darum als Kommissions-Mitglied vorgeschlagen und bin beauftragt, Sie um Annahme der erfolgten Wahl zu bitten. Ich hoffe bestimmt, dass Sie sich nicht auch jetzt noch durch falsche Bescheidenheit und ebenso falsche Rücksicht auf Ihre Eltern abhalten lassen, in den Dienst unserer Sache zu treten.

Übrigens hatte ich gestern die Ehre des Besuchs Ihrer Frau Mutter. Sie suchte mich zu bestimmen, meinen >großen Einfluss< auf Sie geltend zu machen, um Sie wieder in den Schoß Weimars und unter den Schutz des weißen Falken zurückzuführen. Ich lehnte entschieden ab und betonte, dass Sie zu Größerem berufen seien, und dass es Pflicht der Eltern wäre, Ihnen vollkommen freie Bahn zu lassen. Daraufhin empfahl sich Ihre Exzellenz recht kühl und, wie es schien, verletzt.

Auch Egidy war vor ein paar Tagen bei mir. Ich fürchte, dass er mehr und mehr alle Distanz zu sich selbst und der Welt verliert. So sieht er uns – ernstlich! – als ein Konkurrenzunternehmen an und vermag in seiner ungeheuern Selbstüberschätzung nicht einzusehen, dass er doch nur, wie wir, einer der vielen Arbeiter ist, die von den Ruinen der Vergangenheit Stein um Stein abtragen, um dem Bau der Zukunft Platz zu machen.

Ich habe meine einsamen Zoo-Fahrten wieder aufgenommen. Auch zu Pfingsten war ich dort und ließ die Menschen an mir vorüberfluten. Diese Physiognomien könnten selbst mich beinahe glauben machen, dass wir vom Zukunftsstaat noch grenzenlos weit entfernt sind! – Alle alten Bekannten fanden sich um den Stammtisch ein, – wie schrecklich gleichgültig und langweilig sie mir doch inzwischen geworden sind! Wie gern ich auf sie und den ganzen

Zoo verzichtete, wenn Sie auch nur einen einzigen Nachmittag wieder neben mir säßen!

*Sie herzlichst grüßend, verbleibe ich
Ihr treuergebenster
Georg von Glyzcinski.*

Allerlei Lektüre, auch der >Vorwärts<, folgt anbei!«

»Kranz, 29.6.92

Verehrter Herr Professor!

Haben Sie vielen Dank für Ihren Brief, den ich erst heute beantworte, weil wir inzwischen von einem sogenannten Vergnügen zum anderen hetzten und Ilschen den Rest meiner Zeit mit ihrer Kur in Anspruch nahm. Die Gesellschaft, in der ich mich ständig befunden habe und die doch eigentlich die meine ist, wird mir bis zur Verständnislosigkeit fremd. Ihre Atmosphäre legt sich mir beklemmend aufs Herz, wie die eines überfüllten Saales; und wenn ich versuche ein Fenster zu öffnen, so schreit alles, aus Angst vor Erkältung.

Nach Ihrem letzten Bericht über die Kommissionsverhandlungen und nach dem Empfang des Programms und der Statuten ist das glühende Feuer meiner Hoffnung freilich durch einen recht abkühlenden Wasserstrahl getroffen worden. Ich finde – verzeihen Sie mir meine Ehrlichkeit! –, dass beide stark nach Phrase schmecken. Der Ausdruck >Unmaß in der Menschenwelt< stört mich besonders. Zu sehr Maß halten, zu ängstlich darauf sehen, es mit keinem zu verderben, mag an sich ethisch sein, kann aber zu sehr unethischen Konsequenzen führen. Und zu der Stellung von Professor Seefried und Helma Kurz kann ich nur sagen: wer nicht für uns ist, der ist wider uns.

Nach alledem ist es für mich selbstverständlich, dass ich die Wahl in die Kommission annehmen muss. Wenn ich nur nicht auch zu einer Enttäuschung für Sie werde! Es muss wohl doch nicht allein ein Ergebnis meiner Erziehung, sondern ein Teil meines Wesens sein, dass es mir so schrecklich schwer wird, vor Fremden meine innersten Gedanken zu entwickeln, – als ob ich mich vor allem Volk nackt zeigen müsste! Da ich aber einsehe, dass die geistige Nacktheit das große Opfer ist, das die Menschheit von denen verlangt, die sich in ihre Dienste stellen, so will ich versuchen, mich dazu zu erziehen.

Bei den Ausflügen, die wir in die Umgegend gemacht haben, bin ich durch das, was ich sah, in meinem Vorsatz bestärkt worden: wie viel Jammer und Elend auf dem Hintergrund des blauen Himmelsgewölbes und des unendlichen brandenden Meeres! Fast möchte man, wie die Menschen bisher, verzweifelt darüber die Hände untätig in den Schoß legen, oder, wie die Anarchisten, Vernichtung predigen, weil anders eine Rettung nicht möglich erscheint. Je mehr ich offenen Auges um mich sehe, desto mehr entwickelt sich bei mir ein Zug zum Fanatismus, und ich muss mir immerfort das Gebot der Toleranz und die Pflicht, leidenschaftslos zu urteilen, vorhalten. Von dem Augenblick an, dass man sich klar wird, – es mag vielleicht paradox klingen, aber die meisten werden sich wirklich niemals klar darüber! –, dass jenes in Schmutz, Hunger und Stumpfheit aufgewachsene Fischerkind auch ein Mensch ist, genau wie man selber, kein fremdartiges Geschöpf, – von dem Augenblick an beginnt man überhaupt erst zu sehen. Und wenn mir jetzt vorgehalten wird: die Leute empfinden ihr Elend nicht, – so kann ich mich nicht mehr dabei beruhigen. Ich fühle vielmehr, – und fühls mit allen Schmerzen peinigenden Selbstvorwurfs, – dass gerade dies, was ein Trost sein soll, das größte Unglück ist und jeder einzelne von uns die Verantwortung dafür trägt.

Das Erwecken der Menschen zu dem Bewusstsein ihres Elends ist sicher der erste Schritt zu ihrer Erhebung, und wenn ich jetzt den ›Vorwärts‹, dank Ihrer Güte, regelmäßig lese, so scheint mir das Hauptverdienst der Sozialdemokratie darin zu bestehen, dass sie überall die Sturmglocke läutet. Womit ich mich aber nicht befreunden kann, – das ist die unterschiedslose Verdammung aller Bestrebungen, die nicht von vornherein rot abgestempelt sind. Warum entdeckt der Vorwärts nicht, wie Dr. Brandt, die ›Ströme, die in sein Meer fließen‹? So ist sein Angriff auf die Ethische Bewegung ebenso töricht wie ungerecht. Er müsste uns wahrhaftig von Bildungsanstalten Richterscher und Stöckerscher Art unterscheiden können! Und warum Hass und hämischen Neid gegen die einzelnen Mitglieder anderer Klassen groß ziehen, – der nichts zur Folge hat, als lähmende Bitterkeit –, statt nur den Hass gegen die Zustände, der Mut und Kampflust auslöst? Gerade der Sozialismus lehrt doch, dass die Menschen Ergebnisse der sozialen und wirtschaftlichen Verhältnisse sind; man setzt sich also in Widerspruch zu den eigenen Grundprinzipien, wenn man den Hass gegen Personen verbreitet, die doch so werden mussten, wie sie wurden.

Damit komme ich noch mit einem Wort auf unseren alten Streitpunkt, die Junker betreffend, zurück. Sie erinnern mich daran und werden es vielleicht jetzt wieder tun, dass wir beide doch auch Junker wären und uns trotzdem, lediglich auf Grund unserer ethischen Einsicht, zum Sozialismus bekennen. Nun denn – lachen Sie mich nur ruhig aus, ich höre Sie so gerne lachen! –, ich bestreite Ihre Behauptung! Sind wir nicht von Jugend an Abhängige gewesen, – wir und unsere Eltern, – von unserem Brotgeber, dem Staat? Hätten meine Eltern sich frei bewegen können, ohne sich den Kopf an der Mauer einzurennen, die der Staat um sie gezogen hat? Können Sie es? Und diese Abhängigkeit – macht sie nicht den Proletarier? Ich aber, die ich ein Weib bin, gehöre von Rechts wegen noch tausendmal mehr als Sie zu der großen, dunkeln, darbenden Masse der Enterbten!

Mich hat diese Erkenntnis mit neuer Freudigkeit erfüllt und mit neuer Hoffnung; gilt doch dann dasselbe für unseresgleichen wie für das arme Fischerkind: es bedarf nur der Erweckung, und Tausende neuer Kämpfer gesellen sich brüderlich zu denen, die vorangingen! Wie viele gibt es, deren ganzes Wesen nach Befreiung und Betätigung verlangt, deren geistige Kräfte, ihnen selbst vielleicht oft kaum bewusst, schon im Dienst der großen Menschheitssache stehen, – denken Sie nur an all unsere jungen Künstler und Schriftsteller!

Wenn der Kaiser jetzt gegen die moderne Kunst redet, Burgen mit Schießscharten baut und Wildenbruch und Lauff zu Hofpoeten macht, so spricht das nicht nur für seinen Scharfsinn, der die Revolution wittert, wo andere nur die blaue Blume neuer Dichtung sehen, sondern er zeigt sich abermals als unser bester Agitator, der nun auch die geistigen Arbeiter in die Schranken ruft. Wir sollten jetzt zur Stelle sein und das Eisen ihrer Entrüstung schmieden, solange es warm ist.

Vielleicht, dass ich demnächst nach dieser Richtung einen ersten Versuch machen kann. Eine alte Freundin von mir, einstiges Mitglied des Schweriner Hoftheaters, die mit einem Königsberger Professor verheiratet ist, lud mich ein. Zuerst zögerte ich, hinzugehen: sie konnte, solange sie Schauspielerin war, das gutbürgerliche Milieu, aus dem sie stammte, nicht vergessen; und nun, da sie dorthin zurückkehrte, klebt ihrem Wesen die Erinnerung an die Bühne an. Aber die Aussicht, Sindermann, einen jungen Schriftsteller, bei ihr kennen zu lernen, war entscheidend, und ich warte nur noch auf die Bestimmung des Tages, um hinzufahren. Ein Mann, der durch seine Werke der bürgerlichen Welt das Verdammungsurteil ins Gesicht schleudern konnte, gehört von vornherein zu uns und müsste der Bannerträger des Emanzipationskampfs der geistigen Arbeiter werden.

Verzeihen Sie den langen Brief. Ich habe hier niemanden, mit dem ich mich aussprechen vermöchte, und Sie haben mich so sehr verwöhnt!

Meine Eltern sind seit gestern hier; vergebens bat ich sie, nach Berlin zurückkehren zu dürfen. Allein in unserer Wohnung zu sein, halten sie für unpassend, und zu Egidys zu gehen, die mich in freundlichster Weise einluden, ist ihnen auch bedenklich! Bin ich notwendig, so komme ich ohne ihre Erlaubnis.

Mit herzlichsten Grüßen
Ihre dankbar ergebene
Alix von Kleve.«

»Berlin, den 1. Juli 1892

Mein liebes gnädiges Fräulein!
Wundern Sie sich nicht über meine rasche Antwort: jeden Tag häuft sich so viel an, was ich Ihnen sagen möchte, und Ihr Brief weckt überdies solch eine Menge Empfindungen und Gedanken, dass ich nicht anders kann, als schreiben, sobald ich Ihre Schrift vor mir sehe. Entschuldigen Sie nur meine hässlichen zitternden Krakelfüße, – ich bin nicht ganz auf dem Posten und muss ausgestreckt liegen.

Für die Annahme Ihrer Wahl danke ich Ihnen ganz persönlich: Sie werden unserer Sache von größtem Nutzen sein und – was mich besonders befriedigt! – das weibliche Geschlecht allein zu vertreten haben. Helma Kurz und Frau Schaper haben – infolge ›starker Arbeitslast‹! – ihre Ämter niedergelegt. Ich habe nun die Wahl von zwei Sozialdemokraten vorgeschlagen, so dass wir uns möglicherweise sehr verbessern werden. Sie werden dann auch Gelegenheit haben, sich mit diesen über Ihre Erweiterung des Begriffs Proletarier auseinanderzusetzen, der, wie ich glaube, durchaus im Rahmen marxistischer Entwicklungslehre liegt: der Arbeiter, der ›mit dem Hirne pflügt‹ wird als Gleichberechtigter und Gleichentrechteter neben den Handarbeiter gestellt.

Mit Ihrer Kritik des Vorwärts freilich würden Sie sich weniger in Übereinstimmung mit den ›Genossen‹ befinden, – auch mit Ihrem getreuen ›Genossen‹ Glyzcinski nicht! Ich kann seine Haltung uns gegenüber nicht verurteilen: ohne Zweifel werden in der Ethischen Gesellschaft alsbald viele sein, welche von dessen Urteil getroffen werden und nichts als ›Harmonieduselei‹ treiben wollen. Wer aber bürgt dafür, dass sie nicht schließlich herrschen und ›gefährliche‹ Elemente hinausdrängen?!

Suchen Sie Sindermann für uns zu gewinnen. Mein Vetter Paul, den Sie einmal bei mir sahen, und der dem Friedrichshagener Kreis angehört, hält zwar *nichts von ihm und meint, Eitelkeit und Ehrgeiz würden ihn eher immer weiter von uns entfernen, als ihn uns näher bringen. Er rühmte mir dagegen den jungen Dichter des Dramas >Vor Sonnenaufgang<, den er für den >Kommenden< hält; aber bei der Manier dieser Art junger Leute, aus jedem bunten Kälbchen einen Götzen zu machen, vor dem sie anbetend auf dem Bauche liegen, bin ich vorläufig noch sehr skeptisch.*

Unsere Kommissionssitzungen sind einstweilen eingestellt worden. Alles denkt ans Reisen, und es wird im Zoo immer stiller. Wie schön und ungestört ließe sichs jetzt dort plaudern! Nicht wahr, Sie gönnen mir die Vorfreude und teilen mir zeitlich mit, wann ich Sie erwarten darf?

Mit herzlichsten Grüßen
Ihr treuergebenster
Georg von Glyzcinski.«

Ich vermochte den Brief kaum zu Ende zu lesen, nichts als leere Worte tanzten mir vor den Augen; denn nur ein Satz hatte sich mir schreckhaft eingeprägt: »ich bin nicht auf dem Posten – muss ausgestreckt liegen.« Und ich sah ihn deutlich vor mir, den kranken Mann mit dem Apostelkopf und dem wesenlosen Körper, wie er allein, von einem ungeschickten Diener kaum bedient, geschweige denn gepflegt, in seinem stillen Zimmer lag, die weißen schmalen Hände auf der schwarzen Pelzdecke, die Kinderaugen sehnsüchtig ins Weite gerichtet. Mein Herz klopfte zum Zerspringen, und ich wusste auf einmal, wohin ich gehörte.

Mechanisch faltete ich einen zweiten Brief auseinander: von Lisbeth; – noch heute sollte ich zu ihr kommen, Sindermann habe sich zum Abend angesagt, schrieb sie. Ich ging in mein Zimmer, raffte das Notwendigste eilig zusammen und hinterließ meiner Mutter, die mit allen anderen auf ein Nachbargut gefahren war, zwei Zeilen: »Frau Professor Landmann lädt mich soeben ein, noch heute nach Königsberg zu kommen. Da ich Eurer Erlaubnis sicher zu sein glaube, fahre ich mit dem nächsten Zug.«

Unterwegs erst wurde ich Herr einer Erregung, die mich den fernen Freund schon mit geschlossenen Augen und erblassten Lippen auf dem Totenbette sehen ließ. Ich hatte beschlossen, den Nachtzug nach Berlin zu benutzen, – aber konnte – durfte ich den Kranken durch meine überraschende Ankunft erschrecken? Sah das nicht doch vielleicht nach einem unwürdigen Sichaufdrängen aus? Ich errötete unwillkürlich. Auf dem Bahnhof bat ich ihn telegraphisch um Nachricht über sein Befinden und kündigte meine Rückkehr an. Dann erst fuhr ich hinauf in die stille Tragheimer Kirchenstraße mit ihrem ausgefahrenen Pflaster und ihren altersgrauen Häusern. Welch eine strenge, ernste Stadt ist doch dies Königsberg, dachte ich; eine Stadt, die in jedem Winkel an den Ernst des Lebens erinnert und ihre Bürger zwingt, still in sich selbst Einkehr zu halten. Wäre ich hier aufgewachsen, vielleicht hätte meine Sehnsucht nie über ihre Wälle und Gräben hinaus verlangt!

Im phantastischen Kostüm einer Zarewna, Augen und Wangen glühend vor Eifer, empfing mich Lisbeth. So – gerade so hatte ich sie einmal in Schwerin auf der Bühne gesehen. Was sie spielte, vergaß ich oder wusste es nie. »Wie schön sie ist!« hatte ich damals bewundernd geflüstert »Du – du bist viel tausendmal schöner –« war mir aus dem Dunkel der Loge heiß ins Ohr geklungen... Ein Wortschwall zärtlicher Begrüßung entriss mich dem Taumel der Erinnerung. Still – ein bisschen verlegen, die Augen in offenbarer Bewunderung auf seine Frau gerichtet, stand ihr Mann daneben, der typische deutsche Professor, mit kurzsichtig zwinkernden Äuglein und linkischen Bewegungen. Ich wurde hineingezogen. In eine Laube von blühenden Sommerblumen war das Wohnzimmer verwandelt, grüne Girlanden hingen von der Decke herab, bunte Lampions schaukelten dazwischen. Und plötzlich trat hinter dem Epheugerank am Fenster ein weißes, goldhaariges Geschöpfchen lächelnd auf mich zu. Lisbeths sprudelndes Plaudern brach ab, ihr erhitztes Gesicht nahm einen Ausdruck still-seliger Verklärung an; – »mein Kind!« sagte sie leise und legte die Hand auf das schimmernde Haar des Kleinen. Mir stiegen Tränen, brennendheiße, in die Augen: Ihr Kind! – Wie reich musste sie sein!

Wir brachten ihn gemeinsam zu Bett, den herzigen Buben; seine rosigen Füßchen, seine runden Ärmchen, die Grübchen in den Händen und in den Knieen musste ich bewundern. Dann trat ich still beiseite: Mutter und Kind, die einander Gute Nacht sagen, sind wie inbrünstigfromme Beter, die selbst der Ungläubigste nicht zu stören wagt. In diesem Augenblick lag es um mich wie ungeheure Einsamkeit.

Noch war ich zerstreut und bedrückt, als Sindermann kam.

Wir ertragen angesichts eines tiefen inneren Erlebens nur die Allernächsten, und seine Erscheinung wirkte völlig fremd. Ein »bel homme« – es gibt keinen deutschen Ausdruck, der denselben Sinn hätte – mit liebevoll gepflegtem schwarzem Vollbart, erzwungen aristokratischen Allüren, großen breiten Händen und runden fleischigen Fingern daran.

Es herrschte jene spezifisch norddeutsche Stimmung reservierter Verschlossenheit, die zu der phantastischen Umgebung und dem romantischen Kostüm der Hausfrau in demselben peinlich-komischen Gegensatz stand wie die Nüchternheit aller Ostelbier zum Karnevalstrubel. Nur einem Gegner pflegt sie allmählich zu weichen: dem Wein. Als in Lisbeths von dem gedämpften Kerzenlicht bunter Lampions erhellten künstlichen Garten die Erdbeerbowle auf dem Tische stand und die Ketten und die Rheinkiesel auf Kopf und Hals und Armen der falschen Zarewna leuchteten und glänzten wie Perlen und Brillanten, verschwand nach und nach jener erste Eindruck der Fremdheit.

Wir sprachen von allem, was die Zeit bewegte: von der Kunst der Moderne, von der Frauenfrage, von der Sozialdemokratie. »Ich bin Sozialist«, sagte Sindermann, »weil ein denkender Mensch heute nichts andres sein kann, –« schon klopfte mir das Herz höher vor Freude – »aber ich glaube nicht, dass die Ideen des Sozialismus sich in absehbarer Zeit erfüllen werden.« Und nun entwickelte ich die Prinzipien und die Zukunftshoffnungen der Ethischen Bewegung und führte all meine Gründe ins Feuer, um ihn zu einem der unseren zu machen. Er lächelte; in dem rötlichen Dämmer des Raums vermochte ich nicht zu unterscheiden, ob es das Lächeln des Spötters oder das tragisch-resignierte des Pessimisten war. »Wir Deutschen sind vorläufig unfähig, uns zu würdigeren inneren und äußeren Zuständen aufzuschwingen«, meinte er dann, »und so sehr ich alle Ihre Ideen anerkenne, so wenig glaube ich, dass Sie unter den Künstlern Proselyten machen werden. Nicht viele fassen ihre Aufgabe auf wie ich –« er schwieg und betrachtete nachdenklich seine Fingerspitzen. Dann warf er einen kurzen, erwartungsvollen Blick auf mich.

»Und Ihre Auffassung wäre?!« frug ich gespannt.

»Der Dichter muss das Leben wiedergeben, wie es sich ihm darstellt; das vermag er nur dann, wenn sein Herz weit genug ist, um das ganze Leid der Gegenwart mit zu fühlen. Während die Dichter der Vergangenheit Tugend und Laster auf die Bühne brachten und den Zuschauer dadurch befriedigten, dass eine vergeltende Gerechtigkeit den Schluss herbeiführte, zeichnet der moderne Dichter das wahre Bild des Lebens und ruft den Zuschauern zu: so ist es, geht hin und helft! Ich will mein Publikum nicht amüsieren, ich will ihm nicht die Zeit tot schlagen helfen, ich will es aufrütteln, will es zur Erkenntnis von Wahrheiten führen, denen es im Leben aus dem Wege geht. Heißt das nicht auch ethisch handeln?«

Ich war entzückt. So hatte ich mir das Wirken des Künstlers vorgestellt! Er wurde wärmer und lebhafter.

»Glauben Sie mir«, sagte er mit einer großen Geste, »wenn ich könnte, würde ich nur vor Arbeitern meine Stücke aufführen lassen, – die verstehen, die würdigen mich!« Und dann erzählte er von der berliner Gesellschaft der Kunstkenner, Ästheten und Mäcene, die wahl- und kritiklos jeder neu auftauchenden Größe nachliefen. »Bewundert haben mich alle als den berühmten Mann«, und wieder zeigte sich jenes unbestimmte tragisch-resignierte Lächeln, – ich erinnerte mich flüchtig eines Schauspielers, dem meine Altersgenossinnen in Posen um solch eines Lächelns willen zu Füßen lagen – »aber die meisten wussten nicht, ob dieses notwendige Salonrequisit ein Bildhauer oder sonst was wäre.«

Es mochte Mitternacht geworden sein, als auf sein neuestes Werk die Rede kam, das im nächsten Winter das Licht der Rampen erblicken sollte. Ich horchte um so gespannter auf, je mehr ich von seinem Inhalt erfuhr. Ein Weib sollte die Heldin sein, deren Künstlernatur sie aus dem engen Zuhause einer Offiziersfamilie hinaustrieb in die Welt.

Und meine Phantasie arbeitete noch rascher, als der Dichter zu erzählen vermochte: Ich selbst war dies Weib, das sich endlich losriss, um die Heimat seines Wesens zu finden, – war nicht am Ende auch der alte Oberst, der in der Verzweiflung zur Pistole griff, – mein Vater?! Die Heimat, – das ist das Schicksal, es vernichtet uns, wenn wir die Schwächeren sind, und es ist wie die antike Tragödie, die immer Tote auf der Wahlstatt lässt.

Ich war ganz still geworden, versunken in die Gedanken, die des Gastes Werk in mir ausgelöst hatte.

Draußen dämmerte der Tag. Die Blumen im Zimmer hingen erschlafft die Köpfchen; ein feiner Zigarettenrauch zog seine Kreise um die verglimmenden Kerzen. Und plötzlich übermannte uns bleierne Müdigkeit. Sindermann erhob sich. Verwirrt sah ich auf: da war er ja wieder, vom ersten Frühlicht beleuchtet, der »bel homme«, der Mann mit dem liebevoll gepflegten Bart, den großen Händen und den runden fleischigen Fingern daran. Seltsam, wie fremd, wie störend er wirkte. War er es wirklich gewesen, der mir eben mein Schicksal gedeutet hatte?

Zwei Stunden schlief ich den unruhigen Schlaf der Erschöpfung. Das rasche Klingeln des Telegraphenboten weckte mich: »Befinden wechselnd. Freue mich unbeschreiblich auf Ihre Rückkehr. Glyzcinski.« Ich hatte noch gerade Zeit, die Eltern schriftlich meines raschen Entschlusses wegen um Entschuldigung zu bitten. »Der Professor ist krank; Ihr wisst, sein Leben hängt nur an einem Faden; ich würde es mir nie verzeihen, wenn er einsam und ohne Pflege leiden und sterben müsste«, schrieb ich.

Am Abend war ich bei ihm. Er saß vor dem Schreibtisch am Fenster wie immer, und schon wollt' ich freudig überrascht auf ihn zueilen, als seine Augen mir entgegensahen: flackernde Fieberlichter brannten darin; auf seinen schmalen Wangen glühten rote Flecken, und die Hand bebte, die er mir bot. »Sie haben sich meinetwegen aus dem Bett gewagt!« rief ich erschrocken.

»Darf ich denn dies glückliche Ereignis nicht auf meine Art feiern?!« – sein ganzes Antlitz strahlte – »es geht mir ja besser, viel besser – und ich glaubte schon« – seine Stimme senkte sich – »ich glaubte, ich würde Sie niemals wiedersehen!«

Minutenlang blieb es still zwischen uns. Er lehnte den Kopf zurück, mit halb geschlossenen Augen, ich sah nichts als sein Gesicht, das ein Ausdruck seligen Friedens verklärte. Und dann hatten wir einander so viel zu sagen, dass selbst die schlagende Uhr uns an die vorrückende Stunde nicht zu erinnern vermochte.

Der Diener trat ein. »Es ist zehn Uhr, Herr Professor«, sagte er und sah mich halb verwundert, halb missbilligend an. Erschrocken sprang ich auf: »Wie komm' ich nun ins Haus – und wie in die Wohnung!« Ich hatte vergessen, mich dem Mädchen anzukündigen.

»So bleiben Sie eben hier«, entschied Glyzcinski, »nebenan auf dem Sofa hat mein Bruder oft geschlafen, – Friedrich braucht Ihnen nur die Betten aus dem Schrank zu geben.«

War das eine stille Nacht! Nur aus der Ferne drang das Geräusch der Großstadt durch die offenen Fenster. Wie geborgen kam ich mir vor! Am nächsten Morgen beeilte ich mich, auf dem grünumbuschten Balkon den Frühstückstisch zu decken und achtete wenig auf das mürrische Gebahren des Dieners. Erst als er seinen Herrn im Rollstuhl hinausfuhr, traf mich aus zwinkerndem Augenwinkel ein hämisch-vielsagender Blick, vor dem mir fast der Morgengruß im Munde erstickte. Gott Lob – Glyzcinski bemerkte nichts. Seine Augen hatten den alten, klaren Schein, seine Wangen die gleichmäßige Färbung.

»So gut habe ich es in meinem Leben nicht gehabt!« sagte er und behielt meine Hand in der seinen.

Zu Hause fand ich ein Telegramm von der Mutter: »Papa über deine

Abreise äußerst empört, verlangt sofortige Rückkehr oder Übersiedlung zu Egidys.« Noch am gleichen Tage zog ich auf Glyzcinskis Rat in die Spenerstraße. Egidy selbst war verreist, und so konnte ich, ohne zu verletzen, den Tag über abwesend sein. Fast immer war ich bei Glyzcinski. Wenn er es auch niemals zuließ, dass ich ihn pflegte, so konnte ich doch überwachen, ob die Vorschriften des Arztes befolgt, die verschiedenen Umschläge und Kompressen zur rechten Zeit gewechselt wurden. Meiner alten Kochkünste erinnerte ich mich wieder und freute mich wie ein Kind, wenn ich zusah, mit welch wachsendem Behagen der liebe Kranke meine Suppen aß. Einmal gelang es mir, den Arzt allein zu sprechen: »Nur der Geist hält diesen Körper aufrecht«, sagte er ernst. »Leidet er?« frug ich und lehnte mich, um meine Angst zu verbergen, tief in den dunkelsten Schatten der Treppe.

»Ein gewöhnlicher Mensch würde dies Dasein kaum ertragen, aber er, – wir Gesunden könnten ihn fast um das Glücksgefühl beneiden, das ihm unveränderlich aus den Augen strahlt.«

»Wird er genesen und – leben?« brachte ich mühsam hervor.

Mit einem prüfenden, langen Blick sah mir der Arzt ins Auge und reichte mir die Hand zum Abschied: »Genesen, – niemals! Leben?! Glück und Liebe sind Elixire, die schon Sterbende ins Dasein zurückriefen. Verordnen können wir sie leider nicht!«

Glyzcinski wurde von Tag zu Tag frischer und froher. Morgens, wenn ich kam, begrüßte er mich, als wäre ich Jahre fort gewesen, und des Abends, wenn ich ging, zuckten seine Lippen, wie die kleiner Kinder, die weinen wollen. Unsere Tage verliefen in ruhigem Gleichmaß. Der Philosophie, war der Vormittag gewidmet – »in einem Jahr müssen Sie Ihr Doktorexamen machen können«, hatte Glyzcinski mir versichert, und es war ein förmlicher systematischer Unterricht, den er mir erteilte. Er wollte dabei niemals zugeben, was ich immer deutlicher empfand: dass mir für große Gebiete des Wissens die sprachlichen und – noch mehr – die mathematischen und naturwissenschaftlichen Vorkenntnisse fehlten. Oft wünschte ich, mich noch auf irgendeine gymnasiale Schulbank setzen zu können, aber dann lachte er mich aus: »Sie kennen das Leben, – das ist mehr wert, als aller Wissenskram; und Sie sollen handeln, – das ist besser, als mathematische Aufgaben lösen und den Plato im Urtext verstehen können.«

Während der Nachmittagsstunden beschäftigten wir uns mit der Tagespolitik und der modernen Literatur. Die Militärvorlage warf damals ihre

Schatten voraus; die sozialdemokratische Presse entfaltete eine lebhafte Agitation dagegen und kritisierte auf das schärfste das Verhalten der Regierung, die, statt alte feierliche Versprechungen auf dem Gebiet der Sozialpolitik einzulösen, die Lebenshaltung des Volkes nur durch neue, ungeheure Lasten herabdrücke. Ich lernte durch dürre Zahlen belegte Tatsachen über Löhne, Lebensmittelpreise, Arbeits- und Existenzbedingungen kennen, durch die die graue Nebelwelt des Elends, wie ich sie hie und da vor mir hatte aufsteigen sehen, eine immer deutlichere, fest umrissenere Gestalt annahm. Meine philosophischen Interessen traten mehr und mehr zurück: hier war ein Gebiet, das empfand ich instinktiv, das zu erschöpfen die ganze Kraft erforderte. Und die Zeit, die mich trug, kam mir auch darin entgegen: von allen Seiten strömten mir in Form von Büchern, Broschüren und Zeitungsartikeln Aufklärungen aller Art zu. Wir vertieften uns mit brennendem Eifer in den ersten Band von Marx Kapital und in die Schriften von Friedlich Engels, wir lasen Paul Göhres »Drei Monate Fabrikarbeiter«, dessen ungewollte agitatorische Kraft uns mit sich fortriss; und als Dr. Brandt dem Professor eines Tages die Probenummer einer von ihm ins Leben gerufenen Zeitschrift zuschickte, die ausschließlich Fragen der Sozialpolitik behandeln sollte, las ich sie mit brennendem Eifer und sah von da an jeder Nummer mit einer Spannung entgegen, wie der Backfisch einer Romanfortsetzung. Auch Egidy, der inzwischen heimgekehrt war, erblickte nicht mehr in der Überwindung der Dogmen den Ausgangspunkt allen Heils, sondern im Kampf gegen Not und Unterdrückung.

»Es ist eine Lust, zu leben, wo alles sich rührt, und alles wächst, – dem gleichen Himmel zu, ob auch die Wurzeln im verschiedensten Erdboden stehen«, pflegte Glyzcinski zu sagen. Und wenn ich ungeduldig seufzte: »Könnten wir nur den Anfang der künftigen Ordnung der Dinge noch erleben«, so antwortete er: »Aber wir sind ja schon mitten darin!«

Tatsächlich schien diese eine Bewegung mit einer ungeheuern magnetischen Kraft alles an sich zu ziehen. Die Wissenschaft trat in ihre Dienste, die Kunst schmiedete Waffen für sie. Was waren Hauptmanns »Weber« andres, als ihr dröhnender Schlachtgesang?! Jener Fanatismus, der nichts sieht als sein Ziel, der ihm entgegenstürmt mit blutenden Füßen und keuchendem Atem, die stillen Stege nicht kennt, die abseits von seinem Wege auf duftende Blumenwiesen, in dämmernde Wälder und hoch auf die Berge der weiten Ausblicke führen, den kein Ausruhen lockt im Schatten der Dorflinde und der Kirchenpforten, – derselbe

Fanatismus, der die ersten Christen zwang, die weißen Marmorleiber heidnischer Götter in die pontinischen Sümpfe zu werfen, hatte von mir Besitz ergriffen. Und meine Seele schloss leise, dass keiner es merkte, die Pforte der Kammer zu, hinter der lebte, was zu tiefst mein Eigen war.

Fast wie eine Störung empfand ichs, als Sindermann mich zur Vorlesung seines nunmehr vollendeten Dramas einlud. Aber war er nicht auch einer, der mit uns kämpfte?

Wir fuhren miteinander hinaus nach Chorin, einem jener stillen melancholischen Waldwinkel der Mark, wo schwarze Kiefern sich in kleinen tiefen Seeen spiegeln, und in zerbröckelnde Klosterruinen der mattblaue Himmel hineinscheint. Freunde des Dichters erwarteten ihn hier, und ein fremder »Kollege«, wie er sich mit einem seltsam feinen Lächeln nannte, war dabei: Detlev von Liliencron.

Niemand ist in seiner Wahrhaftigkeit so unbarmherzig wie die Natur. Sie scheidet grausam Echtes vom Unechten, ihr Licht, das durch keine Schleier und keine Papierlaternen gedämpft wird, beleuchtet grell, was am Menschen ihr entspricht, und was ihn von ihr trennt. Frauen mit kunstvollen Lockengebäuden auf zarten Köpfchen, in modischen Kleidern und zierlichen Hackenschuhen, die in der Stadt schön sind und im Salon blenden, wirken, wo die Natur herrscht, plötzlich halb lächerlich, halb gespensterhaft. Und moderne Männer mit lüstern-blasiertem Lächeln und der »interessanten« Blässe endloser Kaffeehausnächte auf den Zügen, richtet sie ohne Nachsicht, als das, was sie sind. Werfen sich diese Damen und Herren in dem instinktiven, unbehaglichen Gefühl, zu sein, wo sie nicht hingehören, aber gar in Dirndlkostüme und Lodenjoppen und setzen naiv grüne Hütchen auf ihre gebrannten Haare und müden Glatzen, so tritt ihre grässliche Disharmonie zur Natur in tragischer Deutlichkeit hervor, und von den geistreichen Helden und Heldinnen großstädtischen Lebens bleibt nichts übrig als die armselige Maske kleiner Vorstadtkomödianten.

Aber auch große Menschen vermögen der Natur nicht immer Stand zu halten. Wer zu sehen gelernt hat, dem enthüllen sie ihre Blößen, dass es einem beinahe wehe tut.

Wir gingen vom Bahnhof durch den Wald bis zu dem kleinen Wirtshaus am See. Warum hatte nur unser Dichter solch glänzend-schwarzen Bart und so geistreiche Augen – so fleischige Finger und eine so starke Männerhand? Auch hier war eine Disharmonie, die schmerzte. Wie ein

Stück dieser märkischen Natur selbst schritt dagegen der andere, mir noch völlig fremde, neben uns, ein Mann aus einem Guss, bei dem alles zueinander passte.

Ein Gewitter stand drohend am Himmel, als Sindermann zu lesen begann, und Blitz und Donner begleiteten die sich entwickelnde Katastrophe. Rasch war ich wieder im Bann des Werkes. Das war ja alles mein eigenes Erleben: wie dieser Maria die Heimat zur Fremde wurde, in der die Menschen eine unverständliche Sprache sprechen, wie sie sich selbst retten muss vor den Schlingen, die die Heimat wieder nach ihrer Freiheit auswirft. Und ich war es selbst, die sprach: »Es muss klar werden zwischen der Heimat und mir!« Der Beifall in dem kleinen Kreis der Zuhörer war groß. dass man jede Szene stundenlang unter dem Gesichtspunkt der Bühnenwirksamkeit besprach, verletzte mich freilich. Erst auf dem Rückweg zur Bahn fing man an, die Tendenz des Stückes zu erörtern.

»Dass das individualistische Prinzip darin zu so starkem Ausdruck kommt, befriedigt mich ganz besonders«, sagte einer.

»Diese Maria ist die Personifizierung der Idee Nietzsches!« fügte enthusiastisch ein anderer hinzu, »sie hat die Umwertung aller Werte für sich vollzogen, sie steht jenseits von gut und böse, sie ist der Übermensch, obwohl sie ein Weib ist!«

Der Übermensch, – diese Maria, die sich von einem Elenden hatte verführen lassen?! dachte ich. Und die Umwertung aller Werte sollte sie vollzogen haben, weil sie die Heimat überwand?! Wäre es möglich, dass ich meinen Nietzsche so gar nicht verstanden hatte? – Die Unterhaltung wurde lebhafter. Man sprach über die Notwendigkeit, den Sozialismus durch den Individualismus zu überwinden, die Sklavenmoral durch die Herrenmoral.

»Wir Künstler haben inmitten der gefährlichen Nivellierungsbestrebungen unserer Zeit die Aufgabe, das Recht der Adelsmenschen zu vertreten«, rief ein kleiner Mann mit einem Spitzbauch, während ihm die hellen Schweißtropfen über das runde Gesicht liefen.

»Und worin besteht dieses Recht?« frug ich neugierig, das Lachen mühsam verbeißend.

Verblüfft sah er mich an. »In dem Recht, sich zu behaupten, seine Persönlichkeit auszuleben«, sagte er schließlich und hieb sich mit der flachen Hand auf den breiten Sportgürtel, dass die dicke Goldkette klirrte, die weithin leuchtend darüber hing.

»Sofern man eine hat«, meinte Liliencron lakonisch, der bisher fast immer geschwiegen hatte.

»Gewiss – gewiss«, echote der erhitzte Individualist, sichtlich froh, dass der einfahrende Zug ihn einer weiteren Erörterung überhob.

Am nächsten Tag fiel mein philosophischer Unterricht aus: wir stritten uns über Nietzsche, und zum erstenmal seit unserer Bekanntschaft verteidigte Glyczinski seine Ansichten mit offenbarer Heftigkeit. »Wie im Anarchismus die große Gefahr für die Verbreitung des Sozialismus in der Arbeiterklasse zu suchen ist«, sagte er, »so kann die Ausbreitung der Ideen Nietzsches die Wirksamkeit der Ethischen Bewegung in den oberen Klassen völlig untergraben. Die Ausbildung der Persönlichkeit als Selbstzweck steht zu unserem Ziel – dem größten Glück der größten Mehrheit – in direktem Gegensatz.«

»Verzeihen Sie mir, wenn ich das bestreite«, antwortete ich schüchtern, aber doch im Augenblick meiner gegenteiligen Ansicht sehr sicher. »Mir scheint nämlich, als ob gerade sie unser Ziel wäre. Höchstes Glück der Erdenkinder ist nur die Persönlichkeit, – so ähnlich heißt es schon bei Goethe. Und der Sozialismus soll eben die Möglichkeit für alle schaffen, ein Glück sich zu erringen, das heute nur wenige genießen können.«

»Wenn der arme Nietzsche geistig nicht tot wäre«, lachte Glyczinski, »so würde ihn diese Ihre Auslegung daran mahnen, zum Weibe nicht ohne Peitsche zu kommen! – Sehen Sie doch um sich: sind seine lautesten Anhänger nicht unsere ärgsten Feinde?«

»Weil sie es sind, die ihn missverstehen, nicht ich! Sich ausleben, bedeutet doch nichts anderes, als alle Fesseln zerreißen und zersprengen, die uns hindern können, die Glieder im Dienst der Menschheit zu regen!«

»Das, mein liebes Schwesterchen, ist aber kein Originalgedanke Nietzsches, sondern eine Forderung, die schon Fichte und Kant und viele andere mehr ausgesprochen haben«, antwortete der Professor. »Ich fürchtete schon, wir beide könnten uneins werden, und nun sehe ich, dass selbst Ihre Verteidigung Nietzsches nur ein neuer Beweis unserer Einigkeit ist.«

Ein unbestimmter Widerspruch, über dessen Inhalt ich mir nicht klar zu werden vermochte, regte sich zwar noch in mir, aber ich war viel zu glücklich über die Brücke des Verständnisses, die wir betreten hatten, als dass ich weiter darüber hätte nachdenken mögen.

Die Eltern kehrten zurück. Die Stimmung des Vaters mir gegenüber wechselte täglich: er konnte zärtlich sein und voller Interesse für mich, meine Studien, meinen Verkehr; und in der nächsten Stunde schon wandelte sich seine Liebe in rauhen Zorn, seine Teilnahme in ungerechte Verdammungsurteile, wenn irgendein politisches Ereignis, eine sozialdemokratische Demonstration, eine Darstellung der Ethischen Bewegung in der konservativen Presse, den Aristokraten, den General, den Monarchisten in ihm über den Vater siegen ließen. Die Mutter dagegen blieb fast immer kühl, zurückhaltend, beobachtend. Klein-Ilschen ging mir scheu aus dem Wege. Und als ich sie nach der Ursache frug, gestand sie, dass der Konfirmandenunterricht ihr eine nähere Beziehung zu mir unmöglich mache. Bisher hatte ich es stumm ertragen, die Rolle der ungern Geduldeten zu spielen, – an dem Tage aber, wo dies blonde Kind sich von mir wandte, weinte ich.

Die konstituierende Versammlung der Ethischen Gesellschaft stand vor der Tür. Aus allen Teilen Deutschlands strömten uns Begrüßungsschreiben, Beitrittserklärungen, Zustimmungskundgebungen zu, – es schien wirklich, als hätten sich viele im stillen nach einer geistigen Vereinigung auf dieser Basis gesehnt. Selten nur traf ich Glyzcinski nachmittags allein: Gelehrte und Ungelehrte, Leute mit berühmten Namen und mit Würden beladen erschienen neben armen Handwerkern, und Frauen aus allen Kreisen fanden sich ein. Es war ein anderes Publikum, als das bei Egidy gewesen war: entschiedener in seiner antireligiösen Gesinnung, von sozialem Pflichtbewusstsein stärker durchdrungen. Und die nahende Vollendung des lange vorbereiteten Werks gestaltete auch die letzten Kommissionssitzungen harmonischer. Wir waren alle voll Zuversicht und voll guten Willens, uns auf dem Boden »allgemein menschlicher Ethik« zusammenzufinden.

Von jener Begeisterung getragen, die die Geburtsstunde jeder neuen humanitären Schöpfung begleitet und die Teilnehmer glauben lässt, der Beginn sei schon die Vollendung, verliefen die offiziellen Gründungstage unserer Gesellschaft. Es tat förmlich weh, zu der Nüchternheit der Alltagsaufgaben zurückzukehren, und die meisten Menschen, die uns eben noch zugejubelt hatten, ergriffen vor ihnen die Flucht. Mir, die ich von der Welterlösung geträumt hatte, wurde es besonders schwer, an all den internen Beratungen und Zusammenkünften teil zu nehmen, wo über Fragen, wie die der Versammlungslokale, der Einkassierung der Beiträge, und dergleichen mehr oft stundenlang verhandelt wurde. Ich ging regelmäßig hin, um Glyzcinski darüber zu berichten, der nur ausnahmsweise an den Sitzungen teilnehmen konnte, und daher auch oft den Grad meiner Ernüchterung nicht verstand. In Rücksicht auf ihn, dessen Freundschaft mit mir kein Geheimnis war, mehr als in Anerkennung meiner sehr geringen Verdienste um die Gesellschaft, wurde mir, statt seiner – der jede Wahl von vornherein abgelehnt hatte – der Schriftführerposten im Hauptvorstand angeboten. Ich zögerte keinen Augenblick, ihn anzunehmen, da ich mir wohl bewusst war, gerade durch ihn den größten Einfluss gewinnen zu können. Zu Hause erzählte ich nicht ohne Stolz von der mir widerfahrenen Ehre. Der Vater kam gerade aus seinem Klub, und ich hatte in meiner Freude auf seine Mienen nicht geachtet und Mamas heimliche Zeichen nicht bemerkt.

»Wie –«, fuhr er los, »ein Mensch, der meinen ehrlichen Namen trägt, offizieller Vertreter dieser Gesellschaft internationaler Schwindler?!« Ich wollte ihn unterbrechen, aber er ließ mich nicht zu Worte kommen. »Habt ihr vielleicht nicht soeben, wie ich natürlich von Fremden erfahren musste, für die wahnwitzige Utopie ewigen Friedens demonstriert, was nichts anderes bedeutet, als diesen Schuften, den Sozialdemokraten, Wasser auf ihre Mühle treiben!« Seine Stimme schwoll an, als stünde er auf dem Kasernenhof, »und die Religion wollt ihr schon den Kindern durch euren sogenannten Moralunterricht austreiben. Eine nette Moral das – wahrhaftig!« Er trat auf mich zu: »Ich verbiete dir ein- für allemal, mit diesen Gottesleugnern und Vaterlandsverrätern gemeinsame Sache zu machen – sonst –« »Du erlaubst, dass ich mich entferne –« unterbrach ich den Tobenden und ging hinaus.

Am nächsten Morgen kam er mir entgegen: ganz blass, mit überwachten, müden Augen. »Höre auf deinen alten Vater, mein Kind, der es gut mit dir meint, – du bist auf falschem Wege, – schneide dir nicht die Rückkehr ab, indem du dich öffentlich engagierst!«

»Lass mir Zeit zum Überlegen, lieber Vater«, bat ich stockend, innerlich fast schon überwunden; nur bei Glyzcinski wollte ich mir noch Rats erholen. »Geben Sie nach, – für diesmal noch!« sagte er, »das geringste Maß von Schmerz sollen wir anderen zufügen. Und am schönsten ists, wenn der Gegner sich uns aus Überzeugung schließlich selbst ergibt.«

Meinen Vater überwältigte fast die Rührung, als ich ihm sagte, dass ich mich seinem Wunsche fügen wolle. Er ging selbst zum Professor und unterhielt sich ruhig und eingehend mit ihm, »wie ein vollendeter Ethiker.« Dann musst ich mit ihm in die Stadt, um mir ein Kleid auszusuchen: »Ich will nicht, dass du durch die ewige Näherei in der Arbeit gestört wirst, die dir am Herzen liegt!«

Es dauerte jedoch nicht lange, und ich fühlte, dass es nur eines geringfügigen Anlasses bedurfte, um einen neuen Sturm heraufzubeschwören.

Ich schwebte in ständiger Angst. Schon der Tritt meines Vaters auf der Treppe machte mich zittern, und möglichst leise verließ ich nachmittags das Haus, um erst dann erleichtert aufzuatmen, wenn die Tür von Glyzcinskis Studierstube sich hinter mir schloss.

»Jetzt müsst' ich Sie pflegen können, wie Sie mich«, sagte er dann wohl, und sein warmer Blick voll Liebe und Mitleid ruhte auf mir.

Eines Novemberabends – ich hatte infolge eines heftigen Erkältungsfiebers ein paar Tage das Bett hüten müssen – kam ein Brief vom Professor:

»*Mein gnädigstes Fräulein!*

Wir haben schon oft miteinander besprochen, dass die Schaffung eines Ethischen Journals sich angesichts der Entwicklung der Gesellschaft als eine immer stärkere Notwendigkeit erweist. Dieser Tage habe ich innerhalb unserer literarischen Gruppe die Frage erörtert, und der Verleger unserer Flugblätter hat sich bereit erklärt, eine Zeitschrift, wie wir sie brauchen, in Gemeinschaft mit mir ins Leben zu rufen; da ich jedoch außerstande bin, sie allein zu leiten, – der Redakteur eines solchen Blattes muss persönlich bei wichtigen Vorkommnissen zugegen sein können –, liegt die letzte Entscheidung der Sache in Ihrer Hand. Die Stellung als mein Mitredakteur wird Ihre Arbeitskraft stark in Anspruch nehmen, und im Anfang ist der Verlag leider außerstande, Ihnen ein höheres Honorar, als etwa fünfzehnhundert bis zweitausend Mark jährlich zu bieten. Aber ich hoffe und glaube, dass Ihre Liebe zur Sache groß genug ist, um über diese Schwierigkeiten hinwegzusehen.

Mit verbindlichen Empfehlungen den Exzellenzen und herzlichen Grüßen an Sie

Ihr treuergebenster
Georg von Glyzcinski.«

Das ist die Befreiung! jubelte ich – und zitterte doch vor Angst, als ich den Brief meinen Eltern gab. Die Szene, die folgte, war schlimmer als je vorher. »Solange du meinen Namen trägst, niemals – niemals!« Dabei blieb der Vater. Ich lief in die Nettelbeckstraße und brach, aufschluchzend, neben dem Stuhl des Freundes zusammen. Minutenlang vermochte ich nicht zu sprechen und fühlte nur, wie der schmalen Hand, die mir leise über die Stirne strich, wohltätige Ruhe entströmte. Und dann erzählte ich –

»›Solange du meinen Namen trägst‹ – das sagte Ihr Vater?« Glyzcinski wandte den Kopf und sah zum Fenster hinaus, wo die roten und gelben Blätter im Herbststurm tanzten. Es dunkelte schon, – eine Mahnung zum Aufbruch.

»Ich fürchte mich so –« murmelte ich mit neu hervorstürzenden Tränen. Und aus dem Zwielicht und der Stille hörte ich seine leise Stimme sagen: »Möchtest du bei mir bleiben, mein Schwesterchen?« – »Immer – immer –« stöhnte ich und presste meine Lippen, ehe ers hindern konnte, auf die Hand, die weiß und unirdisch im Dämmer leuchtete.

Am frühen Morgen des nächsten Tages erhielt ich diesen Brief:

»Mein liebes, gnädiges Fräulein!

Schon vor Monaten habe ich mir oft gedacht: wenn Sie eine Anzahl Jahre älter geworden wären, ohne das Glück gefunden zu haben, das Sie in so reichem Maße verdienen, – wenn Sie sich mit dem Gedanken, auf Liebe und Glück verzichten zu müssen, vertraut gemacht hätten, dann wollte ich fragen: Liebe Freundin, wollen wir zueinander ziehen, Mann und Frau werden, dabei aber – wie es mir beschieden wäre – als Bruder und Schwester weiterleben?!

Der Umstand nun, dass sich jetzt ein Arbeitsplan für uns meldet, dessen Verwirklichung, nach dem Standpunkt, den Ihr Herr Vater einnimmt, zu schließen, durch jene Lebensvereinigung sehr erleichtert werden würde, ist der Grund, dass ich schon heut mit dieser Frage an Sie herantrete. Wir würden keine Liebes-, sondern eine Freundschafts- und Arbeitsehe führen; sie würde für Sie alles andere eher als eine ›Versorgung‹ sein; wir würden wie die Zukunftsmenschen leben, wo auch die Frau sich durch eigene Arbeit erhält. Ich bin ohne Vermögen und habe nur ein geringes Einkommen. Im übrigen wissen Sie, dass mein Leben jeden Tag zu Ende sein kann.

Und nun dürfen Sie rasch ›nein‹ sagen. Meine Freundschaft zu Ihnen würde auch dann immer dieselbe bleiben. Das ›ja‹ würde jedenfalls eine lange Überlegung notwendig machen. Handelt es sich doch um etwas Ähnliches, als wenn

*ein Mädchen den Nonnenschleier nimmt. Sollten Sie trotz alledem einmal
›ja‹ sagen, so könnte es doch eine in ihrer Art schöne Ehe werden.*

Ewig
Ihr treuer Freund
Georg von Glyzcinski.«

Ich hatte kaum zu Ende gelesen – mit klopfendem Herzen und tiefen Atemzügen –, als ich schon am Schreibtisch saß und meine Feder über das Papier flog:

»Mein lieber Freund!

Es bedarf für mich keiner Überlegung, um meine Hand mit einem freudig-dankbaren Ja in die Ihre zu legen. Und es geschieht nicht im Gefühl, auf Glück und Liebe verzichten zu müssen: für mich gibt es nur ein Glück, und das ist bei Ihnen; und alles was an Liebe in mir ist, gehört Ihnen. Auch ich habe, wie die Kinder, einmal von einem Paradies geträumt, das dem Himmel der Frommen ähnlich sah. Jetzt könnte es mir fast wie die Hölle erscheinen, – während Sie mir bieten, was die Erfüllung meiner heißesten Wünsche in sich schließt.

Ich sehe einen Urwald, bewohnt von allerhand Raubzeug, oft undurchdringlich dicht, dass die Sonne nicht bis auf den Boden dringen kann. Und mitten darin wir beide, eng verbunden, mit den Beilen bewaffnet, die Du uns schmiedetest. Und aus der Nähe und aus der Ferne tönen die Axtschläge vieler anderer Arbeiter zu uns herüber. Das ist Musik für unser Ohr. Freilich fehlt es nicht an niederfallenden Ästen, die uns verwunden, an giftigen Schlangen, die uns umdrohen. Aber solange wir uns selber haben, solange uns das Werkzeug nicht entfällt, solange wir offnen Auges das Licht immer mächtiger in die Tiefen des Waldes fluten sehen, – solange ist er uns das Paradies unseres Lebens ... «

Ich schickte meine Antwort voran und folgte ihr auf dem Fuße. Leise trat ich ins Zimmer – Georg bemerkte mich nicht. Auf dem Schreibtisch vor ihm lag mein Brief, die Hände hatte er darüber gefaltet und die Stirn wie versunken darauf gepresst.

»Georg –« »Alix –«, er fuhr zusammen, ein Antlitz wandte sich mir zu, überströmt von Tränen. Und er nahm meine Hände und küsste sie und zog meinen Kopf zu sich hernieder, und ich fühlte, wie sein Mund sanft meine Augen berührte.

Mit ruhiger Fassung sah ich den Ereignissen entgegen, die nun folgen mussten, – dass meine Eltern gegen meine Heirat wesentliche Einwände erheben würden, nahm ich nicht an: Georg war von gutem, alten Adel – und im übrigen konnte es von ihnen nur als Erleichterung empfunden werden, mich endlich aus dem Hause zu haben. Ich war wie versteinert vor Schreck, als Georgs offizieller Brief an meinen Vater gekommen war und ich in seinem Zimmer vor ihm stand. Schwer atmend, mit dunkel gefärbtem Gesicht, die Augen rot unterlaufen, saß er auf seinem Stuhl, den Rock geöffnet, mit den Fingern ungeduldig an seinem Kragen zerrend, als fürchte er, zu ersticken. Heiser, ruckweise, mit einer Stimme, die die seine nicht war, begann er zu reden, während die Mutter, im Sofa zusammengekauert, leise vor sich hin weinte.

»Das mir – das mir! – – hat Gott mich nicht schon genug gestraft?! – Dich – dich – auf die ich so stolz gewesen bin! – Die du mein – mein Kind warst vor allem! – Dich, um die ein König noch hätte betteln müssen! – Dich will dieser – dieser – den Gott selbst als einen Ausgestoßenen brandmarkte – –« »Papa –!« schrie ich und taumelte bis an die Tür zurück.

Er sprang auf, um sich im nächsten Augenblick, wie von einem Schwindel erfasst, mit beiden Fäusten schwer auf den Tisch zu stützen. Den Kopf weit vorgestreckt, die Augen stier auf mich gerichtet, fuhr er mich an: »Du läufst mir nicht wieder davon, – und wenn ich dich mit Gewalt festhalten müsste! Und deinen sauberen Galan –« er lachte grell auf – »ein Kerl, der nicht einmal ein Mann ist, – niederschießen tu ich ihn, wie einen tollen Hund – –.« Mit einem unartikulierten Laut fiel er in den Stuhl zurück. Ich lief nach Wasser, – benetzte ihm die Lippen, – rieb ihm die Stirn, – es war ja ein Kranker, den ich vor mir hatte! Aber kaum war er zu sich gekommen, stieß er mich auch schon von sich.

Mama, Ilse und der Diener brachten ihn zu Bett. Fast die ganze Nacht saß ich horchend vor seiner Schlafzimmertür. Wie eine Mörderin kam ich mir vor. Als der Morgen graute, schrieb ich ein paar Zeilen an Glyzcinski, und kaum dass der graue Novembertag mit schwerfällig-langsamen Schritten durch die Straßen geschlichen kam, hörte ich den Vater schon wieder in seinem Zimmer auf und nieder gehen. Er rief nach mir, – die Angst schnürte mir die Kehle zu, aber ich folgte. Wie entsetzlich sah er aus! In einer einzigen Nacht, – wie furchtbar gealtert!

»Fürchte dich nicht, – ich tue dir nichts –« sagte er und verzog den Mund mit den gesprungenen Lippen zu einer Grimasse, die ein Lächeln sein sollte. »Ich will nur mit dir reden, will dir klar machen – was du nicht weißt – nicht wissen kannst, und was der Professor –« es war ihm offenbar unmöglich, den verhassten Namen zu nennen – »vielleicht auch nicht weiß. Die einzige Entschuldigung, die ich ihm zubilligen kann!« Ich musste mich neben ihn setzen, wie in früheren Jahren, und er behielt, während er sprach, meine Hand in der seinen.

»Ich sagte dir schon, – du bist mein Kind! Du hast meine Leidenschaften, mein heißes Herz, mein wildes Blut. Bist du die – die Frau dieses Mannes, so wird – ich weiß es genau, ganz genau! – eine Zeit kommen, früher oder später, wo dein Herz sich vor Qualen zusammenkrampft, wo dein Blut nach Liebe schreit – schreit!! – hörst du? – Nach einer Liebe, die dieser Mann dir nie wird geben können! – Dann wirst du unglücklich werden, totunglücklich – oder –«, er brachte nur mit äußerster Anstrengung die letzten Worte hervor – »eine Ehrlose, – eine – eine Dirne!«

»Papa, lieber Papa!« ich streichelte ihm die Hände »du könntest so nicht sprechen, wenn du mich besser kennen würdest! – Ich bin kein Kind mehr – ich habe viel erlebt, – sehr, sehr viel gelitten, mein Blut hat endgültig ausgetobt, mein Herz weiß von keiner anderen Liebe als von der, die Georg mir bietet!«

»Du irrst, – und dieser Irrtum wird dein Unglück werden. Ich kenne dich besser, als du dich in diesem Augenblick kennst –.« Seine überwachten Augen sahen ins Weite, er schien immer mehr zu vergessen, dass ich neben ihm saß. »Auch ich liebte – und verzehrte mich nach Liebe! Und warb ein viertel Jahrhundert lang um sie, die mein Weib war. Ich wollte nicht begreifen, dass all meine Leidenschaft sie nicht erwärmen konnte –! Bis ich ein alter Mann geworden bin, bis ich einsehen lernte, dass nichts – nichts im Leben mir Wort hielt, – auch meine Liebeshoffnung nicht! – –« Er schwieg, überwältigt von der Erinnerung.

»Verstehst du nun, dass ich den Gedanken nicht ertragen kann, dich ebenso – nein – noch viel unglücklicher werden zu sehen als mich? – Du wirst ja nicht einmal Kinder haben!«

Ich zuckte zusammen, – aber rasch und gewaltsam hatte ich die Empfindung auch schon niedergekämpft, die ihm Recht hätte geben können.

»Alle armen, alle verlassenen Kinder in der Welt werden meine Kinder sein –« antwortete ich, »für sie werde ich denken und arbeiten!«

Papa stand auf: »So habe ich dir nichts mehr zu sagen. Du bist majorenn, du bedarfst meiner Erlaubnis nicht. Nur um eins bitte ich dich, und deine Mutter wird dieselbe Bitte dem – dem Professor vortragen – ich selbst fühle mich nicht stark genug, ihn zu sehen –: Warte nur noch ein halbes Jahr, – prüfe dich währenddessen. Du kannst, ungehindert durch mich, deinen Verkehr in derselben Weise fortsetzen wie bisher, – bist du dann noch entschlossen, – so strecke ich die Waffen.«

Ich wollte danken, – war doch dies Zugeständnis weit mehr, als ich nach dem gestrigen Auftritt noch glaubte erwarten zu dürfen, – aber er entzog mir seine Hand und verließ hastig das Zimmer.

Noch am Abend schrieb mir Georg, den meine Mutter inzwischen aufgesucht hatte:

»... Wir hatten eine lange ernste Unterredung miteinander, die mir um so größeren Eindruck machte, als kurz vorher der Oberst Glyzcinski hier gewesen war, dem ich mich in meiner Aufregung verriet, und der mir aus meinem Vorgehen die heftigsten Vorwürfe machte. ›Geschieht, was du in deiner Unkenntnis der Welt und der Menschen als dein Glück ansiehst, so geht Ihr zugrunde,‹ sagte er. Meine geliebte Alix, – sind wir nicht in einer Hinsicht wirklich unwissende Kinder? Es sollte doch keiner von uns zugrunde gehen! Wir haben doch beide eine Mission! Es gibt so gar wenige, die unseren Enthusiasmus für unsere Sache haben! Sollten wir uns beide nicht dieser Sache erhalten? Vielleicht ist es ein Verhängnis, das der schönen Tochter der Exzellenz den alten Professor zurseite schob und in ein stilles, beschauliches, von allen irdischen Freuden abgeschlossenes Gelehrtenleben plötzlich eine Fee hineinversetzte. Sollten wir dies Verhängnis nicht in ein segensreiches Schicksal verwandeln können, wenn wir, wenn vor allem ich mich selbst bezwinge? ...

Drei Stunden täglich Liebe und Sonnenschein? Ist das nicht viel? Die armen Millionen, denen sie nimmer scheint, die liebe Sonne! Ich freilich dürste nach mehr, aber dann geht einer von uns zugrunde!! – Und lieber lebe ich dauernd in tiefster Nacht, als dass ich über das Haupt des liebsten Menschen solch Schicksal heraufbeschwöre!

Machen wir also den ernsten Versuch, geliebte Freundin, uns mit ein wenig Glück – für mich ist das schon überschwenglich viel! – und viel Arbeit zu begnügen, und bitte Deine Eltern, dass sie es Dir leicht machen sollen ...«

Aber seine Blicke straften die scheinbare Ruhe dieser Verzichtleistung Lügen. Das strahlende Licht war aus seinen Augen verschwunden, wie das sonnige Lächeln um seine Lippen. Und verließ ich ihn des Abends, so hielt er mich oft mit einem Ausdruck fest, als litte er alle Qualen eines Abschieds auf immer. Wir sahen uns täglich. Bald aber merkte ich, wie mein Vater durch Einladungen und Verabredungen aller Art meine Besuche bei Georg zu hindern suchte. Erinnerte ich ihn an sein Versprechen, so wurde er heftig, setzte ich seinen Wünschen Widerstand entgegen, so konnte ich sicher sein, bei der Heimkehr die Mutter verweint, die Schwester verschüchtert, den Vater stumm und finster wieder zu finden. Blieb ich des Abends fort – Versammlungen und Kommissionssitzungen, über die ich in unserer Zeitschrift berichten musste, machten es häufig genug notwendig –, so schlich ich mich in zitternder Furcht nach Hause, weil der Vater mich schon oft mit den ungerechtfertigsten Vorwürfen empfangen hatte. Jeder Artikel, den ich in unserem Blatt unter meinem Namen schrieb – die Anonymität war mir als eine Feigheit verhasst –, gab Anlass zu den peinlichsten Auseinandersetzungen, und die politischen Ereignisse der Zeit benutzte er, um das, was mir heilig war, maßlos zu verunglimpfen. Ich wurde schließlich von einem so dauernden, Angstgefühl gefoltert, dass ich oft meinte, vom Verfolgungswahn gepackt zu sein. Der täglich wiederholte Versuch, vor Georg heiter zu sein, misslang immer vollständiger, und eines Tages gestanden wir einander das Unerträgliche unseres Zustands.

»So willst du wirklich – wirklich diesen Krüppel heiraten, den man im Mittelalter der Zauberei angeklagt, und ganz gewiss verbrannt haben würde?« sagte er mit ungläubigem Lächeln.

»Ich will!« antwortete ich fest »und wenn es sein muss, ohne den Segen der Eltern.« Da ich wusste, dass meines Vaters Heftigkeit mich nicht würde zu Worte kommen lassen, so schrieb ich ihm einen langen, liebevollen Brief, in dem ich ihm klar zu machen versuchte, dass ich alt genug sei, um nach eigener Überzeugung mein Leben zu gestalten, dass es im höheren Sinne gewissenlos und pflichtwidrig wäre, statt der eigenen Einsicht und dem eigenen Gefühl sklavisch dem Machtgebot anderer zu gehorchen, dass es schlimmer sei als töten, wenn ein Mensch den anderen zeitlebens zur Unmündigkeit und Unfreiheit verdamme.

Einen ganzen Vormittag lang schien mein Vater meinen Brief zu ignorieren, erst als ich das Haus verlassen wollte, trat er mir im Flur entgegen.

»Du bleibst!« rief er und umklammerte mein Handgelenk. »Die sechs Monate Frist, die ich dir gestellt habe, sind noch nicht um, – aber du zwingst mich, meine Bedingungen zu ändern. Du wirst von heute ab deine Besuche einstellen. Dieser sittenstrenge Ethiker soll mir nicht ganz und gar deine Seele vergiften.«

»Du brichst dein Versprechen, Papa –« stieß ich hervor und riss mich gewaltsam los. In demselben Augenblick griff er nach der alten Reiterpistole auf seinem Schreibtisch –.

»Ein Schritt noch und ich schieße –.« Aber schon lief ich die Treppe hinunter – über die Straße – über den Platz, – Menschen und Wagen und Häuser sah ich wie Schatten an mir vorüberfliegen.

Wie ich zu Georg kam, – ich weiß es nicht, – der gelle Angstschrei, den er ausstieß, als ich mitten in seinem Zimmer niederfiel, brachte mich zur Besinnung. Noch an demselben Abend fuhr ich zu Freunden von ihm, die mir auf alle Fälle ihr Haus schon zur Verfügung gestellt hatten. Ohne Angabe meiner Adresse teilte ich den Eltern mit, dass ich nicht mehr zu ihnen zurückkehren werde. Aber noch ehe mein Brief sie erreicht haben konnte, benachrichtigte mich Georg, dass Onkel Walter mich zu sprechen wünsche. Er erwarte mich im Reichstag. Ich ging hin. Und während im Plenarsaal die Redeschlacht um die Militärvorlage tobte, gingen wir ruhig und gemessen in der Wandelhalle auf und ab, und niemand konnte ahnen, dass sich hier ein Schicksal entschied.

»Hans war bei mir, – gleich nach jener Szene. Er sprach, dramatisch wie immer, von Verstoßen, Verfluchen und dergleichen«, begann Onkel Walter in geschäftsmäßigem Ton. »Ich habe ihm erklärt, dass es unser aller Pflicht sei, einen Familienskandal zu vermeiden, und dass ich – wenn er auf seinem Standpunkt beharren wolle – meine Nichte, die Tochter meiner Schwester, in mein Haus nehmen, und dass sie dort unter meinem Schutz heiraten würde. Ilse ist, Gott Lob, ganz meiner Meinung. Ein Zustand, wie der bisherige, ist für alle Teile auf die Dauer unhaltbar. Von mir aus ist Hans bei Geheimrat Frommann gewesen, der ihm zugeredet hat, nachzugeben, und dich und deinen Verlobten in den höchsten Tönen pries. Infolgedessen hat dein Vater sich wesentlich beruhigt. Er wird morgen meine Frau nach Pirgallen begleiten und erlaubte deiner Mutter, alle Vorbereitungen zu deiner Hochzeit zu treffen, an der er natürlich selbst nicht teilnehmen wird.« Mir traten die Tränen in die Augen, – die Erschütterung dieses neuen plötzlichen Umschwungs war zu groß für mich!

»Du hast keine Ursache, mir zu danken«, schnitt Onkel Walter schroff jede Antwort ab, »ich tat nur meine Pflicht im Interesse der Ehre unse-

rer Familie. Im übrigen ist es hohe Zeit, dass wir Ruhe vor dir haben.«
Damit war ich entlassen.
 Ich kehrte nach Hause zurück, nachdem mein Vater abgereist war.
 Mit ihrem kühlsten Gesichtsausdruck empfing mich die Mutter. »Deiner Heirat steht nichts mehr im Wege«, sagte sie, »außer einer Kleinigkeit, die du natürlich vergessen hast: der Ausstattung. Wir sind, wie du weißt, nicht in der Lage, sie dir zu beschaffen, du wirst dich also mit der kleinen Summe aus der Kleveschen Familienstiftung begnügen müssen. Und was die Wohnung betrifft, so – –«
 Ich musste wider Willen lachen: »Das sind aber doch wirklich nichts als Kleinigkeiten, Mama!« unterbrach ich sie. »Wir haben, was wir brauchen, – und Georgs Wohnung ist viel zu hübsch, als dass ich sie aufgeben möchte!«
 »Eine Hofwohnung – und nur drei Zimmer!« Mama kräuselte verächtlich die Lippen.
 »Übergenug für uns! – du siehst: wenn das Aufgebot morgen erfolgt, können wir in vierzehn Tagen getraut werden – –«
 »Selbstverständlich! – Ich werde heute noch mit Euren Papieren auf das Standesamt und womöglich auch gleich zum Geistlichen gehen.«
 »Zum – Geistlichen?!« Ich starrte sie verständnislos an. Wir »dezidierten Nichtchristen« sollten uns geistlich trauen lassen?! Georg ist Atheist –« »Schlimm genug!« rief die Mutter, »aber du heiratest unter dem Schutz deiner gläubigen Eltern und wirst es nach unserem Glauben tun – oder gar nicht.«
 All meine Erklärungen und Bitten prallten an ihrem unbeugsamen Willen ab. Ich sah aufs neue die schwer erkämpfte Zukunft gefährdet. Aber als ich Georg mit vor Aufregung zitternder Stimme von der mütterlichen Entscheidung erzählte, zog nur ein leichter Schatten über seine Züge.
 »Wenn deiner Mutter Herz an dieser Zeremonie hängt, so lassen wir ihr die Freude«, meinte er nach kurzem Überlegen. »Dürfen wir unser Leben und seine Aufgabe von einer bloßen Formel abhängig machen?!« Ich senkte stumm den Kopf, so recht aufrichtig hätte ich seiner Ansicht doch nicht zustimmen können.
 Den nächsten Verwandten war meine bevorstehende Heirat mitgeteilt worden. Mit einer gewissen Genugtuung zeigte mir die Mutter, um deren Mundwinkel sich die Falten der Bitterkeit täglich tiefer gruben, ihre teils entsetzten, teils mitleidigen Briefe. An Tante Klotilde hatte ich selbst

geschrieben; ein paar Tage vor der Hochzeit antwortete sie mir: »Was du tust, ist Wahnsinn, ja, schlimmer noch: ein widernatürliches Verbrechen. Auf welch traurigen Abwegen du dich befindest, habe ich schon durch deine Potsdamer Kusinen erfahren. dass es aber soweit mit dir kommen würde, hätte ich nimmer gedacht. Wolle Gott, dass meine schlimmsten Befürchtungen für die Zukunft nicht in Erfüllung gehen! Das ist der einzige Wunsch, mit dem ich deine Heirat begleite ... «

Aber je näher ich meinem Ziele war, desto gleichgültiger ließen mich all die Nadelstiche des täglichen Lebens.

Als ich jedoch am Abend vor der Trauung zum letztenmal in die elterliche Wohnung zurückkehrte, stockte mir schon vor der Türe der Atem, und in den dunkeln Räumen legte sich mir die Luft zentnerschwer auf das Herz. In dem verlassenen Zimmer des Vaters war es totenstill, selbst die Uhr tickte nicht mehr; – hatte ich – ich, die Tochter, die er am meisten liebte, ihn nicht hinaus getrieben?! Stumm und in sich gekehrt saßen Mutter und Schwester und ich um den gedeckten Tisch und zerbröckelten das Brot zwischen den Fingern. Die Lampe wollte heute nicht leuchten, und der Teekessel summte schwermütig, – groß und vorwurfsvoll sah mir zuweilen das blaue Augenpaar der Schwester entgegen, – die Mutter vermied meinen Blick; und was sie sagte, kam ihr rauh und hart aus der Kehle. In mein Zimmer trieb es mich früher als sonst. Ich legte mechanisch meine letzten zurückgebliebenen Sachen in den Koffer. Da klopfte es leise – und in den unruhigen Schein der Kerze trat Klein-Ilse mit heißgeweinten Wangen, einen Kranz von Orangenblüten in der Hand und einen weißen Schleier. Sie wollte sprechen, – sie konnte es nicht, – unaufhaltsam flossen ihr die Tränen aus den Augen; – mit einer Bewegung, die Schmerz, Hass und Liebe zugleich zu diktieren schienen, warf sie ihre Gabe auf den Tisch und war im nächsten Augenblick wieder verschwunden. Ich lächelte müde, – einen anderen Kranz hatte ich mir wohl vor langen Jahren erträumt; – fort mit allem blassen Erinnern, – draußen stand die Arbeit, stand das Leben und begehrte meiner!

Noch einmal klopfte es: ein Brief von Georg:

»Mein Liebling! Zum letztenmal sag ich Dir aus der Ferne Gute Nacht. Von morgen ab wirst Du bei mir sein und bleiben. Eine heilige Lebensaufgabe liegt vor uns, die wir zum Wohle der Menschheit erfüllen wollen, und eine, die unsere bräutliche Ehe uns persönlich auferlegt.

Nach meinem Tode kannst Du – aber ganz aufrichtig, meine tapfere Alix! – der Welt erzählen, wie ihre Lösung gelang, – anderen zur Warnung, oder zur Nachahmung. Nur ein Versprechen verlange ich heute von Dir: sollte jene Liebe Dich jemals gefangen nehmen, vor der die Menschen uns warnen, und die sich auf mich, Deinen Gatten, nicht richten kann, – so denke, ich sei Dein Vater, und schenke mir Dein Vertrauen. Ich werde mich seiner würdig erweisen, und nie soll ein Stück Papier für Dich eine Fessel werden. In keiner Lebenslage würdest Du mich verlieren.

Dein in Zeit und Ewigkeit!
Georg.«

Und die Schatten der Vergangenheit zerstoben; ruhig und glücklich schlief ich dem Morgen entgegen.

Meine Kusine Mathilde war gekommen, – auch sie mit einem Gesicht, als sollte sie an einer Beerdigung und nicht an einer Hochzeit teilnehmen. Zu Fuß gingen wir vier in die Nettelbeckstraße. Wir gingen rascher – immer rascher, als wollte einer dem anderen entlaufen. Kein Wort der Liebe war meiner Mutter bisher über die Lippen gekommen. Vor der Haustür blieb sie aufatmend stehen. »Nun hast du deinen Willen durchgesetzt«, stieß sie zwischen den Zähnen hervor.

In meinem künftigen Schlafzimmer, einem großen Raum, dessen einziges Fenster auf den dunklen Hof hinaussah, zog ich mein Brautkleid an. Kranz und Schleier lagen bereit; niemand kam, mir zu helfen. Sie waren alle vorn und schmückten den Altar! Da hört' ich eine zaghafte Stimme an der Tür: »Darf ich?«, und eine kleine Frau schlüpfte herein, verlegen und lächelnd an der großen weißen Schürze zupfend, in den roten Händen einen bunten Nelkenstrauß. Ich kannte sie flüchtig: die Frau vom Tischler nebenan war's, dem Georg aus dem Elend geholfen hatte, und der jetzt täglich kam, um sich den »Vorwärts« zu holen. »Ich könnt' doch heut nicht fehlen«, stotterte sie, »ich musst' doch dem gnädigen Fräulein zeigen, wie mächtig wir uns freuen, mein Karl und ich! So schön ist's, dass der gute Herr Professor nu nich mehr so alleinich ist, – so heilig schön, dass Sie seine Frau werden!« Dabei faltete sie die Hände und sah mich aus ihren hellen runden Augen an, wie der gute Katholik ein wundertätiges Heiligenbild. Und dann nahm sie vorsichtig den Schleier und steckte ihn mir auf die Locken und legte mit ihren groben Arbeitshänden ganz leicht und zart den Kranz darauf: »Der liebe Gott segne Sie! –«

War es, weil ich aus dem Dunkel kam, oder weil helle Freudentränen mir in den Augen standen, – ich sah, als ich in Georgs Zimmer trat, nichts als Wogen goldschimmernden Glanzes. Wie Schattenbilder, die uns nichts angingen, bewegten sich die Menschen darin. Ich hörte Worte, mit denen sich mir kein Sinn verband, und leises Schluchzen, das von weit her kam. Um den Tisch hinter der schwarzen Gestalt des Pfarrers schwebte eine Woge weichen Blumendufts zu mir herüber, ein weißes Kreuz leuchtete auf grünem Grund, – es hatte einst auf Großmamas Schreibtisch gestanden – und die schwarze Schrift darauf war die Traupredigt, die ich allein vernahm: »Die Liebe höret nimmer auf.« Ein paar Händedrücke fühlt' ich noch, eine paar zeremonielle Küsse auf der Stirn – Kleiderrauschen – halblautes Schwatzen – Türen schlagen – und noch einmal den grellen Ton der Glocke: Ein Telegramm. »In zärtlichster Liebe bin ich bei dir und Georg. Dein Vater.«

Dann ward es still, ganz still bei uns. Wir waren allein.

Neunzehntes Kapitel

In einem Tal des Friedens lebte ich. Sanfte Höhenzüge hüteten es vor der Welt, wie freundliche Wächter. Meine Wege kannten keine jähen Abhänge mehr, an denen der Fuß ängstlich strauchelt, nirgends drohte ein Fels, kein Habicht lauerte auf meine singenden Vögel. Die Bäche dämpften ihr Geschwätz, der Wind streichelte leise Blätter und Blumen, der Sonne Licht war wie ein mütterliches Lächeln.

Wie kam es nur, dass die Tage vorüberflossen ohne Angst – ohne Streit, dass die Stunden nicht mehr erfüllt waren von der lastenden Luft heimlichen Zornes? Und dass ich sagen durfte, was ich dachte?! Wie war es möglich, dass ich kein Kettenklirren hörte, wenn mein Fuß neue Pfade betrat, dass ich nicht allein war und mich doch niemand scheltend zurückriss, wenn ich vom Berge weit – weit in die Ferne sah? Einer war neben mir und hütete jeden meiner Schritte und ging mir zugleich voran, ein Pfadfinder.

Der Pöbel strömte herzu mit seiner Neugierde und seiner Niedrigkeit, aber unsichtbare Kräfte verschlossen ihm unser Tal des Friedens. Wir allein gingen ungehindert ein und aus. Aber ob wir gleich in der Welt wandelten und unsere Schwerter kreuzten mit Krämern und Philistern, so war doch unsere Seele immer in ihm. Und seine Quellen heilten alle unsere Wunden ...

Fieberhaft rasch klopfte damals das Herz der Zeit. Sie war, wie ein geniales Kind, das über dem Reichtum seines Innern unruhig von einem der goldenen Schätze zum anderen springt.

Der Kaiser hatte den Reichstag aufgelöst. Wieder einmal war der Monarch, der unter dem nivellierenden Rock des Europäers stets den mystisch-schimmernden Herrschermantel des Gottesgnadentums trug, mit dem Volk aufeinandergestoßen. dass er es nicht begriff, nicht begreifen konnte, war weniger seine Schuld als die des unlösbar-tragischen Widerspruchs zwischen der uralten Tradition der Könige und der zum Bewusstsein ihrer selbst erwachten Menschheit. Väter pflegen selten zu begreifen, dass ihre Kinder Menschen werden. Für ihn blieb das Volk – »mein« Volk!, – das Kind, das willenlose, und immer nur waren es

»Hetzer« und »Unberufene«, die sich als seine Wortführer aufspielten. Darum galt ihm das Heer, – ein durch die Macht der Disziplin in das Stadium der Kindheit zurückgedrängtes Volk –, stets als »die einzige Säule, auf der unser Reich besteht«, und ein Volksverräter war, wer seine Entwicklung hemmte. Im festen Glauben an die ihm von Gott selbst gegebene Macht, – »suprema lex regis voluntas«, hatte er ein Jahr vorher in das goldene Buch Münchens geschrieben –, verkündete er seinen Willen allen hörbar, und nahm die stummen Verbeugungen deren, die um ihn standen, als Zeichen für die allgemeine Ergebenheit.

Um die Militärvorlage tobte der Wahlkampf, der alte Parteien auseinanderriss und wie Scheidewasser die Geister voneinander trennte. In atemloser Spannung sah ich zu. Auch Egidy, der tapfere Träumer, der »Edel-Anarchist«, der keine Partei anerkannte und doch, getrieben von der unbestechlichen Wahrhaftigkeit seines Wesens, die Wahlparole der Sozialdemokratie nur in seine Sprache übersetzte, stand auf der Wahlstatt.

»Was sagen Sie dazu, dass unser gemeinsamer Freund sich zum Reichstag aufgestellt hat?« schrieb mir Wilhelm von Polenz. »Überrascht er nicht immer wieder durch seinen Mut und die Konsequenz seiner Entwicklung? Ich komme dieser Tage nach Berlin und möchte Sie gern in eine seiner Wahlversammlungen begleiten.«

Wenigen Ereignissen stand ich erwartungsvoller gegenüber als diesem ersten Besuch einer Volksversammlung!

Es war ein halbdunkler Raum, niedrig und verräuchert, in den wir eintraten. Er füllte sich nur langsam. Zuerst kam der Kreis der engeren Gemeinde Egidys, die seit seinem entschiedenen Eintritt in das praktisch-politische Leben sehr zusammengeschmolzen war; dann erschienen die vielen, die überall dabei sein müssen: sensationslüsterne Weiber, kühl-neugierige Skribenten; ganz nach vorn drängten sich die russischen Studenten und Studentinnen, die stets mit sicherem Instinkt die Luft geistiger Revolutionen wittern, und schließlich strömte es herein von Männern und Frauen, von denen ich nicht recht wusste, wohin sie gehörten. »Arbeiter!« sagte Polenz. Arbeiter?! Diese ernsten, ruhigen Menschen, deren bürgerliche Kleidung in nichts an den Kittel und das Schurzfell erinnerte?! Sie waren die stillsten, als Egidy sprach. Nur zuweilen warf einer eine ironische Bemerkung, einen derben Witz dazwischen, und die feinen Damen vorn entrüsteten sich und klatschten barbarischen Beifall, den der Redner vergebens zu beschwichtigen suchte.

»Kurage hat er!« flüsterte ein blasses Mädchen mit wund gestichelten Fingern am Tisch neben mir. »Wat ick mir dafor koofe!« brummte ihr Begleiter. »Jetzt red' er uns zum Mund, weil er in ‚n Reichstag will – un nachher is er doch man bloß ein Junker mehr!«

»Bahn frei! Den neuen Männern und den neuen Zeiten!« – tönte es von der Rednertribüne, »aus dem Wege räumen, was eine kulturentsprechende, Gott gewollte Entwicklung hemmt« – irgendwo pfiff einer durch die Finger –, »wir Deutschen wollen das Christentum verwirklichen« – »Quatsch!« schrie jemand – »Sst – sst!« antwortete einmütig die Menge, – »ein Reich des Friedens gründen, wo jeder – Männer und Frauen – ein Recht an das Leben hat, wo niemand hungernd daneben steht, wenn die andern schwelgen.« – Die Studenten schrieen, und ihre Gefährtinnen winkten mit Hüten und Taschentüchern. – »Wir sind ein mündiges Volk und werden uns aus eigener Kraft andere Zustände schaffen. Die nächsten Wochen sollen uns einen tüchtigen Schritt vorwärts bringen. Das Alte stürzt, und neues Leben blüht aus den Ruinen, – damit an die Arbeit!« Ein kurzer Beifall, wie ein plötzlich ausbrechendes Gewitter, dann Stille, – die Damen rückten an den Stühlen, die kleine Gemeinde bildete erwartungsvoll an der Türe Spalier. Da plötzlich stand das blasse Mädchen mit den zerstochenen Fingern auf der Tribüne; sie war sehr klein, ein echtes Proletarierkind, dem die Not von je her die schwere Hand auf den Kopf gedrückt hatte, so dass es nicht wachsen konnte, und die Züge formte, so dass sie zeitlos blieben. Sie wechselte ein paar Worte mit Egidy, strich sich über den glatten, stumpfblonden Scheitel und begann mit einer Stimme zu reden, deren Ton etwas rauhes, knarrendes an sich hatte.

»Der Herr Referent sagte mir, dass es in seinen Versammlungen nicht üblich ist, sich zur Diskussion zu melden. Er hat mir aber erlaubt, ihm eine Frage zu stellen, die mir und manchen meiner Parteigenossen« – ein paar Journalisten riefen höhnend »Aha«, reckten die Köpfe, und klemmten sich den Zwicker auf die Nase, um die Rednerin genauer ins Auge fassen zu können – »während seiner Ausführungen auf den Lippen schwebte. Was er sagte, ist für uns nichts Neues gewesen. Es gehört seit Jahrzehnten zum eisernen Bestand der Sozialdemokratie, die dafür von seiten der herrschenden Klassen unterdrückt, verfolgt und missachtet wird,« – ein paar Damen steckten tuschelnd die Köpfe zusammen –, »die Gleichheit vor dem Gesetz, die allgemeine Einheitsschule, die Abschaffung der stehenden Heere, – das alles sind Forderungen des

Erfurter Programms. Und für die Befreiung des weiblichen Geschlechts aus politischer und sozialer Versklavung kämpft eine Partei von anderthalb Millionen deutschen Arbeitern, während die bürgerlichen Damen in ihren Wohltätigkeitskränzchen so was nicht einmal unter vier Augen zu flüstern wagen.« – »Aber – aber!« rief eine Frauenrechtlerin kopfschüttelnd und hob die schweren Lider wie eine gut geschulte Tragödin. Ich jedoch zuckte zusammen, als müsst' ich mich persönlich getroffen fühlen. – »Und wenn der Herr Referent mit so viel dankenswertem Eifer für den gesetzlichen Arbeiterschutz eintritt, so hätte er – zur Aufklärung für all die Herrschaften, die in unsere Versammlungen doch nicht kommen – wohl ein Wörtchen darüber sagen können, dass wir es waren und sind, deren rastloser Arbeit, nach Fürst Bismarcks eigenem Ausspruch, das bisschen Arbeiterschutz zu verdanken ist, das wir haben. Den Herren da oben ist das schon zu viel, sie schreien nach Flinten und Kanonen gegen den inneren Feind und winseln nach Liebesgaben für ihre Taschen ...«

Sie brach ab, ihre Stimme war kreischend geworden. Egidy stand ruhig mit verschränkten Armen und einer tiefen Falte auf der Stirn neben ihr.

»Und Ihre Frage, mein Fräulein?« frug er.

»Ach so – meine Frage –« ein verlegenes Lächeln ließ sie plötzlich ganz jung erscheinen, dann reckte sie sich, stemmte die Arme fest auf das Pult vor ihr, sah Egidy gerade ins Gesicht und sagte: »Wenn Sie dasselbe wollen, wie wir, – warum sind Sie nicht Sozialdemokrat?«

Ein spannender Moment: tausend Augenpaare bohrten sich in das blasse, erregte Gesicht Egidys. »Das hab' ich gefürchtet –« flüsterte Potenz neben mir.

»Ich habe den Soldatenrock ausgezogen um meiner Überzeugung willen, – darnach gibt es für mich kein Opfer mehr, das ich ihr nicht leichten Herzens bringen könnte. Ich bin nicht Sozialdemokrat, weil Ihre Partei das tiefste Bedürfnis der Menschenseele, das religiöse, niederhöhnt und niedertrampelt – –« »Das ist gelogen!« schrie eine Stimme ihm entgegen; er wurde noch um einen Schein blasser.

»Ich lüge nie«, dröhnte es in den Saal. »Und ich bin nicht Sozialdemokrat, weil Ihre Partei für eine gute Sache mit schlechten Waffen kämpft –«

Ein allgemeiner Tumult verschlang, was er noch sagte. »Bravo« – »sehr richtig« klangs von der einen Seite – »Pfui« – dröhnte es langgedehnt aus dem Hintergrunde. Der Polizeileutnant griff nach dem Helm,

Egidy stand regungslos wie eine Mauer und starrte auf die sich erschrocken hinausdrängende Menge, die kleine Näherin suchte sich vergebens Gehör zu schaffen.

Ein Mann, auf eine Krücke gestützt, wirre schwarze Haarsträhnen um gelbe, eingefallene Züge, brach sich in diesem Augenblick Bahn bis zur Tribüne. »Genosse Reinhard, – Gott Lob«, die kleine Näherin streckte ihm von oben die Hand entgegen, ein paar andere sprangen helfend herzu, und neben ihr stand er.

»Genossen –« wie unter einen Zauberschlag schwieg alles, – der Polizeileutnant legte den Helm auf den Tisch, die sich ins Freie Schiebenden wandten sich um, und blieben stehen, in Egidys steinerne Ruhe kehrte das Leben zurück; – »es ist unser unwürdig, eine Versammlung durch Lärm zu stören, in der wir nichts als Gäste sind. Noch weniger haben wir einen Grund, uns darüber aufzuregen, dass Herr von Egidy die Frage der Genossin Bartels ehrlich beantwortet hat. Mir war seine Antwort vielmehr höchst interessant. Alle jene bürgerlichen Ideologen, von den Ethikern an, die die Welt durch die Moral erobern wollen, bis zu den Christlichsozialen um Naumann würden uns eine ähnliche haben geben können. Und weil Sie so ehrlich sind, Herr von Egidy, –« er wandte sich mit einer kleinen Kopfneigung zu dem neben ihm stehenden, »darum lassen Sie sich auch unsere ehrliche Antwort gefallen: rechnen Sie nicht auf unsere Stimmen. Sie sind ein braver Mann – Sie mögen allerlei brave Leute hinter sich haben, – aber unsere Sache bedarf solcher Kerle, wie wir sind – die den Dreschflegel und den Hammer – ›die schlechten Waffen!‹ – zu führen gelernt haben, denen die Maschine die Glieder zerriss, –« er hob die Krücke wie ein Trophäe – »an deren Leibern die Tuberkelbazillen fressen« – er reckte den mageren Arm in die Höhe. »Neunzehnhundert Jahre haben wir gewartet, dass Eure christlichen Liebes- und Barmherzigkeitspredigten uns helfen möchten, – jetzt ist unsere Geduld erschöpft. Und wenn Euch unsere Waffen nicht ritterlich genug sind, – Ihr selbst seid daran schuld, dass wir sie brauchen müssen!« –

Die Augen des Redners weiteten sich, sie sahen ekstatisch in die Ferne, hinweg über die Menschen unter ihm, die Krücke fiel krachend zu Boden, und die Arme streckten sich aus. Still war's sekundenlang, man hörte nur die eigenen Atemzüge, – dann brach es los: »Hoch Genosse Reinhard« – »Hoch die Sozialdemokratie« – »Nieder der Militarismus«, – und plötzlich vereinigten sich die durcheinanderschreienden

Stimmen zu einem einzigen vollen Gesang: der Schritt heranrückender Massen, die überwältigende Einheit eines beherrschenden Gefühls, die rücksichtslose Kraft der Jugend lag darin.

»Kommen Sie –« sagte Polenz leise. Wie aus einem Traume sah ich auf. Der Saal war schon halb leer. Nur droben auf der Tribüne stand Egidy noch mit der kleinen Näherin.

»Lassen Sie mich –« antwortete ich hastig und trat rasch auf die beiden zu. »Darf ich einmal zu Ihnen kommen?« – ganz zaghaft nur sprach ich dem jungen Mädchen meine Bitte aus. Sie sah mich an, noch mit dem Glanz strahlender Freude auf den Zügen: »Sicherlich!« – Und ich notierte ihre Adresse.

Nicht schnell genug konnte ich zu Hause sein und ließ mir nicht die Zeit, Hut und Mantel abzulegen, um Georg zu erzählen, was ich erlebt hatte. Er hörte mich lächelnd an. »Was ist mein Liebling für ein feuriger Redner«, sagte er, als ich endlich schwieg.

»Ich wollte, ich wäre es! Auf alle Tribünen der Welt würde ich steigen und die steinernen Herzen warm machen und die Schlafenden aufrütteln ...« Mit einem tiefen Seufzer warf ich mich in den Stuhl.

»So versuch es doch einmal ...«

Ich sprang auf: »Meinst du?!«

Schon am nächsten Morgen ging ich zu Martha Bartels. Weit draußen im Osten wohnte sie. Durch zwei schmutzige Fabrikhöfe musste ich hindurch bis zu dem niedrigen Häuschen mit der wackligen Holztreppe, die an einem Stall vorbei hinauf in ihre Wohnung führte. Das Rattern der Nähmaschine wies mir den Weg; eine laute gleichmäßig lesende Männerstimme begleitete es. » ... die Befreiung der Arbeiterklasse kann also nur ein Werk der Arbeiterklasse selbst sein«, hörte ich durch die Türe. Ein graubärtiger Alter öffnete mir. »Lass die Dame nur herein, Vater«, rief Martha Bartels aus dem Zimmer, »das ist sicher die Frau Professor –« Mit ausgestreckter Hand kam sie mir entgegen.

Ein freundlicher Raum wars, in den ich eintrat: auf den beiden Betten lagen rotgewürfelt und glattgestrichen die Kissen, vor dem alten braunen Sofa mit dem sorgfältig gestickten Bezug stand auf drei geschwungenen Beinen ein runder Tisch, auf dem nicht ein Stäubchen sich zeigte. Nur um die Maschine am Fenster bauschte sich weiße Leinwand, sonst herrschte peinlichste Ordnung überall. Als einziger Schmuck prangten die Bilder von Marx und Lassalle an den Wänden.

Mit Fragen begann ich das Gespräch; Vater und Tochter ergänzten einander im Erzählen: wie er einst, als kleiner Schuhmachermeister, lange und hartnäckig den Kampf gegen die übermächtige Fabrik geführt habe, wie sie – früh mutterlos – schon als Schulkind mit verdienen musste und der kleine Haushalt überdies auf sie allein angewiesen war.

»Damals haderte ich mit dem Geschick«, sagte der Alte, »an den lieben Gott zu glauben hatte ich längst aufgehört, und oft wüsst ich nicht, sollt ich den Fabrikanten erschlagen, oder lieber mit dem Kinde zusammen dem elenden Leben ein Ende machen.«

»In der Werkstatt, wo ich mit immer müden Augen und einem Stumpfsinn, der mir bald alles gleichgültig machte, Knopflöcher nähte, – Tag aus, Tag ein, vom grauen Morgen bis tief in die Nacht immer bloß Knopflöcher! –« fuhr die Tochter fort »lernte ich einen Bügler kennen, der nahm mich zuerst in Versammlungen mit und steckte mir heimlich Zeitungen und Flugblätter zu. Wie mir da die Augen aufgingen!«

Der Alte streichelte mit der runzligen Hand die Wange der Tochter. »Sehen Sie, und damit hat mir die Kleine das Leben gerettet! Wir waren auf einmal nicht mehr allein, und Her Mühe wert wars auch für uns arme Leute, zu leben! Hier in diesem Zimmer sind wir während des Sozialistengesetzes oft genug mit den Genossen zusammen gekommen, und draußen in der Fabrik, wo ich arbeitete – der Meisterhochmut war mir glücklich vergangen! –, und in der Werkstatt, wohin die Martha ging, haben wir ganz im stillen immer neue Freunde geworben.«

Die Tochter lachte: »Jetzt gehts dem Vater eigentlich viel zu friedlich zu! Sie hätten ihn sehen sollen, wie er mit seinem ehrlichen Gesicht den Spitzeln eine Nase drehte und unsere Zeitungen überall einzuschmuggeln verstand! – Na, lange dauerts nicht mehr, und er wird sich seiner alten Künste erinnern müssen!«

Und dann erfuhr ich von ihrer jetzigen Tätigkeit: wie sie für ihre Gewerkschaft auf Agitationsreisen ging, wie sie in täglicher Kleinarbeit für die Partei die Kollegen und Kolleginnen zu gewinnen suchte, wie sie im Arbeiterinnenverein die Proletarierfrauen durch Vorlesen aus Büchern und Zeitschriften zu geistigen Interessen erzog. »Wo aber nehmen Sie bloß die Zeit und die Kenntnisse her?« frug ich mit steigendem Erstaunen. »Sie müssen doch wohl verdienen, wie ich sehe!«

»Gewiss muss sie das und für Zwei sogar!« antwortete der Vater, »mich will sie durchaus nicht mehr in die Fabrik gehen lassen.«

»Er ist mir zu nötig!« unterbrach sie ihn. »Er liest mir vor, wenn ich nähe, und wenn wir Feierabend machen, brauch' ich ihn wieder. Er hat eine bessere Schulbildung als ich und erklärt mir, was ich in unseren Büchern nicht verstehe.« Sie sah nach der Uhr: »Seien Sie nicht böse – aber jetzt muss ich fort, – wir tragen heut in unserem Bezirk Wahlflugblätter aus –«

Wir gingen zusammen. Unterwegs erzählte sie mir von ihrem Frauenverein, von den polizeilichen Verfolgungen, denen er ausgesetzt wäre. »Sie sollten mal hinkommen, Frau Professor!«

»Mit Freuden, wenn ich darf! Aber – bitte – nennen Sie mich nicht ›Frau Professor‹, Frauentitel sind mir zuwider, wenn sie nicht selbst erworben sind.«

Sie blinzelte mich von der Seite an: »Ja – wie soll ich Sie sonst anreden – ich verschnappe mich am Ende noch mal und sage: Genossin!«

Sie hatte ihr Ziel erreicht. Vor einer kleinen Kneipe strömten die Menschen zusammen, Frauen und Männer, junge und alte Leute. Sie grüßten einander, wie lauter Freunde. Still trat ich beiseite. Wie sie alle fröhlich waren und siegesbewusst! Ein paar misstrauische Blicke streiften mich, mit spöttischem Augenzwinkern gingen Arm in Arm ein paar Mädchen an mir vorüber. Und mit jähem Schmerzgefühl empfand ich: dass ich hier eine Fremde war.

Acht Tage später begleitete ich Georg zum Wahllokal. Während er im Rollstuhl vor der Tür stand, streckten sich ihm von allen Seiten die Hände mit den Wahlzetteln entgegen. »Wir wählen den Sozi«, sagte er laut und lustig, »meine Frau und ich!«

Aber der Rollstuhl ging nicht über die Stufen. Der Diener, der ihn schob, musste den Gelähmten hineintragen. Ein Auflauf Neugieriger entstand. Ich deckte rasch die schwarze Pelzdecke über den armen, schmalen Körper – »Frauen raus!« sauste mich eine rauhe Stimme an, kaum dass ich den Fuß auf die Schwelle setzte. Ich ballte unwillkürlich die Fäuste und schritt mit zurückgeworfenem Kopf an dem Schreier vorbei in den Saal, wo ich vor dem Tisch des Bureaus stehen blieb, bis Georg seinen Zettel in die Urne geworfen hatte.

Dass wir uns innerlich mit wachsender Sicherheit zum Sozialismus bekannten, spiegelte sich in jeder Nummer unserer Zeitschrift wieder. Wir hatten des alten Bartels Selbstbiographie veröffentlicht und, dadurch angeregt, durch die sozialdemokratische Presse Aufforderungen zur Einsendung solcher Lebensbilder verbreiten lassen. Von allen Seiten kamen sie uns zu, und wir erwarteten Wunder von den Folgen der in ihrer Einfachheit doppelt erschütternden Bekenntnisse. Aber statt dessen liefen aus den Mitgliederkreisen der Ethischen Gesellschaft Klagen um Klagen ein über den »aufreizenden, unethischen Ton«, den wir anschlügen, und Professor Seefried, Georgs alter Gegner, erschien in Berlin, um durch einen öffentlichen Vortrag die politische Neutralität der Gesellschaft aufs neue scharf zu betonen und sich in ihrem Namen gegen die »einer höheren ethischen Welt- und Lebensauffassung widerstreitenden Ideen des Kollektivismus« zu erklären. Eine heftige Debatte in unserer Zeitschrift schloss sich daran; und in den Sitzungen und Versammlungen der Gesellschaft traten die tiefen geistigen Gegensätze zwischen Sozialisten und Antisozialisten trotz aller Aufrechterhaltung ethischer Formen immer deutlicher hervor. Ich beteiligte mich bald genug nur aus Rücksicht auf Georgs Wünsche an den Vereinsversammlungen.

»Wir müssen uns vor dem zweisamen Egoismus hüten, Kindchen«, mahnte er oft; »das hieße den Frieden und die geistige Eintracht unseres persönlichen Lebens höher stellen, als unsere Sache.«

Und so musst ich denn so manchen Abend opfern und kam doch fast immer mit einem Gefühl peinlicher Leere nach Hause. Gearbeitet wurde, – zweifellos. Da war eine kluge, warmherzige Frau, die eine Auskunftsstelle für Bedürftige und Verlassene gegründet hatte und der Sorge für die vielen Fragenden all ihre Zeit opferte; da war eine andere, die voll tiefen Erbarmens Tag aus, Tag ein denen nachging, die eigene Leidenschaft und männliche Lüsternheit in des Lebens tiefste Abgründe riss; eine Gruppe gab es, die zu einer künftigen Volksbibliothek die Bücher Stück für Stück mühselig zusammentrug. Und Reden wurden gehalten, zu Tagesfragen Stellung genommen, und manch ein Schwankender sicherlich auf neue Wege geführt.

Aber was galt das alles mir? Entsprach dieser Verein mit seinen paar hundert Mitgliedern jener großen Bewegung, wie ich sie erwartet hatte? Vergebens erinnerte mich Georg daran, dass wir im ersten Anfang unserer Entwickelung stünden. Mir kam es vor, als ob die mit vielem Eifer ergriffene praktische Arbeit innerhalb der Gesellschaft den großen starken Strom der Idee in hundert klägliche Wasserleitungen teile, deren jede grade nur ausreichte, ein paar dünne Süppchen zu kochen.

Oder fehlte es unserer Sache nur an den richtigen Menschen? Unsere Zeitschrift und unser Haus wurden allmählich der Mittelpunkt, um den sich scharte, was unseres Geistes war. »Eine gefährliche Nebenregierung!« hatte Dr. Jacob mir einmal mit sauersüßem Lächeln gesagt, – derselbe Dr. Jacob, der, wie mir dienstfertige Freunde berichteten, jedem anvertraute, dass Fräulein von Kleve den Professor von Glyzcinski nur geheiratet hätte, um eine Rolle zu spielen.

Selten nur waren wir nachmittags an unserem Teetisch allein. Georgs Beziehungen zu den Gelehrten des Auslands zogen uns Gäste aus aller Herren Ländern zu; Amerikaner und Engländer fehlten nie; aber auch Russen, Rumänen und Japaner fanden sich ein: Studenten und Studentinnen, die heißhungrig in wenigen Monden Deutschlands ganze Kultur in sich aufzunehmen verlangten, Professoren, die dem alten Witzblattypus in nichts mehr glichen, für die das Leben Wissenschaft und die Wissenschaft Leben war.

Ein geistvoller Kopf, mit den Spuren mancher Säbelmensur auf den Zügen, tauchte häufig zwischen ihnen auf: der des Sozialdemokraten Schönlank. Niemand verstand wie er, die Ideen der Partei darzustellen und zu verteidigen, und stets umgab ihn eine aufmerksame Zuhörerschaft. Auch Egidy kam, und Martha Bartels und ihr Vater. Eines Tages brachte sie sogar den lahmen Reinhard mit, den Professor Tondern, unser sozialpolitisch am meisten links stehendes Vorstandsmitglied, sofort mit Beschlag belegte, um mit der Gewerkschaftsbewegung Fühlung zu gewinnen. Auch der Leiter der Neuen Freien Volksbühne war ein häufiger Gast, und manch ein junger Theologe, voll ehrlicher Begeisterung für die neuen Aufgaben, die der christlichsoziale Kongress den Vertretern der Kirche stellte, fand den Weg zu uns. Bertha von Suttner erschien, sobald sie in Berlin war, beseelt von jenem strahlenden Glauben an die Sache, der das Kennzeichen geborener Reformatoren ist, und über den nur engherzige Alltagsleute lächeln. Denselben heiteren Optimismus, der die ganze Atmosphäre in starke Schwingungen zu versetzen scheint, brachte Frances Willard in unseren Kreis, die tapfere Amerikanerin, die auf dem Feldzug gegen Laster und Not entdeckt hatte, dass ihrem Geschlecht zu seiner Durchführung die Waffen fehlten, und die nun mit einer Energie ohne Gleichen den Gedanken des Frauenstimmrechts von einem Ende der Welt zum anderen trug.

So verschiedenartig die Menschen waren, die über den dunkeln Hof und die finstere Treppe den Weg in unsere hellen Zimmer fanden, – zweierlei war ihnen allen gemeinsam: die Überzeugung, dass unsere Welt sich das Lebensrecht verscherzt habe, und die Kraft, die Welt der Zukunft mit der Hingabe des ganzen Lebens aufzubauen.

»Ist das nicht recht eigentlich unsere Ethische Gesellschaft?« sagte Georg eines Tages, als unsere Gäste all ihre Reformpläne und Umsturzideen miteinander ausgetauscht hatten und im Rausch der eigenen Begeisterung bis zum späten Abend bei uns geblieben waren. »Von allen Seiten bohren sie schon den Felsen an, der unser Nordland vom Zukunftssüden trennt!« Er strahlte wieder wie ein Kind.

»Ich möchte auch bohren, Georg!« meinte ich – eine tiefe Unzufriedenheit mit mir selbst hatte mich innerhalb dieses Kreises selbständig schaffender Menschen ergriffen –, »nicht immer bloß nachschleichen, wo die anderen schon den ersten Schritt getan haben.« Schon längst beschäftigte mich der Gedanke, dass die Frauen vor allem berufen seien, Trägerinnen der sozialen Bewegung zu werden, die notwendig zum Sozialismus führen müsse.

»Unsere politische Rechtlosigkeit, unsere wirtschaftliche Abhängigkeit, unsere soziale Unterdrückung stellt uns auch ohne unser Wissen und Wollen auf die Seite aller Entrechteten. Unsere mütterlichen Empfindungen machen uns überdies hellsichtiger für Not und Elend. Hätten wir die Frauen, – wir hätten die Welt!« Ich lief aufgeregt im Zimmer umher – »das ist eine Aufgabe, die sich der Mühe lohnt – –«

»Und die meine Alix erfüllen kann«, unterbrach mich Georg, mir beide Hände entgegenstreckend.

Gleich am nächsten Tage ließ ich mich in die Vortragsliste der Ethischen Gesellschaft einzeichnen. Da es immer an Rednern fehlte, wurde meine Anmeldung mit Freuden begrüßt. Und nun ging ich an die Vorbereitung. Durch amerikanische und englische Frauenzeitschriften war ich über den Stand der Bewegung im Ausland vollkommen orientiert; der »Vorwärts«, die Arbeiterinnenzeitung, die Versammlungen des Arbeiterinnenvereins, die ich mit Martha Bartels besuchte, hatten mir ein Bild von der Lage der Proletarierinnen, ihren Wünschen und ihren Bestrebungen gegeben; nur von der deutschen Frauenbewegung wusste ich noch nicht viel.

Seit einem halben Jahrhundert kämpfte sie um die Eröffnung bürgerlicher Berufe, um höhere Bildung. Sie kämpfte?! Ach nein; sie hatte in Vereinen und Vereinchen Resolutionen und Petitionen verfasst, – aber die Welt außerhalb ihrer Kreise wusste nichts von ihr. Ich las die Broschüren von Helma Kurz; ich besuchte Frau Vanselow, die ich bei Egidy kennen gelernt hatte, und deren Ruf, von allen Frauenrechtlerinnen die radikalste zu sein, sie mir sympathisch machte. Aber die Tendenzen ihres Vereins und seines kleinen Organs waren keine anderen als die der Kurz.

»Ich begreife nicht, wie Sie bei solchen Forderungen stehen bleiben können!« rief ich, als Frau Vanselow mir ihre Prinzipien auseinandersetzte. »Und wenn wir schon Pastoren, Professoren und Advokaten werden können, was haben wir dann besonderes, als einige Berufsphilister und Bildungsproleten mehr! Damit ist die Frauenfrage ebenso wenig gelöst, wie sie etwa bei den Arbeiterinnen gelöst ist, die längst das Recht haben, zu schuften wie die Männer.«

»Ich bin ganz Ihrer Meinung – ganz und gar –« nickte Frau Vanselow eifrig und hob die schweren Lider von den berühmt schönen Augen – »aber wir müssen vorsichtig – sehr vorsichtig sein, um zunächst nur einzelne Konzessionen zu erringen. Sie sind jung, – kämpfen Sie erst so lange Jahre wie ich, meine liebe Freundin, und Sie werden einsehen, dass wir Frauen nur Schritt für Schritt vorgehen dürfen. Ich besonders habe schwer zu ringen – niemand versteht mich – meine Vereinsdamen sind die Ängstlichkeit selbst –«, sie griff nach meiner Hand und behielt sie in der ihren – »wie froh wäre ich, in Ihnen eine frische Hilfskraft gewinnen zu können!« Ich errötete erfreut; hier bot sich mir eine neue Gelegenheit, um zu wirken. »Ich danke Ihnen für Ihr Vertrauen«, antwortete ich, »aber ehe ich mich Ihnen verpflichte, sollten Sie erst abwarten, was ich leisten kann.«

Mit steigendem Eifer arbeitete ich an meinem Vortrag. Ich lernte ihn Satz für Satz auswendig. Am Abend vor der Versammlung war »Generalprobe« vor Georg als meinem einzigen Zuhörer. »Wenn ich mich schon vor dir so fürchte, wie soll das bloß morgen werden!« sagte ich, und das Papier zitterte in meinen Händen. Da klingelte es, – ich hörte eine Stimme, die mir in diesem Augenblick gespannter Erregung die Tränen in die Augen trieb: mein Vater! Ich hatte seine Rückkehr noch nicht erwartet und nun stand er vor mir – sehr gealtert, ganz blass, die Hände schwer auf den Stock stützend –, wie an den Boden gewurzelt. »Papa!«

»Mein liebes Herzenskind!« Ich lag in seinen Armen. Und dann nahm er meinen Kopf zwischen seine Hände und sah mich an. »Wie rosig du aussiehst – und wie – wie glücklich!« Mit einer raschen Bewegung näherte er sich Georg und reichte ihm die Hand. »Verzeiht mir, Kinder, verzeiht! – Und du, hab Dank, tausend Dank, dass ich meine Alix so wiederfinde!« Er konnte sich nicht trennen; jedes Bild an der Wand, jeder Zimmerwinkel musste einmal und noch einmal besichtigt werden. »Wie hübsch und friedlich es bei Euch ist!« Er legte mit einem Seufzer die Hand über die Augen. »Da werdet Ihr mich so leicht nicht mehr los werden!«

Von allem erzählte er, was ihn in den Monaten seit unserer Trennung beschäftigt hatte, und vergaß in der Lebhaftigkeit rasch, wen er vor sich sah: »Diese Rasselbande, die die Militärvorlage ablehnte, – und dann diese infamen Wahlen – –.«

Wir schwiegen, aber ein harter Zug trat auf Georgs Gesicht. Er räusperte sich vernehmbar. Der Vater stockte. »Ach soo –« sagte er gedehnt, biss sich heftig auf die Lippen und stand auf. Ich begleitete ihn hinaus. An der Türe hielt er meine Hand noch einmal fest: »Auf allen Litfasssäulen steht dein Name – mich hat das nicht wenig entsetzt – du wirst kaum auf mich rechnen in der Versammlung – Mama wird mir berichten. – Gute Nacht, mein Kind.«

Am Abend darauf trat ich in den hellen, dicht gefüllten Saal des Langenbeck-Hauses. Einen Augenblick lang schien die Erde zu schwanken, die Lichter tanzten einen wahnsinnigen Ringelreihen, und mir war, als müssten die vielen Menschen auf den amphitheatralisch hoch aufsteigenden Bänken wie eine Lawine auf mich niederstürzen. Da fiel mein Blick auf Georg: seine strahlenden Augen ruhten fest auf mir, und ein Gefühl sicherer Ruhe überkam mich. Ich sprach zuerst nur für ihn. Allmählich aber strömte etwas mir entgegen wie ein lebendig gewordenes Verstehen, – ich fühlte die Menschen, die unter meinen Worten ein Mensch geworden waren, – mit einem klopfenden Herzen, einem horchenden Verstand.

»Jedes Stück unserer Kleidung, von der Leinwand an bis zu dem Seidenkleid, von den Nägeln unserer Stiefel bis zu dem feinen Leder unserer Handschuhe könnte von hohläugigen, müden Frauen, von blassen um ihre Jugend betrogenen Mädchen qualvolle Leidensgeschichten erzählen. Der hohe Spiegel, der das Bild der schönen, glücklichen Frau wiederstrahlt, hat vielleicht ein keimendes Leben vernichtet ... Und der Damast, der unsere Tafeln deckt, – Leopold Jakoby singt von ihm: ›Daraus hervor grauenhaft – das Gespenst des Hungers grinst mich an – über den Tisch ...‹«

Ein Aufseufzen ging durch den Saal wie eine schwere Woge, die mich trug – mich empor hob – hoch – immer höher, so dass meine Stimme über alle hinweg in die Ferne drang.

»... die Prostitution ist das einzige Privilegium der Frau ... Ein Mädchen darf, solange es minorenn ist, ohne die Einwilligung ihres Vaters nicht heiraten, aber es darf sich preisgeben, ohne dass sein Vater es daran hindern kann. Die Frau darf – bei uns in Deutschland! – nicht Medizin studieren, weil man für ihre Weiblichkeit so zärtlich besorgt ist und ihre Sittlichkeit hüten will, aber sie darf sich einen Gewerbeschein verschaffen, der sie berechtigt, sich und andere physisch und moralisch zugrunde zu richten. Sie darf – bei uns in Deutschland! – an keiner öffentlichen Wahl sich beteiligen, aber sie darf von ihrem durch den Verkauf ihres Körpers schmählich erworbenen Geld dem Staate Abgaben zahlen ...«

Jetzt war es der Sturm, der von drüben mir entgegenschlug, – der Sturm der Empörung, und mein war die Macht, ihn zu lenken, wo es Ruinen einzureißen, dürre Bäume zu stürzen galt!

»... Was tun? fragen wir mit dem großen russischen Dichter, dessen Werk nur ein Ausdruck des Gefühls von Hunderttausenden ist. Wir werden nicht mehr petitionieren, sondern fordern, uns nicht mehr hinter den verschlossenen Türen unserer Vereine über unsere frommen Wünsche unterhalten, sondern auf den offenen Markt hinaustreten und für ihre Erfüllung kämpfen, gleichgültig, ob man mit Steinen nach uns wirft ...«

Brausender Beifall unterbrach mich, – ich sah nur Georg, der weit vorgebeugt in seinem Rollstuhl saß und die Augen nicht von mir ließ.

»... Aber was wir auch fordern mögen zugunsten unseres Geschlechts, das die wirtschaftliche Entwicklung aus dem Frieden des Hauses hinaus in den Kampf ums Dasein trieb, – man wird uns mit Phrasen und kläglichen Pflastern für unsere Wunden abspeisen, solange die politische Macht uns fehlt...«

Erneuter, dröhnender Beifall, – aber von irgendwo her mischte sich ein giftiger, zischender Laut hinein.

»...Von der geistigen Inferiorität der Frau höre ich große und kleine Leute sprechen, die, darauf gestützt, unsere Forderung der politischen Gleichberechtigung glauben ablehnen zu dürfen. Aber erst wenn die Frauen ebenso viele Jahrhunderte lang wie die Männer die Hilfe der Wissenschaften, die Schulung des Lebens und den Sporn des Ruhmes genossen haben werden, wird es an der Zeit sein, zu fragen, wie es mit ihrem Verstande steht. Das weibliche Geschlecht – so wirft man weiter ein – habe noch kein Genie hervorgebracht. Hat man bei den Negern Amerikas auf das Genie gewartet, ehe man ihnen politische Rechte gab? Hat man ihre Gewährung beim Mann von einer Prüfung seiner Geisteskräfte abhängig gemacht? ... Sie können der Wehrpflicht nicht genügen, darum kommt den Frauen das Stimmrecht nicht zu, lautet das letzte Argument der in die Enge getriebenen Gegner. Ich aber frage: der Mann, der sein Leben vor dem Feinde in die Schanze schlägt, und die Frau, die mit Gefahr ihres Lebens dem Staate die Bürger gebiert – haben sie nicht die gleiche Berechtigung über das Wohl und Wehe des Vaterlands zu entscheiden? Jede dreißigste Frau stirbt an diesem ihrem natürlichen Beruf, und sie wird trotz aller Fortschritte der Wissenschaft auch dann noch in Lebensgefahr schweben, wenn der Völkermord längst der Erinnerung angehören wird...«

Ich hatte geendet – mir war, als versänke ich in einem vom Orkan gepeitschten Ozean. Es dunkelte mir vor den Augen – ich fühlte Händedrücke – sah in hundert unbekannte Gesichter, – – vor all diesen fremden Menschen hatte ich eben gesprochen?! Wie war das nur möglich gewesen?! – Meine Mutter stand auf einmal vor mir, mit heißem, erregten Gesicht – meine Schwester umarmte mich stürmisch. – An der Tür drängte sich Martha Bartels durch die Menge, – ich fühlte nur, wie sich ihre heißen Finger schmerzhaft fest um die meinen pressten. Endlich – endlich sah ich Georg! Was galten mir die anderen alle, – von ihm allein erwartete ich die Wahrheit: seine Augen waren feucht, – er beugte den Kopf über meine Hand und küsste sie.

Die Menschen hatten sich verlaufen. Fast unbemerkt traten wir in die stille, dunkle Ziegelstraße, und leise rollten die Räder des Fahrstuhls über das Pflaster. An einer Straßenecke legte sich mir eine Hand auf die Schulter. Erschrocken wandte ich den Kopf: Mein Vater stand vor uns. »Ich habs zu Hause nicht ausgehalten, – und nun ließ ich all deine Zuhörer Revue passieren. Wie stolz bin ich auf deinen Erfolg!« Und er ging den ganzen langen Weg durch die Karlstraße und den nachtdunkeln Tiergarten mit uns.

Diese Nacht schlief ich nicht: die alten wachen Kinderträume umgaukelten mich. Strahlte nicht auf meiner Fahne, wie auf der Johannas von Orleans, das Bild der Mutter des Menschen? Heute hatte ich sie entfaltet, – im Sturme würde ich sie zum Siege führen!

Als mir Professor Tondern am nächsten Tage spöttisch von der »Premieren-Publikums-Begeisterung« sprach, »an deren Feuer sich kaum ein Nachtlicht anzünden lässt«, empfand ich seine Bemerkung nur als Ausfluss seiner pessimistischen Weltanschauung. Georg bestärkte mich darin.

»Ihr Unglauben an die Menschennatur lähmt Ihre Tatkraft«, sagte er ihm.

»Und Ihr weltfremder Idealismus wird zwar nicht Sie, wohl aber Ihre Frau in einem Meer von Enttäuschung untergehen lassen«, antwortete er ärgerlich und fuhr sich nervös mit allen zehn Fingern durch die langen, roten Haare.

»Warum halten Sie mich allein für gefeit?« frug Georg lächelnd.

»Weil Sie vom Frieden Ihres Zimmers aus die Welt betrachten – und Ihre Frau mit beiden Füßen zugleich mitten in den Strudel springt –«, Professor Tondern ging aufgeregt im Zimmer auf und ab. »Weil Ihnen gegenüber alle bösen Triebe der lieben Nächsten sich in den dunkelsten Winkel verkriechen – Verleumdungssucht, Ehrgeiz, Neid – und sie Ihrer Frau um so zähnefletschender an die Gurgel springen ...«

Ich sah ihm fest in die Augen: »Sie würden so nicht sprechen, wenn Sie nicht gewichtige Gründe hätten. – Trotzdem: ich will – ich darf nicht Ihrer Ansicht sein! Auf meinem Glauben an die Menschen beruht meine Kraft.«

Er nagte nervös an der Unterlippe. »Glauben Sie an die Sache, – das wäre besser für Sie und uns!«

Frau Vanselows Besuch unterbrach unser Gespräch. Sie hatte nicht Worte genug, um die Größe meines Erfolgs zu schildern. »Und nun dürfen Sie sich uns nicht mehr entziehen«, sie richtete ihre feucht gewordenen Augen mit einem Ausdruck zärtlichen Flehens auf mich, »sie müssen ihren Vortrag in unserem Verein wiederholen!«

»Nein, verehrte Frau!« Meine Energie ließ mich fast erschrecken. »Ich wiederhole weder diesen Vortrag, noch spreche ich vor Vereinsmitgliedern. Veranstalten Sie eine Volksversammlung! Wir müssen die gewinnen, die noch nicht die unseren sind, – wir müssen vor der breitesten Öffentlichkeit die Forderung des Frauenstimmrechts erheben!«

Sie starrte mich entgeistert an: »Eine Volksversammlung?! Aber das ist ja – das ist ja – sozialdemokratisch!« Es bedurfte jedoch nur eines kurzen Zuredens, an dem Georg sich lebhaft beteiligte, um sie zu gewinnen.

»Sie haben ganz und gar meine Ansicht ausgesprochen, mein teuerster Herr Professor, und der Verein Frauenrecht wird es sich nicht entgehen lassen, auch in diesem Fall an der Spitze zu schreiten! – Aber nicht wahr – meine liebe junge Freundin –, Sie werden ihre Wünsche vor unserem Vorstand selbst vertreten?«

Ich versprach ihr, was sie wollte, und wandte mich, als sie fort war, mit einem triumphierenden »Nun?!« an Tondern. Er fuhr, wie erschrocken, aus seiner Schweigsamkeit auf: »Erlassen Sie mir die Antwort! Sonst entdecken Sie am Ende noch Ihre Seelenverwandtschaft mit S. M., und verlangen von dem Nörgler, dass er den Staub von seinen Pantoffeln schüttele!« Und mit überstürzter Hast empfahl er sich.

Frau Vanselow führte mich im Vorstand des Vereins Frauenrecht ein: »Sie werden sich mit mir freuen, meine Damen, dass es mir gelungen ist, diese junge vielversprechende Kraft gerade unserem Verein gewonnen zu haben.« Die Damen begrüßten mich mit neugierig-kühler Reserviertheit. Ich war doch wieder in recht beklommener Stimmung. All diese Frauen, die seit Jahrzehnten in der Bewegung standen, die an Wissen, an Erfahrungen, an Verdiensten reich waren, sollte ich – ein Neuling auf allen Gebieten – meinem Willen gefügig machen!

Aber je öfter ich mit ihnen zusammenkam – und es bedurfte zahlreicher Sitzungen, um nur um kleine Schritte vorwärts zu kommen –, desto mehr erstaunte ich. Es war, als ob der Verein um ihr Denken und Streben eine Mauer gezogen hätte. Von dem, was jenseits lag, wussten sie nichts, und nur widerstrebend ließen sie sich von mir an einen Ausguck ziehen, von wo aus sie den Feminismus im Ausland, seine großen Kämpfe und Siege und den Stand der Stimmrechtsbewegung überschauen konnten.

»Das ist alles ganz schön und gut, aber nichts für uns deutsche Frauen«, meinte kopfschüttelnd ein rundliches, bebrilltes Persönchen, dessen Doktortitel sie mir äußerst interessant erscheinen ließ; »wir würden das Wichtigste gefährden: die endliche Zulassung der deutschen Frauen zum Medizinstudium, wenn wir so bedenkliche Fragen wie die politischer Rechte berühren wollten!«

»Und unser Verein, der sowieso schwer genug kämpfen muss, würde zweifellos seine einflussreichsten und opferwilligsten Mitglieder verlieren«, jammerte ein dürre alte Jungfer.

»An das Gefährlichste denken Sie natürlich zuletzt, meine Damen«, fügte eine Dritte hinzu und setzte eine geheimnisvoll-wissende Miene auf. »Angesichts der jetzigen Strömung innerhalb der Regierungskreise würde es unseren Verein politisch anrüchig machen und der Gefahr der Auflösung aussetzen, wenn wir öffentlich eine sozialdemokratische Forderung aufstellen würden.«

»So lassen Sie doch den Verein zugrunde gehen; sein Märtyrertum wird nur der großen Sache nützen!« rief ich ungeduldig. Mitleidiges Lächeln, missbilligendes Kopfschütteln waren die Antwort. Es blieb bei der Ablehnung, das letzte Argument war ausschlaggebend gewesen.

»So werde ich versuchen, Helma Kurz und ihren Verein zu gewinnen.« Ohne jeden Nebengedanken hatte ich ausgesprochen, was mir eben durch den Kopf gegangen war.

Frau Vanselow, die mir bisher nur vielsagend-melancholische Blicke zugeworfen hatte, war aufgesprungen. »Helma Kurz?! – Niemals!« rief sie. »Das, meine Damen, werden Sie nicht zugeben!« Eine erregte, von allen zugleich geführte Debatte entspann sich. Ihr Resultat war, dass der Verein als solcher sich statutengemäß für die Stimmrechtsfrage nicht engagieren könne, dass er jedoch unter der Hand das Arrangement und die Kosten einer öffentlichen Versammlung und seine Vorsitzende ihre Leitung übernehmen wolle.

Ich musste mich nur noch verpflichten, meinen Vortrag vorher in extenso der Zensur des Vorstandes zu unterwerfen.

Nicht wie eine Siegerin kam ich nach Hause. Vergebens suchte Georg mich zu trösten: »Das Wichtigste ist doch, dass du die Sache durchgesetzt hast!«

»Meinst du? – Wenn aber der Sache die Träger, die Menschen, fehlen?!«

»Bist du nicht da? – Und bin ich nicht bei dir?« Er streichelte mir leise den herabhängenden Arm, eine Bewegung, bei der mich immer ein Gefühl tiefer Ruhe überkam.

Dankbar küsste ich seine Stirn, – unter meinen Lippen stieg es auf wie eine Flamme. »Sag, Georg – lieber Georg – sag es mir ganz ehrlich –« flüsterte ich und trat beschämt von ihm zurück, »hast dus nicht gern, wenn ich dich küsse?«

Mit einem langen, tiefen Blick aus dunkel erweiterten Pupillen sah er zu mir auf. Und ich sank vor ihm in die Knie, presste das erglühende Gesicht in die schwarze Pelzdecke und fühlte, wie seine zitternden Finger mir zärtlich die Locken von den Schläfen strichen... Meinen neuen Vortrag schrieb ich wie im Fluge, kaum dass die Feder den einstürmenden Gedanken zu folgen vermochte. Und die Stimme zitterte mir vor Erregung, als ich ihn das erste Mal vorlas. Meine gestrengen Zuhörerinnen aber blieben merkwürdig kühl. Nur Frau Vanselow nahm meine beiden Hände mit einem verständnisinnigen Druck zwischen die ihren.

»Ich habe mir die Punkte notiert, die Sie ändern, respektive fortlassen müssen«, sagte das rundliche Fräulein Doktor und rückte die Brille fester auf ihr viel zu kurz geratenes Näschen. »Zunächst dürfen Sie nicht sagen, dass die Existenz von Wohltätigkeitsvereinen ein Armutszeugnis für den Staat sei und die Gebenden sich ihrer Wohltätigkeitsakte ebenso schämen müssten, wie die Empfangenden. Sie schlagen damit die Besten vor den Kopf –.«

Ich verteidigte meine Anschauung, aber die Abstimmung entschied gegen mich.

»Auch Ihre Elendsschilderungen sind viel zu übertrieben und wirken in höchstem Maße aufreizend«, meinte die Hagere.

»So sollen sie wirken!« entgegnete ich, »und überdies stammen all meine Angaben aus amtlichen Quellen.« Nach einer kurzen, scharfen Auseinandersetzung gab meine Kritikerin seufzend nach.

»Unbedingt notwendig aber ist es, dass Sie den Satz über die Sozialdemokratie streichen«, erklärte eine andere Vorstandsdame, deren verwandtschaftliche Beziehung zu einem freisinnigen Abgeordneten ihr eine Art Respektstellung geschaffen hatte.

»Das ist im Rahmen meines Vortrags einfach unmöglich;« widersprach ich. »Die Sozialdemokratie ist die einzige Partei, die für die Gleichberechtigung des weiblichen Geschlechts eintritt.«

»Schlimm genug! Wir werden darum immer verdächtig erscheinen, wenn wir ihre Wünsche zu den unseren machen, – das habe ich ja schon oft betont, ohne Gehör zu finden.«

Ich hielt hartnäckig an dem beanstandeten Satze fest und war nahe daran, den ganzen Vortrag zurückzuziehen. Aber musste ich nicht Konzessionen machen, um nur überhaupt etwas durchzusetzen?! Ich wurde wieder überstimmt, – Frau Vanselow allein enthielt sich mit einem bedauernden Achselzucken der Abstimmung.

In dem großen Saal des Konzerthauses in der Leipzigerstraße fand an einem Sonntag Vormittag die Versammlung statt. Bis in die Gallerien hinauf drängten sich die Menschen. An langen Tischen unter der Rednertribüne saßen mit blasierten Gesichtern und gespitzten Bleistiften die Journalisten. Mit triumphierendem Lächeln, den Kopf von einem Spitzenschleier malerisch bedeckt, die ebenmäßige Gestalt eng von schwarzer Seide umschlossen, stand Frau Vanselow neben mir. »Helma Kurz, – sehen Sie nur! Ganz grün ist sie vor Ärger –« hatte sie mir noch hastig zugezischelt. Ein Polizeileutnant saß an meiner anderen Seite, ein weißes Papier breit vor sich auf dem Tisch, an dessen Kopf zunächst nichts weiter als mein Name stand.

Und dann sprach ich, und wieder trug mich die Woge, und ich empfand die dunkle Menge vor mir wie Ton, der sich nach meinem Willen formte. Achtlos zerknitterte ich mein Manuskript zwischen den Händen. Ich bedurfte seiner nicht. Vor dem Rednerpult fielen mir kräftigere Worte und stärkere Beweisführungen ein als am Schreibtisch. Gestern erst hatte Martha Bartels mir von der polizeilichen Auflösung eines Arbeiterinnenvereins berichtet. Gab es ein besseres Beispiel als dies, um die Rechtlosigkeit der Frauen zu beleuchten? »Die Rücksicht auf die Weiblichkeit gebietet solch ein Vorgehen, sagen die Männer«, rief ich aus, »aber die Rücksicht auf dieselbe Weiblichkeit hat noch keinen Mann verhindert, Frauen in die Steinbrüche und Bergwerke zu schicken, und werdende Mütter in die Giftluft der Fabrik!« frenetischer Beifall von den Galerien herunter ließ mich minutenlang nicht zu Worte kommen. Der Polizeileutnant stenographierte, – entgeistert sah Frau Vanselow mich an: »Das ist gegen die Abmachung!« flüsterte sie erregt. Ich lächelte.

»Und nun frage ich euch, meine Schwestern, habt ihr wirklich nichts zu tun für euer Geschlecht? – Denkt an die jüngste Vergangenheit, wo der Vertreter Sr. Majestät des Kaisers, der Kanzler Leist, Frauen schändete, aber dessen ungeachtet für einen tüchtigen und pflichttreuen Beamten erklärt wurde, – und dann wagt es noch, zu sagen: wir haben keine Bürgerpflicht! ... Von Ort zu Ort will ich wandern und jene heilsame Unzufriedenheit, die die Mutter aller Reformen ist, in die Herzen der Frauen pflanzen! ... « Der Polizeileutnant wurde rot vor Eifer, ich hörte das Kritzeln seines Stifts durch alles Klatschen hindurch. Und ich vergaß mein Versprechen und sprach von der Sozialdemokratie, von »den Rittern der Arbeit, die heute die einzigen Ritter der Frauen sind.«

Jetzt brauste der Beifall wie der Frühlingssturm, der die dürren Blätter jauchzend niederschüttelt, um den jungen Knospen Licht und Luft zu schaffen ...

Die folgenden Tage waren ein einziger Ikarussturz, – nur dass die Arme der Liebe mich auffingen, ehe ich den harten Boden berührte. Im Verein Frauenrecht kam es fast zu einem Staatsstreich, um den Vorstand aus dem Sattel zu heben; mit Vorwürfen wurde ich überschüttet. Die Zeitungen berichteten halb höhnisch, halb wegwerfend über die »verkappte Genossin«, konservative Blätter unterließen nicht, den »unerhörten Seitensprung der Frau eines preußischen Universitätsprofessors« an die große Glocke zu hängen, und Georg kam eines Morgens ernst und versonnen aus seiner Vorlesung zurück: »Althoff hat mir einen wohlmeinenden Wink gegeben!« sagte er. Auch mein Vater erschien und machte mir eine Szene, als wäre ich noch zu Haus.

»... Mit Fingern weisen die Leute auf mich ... Im Reichstag – im Klub kann ich mich nicht mehr sehen lassen ...« schrie er. Georg hatte sich, auf beide Hände gestützt, hoch aufgerichtet.

»Exzellenz vergessen«, sagte er kalt und scharf, »dass Sie sich bei mir befinden!« Einen Moment lang maßen sich die beiden Männer mit einem Blick angriffsbereiter Feindschaft, dann verließ mein Vater wortlos das Zimmer, und erschöpft sank Georg in den Stuhl zurück.

Von Mama erhielt ich einen langen Brief: »Ich bin viel zu erregt, um Dich sehen zu können. Wie könnt Ihr Ethiker es vor Eurem Gewissen verantworten, dem eigenen Vater die Türe zu weisen! In welche Abgründe die Gottlosigkeit Euch treibt, das hast Du freilich durch Deinen Vortrag schon bewiesen: Was ist es anders als eine teuflische Eingebung, in einer Zeit, wo dem Volke nichts so nottut als christliche Ergebenheit und Demut, die Unzufriedenheit zu predigen! ...«

So schwer es mir wurde, Georg allein zu lassen, dessen fahle Blässe mich jetzt oft entsetzte, so empfand ichs persönlich doch wie eine Erleichterung, dass meine Delegation zur Generalversammlung der Ethischen Gesellschaft mich für einige Tage von Berlin fortführte. Wir fuhren zusammen: Geheimrat Frommann, Frau Schwabach, die Leiterin der Auskunftsstelle, Professor Tondern und ich. Schon unsere Eisenbahnunterhaltungen gaben einen Vorgeschmack der kommenden Diskussionen. Mit einer Schärfe, die von der milden, versöhnlichen Form kaum abgeschwächt wurde, gab unser Vorsitzender mir zu verstehen, wie wenig unsere Zeitschrift der Aufgabe, allgemein menschliche Ethik zu verbreiten, entspräche, und Frau Schwabach hielt mir ernstlich vor, wie unethisch meine Angriffe auf die bürgerliche Gesellschaft in meiner letzten Rede und in jedem meiner Artikel wären.«Sie würden unendlich viel stärker wirken, wenn Sie alle Negation beiseite ließen –« sagte sie.

»Und die guten Leute streichelten, damit sie im besten Fall schnurren wie die Katzen«, fügte Tondern höhnisch hinzu.

»Wer keine Kritik verträgt und dem Spiegel nicht dankbar ist, der alle Flecken und Falten wiedergibt, – der soll sich nur gleich begraben lassen!« Noch am Abend in Leipzig zeigte er mir den Antrag, den er stellen wollte: »Die Ethische Gesellschaft nimmt mit Genugtuung davon Kenntnis, dass der Kongress für Hygiene sich für den Achtstundentag ausgesprochen hat, und erklärt, von ethischen Gesichtspunkten ausgehend, sich dieser Forderung anzuschließen.«

»Das wird uns vorwärts bringen!« sagte ich und gab ihm freudig meine Unterschrift.

Er verzog die Mundwinkel zu einem spöttischen Lächeln: »Vorwärts bringen?! Gewiss, die reinliche Scheidung der Geister ist allemal ein Fortschritt!«

Zwei Tage später saßen wir einander an demselben Tisch gegenüber: seine Augenwinkel zuckten nervös, unruhig trommelten seine Finger auf der Tischplatte, während ich, totmüde von den langen Verhandlungen, gedankenlos in einer Zeitung blätterte. »Was sagen Sie nun?!« unterbrach er unser langes Schweigen. »Ich – ich bin noch ein Optimist gewesen! Eine Ethische Gesellschaft, die geschlossen gegen uns beide den Achtstundentag ablehnt! – Weil er ein ›Schlagwort‹ ist! – Weil seine Annahme den Verein sprengen würde! – Weil es ›unethisch‹ ist, andere zu ›verletzen‹! – Was meinen Sie: ist es vom Standpunkt unserer Privatethik aus zu rechtfertigen, wenn wir immer noch nichts als heimliche Sozis sind?!«

Ich senkte den Kopf tiefer. Ich dachte an Georg, an seine strahlenden, hoffnungsvollen Kinderaugen, an seine zarten, schmalen Hände, seinen armen gelähmten Körper. »Nur eine Aufgabe kann ich erfüllen«, hatte er einmal gesagt, »von meinem Katheder aus die Jugend ›vergiften‹!« Und dann fiel mein Blick auf den breiten Trauring an der Hand meines Gefährten, – er hatte ein Weib daheim und vier kleine Kinder.

»Sind wir so frei, um tun zu können, was wir wollen?« kam es mir leise, wie im Selbstgespräch über die Lippen.

»Sie haben recht – wir müssen uns abfinden – so oder so!« …

Früher, als Georg mich erwartet hatte, kam ich nach Haus. Ganz leise schloss ich die Wohnungstür auf, – um die Zeit war er immer in seine

Studien vertieft, dann hörte und sah er nichts. Aber kaum hatte ich den Fuß über die Schwelle gesetzt, klang mir schon seine Stimme entgegen –

»Alix!!« – Ein einziger Laut, – und der Jubel, die Sehnsucht, die Liebe eines ganzen Herzens darin! Ach, und wie seine Lippen bebten und brannten, – zum erstenmal hatte er mich auf den Mund geküsst.

»Das Leben ist kurz, Alix, viel – viel zu kurz! Du musst mich nie mehr verlassen!«

»Nie mehr, Georg – nie mehr!« – Angstvoll forschte ich in seinen Zügen. – »Hast du gelitten, – mehr als sonst?«

»Sprechen wir nicht davon, – jetzt ist es ja gut – alles gut!« Und er lächelte mit seinem strahlendsten Lächeln.

Zwanzigstes Kapitel

An einem schönen Sommersonntag besuchten uns die Eltern wieder. Sie berührten das Vergangene nicht mehr. Und von da an kamen sie oft, aber meist jeder allein. »Bei Euch ist's so schön ruhig!« pflegte Mama zu sagen, wenn sie sich tief in den Lehnstuhl gleiten ließ. »So viel Sonne habt Ihr!« bemerkte der Vater und stellte sich mit dem Rücken ans Fenster in die hellsten Strahlen, als fröstle ihn. Auch das Schwesterchen lief oft herüber. Sie war ein bildhübscher Backfisch geworden, mit einem suchenden Glanz in den Augen. »Papa brummt immer, – wir gehen ihm so viel als möglich aus dem Wege!« erzählte sie.

Sonntags musste ich zu Tisch zu den Eltern kommen, oder zu Onkel Walters. Es war jedes Mal eine Quälerei, denn um zwecklosen Auseinandersetzungen aus dem Wege zu gehen, blieb mir nichts übrig, als zu schweigen, während mir das Blut oft vor Zorn in den Schläfen klopfte. Man vermied zwar von der Ethischen Bewegung zu sprechen, schimpfte aber um so mehr auf Juden, Kathedersozialisten und Egidyaner, als den »Hilfstruppen« der Sozialdemokratie, und die Tante besonders fand ein Vergnügen darin, mich durch ihre schwärmerische Kaiser-Verehrung zu reizen. Einmal nahm mich der Onkel beiseite, und ich erwartete schon ein wohlgemeinte politische Belehrung, als er von Egidy zu sprechen begann. »Er ist ein Phantast, aber trotz alledem ein Edelmann und dein Freund«, sagte er, »da gehört sich's, dass du ihn vor Schaden bewahrst. Er hat sich droben bei uns mit einem meiner Nachbarn, einem notorischen Schwindler – Wohlfahrt heißt der Kerl zum Überfluss! –, wie ich höre, des Näheren eingelassen. Warne ihn, ehe es zu spät ist.« Ich ließ mir die nötigen Details geben und bat Egidy um seinen Besuch.

Wir hatten einander ein paar Monate lang nicht gesehen. Er aber sah um Jahre gealtert aus. Kaum hatte ich den Mut, diesem müden Gesicht gegenüber zu sagen, was ich wusste. Er starrte mich an, die Finger ineinandergekrampft, die Augen weit aufgerissen. Und plötzlich sank sein Kopf auf die gefalteten Hände, und seine breiten Schultern bebten, von lautlosem Schluchzen erschüttert. Fassungslos stand ich vor ihm: er, der dem Spott und Hass einer ganzen Welt getrotzt hatte, dessen sieghafter Glaube an die Menschen ihn unüberwindlich zu machen schien, – er saß hier vor mir, zusammengebrochen, als wäre ein Fels ihm auf den starken Nacken gestürzt, – und weinte!

»Meine Kinder – meine armen Kinder!« stieß er abgebrochen hervor – »alles habe ich diesem Menschen geopfert, – mein Letztes!«

Georg kam nach Hause. Egidy raffte sich auf, um ihn zu begrüßen, aber die Kniee wankten ihm. Und dann war's, als müsste er sein Herz ausschütten, aussprechen, was er vielleicht vor sich selbst noch verhehlt hatte: Wie seine Hoffnungen ihn betrogen, die Scharen seiner Gefolgschaft ihn verlassen hatten, sein Haus leer geworden war, seitdem er nicht mehr Wein und Braten aufzutischen vermochte.

»Jetzt erst, wo die Menschen Sie nicht mehr als einen Märtyrer bewundern, werden Sie zeigen können, dass Sie ein Mann sind!« sagte Georg, als er schwieg.

Mit einer raschen Bewegung, als wolle er jeden Rest von Schwäche verscheuchen, strich sich Egidy über die Stirn und reichte Georg die Hand: »Weiß Gott, – ich werde es beweisen!« Und sich zu mir sich wendend, fuhr er fort: »Erinnern Sie sich, was ich Ihnen in Hannover sagte: »Im schlimmsten Fall reite ich allein – langsamen Schritt vorwärts – nach Zählen – im Kugelregen.« – Leben Sie wohl.«

Mich ließ er schweren Herzens zurück. »Allein – im Kugelregen!« wiederholte ich leise und kreuzte fröstelnd die Arme unter der Brust.

»Meine Alix fürchtet sich?! – Vergiss niemals, was der große Sklavenbefreier William Lloyd Garrison sagte: Einer mit der Wahrheit im Bunde ist mächtiger als alle. In diesem Glauben siegte er!« Georgs blasse Haut leuchtete im Abenddämmer.

War ich so schwach, dass ich immer Menschen suchte – Gleichgesinnte? – und mich freute wie ein Kind, das hinter den Felsen hundert Gespielen wähnt, wenn irgendwo ein Echo meiner Stimme mir entgegenklang? Der Verein Frauenrecht hatte mich trotz meiner Sünden in seinen Vorstand gewählt: Ich war ein »Name«, – damit hatte Frau Vanselow die Mitglieder für ihren Plan gewonnen. Und ich hatte trotz meiner inneren Abneigung die Wahl angenommen: der Verein war am Ende doch ein wirksames Mittel zum Zweck. Vor allem galt es eins durchzusetzen: die deutsche Frauenbewegung aus ihrem Veilchen-Dasein zu befreien. Fünfundzwanzig Jahre hatte ich selbst gelebt, ehe ich von ihrer Existenz etwas erfuhr. Die deutsche Presse nahm noch jetzt kaum je irgendwelche Notiz von ihr.

Es gelang mir zunächst – nachdem ich von vornherein die Arbeit dafür auf mich genommen hatte –, eine Zeitungs-Korrespondenz durchzusetzen, u»d ich hatte die Genugtuung, dass meine Notizen in zahlreichen Blättern Aufnahme fanden. Nun musste ein Organ geschaffen werden, – eine weithin sichtbare Fahne für unsere Sache. Ich gewann den Verleger der Ethischen Blätter für die Idee und kam strahlend über diesen Erfolg in die Vorstandssitzung des Vereins. Aber statt allgemeiner Freude begegnete ich allgemeinem Widerstand. Über die Verantwortung, die wir damit auf uns nehmen müssten, jammerte die eine, über die »seit Jahren liebgewordenen« Vereinsmitteilungen, an deren Stelle die Zeitschrift treten sollte, die andere.

»Und die Frage der Redaktion ist doch vor allem eine schwer zu entscheidende«, meinte mit bedenklich hoch gezogenen Augenbrauen Frau Vanselow und sah mich prüfend an. Ich begriff.

»Selbstverständlich wird sie unserer verehrten Vorsitzenden anvertraut werden«, sagte ich rasch. »Und meine liebe Frau von Glyzcinski wird mir hilfreich wie immer zur Seite stehen«, ergänzte Frau Vanselow und streckte mir über den Tisch hinweg die Hand entgegen.

»Ich halte dies Vorgehen für unethisch«, tönte Frau Schwabachs scharfe Stimme dazwischen. Erstaunt sah ich auf: »Das begreife, wer kann!«

»Unser liebes, heute leider fehlendes Fräulein Georgi hat die Mitteilungen bisher als Schriftführerin zu unser aller Zufriedenheit und – unentgeltlich –« ein vielsagender Blick traf mich – »in selbstloser Hingabe an die Sache geleitet. Ich gebe meine Zustimmung nicht, wenn man sie beiseite schiebt!«

Empört fuhr ich auf: »Es handelt sich hier um die Sache und nicht um die Personen, um ein öffentliches Unternehmen und nicht um ein Vereinsblättchen! Jeder Fortschritt verletzt irgendwen, – und wenn Ihre Ethik im Gegensatz zum Fortschritt steht, so gebe ich sie preis und wähle diesen!«

Ich erhob mich rasch und überließ den Vorstand sich selber.

Vier Wochen später erschien die erste Nummer der »Frauenfrage« unter Frau Vanselows und meiner Redaktion. Georg eröffnete sie mit einem Artikel für das Frauenstimmrecht. Etwa zu gleicher Zeit versandte Helma Kurz ein Zirkular an die deutschen Frauenvereine, durch das sie zur Gründung eines nationalen Frauenbundes aufforderte, der sich dem bereits bestehenden in Amerika ins Leben gerufenen internationalen Verbände anschließen sollte. Mit einem harten »Niemals« begegnete Frau Vanselow meiner Begeisterung für diesen Zusammenschluss. »Aufspielen will sich die Kurz, von sich reden machen, nachdem ihr angesichts unserer Erfolge längst schon die Galle überläuft ...« Nur schwer gelang es mir, sie zu beruhigen und zur Teilnahme an den vorbereitenden Sitzungen zu bewegen. Ein Heer von Frauen, in der ganzen Welt zu einer Organisation zusammengeschlossen, – war das nicht die welterobernde Macht der Zukunft?! Hier würde die Arbeiterin neben der Bourgeoisdame, die Sozialdemokratin neben der Frau des Ostelbiers zu Worte kommen; im friedlichen Austausch der Ideen würde schließlich die lebenskräftigste siegen, – durch die Mütter der kommenden Generation würde leise und natürlich die Quelle in die Menschheit gelenkt werden, die bestimmt war, als Strom die Schiffe der Zukunft zu tragen!

»Also eine Ethische Gesellschaft der Frauen, – nach unserem Plan!« meinte Georg. Ich benutzte den nächsten freien Augenblick, um mit Martha Bartels die Sache zu besprechen. Seltsam: sie wusste von nichts, das Zirkular war ihr nicht zugegangen. »Und wenn ich es schon erhalten hätte«, sagte sie, »es ist mir zweifelhaft, ob meine Genossinnen eine Beteiligung für nützlich gehalten haben würden.«

»Aber bedenken Sie doch, welch ein Agitationsgebiet sich Ihnen eröffnen würde« – eiferte ich, auf das schmerzlichste überrascht durch ihre ablehnende Haltung, – denn dass die Aufforderung sie nur durch irgend einen Zufall nicht erreicht hatte, davon war ich überzeugt, – es war ja im Zirkular die Rede von »allen Frauen«. »Unser Agitationsgebiet ist das gesamte Proletariat, – groß genug für die gewaltigsten Arbeitskräfte! Eine Vereinigung mit der bürgerlichen Frauenbewegung würde zersplitternd und verwirrend wirken. Die große Masse unserer Arbeiterinnen ist noch nicht so selbstbewusst, um sich den Damen gegenüber als Gleichberechtigte zu fühlen.«

Mir schien, als ob aus ihren Worten mehr Gekränktheit über die Zurücksetzung als Überzeugung sprach.

»Wir reden noch darüber«, sagte ich, innerlich ordentlich froh über die Aufgabe, die sich mir eröffnete: Ich sah sie schon erfüllt, sah in Gedanken Martha Bartels auf der Tribüne stehen und durch ihre schlichte Wahrhaftigkeit die Frauen gewinnnen. Ich schrieb an Helma Kurz, um sie auf das Versäumte aufmerksam zu machen, – ich erhielt keine Antwort. Bei dem

Begrüßungsabend der deutschen Delegierten erwartete ich mit Ungeduld das Ende des Diners, um sie persönlich zu sprechen. Ich fand es zum mindesten geschmacklos, solch ein Werk bei Wein und Rehbraten in großer Toilette zu beginnen und einander durch Toaste anzuhimmeln, noch ehe irgend etwas geschehen war. Endlich erreichte ich Helma Kurz; sie wurde dunkelrot, als sie mich sah. »Hier ist nicht der Ort, prinzipielle Fragen zu erörtern«, sagte sie heftig und drehte mir den breiten Rücken zu.

Am nächsten Morgen in der Sitzung meldete ich mich als eine der ersten zur Debatte. Es wurden endlose Reden gehalten: über die Einigkeit aller Frauen, über die gemeinsamen großen Ziele, – vergebens wartete ich Stunde um Stunde, dass mir das Wort erteilt werden würde. Ich meldete mich noch einmal. »Sie müssen Ihren Antrag schriftlich formulieren.« schrie Helma Kurz mich bitterböse an. Ich tat es. Ein erregtes Tuscheln um den Vorstandstisch – »Ihr Antrag steht außerhalb der Tagesordnung« – verkündete die Vorsitzende. Ich versuchte mir gewaltsam Gehör zu verschaffen. Um mich kreischten erregte Stimmen: »Schweigen Sie!« – »Hinaus!« – »Wie unethisch!«

Majestätisch richtete sich die schwere Gestalt der Kurz hinter dem Vorstandstisch auf: »An dieser Störung unserer schönen Harmonie sehen Sie, meine Damen, wes Geistes Kind diejenige sein muss, die sie hervorrief!« erklärte sie mit feierlicher Würde, jedes Wort betonend. »Ich werde trotzdem, nicht aus Rücksicht auf die Delegierte des Vereins Frauenrecht« – sie lächelte spöttisch – »sondern auf unsere hier anwesenden bewährten Mitkämpferinnen die Erklärung abgeben, die in einer Weise gefordert wird, wie sie bis dato nur in sozialdemokratischen Radauversammlungen üblich war. Sämtliche deutsche Frauenvereine sind zu dieser Zusammenkunft aufgefordert worden, mit Ausnahme derjenigen natürlich, die nicht auf dem Boden unserer Staats- und Gesellschaftsordnung stehen.« – Ein langanhaltendes Bravo-Rufen unterbrach sie – »Ihre Teilnahme würde die Auflösung des Verbandes zur notwendigen Folge gehabt haben ...« Ich sprang auf und warf noch einmal meine Karte auf den Vorstandstisch. »Im Interesse der ruhigen Fortführung unserer Verhandlungen haben wir beschlossen, Frau von Glyzcinski das Wort zu verweigern.« Erneuter allgemeiner Beifall – –

Ich hatte rasch einen Protest gegen den Ausschluss der Arbeiterinnenvereine zu Papier gebracht und benutzte die Pause zum Sammeln von Unterschriften. Aber wem ich auch in die Nähe trat, – schon vor meiner

Person zog man sich scheu zurück. Entrüstet blitzte mich Frau Schwabach mit ihren klugen dunkeln Augen an: »Und Sie sind eine Ethikerin, die das allen Gemeinsame pflegen und betonen soll!« Ich fand in der großen Versammlung nur zwei Stimmen, die sich mir anschlossen, unter ihnen die Frau Vanselows. »Sie schicken das an die Presse? – Famos! Ein empfindlicher Schlag für Helma Kurz!« sagte sie.

»Rom ist nicht an einem Tage gebaut worden«, tröstete mich Georg, als ich verstimmt und enttäuscht nach Hause kam. Es dauerte lange, ehe der heilende Trank seines Menschenglaubens mir die tiefe Verbitterung aus dem Herzen trieb. Aber den letzten Keim der Krankheit tötete er nicht. Was ich in unserer Zeitschrift und in der »Frauenfrage« veröffentlichte, wurde immer schärfer im Ton. Die Menschen, denen ich begegnete, die Bücher, die ich las, die dramatischen Werke, die ich sah, – ich beurteilte sie alle nur von dem einen Gesichtspunkt aus: ihrer Stellung zur sozialen Frage, zum Sozialismus.

Aus der Dichtung und aus der bildenden Kunst verschwand damals allmählich die Elendsschilderung, die in Hauptmanns Webern noch die Peitsche gewesen war, die rücksichtslos blutige Striemen zog, und in seinem »Hannele« das Bettlerkind schon in Märchenkleidern zeigte. Künstlerische Begeisterung entzündet sich an jungen Ideen, solange sie flackernde Flammen sind und die Gefahr des Erlöschens ihnen phantastisch-spannenden Reiz verleiht. Mit ihrer Reife erstarren sie zu Schwertern, die der Kämpferarme bedürfen, während das Seherauge des Künstlers schon sehnsüchtig nach neu auftauchenden Lichtern im fernen Dunkel Ausschau hält. Aber was Notwendigkeit ist, erschien mir wie Treulosigkeit und Schwäche, und der Ich-Kultus, der an Stelle des Kultus der Menschheit trat, wie ein frevelhafter Rückschritt.

Gegen eine Welt von Widersachern hatten die Ibsen und Nietzsche die Freiheit der Persönlichkeit verkündet, in jahrelangem, schmerzvollem Ringen hatten wir sie erobert; ein Heiligtum war sie uns, dessen ewige Lampe sich von unserem Herzblut tränkte. Und nun kamen die vielen lärmenden Leute und griffen nach ihr ohne Ehrfurcht, und nichts als ein neues Spielzeug war sie ihnen. Dem gebildeten Pöbel galt jeder als ein Freier, der schrankenlos seinen Begierden folgte. Die entgötterte Menschheit suchte nach Götzen, und jeder fand eine anbetende Gemeinde, der alte Werte mit Füßen trat.

»Die sexuelle Freiheit ist doch nicht die Freiheit an sich!« sagte ich einmal voller Empörung zu Polenz, der mir Hartlebens »Hanna Jagert« gebracht hatte. »Gewiss gibt es Frauen mit denselben sinnlichen Leidenschaften, wie Männer sie haben, aber in ihnen den großen freien Weibtypus der Zukunft zu suchen, ist ebenso frevelhaft, als wenn man den modernen Lebemann für das Ideal der Männlichkeit erklären würde.«

»Sie kennen eben unsere jungen Dichter nicht, die zumeist aus dem engsten Kleinbürgertum stammen und von da aus direkt der Großstadtbohême in die Arme laufen. Eine andere Welt ist ihnen fast allen fremd und bleibt ihnen fast immer verschlossen. Gerade Sie sollten es wagen, in die Höhle der Löwen zu kommen«, antwortete Polenz.

Ich zögerte noch, aber Georg, dem jedes Mittel willkommen war, das ihm geeignet schien, mich heiterer zu stimmen, redete zu, und so folgte ich eines Abends Polenz' Einladung. Er hatte eine heterogene Gesellschaft zusammen gebeten: alte Regimentskameraden und anarchistelnde Schriftsteller, sächsische Gesandschaftsattachés und die Blüte der berliner Kaffeehaus-Literaten. Eine unbehagliche Stimmung herrschte; die Herren von der Feder fühlten sich sichtlich nicht wohl in ihren Fräcken, und die Damen, die sich von ihnen etwas ungeheuer Interessantes erwartet hatten, vermochten trotz aller Mühe die genierte Steifheit der fremden Gäste nicht zu überwinden. Erst bei Tisch und beim Wein wurde es ein wenig lebendiger. Einer der modernsten und beliebtesten Schriftsteller, der mit einer gewissen Grazie die gewagtesten Dinge zu schildern pflegte, saß neben mir, ein anderer, der die Hoffnung der Moderne war, mit dunkler Brille über den lebhaften Augen, mir gegenüber. Ich ließ alle meine oft erprobten, geselligen Künste spielen, schlug alle Saiten an, von denen ich einen Ton erwarten konnte, – vergebens. Wie Backfische, die zuerst in Gesellschaft kommen, antworteten sie mit einem Ja, einem Nein und einem verlegenen Lächeln, wenn ich glaubte, gerade ihre Interessen berührt zu haben. Ich sah forschend die lange Tafel herauf und herunter: überall dasselbe Bild, – und langsam legte sich eine bleierne Langeweile über die zu krampfhaftem Höflichkeitsgrinsen verzerrten Züge. Man atmete schließlich erleichtert auf, als das Essen zu Ende war; und so rasch sie konnten, verschwanden die Herren im Nebenzimmer, von wo bei Kognak und Zigarren bald dröhnendes Lachen herüberscholl.

Als ich, die Elektrische erwartend, auf der Straße stand, trat eine kleine Frau mit blitzenden Saphiraugen, ein Spitzentuch lässig über den dicken, blonden Schopf geworfen, auf mich zu. »Er ist wohl noch immer da drin, der Franzi«, sagte sie und wies mit dem Daumen zu der erleuchteten Etage herauf, die ich eben verlassen hatte. Überrascht sah ich sie an – »Juliane Dery! Was machen Sie denn hier?« – »Ich warte! – mit dem letzten Bissen im Munde wollte er diesem Menschenragout entlaufen. Aber es muss doch pikanter ausgefallen sein, als ich prophezeite...« Ich lachte hellauf und gab ihr eine Schilderung der letzten drei Stunden. »Und Sie dachten »wirklich an gedeckten Tischen, zwischen Grafen und Baroninnen, unsere jungen Genies kennen zu lernen?!« Sie konnte sich vor Vergnügen nicht fassen, amüsiert blieben die Vorübergehenden bereits neben uns stehen. »Kommen Sie!« mahnte ich leise und schob meinen Arm in den ihren.

»Richtig! – Wir haben ja schon einmal eine nächtliche Promenade gemacht! Seitdem sind Sie ethisch geworden und haben –« sie stockte ein wenig – »geheiratet!«

»Und Sie?« Ich frug ohne Interesse, im Grunde nur, um irgend etwas zu sagen.

»Ich? – Gott – Sie sehen: ich lebe! Was sollte unsereins auch sonst noch tun!« Ein düsterer Schatten verdunkelte einen Augenblick lang ihre Augen, dann lächelte sie wieder: »Wissen Sie was? Kommen Sie heute mit mir, – ich bin ein besserer Cicerone der Boheme, als Ihre Gastgeber eben! Überdies –« sie musterte mich unter der nächsten Laterne von oben bis unten – »werde ich mit Ihnen Furore machen.«

Bis zu unserem Ziel, einer kleinen Weinstube in der Friedrichstadt, erzählte sie mir mit der ihr eigenen sprühenden Lebhaftigkeit von all den freien Geistern, die ich finden würde. »Der große ... «, »der geniale ... «, »der einzige ... «, – mit diesen Adjektiven begleitete sie Namen, die mir kaum bekannt waren.

Als wir eintraten, schlug ein Wolke dicken Rauches uns entgegen; ein paar Lampen, ein paar Lichtpünktchen brennender Zigaretten leuchteten hindurch. Ein Chor schwatzender Stimmen machte jedes Wort unverständlich. Erst als wir im Lichtkreis der Gasflammen standen, verstummte die Gesellschaft. Die Herren erhoben sich und umringten uns. Sie rochen nach Kognak, – unwillkürlich trat ich einen Schritt zurück. Man hörte meinen Namen. »Bist wohl verrückt geworden, Juliane!« brummte eine Männerstimme, und ein Arm legte sich um ihre Taille. Ich setzte mich abseits in eine Ecke. Nach einer Weile schien ich vergessen und fühlte mich wie eine Zuschauerin vor der Bühne. Es war zweifellos ein interessantes Spektakelstück, das ich sah, und Menschen eigener Art, die darin spielten.

Zu Füßen eines großen, tiefbrünetten Mannes, um den sich allmählich die leeren Flaschen häuften, saß eine blasse Frau mit blonder Haarkrone auf dem vornehmen Köpfchen. Das musste die dänische Gräfin sein, die der »satanische« Dichter, wie die Déry ihn nannte, entführt hatte. Wenn er redete, sah sie andächtig zu ihm auf, und die Nächststehenden schwiegen.

»Ja – was ich sagen wollte – –« er sprach mit einem scharfen slawischen Akzent – – »was – was war es doch?« Er goss sich roten Wein in das Glas, – ein paar Tropfen spritzten der Frau zu seinen Füßen auf die weiße Stirn, – er vergaß zu trinken und starrte sie an: »wie schön das ist: die Dornen deines unsichtbaren Kranzes haben dich verwundet, – wie ein Rubin leuchtet dein königliches Blut...«

»Zum Donnerwetter, was schweigt ihr«, brüllte er im nächsten Augenblick und stürzte den Wein hinunter, »was geht das Euch Kanaillen an?!« Die anderen lachten.

»Du hast uns deinen Helden schildern wollen!« sagte jemand.

»Meinen Helden!« begann er wieder, »das wird ein Kerl sein! Kein waschlappiger Schmachtfetzen, der die Weiber anhimmelt, sondern einer, der zupackt, wie ich!« – seine Riesenfaust umklammerte den Arm der blonden Frau, die schmerzhaft zusammenfuhr, – »keiner, der den Lahmen Krücken schenkt und den Blinden Brillen, sondern einer, der beiseite stößt, was ihm im Wege steht. Oder meint ihr, das Gesindel um uns sei was besseres wert?! Glaubt mir, wenn wir nicht empor kommen, die Starken, die Hartherzigen, dann wird das Gewürm, das Junge wirft wie die Kaninchen, uns auffressen. Den Schwachen helfen, winselt ihr mit dem verwässerten Christenblut in den Adern? Nein, sage ich: den Schwachen den Gnadenstoß geben, damit die Starken Platz haben!«

Ich hielt mich nicht länger. »Es muss sich aber erst erweisen, wer die Starken sind«, rief ich.

»Erweisen? Nein, schönste Frau, – wenn wirs nur von uns selber wissen«, antwortete er, stand auf und trat auf mich zu, – er schwankte ein wenig – »Sie sind ja so Eine, die sich opfert – der Menschheit – der Ethik – pfui Teufel! Mit so einem Gesicht und solcher Gestalt –« seine große Hand streckte sich, ich wich ihr erschrocken aus – »sich behaupten sollten Sie, – Glück schenken und Liebe, – das ist mehr als Traktätchen – und – und – Kinder kriegen –«

Er fiel wie ein gefällter Baum der Länge nach zu Boden. Ich strebte hastig der Türe zu. Juliane Déry kam mir nach und drängte ihr glühendes Gesicht dicht an das meine.

»So bleiben Sie doch – Schönste – Beste«, schmeichelte sie – ich fühlte ihre Hand auf meiner Hüfte. »Ist er nicht groß? – herrlich? Und jetzt wird es erst schön – komm! komm! – lass uns Freundinnen sein –« Sie versuchte mich zu küssen. Ich schüttelte sie ab. »Hochmütige Närrin –« knirschte sie.

»Sie – sie hat kein Herz – kein Herz – wie all die – die Tribünenweiber!« lallte der Betrunkene, der sich halb aufgerichtet hatte.

Ich lief hinaus wie gejagt und sprang in den nächsten Wagen. Warum nur brach ich schluchzend in den Kissen zusammen, – warum?!

Leise schlich ich in die Wohnung, in mein Zimmer. Zum erstenmal verschwieg ich Georg, was ich erlebt hatte; nur von dem Abend bei Polenz erzählte ich und von den Menschen dort, die »auch nicht die unseren sind«.

Er hörte kaum zu, seine Gedanken waren bei dem Brief, den er zwischen den Fingern rollte und mir lächelnd reichte. »Hier werden wir die unseren finden!« sagte er.

Es war eine Einladung zu einem Festkommers »unserem verehrten Genossen Friedrich Engels zu Ehren«, von den Mitgliedern des Parteivorstands unterschrieben. »Du willst hingehen?« frug ich erstaunt, »als preußischer Universitätsprofessor?!«

»Die Freude will ich mir nicht entgehen lassen, einmal im Leben dazu zu gehören! – und den Kragen wird es nicht kosten!«.

Ein großer Saal. Grüne Girlanden, mit roten Blumen besteckt, schwebten in runden Bogen um die Galerien, von einer Säule zur anderen. »Proletarier aller Länder, vereinigt euch!« leuchtete es in riesigen Goldbuchstaben auf rotem Grund von der Tribünenwand herab den Eintretenden entgegen. Unter Lorbeerbüschen glänzten die weißen Büsten von Marx und Lassalle. Als wir kamen, war der Riesenraum schon dicht gefüllt: Männer im Festtagsrock, Frauen und Mädchen in bunten Blusen und hellen Kleidern, die Gesichter verklärt, wie die der Kinder von Weihnachtsvorfreude. Ein Glanz der Jugend strahlte aus allen Augen und verwischte die Furchen, die Leidenszüge, die Kummerfalten, und gab den früh gebleichten Wangen die Röte der Kinder des Glücks.

Neugierig richteten sich alle Blicke auf uns: den bleichen Mann im Rollstuhl und die junge Frau ihm zur Seite. Der alte Bartels führte uns bis nach vorn, wo an gedeckten Tischen die Plätze für die Gäste reserviert waren.

»Dass ich das noch erlebe – Herr Professor – das noch erlebe«, wiederholte er immer wieder, mit dicken Freudentränen in den kleinen, zwinkernden Äuglein.

Brausende Hochrufe erschütterten die Luft. – Alles erhob sich – schwenkte die Hüte und wehte mit den Taschentüchern – auf die Tische und auf die Schultern wurden die Kinder gehoben, so dass ihre Köpfchen wie Blumen aus dichtem Wiesengrund über die Massen emporragten. Und durch den breiten Mittelgang, an dem sich rechts und links, eine undurchdringliche Mauer, die Menge staute, kamen sie alle, die alten Kämpfer, deren Namen ein blutiger Schrecken für die einen, ein Symbol künftiger Glückseligkeit für die anderen war.

Mein Blick blieb nur auf den vier Voranschreitenden haften, die ich um mich herum immer wieder flüsternd nennen hörte: Liebknecht – Bebel – Auer – Engels. Groß war der eine, mit grauem Vollbart, hoher Stirn, geistvoll sprühenden Augen, einen feinen Zug von Sarkasmus um den Mund, klein der andere, mit widerspenstiger voller Haarsträhne, die ihm immer wieder nach vorne fiel, so dass sein Blick sich noch mehr verschleierte, – jener merkwürdige Blick, wie ihn nur Dichter und Träumer haben. Einen breiten, hellen Germanenkopf trug der Dritte stolz auf den starken Schultern, ein paar Augen, die gewiss kampflustig zu blitzen verstanden wie die alter Häuptlinge, sahen über die Menge hinweg. Vorne aber ging der alte gefeierte Gast mit einem Lächeln so voll gerührter Güte und freudiger Menschenliebe, als wären das alles seine Kinder, die ihm entgegenjauchzten.

Gesang, Musik, Begrüßungsreden wechselten miteinander ab, wie bei einem großen Familienfest. Nichts Pathetisches, aber auch nichts, das an Aufruhr und revolutionäre Schrecken erinnerte, störte die Stimmung. Das Rot der vielen Schleifen und Fahnen im Saal schien heute nur die Farbe der Freude zu sein, nicht die des Bluts. Auch die ›Freiheit‹, die auftrat, mit der phrygischen Mütze auf dem schwarzen Krauskopf, ihre Verse skandierend wie ein Schulkind, glich mehr einem Boten des Frühlings als der Revolution.

Drunten im Saal, wie oben auf der Tribüne herrschte eitel Fröhlichkeit. Von einem Tisch zum anderen begrüßten sich die Bekannten, und er, der Held des Tages, drängte sich mit den Freunden immer wieder durch die Reihen und schüttelte die Hände alter Kampfgenossen aus den schweren Zeiten der Verfolgung. Sie kamen auch zu uns und setzten sich um Georgs Rollstuhl, und seine Lippen zuckten, und seine Augen wurden feucht vor Bewegung. Mit einer altväterisch-chevaleresken Verbeugung schenkte mir Engels ein paar Blumen aus der Fülle, die ihm gegeben worden war. »Ein gefährliches Zeichen«, lachte Liebknecht und wies auf die rote Nelke darunter. »Eins des Sieges, wie ich hoffe«, antwortete ich.

Wir gingen still nach Haus. Eine große Freudigkeit erfüllte uns.

An einem grauen, nasskalten Dezembertag war es. Das Reichshaus sollte eingeweiht werden. Am Brandenburger Tor stand ich, Eindrücke zu sammeln für das, was ich schreiben wollte. Man lachte – schwatzte – höhnte rings um mich her: vom »Gipfel der Geschmacklosigkeit« sprach der Eine, – so hatte S. M. jüngst in Italien den Bau Wallots bezeichnet –, von der leeren Tafel über den Toren erzählte der andere, die auf die Inschrift »Dem deutschen Volke« vermutlich vergebens warten würde; – »den Junkern und Pfaffen, – wirds statt dessen heißen«, fügte bissig ein Dritter hinzu. »Wenn man die Umsturzvorlage det janze Dings nich umstürzen wird«, zischelte es dicht neben mir. Der stramme Polizeileutnant, der hier Wache hielt, wandte stirnrunzelnd den Kopf. In offenem Wagen fuhren die Abgeordneten vorüber: Zivilisten mit glänzenden Zylindern auf dem Kopf und bunten Bündchen im Knopfloch, auf den Zügen den Ausdruck ernsthafter Wichtigkeit, Geistliche in der schwarzen Soutane mit runden glänzenden Gesichtern; Reserveoffiziere, denen der enge Kragen das Blut blaurot in die Stirne trieb, und deren bunter Rock sich in Falten über Brust und Leib spannte. »Drum müssen sie ooch alle stramm stehen vor dem obersten Kriegsherrn, – die M. d. R.s –« zischelte dieselbe Stimme wie vorhin.

Aufgeregt sprengten die Polizisten noch einmal hin und her, – ihre Pferde drängten die angstvoll aufkreischenden Zuschauer zur Seite.

Vom Schloss die Linden hinunter trabte eine Schwadron Garde du Korps in glänzender Uniform mit wehenden Fähnlein. Da plötzlich ein klirrender Stoß – ein Schrei, – und zwei Reiter wälzten sich unter ihren Pferden.

Im gleichen Augenblick nahte ein Wagen: der Kaiser! Schweigend – erwartungsvoll – kaum, dass ein paar Hüte von den Köpfen flogen – harrte die Menge, – schwankend, mit totblassem Gesicht richtete der eine der gefallenen Soldaten sich auf die Kniee, – dicht vor ihm schlugen die Hufe des Viergespanns schon auf das Pflaster.

Das Bronzegesicht des Monarchen tauchte sekundenlang auf – ein einziger kalter Blick streifte den Garde du Korps – die feindselig-stumme Menge hinter ihm, – und vorüber raste der Wagen.

Erregt, mit verbissenem Grimm stoben die Menschen auseinander. Das war, so schien mir, der rechte Auftakt für das kommende Schauspiel: den Kampf um die Umsturzvorlage, die als erster Gesetzentwurf den Volksvertretern im neuen Hause zur Entscheidung vorlag.

Unter kriegerischem Gepränge war es heute geweiht worden, – Kriegszeiten standen bevor.

Auf dem Wege durch den feuchtdunstigen Tiergarten war mein Plan gefasst, und noch ehe Georg aus der Universität zurückkam, lag meine »Erklärung« schon auf dem Schreibtisch. »Im Namen des weiblichen Geschlechts protestieren wir unterzeichneten Frauen gegen die Umsturzvorlage«, begann sie, und weiter hieß es darin: »>Beschimpfende Äußerungen gegen Ehe und Familie< gefährden das sittliche Leben des Volkes nicht so sehr wie die gesetzliche Sanktionierung der Unsittlichkeit; und nicht durch >Kundgebungen< werden >weite Bevölkerungskreise zu dem Glauben verführt, dass die Grundlagen unseres Lebens auf >‹Unwahrheit und Ungerechtigkeit‹ beruhen, sondern durch eine Gesetzgebung, die die Hälfte des Menschengeschlechts, die Mütter der Staatsbürger, mit Unmündigen, Wahnsinnigen und Verbrechern auf eine Stufe stellt und durch wirtschaftliche Zustände, die Millionen von Frauen in den Kampf ums Dasein treiben, das Familienleben zerstören, die Ehe erschüttern...«

Ich versandte noch an demselben Abend meine Erklärung mit der Bitte um Unterschriften an die Presse. Kaum war sie veröffentlicht, als Onkel Walter mich mit seinem Besuch überraschte. »Ich komme, dich zu warnen«, sagte er, »man hat ein Auge auf dich, man kennt im Polizeipräsidium deine geheimen Beziehungen zur sozialdemokratischen Partei, und heute im Reichstag hat der Minister des Innern mir im Vertrauen gesagt, dass, wenn die Umsturzvorlage oder ein dem Sinne nach ihr ähnliches Gesetz in Kraft treten sollte, du zu den Ersten gehören wirst, die davon getroffen werden; – vorausgesetzt natürlich –«, er sprach langsam und betonte jede Silbe – »dass du nicht klug genug bist, vorher andere Wege einzuschlagen.«

»Ich danke dir für deine Freundschaft, lieber Onkel, – aber dass ich deinem Rat folgen werde, wirst du von mir kaum erwarten.«

»So sind wir geschiedene Leute!« rief er, und krachend fiel hinter ihm die Tür ins Schloss.

Seltsam, – er hatte mir niemals nahe gestanden, und doch: in diesem Augenblick krampfte sich mir das Herz zusammen, – ein Stück der Kindheitsheimat nahm er mit sich fort. Was wird der Vater sagen, dachte ich furchtsam. Aber er kam nicht, er schrieb mir nur zwei Zeilen ohne Anrede und Unterschrift: »Nach Deinem letzten Benehmen wirst Du Dich nicht wundern, wenn wir Dir eine Zeitlang fern bleiben. Wir hoffen zu Gott, dass er Dich wieder auf den rechten Weg leiten möge!...«

Eisig fegte der Ostwind durch die Straßen, feine, schimmernde Eiskristalle tanzten in der Luft, und der Rauhreif wandelte den Tiergarten in ein Wintermärchen. Jeden Morgen begleitete ich jetzt Georg in die Universität. Seine Vorlesungen über soziale Ethik füllten das Auditorium bis in den fernsten Winkel und leidenschaftlich erregte Menschen – alte und junge – Männer und Frauen – begrüßten ihn mit heftigem Beifallsgetrampel. Hinter dem Pult war nichts von ihm zu sehen als der bleiche, dunkel umrahmte Kopf mit den strahlenden Kinderaugen. Er sprach, wie er noch nie gesprochen hatte, er geißelte die Sünden des Kapitalismus mit einer Schärfe, wie sie in diesen Räumen noch nie gehört worden war, und verteidigte die Rechte der Frauen und die der Arbeiter mit einer Begeisterung, die alles mit sich fort riss.

»Der Glaube, dass wir jetzt vor tief gehenden Wandlungen, vor einer Weltwende stehen, wie die Menschheit noch keine erlebt hat, ist eine Überzeugung, die immer weitere Kreise ergreift... Jetzt ist keine Zeit mehr zu beschaulichem Träumen...« – Seine Stimme hob sich in ungewohnter Kraft und bekam einen Klang wie eine tiefe Glocke. »... Wir müssen uns klar werden über die Lage der Dinge und wach sein für die Nöte des Tages... Wir müssen uns bewusst werden, wohin wir gehören...«

»Er spricht sein Todesurteil...« hörte ich leise flüstern. Kirchenstill war es. Er wurde vom Katheder heruntergehoben, sein Rollstuhl setzte sich in Bewegung, mit scheuer Ehrfurcht grüßten ihn die Studenten.

Fauchend schlug ihm der Wind in das heiße Gesicht, als wir ins Freie traten, und fröstelnd zog er sich den Pelzkragen höher. Vergebens bat ich ihn, sich aus seinem offenen Rollstuhl in einen geschlossenen Wagen heben zu lassen. Den ganzen langen Weg über die Linden, durch den Tiergarten, über den Lützowplatz kämpften wir mühsam wider den Schneesturm.

Vor unserem Hause ging ein Herr auf und ab: groß und schlank, den feingeschnittenen Kopf zurückgeworfen, den Bart keck in die Höhe gewirbelt, – »Hessenstein!« rief ich überrascht.

»Kein anderer, gnädige Frau!« sagte er und küsste mir die Hand – »ich warte auf Sie – ich konnte Europa nicht verlassen, ohne von Ihnen Abschied zu nehmen –«

Wir begaben uns zusammen in unsere Wohnung. Seltsam fragend betrachtete Georg den Gast, den ich so freudig willkommen hieß.

»Sie verlassen Europa?« frug ich, »und warum?«

»Seit meinen kriegerischen Erfahrungen im Bergwerksbezirk war mir nicht mehr wohl im bunten Rock –« antwortete er, während sein Blick sekundenlang peinlich überrascht zwischen Georg und mir hin und her flog – »und die neu eröffnete Aussicht, gelegentlich einmal auf Eltern und Geschwister schießen lassen zu müssen, hat meinen militärischen Ehrgeiz auch nicht wesentlich steigern können. – – Ich habe einen Bruder in Java, – dorthin will ich. Eigentlich auch kein erstrebenswertes Ziel! Aber – was soll man tun –, wenn man den Mut nicht aufbringt, unter die Roten zu gehen!«

»Dann ist Ihre Wahl sicherlich die beste«, sagte Georg mit feindseliger Schärfe. Rote Flecken brannten ihm über den Backenknochen.

Sichtlich verletzt, erhob sich Hessenstein. In dem Wunsch, gut machen zu wollen, was Georg verfehlt hatte, war ich doppelt herzlich.

»Vielleicht treffen sich unsere Wege doch einmal wieder! Möchten Sie recht, recht glücklich werden« – damit reichte ich ihm beide Hände. Er senkte tief den Kopf darauf. »Ich danke Ihnen!« flüsterte er bewegt.

Kaum war er fort, als Georg mich zu sich rief. Sein Kopf glühte – seine Hände waren heiß.

»Du fieberst!« rief ich erschrocken.

»Mir war schon diese Nacht nicht recht wohl, – ich wollte nur heute die Universität nicht versäumen –« ein harter Husten ließ ihn verstummen. »Aber es ist nichts, Kindchen, nichts, – ein Katarrh vielleicht!« Wieder eine Pause. – »Komm einmal her zu mir, Liebling, – ganz nah –« ich kniete neben ihm – sein rascher, heißer Atem berührte mein Gesicht – »du – du – liebtest wohl jenen Hessenstein?«

»Georg!!« Mir stieg das Blut in die Schläfen. »Wie kommst du darauf?«

»Ihr – ihr saht euch an – wie – wie Menschen, die zusammen gehören!«

Lächelnd drückte ich meine Wange an seine schmalen Hände. »Nie – Georg, – nie – gehörten wir zusammen!« meine Augen richteten sich klar auf ihn. »Und wenn es gewesen wäre, – bin ich heute nicht dein – nur dein?!«

»O du – du!« stöhnte er; seine Arme pressten sich um meine Schultern, – in meinen Haaren vergrub er sein Gesicht, – gegen meine Brust pochte sein Herz in wilden Schlägen.

Er hatte keine Ruhe mehr vor dem Schreibtisch, ich musste ihn auf und ab fahren; der Husten nahm zu, und jedesmal, wenn er den armen Körper schüttelte, verzogen sich schmerzhaft die Züge. Ich schickte zum Arzt. Er untersuchte ihn und lächelte beruhigend, als Georgs Blick in angstvoller Frage den seinen suchte.

»Eine Erkältung. Halten Sie sich hübsch ruhig, – dann ists bald vorbei.«

In der Nacht stieg das Fieber. Er ließ meine Hand nicht los. Von Zeit zu Zeit sah er mich flehend an, und flüsterte kaum hörbar: »Küsse mich!«

Ich wich nicht von seiner Seite, drei Tage und drei Nächte lang.

»Sie müssen Hilfe haben,« – sagte schließlich der Arzt. Ich schüttelte nur den Kopf. Am Nachmittag des vierten Tages schien des Fieber zu sinken. Die Augen wurden wieder klar.

»Ich habe mit dir zu sprechen, meine Alix«, begann der Kranke mit ruhiger, fester Stimme. »Es geht zu Ende mit mir, – weine nicht, Kindchen, – bitte, weine nicht! – Ich habe, glaube ich, meine Schuldigkeit getan –; was ich ungetan ließ, – du, du wirst es vollenden! – – Du wirst mir treu sein, – im höchsten Sinne treu –« fassungslos brach ich neben ihm zusammen – seine Hände lagen auf meinem Kopf »über alles in der Welt habe ich dich geliebt –.« Nur wie ein Hauch kamen die Worte über seine Lippen – »zum Paradiese hast du mir das Leben gemacht, – hab Dank, – Dank –.« Ich verlor die Besinnung – Auf meinem Bett fand ich mich wieder; es war tief in der Nacht, nur ein Licht brannte im Zimmer, die Mutter war neben mir, – so sanft und gut und leise, wie immer, wenn sie Kranke pflegte.

»Alix –« klang es tonlos aus dem Nebenzimmer. Ich stürzte hinein. Aufrecht auf seinem Stuhl saß Georg. Ich schlang den Arm um seine Schulter.

»Warum – warum lässt du mich sterben?!« flüsterte es vor meinem Ohr. Sein Kopf sank an meine Schläfe. Tiefe, röchelnde Atemzüge kamen aus seiner Brust.

Wie lange ich regungslos saß, – ich weiß es nicht. – Fahl dämmerte der Tag durch die Scheiben. Der Arzt trat ein und umfasste die wachsbleiche Hand –

»Es ist vorüber –«

Einundzwanzigstes Kapitel

Ein heißer Sommertag. Auf den Wiesen Grainaus brannte die Sonne. In üppiger Farbenpracht glänzten die bunten Blumen, ein sprühender Perlenregen war der Bach. Die Zugspitze spiegelte ihre leuchtenden Schneefelder im Rosensee. Schwül duftete um das Haus der Jasmin.

Ich lag in Decken gehüllt auf der Altane, – ich sah das alles, und doch sah ichs nicht. Tante Klotilde ging ab und zu. Sie war in Berlin eines Tages in mein Zimmer getreten, hatte mich tränenüberströmt in die Arme geschlossen und immer wieder die zwei Worte wiederholt: verzeih mir! Ich hatte ihr versprechen müssen, im Sommer zu ihr zu kommen.

Und nun war ich hier, – zu einer letzten, stillen Rast. Ich wusste, was ich zu tun hatte, wenn ich ihm, der unter grünem Epheu und roten Rosen lag, treu sein wollte. Mein Entschluss war gefasst. In meinem Schreibtisch lag mein Abschiedswort an die Leser der Zeitschrift, die wir miteinander geleitet hatten, – und der Brief an meine Eltern, von dem ich wusste, dass er sie schmerzen würde, wie nichts vorher. »Sie werden es überwinden –« dachte ich in meinen schlaflosen Nächten, – »ich werde ihnen von da an eine Gestorbene sein!«

All das war mir nicht einmal schwer geworden, solange ich zu Hause in meinen einsamen Räumen war. Losgelöst fühlte ich mich schon von aller Vergangenheit: Zu den Eltern zurückkehren sollte ich, hatten Vater und Mutter in sorgender Liebe gemeint, – so wenig wussten sie von mir! Großmamas Heim im Schloss von Pirgallen hatte mir Onkel Walter als Ruhesitz angeboten, – so wenig ahnten sie, dass ich nicht ruhen durfte!

Nur Martha Bartels hatte mich verstehen gelernt, während sie mir in den schwersten Tagen der ersten Einsamkeit viele Arbeitsstunden opferte.

»Sie werden uns eine liebe Genossin sein –« hatte sie gesagt.

Eine Genossin! – Keines Menschen Geliebte, keines Kindes Mutter, – eine Gefährtin nur der Elenden und der Verfolgten. Es war fast ein Gefühl von Freude gewesen, mit dem ich Abschied genommen hatte.

Und nun wurde es mir auf einmal so bitter schwer!

O du Sommertag über den Bergen, wie wunderschön bist du!

Es liegt in der Luft wie eine große Sehnsucht, – und jubelnde Erfüllung zwitschern die Vögel und duften die Blumen. In den Sonnenstrahlen glüht jedes Blatt wie Gold, blutrot färben sich zur Abendstunde die grauen Felsen. Und ein ganzer, großer Korb blühender Alpenrosen steht vor mir. – Ich will die Augen schließen, will das prangende Leben nicht sehen, – aber dann schleicht auf unhörbar linden Sohlen die Erinnerung in meine Träume... Hier begegnete mir vor Zeiten das Glück... In der Morgenfrühe gleitet mein Kahn über den Badersee. Tief, tief bis zum Grund kann ich sehen, wo um samaragdne Moose glitzernd die Forellen streichen und versteinerte Baumriesen schlafen. Langsam schlepp ich meine müden Füße heimwärts durch den Wald, wo die Orchideen blühen.

Drüben beim Bärenbauern herrscht jetzt der Sepp als Hausherr. Sein junges blondes Weib trägt den ersten Buben an der Brust. Verlegen, die Mütze zwischen den Händen drehend, hatte er die alte Spielgefährtin begrüßt. Sie wussten im Dorf von mir: dass ich die »heilige Kirche« bekämpfte und es mit den Freidenkern hielt! Warum schmerzt mich das alles so sehr? Was konnten die Wenigen mir sein, da ich den Vielen gehörte?

»Uebermorgen muss ich fort«, sagte ich entschlossen zu meiner Tante, – »du weißt, die Arbeit wartet nicht, und ich bedarf ihrer –«

»Bleib noch, mein Kind, bleib noch, – du bist noch so schwach –« bat sie.

»Ich werde dir morgen beweisen, dass ich stark bin –« lächelte ich...

Es läutete gerade zur Frühmesse, als ich aus dem Gartentor trat. Einen Atemzug lang stand ich still, die Hände auf dem pochenden Herzen. Mir war, als hätte ich drüben, zwischen den Bäumen einen Menschen gesehen, – eine Erscheinung aus ferner, ferner Vergangenheit.

Dann ging ich festen Schrittes weiter und warf ohne Besinnen meine Briefe in den blauen Kasten an der Post. Hörte ich nicht einen Schritt? – Es war wohl nur das Klopfen und Rauschen meines eigenen Blutes in den Ohren.

Auf den Stock gestützt, schritt ich langsam bergauf. Wie doch die Bäume gewachsen waren auf der Schonung! Früher reiften hier in der Sonne die süßesten roten Beeren. Und weiter droben war ein neuer Schlag, – kleinwinzige Tannenpflänzchen guckten schon neugierig zwischen Grasbüscheln und alten Wurzeln hervor.

Über die Steinhalde lief ich sonst, – heute wurde mir das Atmen recht schwer!

Nun gings durch den Wald über Sturzbäche, höher und höher, bis der Weg nur als schmales Band an der schroffen Felsenwand des Waxensteins entlang führt. Tief unten braust und schäumt der Höllentalbach.

O, ich kenne noch keinen Schwindel, – findet meine Sohle nur einen Fuß breit Erde, so stehe ich sicher!

Wie frei weht die Luft hier oben, – wie leicht lässt es sich atmen! Über himmelhohem Abgrund schwingt sich die eiserne Brücke von Berg zu Berg, und jenseits führen Leitern wieder empor. Auf weichem Moos unter einer Tanne, die ihre Wurzeln keck um einen Felsvorsprung klammert, halte ich Rast. Im Halbkreis schieben sich hier die Berge aneinander, ein Zirkus, von Riesen gebaut, bestimmt für die Spiele unsterblicher Götter.

Da hör' ich Schritte, – Nagelschuhe auf Felsstufen, – ein Wilddieb vielleicht, oder ein Bergführer, der über die Knappenhäuser zur Hochalm will. Ich stehe auf – die Hand fest um den Stock –, hier gibt es kein Ausweichen. Und schon sehe ich ihn vor mir, den einsamen Wanderer, die Spielhahnfeder am grünen Hut, ein gebräuntes Antlitz darunter, mit Augen – –! Ein Zittern durchläuft meinen Körper –

»Warum erschrickst du vor mir, Alix, – ich bin ja nur ein Gespenst unserer Jugend –« Ich raffe mich zusammen und seh ihm gerad' ins Gesicht. Wie hart sind die weichen Züge geworden, denke ich. Das Blut strömt mir wieder zum Herzen.

»Lass mich vorüber, – ich glaube nicht an Gespenster«, sag' ich, den Ton meiner Stimme zur Kälte zwingend.

»Du gingst denselben Weg, wie ich: hinauf!« gibt er leise zurück und rührt sich nicht von der Stelle.

»Denselben Weg?! Nein, – unsere Wege sind längst auseinandergegangen, – und dass der deine emporführt, – daran erlaubst du mir wohl, zu zweifeln!« antworte ich höhnisch, – meine eigenen Worte stechen mich wie lauter Nadeln.

»Ich suchte dich, Alix, – seit Wochen, – kein Zufall ists, dass ich hier bin –;« aus seinen Augen dringt ein blaues Blitzen –

»Du – mich?!« Ich lache, dass es vom Felsen wiederklingt, – aber in meinem Herzen weint es.

»Ich liebe dich«, flüstert er – »ich habe geglaubt, ich könnte dich vergessen, – aber meine Sehnsucht bleibst du, – mein ganzes Leben war ein einziges Warten auf dich. Endlich hab' ich dich gefunden! Alix, mein Lieb, – verlass mich nicht wieder!« Und flehend, wie ein Hungernder, streckt er die geöffneten Hände mir entgegen.

»An eine Nacht denke ich, Hellmut, in der ich vor dir stand und dir schenken wollte, was du heut' begehrst; – jetzt hab' ich nichts mehr, bin bettelarm! – Ich liebe nur noch die Erinnerung, – nicht dich; – du bist ein fremder Mann für mich, – an dem ich vorüber muss –«

In meinem Herzen zuckt es, wie ein verborgenes Leben, das mit dem Tode ringt –

»Ich will um dich werben, Alix, – demütig – geduldig, – an meiner Liebe wirst du Kalte wieder warm werden –«

Ich schüttle den Kopf. »Nein!« sagt eine harte Stimme. War das die meine?!

Er richtet sich auf, sein Blick erstarrt, – er tritt zurück, und ohne aufzusehen, schreite ich an ihm vorbei, – sehr langsam, schwer atmend, auf den Stock gestützt.

Hoch oben, wo auf grüner Halde um die Ruinen der Knappenhäuser in dichten Büschen dunkelblaue Vergissmeinnicht blühen, sehe ich noch einmal hinab: auf dem Wege zu Tal steht eine graue Gestalt, vom Dunst der Tiefe halb verwischt: meine Jugend.

Und der steile Steg, den ich gehen will, wohin führt er?